BRENNPUNKT-SERIE

PULVERFASS

RACHEL GRANT

USA TODAY BESTSELLER-AUTORIN

BRENNPUNKT-SERIE

PULVERFASS (#1)
AUSLÖSER (#2)
FEUERSTURM (#3)
INFERNO (#4)

Glossar

ACU - Army Combat Uniform - Wüstentarnung

AWOL - Absent without Leave - Unerlaubt anbwesend

CLU - Containerized Living Unit - Wohneinheit

FOS- Forward Operating Site - ein Militärstützpunkt außerhalb des Mutterlandes.

HUMINT - human intelligence - menschliche Informanten

INSCOM - Intelligence and Security Command - Geheimdienst und Sicherheitskommando

SDR - Surveillance Detection Route- Überwachungserkennungsroute

SIGINT - Signal Intelligence - digitale Informationen

SOCOM - Special Operations Command - Oberkommando für Sondereinsätze

TANGO - T steht für Target, im phonetischen Alphabet des Militär mit „Tango" abgekürzt. Target oder Enemy - die Zielperson oder der Feind.

TDY - Temporary Duty assignment - temporärer Einsatz

XO - executive Officer - ausführender Offizier

Kapitel Eins

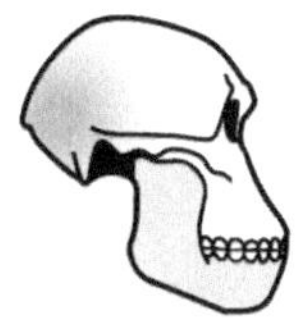

Zwei Meilen westlich von Camp Citron, Dschibuti
Horn von Afrika
März

Morgan Adlers Blick sprang zwischen der Staubwolke im Rückspiegel und der Straße vor ihr hin und her. Nur noch zwei Meilen. Sie würde es schaffen. Da die amerikanische Botschaft geschlossen war, war die US-Militärbasis Camp Citron ihre einzige Hoffnung auf Zuflucht. Die Knochen wären dort sicher.

Adrenalin schoss noch immer durch ihren Körper, nachdem mit Maschinengewehren bewaffnete Handlanger eines Kriegsherrn sie bedroht hatten. Sie waren nur Augenblicke nach einer Textnachricht von der Botschaft aufgetaucht, in der sie gewarnt worden war, dass eine glaubhafte Bedrohung gegen den Repräsentanten der USA ausgesprochen worden war und man die Botschaft entsprechend abriegeln würde.

Ihre fünfköpfige örtliche Feldmannschaft war beim Anblick der Bewaffneten geflohen und hatte sie allein zurückgelassen, um sich ihnen zu stellen.

Die Nachricht des Kriegsherrn – die allem Anschein nach

auswendig gelernt worden war, denn die Männer wiederholten diese, und nichts anderes, mindestens ein halbes Dutzend Mal – war eindeutig: „Etefu Desta kontrolliert dieses Land. Alles, was du hier findest gehört *ihm*."

Etefu Desta war ein selbsternannter Machthaber aus Äthiopien, der sein Territorium bis nach Dschibuti ausweiten wollte. Anscheinend hatte er von ihrem erstaunlichen paläoanthropologischen Fund erfahren.

Aber wie?

Offiziell kannte nur Charles Lemaire, der Kulturminister von Dschibuti, die Details. Was bedeutete, dass sie sich nicht mehr an die örtlichen Behörden wenden konnte.

Dschibuti – was von den Amerikanern wie „Dscha-Buteh" und von den Franzosen wie „Dschey-Butey" ausgesprochen wurde – klang sowohl lustig als auch sexy, aber sie hatte seit ihrer Ankunft in dem kleinen Land am Horn von Afrika gelernt, dass diese Nation nichts dergleichen war. Dschibuti strebte den Status eines Drittweltlandes an, aber es war noch ein langer Weg, bis es selbst diese Einstufung des Wohlstandes erreichen konnte.

Ihr Fund würde der dschibutischen Regierung helfen, dieses Ziel zu erreichen, und sie wollte verdammt sein, wenn sie diese Fossilien an einen Kriegsherrn aushändigte.

Sie blickte wieder in den Rückspiegel. Niemand folgte ihr. Ihre Hände zitterten noch immer, während sie das Lenkrad umklammerten. Sie würde es schaffen. Sie würde die Basis erreichen, ihre Lage erklären, und man würde ihr helfen. Die US-Militärbasis hatte ein eigennütziges Interesse an ihrem Projekt. Bisher hatte sie nur noch keinen Kontakt mit den Leitern dieser Basis aufgenommen, weil sie wusste wie das Militär arbeitete und sie nur sehr ungern auch nur einen Bruchteil ihrer Kontrolle über ihr Projekt an jemand anderen abgeben wollte.

Sie bog um eine Kurve in der Straße, die sich an eine niedrige Hochebene schmiegte, und trat mit voller Wucht auf die Bremse. Dreißig Meter vor ihr lag ein Reifen-Nagelband quer über der Straße. Zwanzig Meter dahinter blockierte ein Humvee den Weg.

Sie drehte am Lenkrad und kam knapp vor dem Nagelstreifen schlingernd zum Stehen. Das Herz schlug ihr bis zum Hals, als zwei Männer mit Gewehren hinter dem Humvee hervortraten.

Das Fahrzeug deutete an, dass es sich um amerikanisches Militär handelte. Warum hatten sie die Straße mit reifenzerfetzenden Nagelstreifen blockiert?

Für einen Augenblick wurde sie von Panik ergriffen. Was, wenn diese Männer die amerikanische Ausrüstung gestohlen hatten und in Wirklichkeit für Desta arbeiteten?

Als sie sich ihr näherten, verschwand ihre Angst wieder. Man konnte das Amerikanische an ihnen nicht übersehen, bis hin zu ihren Colt M4 Karabinern, den leichten Sturmgewehren, die jeder der Männer mit einer Hand auf dem Schaft und mit der anderen am Lauf trug, wobei sie sie seitlich nach unten richteten. Sie zielten nicht auf sie, waren jedoch bereit, jederzeit zu zielen und zu feuern, falls es notwendig werden sollte.

Sie hatte heute schon zu viele automatische Waffen sehen müssen. Ihr persönlich gefiel eine Sig P226 besser.

Beide Männer trugen Wüstentarnung – nach Aussage ihres Vaters besser bekannt als ‚Army Combat Uniform‘, kurz ACU. Einer von ihnen hatte helle Haut, der andere dunkle. Sie bewegten sich wie die meisten Soldaten, die sie während ihrer Kindheit gekannt hatte. Das hier waren die Guten. Sie würden ihr helfen können.

Die Männer trennten sich, wobei der größere von ihnen um die Stoßstange des Wagens herumging und auf sie zu kam, während der dunkelhäutige Soldat vor dem Fahrzeug stehenblieb und seine Waffe gefechtsbereit hielt. Sie nahm an, dass er seinen Partner deckte, ohne dabei zu bedrohlich zu wirken.

Sie hielt ihre Hände am Lenkrad, wo beide Männer sie sehen konnten, und ermahnte sich, dass sie nichts falsch gemacht hatte.

Na ja, außer dass sie die Fossilien von der Ausgrabungsstätte entfernt hatte. Aber sie wollte sie beschützen. Sie würde sie der dschibutischen Regierung übergeben, sobald sie herausgefunden hatte, ob sie Charles Lemaire vertrauen konnte.

Der Soldat zu ihrer Linken deutete ihr an, das Fenster herunterzulassen. Auf dem Namensstreifen auf seiner rechten Brust stand BLANCHARD. Seine Truppengattung stand auf seiner linken Brust – US ARMY. Der vertraute gespiegelte Aufnäher der amerikanischen Flagge auf seinem rechten Ärmel signalisierte ‚Freund'.

Camp Citron war in erster Linie eine Navy-Basis mit Marines, die für Sicherheit sorgen sollten, und sie fragte sich, ob diese Beiden vielleicht einer Spezialeinheit angehörten, und falls dem so war, warum sie dann zwei Meilen von der Basis entfernt eine Straßenblockade errichtet hatten.

Alles an der Haltung des Soldaten sollte einschüchternd wirken.

Ich habe nichts falsch gemacht.

Sie hob vorsichtig eine Hand vom Lenkrad, um seine Aufforderung zu befolgen. Mit diesen Typen war nicht zu spaßen. Sie drückte auf den Knopf und die Fensterscheibe glitt herunter, was die wertvolle Kühle der Klimaanlage in die schwüle Luft des Märztages entweichen ließ.

„Ausweis?", fragte der Mann.

„Warum haben Sie mich angehalten?", fragte sie und hörte einen Hauch von Angst in ihrer Stimme. Sie räusperte sich und hoffte, damit ihre Panik zu verdrängen.

„Es steht mir nicht frei, Ihnen das mitzuteilen. Ausweis?"

Sie suchte in ihrer schmalen Tasche, die sie unter ihrem Hemd an ihrem Bauch trug, nach ihrem Ausweis. Sie blickte zu dem Soldaten auf, doch eine dunkle Sonnenbrille verdeckte dessen Augen, und sie konnte nicht ausmachen, was er von ihrem halben Striptease hielt.

Sie reichte ihm ihren Ausweis und knöpfte sich ihr Hemd wieder zu. Ihre Hände zitterten nun heftiger als zuvor. Sie umklammerte wieder das Lenkrad, in dem Versuch das Zittern unter Kontrolle zu bringen.

„Nennen Sie mir bitte Ihr Anliegen" – er hob seine dunkle Sonnenbrille hoch und betrachtete ihren Ausweis – „Morgan Adler." Seine Miene war so ausdruckslos, dass er genauso gut einen Akazienbaum hätte ansprechen können. Vielleicht trainierte er diesen leeren Gesichtsausdruck, indem er mit der dornigen Pflanze sprach, die ihre Lieblings-Arbeitsschuhe ruiniert hatte. Entweder das, oder die intensive Hitze hatte jegliche Lebendigkeit aus ihm herausgesaugt.

„Im Moment bin ich auf dem Weg zum Camp Citron, und ich versuche herauszufinden, warum Sie das Recht haben, mich ganze zwei Meilen vor der Basis anzuhalten und zu befragen."

„Nennen Sie mir bitte Ihr Anliegen auf der Basis."

„Sind Sie eine Art Vorposten?"

„Wenn Sie mit uns kooperieren, werden wir Ihnen vielleicht erlauben, sich der Basis zu nähern."

„Sie werden mir vielleicht erlauben, auf einer öffentlichen Straße zu fahren. Das ist wirklich sehr großzügig von Ihnen."

„Wir befinden uns nicht in den USA, Ma'am. Dschibuti ist größtenteils gesetzlos, Sie sollten Ihre Ansichten darüber, was in Bezug auf Straßen und auch alles andere hier öffentlich oder privat ist, überdenken." Sein Kiefer spannte sich an. „Bitte steigen Sie aus dem Fahrzeug aus."

Sie verstärkte ihren Griff aufs Lenkrad. Durften sie das wirklich tun?

Ich habe nichts falsch gemacht.

Sie wollte keine Dummheit begehen, aber sie befürchtete, dass es dafür längst zu spät war. Mittlerweile fing sie schon an zu glauben, dass es dumm von ihr gewesen war, dieses Projekt überhaupt anzunehmen, allerdings hatte sie keine andere Wahl gehabt, denn die Studenten-Darlehen für ihren kürzlich erworbenen Doktortitel waren beträchtlich.

Als sie keine Anstalten machte, aus dem Wagen auszusteigen, öffnete Blanchard die Tür und sagte: „Sofort, *Dr.* Adler."

Sie erschrak bei seinem Gebrauch und der Betonung ihres Titels. Ihr Ausweis, der schon einige Jahre alt war, enthielt keinen Hinweis darauf, dass sie diesen akademischen Titel innehatte. *Was zur Hölle ist hier los?*

Sie stellte den Motor ab. Blanchard trat zurück, damit sie aussteigen konnte. Der andere Soldat ging langsam zur Beifahrerseite des Mietwagens, und hielt den Kopf geneigt, als ob er etwas genauer betrachtete.

Mit der Luftfeuchtigkeit von 78% und einer Tagestemperatur von über 31° Celsius war der Hitzeindex auf über 40° Celsius eingestuft worden, und sie konnte jeden schwülen, glühend heißen Grad spüren, während sie diesem Soldaten gegenüberstand. „Woher wissen Sie, wer ich bin?"

„Bitte heben Sie Ihre Hände hoch."

Als sie keine Anstalten machte, seinem Befehl zu folgen, bellte er ein scharfes „Sofort!" und zuckte mit dem Griff seiner M4.

Sie versuchte, einen verängstigten Aufschrei zu unterdrücken, und hob ihre Arme. Sie hatte sich selbst und die Fossilien innerhalb der Eingrenzung der Militärbasis in Sicherheit bringen wollen, von Maschinengewehren geschützt, anstatt von ihnen bedroht zu werden.

Technisch gesehen hatte er sein Gewehr nicht in *ihre* Richtung gehalten.

„Ich habe ein Handy in meinem BH", erklärte sie, als er anfing sie abzutasten. Ihr großzügiger Busen versteckte die Beule gut, daher war diese Warnung angebracht. „Vorn."

Glücklicherweise war seine Suche eher oberflächliche Routine, und er fand und nahm das Handy ohne großes Aufheben an sich. Sie war schon so oft begrapscht worden, dass sie den Unterschied kannte, und dieser Mann blieb professionell.

Er schob ihr Handy zusammen mit ihrem Ausweis in seine Tasche und fuhr mit seiner Suche fort, wobei er an ihrer Bauchtasche innehielt, sich allerdings mit einer schnellen Handbewegung versicherte, dass sie leer war. Er ging um sie herum und wiederholte diesen Prozess von hinten. „Sie ist sauber", sagte er zu dem anderen Soldaten.

Sie drehte sich zu ihm um. „War das notwendig?"

„Wir haben einen Hinweis erhalten, dass Etefu Desta eine Nachricht durch einen Dr. Morgan Adler an Camp Citron senden will. Also, ja, das war notwendig." Seine Augenbrauen verschwanden wieder hinter der Sonnenbrille, und sie wünschte sich, dass sie seine Augen sehen könnte. „Allerdings hat man uns ganz spezifisch mitgeteilt, dass Dr. Adler ein Mann sei."

Sie konnte ihren Schock kaum zurückhalten. Seit ihrer Ankunft in Dschibuti hatte sie dieses Problem schon mehrfach gehabt – immerhin war Morgan ein Name, der sowohl für Männer als auch für Frauen verwendet wurde. Und ja, sie hatte diese Verwechslung *vielleicht* schon das ein oder andere Mal zu ihrem Vorteil ausgenutzt, wenn sie sich zum Beispiel um einen Projektauftrag beworben hatte, da die Nationen in Ostafrika nicht gerade für ihre fortschrittlichen Ansichten in Bezug auf Frauen bekannt waren. Trotzdem war die Tatsache, dass ihr Name im Zusammenhang mit dem eines Kriegsherrn genannt worden war, weitaus alarmierender als die falsche Identifikation ihres Geschlechts. „Das ist Bullshit! Ich kenne Etefu Desta weder, noch arbeite ich für ihn. Ich habe nicht die geringste Ahnung, was das überhaupt bedeuten soll."

Hinter ihr fluchte der andere Mann. Sie drehte sich um, weil sie sehen wollte, was ihn dazu veranlasst hatte. Er hielt eine lange Stange, an deren Ende ein Spiegel befestigt war, und untersuchte die Unterseite ihres Fahrzeuges. „Scheiße. Ich habe die Nachricht gefunden. Es ist ein Paket mit einem Timer."

Blanchard versteifte sich. „Kannst du den Countdown erkennen?"

„Nein, nur die Timex-Uhr." Er blickte die Straße entlang in die Richtung der Militärbasis. „Wenn die so eingestellt ist, dass sie explodieren soll, sobald sie die Basis erreicht …"

Blanchard packte sie am Arm und zerrte sie vorwärts, weg vom Wagen. „Los, weg hier!", schrie er, während er sie hinter sich her zog. Sie wand ihren Arm aus seinem Griff und drehte sich zu dem anderen Soldaten um.

„Soll das etwa heißen, dass da eine Bombe drunter ist?"

„Jep. C-4. Und eine ganze Menge davon. Direkt unterm Benzintank."

Sie rannte drei schnelle Schritte zurück zum Auto und lehnte sich hinein. Ihre Finger drückten den Knopf, um den Kofferraum zu öffnen, doch dann schnappten Hände nach ihr und zerrten sie vom Fahrzeug weg.

Sie wehrte sich gegen den Griff des Soldaten. „Ich muss die Fossilien da rausholen! Sie sind im Kofferraum."

Blanchards Griff wurde fester. „Keine Zeit."

Sie trat nach ihm und konnte sich befreien, doch bevor sie zwei Schritte getan hatte, fing er sie schon wieder ein. Mit einem Fluch hob er sie in seine Arme und warf sie über seine Schulter, wobei ihr Zwerchfell eingedrückt wurde. Sie hielt sich an seinem Rücken fest und rang nach Atem, während er mit schockierender Geschwindigkeit davonrannte.

„Stopp!", schrie sie, als sie endlich wieder atmen konnte. Eine ganze Welle von Schimpfworten schossen aus ihrem Mund, die sie mit „Lasst mich die Knochen holen!" beendete.

Der andere Soldat rannte parallel zu ihnen und ignorierte ihr Geschrei und Rufen. „Los! Weg hier!"

Sie klammerte sich an den Schultern fest – nicht, dass er das durch die dicke Uniform bemerkt hätte – und fluchte. „Verdammt nochmal! Lasst mich die Knochen aus dem Kofferraum holen!" Ihre Augen füllten sich mit Tränen als sich die Distanz zwischen ihr und dem Mietwagen vergrößerte. Der plötzliche Gallengeschmack in ihrer Kehle stammte wohl von den Erschütterungen die einem Heimlich-Manöver gleichkamen und denen ihr Unterleib mit jedem Sprung ausgesetzt war, während der Mann über den steinigen Wüstenboden raste, doch ihre Tränen rührten zweifellos daher, dass die Fossilien-Knochen Gefahr liefen, zerstört zu werden.

Sie hatte sie von der Ausgrabungsstätte mitgenommen, um sie vor einem Kriegsherrn zu schützen. Sie trommelte erneut auf seine Schultern ein und spuckte weitere Flüche aus. „Bleib stehen!" Ihre Stimme verstummte, als die Tränen der Frustration und Wut siegten.

Sie hatten fast hundert Meter zurückgelegt, bevor der Soldat langsamer wurde. Seine schwere Ausrüstung schützte seinen Rücken vor ihren frustrierten Faustschlägen, also versuchte sie stattdessen, ihm ihr Knie gegen die Brust zu rammen, traf dabei jedoch nur auf seine Panzerweste.

Er ließ ein tiefes Knurren hören. „Hören Sie auf damit! Ich versuche, Ihr verdammtes Leben zu retten!"

„Ich muss zu den Fossilien!" Sie stieß gegen seine Schulter und brachte ihn dadurch aus dem Gleichgewicht, und ihm blieb keine andere Wahl, als sie abzusetzen. In dem Augenblick, in dem ihre Füße den Boden berührten, stieß sie sich von ihm weg. Er hatte ja keine Ahnung, wie wichtig diese Knochen waren, wie sie die aktuellen evolutionären Modelle verbessern – sogar verändern - könnten.

Er umschlang ihre Taille und zerrte sie zurück. Die Luft entwich ihr in einem Atemzug, als sein Arm mit voller Wucht erneut gegen ihr Diaphragma prallte.

Sie sah die Explosion, bevor sie sie hören konnte – ein schnelles Aufblitzen von Orange, dicht gefolgt von einer erderschütternden Hitzewelle. Sie schaffte es gerade noch, ihre Lunge mit Luft zu füllen, um laut zu schreien.

Pax Blanchard drehte sich im Fallen, damit die Frau nicht den Aufprall auf den harten trockenen Boden auffangen musste. Er rollte über sie und bedeckte sie mit seinem Körper, als eine zweite – und größere – Explosion die Erde erschütterte. Eine gewaltige Hitzewelle, die man selbst hier – elf Grad nördlich vom Äquator – noch spüren konnte, rollte über ihn hinweg.

Glücklicherweise waren sie der Explosionszone rechtzeitig entkommen. Seine Beine wurden von herunterprasselnden Trümmern getroffen, aber das fühlte sich eher an wie ein paar Kieselsteine, die von einem vorbeifahrenden Lastwagen hochgewirbelt wurden, als von heißen scharfen Granatsplittern getroffen zu werden.

Er hielt Dr. Adler unter sich fest, während das Echo der Explosion verklang. Er war angepisst, denn er hatte sie den ganzen Weg vom Fahrzeug bis hierher bekämpfen müssen. Wenn sie es geschafft hätte, seinem Griff tatsächlich zu entkommen und bis zum Wagen zurückzulaufen, dann wäre es seine Pflicht gewesen, ihr zu folgen – und sie wären beide in die Luft geflogen. Das gefiel ihm absolut gar nicht.

Er starrte sie finster an, während sie unter ihm strampelte. Ihr Gesicht war vor lauter Wut und Traurigkeit verzogen, als ob jemand soeben ihr Baby gestohlen hätte. Aufgrund der Explosion war ihr Gehör etwas betäubt, somit musste er sich noch etwas gedulden, bevor er ihr wegen ihrer Dummheit die Leviten lesen konnte.

Das war verdammt knapp gewesen. Wenn sie sie nicht aufgehalten hätten, wäre sie bis zum Camp Citron vorgedrungen. Zwar hätte sie es nie durch die Kontrolle geschafft, aber diese Explosion hätte weitaus mehr Schaden angerichtet, als nur diese närrische Frau zu töten und zu zerstören, was auch immer sie so verzweifelt aus dem Kofferraum ihres Wagens hatte holen wollen.

Fuck. Er schuldete Callahan fünfzig Dollar. Er war sich sicher gewesen, dass dieser Tipp nur Bullshit war.

Es war eine Menge Staub aufgewirbelt worden, was ihre Sichtweite begrenzte, doch so, wie er sie mit seinem Körper abschirmte, konnte er jede vorüberziehende bittere Emotion in Dr. Adlers Zügen sehen. Er nahm an, dass dies ihr erster Vorfall dieser Art war, und er bereitete sich schon auf eine Tränenflut vor, allerdings war sie jetzt noch zu wütend, um überhaupt zu erkennen, wie verdammt nahe sie soeben einer Situation gekommen war, in der am Ende ihr Blut auf die Wüste niedergeregnet wäre.

Er schälte seinen Körper von ihrem herunter und stand auf. Fünf Meter entfernt kam auch Callahan auf seine Füße. „Ich werde zu alt für diesen Scheiß." Cals Stimme war belegt, aber fest, was ihn wissen ließ, dass er unverletzt war.

Sie fiel auf ihren Rücken, als er sein Gewicht von ihr nahm, und schloss ihre Augen. Ihre Brust hob sich mit zwei tiefen Atemzügen.

Vielleicht würde sie nun mit ihrem hysterischen Heulanfall loslegen.

Pax kontaktierte die Basis via Radio und informierte sie über die Explosion, wobei er Dr. Adler im Auge behielt. Die Konversation war frustrierend kurz, da er nicht genau wusste, wer diese Frau war und warum sie ein Paket von Etefu Desta bei sich gehabt hatte. Der Humvee war in der Explosion beschädigt worden, also schickte die Basis ihnen eine Eskorte, um sie abzuholen. Ein zweites Team würde die Explosion untersuchen und den Humvee abtransportieren.

Er steckte das Funkgerät wieder an seinen Gürtel und wandte sich an Dr. Adler. Er brauchte Antworten. Jetzt sofort. Er bot ihr seine Hand an, doch sie ignorierte ihn und stieß sich selbst vom Boden ab. „Verdammt nochmal! Die Fossilien sind zerstört!" Ihr Blick fuhr zu dem rauchenden Fahrzeug, dann fluchte sie wieder, genauso kreativ wie zuvor, als er sie getragen hatte.

Pax blickte von der Frau zu den Trümmern. „Ich habe das Wort Wichse noch nie zuvor in dem Zusammenhang gehört."

Cal verzog sein Gesicht. „Ich werde von nun an jeden Ziegenbock mit anderen Augen sehen."

Die Frau starrte Pax finster an. „Warum durfte ich nicht die Kiste da rausholen? Wir hatten genug Zeit! Ich hätte sie retten können …" ihre Stimme stockte bei ihrem letzten Wort, und endlich brach eine andere Emotion als Wut in ihr durch. Dicke Tränen rollten über ihre Wangen.

Mist. Er hätte Wut ihren Tränen vorgezogen. Auch wenn ihre Wut seine eigene schürte.

„Vielleicht hätten Sie es geschafft was auch immer aus dem Kofferraum heraus zu holen", sagte Pax. „Aber wir hatten keine Ahnung, wie viel Zeit wir hatten. Oder ob wir es überhaupt rechtzeitig aus der Explosionszone schaffen würden. Irgendeinen Scheiß aus dem Wagen zu holen war ein zu großes Risiko, das ich nicht eingehen wollte."

„Aber *ich* wollte das", sagte sie.

„Ich hätte Sie nicht allein lassen dürfen. Wenn Sie zurück gegangen wären, um diese Kiste zu retten, die Sie so unbedingt retten wollten, hätten sie *mein* Leben ebenfalls riskiert." Seine Stimme wurde hart. „Das ist für mich nicht okay, Dr. Adler."

Ihr Mund klappte zu. Mit einem Mal fiel sie in sich zusammen. Ihre Knie zitterten, und sie sackte erneut zu Boden. Sie starrte auf ihr brennendes zerstörtes Fahrzeugwrack. Die Farbe wich aus ihrem Gesicht – etwas, das ihm in dieser Wüstenhitze unmöglich erschien – und sie bedeckte ihren Mund, als ob sie versuchte dagegen anzukämpfen, sich zu übergeben.

„Was war es? Was war so wichtig, dass Sie Ihr Leben dafür riskieren wollten?" Es war Cal, der ehrlich neugierig klang und nicht annähernd so angepisst wie Pax.

Sie erwiderte Cals Blick, während Pax ihr Profil von der Seite betrachtete. Sie hatte ein hübsches – beinahe engelsgleiches – Gesicht, und er hatte festgestellt, als er sie zuvor gefilzt hatte, dass sie zudem beeindruckende Kurven besaß, die sie unter ihrem losen Hemd verbarg. Aber was wirklich auffiel war ihr Mund. Sie hatte die süßesten Lippen, die die obszönsten Dinge aussprachen. Diese Frau war Barbies vulgäres Alter Ego.

„Was da soeben in die Luft geflogen ist?", wiederholte sie Cals Frage, während sie sich die Tränen mit zitternder Hand wegwischte. Dann ließ sie sie sinken und entblößte den roten Wüstenstaub, den sie sich über ihre Wange geschmiert hatte. „Nur ein Teil aus dem wichtigsten ostafrikanischen paläoanthropologischen Fund des Jahrtausends. Ein Fund, noch wichtiger als Lucy."

„Ein Teil?", fragte Pax etwas neugieriger. Er wusste von Lucy.

Sie nickte. „Wir haben Linus' Dinner verloren."

Kapitel Zwei

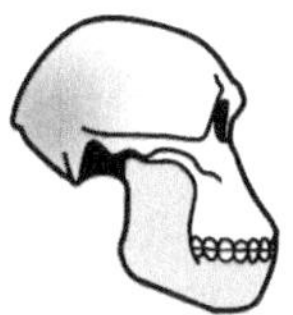

Morgan konnte ihren Blick nicht von den Trümmern des Autos abwenden. Zerstört. Alles zerstört. Die Knochen einer Kreatur, die vor über drei Millionen Jahren von einem männlichen Australopithecinen geschlachtet worden war, der einzige Fund seiner Art, in nur einem einzigen Augenblick zerstört.

„Wir haben immer noch Linus", flüsterte sie, als ob sie diese Worte wie einen Talisman benutzte, um diese prähistorischen menschlichen Überreste nicht auch noch zu verlieren.

„*Wer* ist Linus und warum interessiert uns, was dieser Kerl zum Dinner hatte?", fragte der Soldat, der sie weggezerrt hatte – Blanchard – bevor sie die Knochen hatte retten können.

„Haben Sie schon mal etwas von Lucy gehört? Sie ist ein Australopithecinen-Fossil, das in den Siebzigern von Donald Johanson und seinem Team in Äthiopien gefunden wurde. Es wird geschätzt, dass sie um die 3,2 Millionen Jahre alt ist…"

Blanchard unterbrach sie. „Sparen Sie sich die Lektion. Ich weiß, wer Lucy ist."

Sie schüttelte den Kopf, um ihre Gedanken zu ordnen. „Verzeihung. Ich bin …" Ihre Stimme brach erneut, und sie räusperte sich. „Vor zwei Wochen habe ich ein männliches Fossil entdeckt, das sehr wahrscheinlich aus derselben Epoche stammt und ungefähr genauso alt ist wie Lucy. Es ist schwer, das am

Ausgrabungsort einzuschätzen, und es dauert noch eine Weile, bis wir die Altersschätzungen vom Labor zurückbekommen, aber alle Charakteristiken des Skeletts stimmen mit Lucys Fossil überein. Es schien nur natürlich, ihn Linus zu nennen."

Dieser Name war bisher ihr eigener privater Scherz gewesen, denn obwohl ihr Team, das ihr von der dschibutischen Regierung zugewiesen worden war, von dem Australopithecinen-Fossil Lucy wusste, war ihren Leuten die *Peanuts* Comic-Serie, mit Charlie Brown und Snoopy und eben Lucy van Pelt und ihrem jüngeren Bruder Linus, nicht bekannt. Sie erwiderte den Blick des Soldaten, der sie – verständlicherweise – so finster angestarrt hatte, weil sie sich den ganzen Weg über, als er sie vom Auto und den Fossilien wegtrug, gegen ihn gewehrt hatte.

Nun lächelte er und sie genoss den Moment, endlich mit jemandem ihren Scherz zu teilen, obwohl sie sich ihm gegenüber abscheulich verhalten hatte. Sie hatte ihn getreten und gekratzt, und dann all die Dinge, die sie gesagt hatte … Es war ein Wunder, dass er sie nicht einfach auf den harten Boden hatten fallen lassen und alleine weiter gerannt war.

Sie hatte ihn und den anderen Soldaten gedankenlos in Gefahr gebracht. Sie war zutiefst beschämt. Sie war nicht in der Lage gewesen, an irgendetwas anderes zu denken als daran, die Fossilien zu retten. Sie waren so viel mehr gewesen als der Fund ihres Lebens. Diese menschlichen Überreste und die damit verbundenen Artefakte würden das Wissen in Bezug auf *Homo Sapiens'* menschliche Vorfahren verändern.

Sie hatte sie nicht für ihren eigenen Ruhm retten wollen – obwohl der sich von ganz allein einstellen würde, sobald der Fund der Welt bekannt gegeben wurde. Diese Fossilien waren eine reine Wissensquelle gewesen. Wissenschaftliche Daten über ein Zeitalter der menschlichen Evolution, das von nur wenigen spärlichen Fossilien repräsentiert wurde. Und nun waren diese Knochen für immer verloren.

Sie traf den Blick des anderen Soldaten, wobei sie seinen Namen CALLAHAN auf dessen Namensschild las, bevor sie sich wieder Blanchard zuwandte. „Es tut mir leid", sagte sie. „Ich hätte Ihr Leben nicht riskieren dürfen – von keinem von

Ihnen – und Sie nicht bekämpfen sollen." Sie schüttelte ihren Kopf. „Aber ich konnte an nichts anderes als die Fossilien denken. Ich hatte sie von der Ausgrabungsstätte entfernt, um sie vor Etefu Desta in Sicherheit zu bringen." Der Wagen schwelte noch immer in einiger Entfernung. Der Geruch von verbranntem Gummi wurde vom heißen Wind zu ihr getragen. „Und jetzt sind sie zerstört. Um ehrlich zu sein, wäre es mir lieber gewesen, sie Desta zu überlassen, als sie ganz zu verlieren. Und ich hätte nie und nimmer gedacht, dass ich je einen Grund haben könnte, mir zu wünschen, dass ein Kriegsherr irgendwelche Artefakte oder Fossilien in die Finger bekommt."

„Sie sagten, dass Linus' Dinner zerstört wurde. Nicht Linus?", fragte Callahan.

„Nein, zum Glück nicht." Sie stand auf und klopfte sich ihre Hose ab, um das letzte bisschen Würde nicht auch noch zu verlieren. „Die eine Sache, die Linus zu etwas Besonderem macht, ist dass er – anders, als irgendein anderes Fossil in seiner Altersklasse – Werkzeuge bei sich hat. Eine ganze Reihe davon. Und ..." Wieder brach ihre Stimme. So viel zum Thema Würde. „Er hat ein Tier geschlachtet. Eine Mahlzeit. Niemand hat je zuvor einen prähistorischen Menschen mit Werkzeugen entdeckt, ganz zu schweigen davon, auch die Überreste einer geschlachteten Proteinquelle. Diese Tierknochen befanden sich in einer Kiste im Kofferraum. Das war es, was ich retten wollte."

„Warum haben Sie diese Knochen von der Ausgrabungsstätte mitgenommen, aber nicht Linus?", fragte Blanchard.

„Weil Linus sich noch in der Erde befindet. Er ist freigelegt und sehr zerbrechlich – was ein weiterer Grund dafür war, warum ich zur Basis wollte – aber ihn so schnell zu extrahieren und fortzubringen, hätte ihn zerstört. Also habe ich die Fossilien mitgenommen, die bereits ausgegraben waren, und habe Linus und seine Werkzeuge zurückgelassen. Und ich hatte gehofft und gebetet, dass Destas Männer ihn nicht stehlen würden, während ich in Camp Citron um Hilfe bitte."

„Was ist mit Destas Männern passiert?", fragte Blanchard. Seine Stimme wurde härter, als er den Namen des Kriegsherrn aussprach. Scheinbar war er nun eher auf ihrer Seite, als gegen sie.

Der Feind meiner Feinde ist mein Freund.

Und Desta war ganz eindeutig ein gemeinsamer Feind.

Sie erklärte ihnen, wie Destas Handlanger an der Ausgrabungsstätte aufgetaucht waren und den Fund beschlagnahmen wollten. „Linus ist ein Geheimnis. Der Einzige, der davon weiß, ist der offizielle Kulturminister. Ich kann mir nicht vorstellen, warum er Desta davon erzählen würde, aber falls er das getan hat, kann ich ihm nicht vertrauen. Da die Botschaft geschlossen ist, war Camp Citron schlussendlich meine einzige Hoffnung."

„Was ist mit dem Ausgrabungsteam? Hätte nicht einer von ihnen Desta von dem Fund erzählen können?" Bei diesen Worten konnte sie ein Keuchen kaum unterdrücken. In den zwei Monaten, die sie nun in Dschibuti verbracht hatte, waren die fünf Männer, die für sie arbeiteten, für sie wie eine Familie geworden. Ibrahim hatte so viel über Archäologie dazugelernt und in diesem Bereich ein natürliches Talent bewiesen. Vor ihm lag eine neue Karriere. Der Gedanke, dass einer ihrer Leute diese Ausgrabungsstätte an einen Kriegsherrn verraten könnte, ließ ihr erneut die Galle hochsteigen. „Das ist möglich", sagte sie so leise, dass sie über das anhaltende Klingeln in ihren Ohren kaum ihre eigenen Worte verstehen konnte. „Aber jetzt in diesem Moment mache ich mir mehr Sorgen *um* sie als wegen ihnen."

Aber dass eine Bombe an ihrem Wagen versteckt worden war – was bedeutete das nun für ihr Team?

Callahan zog sein Funkgerät hervor und sprach erneut mit jemandem auf der Basis, wobei er einen Jargon benutzte, den sie nicht verstand. Ihre Gedanken kehrten wieder zur Misere ihres Teams zurück. Hatte Ibrahim sie alle in Sicherheit bringen können? Hatte man auch unter seinem Wagen eine Bombe versteckt?

Es war ein offenes Geheimnis, dass das amerikanische Militär tödliche Drohnenangriffe von Camp Citron aus startete, wodurch die Basis zu einem strategisch wichtigen Ort wurde – und einem der wichtigsten Ziele von höchster Priorität für feindliche Staaten. Sie hatte noch niemandem den ‚Tod von oben‘ gewünscht – wenn überhaupt war sie bisher schon aus Prinzip gegen diese Drohnen gewesen – und doch würde sie nun nicht einmal mit der Wimper zucken, falls die USA die Koordinaten für Etefu Destas Basislager hatten, und sich dazu entscheiden sollten, dieses Wissen für einen tödlichen Anschlag auszunutzen.

Immerhin hatte der Kriegsherr versucht, sie in die Luft zu jagen.

Er hatte ihr Team bedroht.

Und er hatte Linus‘ Dinner zerstört.

Callahan steckte sich das Funkgerät wieder an den Gürtel und sagte an Blanchard gewandt: „Ich wette doppelt oder gar nichts, dass Desta hinter der Drohung gegen den Botschafter steckt, wegen der sie abgeriegelt wurde.“

Blanchard nickte knapp in seine Richtung. „Keine Wette.“

Sie fragte sich, was wohl die ursprüngliche Wette gewesen war. Die Reihe der Ereignisse schoss ihr durch ihren schmerzenden Kopf. Die bewaffnete Miliz an der Ausgrabungsstätte, die geschlossene Botschaft, ihre verrückte Fahrt zum Camp Citron. Wenn Blanchard und Callahan sie nicht aufgehalten hätten, hätte sie zweifellos das Tor erreicht – genau zu dem Zeitpunkt, als die Bombe explodierte.

Und sie wäre getötet worden.

Wer hatte die Basis mit dem Hinweis angerufen und damit ihr Leben gerettet? Steckte Desta etwa hinter dem Tipp und auch der Bombe? Hatte er beabsichtigt, dass man sie außen vor der Basis anhielt, oder befand sich vielleicht ein Verräter unter seinen Leuten? Die Vorstellung, wie ihr Körper in tausend Stücke zerfetzt wurde und dann auf den Eingang zu Camp Citron herabregnete, ließ sie erzittern.

Langsam sickerte die Erkenntnis in ihr Bewusstsein, wie nahe sie dem Tod gekommen war. Der Horror, die Fossilien zu verlieren, hatte ihr Gehirn benebelt, sie töricht sein lassen.

Sie hätte *sterben* können.

Wäre gestorben, wenn diese beiden Männer nicht gewesen wären.

„Wir sollten zur Straße zurückkehren, wo die Eskorte uns abholen kann", sagte Callahan.

Sie nickte und trat einen Schritt auf die Straße zu, in Richtung ihres zerbombten Mietwagens. *Würde die Mietwagenversicherung diese Art von Schaden übernehmen – einen Bombenanschlag durch einen Kriegsherrn?*

Sobald sie allein war, würde sie von einer furchtbaren Panikattacke heimgesucht werden.

Blanchards Hand auf ihrem Arm hielt sie auf. „Wir werden nicht in die Nähe des Wracks gehen." Er deutete Richtung Osten. „Die andere Straße liegt in dieser Richtung."

Sie gingen schweigend nebeneinander her, wobei sie von den beiden Soldaten flankiert wurde. Sie nahm an, dass sie das zu ihrem Schutz taten, und wieder ärgerte sie sich über all die Dinge, die sie zu Blanchard gesagt hatte, während der sie vom Fahrzeug weggetragen hatte. Sie musste sich wirklich bessere Manieren angewöhnen.

Nach einer halben Meile bat sie um eine kurze Pause, weil sie außer Atem war. Normalerweise vermied sie es, während der heißesten Stunden des Tages zu arbeiten, und dieser Spaziergang ohne Wasser war anstrengend. Ihr Kopf, der auch so schon von der Explosion schmerzte, pochte nun zusätzlich gnadenlos wegen des Flüssigkeitsmangels. Die Wasserflasche, die sie in diesem Land, wo Wasser weitaus wertvoller war als Öl, sonst immer bei sich trug, war zusammen mit Linus' Dinner und ihrem Laptop in die Luft geflogen.

Sie ließ sich auf einen Felsen sinken und versuchte, nicht an den Verlust ihres Computers oder den Durst zu denken. Wenn sie schon dabei war, konnte sie genauso gut versuchen, nicht an die allgegenwärtige Hitze zu denken. Oder an die Tatsache, dass sie soeben fünfzehn Meilen mit einer Bombe an ihrem Tank durch die Wüste gefahren war.

Blanchard tauchte vor ihr auf, und sie beschattete ihre Augen, um in dieser blendend heißen Sonne zu ihm aufzusehen. Wie sehr sie sich nach ihrem Sonnenhut sehnte. Wenigstens war ihre Sonnenbrille in all dem Chaos und beim Hinfallen auf ihrem Gesicht geblieben.

Ich habe noch meine Sonnenbrille. Sie konnte diesen lächerlichen positiven Gedanken nicht einmal künstlich bejubeln.

„Trinken Sie", sagte Blanchard, und sie bemerkte, dass er ihr einen Trinkbeutel entgegenhielt. Sie hatte es nicht gesehen, da sie von der Sonne geblendet war. So viel zum Ruhm von Ray-Bans.

„Danke", röchelte sie, weil ihr Hals mittlerweile zu trocken für eine weichere Aussprache war. Sie nahm nur einen kleinen Schluck. Sie würde dem Mann, der ihr das Leben gerettet hatte, nun nicht auch noch sein wertvolles Wasser wegtrinken. Die Eskorte würde bald kommen. Sie konnte warten.

Sie reichte ihm den Beutel zurück, doch er schüttelte seinen Kopf. „Das ist ein Ersatzbeutel. Sie können ihn behalten. Sie brauchen es."

Beide Männer trugen schwere, sperrige Ausrüstung, die in dieser Hitze bestimmt nicht gerade angenehm war. Sie blickte von einem zum anderen. Beide waren riesig – groß und muskulös – und gutaussehend. Blanchard war der Größere von beiden und deutlich über 1,90 m groß. Mit Ausnahme des leichten Lächelns zu ihrer Erklärung des Namens Linus war sein Gesichtsausdruck überwiegend kalt geblieben – es beeindruckte sie, dass er dazu in der Lage war, in dieser glühenden Mittagshitze solch ein kühles Gebaren an den Tag zu legen – während Callahan etwas zugänglicher schien. Allerdings hatte sie Callahan auch nicht als schleimige Wichse bezeichnet, während er sie durch eine unbarmherzige Landschaft trug.

Ihr Blick fiel wieder auf das US-ARMY-Schild auf Callahans Uniform. „Ich dachte, dass die Marineinfanterie für die Sicherheit in Camp Citron sorgt."

„Wir gehören nicht zur normalen Sicherheitseinheit", erklärte Callahan.

Als er nicht weitersprach, warf sie einen Blick auf sein Gewehr und betrachtete den Rest seiner Ausrüstung. „Spezialeinheit?", fragte sie.

Er nickte. „Ich bin Sergeant First Class Cassius Callahan. Sie dürfen mich Cal nennen. Und dieser Riese, …", er deutete auf Blanchard, „… der sich über Ihnen auftürmt, ist Master Sergeant Pax Blanchard."

Blanchard würdigte diese Worte nicht einmal. Stattdessen zog er eine Wasserflasche hervor und entfernte seine Sonnenbrille, um sich Wasser über sein Gesicht zu spritzen, bevor er lange davon trank. Er hatte schwere dunkle Brauen über braunen Augen, die von dichten Wimpern umrahmt waren, für die viele Frauen alles gegeben hätten, aber in Kombination mit seiner langen geraden Nase und seinem kraftvollen Kiefer wirkte sein Gesicht hart und maskulin. Und heiß, wobei dies keine Referenz zu dem Wasser war, das sich mit den Schweißtropfen an seinem Haaransatz vermischte.

„Spezialeinheit", wiederholte sie und verdrängte die eher unangenehmen Gedanken. Er war genau die Sorte Mann, die sie nicht heiß finden wollte. Sie hatte sich über mittlerweile fast zwölf Jahre darauf spezialisiert, genau solche Männer zu vermeiden. „Aktiv, so wie in Green Berets?"

„Jep, Ma'am", antwortete Callahan.

„Warum hat man Ihnen beiden den Job aufgebrummt, mich abzufangen?"

„Reiner Glücksfall, nehme ich an", erwiderte Callahan.

Blanchard machte ein Geräusch, das sich verdächtig nach einem Schnauben anhörte. „Wir waren in einem Meeting mit unserem XO, als der Hinweis reinkam." Er neigte seinen Kopf. „Können wir weitergehen?"

„Ja." Die Trinkblase hatte einen Trageriemen, den sie sich über ihre Schulter streifte. Sie musste beinahe gefroren gewesen sein, als sie sie heute Morgen eingepackt hatten, denn das Wasser war immer noch kühl und fühlte sich himmlisch an ihrer Haut an. Sie beeilte sich, um zu ihm aufzuschließen, und wieder lief sie zwischen beiden Soldaten.

„Wie sind Sie hier in Dschibuti gelandet, Dr. Adler?", fragte Callahan.

„Bitte nennen sie mich Morgan." Sie atmete tief ein und die Luft war so heiß, dass sie befürchtete, sie könnte ihre Lunge versengen. „Vor ein paar Monaten konnte ich einen Vertrag mit den Regierungen von Dschibuti und Äthiopien sichern, um in der Umgebung für die geplante Routenerweiterung der äthiopischen Eisenbahn am Hafen von Dschibuti archäologische Stätten zu lokalisieren und zu räumen. Es ist ein Vertrag im privaten Sektor, wobei ich zwar von der dschibutischen Regierung bezahlt werde, die US-Navy allerdings ein begründetes Interesse an diesem Projekt hat, weil die dschibutische Regierung zugestimmt hat, eine Erweiterung von Camp Citron zuzulassen, wenn die USA die Konstruktion der Zuglinie unterstützt – für die übrigens China bezahlt. Dschibuti braucht das Geld dringend, das diese Zuglinie einbringen wird, und um ehrlich zu sein, spielen sie unser Land gegen China aus, um den Job so schnell wie möglich zu erledigen.“

Es war ein kompliziertes Durcheinander von Bürokratie, das sie sehr beunruhigt hatte, denn bis sie im Flugzeug saß, hatte sie nicht einmal gewusst, ob dieses Projekt überhaupt stattfinden würde. Und selbst dann hatte sie sich gefragt, ob man sie bei ihrer Ankunft in Dschibuti doch noch zurückschicken würde, einfach weil sie die stolze Besitzerin einer Vagina war. Sie war beinahe versucht gewesen, sich einen Strap-on umzuschnallen, aber sie war davon ausgegangen, dass die Zollbeamten das nicht besonders lustig gefunden hätten.

„Ich dachte, dass die Bauarbeiten für die Eisenbahn nächste Woche beginnen sollten?“, fragte Callahan.

„An der äthiopischen Grenze, ja. Ein Geologe, der auf diese Region spezialisiert ist, hat den Teil der Linie bereits vor Monaten freigegeben. Ich wurde hinzugezogen, um zwei der vorgeschlagenen Routen zu untersuchen, die mit diesem freigegebenen Streckenabschnitt zusammentreffen. Bisher habe ich nur einen potenziellen Bereich überprüfen können, und dort habe ich Linus gefunden. Ich hätte den anderen Bereich bereits vor Wochen untersuchen sollen, aber dieser Fund von Linus hat alles nach hinten verschoben. Falls der zweite potenzielle Abschnitt freigegeben werden kann, dann wird die Eisenbahn dort verlaufen und Linus somit umgehen. Falls nicht, dann wird die Regierung entscheiden, welche Route eingeschlagen werden soll, und Ausgrabungen zur vollständigen Datenerfassung entlang dieser gewählten Route anordnen.“

Würde sie diejenige sein, die die zweite Route untersuchte? Jemand hatte eine Bombe unter ihrem Mietwagen deponiert. Das war ein überzeugendes Argument, nach Hause fliegen zu wollen. Sie hatte sich für ihre Doktorarbeit auf die Archäologie der Neuen Welt spezialisiert, und sie hätte nie erwartet, dass sie als Paläoanthropologin arbeiten würde. Aber dieses Projekt war dank guter Freunde in den richtigen Positionen zustande gekommen, und alles was zählte, waren die Buchstaben „PhD". Es hatte niemanden interessiert, dass sie noch nie zuvor in Dschibuti gearbeitet hatte. Andererseits hatten wenige das getan. Es gab nur acht professionelle Archäologen, die je über Ausgrabungen in Dschibuti berichtet hatten, und sie hatte vor ihrer Ankunft hier diejenigen von ihnen kontaktiert, die noch lebten.

Sie war so qualifiziert, wie jeder andere, und besser geeignet als die meisten.

Aber so sehr sie sich auch darüber freute, Linus gefunden zu haben, war ihr ihr Leben wichtiger. Und so sehr sie auch das Gefühl hatte, dass dieser werkzeug-machende, tier-schlachtende und knapp 1,06 m große Hominini, der sehr einem haarlosen bipedischen Schimpansen glich, ihr gehörte – wenn es um ihr Leben ging, konnte sie ihn – und sollte sie ihn wahrscheinlich – aufgeben. Oder, was sie hätte tun sollen als Callahan sie darüber informierte, dass sich eine Bombe unter ihrem Auto befand, sie hätte volle Kraft voraus davonrennen sollen.

Sie erreichten eine Straße, aber die Eskorte war nirgends zu sehen. Blanchard funkte die Basis an und ein Fahrer antwortete. Er war mitten im Satz, als sie den Knall in der Ferne hörte. Das Rauschen im Funkgerät wurde still.

Kapitel Drei

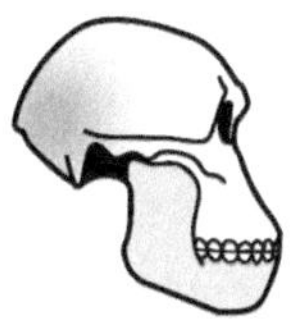

Scheiße! Die Eskorte auf der Bravo-Route war auf eine improvisierte Straßenbombe getroffen. Pax und Cal tauschten einen Blick aus. „Wir müssen einen Unterschlupf für Dr. Adler finden." Er nickte zu dem ausgetrockneten Flussbett. „Das Wadi ist unsere beste Möglichkeit."

Mit einem scharfen Nicken wechselte Cal die Richtung und ging den Weg voran in das trockene Tal hinunter. Pax folgte ihm hinter Dr. Adler, seine Aufmerksamkeit auf das Funkgerät gerichtet, während er auf Updates bezüglich der Situation mit Bravo wartete. Der zweite Konvoi – das Team, das die Explosion untersuchen und den beschädigten Humvee abtransportieren sollte – hatte den längeren Umweg via Charlie eingeschlagen, aber das Hauptquartier wollte sie auf die ursprüngliche Route umlenken, damit sie dem Bravo-Team helfen konnten.

„Personen im Konvoi nur leicht verletzt", übersetzte Cal, damit Dr. Adler das Geplapper verstehen konnte.

„Gott sei Dank." Ihre Stimme zitterte. Pax ahnte, dass sie über den Verlust ihrer Fossilien mittlerweile hinweg war und die Ernsthaftigkeit der Situation nun begriffen hatte.

Er verstand deren Wichtigkeit, aber trotzdem waren sein Leben, ihr Leben und Cals Leben immer noch sehr viel mehr wert als ein paar verdammte versteinerte Knochen. Er verspürte immer noch eine leichte Wut darüber, wie sie sich gegen ihn gewehrt hatte, als er sie in Sicherheit brachte.

Er hatte keine Zeit für uneinsichtige Zivilisten, egal wie engelsgleich ihre Züge waren.

Dschibuti war ein unberechenbarer Unruheherd. Das Land war einfach kein Ort für jemanden, der das nicht verstehen wollte. Es war ein gewaltiges Pulverfass, das in der Sonne vor sich hin schwelte. Es würde nur ein einziges winziges Stück Glas brauchen, das das Licht gerade richtig bündelte, und die Region würde in Flammen aufgehen.

Cal marschierte mit eiligen Schritten die steile Bank hinunter. Dr. Adler überraschte Pax, als sie mit ihm Schritt hielt, allerdings hatte sie ja gesagt, dass sie bereits seit Monaten im Land war und im Freien gearbeitet hatte, so dass sie sich wohl mittlerweile an das Klima und das Terrain gewöhnt hatte. Ihre vorherige Erschöpfung hatte wahrscheinlich von ihrem Schock hergerührt, und daher, dass sie zur heißesten Zeit des Tages unterwegs waren.

Cal erreichte das ausgetrocknete Flussbett und drehte sich um, um Dr. Adler seine Hand zu reichen. Sie erstarrte kurz vor Pax so plötzlich, dass er sich zwingen musste anzuhalten, weil er sie sonst über den Haufen gerannt hätte.

Cals Augenbrauen zogen sich zusammen. „Dr. Adler?"

„Da kriecht eine Nordostafrikanische Sandrasselotter über Ihren Fuß." Ihre Stimme klang leise und so trocken, dass es sich eher wie ein Atmen anhörte, als ein Geräusch.

Cal blickte nach unten – ganz, ganz langsam. Pax bewegte sich etwas zur Seite, um an einem Felsen vorbeizusehen, der aus der Uferböschung hervorragte, und beobachtete, wie diese hochgiftige Schlange in Seelenruhe über Cals Stiefel dahinschlängelte. Glücklicherweise bestanden ihre Stiefel aus dickem Leder und reichten bis weit über ihre Knöchel. Die Schlange würde ziemlich weit oben zubeißen müssen, wenn sie die Haut verletzen wollte.

Cal und Dr. Adler standen absolut still, während die Schlange sich an ihnen vorbeiwand. Sie verschwand unter einem großen Felsen, der ein paar Schritte entfernt war. Dr.

Adler atmete tief ein und schwankte rückwärts, als sie wieder ausatmete, wobei sie sich gegen Pax' Brust lehnte. Sie blieb mit ihrem Rücken an seiner harten Schutzweste gelehnt und atmete erneut tief ein. „Das ist die Zweite, die ich seit meiner Ankunft hier gesehen habe."

„Das war die Erste für mich", sagte Cal. „Danke für die Warnung."

Sie nickte und betrat vorsichtig den Boden des Flussbettes.

Einige Bereiche des ausgetrockneten Wadis waren weit und offen. Hier lagen die Ufer fast fünfzig Meter weit auseinander, aber ein Großteil des trostlosen Tals – inklusive der kurvenreichen Strecke, die sich über zwei Meilen lang hin und her wand und sie schlussendlich zum Golf von Tadjoura und zum Hafen der US-Navy am Camp Citron führen würde – war eher eng und mit massiven Felsen übersäht, um die sie herumgehen mussten. US-Soldaten patrouillierten den Bereich, der sich in der Nähe der Militärbasis befand, aber die dschibutische Regierung sah es nicht gerne, wenn das amerikanische Militär mehr Land kontrollierte, als ihnen ursprünglich zugestanden worden war. In dieser weiten Entfernung von der Basis war das Wadi völlig verlassen.

Diese Wadis – Flussbetten oder Täler, die außerhalb der Regenzeit austrockneten – waren in Dschibuti wie ein grausamer Spott, denn hier gab es keine echten Flüsse, sondern nur saisonal bedingte Ströme. Sie waren ein Versprechen auf Wasser, das niemals kam. Soweit Pax es beurteilen konnte, war alles in Dschibuti brutal.

Cal übernahm die Führung, während Pax ihnen den Rücken mit seiner schussbereiten M4 deckte. Sie fanden eine geschützte, schlangenfreie Position, in der sie sich halbwegs verstecken konnten, um weitere Anweisungen abzuwarten. Wenn sie Dr. Adler nicht bei sich gehabt hätten, wären sie direkt zur Basis zurückmarschiert, aber diese Frau war mehr als nur ein Hindernis, sie war ein unbekannter Faktor.

War sie eine Spionin mit einer perfekten Tarnung, oder eine unschuldige Zielperson, die Etefu Desta tot sehen wollte?

Sobald sie die gesicherte Position eingenommen hatten, rief

Cal ihren Kommandeur via Funk an. Der hatte keine guten Nachrichten. Der zweite Konvoi, der die Charlie-Route hätte nehmen sollen, stand unter Beschuss durch Heckenschützen und steckte somit fest. Sie hatten es mit einem koordinierten Angriff zu tun, den Desta komplett inszeniert hatte.

„Desta hatte bisher weder die Organisation noch die Feuerkraft, um solch einen Angriff zu starten", sagte Cal.

Pax nickte. Er hatte genau dasselbe gedacht. Sein Blick wanderte an Dr. Adler auf und ab. Destas Botin. Was zur Hölle hatte das zu bedeuten? „Was ist, wenn Desta nicht hinter diesem dreifachen Anschlag steckt?", sagte er. „Wer hat es sonst noch auf Camp Citron abgesehen?"

Cal schnaubte. „Das könnte so ziemlich jeder in Ostafrika und der Arabischen Halbinsel sein."

Er verzog eine Miene, als er die Wahrheit in Cals Aussage erkannte. „Lass es mich umformulieren: Wer hat die Mittel, um einen derartigen Anschlag durchführen zu können? Sowohl das Timing als auch das Geld?"

Cal zuckte mit den Schultern. „Keine Ahnung. Vielleicht China?"

Es stimmte zwar, dass China hart daran arbeitete, endlich einen Ansatzpunkt in Ostafrika zu gewinnen, aber ein direkter Anschlag auf eine amerikanische Militärbasis schien zu weit hergeholt, selbst für sie.

Wieder landete Pax' Blick auf Dr. Adler. Ihre Reaktion war extrem gewesen. *Zu extrem?*

Möglicherweise. Aber sein Bauchgefühl sagte ihm, dass sie nur eine uneinsichtige Närrin war.

Das Radiogeschnatter nahm zu, als die Marinesoldaten von Team Charlie die Positionen der Schützen ausmachen konnten. Cal wurde hellhörig. „Wenn sich der Heckenschütze westlich von Charlie befindet, zwischen dem Wadi und der Basis, dann sind wir hinter dem Arschloch."

Pax stellte sich ihre Position im Geiste vor. „Der Schütze könnte sich oberhalb des Wadis einen halben Klick nordöstlich befinden. Wir könnten uns von hinten an ihn ranschleichen und ihn erledigen." Sein Blick fiel auf Dr. Adler und er runzelte seine Stirn. Das war nicht die Art Unternehmung, bei der sie eine Zivilistin mit sich herumschleppen konnten.

Cal konnte seine Gedanken lesen. „Ich werde dir die fünfzig Dollar erlassen, die du mir schuldest, wenn du das Babysitten übernimmst", schlug er vor.

Pax schmunzelte und war versucht hundert Dollar zu verlangen, aber er wollte sich lieber den Heckenschützen vornehmen. „Kein Deal."

„Ich bin auf Distanz der bessere Schütze, und das hier wird eine sehr große Distanz sein." Cals Blick fiel auf die Archäologin. „Und du kannst besser mit Frauen umgehen."

Dr. Adler schnaubte und blickte dann in beide Richtungen des schmalen staubtrockenen Flussbettes. Dann traf sie ihre beiden Blicke. „Wenn Sie beide ihn erledigen können, dann sollten Sie das tun. Ich kann mich hier verstecken und warten."

So sehr Pax dieser Plan auch gefiel, würden sie auf gar keinen Fall darauf eingehen. Er nickte Cal scharf zu. Pax selbst war mit Sicherheit kein schlechter Scharfschütze, aber Cal war ein Ass. „Ich werde bei Dr. Adler bleiben, aber dafür zahlst du heute Abend im *Barely North*."

Sich zu trennen war nicht gerade ideal, aber seit wann war Krieg je ideal? Und die Überprüfung dieses Tipps bezüglich Dr. Adler als Gefallen für den XO hatte sich in einen totalen Kampfeinsatz verwandelt. „So habe ich mir meinen freien Tag nicht vorgestellt", fügte er noch hinzu.

„Denke einfach an die extra Bezahlung für Überstunden", sagte Cal.

„Die wirst du brauchen, denn ich habe vor, heute Abend das Zwei-Drinks-Limit zu überschreiten." Er zog eine Landkarte heraus und breitete sie auf einem Felsen zwischen ihm und Cal aus.

Die Sonne brannte herab und wurde vom Plastik der Schutzhülle reflektiert. Schweiß tropfte von seinem Haaransatz auf das Plastik. Er würde sich zuerst einen Eisdrink gönnen, egal welcher Art, solange er eine Menge Eis darin hatte.

Cal deutete auf einen Kamm oberhalb des Flussbettes. „Von hier oben" – er fuhr die Kontur mit seiner Fingerspitze nach –

„hätte er einen klaren Blick auf Charlie. Es ist weit weg, was bedeutet, dass dieser Hurensohn äußerst fähig ist. Außerdem fühlt er sich wahrscheinlich sicher, weil ihn niemand von da unten deutlich sehen kann."

„Wird Zeit, dass wir dem selbstgefälligen Arschloch zeigen, wer hier das Sagen hat", sagte Pax und steckte die Karte wieder ein. „Dr. Adler und ich werden weiter das Flussbett hinaufgehen. Ich sehe dich dann auf der Basis."

Cal grinste. „Nicht, wenn ich dich zuerst sehe." Er wandte sich an Dr. Adler. „Ma'am, es war furchtbar, Sie kennenzulernen. Ich hoffe, dass es bei unserer nächsten Begegnung weniger Explosionen und Schlangen geben wird."

Adler lachte. „Absolut."

Sein Blick sprang zu Pax. „Lassen Sie sich von Pax keine Angst einjagen. Er ist ein Teddybär. Seine düstere Art bedeutet, dass er Sie mag. So flirtet er."

„Solltest du dich nicht auf den Weg machen?", fragte Pax seinen Partner genervt.

Cal grinste ihr zu, wandte sich dann an Pax und im selben Augenblick war er wieder ganz der Soldat. Cal konnte von einem sympathischen Kumpel so blitzschnell wieder in die Rolle des Special Forces Agenten schlüpfen, dass es einem dabei schwindelig wurde. „*Barely North* um 18:00 Uhr. Die Rechnung geht auf mich." Er drehte sich um und joggte das Flussbett hinauf, wobei ihn seine schwere Ausrüstung nicht im Geringsten behinderte.

Adler traf Pax' Blick. „Ein Teddybär? Daran habe ich meine Zweifel."

Pax behielt einen neutralen Gesichtsausdruck bei, als er die Frau betrachtete, die seinen Tag vollkommen ruiniert hatte. „Grizzly. Teddy. Cal verwechselt diese beiden Ausdrücke gern."

Ihre Mundwinkel zuckten, aber sie lächelte nicht. Ihr Blick wurde ernst. „Tut mir leid, dass ich vorher so ein Miststück war."

„Weniger ein Miststück als ein Dummkopf."

Sie nickte. „Das auch. Ich war furchtbar. Und das tut mir leid."

Er nickte scharf. „Entschuldigung angenommen."

Sie neigte ihren Kopf zum Flussbett, in die entgegengesetzte Richtung, in die Cal verschwunden war. „Ich nehme an, dass wir in dieser Richtung weitergehen?"

„Ja. Wir wissen nicht, was uns erwartet. Wir werden also langsam vorwärtsgehen. Vorsichtig."

Sie nickte und trat einen Schritt vorwärts. Er stoppte sie mit seiner Hand auf ihrem Arm, wobei er das Kribbeln bei der Berührung ignorierte. „Ich gehe zuerst."

„Sorry."

Er führte sie an, scannte das Flussbett mit dem Lauf seines Gewehrs mit jedem langsamen Schritt. So ziemlich alles an dieser Situation war beschissen. Die Sonne hatte ihren höchsten Stand erreicht, die Luftfeuchtigkeit lag bei mindestens eintausend Prozent, Cal hatte sich verdrückt, um allein einen Heckenschützen auszuschalten, und Pax steckte mit Morgan fest, der fluchenden Hexe.

Als ob seine Gedanken es heraufbeschwört hätten, stieß Dr. Adler einen ganzen Schwall an Flüchen aus. „Was ist los?", fragte er.

„Ich habe mir mental eine Liste von all den Dingen gemacht, dich ich in dem Wagen zurückgelassen habe: mein Computer, meine Notizbücher, Kamera. All meine Notizen, all die Ausgrabungsfotos, all die strategischen Zeichnungen. Alles weg." Weitere Flüche sprudelten über ihre Lippen, wobei sie ihre Schimpfworte an Desta und dessen Vorfahren richtete, und sie endete mit den Worten: „Rucola mit Ziegenwichse auf schimmeligem Toast ist zu gut für diesen schweinegesichtigen Scheißkerl."

„Sie müssen Rucola geradezu hassen."

„Rucola ist Satans Eisbergsalat."

Da sie sein Gesicht nicht sehen konnte, gönnte er sich ein volles Lächeln. Er selbst war ebenfalls kein großer Fan von Rucola. „Haben Sie irgendeine Art Backup für Ihre Daten?", fragte Pax.

„Der Kulturminister hat Kopien von einigen Feldnotizen –

vorläufige Funde, Updates zum Projekt, aber keine detaillierte Karte und Zeichnungen. Nicht die Hardcore-Daten."

Ein Geräusch über ihnen ließ Pax erstarren. Er hob eine Faust in Schulterhöhe, um einen Stopp zu signalisieren, und er hoffte, dass Adler das Zeichen kannte. Sie hielt augenblicklich inne und war sich außerdem auch gleich der Wichtigkeit bewusst, still zu sein.

Er lauschte, wohl wissend, dass ihm die leiseren Töne entgingen, da sein Gehör noch immer von der Explosion beeinträchtigt war. Trotzdem war das Geräusch von Schüssen unverkennbar, genauso wie die Basalt-Splitter, die durch eine Kugel, die auf den Felsen rechts neben ihm aufgeprallt war, abgesprengt wurden und ihn nun an der Schulter trafen.

Er griff nach Adler, duckte sich und zerrte sie hinter einen Felsen. Er fluchte leise. Sein Blick hatte mindestens zwei Männer erfasst, bevor einer von ihnen geschossen hatte.

„Geben Sie mir eine Waffe", flüsterte sie.

Er starrte sie überrascht an.

Ihr Blick sprang kurz zu der Sig an seinem Gürtel. „Geben Sie mir die Sig."

„Sind Sie verrückt? Wissen Sie, was mit mir passieren würde, wenn herauskäme, dass ich einer Zivilistin eine Waffe gegeben habe?"

„Ich würde mich mit einer Waffe sicherer fühlen, Sie benutzen sie nicht, und wir haben mindestens zwei Bewaffnete vor uns, die aus fünfzehn Metern Entfernung auf uns schießen. Jetzt ist nicht der Zeitpunkt, um sich darum Sorgen zu machen, was der Boss sagen könnte."

Er legte seine Hand auf die Sig. Mist. Da war eine gewisse Logik in ihren Worten. Und falls ihm etwas passieren sollte, stünde sie den bewaffneten Milizionären allein gegenüber. Pax würden sie einfach nur umbringen, aber Dr. Morgan Adler? Man würde sie leben lassen. Als Kriegsbeute. In Somalia, nur knapp fünfzehn Kilometer entfernt, zog ISIS junge Frauen und Mädchen nackt aus, stellte sie auf einen Auktionsblock und verkaufte sie in die sexuelle Sklaverei. Falls sie Adler in die

Finger bekommen sollten, würde sie dasselbe Schicksal erwarten.

„Ich nehme nicht an, dass Sie wissen, wie man schießt?", fragte er.

Sie nickte scharf. „Ich bin eine gute Schützin."

Pax hoffte, dass das die Wahrheit war.

Er reichte ihr die Sig, und sie checkte die Ladung wie jemand, der sich damit auskannte. Sie rammte das Magazin wieder in den Griff. „Ich mag etwas eingerostet sein, aber ich weiß, was zu tun ist." Sie blickte auf die Waffe herunter. „Ist das Visier korrekt?"

Er nickte.

„Gut."

„Sie werden nicht auf eine Zielscheibe aus Papier schießen. Werden Sie eine Person erschießen können, wenn das sein muss?"

„Glauben Sie, dass diese Männer etwas mit der Explosion zu tun hatten?"

„Ja." Das tat er, aber er hätte so oder so mit ja geantwortet.

„Dann werde ich diesen Mistkerlen ihre eichhörnchengroßen Eier wegschießen."

Er lächelte, und zum ersten Mal glaubte er, diese Frau mögen zu können.

Er zog einen Spiegel hervor, der an einer ausziehbaren Stange befestigt war, und verlängerte diese, bis er damit die Position der Schützen ausmachen konnte. Sie hätten eine bessere Sicht, um auf die Bastarde schießen zu können, wenn sie sich hinter einem Felsen etwa fünf Meter zu ihrer Linken verstecken würden. „Ich werde Ihnen Feuerschutz geben, während Sie zu dem Felsen dort rennen." Er zeigte dorthin. „Schaffen Sie das?"

Er konnte die Angst in ihren Augen sehen. Es war eine Sache, auf Ziele in einer Schießanlage zu feuern, aber eine ganz andere, in einem möglichen Kugelhagel durch eine fünf Meter breite offene Lücke zu sprinten. Sie streckte ihre Wirbelsäule durch. „Ich schaffe das", sagte sie fest. Der Angst in ihren großen blauen Augen verschwand hinter einem Schleier der Courage. Sie meinte es, wie sie es sagte.

Oder noch wichtiger, sie *glaubte* es.

Er reichte ihr ein Paar Ohrstöpsel und steckte sich selbst welche ein. Es würde ziemlich laut werden. Sie nahmen beide eine hockende Position ein, und er zählte mit seinen Fingern bis drei. Auf sein Signal hin eröffnete er mit seiner M4 das Feuer und sie rannte los. Ihre knapp durchschnittliche Größe für eine Frau – er schätzte sie auf zirka 1.62 m bis 1.65 m groß – geduckt rannte sie schnell und wurde zu einem winzigen blitzschnellen Ziel. Sie bewegte sich, als hätte sie dafür trainiert, und er fragte sich, ob sie in Amerika an Paintballspielen oder Ähnlichem teilgenommen hatte.

Sie erreichte den Felsen unverletzt und signalisierte ihm. Sofort duckte sie sich, ging in Deckung wie ein Profi und positionierte sich selbst so, dass sie schießen konnte. Er realisierte, dass sie auch ihn mit einem Schutzfeuer decken wollte. Er schüttelte seinen Kopf. Er würde selbst sein Gewehr auf dem Weg zu ihr abfeuern. Es wäre effektiver, und er hatte weitaus mehr Munition für seine M4 als für seine Pistole.

Aber er konnte bei dem Gedanken, dass sie ihn mit Schutzfeuer decken wollte, ein Grinsen kaum unterdrücken. Dr. Morgan Adler steckte voller Überraschungen.

Er überquerte die Distanz mit schnell aufeinanderfolgenden Schüssen. Das Geräusch hallte durch das Wadi, und die Vibration erschütterte die feuchte Luft. Wieder an ihrer Seite, schob er sie tiefer hinter den Felsen, bevor er erneut den Spiegel dazu benutzte, den Feind zu finden.

Die Wand des Flussbettes enthielt eine Spalte, und mindestens einer der Schützen hatte sich in diesem Riss versteckt. Er konnte sehen, dass eine Zehe am Boden aus der Öffnung hervorlugte und der Lauf einer Waffe etwa in Hüfthöhe sichtbar war.

Nachlässig. Das waren keine ausgebildeten Soldaten.

Was durchaus eine Erleichterung war, denn sein A-Team hatte Einheimische trainiert, und der Gedanke, dass sie von einem der Männer angegriffen wurden, die er zu Guerilla-Kämpfern ausgebildet hatte, widerstrebte ihm und war dennoch eine allgegenwärtige Sorge.

Er zielte mit seiner Waffe auf die geschätzte Kopfhöhe des Schützen und wartete. Er würde diesem armseligen Möchtegern-Soldaten fünf Minuten geben. Falls er sich bis dahin nicht gezeigt hatte, würden sie zum nächsten Felsen vorrücken.

Doch dieser Bastard tat Pax den Gefallen und lugte nach nur dreißig Sekunden um die Ecke. Pax zog in dem Moment am Abzug, als der Schütze seine Waffe zum Zielen vor sein Gesicht hob. Dieses Arschloch hätte genauso gut eine Zielscheibe hochhalten können. Blut spritzte über den Felsen.

Ein Tango weniger, noch mindestens einer übrig.

Hinter sich hörte er ein Rascheln, als Adler ihre Position änderte. Er drehte sich in der Hoffnung um, dass sie das soeben vergossene Blut nicht allzu sehr schockiert hatte. *Fuck!* Der andere Mann hatte sie umkreist. Er sprang und zielte mit seiner Waffe direkt auf Dr. Adler.

Sie schoss auf ihn, bevor Pax seine Waffe heben konnte.

Der Mann fiel zu Boden und rollte sich zusammen.

Heilige Scheiße. Sie hatte ihm tatsächlich in seinen Schritt geschossen. Der Mann jaulte vor Schmerzen.

„Sie hätten auf das Massezentrum zielen sollen."

„Ich *habe* auf das Massezentrum gezielt. Wie gesagt, ich bin aus der Übung. Außerdem wurde ich angegriffen."

Pax zog sich seine Ohrenstöpsel heraus und näherte sich dem sich windenden Mann. Er trat dessen Waffe von ihm weg und durchsuchte dann kurz seinen Körper. Keine weiteren Waffen. Dieser Kerl konnte niemandem mehr schaden. „Wie viele?", fragte er auf Französisch. „Wie viele Männer befinden sich noch im Wadi?"

Der Mann schluchzte, versicherte, dass niemand sonst ihren Weg zur Basis blockierte, und flehte sie an, ihn zu einer amerikanischen Krankenstation zu bringen.

Auf gar keinen Fall würde Pax sein eigenes Leben und das von Dr. Adler für einen Mann riskieren, der sie soeben noch hatte umbringen wollen. Sie würden weiter das Flussbett in Richtung Basis entlangwandern und darauf hoffen, dass sich keine weiteren Milizsoldaten dort positioniert hatten. Dieser geplante Angriff auf Camp Citron war etwas vollkommen

Neuartiges und noch nie zuvor in dieser Art versucht worden, und er befürchtete, dass Desta weitere Überraschungen für sie parat hatte.

Er stand auf und klopfte den Staub von seiner Uniform. Da war Blut auf seiner Ausrüstung. „Los geht's", sagte er zu Dr. Adler.

Das Schluchzen des Milizionärs wurde zu lautem Jammern, als sie fortgingen und den Mann dort in dem heißen Wadi zum Sterben zurückließen. „Desta", sagte der Mann. „Ich kann euch Desta geben." Weitere Worte brachen hervor, doch Pax sprach nur wenig Arabisch, somit konnte er ihnen nur wenig Sinn entnehmen. Dann wechselte der Mann zu Französisch, einer Sprache, die Pax verstand. „Ich weiß, wo sich Destas Lager befindet. Rettet mich und ich werde es euch verraten. Ihr könnt dann die Drohnen senden, die den Tod von oben bringen."

Kapitel Vier

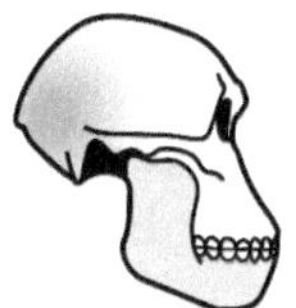

Blanchard hielt inne und starrte auf den sich windenden, jammernden Mann. Sein Gesicht war verschlossen, sein Ausdruck unleserlich.

„Was hat er gesagt?", fragte Morgan. Sie war sich ziemlich sicher, dass die letzten Worte des Mannes Französisch waren, aber ihre eigenen Kenntnisse in dieser Sprache beschränkten sich auf die französische Küche.

Blanchard öffnete die Schnallen seiner schweren Weste und ließ die Ausrüstung zu seinen Füßen sinken. „Er sagt, dass er uns Etefu Desta ausliefern kann. Er weiß, wo sich dessen Lager befindet." Er kniete sich neben den verwundeten Mann. „Er sagt, dass er die Position des Lagers im Austausch für medizinische Versorgung preisgeben wird."

Morgans ganzer Körper wurde hellwach. Etefu Desta wurde als einer der meistgesuchten Männer dieser Region gehandelt und war in jedem Sicherheits-Bulletin aufgetaucht, das sie von der Botschaft bekommen hatte.

„Die Bombe in Ihrem Auto war nur eine Kleinigkeit, verglichen mit den Dingen, die Desta getan hat, um die Macht in Äthiopien und Eritrea an sich zu reißen", fügte er hinzu.

Er hatte recht. Sie konnten keine Hinweise ignorieren, die zu Destas Lager führen könnten, auch dann nicht, wenn sie von einem sterbenden Mann kamen, der sich medizinische Versorgung sichern wollte. Sie ließ sich neben Blanchard auf ihre Knie fallen. „Wissen Sie irgendetwas darüber, wie man Schusswunden im Schritt versorgt?"

„Wir müssen die Blutung stoppen." Er entfernte die Hände des Mannes von dessen verwundeten Genitalien. „*Mussten* Sie unbedingt auf seine Eier zielen?" Er wandte sich seiner Ausrüstung zu und zog verschiedene Beutel, die mit einem roten Erste-Hilfe-Kreuz markiert waren, aus seinem Rucksack. „Wir müssen Druck auf die Oberschenkelarterie ausüben. Damit können wir die Blutung eindämmen. Ich habe Verbände, die mit einem Blutgerinnungsmittel versehen sind."

Sie bewegte sich, kniete sich gegenüber von Blanchard vor den Mann und knöpfte dessen Hose auf, wobei sie darüber nachdachte, wie sie diese am besten herunterziehen konnte, ohne dabei die Wunde noch zu verschlimmern.

Knochen, Dreck, Insekten und Reptilien machten ihr nichts aus, aber bisher war ihr Würgereiz noch nicht an zerfetztem Fleisch und einer blutigen Wunde getestet worden. Sie streckte ihre Wirbelsäule durch. Sie würde das schon schaffen.

Sie atmete tief ein. Blitzschnell brachte der Geruch von Blut in der kochend heißen Sonne sie zum Würgen. *Okay. Atme durch den Mund.* Sie griff noch einmal nach dem Hosenbund des Mannes und zog am Stoff.

Blanchard zog ein scharfes Messer hervor und teilte die Hose des Mannes mit einem schnellen Schnitt von der Hüfte den ganzen Weg hinunter bis zur Naht am Knöchel. Er reichte ihr das Messer. „Tun Sie dasselbe auf der anderen Seite", sagte er und machte sich dann wieder daran, die medizinischen Hilfsmittel aus seinem Rucksack herauszuholen.

Sie kopierte seine Handlung und pellte dann die Hose vorn von dem Mann herunter. Sie verzog ihr Gesicht, als sie die blutverschmierten Genitalien sah.

„Wissen Sie, wie man den femoralen Puls findet?", fragte Blanchard.

„Ich glaube, ja." Sie hatte in Vorbereitung auf ihren Trip nach Dschibuti ihren Erste-Hilfe-Kurs aufgefrischt und sich in CPR ausbilden lassen. Sie würde das schon hinkriegen.

Sie *würde* das schaffen.

Sie fand ihr innerstes Zentrum, wie sie es schon früher getan hatte, wann immer sie Kata praktiziert hatte. Wenn sie Karate trainierte, ging es größtenteils um Muskelgedächtnis und Fokus. Das würde sie auch hier anwenden können.

Blanchard reichte ihr Operationshandschuhe und antiseptische Wischtücher. Sie schüttete etwas von dem wertvollen Wasser, das er ihr zuvor gegeben hatte, über den Schritt des Mannes, um einen Teil des Blutes zu entfernen, zog sich die Handschuhe über und benutzte dann die Tücher, um die Wunde zu finden. Die Kugel hatte seinen Hodensack gestreift und sich in seinem inneren Oberschenkel festgesetzt. Gut. Sie befand sich im Bein, unterhalb der Arterie.

Sie atmete wieder normal, der Geruch machte ihr nichts mehr aus. Sie war nun voll und ganz konzentriert. Nichts außer der Aufgabe, die vor ihr lag, spielte jetzt eine Rolle.

Sie fand seinen femoralen Puls und drückte mit ihrem Handballen tief in sein Bein. Der Mann schrie auf, denn wahrscheinlich verursachte dieser Druck unglaubliche Schmerzen so nahe an seiner Wunde.

Sie drückte noch fester.

Der Aufschrei des Mannes brach ab. Er war vor lauter Schmerzen ohnmächtig geworden, so dass sie beide nun angenehme Stille umgab.

Blanchard presste einen dicken Verband über die Wunde. Der saugte sich sofort voll, aber das Blutgerinnungsmittel und der Druck schienen zu wirken, denn als er den Verband wieder entfernte, um ihn gegen einen neuen auszuwechseln, füllte sich die Wunde nicht gleich wieder mit frischem Blut. Sie erhöhte den Druck auf die Arterie, während er den zweiten Verband darauf presste. Ihre Arme zitterten von der Kraftanstrengung, um den Druck beizubehalten.

„Du machst das gut", sagte er, zum Du überwechselnd, als er den Verband um den Oberschenkel des Mannes wickelte und ihn dann befestigte. Er verknotete die Enden.

Sie entspannte ihre Arme, setzte sich auf ihre Hacken und

massierte ihre Handgelenke, die von der Anspannung schmerzten.

„Du darfst niemandem verraten, dass du auf ihn geschossen hast", sagte Blanchard. „Meine Waffe. Meine Kugel. Mein Schuss. Es sei denn, du willst meine Karriere ruinieren."

„Ich werde nichts sagen", versprach sie.

„Scheiße. Ein Schuss in die Leiste. Damit wird man mich monatelang aufziehen. Und du hast behauptet, du seist ein guter Schütze."

Sie konnte nicht anders und musste über seine Beschwerde grinsen. „Sorry. Es ist schon über zehn Jahre her, seit ich das letzte Mal geschossen habe. Ich werde den nächsten Typen in den Oberkörper treffen. Versprochen."

„Hoffen wir mal, dass es keinen nächsten Typen geben wird."

Ihr Blick fiel auf den ohnmächtigen Mann. „Glaubst du, dass er wirklich weiß, wo Desta ist?"

Blanchard zuckte mit den Schultern. „Ich werde kein Risiko eingehen und davon ausgehen, dass er lügt. Wir sind schon zu lange hinter Desta hinterher, um diese Möglichkeit in den Wind zu schlagen. Und nach diesem Angriff müssen wir diesem Arschloch endlich das Licht ausblasen. Ich werde ihn aus dem Wadi heraustragen und nach einem Sanitäts-Hubschrauber funken."

„Bringt das den Hubschrauber nicht in Schusslinie des Heckenschützen?"

„Hoffentlich hat sich Cal bis dahin um den Schützen gekümmert."

Morgan starrte auf den Verband und beobachtete, wie das tiefe Rot das strahlende Weiß verfärbte, aber kein Blut sickerte durch. Sollte der Angreifer verbluten, bevor er die Krankenstation erreichte, dann läge das nicht daran, dass sie nicht versucht hatten ihn zu retten. Sie atmete tief ein und stand auf, streckte ihre verkrampften Beine und Arme aus, die von der Anstrengung, ständigen Druck auf die Arterie auszuüben, angespannt waren.

Ein Blick nach unten ließ sie erkennen, dass ihre Lieblings-

Arbeitskleidung voller Blut war. Bestimmt sah sie so aus wie Dummchen Nr. 3 in einem Horrorfilm, und Blanchard sah definitiv so aus, als ob er derjenige wäre, der die Kettensäge schwang.

Sie zog sich die Handschuhe aus, stopfte sie in den Beutel, in dem Blanchard die anderen verbrauchten Versorgungsmittel verstaut hatte, und rieb Desinfektionsmittel über ihre Hände. Zumindest teilweise sauber, schnappte sie sich den Trinkbeutel, hob ihn vom Boden auf und sah, dass sich am Mundstück ebenfalls Blut befand. Sie verzog ihr Gesicht. Auf gar keinen Fall würde sie daraus trinken.

Blanchard bot ihr das Mundstück zu seinem Trinkbeutel an und sie trank dankbar einen Schluck Wasser, bevor er das Mundstück dann wieder unter einer Manschette an seinem Rucksack versteckte. „Also, ich werde einen Arm nehmen und du den anderen und dann ziehen wir ihn?", fragte sie.

„Nein. Dadurch würde die Blutung wieder stärker. Ich werde ihn tragen."

„Aus dem Wadi?" Sie blickte am Abhang hinauf. Das trockene Flussbett hatte sich in diesem Bereich verengt und verlief in einem tieferen Tal. „Die Wände hier sind steil."

Sein Mund verzog sich zu einem arroganten Lächeln. „Ich schaffe das schon. Dich habe ich auch getragen – während du dich strampelnd gegen mich gewehrt hast."

Die Erinnerung ließ sie rot werden. „Ich glaube, die Rechnung heute Abend sollte auf mich gehen."

Er blickte über den Rand seiner Sonnenbrille an. In seinen Augen lag nun keine Wut mehr, allerdings war ihr Waffenstillstand durch die Schießerei verstärkt worden. Sie erblickte Wärme in seinen Augen und seine Lippen trugen einen Hauch von einem Lächeln. „Du schuldest mir mehr als das."

Es war, als ob er den Schalter zu ihrer Libido umgelegt hätte. Sicher, sie hatte auch schon vorher bemerkt, dass er attraktiv war, aber das war nur eine abstrakte Wahrnehmung gewesen, als ob sie einen gutaussehenden Schauspieler in einem Film sah und dessen gutes Aussehen auf eine passive, unpersönliche Weise genoss. Aber mit diesem einen angedeuteten

Lächeln und einer Spur von Humor verwandelte sich seine Attraktivität von theoretisch zu konkret. Ihre Gedanken wandelten sich von *er ist scharf* zu *von dem will ich mehr.*

Wollte sie mehr von ihm?

Ihre Augen wanderten über ihn und stoppten abrupt auf den Worten „US-ARMY" über seiner linken Brust.

Er war nicht *nur* Militär, er war in der Armee. Ein Green-Beret, zu allem Überfluss. Ihr Vater würde Sergeant Pax Blanchard *lieben.*

Was den Soldaten ganz oben auf ihre *auf-gar-keinen-Fall*-Liste setzte. Davon wollte sie definitiv *nichts* wissen.

Sie räusperte sich und legte eine gewisse Kälte in ihre Stimme. „Nun, mehr als einen Drink wirst du nicht von mir bekommen."

Er neigte seinen Kopf. „Entspann dich, Dr. Adler. Das war nur ein Scherz."

„Morgan", korrigierte sie noch einmal.

„Dann nenn mich Pax. Himmel, nenn mich wie immer du willst – außer Hulk. Nicht einmal Cal darf mich so nennen."

Er nickte zu seiner Ausrüstung. „Wirst du meinen Rucksack tragen können?"

Sie nickte.

„Gut." Er zog sein Funkgerät hervor und sprach in der fremden Sprache von militärischen Funk-Codierungen. Sobald er diese Aufgabe erledigt hatte, verstaute er das Funkgerät und nickte ihr zu, dass sie sich den Rucksack anlegen sollte, während er den verwundeten Milizionär hochhob.

Heilige Scheiße, die Ausrüstung war schwer. Sie hielt ihre Flüche im Zaum, denn sie hatte nicht die Absicht, ihm zu zeigen, was für ein Schwächling sie war. Er hatte sie getragen während er dieses Ding mit sich herumschleppte? In dieser Hitze? Dieser Kerl war kein Hulk, er war Captain America.

Captain America war rein zufällig ihr Lieblings-*Avenger* in der gleichnamigen Serie von Kinofilmen.

Mit der Bürde des Verwundeten, der unterernährt war und wahrscheinlich kaum sechzig Kilo wog, kletterte Pax den steilen Abhang des Wadi hinauf. Ihm folgend versuchte sie, ihre angestrengte Atmung zu verbergen, als sie die Ausrüstung, die gerade mal ein Drittel des Gewichts aufwies, das er trug, denselben Abhang hinaufschleppte. Steine rollten unter ihren Füßen weg und sie drohte auszurutschen, während die Sonne auf ihren Kopf hinunterbrannte.

Das war der Grund, warum sie sich trotz des intensiven Drucks ihres Vaters nie dem Militär angeschlossen hatte. Ihre Ausgrabungsausrüstung war schon schwer genug, schönen Dank auch.

Sie glaubte schon, sie würde vor lauter Hitze und Erschöpfung ohnmächtig werden, als sie den Kamm erreichte und auf dem Boden zusammensackte. So viel zum Thema Schwäche verbergen. Selbst der Gedanke sich zu übergeben, erschien ihr in diesem Moment gar nicht mal so unangenehm, allerdings war sie selbst dafür zu dehydriert.

„Geh ohne mich weiter“, murmelte sie Blanchard – *Pax* – zu, während der weiterging, ohne seinen Schritt zu verlangsamen.

„Keine Zeit für Pausen, Adler.“ Seine Stimme triefte vor Verachtung. „Wir sind im Freien und müssen in Deckung gehen, um auf den Hubschrauber zu warten.“

Er klang genauso wie ihr Vater. Bastard.

Sie sprang wieder auf die Füße, fand Kraft in dem Verlangen, sich nicht zu blamieren, und sich selbst einem Fremden gegenüber zu beweisen.

Er erreichte eine Art Nische an der Basis einer Mesa und versteckte den ohnmächtigen Mann in dem eingeschlossenen Bereich. Morgan ließ den Rucksack zu ihren Füßen fallen und sank dann selbst zu Boden, wobei sie verzweifelt gegen ihre Übelkeit ankämpfte.

Ihr gesamter Körper war gerötet, und sie konnte die dichte heiße Luft kaum einatmen. Ihre Sonnenbrille rutschte ihr vom verschwitzten Gesicht, doch sie war zu müde, um sie wieder aufzusetzen und schloss stattdessen ihre Augen vor dem gleißenden Sonnenlicht. Ihr Herz schlug wild, während ihr das Blut pulsierend im Hinterkopf rauschte. Sie befand sich nur noch einen Schritt von einer Migräne entfernt und ihr Herz fühlte sich an, als ob es explodieren wollte.

„Das hast du gut gemacht", lobte Pax.

Sie öffnete ein Auge, um das begleitende Grinsen zu sehen, war dann aber überrascht, dass sie nichts dergleichen sah. Er sah aufrichtig aus. Sie zog ihre Augenbrauen zusammen. Dieser Mann ergab einfach keinen Sinn.

„Das hast du. Ich dachte mir, dass du stärker darauf reagieren und dich zusammenreißen würdest, wenn ich mich wie ein Arschloch verhalte. Dort hinten anzuhalten war nicht sicher."

Er hatte sie manipuliert und angestachelt, damit sie sich in Sicherheit brachte?

Gerissen, doch trotzdem hatte er peinlicherweise genau richtig eingeschätzt, wie er sie dazu bewegen konnte, weiterzugehen. Ihr Vater hatte ebenfalls Demütigungen benutzt, wobei sie jedoch annahm, dass dies etwas anderes war. Pax' Anstacheln hatte ihr wohl das Leben gerettet.

Sie würde ihm seine Methode verzeihen. Diese *eine* Mal.

Ihr hämmernder Puls beruhigte sich zu einem normaleren Rhythmus. Auch das Atmen fiel ihr etwas leichter. Vielleicht würde sie doch nicht an einem Hitzeschlag sterben. Apropos sterben, sie drehte sich um und blickte zum ohnmächtigen Milizionär. „Wie geht es dem Patienten?" Die Worte kamen keuchend heraus.

„Noch atmet er."

„Wie lange wird es dauern, bis der Hubschrauber kommt?"

Sein Schulterzucken war nicht gerade besonders locker, und ihr wurde bewusst, dass er sich Sorgen machte. Um Callahan.

Wenn sie es sich bewusst machte, dann war ihr ganz klar, dass die heutigen Ereignisse nicht ihr Fehler waren. Sie war ein Opfer. Aber das Gehirn akzeptierte die Logik nicht immer sofort als Fakt, und durch die Tatsache, dass sie gegen Pax angekämpft hatte, um zu den Fossilien zu gelangen, hatte sie die Situation nur noch verschlimmert.

Es *fühlte* sich so an, als ob alles ihre Schuld wäre.

Die Explosion. Die Autobombe. Der Scharfschütze. Sie war

verantwortlich. Der Katalysator. Oder vielleicht war Linus der Auslöser. Unabhängig davon fiel es auf sie zurück, und das war ein schweres und furchtbares Gewicht, das sie zu tragen hatte.

Was wäre, wenn Callahan verletzt oder umgebracht worden war? Er war ihretwegen dort draußen. Weil sie geradewegs in Destas Falle gelaufen war und sich genau so verhalten hatte, wie er es erwartet hatte.

Sie hörten einen einzelnen Schuss in der Ferne.

Morgan traf Pax' Blick, als der erstarrte, während er sein Funkgerät in einem festen Griff umklammerte. Die Stille wurde von einem statischen Rauschen unterbrochen, dann ertönte eine Stimme, von der sie annahm, dass es Cal war.

Sie seufzte erleichtert auf, als sich ein fettes Grinsen auf Pax' Gesicht ausbreitete.

Sie konnte sein Lächeln tief in ihrem Bauch spüren.

Oh ja, sie wollte definitiv mehr von ihm.

Weniger als fünf Minuten, nachdem der Milizionär via Hubschrauber zu einem Navy-Schiff geflogen worden war, rollte ein Humvee heran, um Morgan und Pax zur Basis zu bringen. Es war weniger als drei Stunden her, seit er und Cal ihre Straßenblockade errichtet und den Stopp-Streifen über die Straße gelegt hatten. Er zog seinen Helm ab und setzte sich neben Morgan auf den Rücksitz. Er betrachtete sie, als sie sich zurücklehnte und ihre Augen schloss.

Lange blonde Strähnen hatte sich aus ihrem Zopf gelöst und klebten nun an ihrer erröteten, verschwitzten Stirn und ihrem Hals. Ihre Kleidung, Arme und Hände waren mit Blut bespritzt und in den schweißnassen Fältchen ihrer Haut hatte sich Staub angesammelt, woran man erkennen konnte, wie sie vielleicht in einigen Jahren aussehen würde, wenn sie mehr Falten in ihrem Gesicht haben würde.

Sie wäre ein wunderschönes, alterndes Wesen.

Sie sah so zerbrechlich aus, dabei hatte sie während der kurzen Zeit, die sie sich kannten, eindeutig klar gemacht, dass sie kein gebrechliches Mauerblümchen war. Sie war einer Explosion entkommen, ohne große Hysterie – na gut, bis auf den Teil, wo sie stinkwütend auf ihn gewesen war, dass er ihr das Leben rettete – hatte ohne zu zögern auf einen Mann geschossen, und dann hatte sie dabei geholfen, das Leben dieses Mannes zu retten.

In dieser gleißenden Hitze hatte sich sein ganzer Ärger in Luft aufgelöst und war von etwas vollkommen anderem ersetzt worden.

Purer Lust. Ein Nebeneffekt von Adrenalin, der normalerweise nach dem Abschluss einer Kampfhandlung auftrat und für den er gerade kein Ventil hatte.

Sie spürte es ebenfalls. Er hatte es in ihren Augen gesehen, als sie auf den Hubschrauber gewartet hatten. Hatte das Erzittern gespürt, das durch ihren Körper hindurchgeschossen war, als sie seine Hilfe angenommen hatte, um auf den Rücksitz des gepanzerten Fahrzeuges zu klettern.

Und genauso wie er, versuchte sie, es zu ignorieren.

Wusste sie, dass Adrenalin der Grund dafür war, oder war das neu für sie?

Er bezweifelte, dass ihre Arbeit normalerweise so viel Adrenalin auslöste, wie es das jetzt getan hatte. Allerdings war sie wie eine geschulte Soldatin durch den Wadi gestiefelt.

„Der Befehlshaber der Basis will, dass wir euch beide direkt zum Hauptquartier bringen", sagte der Marineoffizier auf dem Fahrersitz.

„Sie sollte zuerst von einem Arzt gecheckt werden."

Er konnte das Stirnrunzeln des Fahrers im Rückspiegel sehen, aber der wollte nicht widersprechen. Wie hätte er das auch tun können – sie war von oben bis unten mit Blut bespritzt. Na gut, es war das Blut eines anderen, aber das musste erst einmal bestätigt werden. Die Frau brauchte Flüssigkeiten und sollte auf Anzeichen von Schock untersucht werden.

In der Basis gingen sie gemeinsam zur Klinik, und Morgan wurde schnellstens in einen Untersuchungsraum geführt. Pax wandte sich ab, um zu gehen und sich direkt im Büro des Kommandanten zu melden, doch Janelle, eine hübsche, zierliche Afro-Amerikanerin und Ärztin mit einem dicken Brooklyn-Akzent hielt ihn auf. „Nicht so schnell, Blanchard. Du betrittst meine Klinik nach einer Explosion und Schießerei, und du wirst genauso untersucht wie jeder andere auch."

„Ich bin okay."

„Du bist erst dann okay, wenn ich dir sage, dass du okay bist."

Zehn Minuten später steckte Janelle ihr Stethoskop weg. „Du bist okay", sagte sie mit einem breiten Grinsen. Sie betrachtete ihn von Kopf bis Fuß. „Aber verrate Dion nicht, dass ich das gesagt habe."

Pax lachte. Dion, ebenfalls ein Spezialagent, und Janelle hatten in den letzten Monaten eine nicht-ganz-so-heimliche Affäre angefangen. Da sich beide in unterschiedlichen Zweigen des Militärs befanden und keiner von beiden ein Offizier war, trafen die Fraternisierungsregeln nicht auf sie zu, wobei es verdammt hart werden würde, diese Beziehung aufrecht zu erhalten, sobald einer oder beide zurück nach Hause geschickt wurden. Ein Grund, solche Beziehungen im Einsatzland zu vermeiden.

Oder ein Grund, um sich darauf einzulassen.

Pax griff nach seinem blutbeschmierten Shirt und zog es sich über, wobei er sich fragte, ob er genug Zeit hatte, unter die Dusche zu springen und sich umzuziehen, bevor Dr. Adler entlassen wurde. Doch sie saß bereits im Wartezimmer, als er aus dem Untersuchungsraum trat. Sie umklammerte eine 1-Literflasche mit blauem Gatorade und hielt es an ihre Brust gedrückt, verzog aber ihr Gesicht, als der Doktor sie ermahnte die ganze Flasche leer zu trinken.

Dr. Carson wandte sich an Pax. „Sorge dafür, dass sie sie leer trinkt, Sergeant. Falls sie sich weigern sollte, will ich sie wieder hier haben – für eine intravenöse Infusion."

Allem Anschein nach war er erneut Dr. Morgan Adlers Babysitter. In Anbetracht seiner durch das Adrenalin angefeuerten Gedanken, die jedes Mal durch seinen Kopf schossen, wenn er sie ansah – trotz Schmutz, Schweiß, Blut und all dem –

fand er diese Rolle nun nicht mehr annähernd so nervig, wie er das im Wadi empfunden hatte.

„Jawohl, Sir", sagte er. Er führte Morgan aus der Krankenstation. Die Hitze des frühen Nachmittages traf ihn in einer sich über ihm zusammenbrechenden Welle, und zwar schnell, denn er fing sofort wieder an zu schwitzen. Er nahm ihr den Sportsdrink aus der Hand und öffnete den Deckel, wobei er die Versiegelung brach. Dann reichte er ihn wieder zu ihr zurück. „Trink."

Sie runzelte ihre Stirn. „Ich vertraue keinen Getränken, deren Farben man nirgendwo in der Natur finden kann."

„Es gibt Blumen in diesem Blauton."

Sie rollte mit ihren Augen. „Die man nirgendwo in *Nahrungsmitteln* finden kann. Wusstest du, dass die Farbe Blau anzeigen soll, dass etwas giftig oder verdorben ist? Die Natur hat uns so programmiert, dass wir blaue Nahrung vermeiden. Sogar Blaubeeren sind nicht wirklich blau – sie sind innen grün mit einer lilafarbenen Haut, was sie blau *aussehen* lässt, aber ihr Saft ist lilafarben, nicht dieses Schlumpf-Kotze-Blau."

Das Adrenalin hatte ihn fester im Griff, als er es erwartet hatte, denn er fand sogar ihre Dickköpfigkeit verlockend. Dabei war Dickköpfigkeit niemals verlockend. „Du hast dir darüber einige Gedanken gemacht."

„Ich habe darüber als Studentin ein Referat geschrieben." Sie studierte die Flasche. „In der Klinik gab es kein rotes Gatorade mehr."

Er legte seinen Finger unter die Flasche und hob sie hoch zu ihrem Mund. Während sie trank, beugte er sich zu ihr herunter und sagte leise: „Sobald wir mit dem Befehlshaber der Basis gesprochen haben, werde ich dich zum *Barely North* bringen – unsere Bar auf der Basis – und dann werde ich dir was in dein Gatorade tun."

Sie ließ die Flasche sinken und schluckte. Da war ein Hauch von Blau auf ihren Lippen, und er verspürte den Drang, die Flüssigkeit wegzulecken. „Ich glaube nicht, dass das dem Doktor recht wäre", sagte sie mit heiserer Stimme und er brauchte einen Moment, bevor ihm klar wurde, dass sie auf seine Worte antwortete, nicht auf seine Gedanken.

Allerdings würde der Doktor seine Gedanken genauso wenig zu schätzen wissen. „Ich soll sicherstellen, dass du dein Gatorade leer trinkst." Pax zuckte mit den Achseln und ließ ein nicht-ganz-so-unschuldiges Lächeln aufblitzen.

Sie lächelte zurück und er verspürte eine Hitze, die rein gar nichts mit dem glühend heißen Tag und der hohen Luftfeuchtigkeit zu tun hatte.

Hinter ihm ertönte eine Hupe und er drehte sich um. Cal saß am Steuer eines offenen Einsatzfahrzeugs. „Steigt ein."

Obwohl er gewusst hatte, dass Cal okay war, empfand Pax dennoch Erleichterung, als er ihn nun sah. Morgan kletterte schnurstracks auf den Rücksitz. Pax schlüpfte auf den Beifahrersitz.

Cals Blick musterte Morgan, bevor er sich der Straße zuwandte. „Verdammt, Pax, du hattest einen Job. Was für eine höllische Art Babysitter bist du?" Dann warf er Pax einen Seitenblick zu. „Und ich habe gehört, dass du einem Typen in die Eier geschossen hast. Müssen wir dich etwa zur Schadensbehebung wieder zur Schießschule zurückschicken?"

Pax rollte mit seinen Augen. „Ich habe auf seine Eier gezielt, damit er überlebt und uns Destas Lagerposition verraten kann."

„Klar." Cal legte im Gator den Gang ein und gab ihnen dann auf der Fahrt zum Büro des Kommandeurs eine kurze Zusammenfassung dessen, was bei seiner Begegnung mit dem Scharfschützen passiert war. Er wirkte mit Energie vollgepumpt und erweckte den Eindruck, als ob er eine 10k-Strecke laufen wollte, denn so baute er normalerweise sein überschüssiges Adrenalin ab.

Pax ging normalerweise ins Fitnessstudio und boxte wie verrückt auf einen Sandsack ein, um die angestaute Energie zu verbrennen. Aber heute hatte seine Nähe zu einer fluchenden Hexe zu einer anderen Reaktion auf seinen Adrenalinschub geführt.

Mit anderen Worten, er wollte ficken.

Er würde dieses Meeting mit dem Befehlshaber der Basis

hinter sich bringen und dann ins Fitnessstudio verschwinden. Die Dusche musste warten. Er musste sich das Adrenalin aus dem Körper schlagen, bevor es ihn noch vollkommen verblöden ließ.

M organ lehnte ihren Kopf zurück und füllte ihren Mund mit dem ekeligen blauen Zeugs, als sie sich dem Büro des Kommandeurs näherten. Ihre Übelkeit war verschwunden und der Doktor hatte ihr für ihre Kopfschmerzen ein starkes Schmerzmittel gegeben. Da ihre Schmerzen und Wehwehchen nun abgeschwächt waren, verlangte ihr Körper nach einer anderen Art von Befriedigung.

Verdammtes Adrenalin. Sie hatte diese Art von Rausch schon einmal erlebt, aber das war nach einer Wildwasserfahrt, nicht nachdem sie auf einen Mann geschossen hatte.

Himmel, sie hatte auf einen Mann geschossen.

Und jetzt wollte sie Sex.

Was für eine Art Monster war sie?

Sie beobachtete die Green Berets auf den vorderen Sitzen. Cal schien total aufgedreht zu sein. Schwebte förmlich auf seinem Adrenalin. Pax drehte sich zu ihr um und traf ihren Blick, doch seine Miene war verschlossen. Fest verschlossen.

Zweifellos wussten beide Männer, wie man mit dieser Art von Adrenalinschub umzugehen hatte.

Sie atmete tief durch und redete sich selbst ein, dass Sex außer Frage stand. Dieser blutig verschwitzte chaotische Look stand ihr nicht gerade besonders gut. Und sie musste sich auf das bevorstehende Meeting mit dem Befehlshaber der Basis konzentrieren, bevor sie dann zu ihrer Unterkunft zurückkehren, ihre Taschen packen und einen Flug nach Hause nehmen konnte.

Nach den heutigen Ereignissen würde sie auf gar keinen Fall in Dschibuti bleiben. Nicht einmal für Linus.

Sie würde wieder bei ihren Eltern einziehen und sich die frohlockende Ich-hab-es-dir-gleich-gesagt-Lektion ihres Vaters anhören. Er war nie besonders begeistert davon gewesen, dass sie sich für Anthropologie als Hauptfach entschieden hatte, und als sie dann auch noch ihren Job in einer großen Firma für Architektur und Technik gekündigt hatte, damit sie sich voll und ganz auf ihren Abschluss vorbereiten konnte, hatte er geschworen, dass sie es eines Tages bereuen würde, sich für solch einen unnützen Abschluss in Schulden zu stürzen.

Selbst an guten Tagen fiel es ihr und dem General schwer, miteinander auszukommen. Es war sogar noch furchtbarer, wenn er dann auch noch recht hatte.

Nur die Tatsache, dass sie diesen mit dem Militär verbundenen Vertrag an Land gezogen und er sie endlich einmal gelobt hatte, hatte dies sogar noch verschlimmern können. Er hatte gesagt, dass ihre Ausbildung ja vielleicht doch keine totale Zeitverschwendung gewesen war, denn immerhin würde ihr Job es möglich machen, dass die US-Navy die Grenzen von Camp Citron erweitern und dadurch die Einsatz-Kapazität von schnellen Eingreiftruppen im ganzen Norden und Osten Afrikas erhöhen konnte.

Doch nun würde sie mit eingezogenem Schwanz nach Hause zurückkehren und noch höhere Schulden davontragen. Ihr archäologisches Ein-Frau-Beratungsunternehmen müsste sich schon nach sechs Monaten im Geschäft bankrott melden, und sie wäre die einzige Kellnerin mit einem Doktortitel, die Hähnchenflügel und Bier im *Doppel-D* servierte. Der Name der Restaurantkette war nach offizieller Lesart die Abkürzung für Drinks und Drumsticks, die englische Bezeichnung für Hähnchenkeulen, aber jeder wusste was Doppel-D wirklich bedeutete.

Ihrem Vater würde eine Ader platzen, aber hoffentlich würde er nicht ganz so harsch mit ihr umgehen, sobald er hörte, dass man versucht hatte, sie umzubringen.

Wieder fiel ihr Blick auf Pax. Er war genau die Sorte Mann, von der ihr Vater sich immer gewünscht hatte, dass sie eines Tages so jemanden mit nach Hause brachte. Deshalb hatte Morgan sich stattdessen immer für die weicheren und leiseren Dichtertypen interessiert. Die Pazifisten und Naturschützer, das waren ihre Leute. Außerdem brachten sie den General immer so schön zur Weißglut, was sie nur noch attraktiver machte.

Ja gut, sie war einfältig und darauf aus, ihren Vater zu verärgern. Wenigstens waren diese Typen immer nett gewesen und hatten Frauen respektiert. Einige von ihnen waren sogar noch überzeugtere Feministen, als sie es war.

Sie hatten sich um sie gesorgt und sich um sie bemüht, um ihr zu beweisen, dass sie Verständnis für die Diskriminierung aufbrachten, der sie ausgesetzt war, und sie hatten sich stets bemüht, sie an erste Stelle zu setzen. Der Sex war gut gewesen, sie hatten sich an der Verhütung beteiligt und ihre sexuelle Vorgeschichte freiwillig mitgeteilt. Einige von ihnen hätten ihr womöglich sogar die Bürde der Menstruation abgenommen, wenn ihnen das möglich gewesen wäre. Aber sie hasste es, dass sie zugegebenermaßen manchmal an einem Typen interessiert gewesen war, der weniger Interesse daran zeigte, Verständnis aufzubringen. Ein Typ, der auf Waffen stand, denn es war wissenschaftlich bewiesen, dass allein schon die Berührung einer Waffe das Testosteron eines Mannes erhöhen konnte.

Wenigstens einmal wollte sie mit einem Mann ausgehen, der ebenso pro-Testosteron wie pro-Östrogen war.

Dabei wollte sie Östrogen nicht abwerten – einige ihrer besten Freunde waren vollgepumpt mit Östrogen, und man konnte mit Recht behaupten, dass sie selbst mehr als genug davon hatte – aber sie war trotzdem auch ein Fan von Testosteron.

Ein großer Fan.

Gott, sie vermisste Testosteron.

Die Art, wie Pax sie zusammen mit seiner schweren Ausrüstung und der Schutzweste bei über vierzig Grad Celsius im Schatten getragen hatte. Das verlangte eine gewaltige Menge an Testosteron.

Nein. Absolut nicht. Dem General würde das zu sehr gefallen.

„Morgan?", fragte Pax.

Sie schüttelte sich ihre Gedanken aus dem Kopf. Sie waren am Hauptquartier angekommen, aber sie war so sehr in ihre eigene Welt vertieft gewesen, dass sie es nicht einmal bemerkt hatte. Okay, vielleicht hatten ihr all die Geschehnisse des heutigen Tages doch etwas mehr zugesetzt, als sie zugeben wollte. Sie trank einen letzten Schluck aus der Gatorade-Flasche und stellte diese dann auf den Sitz, stieg aus, nahm Pax' ausgestreckte Hand und versuchte, die Elektrizität, die bei seiner Berührung durch ihren Körper schoss, zu ignorieren.

Kontakt-Testosteron. Wunderbares, wunderbares Testosteron.

Sie wurde durch die vorderen Räume direkt zur Tür des Befehlshabers der Basis geführt. Der Assistent des Mannes bat sie zu warten, während die beiden Green Berets den Navy-Captain zuerst sahen. Sie ließ sich auf einen Stuhl fallen und schloss die Augen. Die Explosion blitzte in ihren Gedanken auf. Eine Schlange schlängelte sich über einen Stiefel. Und dann hatte sie ihre Hände auf die blutende Leiste eines Mannes gepresst. Sie hatte zwar ihr Gesicht und ihre Hände in der Krankenstation gewaschen, aber ihre Kleidung war immer noch voller Blut und Dreck.

Warum hatte man eine Bombe unter ihrem Mietwagen deponiert? Ging es dabei um Linus oder etwas anderes?

Schließlich wurde sie ins Büro des Kommandeurs gebeten. Captain O'Leary begrüßte sie mit einem Handschlag und bat sie, auf dem einzelnen Besucherstuhl vor seinem Schreibtisch Platz zu nehmen. Sie blickte zurück und sah, dass Cal und Pax die Tür flankierten. Ihre ausdruckslosen Gesichter repräsentierten wieder ganz und gar die Soldaten, denen sie vor einigen Stunden auf der Straße begegnet war.

Sie beschrieb im Detail die Ankunft von Destas Männern an der Ausgrabungsstätte und alles, was danach geschehen war. Sie gab sogar zu – zu ihrem eigenen Verdruss – dass sie versucht hatte, die Fossilien zu retten. Sie blickte über ihre Schulter zurück und traf den Blick des Mannes, der ihr das Leben gerettet hatte, und sie entschuldigte sich erneut bei ihm.

Der Navy-Captain saß teilnahmslos da und hörte sich alles an. Als sie fertig war, fragte sie: „Gibt es irgendwelche Neuigkeiten über die Verfassung des Milizionärs, der angeschossen wurde? Wird er die Position von Destas Lager angeben können?"

Captain O'Leary lehnte sich in seinem Sitz nach vorn. „Er wird gerade operiert. Er hat eine Menge Blut verloren und ist unterernährt. Der Arzt hat keine gute Prognose abgeben können, dass er die Nacht überleben wird. Nur die Zukunft wird das zeigen."

Falls er nicht überleben sollte, würde es bedeuten, dass sie die Kugel abgefeuert hatte, die ihn umbrachte. Einerseits wusste sie zwar, dass sie keine Wahl gehabt hatte, aber andererseits … bisher hatte sie noch keinen Mann auf ihrem Gewissen, den sie ermordet hatte. Sie räusperte sich. „Ich habe Ihnen jetzt alles gesagt, was ich weiß. Brauchen Sie mich noch für irgendetwas?"

„Für heute nicht. Sie hatten einen anstrengenden Tag. Sie sollten sich ausruhen. Zu Ihrem Schutz wurde ihnen eine private Unterkunft in einem CLU hier auf der Basis zugewiesen."

„CLU?", wiederholte sie und fragte sich, ob sie ihn falsch verstanden hatte.

„Containerized Living Units. Wohncontainer. Camp Citrons Unterkünfte. Es ist nicht sicher, Sie nach Dschibuti City zurückkehren zu lassen. Sie werden bis zum Ende Ihres Projektes hier auf der Basis wohnen."

Das überraschte sie. „Das ist wirklich sehr freundlich, Sir, aber ich hatte vor, zu meiner Wohnung in Dschibuti City zurückzukehren, um meine Sachen zu packen. Ich würde gern schnellstmöglich in die USA zurückfliegen. Ich bin hier fertig." Sie legte ihre Hand auf ihre leere Ausweistasche an ihrem Bauch und blickte zurück zu Pax. „Hast du mein Handy und meinen Ausweis?"

Pax blieb still, bis ihm der Navy-Captain zunickte und ihm die Erlaubnis erteilte, zu sprechen. Er zog beide Artikel aus seiner Hemdtasche. Dann trat er vor und wollte sie ihr aushändigen, doch der Captain stand auf und sagte: „Den Ausweis nehme ich."

Pax unterbrach seine Schritte nicht und reichte dem Kommandeur ihren Ausweis, dann übergab er ihr das Handy.

Sie zog eine Grimasse, als sie den Bildschirm sah. Zerbrochen. Es musste auf den Boden aufgeschlagen sein, als sie nach der Explosion hingefallen waren. Sie versuchte, es anzuschalten, hatte aber kein Glück. Ein weiterer Artikel auf ihrer Liste der Dinge, die sie in der Explosion verloren hatte.

Sie wandte sich an den Kommandeur. Der studierte ihren Ausweis und verstaute dann das kleine blaue Büchlein in seinem Schreibtisch.

Diese einfache Geste alarmierte sie sofort. *Was zur Hölle?*

„Sie werden Ihren Ausweis morgen zurückbekommen. Sie befinden sich nicht in der Verfassung, die Basis heute Nacht zu verlassen."

Er behielt ihren Ausweis. Da die Botschaft geschlossen war, hielt er sie effektiv in Dschibuti gefangen. „Ich befürchte, dass ich nicht ganz verstehe, Captain. Sie wollen mich gefangen nehmen?"

„Nicht im Geringsten. Ich will nur sichergehen, dass Sie es sich ernsthaft überlegen, ob Sie in Dschibuti bleiben oder nach Hause zurückkehren. Nach den heutigen Ereignissen sind Sie wohl sehr durch den Wind. Der erste Impuls ist da, sofort von hier zu verschwinden – das ist ganz natürlich."

„Man hat eine Bombe unter meinem Wagen deponiert", sagte sie und ließ zu, dass ihre Wut und Frustration in ihre Stimme einflossen. Dieser Mann war nicht *ihr* Vorgesetzter.

„Ich kann mir vorstellen, wie verstörend das sein muss."

„Milizionäre haben auf mich geschossen. In meinem Job passiert so etwas nicht oft."

O'Leary lächelte. „Einen drei-millionen Jahre alten Hominiden mit Werkzeugen zu finden passiert in Ihrem Job ebenfalls nicht oft."

Seine Worte machten sie nachdenklich, aber sie musste nur ihre Augen schließen und konnte sofort wieder die Hitze der Explosion spüren, die sie hätte umbringen sollen. „Ich bin ein Ein-Frau-Unternehmen. Ich kann mich nicht gegen eine ganze bewaffnete Armee eines Kriegsherrn wehren."

Captain O'Leary seufzte. „Sie haben einen Vertrag unterzeichnet, Dr. Adler. Sie haben den Regierungen von Äthiopien und Dschibuti versprochen, dass Sie die vorgeschlagenen Routen begutachten würden. Es gibt sonst niemanden, der für diese Arbeit zur Verfügung steht, und das Eisenbahnprojekt kann erst fortgeführt werden, wenn Sie Ihre Arbeit zu Ende gebracht haben.“

„Captain, man hat eine *Bombe* unter meinem Wagen deponiert.“

„Man hat Sie auf die Gefahr aufmerksam gemacht, dass Sie angegriffen werden könnten, als Sie den Vertrag unterzeichneten.“

Das stimmte, aber sie hatte das nicht wirklich *geglaubt*.

Der Captain stützte sich mit den Ellenbogen auf seinem Schreibtisch ab. „Die US-Navy hat ein gewisses Interesse daran, dass Sie Ihren Vertrag bis zum Ende durchziehen. Sie wissen das. Wir assistieren der örtlichen Regierung bei der Erweiterung des Hafens und unterstützen die Arbeit am Eisenbahnprojekt. Im Gegenzug erlaubt man uns, Camp Citron zu erweitern. Diese Basis ist von strategischer Wichtigkeit im Krieg gegen den Terrorismus, aber wir sind eingeschlossen, und es ist uns nicht möglich, unsere Einsätze auszuweiten, weil uns das Land fehlt, um das entsprechende Training durchzuführen und unsere eigene Start-Landebahn und einen Kontrollturm zu bauen. Die Flugverkehrskontrolle am Flughafen in Dschibuti ist ein Witz. Es ist nur eine Frage der Zeit, bis amerikanisches Armeepersonal in einem durch die zivile Luftfahrt verursachten Unfall umkommt. Wenn Sie also jetzt gehen, dann werden diese Todesfälle Ihre Schuld sein.“ Er fixierte sie mit einem eindringlichen Blick. „Wollen Sie sich tatsächlich solch eine Bürde auf Ihre Seele laden?“

Die Worte des Mannes trafen unter der Gürtellinie. Sie trafen sie so tief, dass sie ihr praktisch den Atem raubten. Sie kochte vor Wut, obwohl sie in Gedanken zugeben musste, dass ein Teil seiner Worte tatsächlich logisch klang.

Sie hatte einen Knoten im Magen. Militärpersonal würde nicht sterben, weil sie die Begutachtung nicht zu Ende brachte, sondern sie würden sterben, weil ein Kriegsherr jeden erschießen wollte, der etwas mit der Expansion der Militärbasis zu tun hatte. Der Kriegsherr war der Feind, nicht sie.

Aber in diesem Moment hatte sie das Gefühl, selbst der Feind zu sein.

Sie räusperte sich, um seinen Standpunkt anzufechten, doch der Offizier unterbrach sie, bevor sie ein Wort herausbrachte. „Sie brauchen Zeit, um darüber nachzudenken. Ihnen wurde für die Dauer Ihres Aufenthalts in Dschibuti ein Einzel-CLU mit Nasszelle zugewiesen – ein Luxus, für den viele meiner Soldaten sehr dankbar wären. Mein Assistent wird Sie zu Ihrer Unterkunft begleiten. Ich erwarte eine Antwort von Ihnen bis morgen 16:00 Uhr. Sie dürfen wegtreten."

Sie ergriff die Armlehnen ihres Stuhls. Ihr ganzes Leben lang war sie herumkommandiert und entlassen worden, aber sie unterstand mit Sicherheit nicht den Befehlen dieses Mannes. Sie war eine Zivilistin, keine Angestellte der Navy. „Ich werde meinen Vater anrufen." Sie hatte noch niemals zuvor in ihrem ganzen Leben diese Trumpfkarte ausgespielt.

„General Adler? Falscher Militärzweig."

Wow. Er hatte sich für heute also wirklich schlau gemacht. Ihre Augen wurden schmal. „Er hat Freunde im Pentagon."

Der Captain zuckte mit den Schultern und nahm den Telefonhörer ab. Er drückte einen Knopf und sagte, wohl zu seinem Assistenten: „Hol mir General Adler noch einmal ans Telefon."

Noch einmal?

Fuck.

Wenige Augenblicke später drückte der Captain den Knopf für den Lautsprecher, wobei er sich nicht einmal bemühte, sein selbstgefälliges Grinsen zu verbergen.

In Fairfax County, in Virginia, wo ihre Eltern lebten, war es noch nicht einmal Morgengrauen. Doch ihr Vater war hellwach und feuerte mit derselben Grausamkeit auf sie los, wie Desta das getan hatte. „Verdammt nochmal, Morgan. Wenn du mit Eiern auf die Welt gekommen wärst, dann würdest du nicht einfach den Schwanz einklemmen und abhauen. Dieses Projekt anzunehmen, war das erste Mal seit deinem achtzehnten Lebensjahr, dass du endlich einmal etwas richtig gemacht hast. Glaubst du allen Ernstes, dass du dein Projekt einfach so fallen lassen und nach Hause zurückkommen kannst? Da liegst du falsch. Es wird Zeit, dass du dein wertloses Studium endlich mal für etwas Nützliches einsetzt!"

Ihr Magen zog sich zusammen. Das war ihr lieber Vater. „General", – sie hatte damit aufgehört, ihn Dad zu nennen, als sie achtzehn Jahre alt gewesen war und fragte sich noch heute, ob er das überhaupt wahrgenommen hatte, oder ob es ihm schlicht egal war – „man hat eine Bombe unter meinem Auto deponiert."

„Umso mehr Grund zu kämpfen und sich zu wehren! Himmel, Mädel, wenn jeder Soldat heulend nach Hause rennen würde, nur weil jemand versucht hat, auf ihn zu schießen, dann würden wir jetzt alle Deutsch reden."

„Ich bin kein Soldat."

„Ganz richtig. Dir fehlen die Eier, du hast keine Courage."

Ihr Gesicht war bereits bei seiner ersten Beleidigung rot geworden, weil sie wusste, dass die beiden Green Berets ihre Zurechtweisung mithören konnten, aber jetzt verwandelte sich ihre Scham in blinde Wut. Seit ihrem achtzehnten Lebensjahr hatte sie rebelliert, anstatt sich mit ihrem Vater anzulegen. Aber das war vorbei. „Warum würde ich Eier haben wollen?" Sie versuchte, ihre Rage unter Kontrolle zu bringen, als sie ihre Lieblingsquote von Betty White zitierte. „Hast du schon mal eine Frau gesehen, die man mit einem einfachen Tritt in den Schritt ausschalten konnte? Natürlich nicht! Eine Vagina hält viel mehr aus. Ich würde nur zu gern sehen, wie du ein Baby aus deinen kostbaren zerbrechlichen Eiern herausquetscht." *Du intoleranter, großkotziger Wichser.*

Irgendwann würde der Tag kommen, an dem sie den Mut aufbringen würde, auch die letzten Worte vor diesem Mann laut auszusprechen. Sie hatte ihre Flüche mit demselben Eifer verfeinert, den sie auch bei ihrem Karatetraining praktizierte, um sich auf eben diesen Tag vorzubereiten, an dem sie die Courage haben würde, ihrem Vater endlich rückhaltlos die Meinung zu sagen.

Sie konnte es also vergessen, wieder bei ihren Eltern einzuziehen, während sie im *Doppel-D* um ihren alten Job bettelte. Vielleicht würde sie bei Staci auf der Couch übernachten können. Sie könnten zusammen zum Restaurant fahren, was notwendig wäre, denn Morgan hatte ihr Auto verkaufen müssen, um sich das Flugticket nach Dschibuti leisten zu können.

Sie stand wortlos auf und wandte sich zur Tür um. Zuerst traf sie Cals Blick, dann Pax'. Seine Augen waren hart, kalt. Sein Kiefer war angespannt und sie konnte eindeutig seine Abneigung spüren.

Die Feindseligkeit in seinen Augen überraschte sie.

Das hatte sie gerade noch gebraucht. Captain America hatte sich auf die Seite ihres Vaters geschlagen. Sie warf ihm einen finsteren Blick zu.

Hinter ihr verabschiedete O'Leary sich von ihrem Vater und legte den Hörer auf. „Sie können nicht einfach gehen, Dr. Adler."

Sie wirbelte herum, um den Mann anzusehen, der möglicherweise soeben ganz ungeniert das Ende ihrer Beziehung zu ihrem Vater heraufbeschworen hatte – und damit auch zu ihrer Mutter, denn obwohl ihre Mom nicht immer mit dem General einer Meinung war, waren sie beide schlussendlich ein unzertrennliches Team.

Sie öffnete ihren Mund, um etwas zu sagen, aber sie brachte kein Wort heraus. Sie war vollkommen sprachlos.

„Gehen Sie zu Ihrer Unterkunft. Duschen Sie. Denken Sie darüber nach. Morgen werden Sie um 16:00 Uhr zurückkommen und mir Ihre Antwort mitteilen."

Sie nickte dem Mann scharf zu, drehte sich auf dem Absatz um und verließ das Büro ohne einen der Green Berets noch einmal anzusehen.

Kapitel Fünf

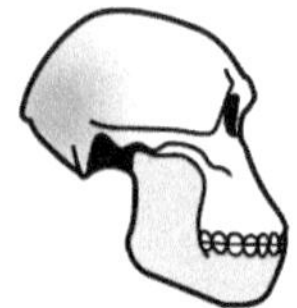

Es war nicht die beste Dusche in Pax' Leben, aber sie schaffte es bis in die Top 50. Er schrubbte sich das Blut seines Feindes von der Haut, ein Zeichen seines Kampfes, und versuchte nicht an den Schmerz in Morgan Adlers Augen zu denken, den er nach dem Telefongespräch mit ihrem Arschloch von einem Vater darin gesehen hatte.

Fuck. Sie war die Tochter eines Generals. Das sollte sie sofort und ein für alle Mal auf die *Niemals-Anfassen*-Liste setzen. Aber die Tatsache, dass die Beziehung zwischen Vater und Tochter so extrem gestört war, machte sie dann doch zu einer möglichen Ausnahme von der Regel.

Er war geschockt, aber gleichzeitig erleichtert, als sie sagte, dass sie nach Hause zurückkehren wollte. Er hätte ihr nur zu gern beim Packen geholfen. Dschibuti war nicht der Ort für Idealisten, die kein Verständnis für die explosive Natur der Region hatten. Eine Zivilistin wie Morgan hatte kein Recht dazu, ihnen in die Quere zu kommen.

Aber Captain O'Leary schien das anders zu sehen, und er war nun mal der Oberbefehlshaber.

Nachdem Morgan gegangen war, hatte O'Leary nach Cals und Pax' Meinung zu ihr gefragt. Sie hatten es beide heruntergespielt. *Haben sie eben erst getroffen, kennen sie nicht. Scheint kompetent.* Sie gaben beide zu, dass sie in Anbetracht ihrer Gefühle für

Linus, den Australopithecinen, von ihrem Wunsch zu gehen überrascht waren.

Der Kommandeur hatte dies möglicherweise als eine weitere lose Schraube abgetan, die es festzudrehen galt. Captain O'Leary mochte nicht der Armee, sondern der Navy angehören, aber dies war seine Basis, und Cal und Pax waren schon lang genug in der Armee, um zu wissen, dass man die bereits erteilten Befehle eines Kommandanten nicht hinterfragte.

Pax hatte das Meeting verlassen und war direkt zum Fitnessstudio gegangen, wo er dann wie wild auf einen Sandsack einprügelte. Ausnahmsweise hatte Cal sich ihm angeschlossen und seinen gewöhnlichen Minimarathon dagegen eingetauscht, seine Aggression ebenfalls an einem unbeweglichen Gegenstand auszulassen. Pax hatte eine Ahnung, dass Cal dieselbe Wut austreiben wollte, sagte aber nichts weiter zu dem Thema – nicht in einem öffentlichen Fitnessstudio. Diese Konversation konnte warten, bis sie in ihrem CLU waren, den sie sich teilten.

Nach dem Workout ging er duschen und danach dann endlich zu ihrem CLU, wo er sich auf seine Pritsche warf. Alle Wohneinheiten hatten Klimaanlagen, wodurch es in der Metallbox, die sie ihr Zuhause nannten, auszuhalten war, wobei ihr CLU jedoch keine Nasszelle enthielt. Keine Dusche, kein Badezimmer. Keine Privatsphäre.

Er schlief für eine Stunde. Ein kurzes erfrischendes Nickerchen, wozu er trainiert worden war. Cal war irgendwann zurückgekommen während er schlief, und war nun selbst tief am Schlafen, als Pax sich von seiner Pritsche erhob. Er hatte eine schleichende Vermutung, dass Morgan Adler sich heute Abend auf den Weg zur Bar *Barely North* machen würde, weil sie sich dort entweder ihren Kummer wegtrinken wollte oder auf der Suche nach etwas Action war, um Adrenalin abzubauen und den Horror des heutigen Tages zu vergessen.

Wie ein Narr schlüpfte Pax in seine Zivilklamotten, ohne sich darüber im Klaren zu sein, ob er sie aufhalten oder ihr helfen wollte, ihren Plan in die Tat umzusetzen.

Das *Barely North* war gut befüllt, allerdings war es für viele auf der Basis durch die Explosion, den Angriff auf den Konvoi und dann die Straßenbombe ein ereignisreicher Tag gewesen. Viele von ihnen brauchten ein Ventil zum Dampf ablassen, und Morgan fragte sich, ob dieses 2-Drinks-Limit heute Abend bestehen würde oder nicht.

Nicht, dass es ihr etwas ausmachte, denn sie war nicht zum Trinken hier. Nein, sie war auf der Suche nach jemandem, der sie von der Basis wegbringen würde. Sie musste nach Linus sehen und ihren Teamleiter Ibrahim finden. Sie musste sicherstellen, dass er und der Rest der Crew okay waren.

Captain O'Leary hatte sie regelrecht zu einer Gefangenen gemacht, aber sie war nicht die Art von Person, die eine wichtige Entscheidung ohne die richtigen Informationen traf. Sie musste herausfinden, ob irgendjemand in ihrem Team zu Schaden gekommen war, und sie musste sicherstellen, dass sie die entsprechende Versorgung erhielten, falls das nötig war. Sie musste einfach wissen, was mit ihnen geschehen war, bevor sie entscheiden konnte, ob sie in Dschibuti bleiben würde oder nicht.

Sie zog an dem engen Camp Citron T-Shirt, das sie auf ihrer Pritsche in ihrem CLU gefunden hatte. Neben diesem T-Shirt hatte man ihr eine leichte Hose, einen BH und Unterwäsche und verschiedene Toilettenartikel hinterlassen. Der BH war mindestens ein D zu klein und dank ihrer übergroßen Brüste zog sich das T-Shirt immer wieder hoch. Alle Artikel enthielten die Etiketten des Basis-Geschäfts, und sie fragte sich, ob ihre Größe nicht verfügbar gewesen war, oder ob die Person, die ihr diese Dinge besorgt hatte, vielleicht einfach einen Fehler gemacht hatte. Wie auch immer, jedenfalls war sie dankbar, dass sie nicht wieder die verschwitzten, blutverschmierten Klamotten hatte anziehen müssen, und hatte sich ohne Beschwerden in den kleinen BH gezwängt.

Die Tatsache, dass dieser BH und das T-Shirt so eng saßen, könnte sich zu ihrem Vorteil ausspielen. Seit sie ihren Job im

Doppel-D aufgegeben hatte, hatte sie ihre Mädels nicht mehr zur Schau gestellt, aber heute Abend musste sie mit Seeleuten und Marinesoldaten sprechen, um eine Fahrt von der Basis zu ergattern, und dabei könnte ihr voller Busen durchaus hilfreich sein. Wenigstens hatte sie sich während ihrer Zeit als Kellnerin an die Reaktionen auf ihre Kurven gewöhnt. Sie wusste, wie sie die gruseligen Grapscher ignorieren musste und genoss die allgemeine Bewunderung – schließlich wäre es äußerst scheinheilig gewesen, wenn sie ihre körperlichen Vorzüge für größeres Trinkgeld eingesetzt hätte, es sie aber tatsächlich stören würde, dass sowohl Männer als auch Frauen ihren Anblick genossen. Doch das ekelige Zungenwedeln? Das brauchte sie dann doch nicht.

Sie bahnte sich ihren Weg zur Bar und schnappte sich einen leeren Hocker näher zum Ende hin. Sie bestellte sich ein Tonic mit Limette. Alkohol würde ihr nur zu Kopf steigen, besonders in Verbindung mit dem Schmerzmittel, das die Ärztin ihr verabreicht hatte, aber sie konnte zumindest so *aussehen,* als ob sie einen Drink genoss – und somit ansprechbar war.

Sie betrachtete die Bar. Wen konnte sie dazu überreden, ihr zu helfen?

Sie brauchte einen Matrosen, der ein Fahrzeug aus der Kraftfahrzeugbereitschaft auschecken konnte, was nach heute mit verstärkten Sicherheitsvorkehrungen wohl kaum noch möglich sein würde. Ihr waren die Vorgehensweisen auf dieser Basis vollkommen unbekannt.

Sie nahm einen Schluck von ihrem Tonic und beobachtete eine Gruppe Matrosen beim Billardspielen. Viel zu jung. Sie konnte nicht mit einem Jungen flirten, der kaum älter als zwanzig war, nur um eine Konversation anzufangen. Sie war 31 Jahre alt, und der Gedanke, mit einem Jungen zu flirten, für den es nicht einmal legal war, Alkohol zu trinken, gab ihr eine Gänsehaut. Als wäre *sie* einer dieser ekelhaften alten Kerle, die mit der Zunge wackelten. Nein danke.

Irgendjemand über 21 war jedoch okay. Wenigstens würde sie sich dann nicht wie ein perverser Professor fühlen.

Ein Soldat wie Pax wäre perfekt. Er war alt genug – sie

schätzte ihn auf Anfang oder Mitte dreißig – und sie würde kein falsches Interesse vorgaukeln müssen. Es sei denn, er würde für den General Partei ergreifen, was ihn auf ewig auf ihre schwarze Liste setzen würde. Der Blick, den Pax ihr im Büro des Kommandeurs zugeworfen hatte, war die letzte Demütigung ihres Vaters gewesen.

Ihr Kiefer spannte sich an, als das Objekt ihrer Gedanken den vollbepackten Raum betrat. Ihre Augen trafen auf seine, und sie warf ihm einen finsteren Blick zu, bevor sie sich zur Bar umdrehte. *Mist.* Sie hätte einfach mit einem der Matrosen zu ihren beiden Seiten eine Unterhaltung anfangen sollen. Der zu ihrer Rechten starrte unverfroren auf ihren Busen. Er schien unentschieden, und sein Blick gehörte in die *sind-die-echt*-Kategorie.

Sie konnte spüren wie Pax sich ihr näherte, und ihr gefiel dieses erwartungsvolle Kribbeln nicht, das sich von ihrem Nacken ausbreitete. Sie wollte diesen Mann *nicht* attraktiv finden.

„Morgan", sagte er, während er sich in den engen Platz neben ihr drängte.

Sie traf Pax' Blick geradeheraus. „Dr. Adler", korrigierte sie ihn. Verdammt, er sah in seinem kurzärmeligen Hemd und Cargo-Hose so gut aus. Auch ohne seine Ausrüstung, Waffen und Helm türmte er wie ein Riese über ihr.

Er zog eine Augenbraue hoch. „Ich bin mir ziemlich sicher, dass du mich vorhin dazu aufgefordert hast, dich beim Vornamen zu nennen."

„Ich habe meine Meinung geändert."

Er zog seine dunklen Augenbrauen herunter. „Willst du mir verraten warum?"

Sie lehnte sich zurück, um ihn besser ansehen zu können. Er stand ihr so nahe, füllte den engen Raum neben ihrem Barhocker voll aus, dass sie ihren Hals strecken musste, um seinem Blick begegnen zu können, was sie in eine schwächere Position zwang, die ihr so gar nicht gefiel. „Nicht wirklich", entgegnete sie und rutschte von ihrem Hocker herunter. Sie würde zu dem Billardtisch rüber gehen und eine Unterhaltung mit dem Typen anfangen, der dort mit einem gelangweilten Gesichtsausdruck an der Wand lehnte.

Pax ergriff ihren Arm. „Was zur Hölle, Morgan?"

Sie schüttelte seine Hand ab. „Ich brauche deine Missbilligung nicht, Pax. Ich bin mit diesem Bullshit aufgewachsen und ich habe die Nase voll."

Er neigte seinen Kopf. „Hat das etwas mit deinem Arschloch-Vater zu tun?"

„Natürlich hat das etwas mit meinem …" Sie hielt inne, als ihr klar wurde, was er gesagt hatte. „Was? Arschloch?" Sie runzelte ihre Stirn. „Aber du hast ihm zugestimmt. Du glaubst, dass ich ein Feigling bin."

„Warum zum Teufel würde ich diesem Arschloch zustimmen? Und wie kommst du auf die Idee, dass ich dich als Feigling ansehe? Heilige Scheiße. Du hast versucht, zu einem Auto zurück zu rennen, in dem eine Bombe deponiert war." Er zog seine Augenbrauen zusammen. „Ich würde dich niemals als Feigling bezeichnen."

„Aber ich will nicht in Dschibuti bleiben. Ich will zurück nach Hause."

„Das macht dich nicht zu einem Feigling. Das macht dich schlau. Aber anzunehmen, dass ich ein verurteilendes Arschloch bin … Ich bin mir nicht sicher, ob ich das einfach so durchgehen lassen kann."

„Ich habe gesehen, wie du mich angeschaut hast. In Captain O'Learys Büro."

„Süße, was du gesehen hast war Wut, die sich auf deinen Vater bezogen hat. Er klingt wie ein fieser Mistkerl." Er stupste sie wieder zurück auf ihren Barhocker. „Warum gibst du mir nicht einen Drink aus, um dich dafür zu entschuldigen, dass du mich beleidigt hast, und wir unterhalten uns?"

Sie war ihm gegenüber so unhöflich gewesen – ein Drink würde da nicht ausreichen. „Tut mir leid", sagte sie und winkte den Barkeeper herüber.

Pax' Drink wurde in Windeseile serviert und er schmunzelte. „Ich bin hier noch nie zuvor so schnell bedient worden." Sein Blick fiel auf ihren Busen.

Sie lächelte verlegen. „Es hat seine Vorteile, wenn ich meine Mädels zur Schau stelle. Aber zu meiner Verteidigung: Das hier war das einzige saubere Shirt in meinem CLU, und ich habe mir das nicht in dieser Größe ausgesucht."

Pax schnaubte. „Wenn du meine Schwester wärst, würde ich mit gezogener Waffe an deiner Seite kleben."

„Und wenn ich nicht deine Schwester wäre?"

Er nahm einen Schluck von seinem Drink und schenkte ihr einen Blick, der genau das richtige Maß an Bewunderung enthielt. Nichts Gruseliges oder Zudringliches, sondern einfach nur einen kurzen schweifenden Blick, der ihr sagte, dass er mochte was er sah. „Dieselbe Position, andere Waffe."

Morgan lachte, während Hitze in ihrem Bauch zusammenfloss. Vielleicht würde Pax ihr helfen. Sie lehnte sich zu ihm, atmete tief ein und genoss seinen moschusartigen Duft, den ihr Gehirn sofort als pures Testosteron erkannte. „Pax, würdest du mit mir zu meinem CLU zurückgehen?"

Er grinste. „Du verschwendest keine Zeit, nicht wahr, *Dr. Adler?*"

„Morgan", korrigierte sie, wieder leicht verärgert. „Und ich meinte das nicht so, wie es sich anhörte."

Seine Stimme senkte sich zu einem sexy Knurren. „Das ist … enttäuschend."

Die Hitze in ihrem Bauch strahlte nach außen. „Vielleicht kannst du mich umstimmen."

Es war ein Ding der Unmöglichkeit, den Blick auf ihrem Gesicht zu behalten. Er war ein erwachsener Mann und hatte sich im Laufe der Jahre aufs Engste mit einer ganzen Reihe von Brüsten vertraut gemacht, aber er war vollkommen unvorbereitet auf Morgan Adlers Figur, die man in der mittleren Doppelseite eines Magazins hätte finden können. Er hatte gewusst, dass sie Kurven besaß, aber nichts wie diese.

Zuvor hatte sie ihre Figur in einem losen Oberteil heruntergespielt, und sie hatte wahrscheinlich einen Sport-BH getragen.

Doch dieser hier funktionierte wie ein Push-up – an einer Frau, die ganz eindeutig keinen Auftrieb brauchte.

Er fragte sich, ob der Assistent des Skippers absichtlich ein zu kleines Shirt für sie ausgewählt hatte, um sie davon abzuhalten, ihr CLU zu verlassen. Morgans Vater hatte seine Karriere im Militär aufgebaut. Wahrscheinlich war sie auf Militärbasen aufgewachsen und wusste, wie stationierte Soldaten waren.

Die sexistische Manipulation machte ihn wütend, und dass er seine eigene Lust bekämpfen musste. Der Typ zu ihrer Rechten hatte seinen Blick fest auf ihre Brust gerichtet, und die besitzergreifende Seite von Pax wollte diesen Anblick ganz für sich allein beanspruchen, was absolut verrückt war. Er kannte sie kaum.

Aber das hielt ihn nicht davon ab, seine Hand auf die Kurve in ihrem Rücken zu legen. Das enge T-Shirt rutschte gerade weit genug hoch, dass seine Handfläche sowohl das Shirt als auch ihre Haut berührte, und der Kontakt war elektrisierend. Er lehnte sich zu ihr und sagte: „Mir ist egal, *warum* du mich zu deinem CLU eingeladen hast. Wir gehen. Mir gefällt es nicht, wie dich jeder Typ in diesem Raum anstarrt."

Sie legte ihren Kopf schief und der Hauch eines Lächelns umspielte ihre vollen Lippen. Sie lehnte sich leicht nach vorn, wodurch seine Hand etwas näher zu ihrem Hintern rutschte. Ihre Lippen waren nur Zentimeter voneinander entfernt. „Ich brauche keinen Beschützer. Außerdem siehst du mich auf dieselbe Weise an", flüsterte sie.

Das Adrenalin, das ihn fast wahnsinnig machte, hatte er während seiner Stunde im Fitnessstudio nicht abbauen können. Wenn überhaupt hatten seine Schläge auf den Sandsack seine Aggression nur noch angestachelt.

Er wollte Sex, und Morgan Adler war so ziemlich die heißeste Frau, die er je gesehen hatte. Es war möglich, dass das Adrenalin seine Gedanken beeinflusste, aber das bezweifelte er.

Dabei war sie normalerweise nicht einmal sein Typ. Mit ihrem langen blonden Haar, ihren blauen Augen, spektakulären Brüsten und dem zu kurzen Top sah sie so aus wie eine Kellnerin in einer dieser Sport-Bars, die Bier und Hähnchenflügel für Typen servierte, während die sich Football reinzogen. Ihm hatten diese Kellnerinnen immer leidgetan. Sie wurden wie hirnlose Sexobjekte behandelt, mussten sich Grapscher und Betrunkene gefallen lassen, während sie als Antwort auf saudumme Witze ein falsch-fröhliches Lächeln aufsetzten.

Sein Typ waren eher die schüchternen Nerds, die sich hinter ihren Büchern versteckten, so wie *er* selbst einer gewesen war, bis er sich der Armee angeschlossen hatte. Er war ein Spätzünder gewesen, hatte seinen zweiten Wachstumsschub erst im Alter von neunzehn durchgemacht, als er in zwei Jahren gleich nochmal fünfzehn Zentimeter und die entsprechenden Muskelpakete zugelegt hatte, die ihm nun seinen Job ermöglichten. Doch die äußere Transformation hatte ihn innerlich nicht verändert, und er war immer noch der Fantasy-Fan und Sci-Fi liebende Typ, der aus Spaß wissenschaftliche Magazine las.

Aber obwohl Dr. Morgan Adler vielleicht nicht wie sein Typ *aussah*, so besaß sie dennoch einen Doktortitel in Archäologie und war definitiv ein Nerd-Girl in Cheerleader-Verpackung.

„Stört es dich? Wenn ich dich so ansehe?", fragte er.

Sie leckte sich über die Lippen. Ihre Stimme klang heiser, als ob sie seinetwegen einen trockenen Hals bekommen hatte. „Nein. Bei dir gefällt es mir. Ich wünschte nur, dass es nicht so wäre."

Er nahm seinen Gin Tonic und trank ihn in einem Zug leer, bevor er sein Glas wieder auf dem Tresen absetzte. „Lass uns gehen." Er führte sie quer durch den Raum, die eine Hand immer noch auf ihrem Rücken. Seine freie Hand rollte sich bei jedem Matrosen, an dem sie zwischen der Bar und der Tür vorbeikamen und der Morgan lüsterne Blicke zuwarf, zu einer Faust zusammen.

Er ließ seine Hand über ihre entblößte Haut gleiten und umfasste ihre Hüfte, um sie enger an seine Seite zu ziehen, und um deutlich zu machen, dass sie bereits vergeben war. Sie befanden sich in einem Raum voller Alpha-Matrosen, -Soldaten und Marines, doch durch seine Größe und Figur war Pax trotzdem größer als neunzig Prozent der Männer in dieser Bar. Blicke wanderten von Morgans Körper zu Pax' besitzergreifendem Halt und dann trafen sie schlussendlich auf seinen finsteren Blick. Ein paar von den Männern die er kannte, neigten grüßend den Kopf, als sie vorbeikamen.

Draußen war es nur ein kurzer Weg von der Bar bis zum CLU-Dorf. Ihre Unterkunft befand sich am anderen Ende. Ihr CLU war die Luxus-Version – mit Nasszelle – was bedeutete, dass sie in ihrer eigenen privaten Wohneinheit ein Waschbecken hatte und sich eine Toilette und Dusche mit einem angrenzenden CLU teilte. Weil Pax scharf darauf war, sie so schnell wie möglich nackt zu sehen, fielen ihm in Bezug auf die private Dusche augenblicklich unterschiedlichste Ideen ein, wie man die wertvollste Ressource in dieser an Wasser mangelnden Nation konservieren könnte.

Er schloss die Tür und lehnte sich dagegen, wobei seine Augen sie von Kopf bis Fuß betrachteten, doch er erinnerte sich daran, dass sie ihn nicht zum Ficken hierher eingeladen hatte.

Trotzdem sollte das nicht bedeuten, dass er sich nicht einen Vorgeschmack gönnen konnte. Er packte sie am Handgelenk, zog sie an sich und ließ seine Hand über ihren Rücken nach unten gleiten, bis sie ihr Hinterteil umfasste.

Ihr Körper verschmolz mit seinem. Er spannte seinen Kiefer an, um gegen die Lust anzukämpfen, die durch ihn hindurchschoss.

Er sollte das hier nicht tun. Er hatte nicht die geringste Ahnung, wieviel sie bereits getrunken hatte, bevor er in die Bar gekommen war. Sie *schien* okay, aber was war, wenn sie nach außen nicht so schnell betrunken wirkte? Es gab Regeln, die gegen solche Situationen sprachen. „Wie viel Alkohol hast du getrunken?"

„Keinen. Nur Tonic."

Erleichterung rollte durch ihn hindurch. „Okay. Dann sage mir jetzt sofort, ob das hier etwas ist, was du willst."

Sie packte sein Hemd mit ihren Fäusten. „Was ich will und was hier passieren wird, sind zwei völlig verschiedene Dinge. Ich will deinen Schwanz" – sie rieb ihre Hüfte an seiner Erektion und er knirschte mit den Zähnen, als wildes Verlangen ihn noch steifer werden ließ – „in mir. Ich will mich vergessen und einfach nur diesen furchtbaren, verrückten Tag mit hartem, wildem, animalischem Ficken verdrängen."

Oh, Fuck. Sie hatte soeben genau die Art beschrieben, wie er am liebsten einen beschissenen Tag beendete.

Sein Griff an ihrem Hintern wurde fester. „Aber das ist nicht das, was hier passieren wird."

„Nein. Nicht nachdem ich dir sage, was ich brauche."

„Was brauchst du?"

„Ich weiß nicht, ob ich hierbleiben oder gehen soll, aber ich kann unmöglich eine Entscheidung treffen, bevor ich nicht mit meiner Crew gesprochen und gecheckt habe, ob mit Linus alles okay ist. Ich stecke hier fest. Ich brauche jemanden, der mich von dieser Basis wegbringt."

Kapitel Sechs

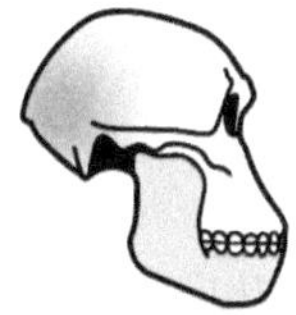

Pax' Griff um ihren Hintern lockerte sich. Sie trat zurück, vermisste sofort seine Hitze und hasste sich selbst dafür, dass sie ehrlich gewesen war. Sie hätte ihn zuerst vögeln und dann fragen können. Aber so war sie nun einmal nicht. Zuerst kam die Arbeit, dann das Vergnügen.

Keine Ergebnisse, keine Belohnung.

Er stieß sich von der Tür ab und wanderte in dem winzigen Raum zwischen ihrer Pritsche und dem Spind hin und her. „So einfach ist das nicht, Morgan."

„Kannst du ein Fahrzeug von der Kraftfahrzeugbereitschaft bekommen?"

Er hielt inne und rieb sich mit einer Hand über sein Gesicht. „Möglicherweise, aber ich brauche – sogar du brauchst – einen unterzeichneten Befehl, um diese Basis verlassen zu können."

„Einen unterzeichneten Befehl?"

„Das hier ist nicht wie die Basen, auf denen du vor 09/11 aufgewachsen bist. Wir befinden uns in einem feindlichen Gebiet. Außerhalb der Tore wollen die Leute uns umbringen."

Sie verzog ihren Mund. „Dessen bin ich mir bewusst."

„Ich bin mir da nicht so sicher, wenn du tatsächlich glaubst, dass ich dich einfach so von der Basis wegbringen kann. So funktioniert das nicht. Ich bräuchte dafür die unterzeichneten Weisungen meines Vorgesetzten."

„Bräuchte dein Vorgesetzter die Genehmigung von O'Leary?"

„Nein. Anderer Befehlszweig. Mein Vorgesetzter gehört zur Spezialeinheit – SOCOM."

„Bist du mit O'Leary einer Meinung? Dass ich hierbleiben sollte?"

„O'Leary macht nur seinen Job. Und sein Job ist es, diese Basis zu leiten. Und wir brauchen eine Start-Landebahn. Unbedingt. Dein Projekt könnte das möglich machen."

„Dann glaubst du also, dass ich bleiben sollte."

„Nein. Ich habe damit nur gemeint, dass es logisch ist, dass O'Leary dich hierbehalten will. *Ich* sähe dich am liebsten auf dem nächstbesten Flieger nach Hause. Dschibuti ist kein Ort für eine Frau wie dich."

Sie trat einen Schritt zurück und verschränkte ihre Arme. „Eine Frau wie mich? Was zur Hölle soll das nun wieder heißen?"

„Eine Närrin, die glaubt, dass Fossilien es wert sind, dafür zu sterben."

Eisige Kälte schoss tief in ihr Innerstes. „Eine Närrin. Du hältst mich für eine Närrin."

„Du hast dich heute Mittag mit Sicherheit wie eine Närrin verhalten."

„Nein. Ich glaube, dass ich mich *heute Abend* wie eine benommen habe." Warum hatte sie geglaubt, dass er anders sein würde als ihr Vater? „Hast du überhaupt die geringste Vorstellung von der möglichen Bedeutung dieser Fossilien? Man hätte Tests durchführen können – Kalium-Argon Datierungen. Analysen zur Fauna – ich weiß ja nicht einmal, *was* Linus an jenem Tag geschlachtet hat, an dem er starb. In Kombination mit dem, was wir von Linus' Kranium in Erfahrung bringen könnten, hätten wir eine Möglichkeit, die Verbindung zwischen Australopithecinen und der Gattung des ersten Homo herzustellen und Dinge zu verstehen, wie es uns nie zuvor möglich war. Ja, gut, ich war für einen Moment närrisch genug, mich von dem Gedanken blenden zu lassen, den großartigsten wissenschaftlichen Fund des neuen Jahrtausends verlieren zu können, und habe versucht, ihn zu retten. Es tut mir leid, dass ich dich dadurch in Gefahr gebracht habe, denn es war ganz allein meine Entscheidung dieses Risiko einzugehen, aber wenn du es mich gleich zu Beginn hättest holen lassen, dann *hätte* ich es retten können.“

„Wir wussten nicht, wie viel Zeit uns blieb.“ Er stieß seine Worte durch hart aufeinandergepresste Zähne hervor. Er war wütend. Gut, das waren sie beide.

„Ich weiß das. Ich beschuldige dich ja auch nicht. Es tut mir leid, dass ich dein Leben riskiert habe. Ich bereue meinen Impuls, einen Teil vormenschlicher Geschichte retten zu wollen, nicht annähernd so sehr, wie dessen Verlust.“

Sie zog den Saum ihres T-Shirts herunter, fühlte sich plötzlich entblößt, als hätte sie dieses dürftige Oberteil nicht zuvor in einer Bar getragen. Sie war es gewohnt, dass Männer sie für ein Dummchen gehalten hatten, als sie in knappen Trägertops und kurzen Shorts als Kellnerin gearbeitet hatte, aber wenigstens konnte sie sich mit dem Wissen trösten, dass ihr IQ dem der besoffenen Jungs an der Uni wahrscheinlich meilenweit überlegen war. Ihre Meinung war unwichtig gewesen, denn sie *kannten* sie nicht.

Nun, Pax Blanchard kannte sie genauso wenig. Sie trat zur Tür und ergriff den Türknauf.

„Was glaubst du, wo du hingehst?“, fragte er.

„Zurück zur Bar. Wenn du mir nicht helfen willst, dann werde ich jemanden finden, der es tut. Ich muss wissen, was gestern mit meiner Crew passiert ist. Ich weiß ja nicht einmal, ob Destas Männer ihnen nachgejagt sind. Sie könnten alle tot sein. Ich werde *keine* Entscheidung darüber treffen, ob ich hierbleibe oder gehe, solange ich nicht weiß, was mit meinem Team geschehen ist.“

„Warum rufst du sie nicht einfach an?“

„Neben der Tatsache, dass mein Handy kaputt ist, hat keiner von ihnen ein Telefon.“

Pax fluchte. „Du kannst so nicht wieder zur Bar zurückgehen.“

„So? Wie? Stinksauer?“

„In diesen Klamotten.“

Sie starrte ihn finster an. „Du hast recht. Die Hose ist zu lang. Hast du zufällig eine Schere dabei?“

Er zerrte sich sein T-Shirt vom Leib und entblößte einen Waschbrettbauch, der sie vor zehn Minuten noch hätte sabbern lassen. Was für eine Verschwendung, dass ein solches Arschloch einen solch perfekten Körper hatte. „Zieh das an.“

Sie konnte sich ein Grinsen nicht verkneifen, als sie sich nun ihr eigenes Oberteil auszog und ihm damit eine erstklassige Sicht auf ihren überfüllten BH erlaubte, bevor sie in sein Hemd schlüpfte. Allerdings bemühte sie sich nicht, die Knopfleiste zu schließen. Sie knotete sich einfach die beiden offenen Enden unter ihrem Busen zusammen, was dieses Hemd nun sogar noch freizügiger machte, als das lächerliche kleine T-Shirt es gewesen war. „Besser?“

Sie sah ihm in die Augen und stellte zufrieden fest, dass sich sein schockierter Blick in pure, testosteronerfüllte Lust verwandelte. Er näherte sich ihr und drängte sie mit ihrem Rücken gegen die Wand. „So wirst du nicht zur Bar zurückgehen.“

„Warum nicht?“, fragte sie. Es war ihr todernst, dass sie wieder zu dieser Bar zurückgehen und jeden ihrer Vorzüge dazu einsetzen würde, um irgendjemanden zu finden, der ihr half. Sie wollte herausfinden, was mit ihrem Team passiert war, und Sergeant Pax Blanchard würde ihr entweder dabei helfen oder ihr aus dem Weg gehen.

„Weil jeder Kerl dort das hier tun will.“ Er stieß seine Finger in ihr Haar und zog ihr Gesicht an seins heran. Seine Zunge penetrierte ihren Mund in dem heißesten und wütendsten Kuss, den sie jemals bekommen hatte. Ihr entwich ein leises Geräusch von tief hinten in ihrer Kehle, als er seine Handfläche auf ihre Brust legte und seinen Daumen über ihren Nippel rieb. Sie wollte seinen Mund dort spüren. *Jetzt.* Aber sie wollte ebenso, dass sein Mund genau dort blieb, wo er war, und er seine Zunge gegen ihre streichen ließ. Verdammt. Er schmeckte wie die Hitze. Roch nach Verlangen. Fühlte sich so gut an.

Sie ließ ihre Hände über die harten Muskeln seines nackten

Waschbrettbauchs gleiten. Perfekt geformte Muskeln. Sie fuhr mit den Fingern seine Schultern, diese Bizepse, die sie getragen und in Sicherheit gebracht hatten, entlang.

Er hob seinen Mund von ihrem. Sie öffnete ihre Augen und begegnete seinem Blick. Da war keine Weichheit in seinen Augen. Verlangen? Ja. Wut? Ja. Zärtlichkeit? Nicht im Geringsten.

„Ich werde mit meinem Vorgesetzten sprechen", sagte er. „Du bleibst hier. Ich bin in weniger als einer Stunde zurück."

Hier, elf Grad nördlich des Äquators, sank die Sonne schnell, und es war bereits dunkel, als Pax mit den autorisierten Papieren in seiner Hand zu Morgans CLU zurückkehrte. Er war froh, dass sie sein Hemd entknotet und es stattdessen ordentlich zugeknöpft hatte. Es hing lose an ihr herunter und reichte ihr fast bis zu den Knien.

Sie sah aus, als ob sie sich sein Hemd geborgt hätte, nachdem er sie gevögelt hatte, was seine Besitzgier nur erneut heraufbeschwor. Er wollte sie so sehen. Er wollte sie besitzen.

In ihrer Nähe fühlte er sich seltsam, wie ein Neandertaler. Eine ironische Emotion angesichts der Tatsache, dass sie ihn morgen zu ihrem ganz eigenen Höhlenmenschen Linus bringen würde.

„Wir fahren morgen um 7:00 Uhr los." Er schob ihr eine Kopie der Autorisierung in die Hände, drehte sich auf dem Absatz um und ging. Er konnte spüren wie sie auf seinen Rücken starrte, als er zu seinem eigenen CLU ging, am anderen Ende der Behausungen und um die Ecke.

Er würde keine weitere Minute in Morgan Adlers Gegenwart verbringen, denn wenn er das täte, dann hätte er nicht den geringsten Zweifel daran, dass er sich tief in ihr vergraben würde, was ein verdammt großes Problem wäre. Er würde sie morgen nicht nur von der Basis und direkt in eine Kriegszone fahren, denn das war es, was dort draußen lag, sondern sein verdammter CO hatte Pax nun auch noch für die Dauer ihres Aufenthalts in Dschibuti zu ihrem Bodyguard erklärt. Während sein A-Team den Job erledigte, wegen dem sie hergeschickt worden waren – nämlich die Einheimischen zu Guerilla-Kämpfern auszubilden – war er nun zu Indiana Jones' verdammtem Handlanger degradiert worden.

Kapitel Sieben

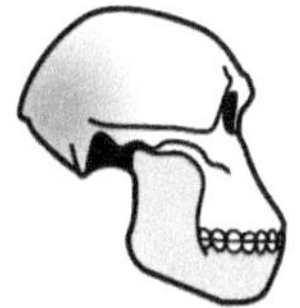

„Sobald wir uns auf der anderen Seite der Schranken befinden, werden die Dinge folgendermaßen ablaufen", erklärte Pax, sobald sich Morgan auf den Beifahrersitz des SUVs setzte. „Du wirst das tun, was ich dir sage, und wenn ich es dir sage. Keine Diskussion. Verstanden?"

„Aber …"

„Was ich sage. Wenn ich es sage. Oder wir fahren sofort wieder zur Basis zurück."

Er hatte ihr noch nicht gesagt, dass sie ihn − falls sie sich dazu entscheiden sollte, in Dschibuti zu bleiben − für die Dauer ihres Aufenthalts hier am Hals haben würde. Das sollte kein Problem sein, denn er hatte vor, sie davon zu überzeugen zu gehen, was ihm nicht allzu schwerfallen sollte, da sie ja ohnehin schon nach Hause zurückwollte.

Sie starrte ihn finster an, nickte aber kurz.

Sie hatte das meiste Blut aus ihren Ausgrabungsklamotten herauswaschen können und sah in der morgendlichen Sonne nun frisch und hübsch aus. Sie hatte sich ihr blondes Haar in einem straffen französischen Zopf zurückgeflochten, die Art, die ihm seine kleine achtjährige Schwester beigebracht hatte, weil sie ihr Haar selbst nicht am Hinterkopf flechten konnte. Das wellige Muster betonte die helleren Strähnen in ihrem langen

Haar, ein Regenbogen aus Gold und Gelb mit dunkleren Honigtönen darunter.

Letzte Nacht hatte er seine Finger in den seidigen weichen Strähnen vergraben, als er sich ihren Mund in einem heißen, wütenden Kuss genommen hatte, der ihn die halbe Nacht nicht hatte schlafen lassen. Er runzelte seine Stirn. „Hast du einen Hut?"

„Explodiert."

„Hast du keinen Ersatz in deiner Unterkunft in Dschibuti City?"

Sie schüttelte ihren Kopf. „Nope."

„Dann werden wir dir heute einen besorgen." Na toll. Jetzt konnte er zusätzlich auch noch Shopping zu seiner To-Do-Liste hinzufügen. Nein. Es würde kein Shopping geben. Sie brauchte keinen neuen Hut, denn sie würde Dschibuti schon sehr schnell wieder verlassen. Basta.

Es dauerte ganze zwanzig Minuten, um all die Sicherheitskontrollen und verschiedenen Schranken zu passieren. „Ich war noch nie zuvor auf einer Basis mit derart vielen Sicherheitskontrollen", sagte sie schließlich, nachdem sie den letzten Checkpunkt hinter sich gelassen hatten.

„Wir befinden uns zu dicht an den Grenzen zu Somalia und Jemen, und keines dieser Länder freut sich allzu sehr über die Drohnen, die möglicherweise von dieser Basis gestartet sein könnten." Er warf ihr einen Seitenblick zu. „Die Somalier haben sich unschönerweise angewöhnt, Leute aus dem Westen zu entführen und sie über die Grenze zu bringen, wobei sie eine besondere Vorliebe für amerikanisches Militärpersonal als die ultimativen Geiseln entwickelt haben. Eine erfolgreiche Extraktion ist beinahe unmöglich. Aus diesem Grund verlässt niemand die Basis, es sei denn, es ist absolut notwendig."

„Wie hast du es geschafft, deinen Vorgesetzten davon zu überzeugen, die Autorisierung zu unterschreiben, mich von der Basis wegzubringen?"

„Es gibt einige Unstimmigkeiten zwischen Major Haverfeld – unserem kommandierenden Offizier – und dem Skipper."

„Skipper?"

„Sorry. Oberbefehlshaber der Basis Captain O'Leary wird auch Skipper genannt. Und wegen dieser Unstimmigkeiten habe ich Captain Oswald, meinem Vorgesetzten, erzählt, dass dies die Kooperation zwischen den beiden Kommandanten zeigen und für das Team unserer Spezialeinheit ganz besonders gut aussehen würde." Aber dann hatte Oswald den CO in die Konversation mit einbezogen, und Major Haverfeld war von der Idee so begeistert gewesen, dass er sofort die volle Kontrolle über Morgans bisher noch nicht existierendes Sicherheitsteam übernommen und Pax zum Leiter dieses Teams ernannt hatte.

Pax hatte keine Probleme mit der Tatsache, dass sie Schutz brauchte. Der vorherige Tag hatte das bewiesen. Aber mit diesem Job sie zu beschützen, sollten Marinesoldaten betraut werden, nicht SOCOM. Er hatte Morgan nichts davon erzählt und würde damit warten, bis sie ihre Entscheidung getroffen hatte. Wenn sie wüsste, dass man ihr zu ihrem Schutz einen Offizier einer Spezialeinheit zugewiesen hatte, würde sie dann bleiben wollen?

„Es tut mir leid, wenn ich dir Probleme gemacht habe."

Sie wusste nicht einmal die Hälfte davon. Zur Antwort nickte er ihr nur kurz zu. „Wird dein Team heute zur Ausgrabungsstätte gehen?"

Sie zuckte mit den Schultern. „Keine Ahnung. Das hoffe ich. Wir sollten dort zuerst nachsehen."

Er griff nach hinten und zog eine Karte vom Rücksitz, die er ihr auf den Schoß warf. „Wo ist die Ausgrabungsstätte?"

Sie zeigte auf den Ort, doch er warf nur einen kurzen Blick darauf, hielt seine Aufmerksamkeit auf die Straße gerichtet. Er hätte eine Eskorte verlangen können, hatte aber nicht zu viel Aufsehen erregen wollen. Nicht, solange niemand wusste, dass sie die Basis verlassen hatten oder ihre Pläne kannte. Falls sie in Dschibuti bleiben sollte, würden sie ihre Routen ändern müssen. Bravo an einem Tag, Charlie den nächsten, dann Alpha. Es führten vier Routen zur Basis. Sie würden sie alle benutzen, willkürlich.

Allerdings würde das nicht geschehen, denn Morgan Adler würde unter keinen Umständen in Dschibuti bleiben. Sie würde

nach Hause fliegen, und er würde zu seinem Team zurückkehren und zu dem Job, den zu erledigen er hier war. Die
morgige Route und Sicherheitsvorkehrungen zu planen wäre
eine reine Verschwendung mentaler Energie.

Sie näherten sich ihrem Mietwagen – einem Trümmerhau-
fen, den man an den Straßenrand geschoben hatte. Die Einheimischen würden ihn durchwühlen und nach brauchbaren
Dingen suchen, aber ansonsten würde er wahrscheinlich einfach
so dort stehenbleiben. Eine Erinnerung an Etefu Destas Rück-
sichtslosigkeit.

Er fuhr vorbei, ohne anzuhalten.

„So, was für ein Name ist Pax eigentlich für einen Soldaten?", fragte sie nach langem Schweigen.

Er warf ihr einen Seitenblick zu. „Niemand will Frieden
mehr als ein Soldat."

„Das ist wahr, obwohl ich mich manchmal frage, ob mein
Vater da die Ausnahme ist." Sie drehte sich in ihrem Sitz so,
dass sie mehr ihm als der Straße zugewandt war. Er behielt
seinen Fokus auf die unebene Straße vor ihm. Die Tatsache,
dass er sie wollte, war außerhalb der Basis eine gefährliche
Ablenkung. „Aber ganz ehrlich, ist Pax dein echter Name? Eine
Kurzform für irgendetwas?"

Er zögerte, ihr die Wahrheit zu sagen. Ach, warum auch
nicht? „Der Name auf meiner Geburtsurkunde ist Pax Love
Blanchard."

Sie stieß ein scharfes Lachen aus. „Du verarschst mich. Dein
Name ist Peace Love – Frieden und Liebe?"

Er nickte.

„Oh, mein Gott. Du hattest Hippie-Eltern, nicht wahr?"

„Jep. Meine Schwester heißt Gaia Love."

„Wie wird der Sohn von Hippies zu einem Green Beret?"

„Wie wird die Tochter eines knallharten Generals eine
Archäologin?"

„In meinem Fall: Rebellion." Sie drehte sich wieder auf
ihrem Sitz um und wandte sich der Straße zu. „Mein Vater
hatte den Traum, dass ich die erste Frau im Team einer Spezialeinheit sein würde. Ich kann schießen …"

Er hüstelte bei diesem Wort.

„Hey! Ich bin nur aus der Übung. Und ich *habe* ihn getroffen." Sie hielt inne. „Wie geht es ihm?"

„Er hat die Nacht überstanden. Mehr weiß ich nicht."

Sie wurde still.

Pax vermisste ihr Geplapper. Er wollte mehr über ihre Beziehung zu ihrem Vater wissen, ganz besonders, weil er sie davon überzeugen wollte, sich gegen die Wünsche ihres Vaters zu stellen und Dschibuti zu verlassen. „Was kannst du denn sonst noch – ich meine, bis auf deine fragwürdigen Schießkünste?"

Sie schnaubte. „Kampfsport-Training fing schon in der Grundschule an – bevor die Schießübungen begannen. Ich kann mich in einem Kampf selbst verteidigen. Ich habe das ROTC absolviert, aber es wurde sehr schnell deutlich, dass mir trotz meiner Fähigkeiten ganz einfach die notwendige Kraft fehlte, um mit den großen Jungs mitzuhalten, falls ich es schlussendlich bis in irgendeine Art von Spezialeinheits-Training schaffen sollte. Mir fehlte außerdem der Antrieb." Ihre Stimme wurde leiser, verlor ihre Fröhlichkeit. „Zur selben Zeit wurde mir klar, dass mein Vater niemals stolz auf mich sein würde, sollte ich seine Ziele für mich nicht erreichen. Nichts, was ich tat, war je gut genug für ihn. Wenn ich mich der Armee angeschlossen, es aber nicht in seine Spezialeinheit geschafft hätte, dann wäre das ein Versagen gewesen, unabhängig von der Tatsache, dass es bisher noch keine Frau geschafft hatte. Es wäre nur eine weitere Enttäuschung gewesen, nachdem er den furchtbaren Niederschlag hatte ertragen müssen, dass sein einziges Kind mit einer Vagina zur Welt gekommen war. Als ich mit meinem Studium anfing, habe ich dann alle Aktivitäten auf die er bestand, abgelegt. Ich habe mir mein Haar pink gefärbt und mir die Nase gepierct."

Er warf ihr einen Seitenblick zu und sah den Hauch eines Einstechlochs an der Seite ihrer Nase.

Sie fing seinen Blick auf. „Ich bin ein Weichei und es hat zu sehr wehgetan. Ich war der Meinung, dass eine Rebellion nur meinem Vater wehtun sollte, nicht mir. Also habe ich es nach einer Woche wieder zuwachsen lassen." Sie neigte ihr Gesicht dem Sonnenschein entgegen, der durch das Fenster strömte. „Als ich mit dem ROTC-Training aufhörte, schnitt der General jegliche finanzielle Unterstützung ab und weigerte sich, für mein Studium zu bezahlen. Das war das erste Mal in meinem Leben, dass ich frei war und das studieren konnte, was ich wollte. In der Anthropologie fand ich mein neues Zuhause." Sie grinste abwesend. „Außerdem kamen die Anthro-Hauptfächer den Hippies am nächsten, was meinen Vater garantiert entsetzt hat, denn das ist für ihn der reinste Horror."

Er lächelte. „Ich durfte als Kind nicht mit Spielgewehren spielen. Jedes Spielzeug, das ich in eine Waffe umbaute, wurde mir sofort verboten. Sport war ebenso unbeliebt, denn der belohnte Aggression."

„Ich war der *Western Pennsylvania Bullseye Confederation* Junior-Champion als ich dreizehn war", sagte sie mit deutlich hörbarem Stolz, was ihm sagte, dass sie das Schießen nur aufgegeben hatte, um ihren Vater zu verärgern, nicht, weil sie keinen Spaß daran hatte.

Er schoss ihr wieder einen Seitenblick zu. „Wenn wir wieder auf der Basis sind, können wir zur Übungsanlage gehen und sehen, wer von uns beiden besser ist."

Ihr Lachen war heiser. Sexy wie die Hölle. „Oh nein. Ich will dich schließlich nicht blamieren."

Ihre arroganten Worte machten ihn nur noch geiler. Er hatte ein echtes Problem.

Sie ist die Tochter eines Offiziers. Er hatte diesen Fehler schon einmal gemacht.

„Wie bist du in der Armee gelandet?", fragte sie.

„An meinem achtzehnten Geburtstag habe ich meinen Eltern gesagt, dass ich sie sehr liebe, es aber für mich an der Zeit sei, ich selbst zu sein. Ich glaube, sie hatten gehofft, dass ich mich als homosexuell outen wollte, aber so viel Glück hatten sie nicht."

Sie schnaubte. „Das würde dir eh niemals jemand abnehmen, dass du schwul wärst."

„Du solltest die Scheuklappen von hoffnungsvollen Eltern nicht unterschätzen.“

„Akzeptieren sie dich? Als ein hetero Soldat?“

„Ja. Meine Eltern haben ihre Regeln und Glaubensweisen, aber der Kern ihrer Philosophie war immer der, dass man die Menschen so lieben sollte, wie sie sind. Wenn sie mich abgelehnt hätten, dann wäre das gegen alles gegangen, wofür sie stehen. Damit will ich nicht sagen, dass es ihnen leichtgefallen ist, einen Soldaten als Sohn zu haben. Aber sie haben nie aufgehört, mich zu lieben.“

„Darum beneide ich dich“, sagte Morgan mit roher Ehrlichkeit.

Er legte eine Hand auf ihr Knie. Es sollte eine lockere und tröstende Geste sein, doch er hatte den Explosionsfaktor vergessen, wann immer er Morgan berührte.

Er zog seine Hand ohne ein Wort zurück und war froh, dass sie sich der Ausgrabungsstätte näherten. Je eher sie diesen Besuch hinter sich brachten und wieder zur Basis zurückkehrten, desto besser.

Sie sagte ihm, wohin er fahren musste, und führte sie tief über unmarkierte Wege, die man kaum als Straßen bezeichnen konnte. Als sie um die Kurve kamen und ein geparktes Fahrzeug am Wegrand sahen, keuchte sie auf.

„Ist das gut oder schlecht?“, fragte er.

„Gut. Das ist Ibrahims Wagen. Drei meiner fünf Crewmitglieder haben kein Auto. Sie fahren sich gegenseitig. So ist zumindest Ibrahim hier, aber es können auch mehr sein.“

Pax parkte den SUV und packte ihre Hand, als sie sie nach dem Türgriff ausstreckte. „Wir tun das hier auf meine Art, vergiss das nicht. Nur weil ein Fahrzeug hier ist, heißt das nicht, dass es deine Leute ebenfalls sind.“

Sie runzelte ihre Stirn. „Das mag sein, aber wenn du vorhast, da so einschüchternd rauszumarschieren …“

„Pech. Dafür bin ich hier. Ich werde einschüchtern. Ich werde bedrohen. Wenn es sein muss, werde ich ihnen verdammte Angst einjagen, und ich *werde* herausfinden, ob sie irgendetwas mit der Bombe zu tun hatten, die man gestern unter deinem Wagen deponiert hat."

„Das würdest du nicht …"

„Ich würde und ich werde. Du wirst hier warten, bis ich die Ausgrabungsstätte überprüft habe. Setz dich auf den Rücksitz, wo man dich nicht so gut sehen kann." Als sie sich nicht bewegte, fügte er hinzu: „Wenn du nicht kooperierst, fahren wir sofort wieder zur Basis zurück."

Sie starrte ihn wütend an, lenkte dann aber mit einem „Okay" ein und kletterte nach hinten.

„Wo werde ich sie finden?", fragte er.

Sie setzte sich auf den Rücksitz. „Da ist ein Pfad zwischen diesen beiden Felsen." Sie zeigte durch die Windschutzscheibe und beschrieb den Weg.

Mit einem scharfen Nicken presste er ihr die Autoschlüssel und ein Funksprechgerät, das er ihr auf der Basis besorgt hatte, in die Hand. „Das ist auf den Kanal eingestellt, den ich benutzen werde. Wenn es sicher genug ist, dass du zu mir kommen kannst, wirst du mich drei Mal „*Peppermint Patty*" sagen hören. Wenn ich will, dass du augenblicklich zur Basis zurückfährst, werde ich „*Snoopy*" sagen." Er hatte sich dazu entschieden, die Code-Worte aus der Komikserie Peanuts auszuwählen. Sie würde sich besser an diese Namen erinnern können und sie nicht mit anderem Geplapper im Funkgerät verwechseln.

„Falls du Schüsse hörst", fuhr er fort, „wirst du auf den Fahrersitz klettern und einen Klick Richtung Osten fahren. Dann parke am Straßenrand und höre auf das Funkgerät. „*Woodstock*" bedeutet, dass die Luft rein ist. Wenn es sicher ist, dass du zurückkommen kannst, werde ich drei Mal „*Woodstock*" sagen. Nochmal, falls ich will, dass du zur Basis zurückfährst, werde ich „*Snoopy*" sagen. „*Snoopy*" bedeutet immer, dass du zur Basis zurückfahren sollst. Falls du nach fünf Minuten absolut gar nichts von mir hören solltest, wirst du ebenfalls schnellstens zur Basis zurückfahren."

Sie runzelte ihre Stirn. „Ich kann dich nicht zurücklassen."

„Das wirst du. Du wirst mir das hier und jetzt versprechen, oder wir fahren wieder zurück. Versprich es mir."

Die Art, wie sie ihn anstarrte, so wütend mit bebenden Nasenflügeln – er hätte sie am liebsten geküsst, aber heute war er ein Soldat, kein notgeiler Teenager, und er hatte einen Job zu erledigen.

„Ich verspreche es." Ihr Kiefer war angespannt, aber sie sagte die Worte ohne Unterbrechung.

„Gut. Okay, wiederhole die Code-Wörter und was sie bedeuten."

Sie wiederholte seine Anweisungen.

„Perfekt." Er deutete auf die Radiofrequenz. „Ändere die Einstellung nicht, aber merke sie dir. Ich werde mit dir immer diese Funkeinstellung benutzen."

Sie nickte. Er kletterte aus dem Fahrzeug und öffnete die hintere Tür, um seine Ausrüstung herauszuholen.

„Du wirst ihnen Angst machen, wenn du da mit deiner vollen Ausrüstung und deiner M4 runter gehst."

Er grinste und setzte sich seinen Helm auf. „Das ist meine Absicht." Dann gab er dem dummen Impuls nach, seine Hand um ihren Hinterkopf zu legen und sie für einen kurzen Kuss zu sich heranzuziehen. Wo zur Hölle war seine Selbstkontrolle abgeblieben? Er schloss die Tür und wandte sich dem Pfad zu.

Es wurde Zeit, herauszufinden, auf welcher Seite sich Morgans Crew befand.

Sie hätte ihm nicht zustimmen sollen. Mouktar war so schon nervös genug. Nach den gestrigen Ereignissen war er heute vielleicht mit einer Waffe zurückgekommen und würde erst schießen und später Fragen stellen. Aber vielleicht war Mouktar gar nicht erst gekommen.

Sie war versucht, Pax zu folgen, um ihn davon abzuhalten, ihre Crew einzuschüchtern. Aber das könnte Probleme verursachen, wo sie alle ohnehin schon schreckhaft waren. Außerdem bezweifelte sie nicht eine Sekunde, dass er seine Drohungen wahr machen würde. Er würde sie wieder zur Basis zurück karren, und sie hätte sich jegliche Chance, eine informierte Entscheidung treffen zu können, gehörig versaut. Nachdem sie nun selbst den komplizierten Prozess gesehen hatte, der nötig war, nur um die Basis verlassen zu können, wusste sie, dass sie keine weitere Möglichkeit bekommen würde.

Fünf Minuten vergingen und sie war schweißgebadet. Die Fenster waren einen Schlitz geöffnet, und es gab seitliche Belüftungsöffnungen, wodurch sie noch nicht ganz ihre Backtemperatur erreicht hatte. Aber sie würde es wahrscheinlich nur noch wenige Minuten aushalten können, bevor sie die Klimaanlage würde anschalten müssen.

Das Funkgerät knackte. „Peppermint Patty" wurde drei Mal wiederholt. Gott sei Dank.

Sie öffnete die Tür und sprang aus dem SUV. Sie eilte den schmalen Pfad zwischen den Felsen hinunter und murmelte leise vor sich hin: „Bitte, lass alle okay sein. Bitte, lass sie alle dort sein." Gestern war furchtbar gewesen, und sie konnte es den Männern nicht verübeln, dass sie geflohen waren. Aber sie hoffte trotzdem, dass sie zurückgekommen waren.

Sie schlüpfte durch den Durchgang zwischen den Felsen. Ihr Zopf verfing sich in etwas und zwang sie zu einem abrupten Halt. Sie griff nach hinten, um ihr Haar zu befreien, als sie Finger spürte – nicht ihre – die sich in ihrem langen Zopf verwickelt hatten.

Eine Hand legte sich um ihre Kehle.

Adrenalin pulsierte durch sie hindurch, und die Zeit schien sich zu verlangsamen. Ihr Atem verlangsamte sich. Ihre Gedanken verfinsterten sich. Jahrelanges Kampfsport-Training übernahm jeden Muskel, als sie sich erinnerte. Sie benutzte Hebelkraft, um die Hand von ihrem Hals zu lösen, und verdrehte sich seitlich, während sie einen so lauten Schrei ausstieß, dass der den ganzen Pfad entlang und hoffentlich auch in das breite Tal darunter hallte. Sie rammte den Arm gegen einen Felsen. Bevor er sich zurückziehen konnte, trat sie nach hinten und landete dabei auf dem Knie des Mannes. Der grunzte vor Schmerzen. Sein heißer Atem an ihrem Ohr verriet ihr seine Position. Sie schlug ihm mit ihrem Ellenbogen gegen seine Luftröhre und schwang herum, um sich endlich ihren Angreifer anzusehen.

Sie hatte diesen Mann noch nie zuvor gesehen. Er gehörte nicht zu den Männern, vor denen sie gestern geflohen war. Sie trat ihm gegen seine Brust, und er fiel nach hinten, wobei er auf seiner AK-47 landete, die er sich über seinen Rücken geschlungen hatte. Offensichtlich hatte er nicht erwartet, dass sie sich gegen ihn wehren könnte, denn sonst hätte er seine Waffe anstatt eines bloßen Handgriffs benutzt. Allerdings konnte sie so gut wie immer darauf zählen, dass Männer sie unterschätzten. Zweimal war sie hinter dem Restaurant angegriffen worden, als sie nach einer späten Schicht als Kellnerin zurück zu ihrem Auto gegangen war, und sie hatte ihre Angreifer beide Male ins Krankenhaus geschickt.

Der Mann versuchte nach seiner Waffe zu greifen, also attackierte sie ihn direkt und trat ihm gegen sein Kinn. Sein Kopf zuckte nach hinten und fiel dann schlaff zur Seite. Entweder war er ohnmächtig oder tot. Sie keuchte atemlos und starrte ihn an, als sie von Eiseskälte überrollt wurde.

Heilige Scheiße! Was wäre passiert, wenn sie sich nicht gegen ihn hätte wehren können? Was wäre, wenn er sein Sturmgewehr benutzt hätte, anstatt sie nur zu greifen?

Hinter ihr ertönten Schritte und Pax rief: „Morgan?“

Sie wagte es nicht, dem Mann auf dem Boden ihren Rücken zuzuwenden. Was, wenn er es nur vorspielte? Gestern waren noch andere hier gewesen. Wo waren diese Männer jetzt? „Pax! Hilfe!“

„Ich komme!“ Seine Antwort hallte von den Felsen wider, was bedeutete, dass er in dem schmalen Durchgang sein musste.

Sie presste ihren Rücken gegen einen Felsen und hielt den Blick auf ihren Angreifer gerichtet. Atmete er noch?

Schließlich tauchte Pax an ihrer Seite auf. Sie hätte sich am liebsten in seine Arme geworfen, aber das wäre dumm gewesen. Sie hatte sich soeben selbst gerettet. Warum sollte sie nun das arme hilflose Täubchen spielen? Außerdem würde Pax nicht nachsehen können, ob der Kerl noch am Leben war oder nicht, wenn er seine Arme mit ihr voll hatte.

Sie nickte zu dem Mann und sagte: „Er hat mich von hinten angegriffen. Ich habe, ähm, ihn abgewehrt."

Pax' Blick sprang von ihr zu dem Mann und dann wieder zu ihr. Er umkreiste den Körper langsam und ließ dann ein leises Pfeifen hören, bevor mit ein wenig Bewunderung in seiner Stimme sagte: „Wie viele Jahre lang hast du Kampfsport trainiert?"

„Nur zwölf."

„Nur. Zwölf."

„Na gut, nur zwölf, in denen ich mich weiter fortbildete und an den Gürtelprüfungen teilnahm. Ich habe damit wie mit allem anderen nach meinem achtzehnten Geburtstag aufgehört, aber ich habe in den dreizehn Jahren danach Kata und Boxen noch weiter praktiziert. So halte ich mich fit."

„Dann trainierst du in Wirklichkeit Kampfsport also schon seit … *25 Jahren?*"

„Mit fünf Jahren wollte ich Gymnastik lernen, aber mein Vater bestand auf Karate."

„Im Moment bin ich froh, dass sich dein Vater durchgesetzt hat." Er löste die AK-47 von dem Rücken des Mannes und zog sie unter ihm hervor, bevor er dessen Puls checkte. „Was ist dein Gürtelrang?", fragte er, während er seine Finger auf die Halsschlagader des Mannes presste.

„Schwarz. Dritter Dan." Sie erzählte Männern das nur selten, denn wenn sie ihren Rang kannten, würden sie sie nur allzu oft herausfordern, entweder um zu sehen, ob sie nur prahlte, oder weil sie sie besiegen wollten. Dritter Dan war ein verdammt hoher Rang für eine Achtzehnjährige.

Zwei Mal hatte sie den Fehler gemacht und sich auf einen Kampf eingelassen, weil der Typ es einfach nicht hatte gut sein lassen. Beim ersten Mal hatte sie dem Kerl solch eine Angst eingejagt, dass er sie nie wieder angerufen hatte.

Beim zweiten Mal war der Typ in Rage geraten, weil er anfing, gegen sie zu verlieren, woraufhin er extrem gewalttätig geworden war. Sie hatte ihm den Arm brechen müssen, um seinem Griff zu entkommen, der ihr potenziell wirklich hätte schaden können. Sie hatte ihn danach nie wieder kontaktiert.

Sie hatte das Gefühl, dass Pax ihr glauben würde, und in Anbetracht seiner Statur und der Tatsache, dass er selbst ein verdammter Green Beret war, würde er sich ihr gegenüber nicht beweisen müssen.

„Er hat einen Puls", sagte er.

Sie atmete erleichtert aus. Es war Selbstverteidigung gewesen, aber ihr gefiel der Gedanke trotzdem nicht, einen Mann umgebracht zu haben. Vielleicht sogar zwei, denn der Mann, auf den sie erst gestern geschossen hatte, war immer noch nicht ganz über den Berg.

Das Problem war nun, dass sie sich überlegen mussten, was sie jetzt mit diesem Kerl tun sollten. Pax rollte ihn herum und streifte ein paar Plastik-Flex-Handschellen, die er aus seinem Rucksack zog, um die Handgelenke des Mannes. Dann lehnte er sich zurück und starrte auf die vor ihm liegende Figur.

„Er ist ein Einheimischer und er hat dich, eine Zivilistin, angegriffen. Technisch gesehen müssten sich die örtlichen Behörden um diese Sache kümmern. Aber die sind nicht gerade besonders gründlich in ihren Untersuchungen, und die Chancen stehen gut, dass dieser Mann morgen schon wieder freigelassen wird. Er könnte dich noch einmal angreifen."

„Aber, wenn er dich angegriffen hätte?"

„Dann könnte das US Militär ihn als einen feindlichen Kämpfer verhaften."

Sie grinste ihn schief an. „Zuerst nimmst du meinen Schuss auf dich, und nun willst du es dir anrechnen lassen, dass du diesen Kerl ohnmächtig geschlagen hast."

„Glaube mir, ich *will* nicht im Geringsten, dass mir dieser lausige Schuss angerechnet wird." Er grinste. „Aber das hier hast du gut gemacht."

„Was passiert, wenn er aufwacht und den Leuten erzählt was passiert ist?"

„Glaubst du allen Ernstes, dass er zugeben wird, dass du ihn K.O. geschlagen hast?" Er zwinkerte ihr zu. „Selbst wenn er das tun sollte, die Sache ist bereits erledigt. Hoffentlich wird er uns etwas Brauchbares erzählen, damit sein Aufenthalt nicht umsonst ist."

Er kontaktierte die Basis mit einem Satellitentelefon und erklärte die Situation. Sie vereinbarten, dass sie einen Humvee vorbeischicken würden, um den Mann einzusammeln. Morgan hatte den Mann aufmerksam beobachtet und konnte nun das gleichmäßige Auf und Ab seiner Brust sehen. Er atmete ganz normal.

Sie hatte ihn nur bewusstlos geschlagen.

Pax stopfte das Telefon wieder in den Rucksack, bevor er den Mann aufhob und sich über seine Schulter warf. „Nimm seine Waffe. Du gehst voraus, mit seinem Gewehr. Falls dir irgendjemand vor die Füße springen sollte, schießt du sofort. Fragen kannst du später stellen." Pax drehte sich um und ergriff seine M4, die über seine Schulter hing, mit einer Hand. „Ich decke uns hinten."

„Wie geht es meiner Crew?", fragte sie, als sie die AK hochhob. Eine kurze Prüfung zeigte, dass sie funktionstüchtig war.

„Niemand wurde verletzt. Los geht's."

Sie nickte und ging voraus, zurück den schmalen Pfad hinauf. Sie checkte jeden neuen Abschnitt nach irgendwelchen möglichen Angreifern, die sich hinter all den unzähligen Felsen verstecken könnten, bevor sie „Okay" sagte und weiter ging. Schließlich erreichten sie die flache offene Ebene, wo die Fahrzeuge parkten.

Pax setzte den Mann vor den Reifen des SUVs ab. „Ich werde den Perimeter abchecken, um sicherzugehen, dass dieser Kerl allein gehandelt hat. Traust du dir zu, ihn zu bewachen?", fragte er.

Sie nickte.

„Wenn du irgendjemanden siehst den du nicht kennst, feuere ein paar Schüsse ab, um sie zurückzuhalten, und warte dann auf mich. Okay?"

„Mach ich."

Sie verspürte einen leichten Nervenkitzel, als sie den Respekt in seinem Blick sah. Er machte sich auf, um das unebene Terrain auszukundschaften, und verschwand in Richtung Osten, wo die Wahrscheinlichkeit am größten war, dass dieser Mann ein Fahrzeug versteckt hatte, während sie über dem bewusstlosen Mann Wache hielt und sich fragte, warum er sie angegriffen hatte. Was zur Hölle war hier los?

Zehn Minuten später tauchte Pax wieder auf. „Hinter der Kurve befindet sich ein alter abgewrackter Truck. Frische Reifenspuren. Sieht so aus, als ob er heute Morgen hierhergefahren ist und wohl darauf gehofft hat, dass du auftauchst. Es führen keine weiteren Fußspuren von dem Fahrzeug weg. Allem Anschein nach ist er allein."

Morgan setzte das Gewehr ab und rollte ihre Schultern aus. „Kann ich dort runtergehen und mit meiner Crew sprechen?"

Er schüttelte seinen Kopf. „Wir werden zusammen dort hingehen, sobald dieser Typ", er stupste den Angreifer mit seiner Schuhspitze an, „abgeholt wurde. Ich habe einen Fehler gemacht, dich allein den Pfad entlanggehen zu lassen. Den Fehler werde ich kein zweites Mal machen." Er traf ihren Blick und seine Nasenflügel blähten sich. „Du hast das gut gemacht. Wirklich gut."

Sie nickte ihm kurz anerkennend zu und starrte dann auf den bewusstlosen Mann. Dunkle Haut mit kurzgeschnittenem Haar und einem dünnen Bart – dieser Mann könnte aus Dschibuti, Äthiopien, Eritrea oder Somalia kommen. So wie der Mann gestern war auch dieser unterernährt. Dunkelgelbe Zähne deuteten an, dass er jahrelang auf Khat herumgekaut hatte. Alles an ihm zeigte seine Armut und sprach von dem harschen Leben, das sie sich nicht einmal vorstellen konnte.

War er genauso böswillig wie Desta oder nur verzweifelt?

Sie biss sich auf die Lippe. „Als ich zum ersten Mal in Dschibuti ankam, war ich schockiert, all die unterernährten Kinder zu sehen, die an den Straßenrändern dahinsiechen und um Wasser betteln. Ibrahim hat mich davor gewarnt, ihnen etwas zu geben. Er sagte, wenn ich das täte, dann wären dort am nächsten Tag fünf weitere und am Tag danach zweihundert."

„Er hat recht. Es sind Flüchtlinge aus Somalia, und wenn das Betteln überhandnimmt, entfernt die Regierung sie."

Sie nickte. „Ibrahim sagte, dass niemand weiß, wo sie hingebracht werden."

„Ich habe es selbst gesehen, kurz nachdem ich hier angekommen bin. Eine Gruppe von Kindern, die in der Nähe der Tore zu Camp Citron herumhingen, waren eines Tages einfach verschwunden. Dutzende von Kindern. Einfach weg.“

Morgan erschauderte. Nach Ibrahims Warnung hatte sie das Betteln der Kinder ignoriert, obwohl sie aussahen, als ob sie in ihrem ganzen Leben nicht eine einzige vernünftige Mahlzeit bekommen hatten. Es hatte sechs Tage gedauert, bis sie von ihrem Job an den bettelnden Kindern vorbeifahren konnte, ohne weinen zu müssen.

„Glaubst du, dieser Mann ist wie die Kinder? Nicht böse, sondern nur verzweifelt?“

„Da ist eine sehr dünne Linie zwischen Bosheit und Verzweiflung. Das eine kann ganz leicht zum anderen führen. Ich habe Jungs jünger als zehn Jahre alt gesehen, die Waffen aufgenommen und getötet haben. Das Kind ist nicht das Böse. Die Person, die das Kind bewaffnet, oder der Mann, der ein Kind in die sexuelle Sklaverei verkauft, ist es.“

Vielleicht hatte Pax recht. Dschibuti war kein Ort für eine Frau wie sie.

„Ich hatte unrecht.“

Sie blickte abrupt auf. Hatte sie das laut gesagt?

Nein. Er starrte immer noch auf den Mann, den sie bekämpft hatte. Als es darauf ankam, war es fast schon zu leicht gewesen. Der Mann war schwach und unterernährt. Er hatte seinen einzigen Vorteil, sein Gewehr, auf dem Rücken getragen, nicht in seinen Händen. Weil er sie unterschätzt hatte. Weil sie kaum größer als 1.60 m war und ungefährlich aussah.

Sie traf Pax’ Blick. „Was meinst du damit?“

„Letzte Nacht. Als ich dich als eine Närrin bezeichnet habe. Ich war ein Arschloch. Tut mir leid.“

„Danke“, sagte sie.

„Aber ich will trotzdem, dass du gehst.“

Sie konnte nicht anders und schüttelte ihren Kopf, noch während sich ein leichtes Lächeln auf ihren Lippen formte. Er konnte es nicht einfach bei einer perfekten netten Entschuldigung belassen. Warum mussten Männer immer wieder die besten Entschuldigungen versauen? Sie entschied sich dazu, ihm so zuzuspielen, dass er von ganz allein ins Fettnäpfchen trat. Je mehr er seinen wahren Charakter zeigte, desto weniger attraktiv würde sie ihn finden.

Und sie wollte ihn *wirklich* weniger attraktiv finden.

„Schon klar. Und warum ist das so? Schüchtert dich eine Frau etwa ein, die kämpfen und fast so gut schießen kann wie die großen Jungs? Hast du insgeheim Angst davor, dass eine Frau besser sein könnte als du?"

Er lachte. Das war sogar noch besser, denn er stellte nicht klar, dass er sie jederzeit übertreffen würde – obwohl er das mit Sicherheit konnte – und er bot ihr auch nicht irgendeine Macho-Herausforderung an. Stattdessen umspielte ein Lächeln seine Lippen, als er sich ihr näherte. „Nein, Morgan, es ist mir egal, ob du besser bist als ich. Tatsächlich würde ich es bevorzugen, denn das würde bedeuten, dass du dich in diesem verdammten Pulverfass selbst behaupten kannst. Nein, es gibt nur einen einzigen Grund, warum ich will, dass du zurück nach Hause gehst."

„Und der wäre?"

„Wenn du hierbleibst, ist es nur eine Frage der Zeit, bis wir vögeln. Fuck, jetzt in diesem Moment will ich dich noch mehr als gestern Nacht. Es ist lächerlich, ich fühle mich wie ein Neandertaler. Aber so ist das nun mal."

„Und warum wäre das ein Problem? Ich bin weder verheiratet noch vergeben." Dann trat sie einen Schritt zurück, als die Wahrheit langsam durchsickerte. Mist. Er war *verheiratet*. Ihr Blick sprang zu seiner linken Hand. Kein Ring. Aber trugen Soldaten ihre Ringe bei Kampfeinsätzen? „Bist du es?", fragte sie mit harter Stimme.

„Nein. Geschieden. Single."

Erleichterung breitete sich in ihr aus. „Warum ist einvernehmlicher Sex dann ein Problem? War die Scheidung erst kürzlich?"

„Nein. Nicht kürzlich. Aber letzte Nacht, als ich meinen Vorgesetzten davon überzeugen musste, dich heute von der Basis zu fahren, haben er und mein Kommandant beschlossen, dem ganzen noch eins drauf zu setzen. Sie haben mich dir zugewiesen, mich für die Dauer deines Aufenthalts in Dschibuti zu deinem Bodyguard gemacht."

Sie zog scharf ihren Atem ein. „Warum würden sie *so etwas* tun?"

„Wenn der Skipper dank deines Projektes seine Start-Landebahn bekommt, dann können mein Vorgesetzter und mein Kommandant sich beide ein Stück vom Erfolg abschneiden. Sie können behaupten, dass das alles nur möglich gemacht wurde, weil SOCOM deinen Schutz sichergestellt hat. Du siehst also, wenn du bleibst, stecken wir miteinander fest. Jedes Mal, wenn du die Basis verlassen willst, ist es mein Job auf deinen Hintern aufzupassen." Seine Hände fanden ihre Hüfte und glitten dann herum und runter zu dem erwähnten Körperteil. „Was glaubst du, wie lange wir es aushalten, bevor wir Sex haben?"

Sie standen Brust an Brust, mit seinen Händen auf ihrem Hintern, und sie ritt immer noch auf ihrer Adrenalinwelle, während ihm heißes, stimulierendes Testosteron aus jeder Pore strömte. Sie wollte ihm über seinen Hals lecken. Wollte, dass er sie hier am SUV hochhob und nahm. *Jetzt.* „Etwa zehn Minuten."

„Exakt. Aber Sex wäre eine saudumme Idee, wo es doch meine Aufgabe ist, dich zu beschützen. Es wird uns wahnsinnig machen. Wir werden Fehler machen. Dabei ist die Gefahr für deine Sicherheit sehr real." Sein Blick fiel auf den Mann zu ihren Füßen. „Scheiße, sogar jetzt bin ich saudumm. Meine Aufmerksamkeit ist auf dich gerichtet und nicht auf die Gefahr, die nur wenige Schritte entfernt auf dem Boden liegt." Er trat einen Schritt zurück und fing an, hin und her zu wandern. „Ich war noch *nie* zuvor so unprofessionell bei einem Job. Dummheit kann für einen Soldaten tödlich sein."

„Vielleicht können wir Captain O'Leary dazu bewegen, diese Anweisung zu ändern."

„Und damit meinen Kommandanten verärgern? Nein, danke." Sein Blick sprang wieder zu ihrem Gesicht. „Soll das heißen, dass du bleiben willst?" Da lag eine gewisse Schärfe in seiner Stimme.

„Das weiß ich noch nicht. Ich habe *immer noch nicht* mit meiner Crew gesprochen. Ich weiß ja nicht einmal, wie viele von ihnen hier sind." Sie runzelte ihre Stirn. „Warum sind sie nicht hier? Warum sind sie bei der Ausgrabungsstätte geblieben, anstatt mir zur Hilfe zu kommen, als ich schrie?"

Nun runzelte Pax seine Stirn. „Es gibt da … ähm, … ein Problem mit der Ausgrabungsstätte."

„Problem?"

„Linus' Schädel ist verschwunden."

Kapitel Acht

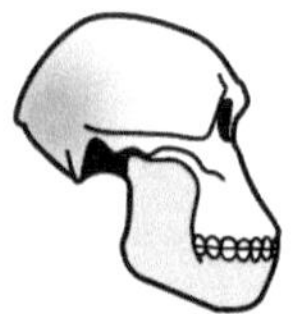

J a, vielleicht hätte er ihr diese Nachricht gleich zu Beginn mitteilen sollen, aber Pax hatte das in dem Moment verdrängt, als er mit einem Mal feststellen musste, dass sie ein knallharter Ninja war und kämpfen konnte.

Sie hatte einen Kerl ausgeschaltet, der eine AK-47 an seiner Seite gehabt hatte.

Nachdem er das verdaut hatte, waren andere Dinge in den Vordergrund gerückt, wie zum Beispiel die Suche nach Komplizen.

„Was meinst du damit – sein Schädel ist *verschwunden?* Gestern war er noch im Boden. Stein eingebettet in Stein. Nicht leicht, das so einfach herauszuholen."

Er zuckte mit den Schultern. „Das hat Ibrahim mir auch gesagt. Da ist definitiv etwas aus dem Boden gegraben worden."

Morgan trat wie blind vom Fahrzeug weg und sah so aus, als ob sie hyperventilieren wollte. Oder vielleicht in Ohnmacht fallen würde. „Ich glaube, ich muss mich übergeben", sagte sie und drückte eine Hand auf ihren Mund. Sie ging mit kurzen scharfen Schritten hin und her, ihr Arm fest auf ihren Bauch gepresst. Wut und Grauen strahlten in Wellen von ihr aus. „Der Schädel. Ohne ihn können wir die kraniale Kapazität nicht berechnen. Wir können nicht feststellen, wie groß sein Gehirn war, oder wie er in das Spektrum hineinpasst …"

„Ich nehme an, dass der Schädel wertvoll ist."

Sie schoss ihm einen finsteren Blick zu. „Der Wert liegt in der Information, die er enthält. Er ist wertlos, wenn man ihn nicht untersuchen kann. Wenn Desta ihn verkauft, wenn er in irgendeiner privaten Kollektion von irgendeinem Arschloch verschwindet …"

„Was ich damit sagen will ist, dass Desta ihn nicht zerstören wird, wenn er davon überzeugt ist, dass er ihm Geld bringt."

„Nein, aber ISIS, die Taliban oder die al-Shabaab vielleicht. Er passt nicht in ihren Glauben. ISIS und die Taliban haben bereits mehrere Stätten des Weltkulturerbes zerstört."

„Aber beide Gruppen verkaufen auch Artefakte, um ihren Terrorismus zu finanzieren. Sie zerstören nur solche Dinge, die zu groß sind, um sie zu bewegen und zu verkaufen."

Sie blickte zum Pfad. „Das ist wahr." Sie dachte nach. „Ich will mit Ibrahim sprechen."

„Das wirst du. Sobald dieser Kerl abgeholt wurde."

„Wie viele sind da unten?"

„Zwei. Ibrahim und Mouktar."

„Die anderen – ist ihnen etwas geschehen?"

„Nein. Ibrahim sagte, dass alle drei okay sind. Sie haben nur Angst."

Sie nickte und wanderte weiter auf und ab, sagte für zwanzig Minuten kein Wort mehr, bis die MPs endlich auftauchten. Der Mann war immer noch bewusstlos, und einer der MPs runzelte seine Stirn. „Vielleicht werden wir ihn mit dem Hubschrauber zur Krankenstation auf dem Schiff fliegen müssen." Er warf Pax einen missbilligenden Blick zu. „Ich habe von dem Typen gestern gehört. Was ist los mit dir, dass du feindliche Kämpfer so verletzen musst? Wir können uns die Krankenrechnungen nicht leisten."

Pax zuckte mit den Schultern. „Sie haben mich angegriffen. Ihn K.O. zu schlagen war besser als ihn umzubringen."

„Kugeln sind billiger als Bluttransfusionen", erklärte der MP.

„Und Informationen sind wertvoller als Öl", entgegnete Pax.

„Weiß dieser Typ irgendwas?"

„Keine Ahnung. Aber der Typ von gestern hat versprochen, uns Destas Position zu verraten. Vielleicht weiß dieser Kerl sogar noch mehr."

Sobald sie davonfuhren, stürzte Morgan sich den Pfad hinunter. Pax holte sie ein. „Wir werden zusammen gehen."

Sie nickte, und er übernahm die Führung über den engen Pfad, der sie zu einem uralten ausgewaschenen Tal führte. Während sie hinuntergingen, erklärte Morgan das Terrain. „Diese Landmasse zählt nicht einmal als ein Wadi, weil hier schon seit Jahrtausenden kein Wasser mehr durchgeflossen ist, wohingegen ein Wadi während der Regensaison mit Wasser aufgefüllt wird. Nicht, dass es in Dschibuti besonders viel regnet."

Pax erreichte den Grund des Canyons und drehte sich zu ihr um, um ihr seine Hand zu reichen, als sie über die niedrigen Felsen trat, die überall auf dem Boden herumlagen und das Gehen erschwerten.

Sie nahm seine Hand und sprach weiter. „Vor einigen Monaten hat ein Geologe die unteren Stratigrafie-Schichten, die man in der Canyon-Wand sehen kann, datiert. Diese rote Schicht …", sie deutete auf eine dicke eingebettete Felsschicht, „wurde auf über 1,5 Millionen Jahre datiert. Unsere Ausgrabungsstätte befindet sich relativ weit darunter, was bedeutet, dass sie sogar noch älter ist. Sehr viel älter."

Ihre Stimme hatte sich verändert. Ihre Haltung hatte sich verändert. Sie erklärte Fakten, die sie sehr gut kannte, sah eine Landschaft, die sie in den vergangenen Wochen jeden Tag gesehen hatte, und trotzdem erklang mit einem Mal ein Staunen in ihrer Stimme. Als ob sie diesen magischen Ort zum ersten Mal sah und ihn zum ersten Mal beschrieb.

Sie ließ seine Hand los und eilte zu dem Ort, wo orangefarbene Flaggen in den Boden gesteckt worden waren. Sie hob einen dreieckigen Stein auf, joggte zu ihm zurück und drückte ihn in seine Hand. Sie schloss seine Finger um den warmen Stein. „Du hältst in deiner Hand ein Werkzeug, das entweder von einem *Homo Ergaster* oder von einem *Homo Habilis* gemacht worden ist – also vor ungefähr 1,5 Millionen Jahren."

Selbst nach all dem Schock und Horror der letzten 24 Stunden teilte sie dies – ihre Ausgrabungsstätte – mit ihm voller Staunen und Enthusiasmus.

Er drückte den Stein und betrachtete dessen scharfe Kanten und gebrochene Oberfläche. „*Homo Habilis?* Vormenschlich?"

„Ja. Von der Gattung des *Homo*, von dem der moderne Mensch – *Homo Sapiens sapiens* – abstammt, aber noch früher. Manche glauben sogar, dass der *Habilis* zur Gattung des *Australo-pithecus* gehört. Aber vereinfachend: die lebende Kreatur, die dieses Werkzeug hergestellt hat, ähnelte einem haarlosen, zwei-füßigen Schimpansen."

Eine Sache war eindeutig, was Morgan Adler betraf: Sie liebte diesen Ort. Es ging ihr nicht um Ruhm oder Anerkennung, die sie durch diesen Fund erhalten würde. Nein. Sie war von dem Wissen fasziniert, dass sie hierdurch entschlüsseln könnte. Die Tatsache, dass sie selbst jetzt noch eine solche Leidenschaft an den Tag legen konnte, war ein Zeugnis dessen, was es ihr bedeutete. Und das machte sie nur noch anziehender als zuvor.

Sie hatte sich selbst belogen, als sie behauptet hatte, Dschibuti verlassen zu wollen. Sie würde niemals von dieser Stätte weggehen können. Sie würde Linus unter keinen Umständen einfach zurücklassen.

Ihm wurde klar, dass er sie niemals davon überzeugen könnte, zu gehen. Nein. Jetzt hatte er eine noch größere und sehr viel schwierigere Aufgabe – sie davon zu überzeugen, Desta den Schädel des Australopithecinen zu überlassen.

Morgan hätte Ibrahim und Mouktar am liebsten umarmt, aber keiner der beiden Männer gehörte zur kuscheligen Sorte. Ibrahim wiederholte die Informationen, dass die anderen drei Arbeiter unversehrt waren. Einer fürchtete sich zu sehr, um zurückzukehren, während einem anderen der Job nicht gefallen hatte. Der dritte, Serge, hatte gekündigt, weil er Familie auf der anderen Seite der Grenze in Äthiopien hatte und sich Sorgen machte, dass Desta ihnen etwas antun würde, wenn er mit dem Projekt fortfuhr. „Serge sagt, dass es ihm sehr leidtut, aber er kann wegen seiner Familie kein Risiko eingehen."

Sie nickte. „Ich verstehe, Ibrahim." Sie blickte zu Pax. „Glaubst du, dass die anderen zurückkommen, wenn … das US-Militär den Schutz für die Ausgrabungsstätte übernimmt?"

Mouktar trat nervös von einem Fuß auf den anderen, als er zu Pax hin- und dann wieder wegsah. „Das glaube ich nicht", sagte er mit leiser Stimme und bestätigte damit Morgans Befürchtung, dass er Angst vor Soldaten hatte. Aber vielleicht hatte Pax ihnen zuvor ja auch entsprechend Angst eingejagt. Das konnte sie nicht wissen.

Sie spürte Pax erhöhte Anspannung bei dem Hinweis, dass sie darüber nachdachte zu bleiben, und ging zur Ausgrabungsstätte, in der sich nun ein riesiges Loch an der Stelle befand, wo der Schädel des Australopithecinen hätte sein sollen. „Wann habt ihr das so vorgefunden?", fragte sie Ibrahim.

„Etwa vor einer Stunde", sagte er. „Es tut mir leid, dass wir gestern Abend nicht mehr hierher zurückgekehrt sind …"

„Oh. Nein." Sie wandte sich beiden Männern zu, gab ihrem Impuls nach und ergriff je eine von ihren Händen, bevor sie sie beide zusammenführte und mit ihren umklammerte. Das war ihnen wahrscheinlich äußerst unangenehm, aber sie war nun mal jemand, der ‚berührte', und das hier war ein wichtiger Punkt. „Ich bin froh, dass ihr nicht hier wart." Sie drückte ihre Finger. „Es gibt nichts, was ihr hättet tun können, und Destas Männer hätten euch wer-weiß-was antun können." Sie warf Pax ein wütendes Lächeln zu. „Ich habe gestern versucht, Linus' Dinner-Knochen vor einer Explosion zu retten, und mir wurde gesagt, dass das keine kluge Idee gewesen war."

Mouktars Augen weiteten sich. „Die Knochen sind explodiert?"

Sie ließ ihre Hände los, als ihr klar wurde, dass Pax bisher noch nicht die Gelegenheit gehabt hatte, ihnen von den gestrigen Geschehnissen zu berichten. Sie ließ sich neben der

Ausgrabung auf den Boden sinken und griff nach ihrer Handschaufel, die sie gestern in dem seichten Loch zurückgelassen hatte, als sie geflohen war, und sie fühlte eine seltsame Dankbarkeit dafür, dass ihr dieses Hilfsmittel geblieben war. Sie hatte immer noch ihre Marshalltown-Handschaufel, die sie für ihre Lehrgrabungen vor zehn Jahren bekommen und die sie bei jedem Projekt benutzt hatte, an dem sie seither gearbeitet hatte. Sie hatte so viel in der Explosion verloren, aber nicht ihre Schaufel.

Während sie Mouktar und Ibrahim erzählte, was gestern außerhalb der Basis passiert war, stach sie mit ihrer Schaufel auf den harten Untergrund ein. Sie musste sie schärfen, allerdings war das die unwichtigste ihrer Aufgaben, falls sie bleiben sollte.

Sie starrte auf Linus' lange Knochen, die noch immer im Felsen eingebettet waren, und blickte dann in Pax' Richtung, bevor sie sich dem Rest ihrer Crew zuwandte. „Seit gestern denke ich darüber nach, Dschibuti zu verlassen." Sie zuckte mit ihren Schultern und erinnerte sich daran, dass sie sich ihre eigenen Handlungen eingestehen musste. „Na gut, ich habe nicht nur darüber nachgedacht – ich wäre bereits gegangen, wenn ich das gekonnt hätte. Deshalb verstehe ich vollkommen, warum die anderen nicht zurückgekommen sind. Ich werde sie nicht verurteilen. Aber für mich selbst –habe ich meine Meinung geändert. Ich werde hierbleiben und dieses Projekt zu Ende bringen."

Sie berührte einen 3,5 Millionen Jahre alten Knochen, der nur wenige Zentimeter vor ihren Fingern entblößt war. „Es gibt nicht viel mehr, was wir für Linus tun können. Wir haben nur noch das, was in situ übrig ist. Ich bin mir sicher, dass die *Leakey Foundation* und andere wissenschaftliche Organisationen Zuschüsse bewilligen werden, um sicherzustellen, dass diese Arbeit vernünftig erledigt wird und keine weiteren Daten verloren gehen. Ich werde morgen die alternative Route begutachten. Ich hoffe, ihr beide werdet euch dafür entscheiden, mit diesem Projekt fortzufahren, aber ich verstehe auch, wenn ihr nicht bleiben wollt."

Ibrahim ließ ein breites Lächeln aufblitzen. „Dr. Morgan,

ich bin heute zurückgekommen, weil Sie mich mit Archäologie angesteckt hast. Mir gefällt dieser Job. Mir gefällt, dass ich das für Dschibuti tun kann."

Es hatte Wochen gedauert, bis sie die Crew dazu hatte bewegen können, sie nicht mehr Dr. Adler zu nennen. Der Kompromiss war Dr. Morgan, was sie nun lächeln ließ. „Danke." Sie wandte sich an Mouktar und zog fragend eine Augenbraue hoch.

Er nickte. „Ich werde arbeiten. Desta hat sich bereits meine Schwester geschnappt – meine einzige Familie. Er kann mir nicht mehr wehtun."

Sie drückte noch einmal seine Finger. „Das tut mir leid."

Er zuckte mit den Schultern. „Das ist schon Jahre her. Wahrscheinlich ist sie tot." Er sagte diese Worte mit einer ausdruckslosen und sachlich klingenden Stimme, die sie warnte, keine weiteren Fragen zu stellen. Es gab so vieles in Mouktars und Ibrahims Leben, das sie nicht wusste, und sie fragte sich, ob sie ihr ihre Privilegien übelnahmen. Mouktars Schwester war von einem Kriegsherrn entführt und höchstwahrscheinlich in die sexuelle Sklaverei verkauft worden, während man ihr selbst zu ihrem Schutz einen Green Beret zugewiesen hatte.

Sie ließ seine Finger los. „Vielleicht wird der Milizionär, der uns im Wadi angegriffen hat, der US-Navy Destas Position verraten. Er könnte verhaftet werden." Wobei jedoch in Wirklichkeit sein Lager, falls sie wussten wo es sich befand, eher bombardiert würde, solange dabei keine Zivilisten zu Schaden kamen. Seine Drogen und Waffen würden zusammen mit dem Mann zerstört werden. Schnell und effizient, weil Kugeln billiger waren als Bluttransfusionen, und es die einzige Möglichkeit wäre, sicherzustellen, dass die Miliz dieses Mannes den Zugriff auf Waffen und Finanzierungsmittel verlor. Sie wusste das, und Mouktar wusste das wahrscheinlich auch.

„Darauf werde ich hoffen, Dr. Morgan", sagte Mouktar.

Sie drehte sich um und sah Pax' grüblerischen Blick. Er war nicht glücklich darüber, dass sie sich dazu entschieden hatte zu bleiben, aber das hatte sie erwartet.

Sie stand auf und klopfte sich den Staub von ihrer Hose.

Die Entscheidung, in Dschibuti zu bleiben, hatte ihre To-Do-Liste für den heutigen Tag exponentiell verlängert. „Ich muss mein Apartment zusammenpacken und auf die Basis umziehen." Ihre Unterkunft in Dschibuti City war mietfrei – wurde von der örtlichen Regierung zur Verfügung gestellt – aber sie würde keinesfalls das Angebot einer Unterkunft in Frage stellen, die automatisch den Schutz des amerikanischen Militärs mit sich brachte. Noch weniger, seit ihr Auto sprichwörtlich bombardiert worden war. Und sie war dankbar für ihren ganz eigenen Green Beret als Beschützer, auch wenn das bedeutete, dass sie ihre Hände von diesem Mann lassen musste.

„Das werden wir als Nächstes tun", sagte Pax.

Sie runzelte ihre Stirn. „Eigentlich sollten wir uns zuerst mit dem dschibutischen Kulturminister Charles Lemaire treffen und diskutieren, wie sie gegen Desta und den Diebstahl von Linus' Schädel vorgehen wollen."

Er gab ein scharfes Nicken.

„Außerdem brauche ich Ausgrabungs-Notizbücher und eine neue Kamera und einen Computer."

„Wahrscheinlich kannst du solche Besorgungen vom Skipper abzeichnen lassen und die vertraglichen Einzelheiten diesbezüglich dann später klären. Ich werde SOCOM bitten, dass man dir eine Waffe gibt."

Sie nickte. „Mouktar und Ibrahim sollten Handys bekommen."

„Das kann man arrangieren", sagte Pax.

„Aber Handys funktionieren hier draußen nicht, Dr. Morgan", sagte Ibrahim.

„Aber sie funktionieren dort, wo du wohnst, und ich würde dich gern erreichen können, falls wieder etwas passieren sollte." Sie beschattete ihre Augen, als sie über das Tal zu einer alternativen Stelle blickte, die potenziell archäologisch relevant sein könnte und wo sie morgen mit ihrer Vermessung beginnen wollte. Die neue APE lag mehr im Freien als diese hier. Weniger Felsvorsprünge, die kaum minimalen Schatten boten. Sie wandte sich an ihren wiederstrebenden Bodyguard. „Und ich muss mir einen Hut kaufen."

So sehr er auch aus dieser Sache rauswollte, Pax würde es nicht in Erwägung ziehen, seinen Vorgesetzten zu bitten, den bestehenden Befehl zu widerrufen. Abgesehen von der Tatsache, dass solch eine Anfrage seiner Stellung innerhalb von SOCOM schaden würde, hatte er noch eine zweite Sorge. Was wäre, wenn sein Antrag akzeptiert würde, und sein Nachfolger dem Job nicht gewachsen war? Was wäre, wenn ihr etwas passierte?

Was wäre, wenn ich *scheitere?*

Er dachte nie ans Scheitern. Das war keine Option. Die Tatsache, dass er jetzt darüber nachdachte, war ein weiteres Anzeichen dafür, dass sie ihm unter die Haut gegangen war – auf eine gefährliche Weise.

Er war sowas von am Arsch.

„Ist die Botschaft immer noch verriegelt?", fragte Morgan, als sie auf dem Weg zum Kulturminister durch die geschäftigen Straßen der Stadt fuhren.

„Nein. Die Sicherheitssperre wurde irgendwann in der Nacht aufgehoben."

„Ich frage mich, ob wir dort hingehen sollten, bevor wir uns mit dem Minister treffen. Wir müssen sie über den Schädel informieren."

„Wer ist dort dein Kontakt?"

„Community Liaison Officer Kaylea Halpert."

Pax schnappte sich sein Handy von der Mittelkonsole und reichte es ihr. „Sie ist in den Kontakten."

Sie versteifte sich. „Kayleas Nummer ist in deinem Handy."

„Ja."

„Ich traue mich kaum zu fragen warum. Kaylea weiß von den Wetten. Sie ist nicht gerade erfreut darüber."

Er wusste, wovon Morgan sprach. Kaylea Halpert war atemberaubend schön, mit makelloser brauner Haut, großen braunen Augen und den Kurven von Beyonce. Seit ihrer kürzlichen Scheidung wollte sie nichts mit dem amerikanischen Militärpersonal zu tun haben, das mit irgendwelchen Ausreden durch ihr Büro flanierte. Es gab ein Graffiti dieser Angestellten der amerikanischen Botschaft in den Duschkabinen des CLU-Dorfs, weil die Matrosen im Grunde genommen Jugendliche waren, obwohl er annahm, dass die Soldaten nicht viel besser waren. Er selbst hatte von diesen Wetten gehört, in denen es darum ging, sich eine Verabredung mit dieser Frau zu verschaffen. „Mein A-Team trainiert Einheimische zu Guerillakämpfern im amerikanischen Stil, und obwohl wir größtenteils mit dem militärischen Schutzabteilungsoffizier der Botschaft zu tun haben, gibt es da trotzdem eine Komponente in der Öffentlichkeitsarbeit. Sie ist nur zu Arbeitszwecken in meinem Handy gespeichert." Er schwieg für einen Moment, bevor er hinzufügte: „Kaylea ist attraktiv, aber ich habe mich nie an sie rangemacht, und ich habe auch keine Absichten, das zu tun."

Er bemerkte ihr leichtes Lächeln, bevor sie das Handy hochhielt und sagte: „PIN-Nummer?"

Er gab ihr seine PIN-Nummer. „Schalte den Lautsprecher an", sagte er. Als Kaylea den Anruf beantwortete, identifizierte Pax sich und erklärte, dass er Morgans Bodyguard war.

„Freut mich, das zu hören", sagte Kaylea. „Captain O'Leary sagte, dass Morgan sich in ernsthafter Gefahr befindet."

Unbehagen kroch an Pax' Wirbelsäule herab. „O'Leary hat Sie kontaktiert?" Das war ein seltsamer Zug des Oberbefehlshabers der Basis. Allerdings war nichts an dieser Situation normal.

„Ja, er wollte die Ortsangaben für Linus' Ausgrabungsstätte wissen. Morgan, warum hast du mir nichts von Linus gesagt?"

„Er wollte die Ortsangaben?", fragte Morgan mit angestrengter Stimme, was zeigte, dass auch sie dieses unangemessene Interesse des Skippers als störend empfand.

„Natürlich konnte ich sie ihm nicht geben, denn ich wusste ja nichts davon."

Erleichtert seufzte Morgan leise auf.

„Aber ich habe Charles diese Situation erklärt", fuhr Kaylea fort.

Pax nahm seinen Blick lang genug von der Straße, um schweigend das Wort *Charles?* zu formen.

„Lemaire. Der Kulturminister", flüsterte sie. „Kaylea, weißt du, ob Charles Captain O'Leary die Ortsangaben der Ausgrabungsstätte gegeben hat?"

„Ich glaube, das hat er. Zumindest hoffe ich, dass er das getan hat. O'Leary sagte, dass Desta plant, die Ausgrabungsstätte zu plündern, und er würde sich darum kümmern, die Fossilien zu beschützen."

Das klang zwar oberflächlich ganz gut, aber heute war kein Bataillon an Marinesoldaten dort gewesen, um die Ausgrabungsstätte zu beschützen. Ganz im Gegenteil – denn Tatsache war, dass Linus nun seinen Kopf vermisste und ein Milizionär Morgan aufgelauert hatte. Das zwang Pax dazu sich zu fragen, ob „beschützen" in Captain O'Learys Jargon bedeutete „reißt die Knochen aus dem Boden."

Pax bemerkte, dass Morgan den Atem angehalten hatte und eine ganze Reihe von Flüchen zurückhielt, die die gestrige vulgäre Tirade in den Schatten stellen würde. Die Hand, die zwischen ihnen das Handy hochhielt, zitterte vor Wut. Pax fuhr in eine Seitenstraße und parkte. Ins Handy sagte er: „Danke Kaylea."

„Kein Problem." Sie hielt inne. „Sergeant? Habe ich einen Fehler gemacht? Captain O'Leary ist die oberste Autorität, wenn es um die Basis geht. Er hat mir von der Explosion erzählt."

„*Sie* haben keinen Fehler gemacht. Captain O'Leary hat nur seinen Job gemacht." Er beendete das Gespräch, nahm Morgan das Handy aus der Hand und legte es aufs Armaturenbrett. Ohne zu zögern zog er sie in seine Arme.

Sie stieß ein leises Schluchzen aus, als sie ihr Gesicht gegen seine Schulter presste. Ihr Körper zitterte. Schließlich atmete sie tief ein, mit Schluckauf, und sagte: „Ich heule, wenn ich wütend bin." Ihr Ton klang sowohl beschämt als auch defensiv, was ihn beinahe zum Lächeln gebracht hätte, doch er wagte es nicht, denn er vermutete, dass sie dann nur ihre verrückten Ninja-Kampfkünste anwenden würde, wenn sie glaubte, er würde sich über sie lustig machen, und das war das Letzte, was er wollte.

Er legte seine Hände um ihr Gesicht und zwang sie, ihn

anzusehen. Ihr Gesicht war gerötet und fleckig und ihre Augen leicht geschwollen. „Ich bin nicht irgendein Arschloch, das je einer Frau – oder einem Mann – sagen würde, nicht zu weinen. Tränen sind eine Art, wie wir Emotionen verarbeiten. Emotionen machen das Leben interessant."

Einer ihrer Mundwinkel hob sich in einem kaum merklichen Lächeln an. „Die Hippie-Eltern."

„Sie hatten in vielen Dingen recht."

„O'Leary hat ein Team geschickt, um Linus zu stehlen, Pax!" Tränen rollten erneut über ihre Wangen. „Sie hätten das Kranium zerstören können! Wir wissen ja nicht einmal, *ob* sie es nicht zerstört haben." Sie atmete tief ein. „Außerdem haben sie ungefähr ein Dutzend internationaler Vereinbarungen und sogar noch mehr amerikanische Gesetze gebrochen …"

Sie hatte vergessen, dass Dschibuti gesetzlos war. Sicher, diese Vereinbarungen mochten offiziell sein, aber hier galten sie nicht wirklich. Es war zwar nicht so, dass O'Leary unantastbar war, aber die Konsequenzen würden weitaus geringer ausfallen. Kein Grund, diesen Punkt jetzt anzusprechen, denn das würde ihren Ärger nur noch verschlimmern. „Wir *wissen* nicht, ob sie das Kranium beschädigt haben. Wir wissen ja nicht einmal, ob es das amerikanische Militärpersonal war, das es ausgegraben hat."

„Aber es macht Sinn. Wenn sie die Ausgrabungsstätte beschützt hätten, dann wären sie dort gewesen, als wir ankamen, aber das waren sie nicht."

Sie folgte derselben Logik wie er es tat. Verdammt, er mochte diese Frau viel zu sehr.

„Der Schädel war in solidem Gestein eingebettet", fuhr sie fort. „Es wäre unmöglich gewesen, ihn zu entfernen, ohne ihn zu beschädigen. Das ist der Grund, warum ich ihn zurückgelassen habe, nachdem Destas Handlanger aufgetaucht waren."

„Willst du O'Leary jetzt sofort sehen?"

Sie wischte sich die Tränen mit beiden Handflächen aus ihrem Gesicht. „Wenn wir schon hier sind, können wir genauso gut mit dem Kulturminister sprechen."

„Und wir müssen zu deinem Apartment und packen."

Sie schüttelte ihren Kopf. „Ich kann nicht zur Basis ziehen und dort unter O'Learys Kommando leben. Nicht, wenn er die Plünderung der Ausgrabungsstelle veranlasst hat."

„Es ist außerhalb der Basis nicht sicher für dich. Und ich kann dich hier nicht beschützen." Sein Vorgesetzter würde es niemals autorisieren, dass er mit ihr in Dschibuti City blieb, was auch gut so war, denn Pax konnte sich kaum vorstellen, mit ihr länger als zwei Stunden zusammen zu wohnen, bevor sie miteinander schlafen würden.

„Vielleicht ist die Gefahr jetzt vorbei. Sie haben mich benutzt, um eine Bombe auf der Basis abzuliefern. Vielleicht bin ich jetzt aus der Sache raus."

„Hast du schon vergessen, dass dich erst vor ein paar Stunden jemand an der Ausgrabungsstätte angegriffen hat?"

„Und ich habe ihn außer Gefecht gesetzt."

Seine Augen wurden schmal. „Der nächste Kerl könnte eine Waffe benutzen."

Sie biss die Zähne zusammen. „Ich kann gut mit Waffen umgehen."

„Aber du *hast* keine Waffe."

Sie zuckte mit den Achseln. „Dann besorge ich mir eine."

„Das wird nicht einfach sein, ohne Captain O'Learys Erlaubnis – die er dir nicht geben wird, wenn du dich weigerst, auf der Basis zu leben."

„Lass uns diese Diskussion auf später verschieben. Wir sollten jetzt mit dem Kulturminister sprechen."

Charles Lemaire begrüßte Morgan herzlichst und rief sofort zwei weitere Minister herein, um sich ihrer Besprechung anzuschließen – den Minister für natürliche Ressourcen, Ali Imbert, und den Minister für Tourismus, Jean Savin.

Pax stand an der Tür und tat sein Bestes, mit der Tapete zu verschmelzen, während Morgan den beiden Ministern vorgestellt wurde. Er wollte, dass ihn alle drei Männer als einen Bodyguard ansahen und nicht mehr. Jemand hatte Etefu Desta von

Linus erzählt, und es war nicht Kaylea Halpert gewesen, denn sie hatte nichts von dem Fund gewusst bis O'Leary sie kontaktiert hatte. Nun stellte sich die Frage, ob einer dieser Minister Destas Informant war? Und wenn ja, warum?

Lemaire, der Kulturminister, war ein Schwarzer – und seinem Akzent nach zu urteilen vermutete Pax, dass er entweder ein Franzose oder in Frankreich zur Schule gegangen war – und begierig darauf, Linus zu besprechen. „Ich gehe davon aus, dass er nun beschützt wird, da Ihr Captain ein Team hinausgeschickt hat, um ihn zu bewachen?"

Pax erstarrte. *Scheiße.* Der Minister hatte keine Ahnung, was O'Leary getan hatte. Falls O'Leary es tatsächlich getan hatte. War es möglich, dass O'Leary Wachen dorthin geschickt hatte, sie aber missverstanden und eingesammelt hatten, was sie konnten, anstatt zu patrouillieren?

Morgans Rücken versteifte sich, und Pax fragte sich, was sie sagen würde. Falls sie recht hatte und O'Leary Befehle erteilt hatte, die internationale Gesetze brachen, dann war Lemaire der einzige Mann in Dschibuti, der die Macht besaß, etwas dagegen zu unternehmen. Es war möglich, dass Morgan gerade Captain O'Learys militärische Karriere in ihren Händen hielt.

„Ich glaube nicht, dass das amerikanische Militär fortwährenden Schutz zur Verfügung stellen wird", sagte sie, wodurch sie das Problem gekonnt umging. „Außerdem bin ich mir nicht ganz sicher, ob ich das überhaupt will." Sie lehnte sich verschwörerisch nach vorn. „Sie wissen doch, wie das amerikanische Militär ist. Die wollen immer die Kontrolle an sich reißen." Sie lachte, um diese Aussage etwas abzumildern, und er konnte einen Blick auf die Geschäftsfrau werfen, die wusste, wie sie andere auf ihre Seite bringen konnte. „Ich würde mich mit einem dschibutischen Sicherheitsdienst wohler fühlen. Kann ihr Amt Wachen für die Ausgrabungsstätte zur Verfügung stellen?"

Der Minister hob besiegt seine Hand. „Selbstverständlich. Ich werde es versuchen, aber meine Männer nutzen gegen einen Kriegsherrn wie Desta nicht viel. Ihr Job ist es, Stätten des Kulturerbes gegen Plünderer zu verteidigen, die es dann als Plunder an Touristen auf dem Markt verkaufen wollen, aber nicht gegen einen Kriegsherrn, der unsere Regierung stürzen will."

Savin, der Minister für Tourismus, schloss sich an. „Mit mehr Touristen hätten wir ein größeres Budget für die Sicherheit, aber ohne Sicherheit können wir keine Touristen herlocken, weil sie Angst vor den stetigen Unruhen in Somalia und Eritrea haben und sich vor Issa-Kriegsherrn wie Desta in Äthiopien fürchten."

Pax hatte seine Tage in Dschibuti mit den Einheimischen verbracht und war mit den Fraktionen der tief verwurzelten Clans und der daraus entstehenden politischen Kluft vertraut. In Dschibuti, wo der Tribalismus herrschte, identifizierten die Männer sich sehr schnell als Issa oder Afar. Die Issa waren somalischer Abstammung, während die Afar mit den benachbarten äthiopischen Danakil verwandt waren. Aber selbst die regionalen Grenzen waren nicht so beständig wie die Stämme selbst. Etefu Desta war ein äthiopischer Kriegsherr und Issa – eine Tatsache, die der Minister für Tourismus, offensichtlich ein Afar, in seine Rede miteinbrachte.

Imbert, der Minister für natürliche Ressourcen, versteifte sich, und das erweckte in Pax den Eindruck, dass es sich bei ihm um einen Issa handelte, der es nicht schätzte, an seinen verrufenen Stammeszugehörigen erinnert zu werden.

Es war die primäre Aufgabe von Pax' A-Team gewesen, ihre dschibutischen Auszubildenden dazu zu bringen, sich zuallererst als Dschibutier zu identifizieren, und der Clan kam an zweiter Stelle. Soldaten, die das nicht tun wollten, wurden aus dem Programm geworfen.

Imbert lehnte sich an Morgan heran, ein wenig zu nahe für Pax' Geschmack. Falls Morgans steife Wirbelsäule ein Hinweis war, gefiel es ihr ebenso wenig. „Wenn Sie ihr Militär davon überzeugen könnten, die Ausgrabungsstätte zu bewachen", sagte Imbert, „dann wäre Dschibuti äußerst dankbar für diese Hilfe."

„Ich werde mich mit den Autoritäten in Verbindung setzen, aber ich befürchte, dass es besser wäre, wenn Sie durch die offiziellen Kanäle gehen", sagte Morgan. „Ich bin nicht im Militär. Ich habe dort nichts zu sagen."

„Aber ist Ihr Vater nicht ein General?", fragte Imbert.

Pax versteifte sich. Woher zur Hölle wusste der Minister für natürliche Ressourcen, dass General Adler Morgans Vater war?

Ihm gefiel diese Entwicklung überhaupt nicht.

Morgan räusperte sich. „Das ist er, Sir, aber seine Arbeit und meine Arbeit stehen in keinerlei Verbindung zueinander."

Imbert bedachte Morgan mit einem kalten Lächeln. „Vielleicht benötigen wir die Hilfe des amerikanischen Militärs überhaupt nicht. China ist immer auf der Suche nach Möglichkeiten, wie sie Dschibuti helfen können. Schon bald werden sie mit den Bauarbeiten für die Entsalzungsanlage in Eritrea beginnen, und sie haben versprochen, dass sie uns eine Pipeline für Wasser bauen werden, wenn wir ihnen erlauben, ihre militärische Basis bei Obock weiter auszubauen."

Pax setzte einen teilnahmslosen Gesichtsausdruck auf, um eine Welle der Wut zu maskieren. Das amerikanische Militär war kürzlich dazu gezwungen worden, die kleine zweite Basis bei Obock zu räumen, damit die Chinesen dort zehntausend Soldaten stationieren konnten. China pumpte derzeit so viel Geld nach Dschibuti, mit dem Amerika einfach nicht mithalten konnte, und die dschibutische Regierung nahm ihr Geld an, ohne sich darum zu kümmern, dass sie ihre Türen einem Land öffneten, das wahrscheinlich plante, die hiesige Regierung mit Verbündeten aus Eritrea und Äthiopien zu stürzen.

China war es egal, wen sie unterstützten, solange sie am Ende die Macht in den Händen hielten, wenn die andere Regierung zusammenbrach.

China würde sich einen Dreck um Linus' Sicherheit scheren. Morgan hatte zuvor erklärt, dass China viele archäologische Stätten am westlichen Ende der Zuglinie zerstört hatte, bis Lemaire davon Wind bekommen hatte, dass die Ressourcen verloren waren. Er war einer der wenigen Männer in seinem Land, die wirklich verstanden, wie wertvoll diese Funde und Stätten für Dschibutis Tourismus-Industrie waren, und hatte eine archäologische Untersuchung für die restliche Strecke der Zuglinie verlangt, was wiederum zu Morgans Vertrag und der Vereinbarung mit dem amerikanischen Militär geführt hatte, die Untersuchung im Austausch für mehr Land voranzutreiben – um die zunehmend wachsende Stellung der Chinesen in dieser Region entsprechend auszugleichen.

Es war ein kompliziertes Durcheinander, das hochrangige Bestechung involvierte und genauso gut Drohungen militärischer Aktionen hätte beinhalten können. Währenddessen trainierte Pax Soldaten, um eine Regierung zu verteidigen, die in ein paar Wochen oder Monaten nicht mehr existieren könnte. Für wen würden die Auszubildenden kämpfen, falls die dschibutische Regierung gestürzt wurde? Issa oder Afar? Oder Eritreer über Äthiopier? Was würde mit dem Volk von Dschibuti geschehen?

Camp Citron war die einzige permanente amerikanische Militärpräsenz in ganz Afrika, und Amerika konnte seine Operationsbasis aus einer reinen Laune eines Präsidenten heraus verlieren, dessen Macht an sich schon fraglich war. Unterdessen flohen die Leute wegen der furchtbaren Verletzungen gegen die Menschenrechte in Booten aus Eritrea, während China bei dem ganzen Chaos noch Öl ins Feuer schüttete und darauf wartete, dass alles überkochte.

Diese gesamte Region wurde immer mehr zu einem Brennpunkt.

„China hat sich in Bezug auf den Schutz von dschibutischen Kulturerbestätten einen furchtbaren Ruf gemacht", sagte Morgan in einem harten Ton. „Ich würde nicht darauf wetten, dass sie Linus beschützen werden."

„Ich würde gerne wissen, wann wir diesen Fund bekanntgeben können", sagte der Minister für Tourismus. „Eine Ausgrabungsstätte wie die von Linus wird für unseren Tourismus Wunder bewirken."

„Wir warten noch auf die Ergebnisse der Kalium-Argon-Datierung", sagte Morgan. „Einen solchen Fund ohne ein solides Datum anzugeben ist damit vergleichbar, einen Artikel in einem wissenschaftlichen Magazin ohne vorherige Peer-Review-Begutachtung zu veröffentlichen. Es würde den Fund als fragwürdig aussehen lassen, als ob wir unserer eigenen Analyse nicht vertrauen, dass sie der Untersuchung von Experten standhalten könnte. Ich bin eine Archäologin unter Vertrag. Ich weiß, was ich tue, und ich bin gut in meinem Job – und meine Aufgabe ist, solche Fundstätten entlang des vorgeschlagenen Korridors für die Eisenbahnlinie zu finden – es ist *nicht* meine Aufgabe, das volle Spektrum der paläoanthropologischen Analyse zur Verfügung zu stellen. Dafür braucht man Experten. Sobald diese Experten ihre Meinungen geäußert haben, werden wir den Fund bekanntgeben. Wir sollten in zwei oder drei Wochen ein definitives Datum für die Fossilien erhalten, und zwei der Experten, die ich bereits kontaktiert habe, sagten, dass sie eine vorläufige Bewertung anhand der Fotos vornehmen können, aber sie würden es vorziehen, die Knochen in situ zu sehen."

Pax fragte sich, was der fehlende Schädel in diesem Fall zu bedeuten hatte, und er hoffte wirklich, dass das amerikanische Militär ihn *tatsächlich* hatte und er nicht beschädigt worden war.

Oder man würde China nach allem doch noch den Auftrag zuschieben, Linus zu beschützen.

„In der Zwischenzeit", sagte Morgan, die nun Lemaire ihre Aufmerksamkeit zuwandte, „habe ich vor, morgen mit der Untersuchung der anderen APE zu beginnen. Wir werden Linus in Ruhe lassen und niemandem den Ort der Ausgrabungsstätte verraten, während wir auf die Daten und Experten warten."

Der Minister nickte. Pax respektierte es, dass Morgan O'Leary damit etwas mehr Zeit verschafft hatte, den Schädel wieder an seinen Platz zurückbringen zu lassen. *Falls* der nicht beschädigt worden war. Und wenn er überhaupt vom amerikanischen Militär entfernt worden war.

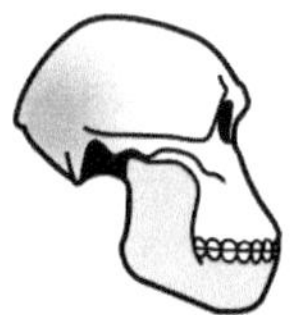

Kapitel Neun

Pax schloss die Tür zu Morgans Apartment in Dschibuti City auf. Er schob sie auf und trat dann zurück. Er wollte sie nicht allein im Flur lassen, also musste er so viel von dem Raum scannen, wie er konnte, bevor er eintrat.

Normalerweise wurde diese Art von Razzia mit einer Handwaffe durchgeführt. Pax hatte sich für die M4 entschieden, allerdings war er auch nicht in der Stimmung, hier herumzualbern. Falls sich irgendjemand in Morgans Wohnung befand, dann würde ihnen das leidtun.

Das Apartment mit einem Schlafzimmer war leer, und er zog die Tür zu und verschloss sie, bevor er sich zu Morgan umdrehte. „Wurde irgendetwas verändert?"

Sie runzelte ihre Stirn, während sie den Raum musterte. Ihre hübschen Augen waren halb geschlossen, als ob sie einen Röntgenblick verwendete, um etwaige Veränderungen festzustellen.

Ihre halb geschlossenen Augen so zu sehen war sehr, sehr sexy.

„Ja. Man hat meine Papiere durchsucht."

„Was?"

„Der Stapel Bücher neben meinem Schreibtisch. Sie sind in der falschen Reihenfolge. Ich habe das Buch *Rickety Cossack* gelesen, aber jetzt ist es das zweite im Stapel. Ich kann mich nicht daran erinnern, wann ich das letzte Mal das *Lehrbuch für Physische Anthropologie* angesehen habe, aber ich weiß, dass es Wochen her ist, und jetzt liegt es oben auf." Sie trat vor. „Und das *Malbuch für Menschliche Evolution* hat mir meine Mutter geschickt. Das ist erst vor zwei Tagen angekommen. Das sollte nicht unter den Fachbüchern liegen. Das sollte neben dem Wörtermalbuch und den Wachsmalstiften liegen. Das sind Geschenke für Hugo." Sie zeigte auf ein zweites Malbuch und einen Karton Wachsmalstifte, die neben einem Becher voller Stifte lagen.

„Hugo?", fragte Pax.

„Sein Vater besitzt ein Restaurant die Straße runter. Hugo ist einer der wenigen Leute hier in der Nachbarschaft, die Englisch sprechen. Ich habe ihm das Lesen beigebracht."

Wieder runzelte sie ihre Stirn, als sie die Bücher ansah. „Eine der geologischen Studien fehlt. Das war nicht einmal meine eigene. Broussard hat es für mich als Referenz hiergelassen – das war ein seltenes Einzelwerk, eine geologische Studie der damaligen Französischen-Somaliküste, die vom Vichy-Regime während des zweiten Weltkrieges durchgeführt worden ist. Broussard wird sich nicht darüber freuen, dass das Buch weg ist."

„Wer ist Broussard?", fragte Pax. Er fing schon an sich zu überlegen, diese Namen aufzuschreiben. Vielleicht war eine Tabelle notwendig.

„Andre Broussard ist der französische Geologe, der ursprünglich die Erdschichten in dem Tal datiert hat, in dem wir Linus gefunden haben. Er ist derjenige, der China aufgefordert hat, mit der Zerstörung dieser Fundstätten aufzuhören, und er hat meinen Vertrag in die Wege geleitet. Er hat eine geologische Studie der vorgeschlagenen APE für die Zuglinie durchgeführt und festgestellt, dass der Boden entlang der Route voller Artefakte ist."

„Tue einfach so, als ob ich mich nicht daran erinnere, was ein APE ist."

Sie lächelte. „Sorry. Das steht für ‚Area of Potential Effect', also ein Bereich mit möglichen Fundstellen – die Projekt-Grundfläche, die durch den Bau zerstört wird. Broussards geologische Studie war für meine Untersuchung eine enorme Hilfe. Die Regierung hat dieses Apartment besorgt und Broussard wohnte vor mir hier. Er ist im Januar nach Frankreich zurückgekehrt, aber weil er wusste, dass ich sie für meine Untersuchung brauchen würde, hat er einige Nachschlagewerke und das Einzelwerk hiergelassen. Ich soll ihm diese Bücher mit der Post wieder zu seinem Haus in Paris zurückschicken, wenn ich hier fertig bin."

„Also, die Monografie fehlt und Bücher wurden bewegt. Sonst noch etwas?"

Ein Handy fing an zu klingeln und zu vibrieren.

„Ist das dein Klingelton?", fragte Morgan und wandte sich dem Geräusch zu.

Pax blickte hinter sich. Da lag ein Handy auf einem winzigen Küchentisch. „Nein. Das Handy gehört nicht dir?"

Sie schüttelte ihren Kopf. „Mein Handy ist gestern kaputt gegangen."

Weil sie keine Zeit hatten, das Gebäude zu verlassen, drängte Pax sie ins Schlafzimmer – so weit weg von dem Handy, wie es möglich war. Es könnte der Auslöser für eine Bombe sein.

Das Handy hörte auf zu klingeln und nichts explodierte.

Zwanzig Sekunden später fing es erneut an zu klingeln.

„Sollten wir es beantworten?", fragte Morgan.

Pax war sich nicht sicher. Das war nicht sein Fachgebiet. Sie brauchte jemanden, der darauf trainiert worden war, VIPs zu beschützen. Was zur Hölle hatte sich sein Boss dabei gedacht?

Ich habe darum gebeten. Es ist mein eigener verdammter Fehler.

„Bleib hier", sagte er und trat in die Küche. Er hob das vibrierende Handy auf und wischte mit dem Finger über den Touchscreen, bevor er auf die Lautsprechertaste drückte. Er sagte nichts.

„Dr. Morgan Adler", sagte eine männliche Stimme, „verlassen Sie Dschibuti."

Kapitel Zehn

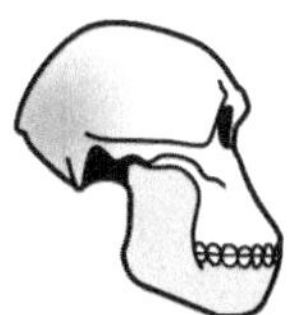

Morgan wollte ihm das Handy aus der Hand reißen und fragen, wer zur Hölle der Anrufer war, doch Pax beendete das Gespräch und zog sofort die Batterie aus dem Handy, bevor sie die Möglichkeit dazu hatte. „Du hast dreißig Sekunden Zeit zu packen. Du kümmerst dich um deine Klamotten, ich kümmere mich um deinen Papierkram. Keine Zeit, alle Bücher mitzunehmen, also wähle drei. Gib mir eine Tasche.“

Sie zog eine Stofftasche aus dem Schrank und warf sie ihm zu. „Meine Ausgrabungsnotizen sind wichtiger als jedes dieser Bücher.“

In ihrem Schlafzimmer füllte sie eine zweite Reisetasche mit Kleidung und eine dritte mit Schuhen und einem zweiten Ausgrabungs-Set.

Sie war mindestens dreißig Sekunden über ihrem Zeitlimit, als er in der Tür zum Schlafzimmer erschien. „Die Zeit ist um. Los geht's.“

Sie zögerte im Wohnzimmer. Hatte er den USB-Drive aus der Schublade eingepackt? Sie wandte sich ihrem Schreibtisch zu, doch er packte sie am Arm. „Nein. Wir gehen. Du kannst später nochmal wiederkommen. Vielleicht.“

Sie folgte ihm durch die Tür nach draußen. Er warf die Taschen in den Kofferraum des SUVs. Augenblicke später führen sie vom Parkplatz. Er fuhr eine sich windende Route durch die Stadt, nahm Seitenstraßen, die sie allein nie entdeckt hätte.

„Es ist Zeitverschwendung nach jemandem zu suchen, der uns folgt, wenn man uns ganz einfach auf der Straße zur Basis sehen kann", sagte sie. *Scheiße*. Die Basis. So wie es aussah, würde sie nun doch dort einziehen. Trotz O'Learys furchtbarer Entscheidung hatte sie keine andere Wahl, als sein Angebot auf Schutz anzunehmen.

„Wir fahren nicht zur Basis. Jedenfalls noch nicht."

„Wo fahren wir dann hin?"

„Das weiß ich noch nicht." Er bog scharf links ab und nahm dann eine noch schärfere Rechtskurve. Seine Augen sprangen von der Straße zum Rückspiegel. „Hab dich, du Arschloch."

„Verfolgt uns jemand?"

„Jep. Weißer Toyota Land Cruiser. Es war klar, dass uns jemand beobachtete und jemand verfolgen würde. Sie wussten, dass wir in deinem Apartment waren. Jemand wusste, dass es Zeit war anzurufen, und dass du dort warst. Wer auch immer das ist, er hat uns wahrscheinlich vom Büro des Ministers verfolgt."

Seine Kurven waren unberechenbar. Der riesige SUV schlitterte und rutschte, und ein paar Mal dachte sie, dass er die Kontrolle verlieren würde. „Du wurdest nicht … für Hochgeschwindigkeitsfahrten ausgebildet, oder?" Die Tonlage ihrer Worte klang etwas höher, denn sie hatte sie durch eine von Angst zugeschnürte Kehle hervorgepresst.

Er blickte kurz zur Seite und grinste. „Warum fragst du?"

Sie kreischte auf, als er auf zwei Rädern um eine Ecke fuhr. „Nur so!", schrie sie über das laute und donnernde Trommeln ihres Herzens.

„Keine Angst, Baby. Ich hab' alles im Griff."

Und dann, als ob er die sprunghaften und schlecht ausgeführten Manöver nur vorgespielt hätte, fädelte er sich in eine äußerst enge Lücke in den Verkehr ein und wechselte Spuren mit glatter Präzision, wodurch sie einiges an Distanz zwischen sich und den weißen Toyota bringen konnten, der nun in einem, durch seine eigene furchtbare Fahrweise verursachten Stau fest-steckte.

Sie bemerkte sein selbstgefälliges Grinsen. Sie rollte mit den Augen und hoffte, dass er nicht bemerkte, wie sehr ihr das Herz noch immer bis zum Hals schlug. „Keine üble Rettungsaktion", sagte sie so nonchalant, wie sie es fertigbringen konnte.

Er lachte. „Weißt du, manchmal verblüffe ich mich sogar selbst."

Jetzt war sie es, die lachte. Ein Typ, der Han Solo zitieren konnte, war definitiv ihre Schwäche.

Er ließ ein Grinsen aufblitzen, behielt seinen Blick jedoch auf der Straße. Sie fuhren in die entgegengesetzte Richtung zur Basis.

„Wo fahren wir hin?", fragte sie.

Er zuckte mit den Schultern. „Keine Ahnung. Ich muss meinen Vorgesetzten anrufen und ihm alles berichten. Ich kann ihn fragen, was er über Linus weiß."

„Gute Idee." Sie hätte gern vorher gewusst, was genau O'Leary getan hatte, bevor sie ihm gegenübertrat. Sie deutete auf eine Abfahrt, die sie zu einem öffentlichen Markt bringen würde. Es war noch früh am Nachmittag. Der Markt würde geschäftig sein, jetzt, da die Sonne ihren höchsten Stand hinter sich gelassen hatte. „Wir können auf dem großen Parkplatz am Rand vom Markt parken. Und ich kann mir einen neuen Hut kaufen."

Er befolgte ihren Hinweis und parkte den übergroßen Wagen auf einem engen Parkplatz, wodurch sie beide gezwungen waren, durch die Fahrerseite auszusteigen. Der Parkplatz war übersäht mit angeschlagenen Autos und Trucks, aber größtenteils menschenleer, da sich alle auf dem Markt tummelten.

Pax blickte an seinem Kampfanzug herab. „Ich falle hier in meiner Uniform sofort auf, und das hier ist ein Ort, an dem wir uns unter die Leute mischen wollen." Er knöpfte sich sein Außenhemd auf. Darunter trug er ein T-Shirt mit der riesigen Aufschrift „US ARMY" vorne drauf.

„Ich habe ein T-Shirt, das du tragen kannst. Es ist immer

noch offensichtlich, dass du zum amerikanischen Militär gehörst, aber wenigstens sähe es so aus, als wärst du außer Dienst." Sie kletterte zwischen den Sitzen nach hinten und lehnte sich über die Rückenlehne, um in ihrer Tasche herumzukramen. Sie zog ein extragroßes Männershirt der *Washington Redskins* hervor, das sie normalerweise als Nachthemd trug, bevor sie wieder nach vorn krabbelte und es ihm reichte.

„Die Redskins?" Er verzog ein Gesicht. „Hast du kein Shirt von einem guten Team? Eins ohne einen rassistischen Namen?"

„Sorry, aber Washington DC war für die letzten acht Jahre mein Zuhause."

Nach dem kleinen Vorgeschmack, den sie in der letzten Nacht in ihrem CLU bekommen hatte, beobachtete sie nun interessiert, wie er sich sein Armee-T-Shirt auszog. Er hatte eine wunderschöne Brust. Breite, dicke Deltamuskeln. Harte, straffe Brustmuskeln, die von genau der richtigen Menge an grobem Haar bedeckt waren, das über seinen Bauchmuskeln verblasste, sich aber dann um seinen Bauchnabel wieder versammelte und in einer dünnen Linie nach unten führte.

Sie wusste nicht, ob sie je einen schöneren Anblick gesehen hatte, und die Lust, die sie zu unterdrücken versucht hatte, brach nun aus ihr heraus. Ihre Hand bewegte sich wie von allein, und sie berührte seine harten Bauchmuskeln. Er zuckte zurück, doch jetzt war auch ihr Gehirn an Bord und sie folgte ihm, ließ ihre Finger über die glatte Haut seiner straffen Muskeln streichen. Ihr gefiel, wie es sich anfühlte, und sie wechselte von ihren Fingerspitzen zur Handfläche, ließ sie über seinen flachen Bauch gleiten. Seine Muskeln spannten sich an, während sie ihn erkundete.

Sie folgte der dünnen Haarlinie nach unten, doch er packte ihre Hand und hob ihre Handfläche zu seinem Mund. Er presste seine Lippen an ihre Haut. „Lass es Morgan. Fang nichts an, wenn du weißt, dass wir es nicht beenden können."

Sie wollte ihre Hand wieder über seine Brust herabgleiten lassen, über seinen Bauch, und dieser Haarlinie bis in seine Hose folgen. Sie wollte seine wachsende Erektion ergreifen und ihre Hand an seinem Schwanz auf und ab gleiten lassen. Sie wollte sein Gesicht beobachten, während sie ihn streichelte. Sie wollte ihren Kopf nach unten beugen und ihn in ihren Mund nehmen. Ihre Zunge über seine Spitze gleiten lassen. Seine Erregung schmecken, ihn dann mit ihren Lippen fest umschließen und tief in ihre Kehle aufnehmen.

Beim ersten Mal käme er hart und schnell. Er würde in ihren Mund pulsieren, und sie würde so lang an ihm saugen, bis kein Tropfen mehr übrig war. Und dann, nachdem er genug Zeit gehabt hatte, um sich zu erholen, würde sie sich rittlings auf ihn setzen, und er würde sie tief und hart ficken. Er würde an ihren empfindlichen Nippeln saugen, während er in sie hineinstieß. Sie würde ihr Gesicht nach oben wenden und ihre Erlösung hinausschreien.

Sie konnte all das in seinen Augen sehen, wie sie da vorn im SUV saßen, während Leute hinter dem Fahrzeug zum Markt vorbeigingen. Er wollte es auch. Genauso sehr wie sie selbst. Aber dies war weder die richtige Zeit noch der richtige Ort. Aber es würde passieren. Das musste es. Jeder Moment, den sie zusammen verbrachten, war wie der Ozean nach einem heftigen Erdbeben, kurz vor dem Tsunami. Zunächst zog sich das Wasser zurück, aber irgendwann kam die Welle dann zurück. Je länger das Wasser sich zurückzog, desto größer würde die Welle werden.

Der Trick bestand darin, den Kopf über Wasser zu halten, während sie von der Welle mitgerissen wurde. Sie könnte in Peace Love Blanchard ertrinken.

Es war das verdammte Adrenalin. Dieser verdammte Drang nach Erlösung. Der Tag heute war fast genauso furchtbar wie der gestern gewesen, und ihr Körper war wie eine Adrenalinfabrik, die Überstunden schob.

Solch eine extreme Erregung durch eine einfache Berührung war verrückt. Sie kannten einander kaum. Und ihr war diese adrenalinbefeuerte Lust auch neu, aber sie fing an zu glauben, dass es wie Rauschgift wirkte.

Sie entzog ihm ihre Hand. „Woher kommst du, Pax?" Ihre Worte klangen heiser. Als ob sie soeben all die Dinge getan hatten, die sie sich vorgestellt hatte, und ihre Stimme nun vom Schreien während ihres Orgasmus heiser war.

„Oregon."

Sie lächelte. „Ach ja. Die Hippie-Eltern. Portland?"

Er schüttelte seinen Kopf. „Eugene."

„Wie lang bist du schon in der Armee?"

„Lass es", sagte er noch einmal. „Wir werden nicht unsere Lebensgeschichten teilen. Das hier ist kein erstes Date. Wir werden keinen Sex haben." Er hielt kurz inne. „Niemals."

„Niemals?", fragte sie herausfordernd. „Nicht einmal in Amerika?"

„Morgan, wenn du Dschibuti verlässt, werden wir uns nie wiedersehen."

„Endet es bei dir immer so?"

„Bei mir endet das immer so. Aber bei dir werde ich nicht einmal etwas anfangen. Du bist mein Job. Mein Auftrag. Und ich ficke nicht bei der Arbeit."

Seine Ablehnung hätte sie verletzt, wenn da nicht eine beeindruckende Erektion seine Hose ausgebeult hätte. Er wollte sie genauso sehr, wie sie ihn wollte. Er wollte nur nicht danach handeln.

Er schnappte sich das Redskins-Shirt und zog es sich über den Kopf. „Das hier wird folgendermaßen ablaufen. Wir werden zum Markt gehen. Du schaust dir Hüte und Touristen-artikel an. Du wirst meinen Arm halten, als wären wir ein Paar."

„Ist das kein Problem? Immerhin befinden wir uns in Muslim-Territorium?"

„Sie sind es gewohnt, Amerikaner auf dem Markt zu sehen, die sich wie Amerikaner verhalten. Sie werden ihre Stirn runzeln, aber ich bin groß und sehe gefährlich aus, und ich werde nicht riskieren, dass man uns trennen könnte. Ich werde ein paar Anrufe tätigen, als ob ich mich mit engen Freunden unterhalte. Wir bleiben zu jeder Zeit eng zusammen. Falls uns die Massen umschwärmen und versuchen, uns voneinander zu trennen, wirst du auf *keinen* Fall meinen Arm loslassen. Verstanden?"

Sie nickte. „Bist du sicher, dass du den SUV verlassen willst?"

„Ja. Wir werden nach bekannten Gesichtern in der Menge suchen. Sage mir, wenn du irgendjemanden erkennst."

„Okay."

Er griff nach der Tür, hielt dann aber inne. Er sah sie an. „Ich bin direkt nach meinem High-School-Abschluss in die Armee gegangen. Diesen Juni sind das vierzehn Jahre. Ein Soldat zu sein ist das Einzige, was ich kenne."

Dieser verdammte unvermeidliche Tsunami. Die sich zurückziehende Welle zog ihn genauso heftig mit sich wie sie selbst. Er war einfach nur besser darin, gegen die Unterströmung anzukämpfen, als sie es war.

Wie angewiesen hielt Morgan seinen Arm. Sie lehnte sich sogar an ihn und blickte mit Rehaugen zu ihm auf, was ihn zum Lachen brachte. Sie genoss es, inmitten solch bizarrer Umstände albern zu sein. Gestern war eine beängstigende Erinnerung, und heute hatte ihr neue und fremde Schrecken gebracht. Sie war attackiert worden und jemand war in ihre Wohnung eingebrochen.

Man hatte sie angerufen und ihr befohlen, Dschibuti zu verlassen.

Steckte Etefu Desta hinter dem Anruf?

In Wirklichkeit hatten sie keinerlei Beweise, dass Etefu Desta irgendetwas getan hatte. Nur das Wort der Milizsoldaten, die gestern bei der Ausgrabungsstätte aufgetaucht waren. Es war pure Spekulation, dass seine Handlanger hinter der Autobombe und dem Scharfschützenangriff steckten.

Was war, wenn dieser Kriegsherr nur ein Sündenbock für jemand anderen war? Wie konnten sie das je wissen? War der Mann, auf den sie geschossen hatte, nach der Operation aufgewacht? Sie kannte nicht einmal den Namen des armen Kerls. Heute hatte sie einen weiteren Mann zur Krankenstation geschickt, allerdings hatte der es ebenfalls verdient.

Warum war er allein zur Ausgrabungsstätte zurückgekehrt? War es ein Versuch gewesen, sie zu entführen?

Das ließ sie darüber nachdenken, ob man sie angegriffen

hatte, weil sie eine Frau war, oder ob es etwas mit Linus zu tun hatte. Man hatte ihr gesagt, dass Blondinen mehr Interesse bei Versteigerungen erzielten. Bevor sie nach Dschibuti gekommen war, hatte einer der Offiziellen spontan angemerkt, dass sie ihr Haar färben sollte.

Sie wünschte sich, sie hätte darauf gehört, aber sie hatte nie erwartet, dass irgendjemand sie wahrnehmen würde. Ihr Projekt war unauffällig, erregte nicht viel Aufsehen. Ein unscheinbares Detail im Kalender der Eisenbahnkonstruktion. Nur relevant, weil das amerikanische Militär daran interessiert war, diese Eisenbahnlinie endlich zu vollenden.

Die dschibutische Regierung war schlau gewesen, diese beiden Dinge zusammenzubringen, und das Militär somit zu motivieren, Gelder aufzuwenden, auf die sie sonst keinen Zugriff gehabt hätten.

Der Minister für natürliche Ressourcen hatte von ihrem Vater gewusst, und sie fragte sich, ob ihnen ihr Geschlecht die ganze Zeit bekannt gewesen war und sie die Überraschung nur gespielt hatten. Hatte man sie nicht wegen ihres PhDs und ihrer Willigkeit in ein Gebiet zu reisen, das instabil war, ausgewählt, sondern weil man gehofft hatte, dass Drohungen gegen sie ihren Vater hervorlocken und die Macht des amerikanischen Militärs heraufbeschwören würden?

Dieser Gedanke war grotesk. Eine Verschwörung, die bis ganz an den Anfang der Vertragsaufsetzung zurückgehen würde, als noch niemand wissen konnte, was sie finden würde. Ganz offensichtlich war sie verrückt, diesen Gedanken überhaupt weiterzuspinnen. Pax' Arm entglitt ihr, ein Nebeneffekt ihrer sich überschlagenden Gedanken. Sie griff wieder nach seinem Arm, und sie gingen weiter.

Der Markt war voll mit Leuten, einer Mischung aus Dschibutiern, Somaliern und Staatsangehörigen Frankreichs, die durch die Hitze wanderten. Busse waren willkürlich im gesamten Markt geparkt, vor denen man Verkaufsstände errichtet hatte. Einige Händler boten ihre Waren auf Decken an, die sie auf dem harten Boden ausgebreitet hatten.

Am Rand des Marktes stand eine Frau mit einem Jutesack

voller verschiedener Währungen: äthiopische Birr, Euros, US-Dollar, Kenia-Schillinge und Dschibuti-Francs. Die meisten Händler auf dem Markt bevorzugten Dschibuti-Francs. Sie checkte kurz das Bargeld, das sie sich beim Packen eingesteckt hatte, und sah unter den Euros und Dollars keine Francs, also zog sie Pax in diese Richtung.

Nachdem sie Währungen eingetauscht hatte, gingen sie von den Essensständen, die verführerisch dufteten und mit farbenfrohen frischen Früchten beladen waren, die aus anderen Ländern importiert worden waren – Dschibuti hatte keinen Anbau dieser Art – und spazierten dann in Richtung Textilien, um nach einem Sonnenhut zu suchen.

Leute stießen und rempelten sie an, und einige wollten sich zwischen sie drängen, aber sie hielt ihr Wort und seinen Arm fest. Während des Währungstausches war es etwas umständlich gewesen, aber Regeln waren Regeln. Sie mochte sie nicht immer, aber sie wusste, wann sie sie befolgen musste.

Dabei war es wirklich keine Strafe, sich an Pax' Arm festzuhalten.

Sie blickte zu ihm auf und sah, dass ein finsterer Blick seine hübschen Lippen verzog, und sie vermutete, dass seine Telefonkonversation der Grund dafür war. Sie blieb in ihrer Rolle einer abgelenkten Käuferin und probierte einen Schal an, der die Farbe eines Dschibuti-Sonnenaufgangs hatte. Der Schal war wunderschön, durchsichtig mit einem Spitzenrand, aber nicht praktisch für ihre Bedürfnisse.

Sie wandte sich ab, um in Richtung eines Standes zu gehen, der eine ganze Reihe von Sonnenhüten anbot, aber Pax blieb wie angewurzelt stehen. Sie drehte sich ihm zu und sah, dass er sein Handy wegsteckte und dann seine Geldbörse herauszog. Er reichte dem Händler zweitausend Francs und nahm den Schal.

„Ein wunderschöner Schal für eine wunderschöne Frau", erklärte der Händler auf Englisch mit einem schweren Akzent, während Pax ihr den Schal über den Kopf legte.

„Das Gleiche habe ich auch gedacht", sagte Pax zum Händler.

Seine Worte und Handlung ließen sie vor Erregung zittern,

und sie wünschte sich, dass sie seine Augen sehen könnte, doch die waren hinter einer dunklen Sonnenbrille versteckt. „Danke", sagte sie.

„Es ist ein Tausch. Für das Redskins-Shirt." Seine Stimme klang barsch, was ihr andeutete, dass er seinen impulsiven Kauf bereits bereute. Wahrscheinlich war er besorgt, dass sie es falsch verstehen würde.

Hatte sie das?

Es war eine liebe Geste, sicher. Aber sie wusste, dass es nichts an ihrer Situation ändern würde. Er ließ den Schal auf ihre Schultern fallen. „Ich nehme an, dass du immer noch einen Sonnenhut für die Feldarbeit brauchst?"

Sie nickte und sie gingen zu dem Stand mit den Hüten, wo sie den erstbesten Hut kaufte, den sie in der richtigen Größe finden konnte. Pax scannte die Menschenmenge über ihren Kopf hinweg, wobei er so tat, als ob er ihren Hut bewunderte, aber sie wusste, dass seine Augen hinter der dunklen Sonnenbrille alles und jeden beobachteten.

Er nahm seinen Job sehr ernst und dafür war sie dankbar. Sie hatte das Gefühl, dass er nie zuvor jemanden privat bewacht hatte, aber er war sehr gut darin. Vielleicht würde er einen Job in der Sicherheitsindustrie finden, wenn er die Armee verließ.

Sie zog ihr Gehirn von diesen Gedanken zurück. Nicht nur verspürte sie eine irrationale Welle der Eifersucht auf seine imaginären zukünftigen weiblichen Klientinnen, sondern sie malte sich im Geiste aus, wie er die Armee verließ – etwas, von dem er bereits klargestellt hatte, dass es nicht geplant war.

Und nachdem sie als Kind in einer Militärfamilie aufgewachsen war, hatte sie sich geschworen niemals die Freundin oder Frau eines Militärs zu sein. Falls sie und Pax jemals zusammen im Bett landen sollten, dann würde es beim Sex bleiben. Sie würde sich niemals ernsthaft mit einem Soldaten einlassen, egal wie perfekt seine Bauchmuskeln waren.

Sie gingen weiter und fanden eine Lücke zwischen zwei leeren Ständen. „Wie sieht es aus?", fragte sie.

Er lehnte sich zu ihr herunter, seine Lippen kaum zwei

Zentimeter von ihrem Ohr entfernt. „Nicht hier." Er schob eine Locke ihres Haares unter ihren neuen Hut, spielte seine Rolle.

Sie durfte nicht vergessen, dass all das nur ein Schauspiel war. Eine Art Verkleidung.

Aber das bedeutete nicht, dass sie sich nicht amüsieren durfte. Sie drückte sich eng an ihn. So, wie sie gerade dastanden, mit seinem großen Körper zwischen ihr und dem Rest des Marktes, sowie dem leeren Stand hinter ihr, war sie vor fremden Blicken geschützt. Sich sündhaft fühlend ließ sie ihre Zunge über die suprasternale Kerbe an seinem Manubrium gleiten. Sie vermutete, dass es einen weniger technischen Begriff für die Kuhle unten an der Halsbasis gab, aber der war ihr nicht bekannt. Allerdings konnte sie jeden Processus und Tuberositas eines Menschen – und Hominiden – benennen.

„Sie sind ein schlimmes Mädchen, Dr. Adler."

„Wahrscheinlich solltest du mir den Hintern versohlen."

Sie spürte die Intensität seines Blickes, obwohl sie seine Augen hinter der Sonnenbrille nicht sehen konnte. „Stehst du auf Spanking?"

„Das kommt auf den Zeitpunkt an. Während ich komme – ja. Zu irgendeiner anderen Zeit – nein."

„Oh, Fuck", flüsterte er. „Wie zur Hölle soll ich mir nun dieses Bild aus dem Kopf schlagen?"

Sie grinste. „Ich kenne da einen Weg."

Seine Augenbrauen zogen sich unter den Rahmen seiner Sonnenbrille. „Dafür allein werde ich dich nur auf die Art versohlen, die dir nicht gefällt."

Sie leckte sich über ihre Lippen. „Solange deine Hand und mein Hintern dabei nackt sind, bin ich dabei."

Er packte ihren Arm und zerrte sie zwischen den leeren Ständen hindurch, bis sie im hinteren Teil versteckt waren und neben einem der Busse standen, die überall auf dem Markt geparkt waren. Er presste ihren Rücken gegen die staubige Seite des Fahrzeugs. „Wenn du nicht damit aufhörst, werde ich dich irgendwann einfach ficken, und ich werde mich *nicht* dafür entschuldigen, dass ich fünf Minuten, nachdem ich gekommen bin, wieder aus dem Bett steige. Hast du mich verstanden? Ich werde dich ficken und dann gehen. Keine Emotionen."

„Passt mir prima."

Sie dachte, dass er sie küssen würde, aber das tat er nicht. Er ergriff ihre Hand, drehte sich um und zog sie zurück in die Menschenmasse. „Lass uns endlich von hier verschwinden."

Sie brauchte einen Augenblick, bevor sie realisierte, dass er wütend war. Sie hielt abrupt inne und stoppte ihn.

„Nicht, Morgan. Ich habe die Regeln deutlich erklärt."

Das hatte er, aber sie wollte es einfach nicht dabei belassen und bedrängte ihn, bis er zugab, dass es Risse in seinem Schutzwall gab, den er gegen sie errichtet hatte. Das Einzige, was sie von ihm bekommen würde – *falls* er nachgab – war wütender Sex. Nun, der wütende Kuss war höllisch heiß gewesen. Konnte sie sich mit wütendem Sex zufriedengeben?

Feuriges, wütendes, animalisches Ficken mit dem heißesten Mann, der ihr je begegnet war?

War es falsch, dass ihr erster Gedanke ,*ja, bitte*' war?

Kapitel Elf

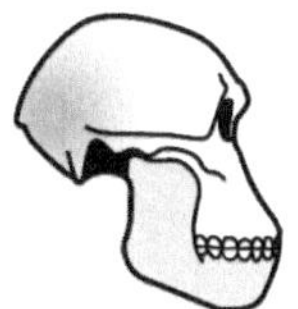

Sie hatte seine Aussage wie eine Herausforderung angesehen, was ihn unglaublich zornig machte. Es war kein Spiel für ihn. Er hatte ihr die Wahrheit gesagt, und sie hatte die Herausforderung angenommen. Aber Morgan Adler hatte keine Ahnung, worauf sie sich hier einließ.

„Du hast deinen Hut. Ich habe meine Anrufe erledigt. Lass uns gehen. Wir treffen uns in zehn Minuten mit Marinesoldaten."

Sie hatten etwa dreiviertel der Distanz zu ihrem Toyota zurückgelegt, als er einen Mann sah, der ihm bekannt vorkam. Er hatte ihn zuvor gesehen, wie er auf der Straße vor dem Amt des Ministers Khat gekaut hatte. Der Mann scannte die Menschenmenge, suchte nach jemandem.

Pax hatte seine Shirts ausgewechselt, aber Morgan hatte sich nicht umgezogen, und ihr hübscher langer französisch geflochtener Zopf war leicht zu entdecken.

Er zog den Rand ihres Hutes tiefer herunter, während er sie in eine Lücke zwischen zwei Busse drängte. Er konnte den Markt und den Mann durch die Fenster im Bus sehen.

Pax umfasste ihre Wangen und pflanzte seinen Mund auf ihren. Der Kuss war dazu gedacht, ihr Gesicht zu verstecken, aber – wie er es von ihr erwarten würde – schob die Frau ihre Hände um seinen Hals und ihre Finger in sein Haar. Sie stieß mit ihrer Zunge in seinen Mund vor, und er saugte daran, nahm das Geschenk, das es war.

Dieser Kuss war alles, was er haben durfte. Dieser seichte Ausrutscher ins Paradies. Er eroberte ihren Mund, nahm sich alles, was er wollte. Wohlwissend, dass es keine Wiederholung dessen hier geben würde.

Sein Boss hatte ihm diesen kleinen Einblick in die Hölle aufgetragen. Tägliche Nähe mit der verführerischsten Frau, die er sich vorstellen konnte, doch er durfte nicht nur seine Konzentration nicht verlieren, sondern er sollte auch nicht vergessen, dass sie die Tochter eines Generals war. Es spielte keine Rolle, dass ihr Vater ein Arschloch war. Wenn sie sich aufeinander einließen, würde der General das mit Sicherheit herausfinden. Irgendein Arschloch, das ein Hühnchen mit ihm zu rupfen hatte, würde ihn verraten. Es war niemals eine gute Idee für einen verpflichteten Soldaten, sich mit der Tochter eines Offiziers einzulassen.

Er hatte dieses Spielchen schon einmal gespielt, als er noch jung und dumm gewesen war. Nachdem er sich drei Jahre lang den Arsch abgearbeitet hatte, um endlich in den Qualifikationskurs für die Spezialeinheiten zu gelangen – ein Ziel, das er und seine Exfrau schon seit ihrem ersten Date geteilt hatten – hatte sein ehemaliger Schwiegervater versucht, seine Kursannahme platzen zu lassen, weil er gehofft hatte, ihn stattdessen in das Militärprogramm „Green-to-Gold" drängen zu können, weil ein verpflichteter Soldat für die Tochter eines Colonels nicht gut genug war. Schlimmer noch war gewesen, dass Lisa die Handlung ihres Vaters ermutigt hatte, weil sie wollte, dass er sich dem Offiziersprogramm anschloss. Sie hatte ebenso angenommen, dass ein verpflichteter Soldat unter ihrer Würde war.

Seine Ehe hatte nicht einmal ein Jahr gehalten, und die Scheidungspapiere waren einen Monat, nachdem Pax in SFQC eingetreten war, unterschrieben. Eine Erfahrung wie diese machte einen Soldaten bei der nächsten Tochter eines Offiziers, die daherkam, misstrauisch.

Er beendete den Kuss und flüsterte in ihr Ohr: „Da ist ein Typ hinter mir – Richtung 16:00h – auf der anderen Seite des

Busses. Er war vor dem Amt des Ministers. Der Kuss sollte dein Gesicht verstecken. Mehr nicht.“

Seine Worte waren sowohl wahr als auch gelogen. Seine Absicht war es gewesen ihr Gesicht zu verstecken. Dass er dabei mehr bekommen hatte, war etwas, mit dem er sich im Stillen auseinandersetzen würde.

Sie blickte zum Bus und hielt ihren Kopf herunter. Er bewegte sich, damit sein Körper das meiste ihres Gesichts verdeckte.

„Hast du ihn gesehen?“, flüsterte er.

„Ja.“

„Hat er zu uns rüber gesehen?“

„Nein.“ Sie blickte noch einmal auf. „Er geht Richtung Fruchtstände. Weg von uns.“

„Gut. Lass uns von hier verschwinden.“

Sie mussten den Weg wieder zurückgehen, um zu ihrem SUV zu gelangen, aber sie schafften es, den Mann zu meiden, der nach ihnen suchte. Und jetzt hatte sie eine Beschreibung, die sie den MPs geben konnten, die die heutigen Ereignisse untersuchen würden.

Sie kamen ohne weitere Vorfälle am vereinbarten Treffpunkt an – eine verlassene Tankstelle am Rande der Stadt. Ein gepanzerter Humvee kam Minuten später an, und er und Morgan stiegen auf den Rücksitz. Zwei Marinesoldaten übernahmen den Toyota SUV und würden um die Stadt herumfahren, bis Morgan sich sicher auf der eingezäunten Basis in Camp Citron befand.

Auf der Basis machte Morgan sich sofort auf den Weg zum Büro des Skippers, während Pax sich mit seinem XO Captain Oswald traf. Er überreichte ihm das Handy, das er aus Morgans Apartment mitgenommen hatte, und informierte ihn über die Ereignisse des Tages. Eine Stunde später fand er sich selbst in einem großen Konferenzraum wieder, als Morgan sich mit dem obersten Befehlshaber traf, um zu besprechen, wie sie mit ihrem archäologischen Projekt fortfahren sollte, das mittlerweile sowohl zu einer Priorität als auch einem gigantischen Desaster für das amerikanische Militär in Dschibuti geworden war. In der

Mitte des Tisches lag ein drei Millionen Jahre altes Kranium. Es war größtenteils intakt, aber selbst sein untrainiertes Auge konnte erkennen, dass die linke Seite neue Brüche entlang des Wangenknochens aufwies, und Stücke der prominenten knochigen Braue lagen in einem Haufen neben dem Schädel.

Captain O'Leary schien nicht einmal darüber verärgert zu sein, was sein Befehl bei diesem einzigartigen und spektakulären Fund, der das gesamte bisherige Wissen über die menschliche Evolution verändern könnte, bewirkt hatte.

Pax lächelte schief bei dem Gedanken. Er hatte sich ganz eindeutig von Morgans Enthusiasmus anstecken lassen.

Er hätte es zu gern mitangesehen, wie Morgan dem Captain gegenübertrat, aber um seiner Karriere willen dachte er dann doch, dass es besser wäre, wenn sie den Mann allein in seinem Büro traf. Er hoffte um ihretwillen, dass sie in der Lage sein würde, ihre wütenden Tränen zurückzuhalten, denn O'Leary würde diese sonst als Schwäche ansehen, die er ausnutzen konnte.

In diesem Moment saß Morgan still am anderen Ende des Tisches und sagte nichts. Sie erwiderte seinen Blick, doch ihr Gesichtsausdruck blieb vorsichtshalber neutral.

Er fragte sich, wo ihre stoische Maske so plötzlich herkam. Für einen beiläufigen Beobachter mussten sie beide wie Fremde aussehen, nicht wie zwei Menschen, die einen aussichtslosen Kampf gegen ihre gegenseitige Anziehungskraft kämpften.

Er musste zugeben, dass er ihre Leidenschaft und Wut dieser reservierten Fassade vorzog. Ihr Leben war voller Emotionen. Ihm gefiel das an ihr.

Allerdings mochte er so oder so fast alles an ihr.

Anhand der Vorschläge, die über den Tisch gingen, war klar, dass die Navy sich die Kontrolle über Morgans Projekt unter den Nagel reißen wollte und sie dabei rücksichtslos überrollte, genauso wie sie es befürchtet hatte. Es war genauso eindeutig, dass die Mächte, die sich in diesem Raum befanden, nicht die geringste Ahnung von Archäologie hatten. Zwar hatte die Navy Experten im Personal, die in der Vergangenheit solche Ausgrabungsstätten besucht und beraten hatten, aber die befanden sich derzeit in den Vereinigten Staaten und angestellte Zivilisten schnellstmöglich nach Dschibuti zu verfrachten, war nicht gerade eine Spezialität der Bürokraten in den USA, die die jeweiligen Reisebefehle bearbeiteten.

Außer Morgan befand sich noch eine weitere Zivilistin am Tisch, die ebenfalls schwieg. Es war ein offenes Geheimnis, dass Savannah James für die CIA arbeitete, und die Tatsache, dass sie zu diesem Meeting eingeladen worden war, ließ in Pax alle möglichen Arten von Fragen aufkommen. Warum war die CIA an Morgan interessiert?

Die CIA war selbstverständlich damit beschäftigt, Informationen über Desta zu sammeln, aber war James ebenfalls in diese China-Sache involviert? Es konnte sein, dass es hier überhaupt nicht um Desta ging. Es war durchaus möglich, dass der Kriegsherr nichts weiter als Chinas Sündenbock war.

Schließlich, nachdem sie sich beinahe 40 Minuten lang angehört hatte, wie diese Männer, die nicht die geringste Ahnung von Archäologie hatten, darüber diskutierten, wie Morgans Projekt – und sie selbst – zu handhaben wäre, räusperte Morgan sich laut. „Es ist mir egal, ob Sie bis morgen Navy-Archäologen hierherbekommen *können*", sagte sie leise, wobei ihre Worte das Geplapper ungebildeter Männer, die idiotische Vermutungen anstellten, durchdrangen.

Ihr leiser Ton bewirkte, was ein Schreien nicht gekonnt hätte. Der Raum wurde still, während Morgan von ihrem Stuhl aufstand. „Sie werden keinen Mann importieren, um mein Projekt zu übernehmen. Der Vertrag gehört *mir*. Ich habe die Kontrolle."

O'Leary begann sein Argument mit den Worten: „Desta würde einen Mann vielleicht nicht so …"

Sie wandte sich dem Skipper zu und starrte ihn mit ausdruckslosem Gesicht an, doch Pax hatte die Verachtung in ihren Augen aufblitzen sehen. „Er hat geglaubt, dass *ich* ein Mann bin." Ihre Stimme blieb ruhig. Ausgeglichen. „Benutzen Sie keinen Drogen schmuggelnden und Menschenhandel betreibenden Kriegsherrn als Ausrede für Ihren eigenen Sexismus, Captain. Ich bin verdammt gut in meinem Job, und ich habe meine Feldarbeit unter Kontrolle. Wie die Dinge jetzt stehen haben Sie", sie deutete auf Linus' Schädel, „bei diesem Fund genauso viel Schaden angerichtet wie Desta. Wenn die Ausgrabungsstätte vor irgendjemandem beschützt werden muss, dann vor Ihrer Unwissenheit und Ignoranz. Falls Sie versuchen sollten, mir mein Projekt zu stehlen, werde ich dem Kulturminister bis ins Detail berichten, was Sie getan haben."

Feuriger Stolz schoss durch ihn hindurch. Sein Mädchen erkannte die Quelle ihrer Macht und wusste sie einzusetzen, um die großen Köpfe in Schach zu halten.

Sein Mädchen?

Allem Anschein nach war der Neandertaler wieder zurück.

„Morgan", sagte der Skipper, „Sie sind emotional, anstatt logisch zu denken …"

„Dr. Adler", korrigierte sie. „Ich habe einen Doktor in Archäologie. Welchen Abschluss in Archäologie haben Sie, Captain O'Leary?" Sie lehnte sich mit ihren Fäusten auf den Tisch. „Und seit wann ist es *emotional* zu verlangen, dass die Person mit der meisten Expertise, die noch dazu vertraglich daran gebunden ist, die Arbeit auszuführen, die Kontrolle für dieses Projekt behält? Wie ist das nicht *logisch*? Ich weiß, dass Sie mich in meine Schranken weisen wollen, Captain, aber sehen Sie, mein Platz ist an oberster Stelle dieses Projektes und niemand – nicht einmal das allmächtige US-Militär", ihr Blick schwang zu der einzigen anderen Frau im Raum, „noch die CIA werden mich rauswerfen können."

Morgan hatte Savannah James also ebenfalls bemerkt und identifiziert. Interessant.

„Ich weigere mich, dieses Projekt nur auf dem Papier zu bearbeiten", fuhr Morgan fort. „Es ist offensichtlich, dass Sie nur hinter dem Stempel her sind, der den Bau der Eisenbahn beschleunigen wird, ohne eine ernsthafte Evaluierung der kulturellen Erbstätten entlang der Route, die dadurch ruiniert und zerstört werden können. Erstens würde dem kein vernünftiger Archäologe zustimmen – also können Sie gleich vergessen, einen zu importieren. Ich garantiere Ihnen, dass sie *mir* zustimmen werden. Aber was noch viel wichtiger ist: Sie können niemanden anderen einfliegen, der das Projekt bearbeiten soll, weil Ihnen die Autorität fehlt. Sie mögen der Bürgermeister von Camp Citron sein, aber mein Projekt befindet sich außerhalb des Handlungsrahmens der Basis. Es ist nicht Ihre Entscheidung. Dieses Projekt ist *meins* – und wird es auch bleiben."

Sie atmete tief ein und fuhr fort: „Ich werde in Dschibuti bleiben. Ich werde meinen Job erledigen. Sie werden ihre Start- und Landebahn bekommen. Aber wenn Sie versuchen sollten, mich davon abzuhalten, das zu tun, weswegen ich hierhergekommen bin, werde ich meinem Auftraggeber genau erklären, wie viele internationale und amerikanische Gesetze Sie gebrochen haben, als Sie ein Team von Marinesoldaten losgeschickt haben, die absolut nicht die geringste Ahnung von Paläanthropologie haben, um Linus aus dem Boden zu reißen. Glauben Sie, dass Sie ihre Start-/Landebahn dann bekommen, Captain?"

Sie begegnete nacheinander den Blicken eines jeden Mannes am Tisch, bis ihr Blick schließlich auf Pax traf. Er verzog seinen Mund kaum merklich zu einem Lächeln, um sie wissen zu lassen, dass er ihr zustimmte und auf ihrer Seite war, was auch immer ihr das bringen würde. Als Master Sergeant hatte er den niedrigsten Rang – und er war der einzige verpflichtete Soldat – in diesem Raum.

Sie lenkte ihre Aufmerksamkeit wieder auf den Skipper. „Damit ich meinen Job ausführen kann, benötige ich ein Handy, einen Computer und eine Kamera. Meine wurden in der Explosion zerstört. Ich erwarte, dass man mir diese Dinge bis heute Abend zu meinem CLU liefert." Wieder deutete sie auf den Schädel. „Linus wird hier auf der Basis an einem sicheren Ort aufbewahrt. Ich werde zwei der weltweit besten Paläoanthropologen kontaktieren und sie fragen, ob sie nach Dschibuti kommen werden, um den Schädel zu untersuchen. Sie werden ohne zu zögern zustimmen, und Sie werden ihren Besuch und die Unterkunft finanzieren, solange sie hier sind. Sie haben den Schädel beschädigt, und Sie werden das Budget finden, um den Schaden zu reparieren. Wenn man Sie fragt, werden Sie die volle Verantwortung für die Kondition des Schädels übernehmen. Das wird *nicht* mir in die Schuhe geschoben. Glücklicherweise sind beide Experten in der Rekonstruktion von Fossilien, und solange keines der Teile zerstört wurde, wird es keinen Datenverlust geben. Und vielleicht wird Linus' Kopf gerade noch rechtzeitig für die Präsentation der Medien wieder zusammengesetzt sein.

Zu guter Letzt – ich muss morgen früh um genau 7:00 Uhr an meiner Ausgrabungsstätte sein. Falls Sie mir kein Fahrzeug und keinen Sicherheitsdienst zur Verfügung stellen, werde ich wieder in mein Apartment in Dschibuti City zurückkehren und mein Projekt ohne weitere Beeinflussung des amerikanischen Militärs zu Ende bringen. Falls Sie versuchen sollten, mich hier gefangen zu halten, werde ich sicherstellen, dass jeder, der mit meinem Vertrag assoziiert ist, darüber informiert wird, was Sie hier tun und warum, inklusive Ihres Plans für mich – ungeniert kulturelle Ressourcen abzuschreiben, weil Sie diese als unbequem betrachten. Verstehen Sie mich nicht falsch, Dschibuti mag arm sein, aber man weiß hier sehr wohl, wie viel die hiesigen kulturellen Ressourcen wert sind. Man wird Ihre Einmischung nicht auf die leichte Schulter nehmen."

Mit diesen Worten drehte diese wunderschöne und zierliche Frau, die man missachtet hatte, über die man einfach hinweggesprochen und die man während des ganzen Meetings minimalisiert hatte, sich auf ihrem Absatz um und verließ den Raum.

Pax lehnte sich in seinem Stuhl zurück und lächelte. Allem Anschein nach besaß diese Frau ebenfalls einen schwarzen Gürtel im dritten Dan, wenn es darum ging, sich mit unhöflichen, sexistischen militärischen Führungskräften auseinanderzusetzen.

Kapitel Zwölf

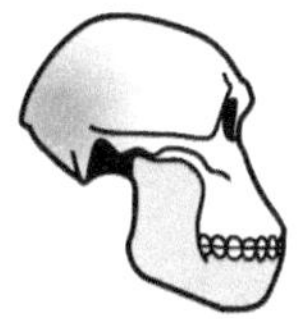

Es klopfte an der Tür zu Morgans CLU um genau 06:30 Uhr morgens. Sie öffnete sie und erwartete, Pax zu sehen, aber stattdessen stand dort ein junger Marinesoldat, den sie noch nie zuvor gesehen hatte. Auf seinem Namensschild stand SANCHEZ und er sah aus, als ob er ungefähr neunzehn Jahre alt war mit seinem süßen jungenhaften Gesicht. Er trug eine Uniform in Wüsten-Camouflage und trug einen Gürtel vollgepackt mit militärischer Ausrüstung. „Man hat mich Ihnen für Ihre Sicherheit zugeordnet, Dr. Adler. Sind Sie bereit zu gehen?"

„Ja. Ich hole nur schnell meine Geländeausrüstung." Sie sammelte alles zusammen, was sie für den Tag brauchte, und schloss den CLU hinter sich ab. Während sie Sanchez zum Fahrzeug folgte, wollte sie ihn fragen, wo Pax war, aber höchstwahrscheinlich waren dem jungen Mann sowieso keine Details bekannt, und es brachte nichts, ihr ungesundes Interesse an dem Green Beret an die große Glocke zu hängen.

Ein Hauch von Melancholie trübte ihre Stimmung und ihr wurde klar, wie sehr sie davon ausgegangen war, dass sie mit Pax an ihrer Seite arbeiten würde, und wie sicher sie sich während ihrer täglichen Arbeit gefühlt hätte, weil sie wusste, dass sie ihren ganz eigenen Green Beret bei sich hatte, der über sie wachte.

Der Arbeitstag verlief so wie ihre Untersuchungen in den Wochen bevor sie Linus gefunden hatte, nur dass sie von zwei Marinesoldaten begleitet wurde und sie nun drei Crew-Mitglieder weniger hatte.

Die Marinesoldaten sahen so aus, als ob sie für ihren Schulabschluss lernen und Mädchen zum Abschlussball einladen sollten, anstatt in voller Ausrüstung in Dschibutis vierzig Grad Hitze Schutzdienst zu leisten. Aber nach einer Stunde wurde ihr klar, dass dies Männer waren, keine Jungen, und sie war dankbar für ihren Schutz.

Bis zum Ende des Tages hatten sie einen kleinen Abschnitt der alternativen APE-Route abgelaufen und für sauber befunden. Morgan beriet sich mit Ibrahim über das geplante Koordinatennetz für den folgenden Arbeitstag. Mit jedem Tag würden sie weiter nach Osten vordringen, was neue Treffpunkte und das Bewegen der Ausrüstung erforderlich machte.

Dies war nicht dasselbe, wie die Ausgrabung von Linus, bei der sie über zwei Wochen lang an einem Ort geblieben waren.

Aufgrund des kleineren Teams würde die Untersuchung länger dauern, aber Charles Lemaire hatte angedeutet, dass es sich als schwierig erweisen würde, arbeitswillige Männer zu finden, jetzt, da Desta das Projekt und jeden, der damit involviert war, bedroht hatte.

Was den Kriegsherrn betraf wusste sie nicht, ob die Navy irgendetwas von dem Handy hatte herausfinden können, das Pax aus ihrem Apartment mitgenommen hatte, oder ob irgendeiner der beiden Männer, die sie verletzt hatte, irgendwelche brauchbaren Informationen preisgegeben hatte. Sie war nicht mehr länger eingeweiht, was ihr nur recht war, wenn diese Art von Wissen bedeutete, dass sie ihr Projekt an Männer abgeben musste, die bei dem Meeting gestern Abend geradeheraus verlangt hatten, dass sie log und nach einer nur oberflächlichen Untersuchung der zweiten APE-Route behauptete, dass keine wichtigen Ausgrabungsstätten existierten. Und für den Fall, dass das nicht funktionierte, hatten sie darüber diskutiert, ihre eigenen Experten einzubringen, von denen sie glaubten, dass sie das Projekt einfach abzeichnen würden.

Morgan hatte mehr als genug Archäologen der Armee und der Navy kennengelernt, und sie konnte sich nur schwer vorstellen, dass irgendeiner dieser professionellen Wissenschaftler, die sie kannte, einfach so ein Projekt abzeichnen würden, das sich in solch einer kulturell reichhaltigen und prähistorisch wichtigen Gegend wie Dschibuti befand. Leute studierten Archäologie, weil sie sich leidenschaftlich für das Thema interessierten und die Ressourcen schützen wollten. Und nicht, um zu einem stempelschwingenden Jasager zu werden.

Aber das bedeutete nicht, dass sie ihre Kontrolle abgeben würde, um diesen Punkt zu beweisen.

Sie freute sich darauf, mit Pax über das Meeting zu sprechen, aber der war heute nirgends aufzufinden, und niemand hatte ein Wort über den Grund dazu verloren.

Sie fühlte sich schlecht, dass die Marinesoldaten in voller Ausrüstung in der Hitze hier draußen sein mussten. Sie und das Team legten regelmäßig Pausen ein, stellten für Schatten ein Schutzdach auf, wenn es notwendig war, aber es war den Marinesoldaten nur jeweils allein gestattet, Pausen zu machen. Jemand musste ständig Wache halten. Sie und ihr Team arbeiteten in denselben Bedingungen, aber wenigstens war ihre Arbeit interessant. Jeder Augenblick enthielt das Potenzial für eine neue Entdeckung. Das traf auf Dschibuti mehr zu als auf irgendeinen anderen Ort, an dem sie gearbeitet hatte.

Sie hätte niemals in ihrem Leben erwartet, dass sie Artefakte in ihren Händen halten würde, die von den Vorgängern moderner Menschen vor ein bis drei Millionen Jahren erschaffen worden waren. Es war überwältigend. Und dann Linus zu finden – sie hatte nicht einmal die richtigen Worte, um zu beschreiben, wie sich dieser Fund angefühlt hatte.

Zurück in Camp Citron am Ende des Tages, erhielt sie die Aufforderung, im Büro des Captains zu erscheinen. Angst setzte sich in ihrem Magen fest. Hatte er einen Weg gefunden, wie er ihre Erpressungen über den beschädigten Schädel umgehen konnte? Es war möglich, dass er Charles Lemaire einfach die Wahrheit gesagt hatte, um zu versuchen, den Minister davon zu überzeugen, sie von dem Projekt abzuziehen. Es wäre ironisch, wenn er dafür gesorgt hätte, dass man sie feuerte, nachdem es doch O'Leary gewesen war, der sie ursprünglich unter Druck gesetzt hatte, zu bleiben. Sie bereute ihre Entscheidung nicht und hätte möglicherweise auch ohne den Druck von O'Leary dieselbe Entscheidung getroffen, aber sie konnte seine Methoden trotzdem nicht ausstehen.

Nach stundenlanger Arbeit im Gelände mit Schweiß und Schmutz bedeckt, hüpfte sie unter die Dusche und verbrauchte ihre ganzen erlaubten drei Minuten von fließendem Wasser, bevor sie sich mit dem Captain traf.

Sauber und präsentabel bereitete sie sich darauf vor, O'Leary gegenüberzutreten. Als man sie in sein Büro einließ, war er am Telefon. Er winkte sie heran und deutete mit einer Geste an, dass sie sich hinsetzen sollte. Sie gehorchte und faltete ihre Hände im Schoß zusammen, wobei sie sich bemühte, nicht herumzuzappeln oder ihre Nervosität zu zeigen.

Nach einer langen Weile beendete er endlich das Gespräch und erwiderte ihren Blick. Schweigen breitete sich zwischen ihnen aus, und sie fragte sich, ob er im Geiste bis zu einer zuvor bestimmten Nummer zählte, bevor er sprach, und ob das eine Technik war, die man in der Einschüchterungsschule lernte.

Sie hatte ihren Abschluss summa cum laude von der Schule des Generals bestanden, denn sie hatte sich seiner Autorität widersetzt, und sie konnte eine Ewigkeit warten, ohne dabei ins Schwitzen zu kommen.

Schließlich sagte er: „Wir haben uns nicht unter den besten Umständen kennengelernt, Morgan."

„Dr. Adler", korrigierte sie. Wenn sie ihn Captain O'Leary nennen sollte, dann würde er sie verdammt nochmal ebenfalls mit ihrem Titel ansprechen, auch wenn das überheblich schien.

Er neigte akzeptierend seinen Kopf. „Dr. Adler. Sie haben es direkt auf den Punkt gebracht. Ich habe ein paar Fehler gemacht."

„Ein paar. Fehler. Warum liste ich Ihnen nicht einfach ein paar Punkte auf?" Sie hob einen Finger, um sie daran abzuzählen. „Erstens: Sie beschädigen ein Fossil, das nicht nur *selten* ist – es ist einzigartig. Das Einzige seiner Art." Sie hob einen zweiten

Finger. „Zweitens: Sie wollten sich mein Projekt unter den Nagel reißen, ohne dabei die Daten zu beachten, die hier auf dem Spiel stehen. Und drittens: Sie haben meinen Vater dazu benutzt, mich unter Druck zu setzen, wodurch Sie unsere Beziehung schlussendlich so gut wie beendet haben. So ist das aus meiner Sicht. Sie müssen mir daher vergeben, dass ich nicht einfach sagen kann ‚es wurden Fehler gemacht' und dann so tue, als sei nichts geschehen."

Er lehnte sich in seinem Stuhl zurück und starrte sie an. Sein Gesichtsausdruck war verschlossen. Was hatte sie erwartet? Eine Entschuldigung? Das war dumm, da er wahrscheinlich aus demselben Holz geschnitzt war wie der General selbst, und Morgan wusste, dass sie eher in der Hölle Schlittschuh fahren würde, als dass ihr Vater seinem einzigen Kind gegenüber jemals die Worte „es tut mir leid" äußern würde.

Mit einem Mal ließ der Mann ein tiefes Seufzen hören und sank in seinem Stuhl zusammen. „Ich habe Mist gebaut. Bei jedem einzelnen Schritt."

Seine Worte waren so vollkommen das Gegenteil von dem, was sie erwartet hatte, dass sie einen Moment brauchte, um sie sacken zu lassen und wahrzunehmen, dass er seine Befehlshaberpositur aufgegeben hatte. Sie streckte ihre Wirbelsäule durch und wartete darauf, dass er weitersprach.

„Es tut mir leid, Dr. Adler."

Bei seinem ehrlichen Tonfall war sie versucht ihm anzubieten, sie Morgan zu nennen. Aber dies konnte wieder nur ein weiteres Spielchen sein. Sie neigte ihren Kopf fragend zur Seite.

„Ich möchte meine Perspektive mit Ihnen teilen. Ich erwarte nicht, dass Sie mir vergeben, aber ich hoffe, dass Sie mich verstehen werden." Er stand hinter seinem Schreibtisch auf und wandte sich zu seinem Fenster. „Dieser Raum ist das amerikanische Zentrum im Kampf gegen den Terrorismus in Afrika und der arabischen Halbinsel. Es ist meine Aufgabe, die Basis zu leiten und mit verschiedenen Kommandos zusammen zu arbeiten, die hier Missionen laufen haben. Wie Sie schon gesagt haben, bin ich quasi der Bürgermeister von Camp Citron." Er warf ihr über seine Schulter ein Lächeln zu. „Ich bin nicht der ranghöchste Offizier auf dieser Basis, aber mein Fokus liegt – und das muss er jederzeit – auf der Basis allein. Andere Offiziere sind für ihre Kommandos zuständig, während ich mich um unsere physische Präsenz hier am Horn von Afrika kümmere.

Dieser Job und die Bedürfnisse der Basis können mich manchmal etwas kurzsichtig machen. Aber solche Fehlschritte meinerseits können bedeuten, dass Terroristenorganisationen dadurch die Möglichkeit für erfolgreiche Angriffe erhalten. Sie wachsen und werden machtvoller. Al-Shabaab hat hier in Afrika furchtbare Dinge getan, die genauso schlimm, wenn nicht sogar noch schlimmer sind als das, was ISIS im Irak, dem Iran, der Türkei und Syrien angerichtet hat. Al-Shabaabs Attacken waren genauso zerstörerisch wie die Angriffe der al-Qaeda im Mittleren Osten, und trotzdem wissen viele Amerikaner nicht einmal, dass al-Shabaab überhaupt existiert. Ich kämpfe in einem, für Amerikaner unsichtbaren, Krieg – bis auf den Teil, wo sie sich über die Drohnen aufregen."

Bei diesem Kommentar versteifte sie sich. Sie hatte ihre ganz eigenen Probleme mit Drohnen. „Nun, die Drohnen töten Zivilisten. Familien. Kinder. Maschinen, die den Tod bringen, ohne zur Rechenschaft gezogen zu werden."

Er nickte. „Ja. Weitere Fehler. Aber wir können die wirklichen Gründe nicht mit der Welt teilen, aus denen wir gewisse Individuen ins Visier nehmen. Zum Beispiel vermuten wir nun schon seit über einem Jahr, dass China Etefu Desta mit Waffen versorgt, was die Gefährdung durch ihn auf eine ganz neue Stufe anhebt. Ein gut bewaffneter Desta könnte unseren Kampf gegen den Terrorismus auf dem afrikanischen Kontinent ernsthaft aus den Angeln heben. Er muss ausgeschaltet werden. Bald. Und wenn wir ihn finden, werden wir alles in unserer Macht Stehende tun, um nur die Mitglieder seiner Organisation auszulöschen. Aber ich sollte den Gebrauch von Drohnen, um einen Kriegsherrn umzubringen, Ihnen gegenüber nicht rechtfertigen müssen, wenn man bedenkt, dass Sie selbst von Desta angegriffen worden sind."

„Ja. Ich gebe zu, dass mich das zu einer Heuchlerin macht. Ich bin generell gegen Drohnen, aber ich wurde es bejubeln, wenn Sie eine auf Desta loslassen, und ich hoffe, dass der Mann, der im Wadi angeschossen wurde, die Position seines Lagers preisgeben kann."

Er wandte sich vom Fenster ab und drehte sich zu ihr. „Was mich zu dem Grund bringt, aus dem ich Sie hergebeten habe. Er wurde heute Morgen ermordet, bevor er uns verraten konnte, wo sich Destas Basislager befindet."

Schock erfasste sie. „Ermordet? Befand er sich nicht auf einem Navy-Schiff im Golf?" Sie hatte gesehen, wie er in einem Hubschrauber weggeflogen war. Wie konnte man ihn auf einem Navy-Schiff ermorden?

Captain O'Leary nickte. „Ein anderer Patient auf der Krankenstation – ebenfalls ein Gefangener – überwältigte den Wachposten und schnitt dem Milizionär mit einem Skalpell die Kehle durch."

Sie keuchte auf. „Ist der Wachposten okay? Wurden noch andere verletzt?"

„Der Wachmann hat eine Gehirnerschütterung, ist aber ansonsten okay."

„Was ist mit dem Gefangenen mit dem Skalpell passiert?"

„Er wurde erschossen, als er versuchte, von der Krankenstation zu fliehen." Der Captain schwieg für einen Moment. „Sie sollten wissen, dass der Mörder der Mann war, der gefangen genommen wurde, nachdem er Sie und Sergeant Blanchard gestern an Ihrer Ausgrabungsstätte angegriffen hat."

Sie zog einen weiteren scharfen Atem ein, fühlte sich von jedem Fakt, den der Captain preisgab, wie erschlagen. „Hatte er das irgendwie geplant? Uns an der Ausgrabungsstätte anzugreifen, damit er verhaftet und aufs Schiff gebracht würde?"

Der Captain zuckte mit den Schultern. „Wir werden nie wissen, ob das ein Gelegenheitsverbrechen war oder ein außerordentlich gut geplanter Anschlag. Der Mann muss gewusst haben, dass ein Entkommen unmöglich war. Sein Wille, sich selbst zu opfern, um die Lage von Destas Basisoperationslager geheim zu halten, ist beunruhigend. Desta hat bisher keine Selbstmordattentäter benutzt, und wir haben geglaubt, dass läge daran, dass seine Anhänger die Regierung von Eritrea stürzen wollen – aufgrund einer politischen Ideologie, nicht aus religiösen Gründen. Einfache Gier nach Macht in Kombination mit einem Stammbaum, der China darauf setzen lässt, dass er erfolgreich sein wird."

Der Captain wandte sich wieder dem Fenster zu. „Aber das hier … das hier ist anders. Informationen, die uns zugespielt wurden, deuten an, dass der Mann, der den Milizionär auf dem Schiff getötet hat, zu al-Shabaab gehören könnte, was bedeutet, dass Etefu Desta sich nun entweder der Terroristenorganisation angeschlossen hat, oder dass al-Shabaab den Kriegsherrn als Deckung für andere Aktivitäten benutzt. So oder so, sie wollen nicht, dass wir es herausfinden, und es fällt uns schwer, die Gefahr in Schach zu halten. Es gab noch andere Anzeichen dafür, dass Desta mit al-Shabaab zusammenarbeitet, und der koordinierte Anschlag auf die Basis am Montag, bei dem Ihr Wagen explodiert ist, könnte durchaus ein Hinweis darauf sein, was da noch auf uns zu kommt."

Er drehte sich wieder zu ihr um. „Bei unserem ersten Meeting am Montag habe ich die Situation mit einem weitaus größeren Überblick betrachtet. Meine Basis ist angegriffen worden. Mein Konvoi wurde von einem Heckenschützen aufgehalten. Eine Explosion auf der Hauptstraße zur Basis. Mit unserer eigenen Start-/Landebahn können wir viel schneller reagieren, sowie Vorräte und neues Personal leichter einfliegen. Als Bürgermeister von Camp Citron muss ich meine Bürger beschützen."

Sie nickte. Sie *verstand* die Wichtigkeit dieser Start-/Landebahn, um den amerikanischen Kampf gegen den Terrorismus in Afrika zu unterstützen.

„Marinesoldaten wurden losgeschickt, um Linus herzubringen, weil dieselbe Person, die angerufen und uns den Tipp gegeben hat, der dazu führte, dass die Sergeants Blanchard und Callahan Sie aufhielten, bevor Sie die Basis erreichen konnten, uns noch einmal kontaktiert hat und behauptete, dass Desta die Fossilien plündern und alles zerstören würde. Der erste Tipp hatte sich als wahr herausgestellt, wie Sie ja wissen. Ich bereue es nicht, Schritte unternommen zu haben, um den zweiten zu verhindern.“

Ihr Magen zog sich zusammen. „Warum haben Sie mir das nicht gestern gesagt?“ Als sie sich mit ihm vor dem Meeting getroffen hatte, hatte er keine Erklärung angeboten. Voller Empörung hatte sie an dem Meeting teilgenommen und entsetzt Linus‘ Jochbogenfraktur und die abgebrochenen Glabella-Knochen angestarrt, welche das Gehirn eines Australopithecinen geschützt hatte, der Werkzeuge herstellen und benutzen konnte. Einem Mann, der noch an seinem allerletzten Tag mit diesen Werkzeugen gejagt hatte. Diese Knochen hatten 3,5 Millionen Jahre unbeschadet überstanden, nur um dann innerhalb von Stunden, nachdem sie von ihrer Existenz erfahren hatten, vom amerikanischen Militär zerbrochen zu werden.

Das war die Einstellung, mit der sie an dem Meeting teilgenommen hatte. Eine kurze Erklärung von Captain O’Leary hätte da durchaus helfen können.

„Ich habe Ihnen nichts gesagt, weil wir glauben, dass diese Tipps von jemandem innerhalb von Destas Organisation kommen, wodurch alles in Bezug auf diese Hinweise und die Informationen als streng geheim eingestuft wird.“ Er lächelte sie leicht an. „Ganz zu schweigen von der Tatsache, dass ich *Ihnen* keine Rechenschaft schuldig bin.“

„Warum erzählen Sie mir das alles jetzt?“

„Weil wir heute einen weiteren Tipp erhalten haben. Und dieser bezieht sich auf Sie.“

Angst breitete sich in ihrem Bauch aus. „Mich? So, wie der Tipp mit der Paketlieferung?“

„Dieser ist persönlicher. Allem Anschein ist Desta … an Ihnen *interessiert*.“

Angst wurde zu totalem Terror. „Interessiert?“ Ihre Stimme klang kaum mehr wie ein Quietschen.

„Er hat das Verlangen ausgedrückt, dass er Sie zu seiner fünften Frau machen will.“

All ihr Atem entwich ihr schlagartig. Als sie endlich wieder sprechen konnte, sagte sie: „Das kann nicht Ihr Ernst sein.“

Der Captain zuckte mit den Schultern. „Wir können nicht

sagen, wie ernst dieser Gedanke ist, aber wir können ihn nicht ignorieren.“

Sie sprang auf die Füße und versuchte, den sich drehenden Raum zu ignorieren. Es könnte eine Lüge sein. Es *musste* eine Lüge sein. Sie wollte wirklich, dass es eine Lüge war. „Sie können das nicht dazu benutzen, mich von meinem Projekt abzuziehen oder mich hier gefangen zu halten ...“

Er hielt abwehrend eine Hand hoch. „Nein, Dr. Adler. Ich werde nicht noch einmal versuchen, mich in die Leitung Ihres Projektes einzumischen. Außerdem könnte es verdächtig wirken, wenn Sie nicht mehr zur Arbeit erscheinen, und wir wollen nicht riskieren zu verraten, dass wir einen Informanten haben.“

„Also läuft alles wie gewohnt weiter?“

„Nicht ganz. Wir werden Ihnen eine Waffe zuordnen, wie Sergeant Blanchard es angefordert hat. Soweit ich es verstehe, wissen Sie damit umzugehen?“

Sie nickte.

„Gut. Es gibt eine andere Vorsichtsmaßnahme, die wir einleiten können. Eine, von der Desta nichts wissen wird.“ Er ging durch den Raum, öffnete die Tür und signalisierte einer Person, die draußen wartete, hereinzukommen.

Die Frau, die gestern ebenfalls an dem Meeting teilgenommen hatte, betrat das Büro mit einem widerstandfähigen schwarzen Koffer. Sie legte ihn auf einem Seitentisch ab und drückte mit ihrem Daumen auf ein leeres kleines Quadrat. Eine rechteckige Platte obendrauf öffnete sich und entblößte ein Nummernfeld. Sie drückte einige Tasten und der Deckel des Koffers hob sich. „Wir wurden uns noch nicht offiziell vorgestellt“, sagte sie. „Savannah James.“

„CIA?“, fragte Morgan.

Die Frau bedachte sie mit einem steifen Lächeln und sagte nichts.

„Dr. Adler“, sagte Captain O’Leary. „Wir möchten Sie um Erlaubnis bitten, einen subdermalen GPS-Transmitter in ihren Arm implantieren zu dürfen.“

Schweiß bildete sich auf ihrer Augenbraue, als ob sie sich wieder draußen in der dschibutischen Hitze befand, und nicht in einem netten Büro mit einer leisen Klimaanlage, zusammen mit einem verrückten Offizier, der ihr soeben vorgeschlagen hatte, etwas in ihr zu implantieren, das nicht existieren konnte. „Sind subdermale Tracker nicht nur Science Fiction?", fragte sie.

James antwortete für O'Leary. „Die Art, die man im Film *Die Tribute von Panem – The Hunger Games* eingesetzt hat, ist Fiktion. Bisher hat niemand einen Tracker erfunden, der kontinuierlich überträgt. Die Batterie, die man dafür benötigen würde, hätte die Größe eines Kartendecks und müsste ständig aufgeladen werden. Was wir hier haben ist streng geheim, denn es funktioniert nur so lange, wie der Feind nichts von dessen Existenz weiß." Sie hielt ihr ein Stäbchen entgegen, das in etwa 2 mm breit und 1,5 cm lang war, und aussah wie ein mit Vinyl überzogener Kupferstreifen. „Es ist flexibel und wird sich mit Ihnen bewegen. Sobald die Implantatsstelle verheilt ist, ist es schmerzlos. Ein Chip von dieser Größe kann vier Stunden lang ein Signal aussenden. Es benötigt nur ein aktives Handy im Umkreis von drei Metern, es springt auf dessen Signal und überträgt dann zur Basisstation, die sich hier in Camp Citron befindet."

„Was nützt es dann?", fragte Morgan. „Vier Stunden sind nicht gerade lange, und Mobilfunkmasten sind hier auch eher selten." Das Ding sah harmlos aus. Bis auf die Tatsache, dass sie es *unter ihre Haut implantieren* wollten.

„Es kann bis zu zwei Monate inaktiv bleiben. Es funktioniert nur, wenn es aktiviert wird. Vier Stunden sind sehr viel Zeit, wenn die entführte Person lange genug wartet, bis sie sicher ist, dass sie für ein paar Stunden nicht fortgebracht wird, bevor sie es auslöst, sodass man eine Rettungsaktion entsprechend planen und durchführen kann."

Es klang immer noch wie eine eher schmale Hoffnung, aber es war mit Sicherheit besser als keine Hoffnung. Oder eher, besser als die fünfte Frau eines Kriegsherrn zu werden, der in der Sexsklaverei und dem Drogenhandel mitmischte.

„Wie aktiviert man den Transmitter?"

„Die einfachste Methode ist direkter Druck auf den Chip für

zehn Sekunden. Wenn man die Stelle massiert, wird er in nur fünf Sekunden aktiviert. Aus diesem Grund versuchen wir eine Stelle zu finden, die nicht während des Schlafs gedrückt wird, aber trotzdem irgendwo am Arm, die man mit vorn oder hinten gefesselten Händen erreichen kann."

Die Frau wies Morgan an, ihre Hände zusammenzuhalten und so ihren linken Arm mit ihrer rechten Hand zu berühren. Sie malte eine rote Linie auf die Stellen, an denen am einfachsten für zehn Sekunden Druck angebracht werden konnte. Morgan wiederholte den Prozess mit ihren Händen hinter ihrem Rücken, und ihr Arm wurde erneut markiert, dieses Mal in blau.

„Okay, jetzt die Nase", sagte James.

„Wie bitte?"

„Heben Sie ihre Hände über ihren Kopf, als ob man sie hoch über Ihnen festgebunden hat, und pressen Sie ihre Nase in ihrem Arm. Üben Sie so viel Druck aus, wie Sie können, und versuchen Sie, die roten und blauen Striche zu treffen."

„Der Name Savannah passt nicht zu Ihnen", sagte Morgan. „Das kann nicht Ihr wahrer Name sein."

„Ist er nicht", versicherte die Frau.

„Sie tragen ihn wie einen hässlichen Weihnachtspullover. Unbequem. Möglicherweise kratzig."

Die Frau lachte. „Die meisten hier auf der Basis bekommen meinetwegen Hautausschlag, aber ich bin neugierig, warum Sie das sagen."

„Zum einen kommen Sie nicht aus den Südstaaten, und ich habe bisher nur eine Savannah getroffen, die nicht aus dem Süden kam – aber ihre Eltern kamen vor dort. Aber was noch mehr auffällt ist die Art, wie Sie sich vorgestellt haben – das war irgendwie flach. Entweder haben Sie keine Verbindung zu dem Namen Savannah oder er gefällt Ihnen nicht."

Sie zuckte mit den Schultern. „Das spielt keine Rolle. Die meisten hier benutzen eh meinen Nachnahmen. Jetzt pressen Sie bitte Ihre Nase in Ihren Arm."

Morgan tat, wie angewiesen, und die Stelle für den Chip war ausgewählt. Auf halbem Weg zwischen ihrer Achsel und ihrem inneren Ellenbogen, nahe des Delta Tuberositas des Humerus. Von hinter ihrem Rücken konnte sie die Stelle mit ihrem Zeigefinger erreichen, vorn mit ihrem Daumen und ihre Nase würde funktionieren, falls alles andere scheitern sollte.

Nicht-Savannah bewegte sich mit fließender Effektivität, als sie ein Gerät aus dem Koffer hervorzog, das wie eine Ohrlochpistole aussah, aber etwas breiter war und eine flache Nadel hatte. Sie fügte eine Karpule mit einem sterilen Chip in das Lager und sagte: „Es wird für einen Moment zwicken, aber das ist alles."

Sie legte das Gerät zur Seite und ergriff einen Alkoholtupfer.

Instinktiv bedeckte Morgan die Stelle an ihrem Arm, wo der Tracker implantiert werden sollte. „Und wie steht es mit Gesundheitsrisiken? Werde ich in fünf Jahren Armkrebs bekommen?"

Nicht-Savannah zuckte mit den Schultern. „Die Langzeiteffekte sind unbekannt, aber es wird empfohlen, das Implantat nicht länger als zwei Monate zu tragen. Das Entfernen ist ein schneller Eingriff – als ob man einen großen Splitter herauszieht. Sind Sie gegen irgendwelche Metalle allergisch?"

Morgan schürzte ihre Lippen. „Nein. Aber ich bin auch noch nie zuvor mit irgendwelchen implantiert worden."

„Falls Sie irgendeine Reaktion zeigen sollten, wird das in den ersten 24 Stunden geschehen und wir werden das Implantat entfernen."

„Und was passiert, wenn ich den Transmitter aus Versehen aktiviere?"

„Solange er innerhalb von dreißig Minuten zurückgesetzt wird, kann das Implantat drinbleiben, aber die Übertragungszeit wird dadurch um die Zeit verkürzt, die es aktiv war."

„Wie kann ich es zurücksetzen?"

Die CIA-Agentin hob ein Gerät aus dcm Koffer, das wie eine TV-Fernbedienung aussah. „Damit. Es scannt den Chip und stellt die Einstellungen neu ein. Es ist wie ein Knopf für die Werkscinstellungen. Wir werden den Chip testen, sobald er implantiert ist."

„Und wenn ich es versehentlich auslöse, während ich im Gelände arbeite? Ich würde es niemals in dreißig Minuten zurückschaffen."

„Dann werden wir das Implantat ersetzen müssen. Aber die Dinger sind wahnsinnig teuer." Nicht-Savannah runzelte ihre Stirn. „Tun Sie das also lieber nicht."

Morgan atmete tief ein und präsentierte ihren Arm. Das war verrückt. Sie wurde doch nicht wirklich mit streng geheimer Technologie von einem CIA-Agenten – oder was auch immer diese Frau war – implantiert, weil ein äthiopischer Kriegsherr sie als seine fünfte Frau nehmen wollte. Doch der scharfe und schmerzhafte Schuss der Implantierung sagte ihr, dass es nur allzu real war. Und Nicht-Savannah hatte gelogen, dass diese Injektion nicht wehtun würde. Es war direkt in den Muskel eingedrungen und tat höllisch weh.

„Es wird für den ersten Tag ein wenig wehtun. Wir bitten Sie, für fünf Tage ein Pflaster über der Injektionsstelle zu tragen."

„Woher werde ich wissen, ob es funktioniert?"

„Werden Sie nicht. Es darf keine äußeren Anzeichen dafür geben, dass Sie einen Transmitter tragen. Zu gefährlich. Aber wir werden es jetzt testen, um sicherzugehen, dass er aktiv ist. Drücken Sie für zehn Sekunden auf die Stelle."

Ein paar Flüche drangen ihr über die Lippen, als sie auf die frische Injektionsstelle drückte. Kalter Schweiß brach auf ihrer Augenbraue aus.

Nicht-Savannah sah auf einen Bildschirm in ihrem Koffer. „Neun Sekunden und er überträgt. Gut."

Sie ließ die Fernbedienung über Morgans Arm gleiten und drückte ein paar Tasten. Morgan verspürte den verrückten Drang, wie C-3PO herunterzufahren.

„Okay, jetzt will ich, dass sie es massieren", sagte Nicht-Savannah.

Das Massieren tat noch mehr weh, als das Drücken es getan hatte. Die Frau war eine Sadistin, und Morgan wurde von der CIA verarscht.

„Vier Sekunden. Perfekt."

Wieder setzte die Frau den Chip zurück, und Morgan betete, dass sie mit ihrem Test fertig war, denn ihr Arm pochte. „Wie hoch ist die Ausfallrate?", fragte sie und hielt sich ihren schmerzenden Arm. Das würde morgen teuflisch wehtun, wenn sie Testgräben ausgraben musste.

„In klinischen Versuchen, zwanzig Prozent."

„Das ist hoch."

„Aber es ist immer noch besser, als keine achtzigprozentige Chance zu haben, gerettet zu werden."

Damit hatte Nicht-Savannah recht.

„Und im Einsatz, wie viele Ausfälle?", fragte Morgan.

„Das können wir nicht wissen. Vermisste Personen, die mit diesem Tracker ausgestattet wurden, könnten gestorben sein, bevor sie die Gelegenheit hatten ihn zu aktivieren, oder es war kein Handy-Signal verfügbar. Es gibt viel zu viele Variablen, um zu wissen, ob das Implantat selbst ausgefallen ist."

Ihre Kehle wurde trocken. „Wie viele? Wie viele sind mit Trackern in ihren Armen verschwunden?" Heilige Scheiße, was hatte sie *getan*? Sie hatte einen Tracker in ihrem Arm implantiert und diese Frau musste ein Robot sein, um diese Fragen so kalt zu beantworten.

„Tut mir leid, aber diese Information ist streng geheim." Damit hob sie ihren Koffer auf und ging zur Tür, wo sie kurz innehielt. „Ich hasse es, mit Militärarschlöchern zu trainieren", sagte sie. „Die Kerle haben alle etwas zu beweisen, wenn sie eine Frau als Sparringspartner haben, und die Tatsache, dass ich sie alle nervös mache, macht die Sache nur noch schlimmer. Ich habe gehört, dass Sie gut sind, und wir müssen beide im Training bleiben. Morgen Abend im Fitnessstudio?"

Morgan dachte über ihr Angebot nach. Sie war nach ihrer Feldarbeit schon ziemlich erschöpft und ihre täglichen Workouts fanden nun – wenn überhaupt – einmal pro Woche statt. Aber die Geheimagentin hatte recht, und sie musste in top Form bleiben, wenn sie vorhatte, ihr Projekt bis zum Ende durchzuziehen. Außerdem vermutete sie, dass die Frau sie gefragt hatte, weil sie sie ausfragen wollte – wie eine echte Spionin. „Sicher ... Savvy. 19:00 Uhr."

„Nenn mich nicht Savvy." Alle Formalitäten waren vergessen.

Morgan grinste und hielt sich ihren pochenden Arm, froh darüber, dass sie die Frau verärgert hatte, wenn auch nur ein wenig. „Wäre dir Vannah lieber?"

Die Agentin erschauderte. „Nein. Nenn mich James, wie alle anderen auch."

Morgan schüttelte ihren Kopf. „Dann hättest du dir einen besseren Alias aussuchen sollen."

„Also gut. Dann nenn mich Savvy", sagte sie mit einem Seufzen. „Wir sehen uns um 19:00 Uhr." Sie schloss die Tür hinter sich und ließ Morgan allein mit Captain O'Leary zurück.

„Wenn Ihr Projekt beendet ist und Sie in die USA zurückkehren", bekräftigte der Captain, „dürfen Sie niemandem von diesem Tracker erzählen."

Sie nickte. Sie fühlte sich abgespannt, als sie sein Büro verließ. Ursprünglich hatte sie vorgehabt, zum Dinner in die Cafeteria zu gehen, aber ihr Arm schmerzte und sie hatte gar keinen Appetit. Sie wollte sich auf ihrer Liege zusammenrollen wie ein Igel und darauf warten, dass sie jemand trösten würde.

Aber ihre Mutter befand sich in Amerika und hatte nicht die geringste Ahnung von Morgans Situation. Ihr Vater hatte sich nie groß gekümmert. Und der Mann, den sie wollte, war spurlos verschwunden.

Die Tage reihten sich aneinander. Ihr abendliches Training mit ihrer Sparringspartnerin Savvy machte sogar Spaß – Morgan schätzte es, jemanden zu haben, mit dem sie sich nach einem langen Arbeitstag im Gelände treffen konnte, und außerdem wurde ihr klar, wie sehr sie ihre Workouts vermisst hatte, in denen sie ihre Aggression entweder an Sandsäcken oder anderen Leuten auslassen konnte.

Savvy war nicht gerade ein warmer Teddybär, aber Morgan mochte sie wegen ihrer direkten Art und ihrer scharfen Kanten.

In einer anderen Zeit und an einem anderen Ort wären sie gute Trinkschwestern gewesen. Bis auf die Tatsache, dass Savvy sich weigerte über irgendetwas Persönliches zu sprechen. Oder auch berufliches, wenn man es genau nahm. Stattdessen bombardierte sie Morgan mit Fragen über ihr Projekt und jeden, der daran beteiligt war, von den Angestellten der amerikanischen Botschaft und den dschibutischen Ministern bis zu den niedrigsten Feldarbeitern, die von Charles Lemaire angeheuert worden waren, bevor Morgan überhaupt in diesem Land angekommen war.

Morgan wusste, dass sie analysiert und nach Informationen ausgefragt wurde, aber das machte ihr nichts aus. Sie hatte nichts zu verbergen und allen Grund, die Bemühungen der CIA, Informationen zu sammeln, zu unterstützen. Zudem hatte Savvy einen verrückten, bissigen Humor und Morgan hatte das Lachen bitter nötig, um sich ablenken zu können.

Das einzige Mal, dass Savvys gewissenhaft kontrollierter Gesichtsausdruck ausrutschte, war, als Sergeant Cassius Callahan sich ihrer Konversation anschloss. Da war etwas zwischen den beiden, aber als Morgan nachhakte, setzte Savvy wieder ihr Pokerface auf, und Morgan fragte sich, ob sie sich den Bruch in der kühlen Fassade der CIA-Agentin nur eingebildet hatte. Savvy behauptete, dass sie nicht wüsste, wohin Pax und sein A-Team verschwunden waren, aber Morgan war sich nicht sicher, ob sie ihr das glaubte.

Die Injektionsstelle heilte schnell und der Schmerz verblasste. Etwa fünf Tage, nachdem sie den Tracker erhalten hatte, tat Morgans Arm nicht mehr weh, und sie konnte vergessen, dass er dort war. Es hatte keine weiteren Hinweise mehr von jemandem in Etefu Destas Lager gegeben, und ihre Arbeitstage verliefen wie zuvor: unerbittliche Hitze, täglich stundenlanges Herumlaufen in der Wüste, Beratungen mit Ibrahim und Mouktar, Teststellen aufzeichnen und weitergehen. Es wurden Testgruben ausgehoben, um festzustellen, ob neue Stellen Tiefe aufwiesen. Sie gewöhnte sich an einen neuen Alltag und konnte beinahe die verrückten zwei Tage vergessen, die mit Destas Handlangern mit ihren AK-47 an der Ausgrabungsstätte angefangen und mit einem heißen Kuss am örtlichen Markt geendet hatten.

Nun, sie hatten wohl eher mit dem angespannten Meeting im Hauptquartier geendet, aber sie zog es vor, sich an den Kuss zu erinnern.

Seit dem Meeting hatte sie nicht die geringste Spur von Pax gesehen, und sie fing schon an, sich zu fragen, ob er versetzt worden war. Vielleicht hatte sein Team das Training der Einheimischen beendet und er war nach Hause geschickt worden. Aber wenn das der Fall wäre, warum bestätigte Savvy es dann nicht?

Tief in ihrem Innersten wusste sie, dass er darum gebeten haben musste, von ihrem Schutzdienst befreit zu werden, und obwohl das eine weise Entscheidung gewesen war, tat es trotzdem weh – wenn man diesen Schmerz mit einem Schuss in die Leiste vergleichen wollte.

Andererseits fühlte sie sich melancholisch und war ziemlich angepisst über diese ganze Sache, denn sie konnte die nackten Tatsachen nicht ignorieren: Sie wollte Pax, er wusste genau, was sie fühlte, er war nicht mehr länger für ihre Sicherheit zuständig und er war ohne ein Wort verschwunden.

Als ein Green Beret hatte er wahrscheinlich Zutritt zur gesamten Basis. Die Tatsache, dass er wusste, wo sie untergebracht war, und sie in den vergangenen Tagen nicht ein Mal aufgesucht hatte, tat noch einmal extra weh, und sie hätte nie geahnt, dass es sie so sehr treffen würde.

Sechs Tage nachdem der Tracker implantiert worden war, nahmen sich Ibrahim, Mouktar und sie wie vereinbart den Tag frei. Vor der Explosion hatte sie ihre freien Tage in der Stadt verbracht, wo sie sich die Märkte angeschaut, Einheimische kennengelernt und Hugo das Lesen beigebracht hatte. Aber jetzt hing sie auf der Basis fest und ging nicht davon aus, dass sie die Erlaubnis oder ein Fahrzeug für einen unnötigen Shopping-Trip bekommen würde. Ganz besonders, weil Captain O'Leary darauf bestanden hatte, dass sie jedes Mal, wenn sie die Basis verließ, Sicherheitsleute dabeihatte. Und weil Desta ein ungesundes Interesse an ihr zeigte, wollte sie sich dem nicht entgegenstellen.

Auf der Basis gefangen fragte sie sich, wie sie den Tag ausfüllen sollte. Es gab eine Bibliothek. Sie könnte sich ein Buch ausleihen und lesen. Sie konnte sich kaum vorstellen, dass sie sich auf einen Roman konzentrieren könnte, aber sie war tatsächlich so erschöpft nach ihrer harten Arbeitswoche, dass sie sich nicht vorstellen konnte, irgendetwas anderes zu tun, als sich in ihrem klimatisierten CLU zu verstecken. Selbst zum Frühstück zur Cafeteria gehen zu müssen klang anstrengend.

Trotz allem entschied sie sich dazu, frühstücken zu gehen und dann die Bibliothek auszukundschaften. Sie hatte gerade begonnen, ihr Haar zu flechten, um sich in der Öffentlichkeit sehen zu lassen, als jemand an ihre Tür klopfte.

Ihre Finger waren vollkommen in ihrem französischen Zopf verwickelt. Wenn sie jetzt losließe, müsste sie wieder ganz von vorn anfangen. Sie blickte stirnrunzelnd an ihrer Yogahose und ihrem Trägerhemd herab, in dem sie geschlafen hatte, und starrte dann zur Tür. Wahrscheinlich war es nur der Assistent des Captains, der ein weiteres Update zu ihrem Fortschritt erwartete. Der Mann hatte sie in der vergangenen Woche täglich aufgesucht, aber er war gestern Abend nicht erschienen. Falls es ihm unangenehm war, sie ohne BH zu sehen, dann war er selbst schuld, sie so früh an ihrem einzigen freien Tag aufzusuchen. Sie drehte den Türriegel mit ihrem Fuß auf und sagte „Es ist offen", bevor sie sich wieder zum Spiegel umdrehte, um ihren Zopf fertig zu flechten.

Die Tür schwang weit auf und ließ eine heiße Brise herein. Sie blickte zur Seite, um ihm noch einmal zu sagen, dass er hereinkommen sollte, doch sie war sprachlos, als sie Pax in einem hautengen Under Armour T-Shirt und Workout-Shorts dort stehen sah.

Er ließ seinen Blick über ihren ganzen Körper gleiten, von Kopf bis Fuß, wobei er auf ihren Brüsten innehielt, die kaum von dem engen Trägertop bedeckt wurden. Ihre Brustwarzen verhärteten sich, eine Reaktion, die sie spürte und die er offensichtlich nicht übersehen konnte. Sie wandte sich wieder dem

Spiegel zu und versuchte, so nonchalant wie möglich zu erscheinen, was eine Herausforderung war, wenn man ihr rasendes Herz und ihre verräterischen Nippel beachtete.

„Komm rein, bevor du die ganze kalte Luft rauslässt." Ihre Finger arbeiteten sich an ihrem Hinterkopf entlang, überkreuzten dicke Strähnen und fügten gekonnt weitere hinzu, als ob sie es auswendig gelernt hatten, denn ihr Gehirn hatte in dem Augenblick den Geist aufgegeben, als sie einen Blick auf seine Brust geworfen hatte. Das Shirt schmiegte sich an seine Haut und betonte jeden seiner herrlichen Muskeln.

Er tat, worum sie ihn gebeten hatte und lehnte sich an die Tür zurück. Sie hatte es geschafft, all ihr Haar in dem Zopf einzusammeln und ihn einfach damit beendet, dass sie drei Stränge wiederholt bis zum Ende heruntergeflochten hatte. Als sie fertig war, drehte sie sich zu ihm um. „Ich dachte schon, dass man dich nach Hause geschickt hat."

„Nein. Mein Team war mit den Einheimischen beschäftigt, die wir trainieren. Waren auf einem Drei-Tage-Trip in den westlichen Hügeln unterwegs, sind gestern Nacht zurückgekommen."

Drei Tage. Was bedeutete, dass er in der letzten Woche zwar hier gewesen war, sie aber gemieden hatte. „Ich hoffe, es lief gut", brachte sie zustande, aber ihre Kehle war trocken.

Er zuckte mit den Schultern. „Keiner gestorben."

„Also erfolgreich." Sie schnappte sich ein Haargummi vom Nachttisch und band den Zopf fest. Sie verschränkte die Arme über ihrer Brust und wartete darauf, dass er sprach.

Ein langsames Lächeln breitete sich auf seinem hübschen Gesicht aus. Er war riesig für einen Mann. Imposant.

Einschüchternd. Doch sein Lächeln schwächte das ab. Es war sexy und anerkennend. Das Licht in seinen Augen hätte sie noch in einer Winternacht in Barrow, Alaska, wärmen können.

„Zieh dich an", sagte er. „Wir gehen schießen."

„Wir gehen schießen? Ich habe seit dem furchtbaren Meeting nicht einen Piep von dir gehört und jetzt gehen wir schießen? Einfach so?"

Er nickte. „Einfach so."

„Ich hab' noch nicht gefrühstückt."

„Ich habe dir aus der Kantine einen Frühstücks-Burrito mitgebracht. Du kannst im Wagen essen."

Sie warf ihm ein schmales Lächeln zu. „Ein Picknick an der Schießanlage? Wie romantisch."

„Das ist kein Date, Morgan. Sanchez sagte mir, dass du deine Waffe nicht trägst, obwohl du das sollst. Wir werden zur Schießanlage gehen und deine Fähigkeiten auffrischen, und du wirst bei der Arbeit im Gelände eine verdammte Waffe tragen."

Sie verengte ihre Augen. „Du klingst wie mein Vater, wenn du mich herumkommandierst – was, gegenteilig zu dem was Freud behauptet, extrem abtörnend ist."

„Gut, denn ich lasse mich nicht mit den Töchtern von Generälen ein."

„Bullshit." Sie stemmte ihre Fäuste in ihre Hüfte. „Du wusstest von meinem Vater, als du mich das erste Mal geküsst hast."

„Das war ein Fehler."

„Was du nicht sagst."

Wieder ließ er seinen Blick über sie gleiten. „Zieh dich an, Morgan. Ich hab' nicht den ganzen Tag Zeit."

„Was ist, wenn ich das hier zur Schießanlage tragen will?" Himmel, sie war sich nicht so ganz sicher, wo ihre Wut herkam oder warum sie ihn herausforderte. Sie wusste nur, dass sie wütend war. Was keinen Sinn ergab. Worüber zur Hölle war sie so wütend? Dass sie sich selbst an einen Mann ran geworfen hatte, der sie aus logischen Gründen abgelehnt hatte, und er sie dann, als diese logischen Gründe kein Problem mehr waren, tagelang vermieden hatte.

Ja. Das hatte vielleicht etwas damit zu tun.

Sie konnte nicht gut mit Ablehnung umgehen.

Und sie liebte es geradezu ihn in Rage zu bringen.

„Lass die Spielchen", sagte er. „Du wirst nicht in einem Doppel-D-Trägertop schießen gehen."

Außerdem hatte sie vielleicht eine leichte exhibitionistische Neigung. „Also gut." Sie zog sich ihr Trägertop aus und warf es auf den Boden. Sie wandte sich ab, um einen BH aus dem Spint zu holen, als sich Hände auf ihre Schultern legten. Er drehte sie

um und drückte sie mit dem Rücken an die kalte Container-
wand, packte ihre Handgelenke und zog sie oben über dem
Kopf zusammen. Er hielt beide Handgelenke mit einer seiner
riesigen Hände fest und entblößte sie langsam mit seinen
Blicken.

Sie liebte es, wie seine Augen über ihre nackten Brüste streif-
ten. Sie liebte es, in seinen Händen gefangen zu sein, unfähig
irgendetwas anderes zu tun als das Streicheln seines Blickes
zuzulassen. Ihre Nippel formten sich zu kleinen festen Knoten,
und sie wollte, dass er sie leckte, sie berührte, drückte. Aber er
sah sie nur an.

„Du hast verdammt schöne Brüste, Morgan. Die perfektes-
ten, die ich je gesehen habe. Ich will dich kosten, an deinen
Titten saugen, deinen Kitzler lecken. Ich will dich besinnungslos
ficken.“

Keiner der Pro-Östrogen-Aktivisten, mit denen sie ausgegangen war, hätte je das Wort „Titten“ benutzt, was das Wort
schockierend sexy machte. Es war, als ob er ein geheimes Insi-
derwissen besaß, was sie anmachte, und er hatte nun einen
Auslöser gefunden, dessen sie sich selbst nicht einmal bewusst
gewesen war.

„Dann tue es“, sagte sie und ihre Worte waren ein atemloses
Flehen.

„Nein. Ich werde dich nicht lecken. Ich werde dich nicht
anfassen. Ich werde meine Zunge nicht in deine nasse Pussy
gleiten lassen. Ich werde dich nicht ficken. Was ich tun werde
ist, dich zur Schießanlage zu bringen und auf ein paar Ziele zu
schießen. Wenn wir damit fertig sind, werde ich dich wieder
hierher zurückbringen und zu meinem CLU zurückgehen. Und
sobald ich allein bin, werde ich meine Augen schließen und mir
deine perfekten Brüste vorstellen – und mir einen runterholen.“

„Warum?“ Ihre Kehle war so ausgetrocknet, dass ihre
Stimme heiser war.

„Weil ich *immer noch* der Kopf deines Sicherheitsteams bin.
Morgen werde ich dich wieder während deiner Arbeit beschützen.“ Er lockerte seinen Griff an ihren Handgelenken. „Jetzt
zieh dich an.“

„Du bist immer noch…? Aber du warst weg … Ich dachte, dass …" Er hatte ihr so dermaßen den Kopf verdreht, dass sie ihre Sätze nicht beenden konnte.

„Mein Team brauchte mich für die drei Tage. Mein Vorgesetzter erlaubte mir, das durchzuziehen." Er wandte sich ab und trieb sich seine Hand durch sein kurzes Haar. „Nach dem Meeting gab er mir den direkten Befehl, mich nicht mit dir einzulassen."

„Wie kann er das tun? Ich bin kein Militär. Ich bin nicht Teil deiner Befehlskette. Was geht ihn das an?"

„Ich bin in der Armee. Mein Privatleben gehört nicht mir und es ist nicht privat. Ganz besonders, wenn ich stationiert bin, auf der Basis lebe und noch dazu den Auftrag bekommen habe, eine Zivilistin zu beschützen, die rein zufällig die Tochter eines Generals ist. Glaub ja nicht, dass mir meine Vorgesetzten nicht die Hölle heiß machen werden, wenn wir miteinander vögeln. Ich werde nicht herumschleichen, und ich werde meinen Vorgesetzten nicht anlügen. Ich werde meinen Job nicht aufs Spiel setzen." Sein Blick wurde flach. „Mein Job ist mir genauso wichtig, wie Linus es für dich ist."

Sie nickte kurz und schnappte sich einen BH. Seine Worte stellten absolut klar, was für ihn auf dem Spiel stand. Sie würde damit aufhören, ihn zu reizen, und seine Ablehnung nicht mehr länger als eine Herausforderung ansehen. Es wurde Zeit, dass sie sich so professionell verhielt, wie sie es war.

Kapitel Dreizehn

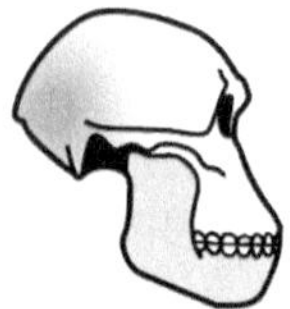

Die kommenden Wochen waren wie der Vorhof zur Hölle, während er für die heißeste Frau, der Pax je begegnet war, den Bodyguard spielen musste. Er hatte sich gefragt, ob ihre Anziehung auch ohne den Adrenalinschub noch anhalten würde. Heute hatte er seine Antwort.

Morgan trug Sinnlichkeit wie andere Frauen ausgewaschene, zerfetzte Jeans trugen, und sie war so selbstbewusst in ihrer Sexualität, dass sie sich keine Schminke aufschmieren, oder Stilettos und ein aufreizendes Kleid tragen musste, um das zu zeigen. Fuck, er hatte sie in nichts anderem gesehen als festen Lederschuhen, und er bezweifelte, dass sie auch nur das mindeste an Make-up mit nach Dschibuti gebracht hatte. Er würde sie jederzeit lieber in einem einfachen T-Shirt sehen, das sich straff über ihre Kurven spannte, statt einem Cocktailkleid.

Sie wollte ihn mit einer Intensität, die seiner gleichkam, aber er musste seine Hände bei sich behalten – aus so vielen Gründen.

Fuck!

Auf der Schießanlage hatte er eine Reihe an Waffen ausgelegt, um sie zu testen. „Du hast gesagt, du bist gut. Wird Zeit, dass du das unter Beweis stellst.“

„Kein Problem“, sagte sie mit arrogantem Lächeln.

Er hatte seinen Kopf geschüttelt, sich seine M4 geschnappt und demonstriert, wie das erste Ziel funktionierte: Ein direkter Schuss auf die runde Platte am Ende ließ den Arm von links nach rechts herumschwingen. Wenn man noch einmal traf, schwang der Arm wieder zurück. „Fühl dich nicht schlecht, wenn du nicht triffst. Ich werde dich nicht zu sehr hänseln."

Sie hob das Gewehr auf und der Metallarm schwang vor und zurück, als ob sie einen Schalter an und aus knipste.

„Gewehre sind einfach", sagte er, unfähig sein beeindrucktes Grinsen zu unterdrücken.

Sie lachte. „Ich habe ganz vergessen, wie viel Spaß das macht."

Er verspürte einen starken Drang, das zufriedene Lächeln zu küssen, aber stattdessen ließ er sie stehen, um kleinere Ziele mit größerer Reichweite aufzustellen. Es war klar, dass die näheren Ziele sie nicht genug herausforderten.

„Warum hat mir niemand gesagt, wo du diese Woche warst?", fragte sie, als er wieder zur Schützenlinie zurückkam.

„Training, wie das, auf dem wir uns befanden – drei Tage außerhalb des Sicherheitszauns mit über vierzig einheimischen Auszubildenden – sind streng geheim. Wenn al-Shabaab oder die al-Qaeda von unserer Position Wind bekommen hätten, hätte das in einem Blutbad enden können. Nicht einmal unsere Auszubildenden wussten, wo wir hingingen. Wenn du auf der Basis geblieben wärst, hätte man es dir gesagt, aber du hast täglich Kontakt mit den Einheimischen und mit verschiedenen Ministern der Regierung. Es wurde beschlossen dich nicht einzuweihen. Ich hatte keine Wahl."

Sie runzelte ihre Stirn. „Dann bedeutet das wohl, dass es unfair von mir war, auf dich sauer zu sein."

Sie hatte die Schießanlage für sich allein, aber er sprach trotzdem leiser. „In Anbetracht der Tatsache, dass du mir deine Wut gezeigt hast, indem du dich halbnackt vor mich hingestellt hast, habe ich keine Beschwerden."

„Warte erst mal, bis du mich so *richtig* wütend siehst."

„Süße, meine Karriere würde das nicht überstehen." Er

deutete auf die verschiedenen Waffen auf der Ablage. „Es wäre besser, wenn du deine Wut an hilflosen Zielen auslässt, statt an einem hilflosen Soldaten."

Sie hob nacheinander jede Waffe auf und schoss jeweils damit. Manchmal brauchte sie mehrere Versuche, aber sie wusste genau, auf was sie sich konzentrieren und wie sie sich anpassen musste, um das Ziel zu treffen. Egal wie irrsinnig der Schuss schien – ein Golfball auf einem Pfosten in 20 Metern Entfernung und dann nochmal in 50 Metern – sie traf ihr Ziel in fünf oder weniger Versuchen. Er stellte ein Wattestäbchen in 25 Metern Entfernung auf und sie traf es mit ihrem ersten Schuss. Er war versucht ein M&M 100 Meter weit weg hinzulegen, nur um zu sehen, ob sie auch das treffen würde.

Verdammt. Er wollte sich in dieser Frau versenken.

Meinem Mädel.

Was ein total verrückter Gedanke war – aus so vielen Gründen.

Sie hob eine AK-47 auf. „Ich fühle mich mit der 9mm Waffe wohl, die man mir gegeben hat. Warum soll ich also mit diesen üben?"

„Ich will sichergehen, dass du auf alles vorbereitet bist. AKs sind die bevorzugten Waffen der Milizen." Es war seine ganz eigene Hölle, dass sein Verlangen mit jedem Volltreffer mehr und mehr angefeuert wurde.

„Es war ruhig. Man hat seit Mittwoch keinen Piep mehr von Desta gehört. Das hier ist wahrscheinlich reine Zeitverschwendung", sagte sie.

„Hattest du für heute bessere Pläne, als mit einem heißen Offizier der Spezialeinheit schießen zu gehen?", fragte er.

„Oh, kommt Cal?"

Er lachte. Das war okay. Sie konnten scherzen. Es würde etwas von der Anspannung lösen, die sie sonst nicht würden loswerden können. Er grinste und hob sein Shirt, zeigte seine Bauchmuskeln. „Hast du die hier schon vergessen? Ich habe gesehen, was das mir dir macht."

Sie zuckte mit den Schultern. „Ach. Ich habe die ganze Woche mit gut gebauten Marinesoldaten verbracht."

Hinter sich hörte er Cal lachen. „Du hast es wohl nicht mehr drauf, Pax. Ich hätte mich für etwas weniger Auffälliges entschieden."

Pax lächelte Cal an, versteifte sich jedoch, als er sah wer ihn begleitete. „Das ist nur, weil du keinen Waschbrettbauch hast."

Cal ließ ein breites Grinsen aufblitzen. „Was mir am Bauch fehlt mach ich woanders wett."

Morgan verschluckte sich vor Lachen, legte das Maschinengewehr wieder auf den Tisch und begrüßte Cal mit einer Umarmung. Er stellte ihr die anderen Mitglieder ihres A-Teams vor.

Anspannung kroch an Pax' Wirbelsäule hoch, als Bastian, der Bastard, ihre Hand mit seinen beiden umschloss. Seit Jemen waren die Dinge nicht mehr so, wie sie einmal gewesen waren. Es wäre typisch für Bastian, sich an Morgan ranzumachen, nur weil er wusste, dass Pax sie wollte, sie aber nicht haben konnte.

Der Neandertaler in ihm reckte seinen Kopf erneut. *Mein,* wiederholte der, *ganz allein mein.*

Nur, dass sie es nicht war und nicht sein konnte.

Cal fragte nach ihren Untersuchungen, und sie antwortete so begeistert, dass es Pax' Feststellung von vor einer Woche bestätigte: Morgan liebte ihren Job. „Ihr solltet nächste Woche mal zum Testgelände rauskommen."

„Wir sind damit beschäftigt, ein Team von Einheimischen zu trainieren", sagte Cal.

„Bringt sie mit. Wie die Dinge stehen, werden sie irgendwann ein kulturelles Erbgut beschützen müssen. Schutz vor Plünderern zu bieten, ist eine der Hauptausgaben des dschibutischen Militärs."

„Kannst du ihnen zeigen, worauf sie achten müssen, und ihnen erklären, was sie wissen müssen?", fragte Bastian.

„Sicher."

„Was hältst du davon, Pax?", fragte Cal.

„Schaden kann es nicht. Check das mit dem XO ab."

Cal nickte, fing dann Pax' vielsagenden Blick auf und ging zum anderen Ende der Schießanlage, gefolgt von den anderen. Es gefiel Pax nicht, wie Bastians Blick auf Morgan hängenblieb, bevor er Cal die Schützenlinie entlang folgte. Dass er zuvor mitangehört hatte, wie Pax mit Morgan geflirtet hatte, war wie Blut im Wasser für einen Hai.

Sie schoss treffsicher auf das nächste Ziel und Pax war der Meinung, dass es an der Zeit war, zusammenzupacken und zurückzugehen. Nachdem er sie an ihrem CLU abgesetzt hatte, hielt er sein Versprechen ein und holte sich in der Dusche einen runter, während er sich vorstellte, wie sie ihren wunderschönen Körper um seinen schlang.

Morgan freute sich auf ihren bevorstehenden Arbeitstag wie ein Kind am Weihnachtsabend. Sie wusste nicht, ob die anderen Green Berets und ihre Auszubildenden ebenfalls dort auftauchen würden, aber das war nur ein zusätzlicher Faktor ihrer Begeisterung. Heute hatte sie Pax den ganzen Tag an ihrer Seite. Es war nicht gut, wie glücklich sie dieser Gedanke machte, wenn man bedachte, dass sie niemals mehr als Bodyguard und beschützte Person gewesen waren. Trotzdem war das Gefühl da und sie war dadurch wie aufgeladen.

Sie traf Pax am Humvee. Sanchez war ebenfalls dort, aber der andere Marinesoldat war zu seinem vorherigen Auftrag zurückgekehrt. Sie rutschte auf ihren üblichen Platz auf dem Rücksitz.

„Dr. Adler, warum bringen Sie mich nicht auf den neuesten Stand ihres Projekts?", sagte Pax.

Sie begegnete seinem Blick im Rückspiegel und las seine stille Nachricht, seine Anrede nicht zu korrigieren. Sie nickte zustimmend. Sie brauchten Schranken und Namen waren ein Anfang. Schließlich hatte sie darauf bestanden, Savannah den Spitznamen Savvy zu geben, um ihre Schranken niederzureißen und sie auf dieselbe Stufe zu bringen. Sie und Pax mussten das Gegenteil tun. Sie würde versuchen, ihn als Blanchard anzusehen, also nicht anders als Sanchez, der ihr zwar seinen Vornamen gesagt hatte, den sie aber prompt wieder vergessen hatte, weil sie ihn nicht benutzte.

„Wir haben die alternative APE-Route untersucht und mehrere Stellen und ein paar isolierte Artefakte gefunden. Aber nichts wie Linus."

„Wie lang wird der Rest der Untersuchung dauern?"

„Zwei Wochen – maximal drei. Es ist ein langer Korridor und dieses Land ist reich an prähistorischer Geschichte."

„Und arm in allem anderen", kommentierte Sanchez, dessen Blick auf eine Gruppe von Kindern gefallen war, die in einem Haufen Trümmer am Straßenrand herumsuchten.

Pax fuhr den Humvee zur Seite, um einen Lastwagen, der mit Kamelen vollbeladen war und in die entgegengesetzte Richtung fuhr, vorbeizulassen. Einige Abschnitte ihres Projekts würden nur via Kamel zugänglich sein. Man hatte ihr versichert, dass die dschibutische Regierung sie ihr zur Verfügung stellen würde, wenn es soweit war, aber seit das amerikanische Militär involviert war, wusste sie nicht so genau, wer genau nun die Kamele besorgen würde.

Das Konzept brachte sie zum Lächeln. Sie war in einen ernsthaften Kamelhandel verwickelt. Allerdings war einer der Vorteile, einen von den USA zugeordneten Sicherheitsdienst zu haben, dass einiges der Projektlogistik an offizielle Stellen abgegeben werden konnte, wodurch sie mehr Zeit hatte, sich auf ihren Job zu konzentrieren. Somit war Pax nun also ihr Kamelhändler.

Ibrahim und Mouktar befanden sich bereits an der Projektstätte, als sie ankamen. Sie machten sich gleich an die Arbeit, was nichts Besonderes war, trotz Pax' – oder eher Sergeant Blanchards – Anwesenheit im Team.

Er war mit Leichtigkeit in die Rolle des Leiters des Sicherheitsdienstes geschlüpft – der stille Profi, den man zur Anwerbung in den Hochglanzbroschüren der Armee sehen konnte.

Verdammt. Sie brauchte ihn nur anzusehen und wurde sofort von Verlangen überwältigt.

Wie immer war der Tag erbarmungslos heiß. Um 11:00 Uhr machten Mouktar und Ibrahim ihre gewohnte Pause von der Hitze, die bis 13:00 Uhr andauern würde. Normalerweise dösten die Männer unter einem aufgestellten Sonnenschutz, während Morgan sich in einen niedrigen Strandstuhl setzte und die Fortschritte des Morgens in ihre Notizbücher eintrug.

Mit dem Sonnendach, dem Liegestuhl und der Sonne war es fast so, als wäre sie am Strand, bis auf das exzessive Fehlen von Wasser. Es war wirklich schockierend, wie irgendjemand jetzt noch in diesem Land überleben konnte, ganz zu schweigen von ganzen Jahrtausenden, denn das Fehlen von Wasser war hier schon seit zehntausenden von Jahren ein Problem.

Trotzdem hatte sie heute Morgen eine Stelle gefunden, an der alle Merkmale darauf hindeuteten, dass sie nur fünftausend Jahre alt war, was für diese Gegend keinen Sinn ergab. Es war faszinierend, wie gut sich Menschen anpassen konnten, selbst ohne die grundlegendsten Ressourcen.

Pax setzte sich ebenfalls direkt neben sie auf den harten steinigen Boden. Sie lächelte ihn geistesabwesend an, als sie einen Punkt auf ihre Landkarte markierte und damit die Position für ein isoliertes Artefakt festlegte. „Da ist noch ein weiterer Stuhl hinten im Humvee", murmelte sie, fokussierte ihren Blick jedoch weiterhin auf die Karte.

„Es ist nicht gut, sich zu wohl zu fühlen."

Sie nickte. Das war ihr erster Fehler gewesen – sie hatten sich miteinander zu wohl gefühlt. Das hatte gefährliche Türen geöffnet, die sie nun fest verschlossen halten mussten.

Eine warme Brise rüttelte das Sonnendach, was den Schatten so gut wie nutzlos machte. Schweiß sammelte sich in ihrem Rücken, wo sie gegen ihren Stuhl lehnte, und sie lehnte sich nach vorn, um die Hitze entkommen zu lassen.

Er hob seine Wasserflasche auf und hielt sie ihr entgegen. „Trinken Sie, Dr. Adler."

Sie nahm die Flasche entgegen und trank sie fast leer. Es war unmöglich, für einen ganzen Tag draußen im Gelände genug Wasser mitzubringen, aber sie hatten einige Gallonen im Humvee.

„Woran arbeitest du?", fragte Pax.

Sie zeigte ihm die Karte und dann mit dem Finger auf die Stellen, die sie gefunden hatten. „Ich habe gerade darüber nachgedacht, wie seltsam es ist, dass es hier trotz des fehlenden Wassers so viele Fundstellen gibt.“

„Hast du nicht gesagt, dass diese Gegend vor zwei Millionen Jahren voller Süßwasserseen war. Ist das nicht der Grund, warum Linus überlebt hat?“

„Vor zwei oder drei Millionen Jahren, sicher. Aber das, was wir heute finden sieht neuer aus. Zu neu für diese Art von Lebensweise. Wir reden hier von fünf, maximal zehntausend Jahren. Was bedeutet, dass hier Menschen lebten, lange nachdem das Wasser verschwunden war.“

„Na und? Menschen leben heute noch hier.“

Sie dachte an die Kinder am Straßenrand zurück. „Sicher, Leute überleben hier, aber in Dschibuti wird nichts angebaut, somit hat sehr viel des Überlebens mit den Abfällen der Hafen-betriebe zu tun. Und es gibt eine Infrastruktur – sie importieren vieles von dem, was sie brauchen. Inklusive Wasser, wenn die Entsalzungsanlage gebaut ist.“

Sie blickte auf und den langen schmalen Korridor entlang, der ihr Projektbereich war. „Ich weiß nicht, ob du davon gehört hast – ich habe vor ein paar Tagen eine E-Mail vom Minister für natürliche Ressourcen erhalten. China beschleunigt den Bau der Entsalzungsanlage in Eritrea. Sie hoffen ebenfalls darauf, dass meine Untersuchungen auch die Route für die Pipeline klären. Sie wollen zwei Dinge für den Preis von einer Umwelt-auflage – Pipeline und Eisenbahn – und haben mir einen großen Bonus angeboten, wenn ich meine Untersuchungen in weniger als einer Woche zu Ende bringe.“

„Wirst du das?“

„Das ist unmöglich. Dann müsste ich lügen und riesige Flächen einfach abzeichnen. Vielleicht, wenn Desta nicht die Hälfte meiner Crew verscheucht hätte, aber jetzt nicht mehr.“ Sie runzelte ihre Stirn. „Ich weiß, was die Pipeline bedeutet. Trinkwasser wird direkt durch diesen Korridor geleitet. Es würde den Lebensstandard für alle Dschibutier verändern. Es wird ein Jahr dauern, um sie zu bauen. Sie können zwei Wochen auf einen ethisch vertretbaren Bericht warten.“

Sie schüttelte den Kopf. „Wenn es nach China gehen würde, gäbe es meine Untersuchungen gar nicht."

„China hat seine eigenen Pläne, wenn es um Dschibuti geht, und die haben nicht das Geringste mit einem wohlwollenden Wasserlieferanten zu tun", sagte Pax. „Sie wollen einen Stellvertreterkrieg, und wenn dann alles vorbei ist, kommen sie und reißen sich das gesamte Territorium unter den Nagel. Darum brauchen wir Camp Citron. Eine größere Basis bedeutet eine größere Präsenz. Weniger Raum zum Manövrieren für China."

Sie nickte. „Ist es falsch, dass ich die Wasser-Pipeline für Dschibuti will, obwohl es China zugutekäme?"

„Es ist nie falsch, sich für durstige Kinder Wasser zu wünschen, oder dass verhungernde Kinder etwas zu Essen haben. Ich wünschte nur, dass wir diese Anlage bauen würden, und zwar hier in Dschibuti, nicht in Eritrea." Pax ließ die trockene Erde durch seine Finger rieseln. „Aber amerikanische Steuerzahler würden niemals die Rechnung dafür tragen wollen. Nicht, solange wir unsere eigenen Wasserprobleme in Kalifornien und im Navajo-Reservat haben. So bekommt China den Fuß in die Tür."

Er kam auf seine Füße. „Aber um nochmal auf die Stelle zurückzukommen, die du heute Morgen gefunden hast. Du sagst, dass es vor fünftausend Jahren für Menschen unmöglich gewesen wäre, hier zu leben?"

„Nicht unmöglich für Individuen und kleinere Gruppen. Die könnten mit einer nomadischen Lebensweise überleben. Aber die Fundstätte, die wir heute gefunden haben, zeigt alle Merkmale eines Dorfes – was bedeutet, dass eine größere Gruppe von Menschen auf lange Zeit hier ansässig war. Selbst wenn der Aufenthalt nur saisonbedingt war, es ergibt keinen Sinn, weil es hier kein Wasser gab. Einer der Grundsätze in der Archäologie ist: Wenn du etwas finden willst, suche neben einer Wasserquelle."

„Und du bist dir sicher, dass es hier vor fünftausend Jahren kein Wasser gab?"

„Ich bin keine Geologin, also kann ich es nicht so genau

sagen, aber Andre Broussard, der Geologe, von dem ich dir erzählt habe, hat diese Gegend vor Monaten untersucht." Sie nahm einen langen Schluck von dem kostbaren Wasser, bevor sie fortfuhr. „Broussard hatte mir seine Ergebnisse zukommen lassen, damit ich entsprechend mit aktuellen Daten informiert war, während der Vertrag abgeschlossen wurde. Er hat mir die Resultate der Auger-Proben, die er auf seiner gesamten Route genommen hatte, zugeschickt. Die blauen Flaggen, die wir entlang der Route gesehen haben, sind von ihm und sie markieren, wo er die Kernproben entnommen hat. Etwa zwei Wochen, bevor ich hier ankam, hatte er mir eine E-Mail geschickt – und er war von etwas ganz besonders begeistert, gab mir aber kaum Details. Ein paar Tage später schickte er mir dann eine E-Mail, die mehr oder weniger so viel besagte wie „War doch nichts". Als ich Linus fand, habe ich ihn kontaktiert und gefragt, ob es das gewesen war, worüber er sich so gefreut hatte, denn da war eine blaue Flagge in der Nähe der geschlachteten Tierknochen. Ich dachte, dass ich mich bei dem Alter der Fossilien vielleicht geirrt hatte, und ich wollte wissen, ob er vielleicht ein paar Tests durchgeführt hatte, von denen ich wissen sollte. Meine E-Mail kam wieder zurück, Empfänger unbekannt, also versuchte ich ihn anzurufen – aber sein Telefon war nicht mehr länger im Betrieb. Charles Lemaire versprach mir, ihn für mich zu kontaktieren, aber mit allem, was geschehen ist, habe ich ganz vergessen nachzufragen."

„Broussard wohnt in Paris, richtig?"

„Ja. Soweit ich weiß, ist er jetzt dort."

„Wenn du willst, können wir den Minister nach der Arbeit dazu befragen."

Sie blickte stirnrunzelnd auf die Karte. „Das wäre keine schlechte Idee." Sie stand von ihrem Stuhl auf und studierte die Konturlinien. „Es ist nur … die Testschnitte, die Mouktar heute ausgegraben hat – die Ablagerungen sahen aus wie Alluvium. Aber ich kann mir einfach nicht erklären, wie man hier Fluss-Schluff finden kann. Broussards geologischer Bericht besagt, dass das letzte Mal vor zweihundert Tausend Jahren Wasser durch dieses Tal geflossen sei. Das Alluvium wäre dann längst verschwunden."

Sie verließ den Schatten des Sonnendachs, um zum Testgelände zurückzukehren. Sie wollte sich die glatten runden Kiesel anschauen, die Mouktar von einem Meter Tiefe an die Oberfläche gezogen hatte.

Sie kniete sich neben das offene Testloch. Durch den Durchmesser einer Schaufel konnte man wie durch ein Fenster einen schnellen Blick in die Vergangenheit wagen. So viel in diesem Land war Stein. So wenig Erde. So wenig Wasser. Aber hin und wieder hatten sie Glück und fanden weicheren Boden, in dem sie graben konnten.

Ihr wurde ein Hut auf den Kopf gedrückt. „Du hast deinen Hut vergessen", sagte Pax. „Keine gute Idee bei deiner hellen Haut."

Sie blickte zur Seite, um ihn anzulächeln. Die harten Ebenen in seinem Gesicht wurden mit jedem Mal, das sie ihn ansah, attraktiver. Sie wandte sich wieder dem Boden zu, denn sie fühlte sich genauso von seinem Anblick geblendet, wie sie es von der Sonne war. „Danke." Sie runzelte ihre Stirn über das Rätsel des Flusskiesels. „Es durchaus möglich, dass diese Kiesel anomal sind."

Sie hob die Schaufel auf, die Mouktar neben dem Loch zurückgelassen hatte und ging zu einer von Broussards blauen Flaggen. Sie zog die Flagge heraus und fing an zu graben, entfernte die lose Erde, die Broussard vor Monaten ausgehoben hatte.

Sein Bohrer war einige Meter tiefer vorgedrungen als Mouktars Schaufelprobe, aber vermischt mit der wieder zugeschütteten Erde fand sie dieselben Flusskieselsteine. Er hatte also diesen Kiesel ebenfalls gesehen, aber sie konnte sich nicht sicher sein, in welcher Tiefe.

Auch dies könnte eine Anomalie sein. Es könnte gut sein, dass der Geologe davon begeistert gewesen war, es aber zu nichts weiter geführt hatte.

Pax brachte ihr eine neue Wasserflasche, als sie das Bohrloch wieder auffüllte. „Danke", sagte sie noch einmal. „Du kümmerst dich gut um mich."

„Jemand muss es. Du bist so auf deine Arbeit fokussiert, dass du nichts anderes um dich herum wahrnimmst."

Außer ihn. Sie nahm Pax auf zellularer Ebene wahr, aber es würde nichts Gutes bringen, ihm das zu sagen. Stattdessen trank sie einen großen Schluck Wasser und spritzte sich ein wenig davon ins Gesicht, um sich abzukühlen.

„Du warst gestern beim Schießen genauso."

Sie berührte die Pistole, die in dem Holster an ihrer Hüfte hing. „Ich nehme an, dass ich mich so auf alles einstelle."

„Du hast es geliebt, auf die Ziele zu schießen, oder nicht?"

„Vielleicht … Möglich. Ja."

Er lächelte. „Aber du hast es aufgegeben. Um deinen Vater zu ärgern, hast du etwas aufgegeben, das du geliebt hast."

„Achtzehn ist nicht gerade ein Alter besonderer Logik. Ich wurde auch Veganerin, nur um ihn wütend zu machen."

Er zog eine skeptische Augenbraue hoch. „Du hattest ein Club-Sandwich mit Käse und extra Speck zum Lunch."

„Stimmt." Sie grinste. „Aber mein Vater hat mich seit dreizehn Jahren weder Fleisch noch Milchprduckte essen sehen."

„Dickköpfig."

„Diese Behauptung ist mir ähnlich." Sie waren gefährlich nahe daran, einen besonderen Moment untereinander zu teilen. Sie wandte sich wieder dem Loch zu und ließ dann ihren Fuß darüber gleiten, um die ungleichmäßig aufgefüllte Oberfläche zu glätten. Dann steckte sie Broussards Flagge wieder in die Mitte. „Kann ich das Satellitentelefon benutzen, um den Minister anzurufen? Ich würde gern versuchen, Broussard zu erreichen, und ich möchte nicht unbedingt bis nach der Arbeit warten."

„Sicher", sagte Pax.

Ihr Projektbudget hatte für ein Satellitentelefon nicht ausgereicht. Da die Handynetzabdeckung außerhalb der Stadt dramatisch abfiel, war es definitiv ein Bonus, dass das amerikanische Militär ihrem Sicherheitsdienst nun ein solches verschafft hatte.

Der Minister antwortete sofort. Als sie ihn fragte, ob es ihm möglich gewesen war, Broussard zu kontaktieren, verblasste die Freude in der Stimme des Mannes. „Können Sie heute nach der Arbeit in meinem Büro vorbeischauen?"

Sie wiederholte die Frage an Pax gerichtet, der nickte. Sie vereinbarte ein Meeting und brach das Gespräch ab, beunruhigt über die Verschlossenheit des Ministers. Nachdem sie das Telefon wieder an Pax zurückgegeben hatte, schaute sie auf ihre Uhr. „Noch eine Stunde, bis die Pause vorüber ist."

„Ich gehe los um das nachfolgende Testgelände auschecken. Bleib hier bei Sanchez."

Sie nickte und setzte sich wieder auf ihren Stuhl unter dem Sonnendach, von wo aus ihr Blick Pax folgte, als er hinter dem Abhang verschwand.

Sex war nicht länger eine Möglichkeit, aber bedeutete das nun, dass sie seine Anwesenheit ebenfalls nicht genießen durfte? War Freundschaft verboten?

Irgendetwas sagte ihr, ja. Weil Freundschaft nur zu frustriertem Verlangen führen würde.

Pax' Spezialeinheits-Team und die Auszubildenden trafen am späten Nachmittag ein, als die Tagestemperatur von 40° auf kühle 37° Grad gesunken war.

Bei ihrer Ankunft fragte Morgan Ibrahim und Mouktar, ob sie den Einheimischen eine Tour geben würden. Sie blieb mit Pax zurück, während sich die Männer auf Französisch und Arabisch unterhielten. Ibrahim war lebhafter, als Pax den Mann zuvor gesehen hatte, und eindeutig stolz auf seine Arbeit und den Beitrag, den er leistete.

„Ist er ein Archäologe?", fragte Pax sie.

„Jetzt ist er einer", sagte sie mit einem Grinsen. Sie beobachtete die Gruppe von Männern, und ihr Gesicht zeigte ihren Stolz. „Vor zwei Monaten hatte er nicht die geringste Ahnung von Archäologie. Der Kulturminister heuerte ihn, Mouktar und die anderen drei, die nicht mehr hier sind, als Arbeiter an. Man hatte sie ausgewählt, weil ihr Englisch besser als mein Französisch ist – Arabisch spreche ich überhaupt nicht – und sie waren willig zu schaufeln und in der heißen Sonne Akazien auszugraben. Sie sind *gut*. Intelligent. Und sie kennen dieses Land so viel besser, als ich es je könnte. Die richtigen Fundstellen zu identifizieren hat mehr damit zu tun, die Landformation zu kennen, als alles andere. Ich habe ihnen einfach die wichtigsten Hinweise beigebracht, auf die sie achten sollten. Und sie haben nachgelesen – ich habe ihnen gleich zu Beginn, als sie anfingen, E-Book-Reader voller Fachbücher besorgt. Ich hoffe, dass sie auch weiterhin für das Amt für kulturelle Ressourcen arbeiten werden, wenn das Projekt vorbei ist."

„Das könnte für sie eine Karriere sein?", fragte Pax, als ihm bewusst wurde, wie ähnlich ihre Jobs sich waren. Er trainierte Einheimische dazu, Soldaten zu werden. Sie brachte ihnen Archäologie bei. Dschibuti brauchte beides.

Nachdem sie die Tour des Testgeländes abgeschlossen hatten und sein Team mit einer ganzen Busladung von Auszubildenden weggefahren war, brachte er Morgan wie verabredet zum Büro des Kulturministers. Sanchez bewachte den vorderen Eingang und Pax stand Wache im Büro des Ministers.

Der Mann begrüßte sie herzlich, obwohl es eindeutig war, dass ihn etwas bedrückte. Er ließ sich hinter seinem Schreibtisch auf seinen Stuhl fallen und verschränkte die Hände auf dessen Schreibfläche. Sein französischer Akzent war ausgeprägter, als ob er sich keine Mühe gab, eher wie ein Dschibutier zu klingen als ein Franzose. „Ich habe erst heute eine Antwort auf meine Ermittlung zum Verbleib von Monsieur Broussard erhalten. Es scheint, dass er vermisst wird."

Morgan versteifte sich auf ihrem Stuhl. Die Bewegung war nur seicht, aber Pax war viel zu sehr auf ihre körperlichen Reaktionen eingestimmt. „Vermisst? Seit wann?", fragte sie.

„Das ist eine ausgezeichnete Frage. Allem Anschein nach hat ihn seit Weihnachten niemand mehr gesehen. Allerdings hat er seinen Abschlussbericht bezüglich seiner Ergebnisse für das Eisenbahnprojekt Ende Januar eingereicht."

„Ich habe eine E-Mail von ihm erhalten, an die der

Abschlussbericht angehängt war", sagte sie mit vorsichtiger Stimme.

„Ja. Das habe ich auch. Die Behörden in Paris werden diese E-Mails, die ich erhalten habe, zurückverfolgen, um zu sehen, von wo sie verschickt worden sind. Es war vorgesehen, dass er nach Frankreich zurückkehrt und den Bericht dort zu Ende schreibt, aber wir konnten keine Flugdaten finden, keine Anzeichen dafür, dass er Dschibuti je verlassen hat, allerdings wurde der Ausdruck des Abschlussberichts von Paris aus mit der Post verschickt."

„Dann war dieser Bericht … gefälscht?"

„Das ist möglich. Ich habe seine Universitätskollegen gebeten, den Bericht nach Ungenauigkeiten oder Phrasen zu überprüfen, die ein Geologe so nicht benutzen würde. Und ich habe der *Police Nationale* in Paris ebenfalls eine Kopie zukommen lassen, die es durch ein Programm laufen lassen wird, um zu sehen, ob es mit seiner übrigen Arbeit übereinstimmt."

„Und warum hat man das erst jetzt herausgefunden?", fragte Morgan. „Ist niemandem aufgefallen, dass er nicht in Paris ist?"

„Er hatte sich ein Jahr zur Forschung freigenommen, um dieses Projekt zu vollenden. Bevor er Dschibuti verließ, schickte er seinen Kollegen eine E-Mail, die besagte, dass er plane, den Bericht von einer Villa in Marokko aus zu Ende zu schreiben, wo er für ein paar Monate Urlaub machen und sein Sabbatical beenden wollte."

„Also dachten alle in Paris, dass er in Marokko war, und hier dachten alle, dass er in Paris war?"

„Ja. Erst, als er seine Miete nicht bezahlte, fing der Vermieter an, Nachforschungen anzustellen. Sein Telefon war ebenfalls abgeschaltet worden, weil es nicht bezahlt worden war. Sein E-Mail-Konto wurde deaktiviert, weil es zu lange inaktiv war."

„Sie haben gesagt, dass die französische Nationalpolizei es nun untersucht. Sind die Behörden in Dschibuti involviert?", fragte Morgan.

Lemaire hob resigniert seine Schultern. „Wir haben nicht die Ressourcen, die die Behörden in Paris haben. Ich habe die Hoffnung, dass die *Police Nationale* einen Inspektor schicken wird. Schließlich wird ein Pariser vermisst. Unsere einheimische Gendarmerie wird sich nicht über eine Einmischung der *Police Nationale* beschweren."

„Alle Hinweise scheinen ins Nichts zu laufen", sagte Morgan. „Broussard wird nun schon seit über zwei Monaten vermisst."

Pax trat vor. „Dr. Adler, Sie sagten zuvor, dass Broussard Ihnen eine E-Mail geschickt hat, und Sie den Eindruck gehabt haben, dass ihn irgendetwas begeisterte. Glauben Sie, dass diese E-Mail tatsächlich von ihm kam?"

Sie blickte über ihre Schulter. Das Licht, das durch Fenster fiel, umrahmte ihr goldenes Haar und verlieh ihr wie einem Engel einen Heiligenschein. „Das tue ich. Er war begierig darauf, etwas zu besprechen, das er gefunden hatte, aber er wollte zunächst weitere Proben entnehmen, um ganz sicher zu gehen. Ich kann mir nicht vorstellen, warum sonst eine andere Person eine derartige E-Mail schicken würde, wenn die darauffolgende Nachricht dann besagte, die erste zu ignorieren."

„Somit dürfte er zwischen diesen zwei Nachrichten verschwunden sein."

„Ja."

„Wissen Sie die Daten, an denen er sie geschickt hat?"

Sie runzelte ihre Stirn. „Die erste war eine Woche – nein, zwei – bevor ich Virginia verließ."

Pax trat noch einen Schritt näher. „Wie viele Tage zwischen den E-Mails?"

„Ich saß im Wartezimmer für meine letzte Impfung und habe sie auf meinem Handy gelesen. Ich muss in meinem Kalender nachsehen, aber ich glaube, dass das acht Tage vor meinem Flug war. Also vielleicht fünf Tage dazwischen?"

„Das ist immer noch ein großes Zeitfenster", sagte Pax. Hatte das Verschwinden des Geologen irgendetwas mit Desta oder dem Bombenanschlag vor einer Woche zu tun?

„Die örtliche Gendarmerie wird sich über jede Art von Information freuen, die Sie ihnen geben können", sagte der Minister, bevor er sich räusperte und die *eigentliche* Wahrheit sagte. „Oder wenigstens wird es sie in die Gänge bringen. Es ist durchaus möglich, dass Sie, Dr. Adler, die letzte Person waren, die mit ihm kommuniziert hat."

Diese Aussage schmeckte Pax so gut wie ein Thunfischsandwich mit Mayo, das stundenlang in der dschibutischen Sonne gelegen hatte. Was war, wenn Morgans Entdeckung des anomalen Alluviums etwas damit zu tun hatte? Er dacht wieder an die blauen Flaggen zurück. „Die blauen Flaggen waren beschriftet. Was stand da drauf?"

„Broussard hat die jeweilige Testbohrnummer, die Tiefe und das Datum, an dem er den Test vorgenommen hat, darauf notiert", antwortete Morgan.

„Dann können wir die Daten auf den Flaggen mit den Daten seiner letzten E-Mails vergleichen und so herausfinden, wo er gearbeitet hat, als er Ihnen gemailt hat?"

Er konnte sehen, wie ein subtiler Schauer der Erregung durch Morgan hindurchfloss. „Ja. Absolut. Glänzende Idee."

Er war es gewohnt, dass Frauen seinen Körper bewunderten – Morgan war da nicht anders – aber in Zeiten wie diesen, wenn sie eine vergleichbare Bewunderung für seinen Verstand zeigte, war sie anders als alle anderen. Viele der Frauen, die er kannte – Fuck, sogar seine Exfrau – schauten nicht tiefer als das Äußere des großen Soldaten. Aber draußen im Gelände hatte Morgan ihm ihre Arbeit erklärt, ohne vereinfachte Worte zu benutzen oder anzunehmen, dass er die grundlegende Basis der Geologie nicht verstand.

Sie wusste, dass er nie aufs College gegangen war, während sie einen PhD innehielt. Sie war unglaublich intelligent, und trotzdem behandelte sie ihn gleichwertig. In Anbetracht seines Berufs kam das unerfreulicherweise nur sehr selten vor. Als ob er noch einen weiteren Grund gebraucht hätte, um sie zu wollen.

Wenn er eine andere Art von Mann wäre, eine andere Art Soldat, dann könnte Hoffnung für etwas zwischen ihnen bestehen, sobald all das hier vorbei war, aber seine Arbeit war sein

Leben, und solange er sich in der Spezialeinheit, seinem Job, seinem Team befand, hatte das absolute Priorität. Weniger könnte sich für ihn oder für seine Teammitglieder, die sich darauf verließen, dass er ihre Rücken deckte, als tödlich herausstellen.

Morgan verdiente Besseres, als nur an zweiter Stelle zu stehen.

Sie baten Lemaire, sie auf dem Laufenden zu halten, und gingen. Auf der Basis holten sie sich Morgans Laptop aus ihrem CLU und gingen dann zu dem Gebäude, in dem es einen WiFi-Anschluss gab, den Morgan benutzen konnte. Pax legte seine Hand auf die Wölbung in ihrem Rücken, als sie die Treppe zum Eingang hinaufstiegen. Sie warf ihm einen fragenden Blick zu, und er entzog seine Hand schnell wieder.

Fuck. Er verlor seine Konzentration. Noch dazu auf der Basis.

Sie setzten sich an einen Schreibtisch und Morgan startete ihren Laptop. Sie notierten die Daten der beiden E-Mails von Broussard – beide waren im Januar gesendet worden, genauso wie sie es gesagt hatte.

Sobald sie diese Aufgabe erledigt hatten, blickte er auf seine Uhr. Sie hatten in der einen oder anderen Schicht für zwölf Stunden durchgearbeitet und vieles davon in der dschibutischen Hitze. „Hast du Hunger? Wir könnten zum *Barely North* gehen und dort etwas essen.“

Sie schüttelte ihren Kopf. „Ich werde einfach zur Cafeteria gehen.“

Sie war vernünftig, aber eine perverse Seite an ihm konnte sich nicht helfen zu drängen. Sie konnten keinen Sex haben, keine Beziehung, aber er könnte wenigstens für eine weitere Stunde ihre Gesellschaft genießen. „Du hast dir ein Bier zu deinem Abendessen verdient.“

„Ich glaube nicht, dass das eine gute Idee ist, Sergeant Blanchard.“

Es war das erste Mal, dass sie heute seinen Rang und Titel benutzte, und das passte ihm irgendwie nicht, diese distanzierende Formalität, obwohl er es zuvor gewollt hatte. „Nach Feierabend kannst du mich Pax nennen.“

„Nein. Ich glaube nicht, dass ich das kann.“ Sie schnappte sich ihren Computer und schritt zur Tür. „Ich wünsche einen schönen Abend, Sergeant. Wir sehen uns morgen früh pünktlich um 06.30 Uhr.“ Sie war bereits draußen, bevor er Widerspruch einlegen konnte.

Kapitel Vierzehn

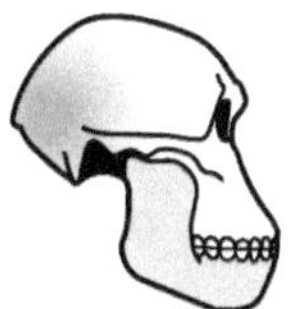

„Die Notiz auf der blauen Flagge ist anders", sagte Morgan. „Das Datum ist über der Testbohrnummer, und die Nummer sechs ist … irgendwie anders." Sie zeigte auf die Nummer. „Ich habe genug seiner handgeschriebenen Notizen gelesen, um seine Handschrift erkennen zu können. Broussards Sechser sind nicht immer geschlossen. Ich glaube, er fing mit der unteren Schleife an und formte die Zahl dann mit einer halbrunden Bewegung. Wer immer die Zahl auf diese Flagge geschrieben hat, fing die Zahl von oben an, zeichnete die Schleife und überkreuzte die Linie. Wie eine Locke."

Sie blickte zu Pax auf, der sie auf dem langen Weg begleitet hatte, um Broussards blaue Flaggen zu untersuchen, während Ibrahim und Mouktar mit Sanchez im Testgelände zurückgeblieben waren, um mit der Tagesarbeit zu beginnen. „Broussard hat diese Flagge nicht markiert."

Er blickte die Linie entlang, der sie folgten. „Aber er hat die anderen markiert?"

Sie nickte. „Ich glaube ja."

Sie stocherte mit der schmalen flachkantigen Drainageschaufel, die Ausgrabungsfaulenzer gern als sharpshooters, als „Scharfschützen" bezeichneten, in der losen Erde im Loch herum. Nach einem Moment des Zögerns fing sie an, das Loch auszuheben. Es war ja nicht so, dass sie forensische Beweise zerstörte, die gesichert werden würden. „Ich wünschte, Dschibuti hätte die Ressourcen, diese Sache wirklich zu untersuchen", sagte sie, während sie die Erde entfernte. „Es ist so beunruhigend, der Gedanke, dass ein Mann verschwinden kann und nichts wirklich unternommen wird − zumindest nicht hier vor Ort." Sie wischte sich den Schweiß mit ihrer behandschuhten Hand von der Stirn. „Zwei Wochen, nachdem ich hier angekommen bin, fand ich während meiner Untersuchung den Beckenknochen einer Frau im Testgelände. Sie war mindestens sechs Monate tot und es war definitiv weiblich − also war es nicht Broussard. Ich meldete es bei der örtlichen Gendarmerie und sie zuckten nur mit den Schultern. *Leute sterben*, sagten sie."

„Willkommen in Dschibuti", sagte Pax.

„Genauso habe ich mich gefühlt."

„Eins der ersten Dinge, die ich zu dir gesagt habe war, dass Dschibuti mehr oder weniger gesetzlos ist."

„Ja. So langsam kommt das bei mir an." Sie buddelte mit dem *sharpshooter* weiter und schlug gegen etwas Solides. Sie grub das Loch frei und griff hinein, um den Boden zu berühren. „Solider Ortstein, dreißig Zentimeter unter Oberfläche." Sie runzelte ihre Stirn. „Broussard hätte vielleicht mit der Testbohrung aufgehört, wenn er auf Ortstein traf, aber die Flagge besagt, dass dies ein zwei Meter tiefes Testloch ist, mit einem geschlossenen Bohrer. Das hier ist nicht einmal dreißig Zentimeter tief."

Sie ließ sich neben dem Loch auf den Boden sinken. „Dieses Testloch ist nur symbolisch und wurde gerade mal tief genug gegraben, dass es von der Oberfläche aus echt aussieht, und mit einer blauen Flagge in der losen Erde, in genau dem richtigen Intervall." Sie zog sich ihre Handschuhe aus und öffnete die Wasserflasche. Sie spritzte sich etwas von der kalten Flüssigkeit ins Gesicht, bevor sie davon trank. „Er ist tot, nicht wahr?"

„Höchstwahrscheinlich", sagte Pax.

„Broussard fand etwas hier draußen, was ihn begeistert hat. Aber anhand der Daten wissen wir, dass es nicht Linus war. Er hat im Dezember in dem Gelände gearbeitet, wo Linus gefunden wurde − zwei Wochen, bevor er für die Weihnachtsfeiertage nach Hause geflogen ist. Er kam direkt nach Neujahr zurück. Der letzte Ort, von dem wir sicher sein können, dass er dort gearbeitet hat, ist das Gelände, das wir gestern untersucht haben. Er hatte diese Testbohrungen am 11. Januar durchgeführt, und diese Testbohrung vom 16. Januar ist eine Fälschung."

Pax setzte sich neben sie auf den Boden. „Gestern ist dir etwas aufgefallen, was dich neugierig gemacht hat, und weswegen du mit dem Geologen sprechen wolltest, der vermisst wird, seit er an genau derselben Stelle gearbeitet hat."

Ein eisiger Schauer kroch an ihrer Wirbelsäule hoch. Wer hätte gedacht, dass ihr bei einem Hitzeindex von 40° Grad kalt werden könnte?

„Könnte dies etwas mit den Mineralrechten zu tun haben?", fragte Pax. „Vielleicht hat er Hinweise für wertvolle Anlagerungen gefunden."

„Das ist möglich. Diese Gegend ist noch nie zuvor wirklich von einem Geologen untersucht worden – weshalb die Monografie aus dem zweiten Weltkrieg für das Vichy-Regime so wichtig war. Bis Broussard hier durch kam, gab es nicht einmal eine einfache Bodenkarte für die westliche Hälfte des Landes." Sie hob eine Handvoll Erde auf und ließ sie durch ihre Finger rieseln. „Wer weiß, Dschibuti könnte auf einer massiven Diamantenmine sitzen." Der trockene Sand blieb nicht an ihren Fingern kleben. Sie blies auf ihre offene Hand und den feinen Sand in die heiße Luft.

„Aber das glaube ich nicht", fuhr sie fort. „Aufgrund der Alluviumablagerungen ist es möglich, dass Broussard etwas weitaus Wertvolleres für Dschibuti gefunden haben könnte." Sie blickte das breite uralte Tal herunter. „Ich glaube, dass es hier Wasser gab, und zwar viel kürzlicher, als man es bisher angenommen hat. Man kann es sich kaum vorstellen, aber vor langer Zeit haben sich Gletscher ihren Weg durch diese Gegend gebahnt. Als die geschmolzen sind, muss es hier Seen gegeben haben, sogar Quellen."

„Wenn es hier in der nahen – geologisch betrachtet –

Vergangenheit Wasser gab, was bedeutet das dann für Dschibuti heute?"

„Im Laufe der Jahrtausende könnten die Seen in den Untergrund abgesunken sein und die Quellen versiegt sein. Es ist möglich, dass Dschibuti auf einer tiefen Grundwasserschicht sitzt, die von antiklinalem Gestein verdeckt wird. Da es nicht genug geologische Untersuchungen gibt, kann das keiner wirklich wissen." Sie biss sich auf ihre Lippe. „Ich bin keine Geologin, und ich bin definitiv keine Expertin in Wüstenlandschaften. Aber was wäre wenn? Was wäre, wenn Dschibuti auf einer unangezapften Wasserressource sitzt? Fehlendes Wasser ist der Hauptgrund, warum das Land von Äthiopien und Eritrea abhängig ist – und von Amerika und China. Wasser könnte alles verändern."

„Könntest du das Grundwasser finden, wenn es vorhanden wäre?"

Sie schüttelte ihren Kopf. „Niemals. Dafür bräuchten wir einen Geologen. Wir bräuchten Broussard." Sie runzelte ihre Stirn. „Wenn es vorhanden ist, könnte es hunderte von Metern tief in der Erde liegen. Broussard hätte gerade mal die Anzeichen an der Oberfläche gesehen."

„Falls Broussard so etwas gefunden hätte, wem würde er davon erzählen?"

„Sicherlich dem Minister für natürliche Ressourcen, Ali Imbert. Ich bin mir nicht sicher, ob er es Lemaire gesagt hätte."

Pax ließ seinen Blick über die Landschaft wandern. „Lass uns wieder zum Team zurückgehen. Wir werden die örtliche Gendarmerie via Satellitentelefon kontaktieren und sie darüber informieren, was du über die Flaggen herausgefunden hast, und hoffentlich interessiert es sie genug, dass ein Mann vermisst wird, um das zu untersuchen."

Sie nickte und benutzte die flache Kante ihrer Schaufel, um die Erde wieder in das Loch zu schieben, bevor sie die blaue Flagge erneut dort platzierte. Schlussendlich tätigte Pax den Anruf, denn der Offizier am Telefon sprach kein Englisch. Er übersetzte ihre Worte ins Französische, dann beendete er das

Gespräch mit einem unzufriedenen Stirnrunzeln auf seinem hübschen Gesicht.

„Sie werden nichts unternehmen", sagte er.

„Dann liegt es ganz bei der *Police Nationale.*"

Er nickte. „Falls sich herausstellen sollte, dass es eine Verbindung zu Desta gibt, wird sich Interpol einschalten – sie untersuchen Drogenschmuggel und Menschenhandel. Aber jetzt haben wir zunächst nur die *Police Nationale.*"

„Ich werde sie anrufen, wenn ich heute Abend wieder auf der Basis bin." Irgendwie wäre es ohnehin einfacher, die französische Polizei zu kontaktieren. Geologie war nicht ihre Expertise, und es wäre unklug, bei den Einheimischen einer gesetzlosen, ausgetrockneten und armen Nation die Hoffnung auf frisches Wasser aufkommen zu lassen.

Teil des Problems war, dass Broussard *der* Experte in dieser Region gewesen war. Man konnte andere herbestellen, um das Gelände zu untersuchen, aber die hätten nicht seine Erfahrung und sein Wissen zu diesem Teil der Welt. Er hatte in Eritrea und Äthiopien gearbeitet. Falls es eine tief vergrabene Grundwasserquelle gab, dann würde deren Lage und Volumen höchstwahrscheinlich ein Geheimnis bleiben, wenn man niemanden finden würde, der Broussards Erfahrung ebenbürtig war und dessen Schritte entsprechend zurückverfolgen konnte.

Glücklicherweise waren Broussards Brotkrümel Metallflaggen, die der Hitze widerstehen konnten.

Noch am gleichen Abend, nachdem sie ein langes Gespräch mit einem Inspektor der *Police Nationale* geführt hatte, entschied Morgan sich dazu, zum Abendessen ins *Barely North* zu gehen. Savvy hatte ihr abendliches Sparring-Training abgesagt – und war wieder einmal extrem kryptisch gewesen, warum – somit hatte Morgan frei. Ihre Sorge um den vermissten Geologen verursachte ihr Bauchkrämpfe, und ein Bier würde ihr helfen sich zu entspannen. Unglücklicherweise brachte *Barely North* das Risiko mit sich, auf Pax zu treffen.

Ihn im Gelände an ihrer Seite zu haben war eine köstlich lustvolle Qual. Zu Anfang hatte sie ihn nur gewollt, doch jetzt kannte sie ihn besser und genoss seine Gesellschaft. Seinen

Verstand. Seinen Humor. Seine stille Kompetenz. Wie eine leckere Soße, die auf der hinteren Kochplatte köchelte, war das Aroma ihres Verlangens nur noch intensiver geworden.

Doch die Verbindung, die sie mit ihm spürte, diese Intensität, dieses Aroma, konnte niemals gekostet werden. Konnte niemals genossen werden. Vielleicht würde sie an einem anderen Mann im Barely North Geschmack finden. Eine kurze Affäre könnte genau das sein, was sie brauchte, um sich diesen Green Beret aus dem Kopf zu schlagen.

Als ob ein Fastfood-Burger den Hunger nach französischer Küche befriedigen könnte.

Der Club war nicht allzu voll, weniger als die Hälfte der Tische und Barhocker war besetzt. Sie setzte sich auf einen der Stühle an der Bar und war schnell in eine Konversation mit einer Gruppe Matrosen verwickelt. Sie waren witzig und lebhaft, aber ihr Herz war nicht bei der Sache. Sie hatte keine Lust auf Fastfood.

Ein Mann von Pax' Team setzte sich auf den Barhocker zu ihrer Rechten. „Darf ich Ihnen einen Drink spendieren, Dr. Adler?"

„Morgan, bitte." Sie versuchte sich an den Namen des Mannes zu erinnern, konnte es aber nicht. Die Namensschilder auf der Uniform waren so praktisch, aber in der Bar trug jeder zivile Kleidung.

„Chief Warrant Officer Sebastian Ford", sagte er dann. „Nennen Sie mich Bastian."

Richtig. Er war einer der beiden Offiziere im A-Team, der Assistent des Kommandanten – direkt über Pax in der Teamhierarchie. Mit diesem Mann zu flirten, wäre eine wirklich saudumme Idee. „Danke, Bastian, aber ich bin soweit gut bedient."

„Ich weiß aus zuverlässiger Quelle, dass Sie kein Verhältnis mit Pax haben."

Sie wusste seine Direktheit zu schätzen, denn das bedeutete, dass sie ebenfalls direkt sein konnte. „Stimmt, aber ich bin auch kein Arschloch."

Er warf seinen Kopf zurück und lachte. Er war gutaussehend, das musste sie ihm lassen. Schwarzes Haar und Schlupflider, die auf amerikanische Ureinwohner oder eine asiatische Herkunft schließen ließen. Gut geschnittenes Gesicht. Nicht so wie Pax, der eine dunklere, südeuropäische Hautfarbe und ein kantiges, herbes Gesicht besaß. Pax war nicht so mühelos hübsch wie dieser Mann, aber Pax war auf eine andere Art scharf.

„Ich nehme an, dass ich das Arschloch bin?", fragte Bastian.

„Nur wenn Sie vorhaben, sich an mich ranzumachen."

„Dann bin ich wohl eins."

Sie nahm ihren Drink. Sie würde einen anderen Platz finden.

Er packte ihre Hand, um sie aufzuhalten. „Bitte, bleiben Sie? Ich werde nichts tun, was Ihnen unangenehm ist."

„Ich werde nicht der Preis für den Pisswettbewerb zwischen Ihnen und Pax sein."

„Er hat Ihnen wohl von mir erzählt, was?"

„Nein. Er hat Sie nie erwähnt. Aber ich bin die Tochter eines Generals. Ich habe Ihre Arroganz schon auf 50 Metern gerochen."

Wieder lachte er, winkte den Barkeeper herbei und bestellte sich einen Drink. „Dann erzählen Sie mir von Ihrem Projekt. Ich habe gehört, dass Sie uralten Scheiß gefunden haben."

Sie war versucht, nein zu sagen. Sie hatten keine Koprolithen gefunden, aber höchstwahrscheinlich würde er den Witz sowieso nicht verstehen, und ihn zu erklären würde den Witz kaputtmachen. Also erzählte sie ihm von dem Dorf und dem Alluvium und dem vermissten Geologen, und er tat so, als hätte er die Geschichte nicht schon in einer Einsatzbesprechung gehört.

„Wie wär's mit einer Runde Billard?", fragte er, als die Konversation nachließ. Er nickte in Richtung eines freien Billardtisches.

„Sicher." Sie rutschte vom Barhocker. Sie hatte sich noch nichts zu essen bestellt, aber in Wahrheit war sie nicht hungrig. Eine leichte Übelkeit hatte von ihr Besitz ergriffen, als sie sich eingestehen musste, dass Broussard wahrscheinlich ermordet worden war. Ein Bier konnte sie vertragen. Nahrung wohl weniger.

Bastian war ein typischer Angeber, wenn es ums Billardspielen ging. Viel Herumstolzieren und Angeberei, und er war gerade gut genug, um es zu untermauern.

Aber Morgan war besser. Sie hatte ihre ersten beiden Versuche verpatzt, um ihn selbstgefällig und ein wenig nachlässig werden zu lassen, damit er sich zum Angeben für den schwierigen Schuss entscheiden würde, weil er glaubte, dass sie ihn niemals einholen könnte. Doch er vermasselte den Schuss, und nun war sie dran. Zeit, seinem Ego einen Dämpfer zu verpassen. Sie hob ihr Bierglas und trank das letzte Viertel leer, bevor sie sich ihren Stock schnappte und dann kurzerhand den ganzen Tisch leerräumte.

Als sie die vierte Kugel versenkt hatte, fing Bastian an zu begreifen. „Oh, Scheiße. Du willst mich abzocken.“

„Es ist nur Abzockerei, wenn Geld im Spiel ist.“ Sie wandte sich wieder dem Tisch zu und konzentrierte sich auf ihren nächsten Schuss. Der war lang, und sie musste sich weit über den Tisch beugen, um den weißen Spielball zu erreichen. Bastian bekam so eine wunderbare Sicht auf ihren Hintern, aber das konnte sie nicht vermeiden. Das war Billard. Sie spielte, um zu gewinnen. Immer.

Sie hatte die Kugel kaum versenkt, als sie hinter sich ein leises Knurren hörte, sich umdrehte und zusah, wie Pax sich dicht vor Bastians Gesicht aufbaute. Himmel. Er musste gerade rechtzeitig aufgetaucht sein, um gleich das Schlimmste anzunehmen.

Verdammte Scheiße. Das war genau das, was sie hatte vermeiden wollen.

Sie ließ ihren Queue auf den Tisch fallen. Sie dachte nicht, dass Pax Bastian angefasst hatte, aber seine Haltung war pure Bedrohung. „Pax, hör auf“, sagte sie mit leiser Stimme. Sie blickte sich im Raum um. Nur ein paar Leute schauten sich das Drama am Billardtisch an. Vielleicht konnte sie ihn von hier wegbringen, bevor es ausartete und seine Karriere ruinieren würde. Sie packte sein Handgelenk. „Nach draußen. Jetzt sofort."

Sie machte einen Schritt in Richtung Tür, doch er bewegte sich keinen Zentimeter. Sie ließ seine Hand los und ging weiter. Wenn er sein Leben ruinieren wollte, dann konnte er das selbst tun, aber sie wollte verdammt sein, wenn sie blieb und dabei zusah.

Draußen vor der Bar atmete sie tief die schwüle Luft ein. Es half ihr nicht, den Schmerz in ihrer Brust zu lösen.

„Morgan, warte!"

Sie blickte über ihre Schulter und sah, dass Pax ihr doch noch aus der Bar gefolgt war. Sie verlangsamte ihren Schritt nicht und ging um das Gebäude herum, zu wütend um zu sprechen.

Er holte sie ein, ergriff ihren Arm und brachte sie zum Stehen. „Sauer, dass ich dir den Spaß mit Chief Ford ruiniert habe?"

Weißglühende Rage schoss durch sie hindurch. „Du Arschloch", sagte sie, und ihre Stimme zitterte vor Wut. „Glaubst du wirklich, dass ich so widerwärtig bin und mich mit jemandem aus deinem Team einlassen würde? Wenn du alles bist, woran ich denken kann? Der Einzige, den ich will?" Sie entriss sich seinem Griff und ging weiter.

Tränen wallten auf. Dumme wütende Tränen. Eine Reaktion, die sie nie hatte kontrollieren können, was sie nur noch mehr verärgerte. Ihr Vater hatte geglaubt, dass die beste Methode, sie dazu zu bringen mit dem Weinen aufzuhören, die wäre, sie für ihre Tränen zu beschämen. Gott, wie sehr sie es hasste, dass seine Tiraden in ihrer Psyche fruchtbaren Boden gefunden hatten, dass sie sich selbst jetzt noch für ihre Tränen schämte.

Sie hasste es noch mehr, dass sie einen Neandertaler wie Master Sergeant Pax Blanchard haben wollte, der das Schlimmste von ihr dachte und seinen Vorgesetzten aus einer dummen, unbegründeten Eifersucht heraus bedrängt hatte.

Wie konnte sie solch einen Mann wollen?

Und warum tat es so verdammt weh zu wissen, dass sie ihn niemals haben könnte?

Sie erreichte ihr CLU und riss die Tür auf. Aber sie war nicht allein. Pax folgte ihr hinein und schlug die Tür zu. Sie wirbelte zu ihm herum. Ihre Hände bedeckten ihre schändlichen Tränen, die an ihren Wangen herunterliefen – doch bevor sie sich bewegen oder auch nur ein Wort sagen konnte, presste er sie gegen die Wand. Er zog ihre Hände von ihrem Gesicht und hielt sie über ihrem Kopf fest, und dann war seine Zunge in ihrem Mund, raubte ihr den Atem mit einem drängenden, zornigen Kuss.

Sie stöhnte heiser und rieb ihre Zunge gegen seine. Sie entzog ihm ihre Hände, damit sie ihre Finger durch sein Haar treiben konnte. Sie umschlang seine Hüfte mit ihren Beinen und er schob einen Arm unter ihren Hintern, stützte sie, während ihr Rücken gegen die Wand gepresst wurde.

Der Kuss war Feuer: heiß und wild. Ganz Pax. Er eroberte ihren Mund, knabberte an ihren Lippen und drückte ihre Brüste mit einer Dringlichkeit, die beinahe an Schmerzen grenzte.

Sie erwiderte seinen Kuss mit derselben schmerzvollen Lust und Begierde. Sie biss in seine Zunge und saugte sie dann tief in ihren Mund.

Das hier. *Ja.*

Sie hatte seit Tagen davon geträumt, fantasiert. Sie zog an seinem Haar und rieb ihre Hüfte gegen seine Erektion. „Fick mich, Pax." Sie wollte nicht über die Szene in der Bar sprechen. Sie wollte überhaupt nicht reden. Sie wollte Sex, und er war der einzige Mann, den sie dafür wollte.

Er packte ihre Hüfte und presste seinen harten Schwanz gegen sie. Sie stöhnte bei dieser Empfindung auf, saugte heftiger an seiner Zunge und suchte dann nach seinem Schritt.

Mit einem Mal erstarrte er.

Seine Hände fielen von ihrer Hüfte und ihre Beine sanken zu Boden. Er entzog ihr seinen Mund und trat langsam zurück, bis sich kein Teil ihrer Körper mehr berührte.

„Fuck, Morgan. Ich hätte das nicht tun sollen." Da war

Reue tief in seiner Stimme. Er trat einen weiteren Schritt zurück und schob sich eine Hand durchs Haar. „Nichts von alledem." Er schüttelte seinen Kopf. „Bastian hat deinen Hintern angestarrt, als ob der ihm gehörte, und ich bin durchgedreht. Fuck, ich will dich so sehr, und der Gedanke, dass dich ein anderer Mann auch nur ansieht macht mich wahnsinnig vor Eifersucht."

„Du besitzt mich nicht, Pax. Aber trotzdem – ich würde mich niemals mit jemand anderem aus deinem Team einlassen. Es beleidigt mich, dass du überhaupt glaubst, dass ich so etwas tun würde."

Seine braunen Augen brannten voller Emotionen. „Du hast nicht gesehen, wie er dich angestarrt hat."

„Das ist mir scheißegal. Du beleidigst *mich*. Außerdem ist er ein *Mann*. Ich habe mich über einen Billardtisch gebeugt. Normale Reaktion eines Mannes. Wahrscheinlich war er nicht der Einzige. Und ich habe es nicht absichtlich getan. Ich habe versucht die Kugel zu treffen."

„Ja, aber Bastian und ich … wir sind wie Öl und Feuer. Seit unsere Operation in Jemen daneben ging. Er gibt mir die Schuld dafür und ich … hasse ihn dafür, dass er recht hat."

„Und keiner von euch kann zugeben, dass die Dinge manchmal nun mal nicht glatt laufen? Vor allem im Krieg?"

„Nicht dieses Mal." Er schob seine Hand durchs Haar. „Aber du hast recht. Ich habe dich beleidigt. Es tut mir leid." Er trat einen weiteren Schritt zurück. „Ich weiß nur, dass ich dich nur anschauen muss und ich spüre sofort diese instinktive Besitzgier. Du gehörst *mir*."

„Nein. Das tue ich nicht. Du hast es ziemlich klar gemacht, dass nichts zwischen uns passieren wird."

„Passieren *kann*. Ich habe Befehle, die ich nicht einfach ignorieren kann."

Sie streckte ihre Schultern. „Jetzt. Sicher. Aber was ist, wenn all das hier vorbei ist? Wenn du mich nicht länger beschützen musst?"

„Dann wirst du Dschibuti verlassen, und ich werde für meinen nächsten Auftrag Gott-weiß-wohin geschickt."

„Du bist doch sicherlich irgendwann mal in den Staaten. Bist du nicht mindestens sechs Monate pro Jahr zu Hause?"

„Mein Leben ist die Armee, Morgan. Ich habe vor Jahren eine Entscheidung getroffen – als ich an einer Beerdigung zu viel teilnehmen musste, und der Frau eines Kumpels unsere Flagge in einem sauber zusammengefalteten Dreieck überreicht wurde – dass ich mich mit niemanden einlasse – nicht ernsthaft - solange ich aktiv in der Spezialeinheit verpflichtet bin. Mit niemandem. Mein Team steht an erster Stelle, und ich werde keine Kinder zurücklassen, die eine Flagge anstatt ihres Vaters umarmen müssen. Wenn du also nichts gegen einen Fick hast, wenn ich das nächste Mal in den Staaten bin, dann bin ich dabei. Aber wenn du mehr willst als das, dann bin ich nicht der richtige Mann für dich."

„Du willst, dass ich monatelang auf dich und die unwahrscheinliche Chance warte, dass wir vielleicht in den Staaten vögeln, aber mehr nicht?" Falls er sie wirklich so sehr wollte, wie er das behauptete, dann würde er ihr einen Grund geben, sich in Geduld zu üben. Wenigstens einen Vorgeschmack. Das hier war ja nicht einmal Fastfood. Das hier war ein runzliger, ausgetrockneter Tankstellen-Hotdog.

„Mehr kann ich dir nicht bieten."

Sie verschränkte ihre Arme vor der Brust, unsicher warum sie das so sehr verletzte. Alles, was sie hier gerade taten, war etwas zu beenden, das nie angefangen hatte. Allerdings hatte er ihr soeben gesagt, dass sie es nicht wert war zu warten, dass sie kein Grund war, die Regeln zu ändern, und Ablehnung tat immer weh. „Dann bist du nicht der Mann für mich."

„Okay", sagte er mit einem kurzen Nicken. „Dann möchte ich dich nur bitten, dich von den Männern in meinem Team fernzuhalten."

Ihre Augen wurden schmal. „Geh zum Teufel! Ich habe nicht mit Bastian geflirtet. Er *wusste*, dass ich nicht interessiert war. Wie kannst du nur glauben, dass ich so tief sinken würde?!" Ihr Magen zog sich zusammen. „Aber du kannst nicht bestimmen, mit wem ich befreundet sein kann und mit wem nicht." Sie trat auf ihn zu und stach mit ihrem Finger gegen seine

Brust. „Und wenn ich mit jemandem vögele, der sich nicht in deinem Team befindet, hast du nicht das Geringste dazu zu sagen. Nicht, wenn du hier deine ‚nicht jetzt und niemals‘-Fick-dich-Rede hältst. Ich gehöre dir nicht. Es geht dich einen verdammten Dreck an, mit wem ich ausgehe und wen ich ficke. Hast du mich verstanden?“

Sein Blick wurde hart, aber er nickte. „Verstanden. Gute Nacht, Dr. Adler.“

„Auf Nimmerwiedersehen, Sergeant Blanchard.“ Sie schlug die Tür hinter ihm zu und sank auf den Boden, hielt ihren Atem an, um gegen die beschämenden Tränen zu kämpfen.

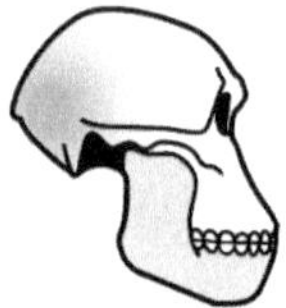

Kapitel Fünfzehn

Pax war nicht überrascht, als er eine Aufforderung an der Tür zu seinem CLU gepinnt fand, im Büro seines Bosses zu erscheinen. Es wäre zu viel gewesen, zu hoffen, dass sein eifersüchtiges Gehabe im *Barely North* vielleicht übersehen worden wäre.

Es überraschte ihn auch nicht, als er sah, dass Bastian bereits dort war. Aber anstatt des erwarteten Ausdrucks von Schadenfreude in seinem Blick, sah er Reue. Bastard. Der Scheißkerl hatte ihn geködert, weil er gewusst hatte, dass Pax durchdrehen würde.

„Ist Ihnen beiden klar, dass wir uns mitten in einer verdammten Kriegszone befinden?", sagte Captain Oswald mit einer leisen, gepressten Stimme, die mehr Wut als Volumen enthielt. „Dschibuti mag uns freundlich gesinnt sein, aber wir befinden uns einen Steinwurf von Somalia entfernt, und ISIS wird immer machtvoller in Eritrea und Äthiopien, ganz zu schweigen davon, dass wir uns mit al-Shabaab und al-Qaeda direkt vor unserer verdammten Tür auseinandersetzen müssen, und Sie zwei Volltrottel streiten sich über eine *Frau* mitten im *Barely North*?" Er starrte Pax mit einem finsteren Blick an. „Und Sie hatten den ausdrücklichen Befehl erhalten, die Hände von General Adlers Tochter zu lassen."

Pax unterdrückte den Drang zu erwähnen, dass die Frau

ihren eigenen Namen und eine eigene Identität besaß, die rein gar nichts mit ihrem Vater zu tun hatte, aber stattdessen stand er stramm und sagte: „Ich habe keine Beziehung mit Dr. Adler, Sir."

„Ich habe nicht gefragt, ob Sie eine Beziehung mit ihr haben. Ich will wissen, ob Sie meine Befehle ignoriert und sie gevögelt haben."

„Nein, Sir."

Der Mann starrte in Pax' Augen, als ob er bestimmen wollte, ob er log. Wut kochte in Pax bei dieser Beleidung hoch. Wahrscheinlich hatte Morgan sich genauso gefühlt, als Pax einfach von ihrem Interesse an Bastian ausgegangen war – in Rage, dass er ihre Integrität angezweifelt hatte.

Er hatte alles kaputt gemacht. Auf jede nur erdenkliche Art.

Oswald nickt scharf, bevor er sich an Bastian wandte. „Und Sie. Wenn man bedenkt, dass Sie alle herumtratschen wie eine Horde Teenager-Girls, wussten Sie, dass Sergeant Blanchard bei Dr. Adler einen Ständer bekommt. Scheiße, ich höre, dass sie jedes Mal läufig wird, wenn er nur in ihre Nähe kommt."

Pax sträubten sich die Nackenhaare, als er Morgan beleidigte. Sie war im Gelände nichts anderes als professionell gewesen. Er war derjenige, der Scheiße gebaut hatte.

„Was haben Sie sich dabei gedacht, sich an sie ranzumachen? Solch ein Scheißdreck kann einen Soldaten verrückt machen, und ich sollte Sie nicht daran erinnern müssen, dass Sie beide sich im selben Team befindet. Fallen Sie dem Typen, der Sie deckt, nicht in den Rücken."

„Ich habe mich nicht an sie rangemacht, Sir." Bastian schwieg für einen kurzen Moment, bevor er hinzufügte. „Sie hat mich abblitzen lassen, bevor ich es versuchen konnte, und mich als ein Arschloch beschimpft. Danach haben wir einfach nur Billard gespielt."

Pax' rechte Hand rollte sich zu einer Faust zusammen. *Sie* hatte nur Billard gespielt, während Bastian ihre Titten und ihren Hintern angestarrt hatte. Und Fuck! Als er hörte, was sie zu Bastian gesagt hatte, war das nur ein weiterer Beweis dafür, wie sehr Pax alles mit Morgan versaut hatte, als er den Neandertaler raushängen ließ.

„Ich will keine verdammten Entschuldigungen hören, Chief Ford. Es war ein verdammt beschissener Zug, den Sie sich da erlaubt haben. Stehen Sie wenigstens dazu.“

„Jawohl, Sir.“

Der Boss warf Pax einen weiteren finsteren Blick zu. „Sie sind ab sofort nicht länger für ihre Sicherheit verantwortlich. Sergeant Ripley wird Ihre Rolle übernehmen. Sie werden ihn um exakt 18:00 Uhr de-briefen und dann zu einem regulären Einsatz unter Chief Fords Leitung zurückkehren.“

„Jawohl, Sir.“

„Der Befehl, die Finger von ihr zu lassen, bleibt bestehen, Sergeant.“

„Verstanden, Sir.“

„Wegtreten.“

Pax verließ das Büro und versuchte, sich selbst davon zu überzeugen, dass er genau das bekommen hatte, was gewollt hatte. Ripley war ein guter Mann – und ein hingebungsvoller Ehemann und Vater. Morgan wäre geschützt und Pax müsste sie nicht jeden Tag sehen müssen. Aber die Wahrheit war, dass Morgan ihm längst so tief unter die Haut gegangen war, dass er sich kaum vorstellen konnte, dass irgendjemand sie besser beschützen konnte als er selbst.

Es überraschte Morgan nicht, dass Pax ersetzt worden war. Sie wusste, wie die Armee funktionierte und hoffte nur, dass die Szene in der Bar keine weiteren Bestrafungen nach sich gezogen hatte. Obwohl es sein eigener dummer Fehler gewesen war, wollte sie trotzdem nicht, dass seine Karriere darunter leiden musste. Sie musste wegen seiner Karriere leiden, also wäre es schade, wenn seine Arbeit in irgendeiner Weise kompromittiert wäre.

Sergeant Ripley übernahm seine neue Rolle als Sicherheitsdienst mit Leichtigkeit. Sanchez sagte nichts weiter, aber

Morgan hatte keine Zweifel, dass er sich der Details bewusst war. Dementsprechend verlief die Fahrt zum Projektgelände lang und still. Sobald sie dort ankamen, folgten Ibrahim, Mouktar und sie wieder ihrer Routine, während der Green Beret und der Marinesoldat den Arbeitsbereich patrouillierten. Sie ließen das prähistorische Dorf hinter sich und folgten der vorgeschlagenen Route für die Eisenbahn, wobei sie sich hier und da isolierte Fundstellen zuriefen, indem sie in parallelen Linien zehn Meter voneinander getrennt das Untersuchungsgelände abliefen.

Isolierte Artefakte wurden direkt vor Ort aufgezeichnet und auf der Oberfläche liegengelassen. Falls weitere Artefakte gefunden würden, wäre dies als eine Ausgrabungsstätte anzusehen, woraufhin sie dem Gelände folgen würden, um die Grenzen in der horizontalen Ebene durch Schaufelproben festzulegen, um die jeweilige Tiefe festzulegen. Genauso wie sie Archäologie zuhause betrieben hatte, bis auf die Tatsache, dass die Werkzeuge, die sie hier gefunden hatte, potenziell hunderte von tausenden von Jahren alt sein könnten, nicht hunderte *oder* tausende.

Dieses Projekt, diese Stellen und die isolierten Funde bedeuteten etwas. Ihr Arbeit würde zu spärlichem aber notwendigem Wissen beitragen, wie der Mensch sich entwickelt hat. Sie fragte sich immer noch, ob Linus der Auslöser für die Explosion und die koordinierten Attacken auf die Basis gewesen war, konnte sich aber beim besten Willen nicht vorstellen warum – oder wie – wenn man bedachte, dass dieser Fund ein Geheimnis gewesen war.

Und falls ISIS oder die Taliban davon Wind bekommen und diese Angriffe durchgeführt hatten, um das Wissen zu zerstören, das sich nicht mit ihrer Interpretation des islamischen Glaubens vereinbaren ließ, dann hätten sie sich direkt auf ihre Ausgrabungsstätte konzentriert. Nicht auf Camp Citron.

Sie konnte nicht anders, als zu glauben, dass es etwas mit Wasser zu tun hatte. Möglicherweise Wasser, das vor fünftausend Jahren hier gewesen war. Denn wenn sie die Anzeichen gesehen hatte, so untrainiert wie sie es war, dann gab es keine

Zweifel daran, dass Broussard dasselbe gesehen hatte. Und er hatte es jemandem erzählt.

Dann war er verschwunden, und sein Bericht war von allen Informationen gereinigt worden, die auf die Präsenz von Wasser in der jüngeren geologischen Vergangenheit dieser Gegend hinweisen könnten.

Für sie gab es nur einen einzigen Grund dafür, solch eine Entdeckung verdecken zu wollen, und das war der, den sie Pax erzählt hatte. Das Wasser war irgendwohin abgesickert, aber nicht verschwunden. Was wäre, wenn Dschibuti auf einem sehr tiefen Grundwasserreservoir saß, die Art, die ein Land über Generationen versorgen könnte?

Wer auch immer das Wasser kontrollierte, wäre mehr als ein Kriegsherr oder selbst ein König. Diese Person wäre ein Gott.

Sie dachte darüber nach, ihre Theorie dem Kulturminister und dem Minister für natürliche Ressourcen vorzutragen, aber das war genau das, was Broussard getan hätte, also entschied sie sich für Captain O'Leary, dem es vielleicht möglich war, einen Geologen aus den USA herzubringen. Doch als sie an jenem Nachmittag vom Gelände zurückkehrte, war O'Leary beschäftigt. Sie war nicht länger von hoher Priorität. Ihr Projekt machte gute Fortschritte und es hatte keine weiteren Drohungen von Desta gegeben.

Sie wurde an seinen Assistenten verwiesen, der ihr Interesse vorspielte und sie erbarmungslos ausfragte, auf welcher Expertise sie denn solch eine wilde Behauptung basierte, bevor er versprach, die Information an den Captain weiterzuleiten, der dann entscheiden würde, ob es die finanziellen Ausgaben wert wäre, einen Geologen einzufliegen.

Von O'Learys Büro ging sie zum Fitnessstudio, aber Savvy war nicht dort. Sie trainierte am Sandsack und kehrte dann zu ihrem CLU zurück. Sie ließ sich auf ihre Liege fallen und überlegte sich, was sie tun sollte.

Sie wollte nicht ins *Barely North* gehen. Nach dem Spektakel vom Vorabend mussten erst ein paar Tage vergehen, bevor sie sich dort wieder blicken lassen wollte.

Die Cafeteria bot genauso wenig Anreiz. Aber sie musste

etwas essen. In Augenblicken wie diesen wünschte sie sich, dass sie wieder in ihrem Apartment in Dschibuti wäre. Es war heiß, heruntergekommen und laut, aber es war privat. Außerdem hatte sie dort eine Stadt und ein Land auskundschaften können, die so unglaublich fremd waren.

Sie blühte in fremden Umgebungen auf, denn eine Fremde in einem fremden Land zu sein, zwang sie zum Lernen. Und es gab nur wenige Dinge, die sie so sehr genoss, wie das Anfeuern der Synapsen in ihrem Gehirn, das neue Informationen verarbeiten musste. Neue Dinge sehen und Geräusche hören. Die Kadenz von fremden Sprachen. Die Gerüche unbekannter Gewürze. Die Verhaltensweisen der Einheimischen untereinander in einer fremden Kultur zu beobachten.

Militärbasen waren das genaue Gegenteil. Sie waren wie eine Insel und so entworfen, dass die Soldaten sich überall in der Welt wie zuhause fühlen konnten. Sie war während ihrer Kindheit auf Basen aufgewachsen, die sich amerikanischer angefühlt hatten als Lebanon in Kansas, das geografische Zentrum der Vereinigten Staaten von Amerika.

In ihrem Apartment in Dschibuti City war sie glücklich in eine fremde Welt eingetaucht, mit nur einem zehnjährigen Jungen als ihrem Übersetzer.

Mit einem Mal erinnerte sie sich schlagartig an ihren letzten Besuch in ihrem Dschibuti Apartment. *Die fehlende Geologiemonografie.* Natürlich hatte sie auch zuvor daran gedacht, aber nicht an die Tatsache, dass dieses Buch gestohlen worden war, während man die anderen Bücher, die Broussard gehörten, zurückgelassen hatte. Noch viel wichtiger war, dass Broussard in ihrem Apartment gewohnt hatte, und zwar auch zu dem Zeitpunkt, als er verschwand. Was bedeutete, dass ihn jemand von dort weggebracht hatte, aber genug von ihrer Kommunikation mit dem Geologen gewusst hatte, um zu wissen, dass er ihr die Bücher hinterlassen würde, was auch bedeutete, dass seine Mörder seine E-Mails gelesen hatten.

Keine erderschütternden Neuigkeiten, wenn man davon ausging, dass sie sein Konto benutzt hatten, um E-Mails zu versenden. Aber wer auch immer hinter seinem Verschwinden steckte, war sehr vorsichtig gewesen und hatte sichergestellt, dass zwei Monate vergangen waren, bevor irgendjemandem auffiel, dass der Mann vermisst wurde.

Warum hatte man die Vichy-Monografie gestohlen, aber keine der anderen?

Sie wollte zu ihrem Apartment zurückkehren und die anderen Bücher holen. War sonst noch irgendetwas von Broussard in dem Apartment zurückgelassen worden?

Sie setzte sich aufrecht hin. Hatte das Handy in der Küche Broussard gehört? Pax hatte es seinem XO übergeben, damit sie die Daten darauf prüfen konnten, um zu sehen, ob das Handy je in Destas Nähe gewesen war. Aber hatten sie sich bemüht, den Besitzer herauszufinden, oder war jeder einfach davon ausgegangen, dass es sich um ein Wegwerfhandy handelte?

Sie sollte wohl herausfinden, wer dieses Handy untersuchte und was sie herausgefunden hatten. Würden sie sich die Mühe machen, sich mit der *Police Nationale* in Verbindung zu setzen? Sie konnte sich nicht vorstellen, dass das amerikanische Militär irgendwelche Informationen über ihre Suche nach Etefu Desta an irgendjemanden preisgeben würde, es sei denn, es bestand eine nachweisbare, direkte Verbindung zwischen dem Handy und Broussards Verschwinden.

Würde Ripleys XO – Captain Oswald – einen Trip zu ihrem Apartment genehmigen? Es gab nur einen Weg, das herauszufinden. Sie wusste nicht, wo sich sein Büro auf der Basis befand. Sie würde duschen und ihn dann dort suchen gehen. Und wenn sie schon unterwegs war, dann würde sie sich auch gleich etwas zu Essen in der Cafeteria besorgen. Vielleicht würde sie auf jemanden treffen, der sie in die richtige Richtung verweisen oder wenigstens eine Telefonnummer von Captain Oswald geben konnte.

Sie hatte nicht einmal Pax' CLU- oder Handynummer.

Aber das war wahrscheinlich auch ganz gut so.

Kapitel Sechzehn

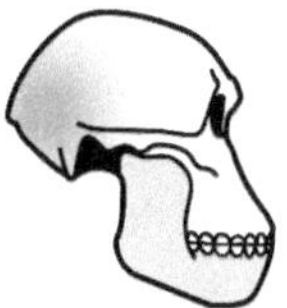

Pax verzog sein Gesicht, als seine Traumfrau die Cafeteria betrat. Gleichzeitig beschleunigte sich sein Herzschlag, und er musste sich stillschweigend eingestehen, dass er darauf gehofft hatte, Morgan zu sehen. Denn er war ein gottverdammter Narr.

Cal blickte von Pax zu Bastian, dem Bastard, und schüttelte den Kopf. Dann hob er sein leeres Tablett auf und verließ den Tisch, was genau demonstrierte, wie sehr er in Pax' Fähigkeit vertraute, sich nicht wie ein Arschloch zu benehmen. Dabei hatte Pax sich Cals niedrige Meinung verdient.

Morgan sah zu ihrem Tisch herüber, der mit einem halben Dutzend von Spezialeinheits-Offizieren besetzt war, ohne dabei seinem Blick zu begegnen. Sie runzelte ihre Stirn und drehte sich zum Tresen um.

Bastian grunzte in Richtung der Gruppe und, wie Cal, schnappte er sich sein Tablett und durchquerte den Raum. Pax konnte nicht anders und versteifte sich, als der Mann in Morgans Richtung lief, ihr jedoch nur einmal scharf zunickte, bevor er die Dinge auf seinem Tablett in die jeweiligen Kompost- und Abfallcontainer und Rollwagen fürs Geschirr aussortierte.

Langsam verließen auch die anderen den Tisch. Sie glaubten doch nicht ernsthaft, dass Morgan sich zu ihm setzen würde, oder? Vielleicht befürchteten sie, dass man sie als Zeugen aufrufen könnte, falls Pax sich wieder einmal zum Affen machte.

Er blieb wie angewurzelt an dem nun leeren Tisch sitzen und wartete darauf, dass Morgan ihr Essen bestellt hatte, neugierig und gleichzeitig nervös zu sehen, wo sie sich hinsetzen würde.

Schließlich trat sie aus dem Servicebereich mit einem vollbeladenen Tablett hervor. Sie blickte in Pax' Richtung und hielt abrupt inne. Sie runzelte ihre Stirn, offensichtlich unentschieden, atmete dann tief ein und kam auf ihn zu. Sie hielt neben dem leeren Stuhl gegenüber seinem am leeren Tisch.

Er nickte zum Stuhl. „Setz dich."

Sie schüttelte ihren Kopf. „Ich muss mit deinem XO sprechen. Er ist nicht in seinem Büro. Kannst du mir seine Handynummer geben?"

„Setz dich und ich werde sie dir texten."

„Ich glaube nicht, dass ich das tun sollte."

„Setz dich, Morgan. Ich werde mich benehmen. Versprochen." Er lächelte sie an. „Willst du wirklich allein essen?"

„Wer sagt, dass ich allein essen würde?" Sie ließ ein Lächeln aufblitzen, als sie das Tablett auf den Tisch abstellte und sich hinsetzte.

Das Großspurige stand ihr gut und sie hatte recht. Sie würde auf keinen Fall lang allein an einem Tisch sitzen. Das könnte einer der Gründe sein, warum Pax sie bei sich haben wollte.

Er hatte ein paar Probleme, wenn es um Dr. Adler ging, mit denen er sich auseinandersetzen musste.

Er zog sein Handy heraus und fand Captain Oswald in seinen Kontakten. Er hing seine Daten an eine leere SMS an. „Wie ist deine Nummer?", fragte er.

Sie nannte sie ihm. Er gab sie in sein Handy ein und drückte auf Senden. „Erledigt." Er steckte sein Handy weg. „Warum willst du mit meinem XO sprechen?"

Sie erklärte ihm ihre Fragen bezüglich des Handys, das sie in ihrem Apartment gefunden hatten, und der fehlenden Monografie. „Außerdem versuche ich, mich daran zu erinnern, ob Broussard vielleicht irgendetwas anderes zurückgelassen hat.

Das Apartment war voll möbliert, und da waren ein paar Dinge in den Schränken, zusätzlich zu den Büchern auf dem Regal. Ich will noch einmal überall nachsehen. Ich will, dass Oswald Ripley die Erlaubnis erteilt, mich dort hinzubringen."

„Das ist eine gute Idee, aber du solltest nicht gehen. Es ist nicht sicher. Ich werde jemanden hinschicken, der alles zusammenpackt und es zu dir bringt."

„Aber die würden nicht wissen, was mir gehört und was Broussard. Und sie würden nicht erkennen, ob etwas bewegt wurde."

„Glaubst du jetzt, dass du für die Spurensicherung arbeitest?"

Sie schnaubte. „Wohl kaum. Aber wir wissen beide, dass die Gendarmerie nichts unternehmen wird. Und wer weiß, wann oder ob die *Police Nationale* hier auftauchen wird. Ich muss *etwas* tun. Was ist, wenn ich recht habe und Broussard etwas so wertvolles wie Wasser gefunden hat?"

„Was ist, wenn du falsch liegst und Desta dich wieder ins Visier bekommt? Er hat sich nicht mehr gerührt. Belass es dabei. Bleib auf der Basis. Wenn ich immer noch für deine Sicherheit zuständig wäre, würde ich am Ende des Tages deinen CLU abschließen."

„Du würdest aus mir eine Gefangene machen, wenn ich versuche meinen Job zu erledigen."

„Es ist nicht dein Job herauszufinden, was mit Broussard passiert ist."

„Vielleicht nicht, aber wenigsten bin ich menschlich. Wenigstens ist es mir wichtig, dass ein Mann vermisst wird."

„Mir ist es wichtig, dass Broussard vermisst wird." *Aber du bist mir wichtiger.*

Sie starrte ihn düster an. „Wage es nicht, deinem XO zu raten, mich nicht gehen zu lassen. Das hier ist *mein Leben*. Du bist nicht länger für meine Sicherheit verantwortlich und du hast mich deutlich genug wissen lassen, dass wir niemals *zusammen* sein werden, also hast du zu dem, was ich tue oder lasse, absolut nichts zu sagen."

Er nahm einen tiefen, beruhigenden Atemzug und sagte sich

selbst, nicht schon *wieder* alles zu vermasseln und eine Szene zu machen. Er nickte ihr kurz zu und versuchte zu lächeln. Gott, sie war so schön. Ihr langes blondes Haar hing lose und frei herab, und er wollte es greifen, seine Hände darin verwickeln und sie für einen tiefen, heißen Kuss an sich ziehen.

Stattdessen nahm er sich einen Bissen von seinem Käsekuchen. Der konnte nicht einmal ansatzweise seinen Hunger stillen.

Heute Morgen war er mit einer schmerzhaften Latte aufgewacht – nach einer Nacht voller Frustration über seine nie wirklich befriedigenden Sexträume mit Dr. Morgan Adler und ihrem perfekten Körper. Er zog sein Handy heraus und fand die letzte Nummer, der er getextet hatte. Er tippte eine kurze Nachricht ein: *Gott, du bist so schön.*

Ihr Handy piepte. Er lächelte, als ihm klar wurde, dass das Geräusch von ihrem Busen kam. Sie hatte sich ihr Handy wieder einmal zwischen ihre Brüste gesteckt. Sie griff in ihr Oberteil.

Er schüttelte seinen Kopf. „Lies das nicht jetzt."

Ihre Augenbrauen zogen sich fragend zusammen.

„Später. Iss dein Abendessen."

Sie starrte ihn für einen Augenblick an, ihr Gesichtsausdruck rätselnd, doch dann schüttelte sie ihren Kopf und aß weiter.

Er tippte eine weitere SMS: *Du hast die verdammt süßesten Lippen. Die Dinge, die ich mit dir tun will …*

Und dann noch eine: *Deshalb macht es mich wahnsinnig, dass du solche Risiken eingehen willst. Aber ich habe kein Recht auf dich oder dazu, mich einzumischen. Also werde ich es nicht tun.*

Gefolgt von: *Aber du solltest wissen, dass ich dich beschützen will, denn nur in deiner Nähe zu sein, verwandelt mich regelrecht in einen Neandertaler.*

Und schließlich: *Du bist so verdammt schön. Ich hasse es, dass du so vollkommen verboten bist. Aber das bist du.*

Nach der letzten Nachricht drückte er auf Senden, stand auf und nahm sein Tablett auf. „Ich wünsche dir einen schönen Abend, Morgan."

Sie betrachtete sein Gesicht und nickte dann. „Gute Nacht, Pax.“

Pax' Handy vibrierte auf seinem Nachttisch. Schlaftrunken griff er im Dunkeln danach. Der Anruf konnte nichts mit einer wichtigen Mission zu tun haben, denn sonst würde auch Cals Handy klingeln. Er öffnete ein Auge, um zu sehen, wer der Anrufer war.

Morgan.

Sorge raste durch ihn hindurch, als er auf den grünen Hörer, um den Anruf anzunehmen. Es war zwei Uhr morgens, irgendetwas stimmte nicht. „Morgan? Bist du okay?“

„Wenn es okay ist, frustrierende Sexträume zu haben, dann geht es mir gut.“

Er wollte sich darüber ärgern, dass sie ihn geweckt hatte, aber ein Teil von ihm konnte nicht anders und er lächelte. Er selbst hatte sich tief in einem solchen Traum befunden, der viel zu viel mit Erregung zu tun hatte, aber keinerlei Befriedigung gebracht hatte. „Da kann ich dir nicht weiterhelfen“, sagte er leise. Er blickte zu Cal rüber, der sich sein Kissen schnappte und sich in seinem Bett umdrehte.

„Danke für die SMS“, sagte sie.

Er hatte sich gefragt, ob sie antworten würde. Er hatte gehofft, dass sie es nicht tat. Aber gleichzeitig war er froh, dass er das Vergnügen nicht verpasst hatte, ihre Stimme mit diesem heiseren, flüsternden Unterton zu hören.

Fuck, er hatte bereits Dank seines Traums, der sich um ihren fantastischen Hintern drehte, einen Steifen.

„Ich meinte jedes Wort. Inklusive des Teils, wo ich sagte, dass du verboten bist.“

„Ich weiß. Ich dachte, dass wir einfach nur … *reden* könnten. Du widersetzt dich keinen Befehlen, wenn wir nur telefonieren.“

„Das geht nicht. Ich teile meinen CLU mit Cal.“

Auf der Liege neben ihm machte Cal ein Geräusch, das milde irritiert klang.

Sie brummte missbilligend. „Ich nehme an, er ist jetzt dort."

„Er versucht zu schlafen. Ich kann ihm das Handy reichen, damit du dich bei ihm entschuldigen kannst, ihn geweckt zu haben."

Sie lachte leise. „Tue das ja nicht." Sie schwieg für einen Moment. „Okay. Da du ja nicht allein bist, kannst du mir einfach nur zuhören, während ich all die Dinge beschreibe, die ich mit dir tun will. Angefangen damit, dass ich dir über deine Bauchmuskeln lecke und mich weiter nach unten arbeite."

Oh, Fuck. Sie würde nicht fair bleiben. „Tue es nicht, Morgan." Wie oft hatte er ihr diese Worte bereits gesagt?

„Zuerst werde ich mir mein Oberteil ausziehen, weil ich weiß, dass dir meine Titten genauso gut gefallen, wie mir dein Waschbrettbauch, und ich will meine Brüste an deiner nackten Brust und deinem nackten Bauch reiben, während ich mich immer weiter zu deinem Schwanz nach unten bewege."

Er schloss seine Augen bei diesem Bild vor seinen geistigen Augen. „Hör auf", flüsterte er.

„Du hast meine Lippen erwähnt. Kannst du sie dir um deinen Schwanz vorstellen? Die Lust, die du spüren wirst, wenn ich sie an deinem dicken, harten Schaft entlanggleiten lasse, und ich dich tief in meine Kehle sauge? Ich fantasiere davon, dir einen zu blasen, seit wir zusammen auf dem Markt waren."

Sein Handy vibrierte, während sie sprach. Er schaute auf den Bildschirm und sah, dass sie ihm eine MMS geschickt hatte. Wie ein Masochist öffnete er sie. Sie hatte ein Bild ihrer Lippen mit der Notiz geschickt: *Süßeste, verdammte Lippen? Da hast du verdammt recht.*

Heilige Scheiße. Er hatte genug. Er konnte ihr nicht weiter zuhören, ohne sich dabei einen runterzuholen, und er konnte sich derzeit keinen runterholen, weil Cal neben ihm versuchte, zu schlafen und sich wahrscheinlich wünschte, er könnte seinen saudummen Zimmergenossen erschießen.

„Ich muss auflegen, Morgan."

„Willst du deinen Schwanz nicht zwischen meine Titten gleiten lassen, Pax?"

Nun, jetzt da du es erwähnst …

Er schüttelte seinen Kopf. Es war, als ob sie irgendeine Art Sirenenlied sang, ihn zu den Klippen lockte, die seine Karriere zerstören würden.

Es war ja nicht so, dass Sex mit Morgan ein Verstoß gegen das einheitliche Militärstrafgesetzbuch war.

Die Konsequenz wäre eher eine Maßregelung. Aber es würde ihm einen schlechten Ruf verschaffen, und er befand sich wegen der Szene im *Barely North* schon jetzt auf Captain Oswalds schwarzer Liste.

Ihr Vater ist ein General, der mir das Leben zur Hölle machen kann.

Wieder vibrierte das Handy. Machtlos, wie eine Motte vom Licht angezogen wird, öffnete er die Nachricht, und da waren die Brüste, an die er seit dem Morgen in ihrem CLU denken musste, als sie sie vor ihm entblößt hatte.

Jeder Mann hatte seine Grenzen, und Morgan Adler hatte seine gefunden. Er hielt das Handy an sein Ohr und zog sich eine Jogginghose über seine Boxershorts, während er zuhörte, wie sie ihm all die schmutzigen Dinge ins Ohr flüsterte, die sie mit ihm tun wollte. Er schlüpfte in ein Paar Schuhe und schnappte sich seine Schlüssel. Er war bereits an der Tür, als er sich an Kondome erinnerte. Er holte sich eine Box aus seinem Spind und bedeckte dann das Mikrofon auf seinem Handy mit seinem Daumen, bevor er vorsichtig die Tür öffnete und nach draußen schlich.

Morgans Unterkunft lag am hinteren Ende auf der anderen Seite des CLU-Dorfs. Weniger als ein zwei-minütiger Weg, während sie ihm im kleinsten Detail beschrieb, wie sie an seinem Schwanz lutschte.

Schließlich stand er vor ihrer Tür und unterbrach ihre erregende Gute-Nacht-Geschichte. „Öffne die Tür, Morgan."

„Was?"

„Ich bin kurz davor, deinen verdammten Traum wahr werden zu lassen." Er hielt inne, bevor er hinzufügte: „Sprichwörtlich."

Kapitel Siebzehn

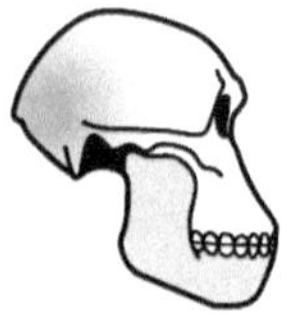

Morgan schoss kerzengerade auf ihrer Liege in die Höhe. „Du bist hier?"

„Ja. Jetzt öffne endlich die verdammte Tür, bevor mich jemand sieht."

Sie sprang vom Bett und stürzte zur Tür. Sie fummelte mit dem Schloss herum. Wieso war der Mechanismus plötzlich so kompliziert? Sie öffnete den Riegel und zerrte die Tür auf. Pax. Muskulöser, schöner, sexy, großer Pax. Er trat voller Autorität in ihr CLU, schloss die Tür und verriegelte sie. Dann nahm er ihr das Handy aus der Hand, drückte auf den roten Hörer, um das Gespräch zu beenden, und legte dann beide Handys und eine Box Kondome auf den Schreibtisch neben der Tür.

Dann, seine Hände endlich frei von ungewollten Objekten, umschloss er ihre Brüste und streichelte mit seinen Daumen über ihre Brustwarzen. Sie hatte sich für ein Selfie bis auf ihren Slip ausgezogen und sich nicht die Mühe gemacht, sich etwas überzuziehen, doch jetzt war sie wütend auf sich selbst, dass sie sich nicht auch den Slip ausgezogen hatte.

Pax ließ sich auf seine Knie sinken, nahm einen Nippel in seinen Mund und saugte daran.

Sie keuchte auf, als die Lust über sie hinwegrollte.

Wenn es um ihre Brüste ging, bevorzugte sie ein kraftvolles Saugen, und Pax enttäuschte sie nicht. Allerdings hatte sie am

Telefon beschrieben, was sie mochte. Allem Anschein nach hatte er zugehört.

Er wanderte weiter nach unten und brachte sein Gesicht bis zu ihrem Schritt. Er atmete tief ein und sie wusste, dass er ihre Erregung roch. „Ich bin feucht und für dich bereit, Pax. Aber ich will dich erst in mir haben, nachdem ich deinen Schwanz in meinem Mund hatte."

Er schob einen Finger über den feuchten Stoff ihres Slips und hakte ihn unter den Rand, um den Schritt zur Seite zu schieben. Er lehnte sich vor und leckte sie, dann tauchte er seine Zunge in ihr Geschlecht, und sie ruckte ihm entgegen.

„Falsch. Ich war soeben in dir." Er zerrte den Fetzen Stoff ganz nach unten und dann spreizte er ihre Beine und schenkte ihrem geschwollenen Kitzler seine Aufmerksamkeit, dass ihr schwindelig wurde. Er schob seine Finger in sie hinein und streichelte sie, als er langsam wieder auf seine Füße kam.

Sein Mund traf ihren, als er sie hochhob und gegen den einzigen freien Wandbereich drückte, wo er sie zuvor schon zwei Male festgepinnt hatte. Er packte beide Handgelenke, wie zuvor, zog sie über ihren Kopf und hielt sie dort mit einer Hand fest. Er stützte sie mit einem Arm und presste sie mit ihrem Rücken gegen die Wand. Aber dieses Mal ließ er von ihrem Mund ab und saugte an ihren Titten. Und sie war kurz davor, durch die Intensität in Flammen aufzugehen, weil sich alles so verdammt gut anfühlte, was er mit ihr tat.

Er hob seinen Kopf und traf ihren Blick. Er ließ ihre Handgelenke los, befreite seine Hand, um sie zwischen ihre Oberschenkel gleiten zu lassen und ihre Klitoris zu streicheln. Er schob zwei Finger in sie hinein. „Es wird folgendermaßen ablaufen. Ich werde dich ficken, bis du den Verstand verlierst. Du darfst so lange an meinem Schwanz lutschen, wie du willst, aber du wirst nicht alles bestimmen. Ich bin ein wenig verärgert, dass ich überhaupt hier bin, weil ich dir die Regeln erklärt habe und warum wir das hier nicht tun sollten. Aber du musstest ja die Nummer mit dem Anruf abziehen. Und da wir es nun *doch* tun, geschieht es so, wie ich das will. Ich bin kein kleiner Junge, den du herumkommandieren kannst.

Es gibt nur heute Nacht. Ich werde dich so lange ficken, bis ich genug habe, und dann werde ich von hier verschwinden, bevor die Basis aufwacht. Falls man mich erwischt, stehe ich dazu. Ich werde nicht lügen. Aber falls nicht, dann ist es wieder wie zuvor – don't ask, don't tell – keiner fragt mich und ich sag nichts. Falls wir uns morgen über den Weg laufen sollten, wirst du dich so verhalten, wie du es heute Abend in der Cafeteria getan hast, und ich werde dasselbe tun. Es wird keine weiteren Anrufe oder SMS zwischen uns geben. Wenn dich mein kaltes Verhalten verletzen sollte, dann sage es jetzt und beende die Sache. Wenn du meine Bedingungen akzeptieren kannst, sag ja und wir vögeln."

Während seiner ganzen Rede hatte er ihre Knospe gestreichelt, wodurch jede andere Antwort als ja unmöglich wurde, obwohl sie jedoch so oder so kein Problem mit seinen Bedingungen hatte. Wenigstens hatten sie ein paar Stunden.

Er ließ ihre Füße zu Boden sinken. Sie schob ihre Hand in seine Jogginghose und zog seinen harten Schwanz heraus. „Ja", sagte sie und ließ sich vor ihm auf die Knie sinken. Sie streichelte seine gesamte Länge und grinste zu ihm auf. Dann drückte sie seinen Penis kurz zwischen ihre Brüste, bevor sie ihren Mund öffnete, über seine Spitze leckte und ihn dann tief in ihren Mund saugte. Sie saugte an ihm, die Spitze in ihrem Rachen und entlockte ihm ein tiefes Stöhnen.

Er zog sein T-Shirt aus und trat seine Schuhe zur Seite, während sie seine Jogginghose und Boxershorts herunterzog.

Sobald er ganz nackt war, gab sie sich der Fantasie hin, die sie seit Tagen in ihrem Kopf hatte abspielen lassen. Es war eine relativ simple Fantasie. Sie ließ ihren Mund an seinem Schaft auf und ab gleiten, während er seine Finger in ihrem Haar vergrub und sich langsam gehen ließ. Sie saugte, er genoss. Eine einfache Befriedigung.

Sie brachte ihn bis an seine Grenze, bevor sie zu ihm aufblickte. Sein Gesicht war vor Lust angespannt, aber was noch hypnotisierender war, waren diese braunen Augen und die Art, wie er sie ansah. Als ob er nie zuvor etwas so Unglaubliches gesehen hätte, wie sie, die ihm einen Blowjob gab. Sie zog ihn aus ihrem Mund, streichelte sein Glied aber weiterhin mit ihrer Hand. „Willst du, dass ich es schlucke, oder willst du mir auf meinen Busen spritzen?"

Die Art, wie sich seine Augen weiteten, ließ sie vermuten, dass es ihn mehr reizte, auf ihren Brüsten zu kommen. Nun, er hatte gesagt, dass er zu einem Neandertaler wurde, wenn es um sie ging, und nichts sagte „meins" mehr als das. Und sie wollte ihm gehören. Sie wollte den Neandertaler. Er besaß all das Testosteron, das sie in den vergangenen Jahren vermisst hatte, vereint in einem einzigen Mann.

„Weder noch", sagte er und überraschte sie. „Ich werde in deiner heißen, feuchten Pussy kommen, aber zuerst werde ich dich lecken und noch feuchter machen."

Er hob sie hoch und warf sie auf die Liege. Mit einem einzigen geschmeidigen Griff packte er ihre Waden, spreizte ihre Beine, drückte sie nach hinten und pinnte so ihre weit offenen Beine fest, als seine Zunge sein Ziel fand. Sie bäumte sich auf, als die Erregung zu intensiv wurde, doch er drückte fester gegen ihre Beine, gab ihr keinen Zentimeter Spielraum, zwang sie dazu, die Intensität zu erdulden, bis ein schneller und heftiger Orgasmus aus ihr hervorbrach.

Sie schrie auf, und er hob eine Hand, um ihren Mund zu bedecken und sie daran zu erinnern, dass diese Container dünne Wände hatten.

Trotzdem hörte er nicht damit auf, sie mit seiner Zunge weiter zu quälen, und ihr Orgasmus ließ nicht nach, fand neue Höhepunkte. Schließlich ließ er sie los und sie keuchte atemlos vor Lust. Er schnappte sich die Box Kondome und streifte eins über. Dann drückte er gegen ihre Spalte und glitt in sie hinein. Das Gefühl seines Schwanzes in ihr, vermischt mit der Empfindlichkeit nach ihrem Orgasmus, war intensiv. Heiß. Großartig. Die Reibung seiner Stöße erweckte schlafende Empfindungen. Sie hatte zuvor schon guten Sex gehabt, aber irgendwie konnte sie sich nicht daran erinnern, dass er *so* gut gewesen war.

Es war die verdammte Tsunamiwelle. Sie war endlich über sie hereingebrochen, und die aufgestaute Erwartung machte sie umso machtvoller.

Pax Love Blanchard wurde ihren Erwartungen gerecht, die sie im Geiste um ihn herum aufgebaut hatte.

Sie schlang ihre Beine um seine Hüfte, liebte das Gefühl, wie seine Haut an ihrer entlang streifte. Sein Mund fand ihren für einen langen, heißen Kuss, während er weiter in sie hineinstieß. Sie war regelrecht in einem Festschmaus aus Empfindungen gefangen, genoss das geschmackvolle Aroma einer lang siedenden Köstlichkeit. Auf gar keinen Fall würde eine Nacht mit Pax jemals genug sein.

Sie wollte ihn genauso leidenschaftlich besitzen, wie er sie wollte. Ihr Mann. Ihr Green Beret. *Mein. Mein. Mein.* Sie wiederholte diese Worte in ihrem Kopf, als sich ihr Orgasmus aufbaute, doch dann entwich ihr das Wort. „Mein", keuchte sie, als sie zum zweiten Mal kam.

Er murmelte einen Fluch, als sich seine Muskeln anspannten. Er bäumte seinen Rücken durch, als er kam, ließ ein leises Grunzen hören, gefolgt von einem tiefen Atemstoß, der ihr sagte, dass sein Orgasmus genauso heftig gewesen war wie ihrer.

Er brach nicht über ihr zusammen, noch nahm er sich Zeit, sich zu entspannen. Nein, nicht ihr Pax. Er legte seine Hände an ihre Hüfte und rollte sich, bis er auf seinem Rücken lag und sie rittlings auf ihm saß, immer noch tief in ihr. Er traf ihren Blick. „Dein. Für ein paar Stunden", sagte er mit heiserer Stimme, als er von unten mit seiner Hüfte in sie hoch stieß.

Angesichts der Wahl zwischen ein paar Stunden oder niemals würde sie dies nehmen und versuchen, damit zufrieden zu sein. Sie könnte sich in Pax verlieben, wenn er es nur zuließe. Es war eine gute Sache, dass er die Regeln deutlich gemacht hatte.

Wieder rollte er sich über sie und glitt von ihrem Körper herunter. Er verließ die Liege und entsorgte das Kondom, bevor er wenige Minuten später mit einem Lappen zurückkam, den er im Waschbecken befeuchtet hatte. „Ich werde dich noch einmal lecken, aber ich mag den Geschmack von Spermiziden nicht."

Sie grinste wegen seiner Sachlichkeit. „Geht mir genauso, du wirst dich also auch waschen müssen."

„Habe ich schon." Dann machte er sich daran, ihre Klitoris mit dem kalten Waschlappen zu reizen.

„Heilige Scheiße", keuchte sie auf und sie konnte kaum fassen, dass er ihr schon nach so kurzer Zeit erneut solch eine Reaktion entlocken konnte.

Dem Waschlappen folgte seine Zunge, und dann streifte er mit seinen Zähnen über ihren Kitzler, was sie heftig und lustvoll zucken ließ. „Du bist so verdammt schön", sagte Pax, sein Blick auf ihre Mitte fixiert.

„Meine Pussy ist schön?", fragte sie lachend.

„Und wie. Sie ist ein gottverdammtes Meisterwerk." Er erwiderte ihren Blick. „Und die Aussicht über diese Landschaft ist von hier aus einfach atemberaubend. Deine blonden Locken, die Kuhle deines Bauchnabels und diese vollen, wunderschönen Titten." Er ließ seine Zunge über ihre Knospe gleiten und tauchte sie in ihr Geschlecht. „Das schlüpfrige Gefühl von dir an meiner Zunge, dein herber Geschmack, der sexy Duft deiner Erregung und die Geräusche, die du von dir gibst, wenn du kommst. Fuck! Es ist fast zu viel. Meine Sinne befinden sich an der Grenze hedonistischer Überbelastung." Er zog sich zurück. „Dreh dich um und hebe deinen Hintern hoch."

Sie tat wie befohlen. Er streichelte ihr Hinterteil, dann leckte er sie erneut. Sie drückte ihr Gesicht ins Kissen und stieß ein hartes Stöhnen aus.

Er positionierte sich hinter ihr und schob seine Hände zwischen ihre Brüste und die Matratze. Er zwickte ihre Nippel und wog dann ihr schweres Gewicht in seinen Handflächen. „Als Nächstes werde ich dich genau so ficken, während ich deine Titten halte."

Sie wimmerte. Sie liebte diese Position, liebte es, wenn Hände das schwere Gewicht ihrer Brüste hielten, liebte dieses wilde animalische Gefühl. „Jetzt."

Er umwickelte eine Hand mit ihrem langen Haar und zog sanft daran, damit sie ihren Kopf zur Seite drehte und dem Rand der Liege zuwandte. „Sauge an mir, bis ich hart bin, und ich werde es tun."

Sie nickte und rollte sich auf ihre Seite, während er sich vor sie hinkniete und ihr den Schmaus seines halbsteifen Schwanzes vor ihrem Mund präsentierte. Sie nahm ihn auf, und in nur wenigen Augenblicken war er wieder hart. Er versuchte, sich zurückzuziehen, aber sie umklammerte mit ihrer Hand seine Wurzel und behielt ihn in ihrem Mund. Nur eine Minute länger. Sie hatten nur heute Nacht. Sie würde sich selbst – und ihm – Erinnerungen geben, die anhalten würden.

Er streichelte ihre Klitoris, während er in ihrem Mund vor und zurück glitt. Er brachte sie bis an die Grenze ihres Höhepunktes, und sie zog sich zurück, ließ ihn frei. Sie konnte nur so viele Orgasmen ertragen, bevor sie überempfindlich wurde, und er würde sie von hinten nehmen, wie er es versprochen hatte.

„Zieh dir ein Kondom über", sagte sie. Dabei ging es nicht um Geburtenkontrolle – sie hatte sich eine 3-Monats-Spritze geben lassen – aber da heute Nacht eine einmalige Angelegenheit war, bestand kein Grund, sich den Fragen der Krankengeschichte zu widmen. Sie tauschten genug Körperflüssigkeiten aus, dass solch eine Konversation wahrscheinlich trotzdem angebracht wäre. Aber da sie nur wenige Stunden hatten, wollte sie es nicht.

Pax zog sich ein weiteres Kondom über. Morgan rutschte auf dem Bett Richtung Kopfende und kniete auf dem Kissen, beide Hände an die Wand gepresst. So würde er ihre Brüste besser halten können.

Als er sich hinter sie positionierte, fragte sie: „Bist du immer noch wütend auf mich? Dass ich dich angerufen und dir getextet habe?"

„Ja", sagte er, als er sich in sie hineinstieß.

Seine Größe ließ sie aufkeuchen. Sein Schwanz löste ganze Wellen von Empfindungen in ihr aus.

„Wir sollten das hier nicht tun." Er stieß tiefer. „Es könnte mich ruinieren." Er umschloss ihre Brüste genauso, wie sie es gehofft hatte, und stieß erneut zu. „Und trotzdem kann ich nicht aufhören."

„Hör nicht auf", sagte sie.

„Niemals."

Seine Hände glitten über ihre Brüste, zu ihrer Seite, dann

über ihre Schultern. Er stütze sich mit einem Arm an der Wand ab und vergrub die andere Hand in ihrem Haar. Er verdrehte seine Hand und zog ihren Kopf zur Seite, dann war sein Mund an ihrem Hals. Bartstoppeln kratzten ihre Haut auf die erregendste Weise, während er an der empfindlichen Stelle zwischen ihrem Hals und ihrer Schulter knabberte. Er kam zu ihrem Ohr und flüsterte: „Ich bin wütend, dass ich dich ficke, und gleichzeitig froh darüber."

Er löste seinen Griff in ihrem Haar und ließ seine Hand über ihre Schulter gleiten, entlang ihres Armes, mit dem sie sich abstützte. „Ich liebe es, deine weiche Haut zu streicheln." Die Hand, mit der er sein Gewicht an der Wand abgestützt hatte, kam wieder zu ihrer Brust zurück, während die andere Hand an ihrem Arm entlang streichelte.

Er zwickte ihren Nippel, woraufhin sie knurrend stöhnte und ihre inneren Muskeln um seinen Schwanz anspannte. Ein weiterer Orgasmus baute sich auf.

Seine Atmung veränderte sich und sie spürte, wie sich sein Körper anspannte. Er kam ebenfalls. Sie erreichte ihren Höhepunkt, während er knurrte, und der Druck seiner Hand auf ihrem Arm erhöhte sich. Sie kamen zusammen, als seine Hand ihre Brust umfasste und er sich gegen sie lehnte.

Alarmglocken läuteten in ihrem Hinterkopf, selbst als sie auf der harten heftigen Welle des Orgasmus ritt, der über ihr zusammenbrach. Was stimmte nicht? Sein Gewicht verlagerte sich. Sie schwankte vor Lust. Schließlich registrierte sie die Position seiner Hand auf ihrem Arm.

Oh, Fuck. Der Tracker.

Kapitel Achtzehn

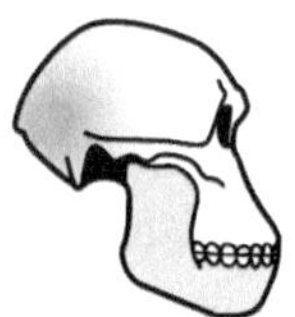

„Stopp!", befahl Morgan mit tiefer, atemloser Stimme. Sie verdrehte sich, löste Pax' Griff an ihrem Arm, und ihm wurde bewusst, dass er sein Gewicht auf sie gestützt hatte, während er sich einem weiteren überwältigenden Orgasmus hingab.

„Scheiße, Babe! Hab' ich dir wehgetan?" Er zog sich aus ihrem Körper heraus, drehte sie zu sich um, damit sie ihn ansehen konnte, und umschloss ihr Gesicht mit beiden Händen. „Das tut mir leid."

„Nein. Das ist es nicht." Ihr Blick sprang fieberhaft zur Tür. „Es ist der Tracker. In meinem Arm. Wenn du für zehn Sekunden darauf drückst, wird er aktiviert."

All das Blut in seinem Körper schoss direkt zu seinem Herzen. „Du hast einen subdermalen Tracker?"

„Ja."

Er lehnte sich zurück, schwindelig vom fehlenden Blut. „Diese Dinge sind streng geheim und nur für wirklich wichtige VIPs." Fuck, wer genau *war* General Adler überhaupt? Er packte ihren Arm und suchte nach der Implantatsstelle. Er wusste nur von diesen Trackern, weil sein Team nach Jemen geschickt worden war, um einen Mann zu retten. Aber sie waren zu spät gekommen.

Er fand die blasse weiße Linie an ihrem Arm. „Seit wann hast du das?"

Sie ignorierte ihn und sprang von der Liege. „Du musst dich verstecken!" Sie schnappte sich den Waschlappen und rannte zum Waschbecken. „Mist! Ich rieche nach Sex, und die könnten jede Sekunde hier auftauchen." Sie rieb den feuchten Lappen über ihre Haut und konzentrierte ihre Bemühungen auf ihren Schritt.

„Ich kann nicht glauben, dass du einen verdammten Tracker im Arm hast und mich nicht vorgewarnt hast."

„Ich habe nicht daran gedacht! Ich ging davon aus, dass du es wüsstest." Sie rannte zur Tür und löschte das Licht. Sie wirbelte zu ihm herum und schob ihn Richtung Badezimmer. Er konnte gerade noch ihre Gesichtszüge in dem grünen Leuchten ihres Weckers erkennen. „Versteck dich im Badezimmer! Beeil dich!"

Er blieb wie angewurzelt stehen, als ihm der volle Umfang dieses Desasters langsam bewusst wurde. Wie lange hatte er auf den Tracker gedrückt? Bestand die Chance, dass er ihn doch nicht aktiviert hatte?

Höchstwahrscheinlich nicht.

„Ich tue einfach so, als ob ich mit meinem Kopf auf meinem Arm geschlafen habe." Sie hob ihren Slip vom Boden auf und zog ihn an, schnappte sich ein Trägertop und zog es sich über den Kopf.

Eine kalte, ruhige Wut nahm von ihm Besitz, während er sie dabei beobachtete, wie sie versuchte, ihren massiven Fehler zu verdecken, der ihn sehr wohl ruinieren könnte. Er hatte klar gemacht, dass sie nicht zusammen sein konnten. Sie wusste ganz genau, warum. Und trotzdem hatte sie ihn angerufen. Hatte ihm schmutzige Dinge ins Ohr geflüstert und ihm Selfies geschickt.

Fuck. Sein Handy. Ohne ein Wort schnappte er es sich vom Schreibtisch neben der Tür, hob seine Klamotten vom Boden auf und ging zum Badezimmer, das von beiden CLUs geteilt wurde. Falls er diese Blamage unbemerkt überstehen sollte, würde Morgan sich vielleicht doch noch wünschen, dass sie ihn verraten hätte.

Sie legte sich auf die Liege, und er trat ins Badezimmer, wonach er die Tür zum angrenzenden CLU abschloss. Er lehnte mit seiner Stirn gegen die Tür und versuchte, seine Atmung zu kontrollieren, damit er zuhören konnte.

Keine dreißig Sekunden, nachdem er sich dort eingeschlossen hatte, ertönte ein Klopfen an Morgans Tür. Sie antwortete mit verschlafener Stimme und ließ sich Zeit, bevor sie die Tür öffnete. Ihre Worte klangen gedämpft, aber er fand, dass sie ihre Rolle, tief geschlafen zu haben, recht glaubwürdig spielte. Leider roch sie – und der ganze verdammte CLU – nach Sex.

Ihre Stimme erhöhte sich alarmiert, und ihre Worte wurden klarer. „Ich habe den Tracker ausgelöst? Scheiße. Ich war heute so müde von meinem Tag im Gelände, ich habe tief und fest geschlafen. Ich muss meinen Kopf auf meinen Arm gelegt haben. Kein Wunder, dass er halb taub ist."

Eine andere Stimme äußerte undeutliche Worte.

„Ich werde mir nur schnell etwas überziehen und dann sofort mitkommen." Er hörte, wie sie die Tür schloss und einen Spind öffnete. Eine Minute später öffnete sie wieder ihre Tür. „Okay. Wir können gehen." Ihre Tür fiel fest zu und er wusste, dass er allein im CLU war.

Es würde etwa zwei Minuten dauern, um zu dem Gebäude zu fahren, wo jemand den Tracker wieder zurücksetzen konnte – und sie würden fahren, nicht laufen, denn Zeit war äußerst wichtig für die Batterien dieser Dinger.

Scheiße. Er hatte einen dieser Tracker ausgelöst, die unglaublich teuer waren – wegen leichtsinnigem Sex – was ein weiteres Problem war, das vor seiner Tür landen könnte. Als ob Sex mit ihr zu haben nicht schon schlimm genug wäre.

Er dachte darüber nach, zu seinem eigenen CLU zurückzugehen, solange die Luft rein war. Doch er entschied sich dagegen, denn dies war die einzige Gelegenheit, die er sich erlauben würde, diese bestimmte Konversation mit Morgan Adler zu führen.

Er schlich aus dem Badezimmer und schnappte sich ihr Handy, das nun auf ihrem Nachttisch und nicht mehr auf dem Schreibtisch lag. Er löschte seine Nummer aus ihren Kontakten und die Nachrichten, die sie ausgetauscht hatten. Dann löschte er die Selfies von seinem Handy. Überrascht stellte er fest, dass sie ihm noch eine weitere SMS geschickt hatte – wahrscheinlich, als sie im Bett lag und auf das Klopfen an ihrer Tür gewartet hatte: *Tut mir leid. Es tut mir so leid.*

Nun, er glaubte nicht, dass diese Entschuldigung dieses Mal ausreichte.

Er ging wieder zurück ins Badezimmer, um dort auf ihre Rückkehr zu warten, und hoffte inständig, dass man sie nur vor ihrer Tür absetzen und nicht noch einen Grund finden würde, in ihr CLU zu kommen. Wie erniedrigend, sich wie ein Teenager, der sich in das Schlafzimmer eines Mädchens geschlichen hatte, im Badezimmer verstecken zu müssen.

Zehn Minuten später wurde ihm sein Wunsch erfüllt. Sie ging direkt zum Badezimmer und klopfte leise an die Tür. „Pax?", flüsterte sie.

Er öffnete die Tür.

Diese großen, wunderschönen blauen Augen sahen zu ihm auf. „Es tut mir so leid, Pax."

„Du hast Mist gebaut, Morgan. Und dieser Patzer hätte durchaus meine Rolle in meinem Team der Spezialeinheit in Gefahr bringen können. Sich einem direkten Befehl zu widersetzen – auch wenn es sich hier um mein Privatleben handelt – ist übel."

Er trat aus dem Badezimmer heraus. „Ich hätte dir nicht texten dürfen, aber ich wollte dich wissen lassen, was ich fühlte, während ich gleichzeitig betonte, dass du *verboten* bist. Meine SMS waren keine Einladung." Sein Blick fiel auf ihre Liege. Heilige Scheiße, in ihrem Körper zu sein hatte sich genauso intensiv angefühlt, wie er sich das vorgestellt hatte. Er blickte zur Seite. „Aber du hast angerufen, und ich kam – das war mein Fehler. Ich hätte das Gespräch beenden und verdammt nochmal in meinem CLU bleiben sollen." Schließlich erwiderte er ihren Blick. „Aber als ich dann schlussendlich hier war, warum zum

Teufel hast du mich nicht davor gewarnt, dass du einen High-Tech-Tracker in deinem Arm hast? Was zur Hölle hast du dir nur dabei *gedacht*?!"

„Ich habe nicht gedacht. Ich habe nur … gespielt. Ich dachte, dass es Spaß machen würde, schmutzige Dinge zu dir zu sagen. Dass nichts weiter passieren würde. Dass wir deine Befehle nicht verletzen würden."

„Ja, nun, während du *herumspielst*, versuche ich meinen Job zu machen, und der ist es, Dschibutier zu Guerilla-Kämpfern auszubilden. Vielleicht hältst du nicht viel von der Armee wegen deinem Arschloch von einem Vater, und vielleicht ist dir meine Rolle darin ebenfalls scheißegal, aber mir ist sie verdammt wichtig. Die Arbeit, die wir hier tun, ist wichtig. Du hast gesehen, wie es da draußen zugeht. Es gibt Kriegsherrn, die Menschenhandel mit jungen Mädchen betreiben, Flüchtlinge aus Somalia verhungern lassen, und die Länder um uns herum sind trotzdem auf die wenigen wertvollen Ressourcen aus, die diese Menschen haben. Die brauchen eine *Armee*, um ihre Grenzen und ihre Kinder zu verteidigen, und ich helfe ihnen dabei, eine aufzubauen. Du kannst also so viel spielen, wie du willst, aber ich habe genug. Ich habe einen Job zu erledigen, und ich habe keine Zeit für Bullshit-Spielchen."

Er packte den Türknauf und zerrte brutal die Tür auf. Draußen marschierte er an der Reihe CLUs vorbei, ohne zurückzuschauen. Ihre Sicherheit war das Problem eines anderen, und jetzt, da sie Sex gehabt hatten, konnte er sie sich endlich aus dem Kopf schlagen. Auf jede Art die wichtig war, war Morgan Adler nun nicht länger Teil seines Lebens.

Kapitel Neunzehn

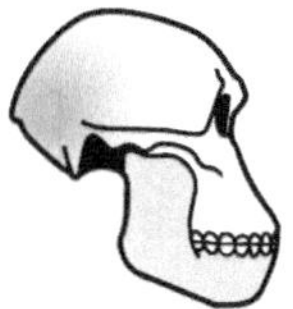

Morgan setzte für den Wachmann ein gespieltes Lächeln auf, als der Humvee den letzten Checkpunkt passierte und auf die Basis fuhr. Es war ein verflucht langer, heißer und miserabler Tag im Gelände gewesen, und sie war nach ihrer schlaflosen Nacht erschöpft. Jetzt wollte sie nur noch duschen und ins Bett. Sie würde morgen etwas zu Abend essen. Oder vielleicht nie wieder. Nahrung reizte sie nicht mehr.

Sie befürchtete, dass Pax sie nun hasste, und sie konnte es ihm nicht einmal übel nehmen. Schlimmer noch als seine Wut war das Wissen, dass sie seinen Respekt verloren hatte. Er sah sie als eine närrische, selbstsüchtige Frau an, die sich weder über die Probleme in Dschibuti wirklich informiert hatte noch sich darum scherte.

Das Schlimmste war, dass seine Beurteilung nicht so falsch war. Nicht der Teil, dass Dschibuti ihr egal war, aber der närrische und selbstsüchtige Teil. Sie hatte sich so sehr von ihrem Verlangen hinreißen lassen, dass es sie für die Risiken blind gemacht hatte. Blind dafür, was es Pax bedeutete. Blind gegenüber der Tatsache, dass dies weder die Zeit noch der richtige Ort war, sich auf eine selbstsüchtige Affäre einzulassen. Egal, wie sehr sie ihn wollte. Egal, wie sehr er sie wollte.

Er hatte die Risiken bezüglich seiner Karriere deutlich klar gemacht, und sie hatte trotzdem weiter gedrängt. Weil seine Ablehnung sie verletzt hatte. Aber sich einfach etwas zu nehmen, weil man es haben wollte, war die Reaktion eines verwöhnten Kindes. Sie hatte sich selbst nie als verwöhnt angesehen, aber jetzt musste sie ihre Emotionen und ihr Handeln neu betrachten. Wahrscheinlich sah Pax sie als die zügellose Tochter eines Generals, die keine Grenzen kannte, was besonders bitter war, denn etwas war mit ihr geschehen, während sie Liebe machten, und es hatte nichts mit den drei Orgasmen zu tun, die ihr ohnehin schon bröckelndes Fundament erschütterten.

Sie könnte sich in Pax verlieben. Vielleicht war sie schon halb auf dem Weg dorthin. Er war alles, was sie niemals gewollt hatte: ein Soldat, herrisch, absolut dominant im Bett, ein besitzergreifender Neandertaler – meist in den ungünstigsten Momenten und an den unpassendsten Orten – und der Traum-Schwiegersohn ihres Vaters.

Warum zur Hölle hatte sie ihn also so verzweifelt gewollt und ihn verdammt nochmal angerufen – für Sex – obwohl er eindeutig klar gemacht hatte, dass er diese Grenze nicht überschreiten konnte?

Und warum tat es so verdammt weh zu wissen, dass sie niemals wieder mit ihm schlafen würde?

„Morgan?", fragte Ripley vom Fahrersitz.

Sie öffnete ihre Augen, wobei ihr nicht einmal bewusst gewesen war, dass sie sie geschlossen hatte, um eine weitere Erinnerung an letzte Nacht zu durchleben. Sie sah, dass der Humvee vor ihrem CLU angehalten hatte. Trautes Heim, Glück allein.

Allerdings würde sie zunächst weder ihre Dusche bekommen noch ins Bett hüpfen können, denn vor ihrem CLU stand niemand anderer als ihr guter alter Vater.

Ein verdammter Tag. Pax wollte nichts weiter als 24 verdammte Stunden, in denen er Dr. Morgan Adler nicht sehen musste. Von allen Tagen der Welt wäre dieser – knapp 14 Stunden, nachdem er ihr Bett verlassen hatte – der perfekte Tag gewesen, Morgan für eine ganze Erdumdrehung nicht sehen zu müssen. Aber er war zu einem Meeting befohlen worden, das zweifelsohne genau die Person einbezog, die er vermeiden wollte. Er hatte keinen Zweifel daran, dass die betreffende Frau ganz und gar im Mittelpunkt stehen würde.

Ursprünglich hatte er befürchtet, dass man es herausgefunden hatte, aber das hätte eine Konfrontation mit seinem XO zur Folge gehabt, nicht dem Oberbefehlshaber der Basis. Eine Sache wusste er von seinem Boss: der Mann würde solch einen Verstoß privat behandeln. Er würde Pax' Leben zur Hölle machen, aber er würde seinen Ärger und seine Enttäuschung quasi unterm Tisch verarbeiten, es sei denn, er wollte dies als einen Vorwand benutzen, Pax aus dem Team zu werfen. Was eine Möglichkeit war, wenn man die Anspannung zwischen Bastian und Pax seit Jemen in Betracht zog – aber auch hier würde diese Aktion keine hohen Tiere der Navy involvieren. Das wäre ganz und gar eine Anordnung der Spezialeinheit, und SOCOM wedelte nun mal nicht mit ihrer schmutzigen Wäsche vor anderen Kommandanten herum.

Er nahm sich seine drei-minütige Dusche in den öffentlichen Kabinen und beneidete Morgan nicht zum ersten Mal um ihre private Dusche. In einer anderen Welt, wenn er nicht mehr länger für ihre Sicherheit verantwortlich wäre und keinen ausdrücklichen Befehl hätte, sie nicht anzufassen, hätte er die Dinge mit ihr weitergeführt, und er hätte ihre private Dusche und ihren privaten CLU gründlich genutzt. Der Tracker in ihrem Arm wäre kein Problem. Er würde ihr vor dem Sex ein Pflaster darauf kleben, damit er sich daran erinnerte, die Stelle zu meiden.

Es war zu einfach, sich in sexuelle Fantasien mit Morgan zu verlieren, und er stellte vor lauter Frustration die Dusche aus. Er hatte sie sich aus seinem System gevögelt. Erledigt.

Nur, dass er ihr in ein paar Minuten gegenübertreten musste. Mit einem Handtuch um seine Hüfte trat er vor den Spiegel und machte sich daran, sich zu rasieren, während er sich mental auf sein Wiedersehen mit Sex-auf-zwei-Beinen mit einem PhD vorbereitete.

Zwanzig Minuten später sah er präsentabel aus, trug eine saubere Armee-Uniform und stieg die Treppen zusammen mit Cal und Ripley zur Befehlszentrale hinauf. Cal war seit dem ersten Meeting mit Morgan im Büro des Skippers nicht mehr herbestellt worden, und Pax fragte sich, was das nun wieder zu bedeuten hatte.

Höchstwahrscheinlich wusste Cal, dass Pax letzte Nacht ihr CLU verlassen hatte, aber er hatte kein Wort gesagt, was Pax zu schätzen wusste. Falls Cal je erfahren würde, dass Morgans Tracker während des Sex getriggert worden war, würde er sich vor Lachen kaum noch einkriegen, aber vorerst blieb das glücklicherweise ein Geheimnis.

Der Einsatz aller subdermalen Tracker war streng geheim. Spezialeinheiten erfuhren nur davon, wenn sie losgeschickt wurden, um jemanden zu retten. In dieser Gegend ging solch ein Job normalerweise an die Navy-SEALs. Jemen war eine Ausnahme gewesen.

Als sie eintrafen, waren die meisten Sitze um den Tisch im Konferenzraum bereits besetzt. Da Morgan und der Skipper noch nicht anwesend waren, und nur noch drei Plätze frei waren, setzte er sich auf einen der Stühle, die an der Wand entlang aufgereiht waren. Cal und Ripley taten es ihm nach. Sie waren die einzigen verpflichteten Soldaten im Raum, und ihnen stand kein Platz am Tisch zu.

Pax traf Savannah James' Blick, während leises Gesprächsgemurmel durch den Raum tönte. Sie trug diesen spekulativen Gesichtsausdruck, den er nicht ausstehen konnte, als ob sie all seine Geheimnisse kannte. Er fragte sich, ob sie diesen beunruhigenden Blick im Spiegel übte.

Dem Geflüster nach zu urteilen, das um ihn herumschwirrte, kannte niemand – nicht einmal sein XO – den Grund für dieses Meeting.

Schließlich erschien Captain O'Leary zusammen mit Morgan und einem älteren Mann in einer strammen Armee-Uniform. Jemand rief: „Achtung!"

Pax stand mit allen anderen auf. Er betrachtete den Armee-Offizier und bemerkte die beiden Sterne auf der Brustmitte des Mannes. *Scheiße*. Ein Major General.

„Rühren", sagte der General, als er sich hinsetzte.

Ein Blick auf das Namensschild bestätigte seine schlimmsten Befürchtungen, aber ein Blick auf die vertrauten großen blauen Augen hätte gereicht.

Oh, Fuck. Pax ließ sich auf seinen Stuhl sinken. Gerade als er dachte, dass der Tag nicht noch schlimmer werden könnte, tauchte Morgans Daddy auf.

Morgan nahm Platz auf dem freien Stuhl neben ihrem Vater und verzog das Gesicht. Pax saß direkt in ihrem Blickfeld. Sie hätte gern darauf verzichtet, jede seiner Reaktionen zu der niemals endenden herablassenden Haltung ihres Vaters mit ansehen zu müssen. Allerdings hätte sie gern ganz darauf verzichtet, Pax sehen zu müssen.

Captain O'Leary stand auf. „General Adler, der kommandierende General des Geheimdienst- und Sicherheitskommandos in Fort Belvoir, ist offiziell hier, um das untergeordnete Kommando von INSCOM in Camp Citron zu inspizieren und mit Kommandanten zu beraten, aber der Zeitpunkt seines Besuches wurde aufgrund von neuen Drohungen gegen seine Tochter, Dr. Adler, vorverschoben." O'Leary nickte in ihre Richtung. „Der Grund dieser Versammlung ist, General Adler über die Suche nach Etefu Desta und die Sicherheitsvorkehrungen, die für Dr. Adler und ihr archäologisches Projekt getroffen worden sind, auf den neuesten Stand zu bringen." Er wandte sich an ihren Vater. „General, möchten Sie etwas sagen, bevor wir beginnen?"

Ihr Vater stand auf und räusperte sich. Morgan wappnete sich, denn sie wusste genau, womit ihr lieber Daddy anfangen würde. „Ich entschuldige mich für unsere Verspätung. Meine Tochter bestand darauf, zuerst eine Dusche zu nehmen, als ob niemand von Ihnen wichtigere Dinge zu tun hätte, als auf sie zu warten. Nachdem Sie sich doch alle den ganzen Tag lang in unserem guten Kampf wacker geschlagen haben, während sie nichts weiter tut, als sich alte Steine anzugucken."

Ach ja. Das war es, was sie tat. Sie *lebte* nur, um die Zeit des Militärs zu verschwenden. Sie atmete tief ein. Wut würde nur Tränen bringen, was in diesem Raum absolut *nicht* passieren würde. Ihr Vater wusste nur allzu gut, dass Wut ihr Trigger war, und er versuchte sie zu zermürben, damit sie klein beigab und er rücksichtslos über sie hinwegrollen konnte.

Sie fixierte ihren Blick auf die Wand und dachte an letzte Nacht mit Pax. Als er ihr gesagt hatte, wie schön sie war, während er sie geliebt hatte. Ein gleichmütiges Lächeln erschien auf ihren Lippen, als sie sich daran erinnerte, wie sich sein Mund an ihrem Hals angefühlt hatte, während er mit seinen Händen ihre Brüste umschloss.

„Als Erstes", sagte ihr Vater, „möchte ich Sergeants Blanchard und Callahan dafür danken, dass Sie meine Tochter gerettet haben. Sie ist eine Herausforderung, das weiß ich, und sie neigt dazu, nicht immer die weisesten Entscheidungen zu treffen. Es kann Ihnen nicht leichtgefallen sein, und ich bin für Ihre Professionalität dankbar."

Das einzige Wort, was in seiner Beschreibung über sie fehlte, war ‚inkompetent‘, aber wenigstens hatte er es mit seinem Tonfall andeuten können.

Sie bemühte sich, es sich nicht zu Herzen zu nehmen. Als ihr das nicht gelang, fixierte sie ihren Blick auf Pax und stellte sich vor, wie sie ihm einen Blowjob geben würde, während er seinen Kampfanzug trug. Es mochte nicht der richtige Zeitpunkt für Blowjob-Fantasien sein, aber es war ein Verteidigungsmechanismus, um ihre Tränen zurückzuhalten, und sie würde nicht damit aufhören.

Was Pax betraf, waren seine Augen ausdruckslos. Leer. Er war der Soldat, den sie am Anfang am Straßenrand kennengelernt hatte, der ihr ihren Ausweis abgenommen und sie aus ihrem Wagen herausbefohlen hatte.

Nun, genau das war es, was er sein sollte. Also gut.

„Man hat mir berichtet, dass Sergeant Callahan eigenhändig einen Heckenschützen erledigt hat, der einen Konvoi festhielt. Ausgezeichnete Arbeit." Er nickte Cal zu. „Allerdings nehme ich an, dass Sergeant Callahan den einfacheren Job hatte, denn er musste sich nicht mit meiner hysterischen Tochter und dann auch noch Milizionären abgeben, die im Wadi lauerten." Ihr Vater lachte, und einige Männer am Tisch schlossen sich ihm an.

Savvy starrte den General mit einem steinharten Blick an, was ihr Morgans lebenslange Freundschaft einbrachte.

Cal warf ihr einen verständnisvollen Blick zu.

Morgan zuckte mit ihren Schultern. Das hier war ihr Vater in all seiner Pracht.

Ihr Vater fuhr fort: „Sergeant Blanchard muss dafür gelobt werden, dass er zwei Milizionäre im Wadi angeschossen und das Leben von einem von ihnen gerettet hat, sobald bekannt wurde, dass der sterbende Mann wertvolle Informationen besaß."

Pax räusperte sich. „Das ist Dr. Adler zu verdanken, Sir."

Sie blickte abrupt auf. Sicherlich würde er nun nicht seine ganze Karriere aufs Spiel setzen, indem er zugab, dass er ihr seine Waffe gegeben hatte?!

„Wie bitte?", fragte ihr Vater.

„Dr. Adler hat die Blutung des Mannes gestillt. Ich habe nur den Verband umgelegt. Dr. Adler hat dem Mann das Leben gerettet. Nicht ich."

Sie unterdrückte einen erleichterten Seufzer. Er billigte ihr mehr oder weniger den einzigen Verdienst zu, den er ihr geben konnte. Was sehr nett war, wenn man bedachte, dass ihr Vater ihr niemals etwas Positives anrechnete.

„Das freut mich zu hören, Sergeant. Ich nehme an, dass ich sie dann wohl doch noch gut erzogen habe." Jedes herablassende Wort, das ihr Vater von sich gab, schnitt tiefer als das vorherige.

Sein Blick fiel auf sie. „So, wie ich es verstanden habe, hast du dich gegen die Versuche der Navy gestellt, dein Projekt zu unterstützen, indem sie ihre eigenen Experten anboten, was sowohl geschäftsmäßig erbärmlich als auch eine armselige taktische Entscheidung war."

Und schließlich offenbarte sich die Tagesordnung ihres Vaters. Er wollte ihr einen Dämpfer verpassen und sie an ihren Platz verweisen, und damit der Navy den Weg ebnen, damit diese mit einem Wisch ihr Projekt übernehmen konnte. Nur dass sie und O'Leary eine Vereinbarung getroffen hatten. Die Navy wollte die Kontrolle nicht länger.

Ihr Vater war in jeder Hinsicht ein exzellenter Offizier und der US-Armee treu ergeben. Er hatte sich seinen Rang erarbeitet und verdiente den Respekt, den man ihm entgegenbrachte. Wo er Defizite hatte, war als Vater. Doch genau jetzt triefte seine miserable Vaterschaft in sein professionelles Leben, was ihn wiederum zu einem schlechten General machte.

Wenn man sie aus diesem Szenario entfernen würde, hätte sie keine Zweifel daran, dass er den ganzen Raum unter Kontrolle hätte. Aber so, wie die Dinge nun standen, schienen nur eine Handvoll der Offiziere an Bord zu sein. Sie räusperte sich und wählte für diesen Raum eine formelle Anrede des Generals. „Ich werde Ihr Feedback überdenken, General, aber im Moment habe ich mein Projekt gut im Griff. Auf die Assistenz von Navy-Archäologen zu warten, würde meine Feldarbeit nur verzögern."

Sie warf ihm ein schmales Lächeln zu und fuhr fort: „Es berührt mich zutiefst, mehr als ich mit Worten ausdrücken kann, dass Sie den ganzen Weg hierher gereist sind, um meine Sicherheit zu garantieren." Sie war stolz darauf, dass sie den Sarkasmus aus ihrer Stimme fernhalten konnte. „Mit Erlaubnis meines Sicherheitsteams", sie nickte zu Ripley, „würde ich Ihnen gern morgen früh die Linus-Ausgrabungsstätte zeigen, damit Sie sich selbst davon überzeugen können, was für ein erstaunlicher Fund es tatsächlich ist. Ich schlage vor, dass Sie heute Abend über das äthiopische Lucy-Skelett nachlesen, damit Sie den Kontext und Wert von Linus für die paläanthropologischen Aufzeichnungen verstehen. Die dschibutische

Regierung möchte den Fund so bald wie möglich bekanntgeben. Wir sollten in den kommenden Tagen die Kalium-Argon-Datierung vom Labor zurückerhalten, und der Kulturminister hat einen Sicherheitsdienst für die Fundstelle arrangiert, der nach der Bekanntgabe rund um die Uhr, sieben Tage die Woche, notwendig sein wird. Wir erwarten ebenfalls die Analyse eines der weltweit angesehensten Experten in der Paläanthropologie. Es war ihm nicht möglich, sofort zu kommen, aber er hat Fotos untersucht und eine vorläufige Beurteilung treffen können, die mit unserer übereinstimmt – es handelt sich um einen 3,5 Millionen Jahre alten männlichen Australopithecinen mit einer vollständigen Werkzeugauslage. Der Experte plant herzukommen, sobald es ihm möglich ist – frühestens Ende der kommenden Woche. Seine Tochter heiratet und hat ihm unmissverständlich klargemacht, dass er ihre Hochzeit auch nicht für einen Fund wie Linus verpassen dürfe." Sie lächelte dem gesamten Raum zu. „Glauben Sie nicht, dass er nicht darüber nachgedacht hat."

Man beantwortete ihre Aussage mit Kichern, und sie spürte, wie sich die Anspannung im Raum etwas lockerte. Sie neigte ihren Kopf zu ihrem Vater. „Ich hoffe, Sie sind noch in Dschibuti, wenn der Fund angekündigt wird. Das sollte ein großes Ereignis werden."

Und vielleicht wirst du nur ein einziges Mal in deinem Leben einen Grund finden, stolz auf mich zu sein.

Sie schob den bitteren Gedanken beiseite. „Ich befürchte, dass ich nach morgen früh keine Zeit mehr haben werde, Ihnen alles zu zeigen, denn ich muss mein Projekt zu Ende bringen. Daher muss ich mich jetzt auch leider aus diesem Meeting zurückziehen. Ich habe heute Abend noch Stunden an Arbeit vor mir, da ich den Bericht in zeitlicher Übereinstimmung mit meiner Geländearbeit schreibe, damit ich meine Deadline einhalten kann."

Sie wandte sich an Ripley. „Sergeant Ripley, sobald Sie hier fertig sind, würde ich gern die Sicherheitsvorkehrungen für die morgige Tour für General Adler und einen notwendigen Besuch in Dschibuti City besprechen. Ich werde in meinem CLU sein."

Ripley nickte. Sie drehte sich auf ihrem Absatz um und verließ das Meeting.

Die berechtigte Wut, die Pax mit großer Sorgfalt zurückgehalten hatte, begann zu hochzukochen, sobald General Adler anfing zu sprechen. Sie verrauchte, als Morgan aufstand und sich selbst mit Würde verteidigte.

Dieser Mann hatte eine großartige Frau als Tochter, und er sah weder ihre Leistungen noch ihren Verstand oder ihre Stärke. Wie zur Hölle hatte Morgan es geschafft, an sich selbst zu glauben? Denn sie hatte zu Hause mit Sicherheit weder bedingungslose Liebe, noch Unterstützung oder weiblichen Zusammenhalt erhalten. Er konnte sich vorstellen, dass ihre Mutter eher eine unterwürfige Frau war, um all die Jahre mit General Adler auszuhalten, vorausgesetzt, ihre Eltern waren noch verheiratet.

Dieser Gedanke machte ihn stutzig. Er hatte mit dieser Frau geschlafen, wusste aber kaum etwas über sie, außer dass sie in oder nahe Washington DC wohnte und ihr Vater ein knallharter Zwei-Sterne-General war. Ihre Kindheit war davon geprägt gewesen, zu versuchen, ihn zufrieden zu stellen, während sie als Erwachsene davon geprägt wurde, gegen ihn zu rebellieren.

Was wusste Pax sonst noch? Sie besaß einen schwarzen Gürtel im dritten Dan. Sie konnte ein Gummibärchen auf zwanzig Metern von einem Fingerhut schießen. Sie liebte ihre Arbeit. Und sie war unglaublich schön und nahm ihn tief in ihrem Körper auf.

Ohne sie fiel das Meeting auseinander, wenn man bedachte, dass der General beabsichtigt hatte, sie dazu zu zwingen, der Navy die Aufsicht über ihr Projekt zu übertragen. Wobei die Navy die Kontrolle nicht länger wollte. Captain O'Leary vertagte die Besprechung und begleitete den General aus dem Konferenzraum, wobei er vorschlug, zum Abendessen ins *Barely North* zu gehen. In Zeiten wie diesen wünschte Pax sich, dass es auf der Basis einen O-club für die alten Offiziere gäbe. Aber wenigstens wäre es sicher für Pax, sich eine Mahlzeit in der Cafeteria zu besorgen.

Er konnte nur hoffen, dass Morgan in ihrem CLU war, denn eine Sache war ihm unangenehm klar geworden, als er sie während dieses unerfreulichen Meetings beobachtet hatte. Er war auf dem besten Weg, sich in diese dickköpfige, stolze und hartnäckige Archäologin zu verlieben. Aber jetzt, da ihr Vater sich auf der Basis befand, war sie mehr als je zuvor tabu.

Kapitel Zwanzig

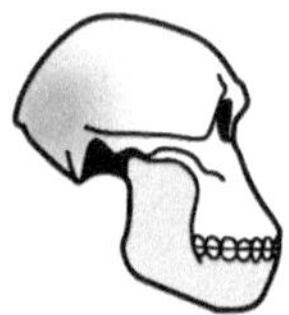

Die Tour der Ausgrabungsstätte fand unter großem Trara statt. Camp Citrons Kommandeur der SOCOM und ein weiterer kommandierender General hatten sich ihrem Vater und Captain O'Leary für die Führung angeschlossen. O'Leary brachte einen mit Schaum ausgefüllten Koffer mit, den er hatte anfertigen lassen, um Linus' Schädel zu schützen.

Die Navy hatte Ibrahim und Mouktar Handys zugeteilt, wodurch es Ripley möglich gewesen war, sie darüber zu informieren, für die Tour an der Fundstätte zu erscheinen. Und wenn es auch sonst nichts brachte, war diese Tour eine gute Übung für ihr Team, sich auf die große Ankündigung vor der internationalen Presse vorzubereiten.

Vor Ort bat Morgan Mouktar und Ibrahim, die Tour zu leiten, so wie sie den Green Berets bei ihrem Besuch das Gelände gezeigt hatten. Es war ihr Land, und sie sollten als Gesicht für diesen Fund dienen, nicht sie. Es wäre vielleicht eine Möglichkeit gewesen, sich mit ihrem Wissen und ihren Fähigkeiten vor ihrem Vater zu brüsten, aber sie hatte vor so langer Zeit damit aufgehört, ihm gefallen zu wollen, dass es ihr nicht mehr wichtig war. Schlussendlich war sie dort, um Fragen zu beantworten, die ihr Team nicht beantworten konnte, und auch das war ein gutes Training für die beiden Männer.

Pax' Green Berets Team und eine ganze Busladung von Auszubildenden kam genau rechtzeitig an, um zu sehen, wie Morgan Linus' gebrochenen Schädel wieder an die ursprüngliche Stelle zurücklegte. Sowohl der Schaden am Schädel als auch Pax' Ankunft verursachten ihr Bauchschmerzen. Es machte Sinn, dass auch die Einheimischen diesen Fundort sehen sollten, wenn man bedachte, dass einige von ihnen in den nächsten Tagen vielleicht zur Sicherheit hierher bestellt würden, aber sie wünschte sich, dass man sie davor gewarnt hätte, Pax wiederzusehen. Wie die Dinge standen, verspürte sie dasselbe irritierende Flattern in ihrem Bauch, das sie immer gefühlt hatte, wenn sie ihn sah, aber dieses Mal war es vermischt mit Herzschmerz.

Während Ibrahim und Mouktar Fragen beantworteten, konnte sie nicht anders, als in seine Richtung zu schauen. Ein Schauder schoss durch sie hindurch, als sie seinem ungenierten Starren begegnete. Da war kein Zorn in seinen Augen, und er betrachtete sie nicht länger mit einem eiskalten, finsteren Blick. Er war wieder Pax, seine Augen ernst, aber dennoch sah sie einen Hauch von Lust darin, die er nicht ganz verstecken konnte.

Der Riss in seinem Schutzwall gab ihr keine Hoffnung. Ganz im Gegenteil. Jetzt, da ihr Vater hier war, was die Risiken für ihn umso deutlicher machte, gab es keine Hoffnung, dass er ihr nachgeben würde. Die Kluft zwischen ihnen wuchs nur noch weiter.

Als alle Fragen gestellt und beantwortet waren, wurde Linus' Schädel wieder in den Koffer gepackt und in einem Humvee sicher verstaut. Ibrahim und Mouktar wiederholten die Tour für die verspäteten Auszubildenden, und Morgan dankte ihrem Vater und den anderen Offizieren für ihren Besuch. Sie wandte sich ab, um sich ihrem Team anzuschließen, denn sie sehnte sich danach, dass es endlich vorbei war, damit sie den prüfenden Blicken der beiden Männer entkommen konnte, die die Macht besaßen, ihr am meisten wehzutun.

„Moment", sagte ihr Vater. Er warf dem Navy-Captain ein

entschuldigendes Lächeln zu. „Ich würde gern für ein paar Minuten mit meiner Tochter allein sprechen."

Klar, es war kein Problem, wenn *er* die Zeit des Captains verschwendete, aber wenn sie nach einem langen Tag draußen in der Hitze eine dreiminütige Dusche wollte, dann war sie egoistisch. Sie schüttelte den bitteren Gedanken ab. Nichts würde die Beziehung mit ihrem Vater retten können, und ihre Abneigung gegen ihn tat nichts weiter, als ein Loch in ihre Magenwand zu brennen.

Sie folgte dem General zu einem Stück Schatten neben einem Akazienbaum. Er sagte nichts, und sie würde auf keinen Fall sprechen, bevor er sie angesprochen hatte. Er hatte sie gut trainiert.

Er räusperte sich. „Wie du es vorgeschlagen hast, habe ich gestern Nacht über das Lucy-Fossil nachgelesen."

Das erstaunte sie. Das war so ziemlich das Letzte, was sie von ihm erwartet hatte.

„Es war … interessant." Er schüttelte seinen Kopf. „Okay, es war langweiliger Scheiß und ich habe nicht allzu viel davon verstanden, aber ich kann sehen, warum es – und auch dein Linus – eine große Sache ist. Ich glaube immer noch, dass du einen Fehler gemacht hast, als du dich für die Archäologie entschieden hast, anstatt deinen scharfen Verstand dem Militär zu Gute kommen zu lassen. Du hättest es im Pentagon, im Geheimdienst oder jedem anderen Zweig weit gebracht."

Scharf? Ihr Vater glaubte, dass sie klug war? Die Hitze musste ihm zugesetzt haben.

„Du hast nie von einer anderen Karriere im Militär gesprochen, als die erste Frau in einer Spezialeinheit zu werden. Nicht, weil du glaubst, dass Frauen diese Art von Job erledigen könnten und einen Pionier bräuchten, sondern weil du dann endlich den *Sohn* deiner Träume hättest."

Er lehnte sich zurück, als ob sie ihn geohrfeigt hätte. „Wie kommst du darauf, dass ich einen Sohn wollte?"

Morgan hatte den Eindruck, dass dies eine Gelegenheit für eine echte Konversation mit ihm sein könnte. Nicht eine einseitige Lektion, die sie mit wütenden Tränen und Selbsthass wegen ihrer Schwäche zurückließ. „Keine Ahnung, vielleicht die Art, wie du sagst, dass ich – egal was ich erreicht habe – hätte besser sein können, und dass ich härter arbeiten solle, was du normalerweise noch mit den Worten ‚wenn du nur Eier hättest‘ betonst.“

„Das ist nur eine Phrase!“

„Es ist eine Phrase mit einer sehr spezifischen Bedeutung. Ich habe keine Eier, General. Und es tut mir nicht im Geringsten leid. Und ich stimme auch nicht zu, dass ich eine Verliererin bin, wenn ich nicht die Beste sein kann.“

„Das habe ich nie gesagt.“

„Das haben Sie, Sir. Jeden gottverdammten Tag.“ Morgan nahm wieder die formelle Anrede an.

„Das sollte dich ermutigen. Dich vorantreiben.“

„Nein, Sir. Sie waren ein Feldwebel, wenn ich in Wahrheit einen Vater gebraucht hätte.“ Ihr Augen füllten sich mit Tränen, und sie wusste, so sehr sie diese Konversation führen mussten, sie konnte es nicht hier tun. Nicht jetzt. Nicht, wenn Pax zwanzig Meter entfernt stand, und sie ein Team zu leiten hatte, mit Stunden voller Arbeit vor sich.

„Es tut mir leid, General. Ich muss wieder an meine Arbeit. Da sind ein A-Team und ein ganzer Zug von Guerillas, die trainiert werden wollen.“ Zum zweiten Mal in so vielen Tagen verließ sie ihren Vater, ohne darauf zu warten, wegtreten zu dürfen.

Sie ging direkt zum Humvee ihres Teams und vermied Pax’ Blick.

Sie hoffte, dass ihr Vater nicht darauf bestehen würde, heute Abend mit ihr zusammen zu essen, denn sie wollte ihre Sorgen in einem riesengroßen, äußerst unveganen Schokoladenmilchshake ertränken.

Pax stieg als Letzter in den Bus. Die meisten vom Team fuhren in Humvees voraus oder hinter dem Bus voller dschibutischer Auszubildender her, aber Pax und Bastian, der

Bastard, steckten zusammen fest und spielten die Rolle von Lehrern, die ihre Schüler auf einem Ausflug unter Kontrolle halten mussten.

Der Bus gehörte der dschibutischen Regierung und wurde auch von dieser betrieben, was wenigstens einem Einheimischen regelmäßige Arbeit verschaffte. Das amerikanische Militär heuerte Dschibutier an, wo immer es möglich war, eine lobenswerte Praktik, die manchmal seinen Job erschwerte. Aber dieser Fahrer war wenigstens gut trainiert. Sie hatten auch das Glück, dass diese Studenten ihr Training ernst nahmen. Die Männer waren alle jung, stark und begierig darauf, ihr Land zu verteidigen. Obwohl das nicht heißen sollte, dass eine Pause vom Guerilla-Training nicht willkommen war. Ihnen schien der Ausflug, um Linus zu sehen, bevor die Welt von dessen Existenz erfuhr, zu gefallen.

Er hörte ihr Geplänkel, während sie diskutierten, ob ‚der kleine Affe' ein Issa oder Afar war, aber der Tribalismus war nur ein Scherz. Diese Männer hatten gelernt, miteinander auszukommen. So wie die anderen in seinem Spezialeinheiten-Team, besaß Pax Sprachkenntnisse, um mit den Einheimischen arbeiten zu können, aber er sprach nur Französisch, nicht Arabisch, und die Konversation wechselte vom Französischen, das er verstehen konnte, ins Arabische, das er nicht verstand. Was ihm keine Sorgen machte, denn Bastian, der Bastard, sprach fließend Arabisch und konnte überwachen, was gesagt wurde. Ihre Sprachkenntnisse waren der Grund, warum man sie zusammen in diesen Bus gesteckt hatte.

Es war eine Erleichterung für Pax, sich zurücklehnen und seine Augen schließen zu können, abzuschalten und zu vergessen, wie abgefuckt seine Stationierung geworden war.

Das Problem war nur, dass er jedes Mal, wenn er seine Augen schloss, Morgan sah, nackt und schön, wie sie ihm ihren Körper mit einer unbefangenen Kühnheit hingab, die ihn nach nur zwei Tagen schwach machte und nach mehr verlangen ließ.

Es gefiel ihm nicht, dass Linus bald bekannt gemacht würde. Aber er war nicht länger für Morgans Sicherheit verantwortlich, hatte nichts mehr in ihrem Leben zu sagen. Nicht, dass er es je gehabt hätte.

Sein Handy vibrierte und er antwortete, ohne die Nummer zu checken – dankbar für die Ablenkung. „Sergeant Blanchard."

Der Mann sprach schnell und auf Französisch, und Pax wurde sofort aufmerksam. „Hier ist Charles Lemaire. Ich muss mit Dr. Adler sprechen. Es ist dringend. Neuigkeiten über die Fundstelle sind an die Öffentlichkeit geraten. Unser Minister für Nachrichtendienste hat mich soeben informiert, dass ISIS eine Meldung rausgeschickt hat, die Freiwillige dazu aufruft, Linus zu zerstören."

Scheiße. Als ob sie nicht schon genug Probleme hatten. „Haben Sie die Ressourcen, um die Fundstelle zu schützen?"

„Nein. Ich hatte gehofft, dass uns das amerikanische Militär unterstützt. Unser Präsident spricht gerade mit dem Oberbefehlshaber der Navy."

Es würde wahrscheinlich in SOCOMs Schoß fallen, oder vielleicht einem Team der Navy-SEALs, falls die Bedrohung akut war. Sonst würde man Marinesoldaten als Wachen aufstellen. Seine Guerilla-Auszubildenden könnten diese Fundstelle sehr viel eher bewachen, als es erwartet wurde. Er schüttelte seinen Kopf. Das war nicht seine Schlacht. Nicht seine Mission. „Um Dr. Adler zu erreichen, müssen sie den neuen Leiter ihres Sicherheitsteams kontaktieren." Er gab ihm Ripleys Handynummer.

Nachdem der Anruf beendet war, steckte er sein Handy weg und marschierte im mittleren Gang des Buses nach hinten zu Bastians Sitz. Er informierte den Chief – der ja stellvertretender Leiter des A-Teams war – über die Neuigkeiten. Bastians ließ seinen Blick über die vierzig Auszubildenden gleiten, die allesamt bereit waren und nur darauf warteten, ihr Heimatland zu verteidigen. „Ich werde unseren Boss anfunken. Wir sollten zurückfahren. Unsere Verteidigungsstrategie vor Ort planen."

Pax nickte. Er hatte gehofft, dass der Chief das sagen würde. Er war zwar immer noch ein Bastard, aber er war ein schlauer Bastard.

organs Arbeitstag, der schon durch die Tour verkürzt
worden war, wurde nun von Lemaires Anruf vollkommen durcheinandergebracht. Sie war gezwungen, Ibrahim
und Mouktar unbeaufsichtigt bei der Arbeit zurückzulassen,
während sie und das Sicherheitsteam zum Büro des Ministers
fuhren.

Bei ihrer Ankunft führte sie der Minister für Tourismus,
Jean Savin, zu einem kleinen Konferenzraum, wo Charles
Lemaire bereits zusammen mit dem Minister für natürliche
Ressourcen, Ali Imbert, auf sie wartete. Ripley stand Wache an
der Tür, während Sanchez den Eingang zum Gebäude
bewachte, genauso wie es gewesen war, als Pax sie begleitet
hatte.

Imbert, ein Einheimischer des Landes, der laut Lemaire ein
eher altmodischer Minister der alten Schule und entsetzt
gewesen war, als sich herausgestellt hatte, dass Dr. Adler eine
Frau war, studierte sie mit kritischem Blick, bevor er sagte: „Ihre
Regierung bezahlt Geld dafür, eine Frau zu beschützen,
während unsere Ausgrabungsstätte schutzlos ist. Wir haben Sie
bei unserem letzten Meeting gefragt, ob man Linus beschützen
würde, aber man hat nur *Sie* beschützt."

„Ohne diese Frau hätten sie keine Ausgrabungsstätte, die
man beschützen müsste", antwortete Morgan. „Aber ich habe
nicht um den Schutz gebeten. Das wurde angeboten, nachdem
ein Kriegsherr eine Bombe in meinem Wagen deponiert hat.
Und ich bin keine Idiotin, also habe ich es akzeptiert."

Lemaire sagte etwas in rapidem Französisch zu dem
anderen Minister, und sie hatte das Gefühl, dass er den Mann
abmahnte. Auf Englisch sagte er: „Ich wurde informiert, dass
Captain O'Leary Wachen versprochen hat – Marinesoldaten,
sagte er – und noch während wir uns unterhalten, ist eine Abtei-
lung Ihrer Soldaten – diejenigen, die unsere Männer trainieren -
daran, sich einen Verteidigungsplan für die Fundstelle zu
überlegen."

Morgan traf Ripleys Blick. Der Mann nickte ihr kurz mit

einem noch kürzeren Lächeln zu. Sein A-Team war bereits im Einsatz.

Ein Funken Wärme breitete sich in ihr aus, als sie daran dachte, dass Pax vielleicht hinter dieser Entscheidung stecken könnte. Was närrisch war, denn er tat es nicht für sie. Linus gehörte nicht *ihr*. Der Australopithecinae gehörte Dschibuti, und es war in Amerikas bestem Interesse, die Fossilien zu beschützen, denn ein guter Wille zwischen den Ländern würde zu einem von den USA kontrollierten Flughafen führen. Was Amerika wiederum einen Vorteil gegen den Terror in Ostafrika geben würde.

Mehr steckte nicht dahinter.

Aber tief in ihrem Inneren fragte sie sich, ob sein Beschützerinstinkt bezüglich des uralten, haarlosen, zweifüßigen Hominin genauso ausgeprägt war wie ihrer.

Nachdem die Minister für Tourismus und für natürliche Ressourcen gegangen waren, blieb Lemaire zurück, um die Untersuchungen über Broussards Verschwinden zu diskutieren. Sie war überrascht zu hören, dass es kaum neue Entwicklungen in dieser Sache gab, da die örtliche Gendarmerie sich dieses Falles nicht wirklich angenommen hatte, und auch die *Police Nationale* bisher noch nichts unternommen hatte, um jemanden nach Dschibuti zu schicken. Ihren Plan, zu ihrem Apartment zurückzukehren, behielt sie vorerst für sich, denn sie wusste von Ripley, dass er nicht wollte, dass irgendjemand vorher über ihren geplanten Besuch in ihre alte Nachbarschaft informiert wurde. Stattdessen flehte sie den Minister an, sie durch Ripley auf dem Laufenden zu halten.

Sie durfte weder dem Minister noch ihrer Crew ihre Handynummer geben, weil man sonst die GPS-Trackingfunktion ausschalten müsste. Im Grunde genommen konnte sie ihr Handy nur dazu benutzen, amerikanisches Militärpersonal zu kontaktieren. Wodurch es ihrer Meinung nach eher unnütz für sie war.

Es war schon spät, als sie schlussendlich nach einem besonders langen Arbeitstag zur Basis zurückkehrte. Sie ging direkt zur Cafeteria und bestellte sich einen Milchshake zum Mitnehmen. Sie würde ihren Abend in ihrem CLU verbringen. Sich verstecken. Weil sie ein Feigling war.

Manche mochten sagen, dass ihr die Courage fehlte, aber sie war kurz davor, diesen Leuten zu sagen, dass sie sich verpissen konnten.

Mit ihrem Shake in der Hand setzte sie sich an ihren Schreibtisch, um an ihrem Untersuchungsbericht zu arbeiten. Bis auf die Stätte des ungewöhnlichen Dorfes stellte sich der zweite Korridor als die bessere Route für die Eisenbahn heraus. Es würde einen gleichwertigen Fund wie Linus benötigen, um die Bulldozer davon abzuhalten, dort durchzufahren. Fundstätten würden verloren gehen, aber im Allgemeinen wäre es besser für Dschibuti. China bezahlte für die Eisenbahnlinie, Äthiopien würde jährlich ein Vermögen dafür bezahlen, um diese spezielle Eisenbahn zum Hafen benutzen zu dürfen, und die Pläne für die Wasser-Pipeline, die demselben Weg folgen würde, kamen ebenfalls voran.

Wenn man nun Linus zu den anderen Vorteilen hinzuzählte, dann hatte Dschibuti einen nationalen Schatz bekommen, der dieselbe Art von Prestige bringen würde, wie Lucy das für Äthiopien bewirkt hatte, was ihren Vertrag im Ganzen zu einem regelrechten Schnäppchen werden ließ.

Wären da nicht der Kriegsherr und die neuen Gefahren seitens ISIS, würde sie wegen ihrer Arbeit am Projekt im siebten Himmel schweben. Aber im Augenblick war sie besorgt. Was würde ISIS tun, wenn Fotos von Linus im ganzen Internet verteilt waren? Würde die Publicity Destas Interesse – entweder am Projekt oder an ihr – schüren?

Desta war still geblieben. In einem ihrer Debriefings hatte der Assistent des Captains angedeutet, dass es nach ihrer Vermutung innerhalb der Organisation Unruhen gab. Es war möglich, dass der Informant identifiziert und eliminiert worden war. Soweit sie es verstand, hatte die neue Bedrohung durch ISIS in keiner Weise etwas mit Desta zu tun. Er hatte sich al-Shabaab angeschlossen, nicht ISIS.

Sie vermisste es, mit Pax über diese Dinge zu diskutieren. Er verstand ihre Vermutungen und Fragen über die seltsame Fundstelle mit dem jungen Alluvium. Was war, wenn Broussard tatsächlich etwas gefunden hatte?

Sie hob ihr Handy auf – nicht um ihn anzurufen, denn das würde sie niemals wieder tun – aber um die SMS zu lesen, die er ihr geschickt hatte, als er ihr gegenüber am Tisch in der Cafeteria gesessen hatte. Um noch einmal die Verbindung mit ihm zu fühlen. Mit jedem Moment, der vorüberging, war sie mehr überzeugt davon, dass sie sich in ihn verliebt hatte. Wenn sie sich richtig verhalten hätte, wenn sie ihn nicht angerufen hätte, ihm nicht diese Selfies geschickt hätte – hätten sie dann eine Chance gehabt? Später, wenn sie wieder in den Staaten waren? Oder würde er an seiner Regel festhalten, sich niemals mit der Tochter eines Generals einzulassen und keine ernsthaften Beziehungen zu führen, solange er in der Spezialeinheit war?

Sie hatte keinen Grund zu glauben, dass er seine Meinung geändert hatte. Was wiederum bedeutete, dass diese eine Nacht alles gewesen war, was sie je bekommen würden. Dieser Gedanke erleichterte ihre Reue wenigstens ein kleines bisschen. Wenigstens hatte sie auf diese Weise die Erinnerung daran, wie es sich anfühlte, vollkommen von Sergeant Pax Blanchard besessen worden zu sein.

Sie öffnete die Nachrichten in ihrem Handy. Er war die einzige Person, der sie getextet hatte seit man ihr das Handy gegeben hatte, demnach hätte es direkt zu dieser Konversation springen müssen. Aber da war nichts. Seine wunderschönen Nachrichten waren verschwunden.

Er musste sie gelöscht haben, während man ihren Tracker neu eingestellt hatte.

Sie konnte verstehen, warum. Man konnte ihr mit seiner Nummer nicht trauen. Trotzdem – zu wissen, dass er ihr diese kostbaren Nachrichten genommen hatte, brach sie entzwei. Die ohnehin schon labile Kontrolle, die sie bisher über ihre Emotionen gehabt hatte, seit Pax aus ihrem CLU gegangen war, zerbrach. Dieses Mal weinte sie nicht, weil sie wütend war. Dieses Mal weinte sie aus schierem und vollkommen gebrochenem Herzen.

Kapitel Einundzwanzig

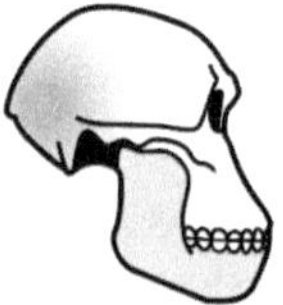

Zum ersten Mal seit Wochen befanden sich Wolken am Himmel. Nun ja, eine. Doch Pax freute sich über den einsamen weißen Puschel und hoffte, dass es die erste Wolke von vielen war. Selbst die Einheimischen schienen erleichtert und glücklich über diesen Anblick zu sein. Als ob der Anblick einer einzigen Wolke sie daran erinnerte, dass Wolken tatsächlich existierten, und keine fiktionale Erfindung wie Drachen oder Einhörner waren.

Das Training mit den Einheimischen für den heutigen Tag fand an der Schießanlage statt, die Pax' Team aufgebaut hatte – komplett mit Hindernisparcours, durch den sie sich zuerst hindurch manövrieren mussten, bevor sie schießen durften. Aufgrund der heißen Sonne und der schweren Ausrüstung ein grausamer Test ihrer Fähigkeiten und Entschlossenheit, aber es machte auch Spaß. Ein Wettbewerb. Die Stimmung innerhalb der Gruppe war unbeschwert, als sie gegenseitig darum wetteiferten, wer es am Schwersten hatte, und wer den besten Schuss abgefeuert hatte. Normalerweise liebte Pax es, aber alles in den vergangenen paar Tagen versaute ihm seine Laune.

Fuck. *Dies* war genau der Grund, warum er sich nicht mit ihr hatte einlassen wollen. Es ruinierte seinen Fokus. Auf seinen Job.

Er war noch nie zuvor so unprofessionell gewesen.

Eine Staubwolke in der Ferne warnte sie vor einem sich nähernden Fahrzeug, und dank des guten Trainings benutzten die Männer die Zielfernrohre auf ihren Gewehren, um das Fahrzeug zu identifizieren. „Humvee", rief einer. Sie riefen alle Details auf, die sie sehen konnten, und die in einer Angriffssituation wertvoll sein könnten, aber es war klar, dass es sich hierbei um einen Besuch eines Offiziers handelte, der keine Bedrohung darstellte.

Grauen machte sich in seinem Magen breit. Er wusste genau, wer in diesem Fahrzeug saß. Der General, da er in der Armee war, hatte Interesse an ihrem Spezialeinheit-Team gezeigt. Er war für die unerlässliche Inspektion hier.

Der Captain des A-Teams befahl den Auszubildenden, stramm zu stehen. Sobald alle ordnungsgemäß in Reih und Glied ausgerichtet waren, traten auch Pax und der Rest des Teams an.

„Rühren", befahl General Adler, nachdem er seine routinemäßige Salutation erhalten hatte. Dann führte er eine Routineinspektion durch und spazierte die Reihe entlang. Er hielt vor Pax an. „Sergeant, soweit ich es recht verstehe, haben Sie beantragt, von dem Sicherheitsteam meiner Tochter abgezogen zu werden."

Pax verschluckte sich fast. *Beantragt?* Nun, wenigstens hatte sein XO diese Angelegenheit nett umformuliert. Er nahm an, dass man einen saudummen öffentlichen Streit mit einem Vorgesetzten so interpretieren könnte.

„Jawohl, Sir."

„Darf ich fragen, warum?"

„Weil ich hier gebraucht werde, Sir."

„Mehr als Sergeant Ripley?" Der General blickte auf, schien sich scheinbar an die anderen anwesenden Mitglieder der Spezialeinheit sowie deren Guerilla-Auszubildende zu erinnern, die zuhörten. „Wegtreten", erklärte er.

Pax gab sich nicht die Mühe zu hoffen, dass dieser Befehl auch auf ihn zutraf.

„Gehen Sie ein paar Schritte mit mir, mein Junge." Der General sprach ihn informell an.

Nach Pax' Erfahrung war es niemals ein gutes Zeichen, wenn ein Vorgesetzter väterliche Züge annahm. Doch er nickte. Befehl war Befehl.

„Ich habe bemerkt, wie sie Sie ansieht", sagte der General. „Und obwohl Sie es gut verstecken können – besser als sie – habe ich trotzdem gesehen, wie Sie diese Blicke erwidern."

Er könnte es verneinen, sich dumm stellen oder schweigen. Er entschied sich fürs Schweigen.

„Haben Sie deswegen diesen Antrag gestellt?"

Pax überlegte sich seine Antwort gut. „Ich bin in Dschibuti, um Dschibutier zu Soldaten auszubilden." Er hielt kurz inne, bevor er dann hinzufügte „Sir".

„Sie können sich das ‚Sir' sparen, das hier ist eine private Konversation."

„Nach meiner Erfahrung gibt es keine privaten Konversationen mit einem übergeordneten Offizier, den ich soeben erst kennengelernt habe, Sir."

„Ich kann sehen, warum sie Sie mag. Sie sind genauso dickköpfig, wie sie es ist. Wussten Sie, dass mir meine Tochter seit über zwölf Jahren vorspielt, Veganerin zu sein, wenn sie in meiner Nähe ist, nur weil sie weiß, dass es mich irritiert?"

Pax hielt seinen Gesichtsausdruck neutral, aber tief im Inneren wollte er lachen. „Wie es sich anhört, sind Sie genauso dickköpfig, Sir, wenn Sie ihr bisher nicht gesagt haben, dass Sie es wissen."

„Morgan ist eine großartige Frau."

„Jawohl, Sir. Das ist sie."

„Ich bin mir nicht sicher, ob Sie für meine Tochter gut genug sind, Sergeant Blanchard." Damit waren die Formalitäten wieder zurück.

„Und ich weiß mit absoluter Sicherheit, dass ich es nicht bin. Wenn Sie mich nun entschuldigen würden, ich habe Soldaten zu trainieren." Pax verabschiedete sich mit einem strammen Salut von dem Mann und wandte sich wieder seinem Team zu.

Pax war gerade von seiner Dusche zurückgekommen, als sein Handy vibrierte. Der Anrufer war sein XO. Er machte sich auf alles gefasst. In diesen Tagen machte ihn jegliche Kommunikation mit seinem Kommandeur nervös. Ausnahmslos musste es etwas mit Morgan zu tun zu haben.

Er antwortete brüsk, froh darüber, dass Cal noch duschen war. Sie befanden sich auf einer Warteliste für einen CLU mit eigener Dusche, so wie Morgans, und er konnte es kaum erwarten, am Ende eines langen Tages seine Ruhe zu haben.

„Dies ist ein inoffizieller Anruf", sagte sein XO ohne Vorrede. „General Adler hat soeben mein Büro verlassen. Er verlangt, dass man Sie nach Fort Belvoir, Virginia transferiert. Sein Posten."

„SOCOM hat keinen Kommandobereich in Fort Belvoir. Versucht er mich etwa aus der Spezialeinheit zu reißen?" *Gottverdammter Hurensohn.*

„Er beantragte eine TDY für sechs Monate bis zu einem Jahr. Nichts Permanentes. Er sagt, er glaubt, Sie hätten Potenzial."

Klar. Potenzieller Schwiegersohn. Er hielt sein Handy in einer festen Faust. „Ich werde nach Virginia versetzt?"

„Nein. Ich habe ihm gesagt, dass wir Sie hier brauchen, wo Sie jetzt sind. Wenn diese Stationierung vorüber ist, werden Sie mit dem Rest des Teams nach Fort Campbell zurückkehren. Aber Pax, wenn er weiter drängt, gibt es nur so viel, was ich tun kann."

„Verstanden. Danke für die Mitteilung." Er beendete das Gespräch und starrte auf sein Handy. Sein gesamter Körper war vor Wut angespannt. Er glaubte nicht, dass Morgan ihren Vater dazu überredet hatte, aber sie würde dem verdammt nochmal ein Ende setzen.

Kapitel Zweiundzwanzig

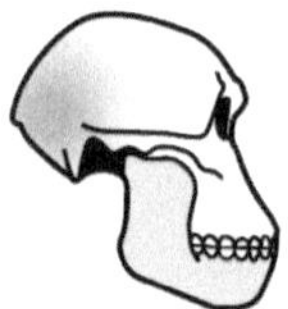

Morgan sprang erschrocken auf, als sie das wütende Hämmern an ihrer Tür hörte. Ihr Blick fiel auf ihren Arm. Nein. Sie hatte den Tracker nicht erneut versehentlich aktiviert, somit konnte das dringende Klopfen nichts damit zu tun haben. Sie runzelte ihre Stirn. Der gesamte Container bebte bei diesen kraftvollen Schlägen. Die Jalousie war innen über das Fenster in der Tür heruntergezogen. „Wer ist da?", fragte sie.

„Pax. Mach auf. Sofort."

Sie war irritiert, dass sie trotz der Wut in seinem Tonfall ein aufgeregtes Flattern verspürte. Sie war wirklich lächerlich.

Sie schloss die Tür auf und öffnete sie. Er stand vor ihr, wunderschön, wutentbrannt, und sein massiver Körper füllte den gesamten Türrahmen aus, wodurch er die niedrige Abendsonne blockierte. „Was für eine nette Überraschung, dich zu sehen, Pax", sagte sie mit dick gezuckertem Sarkasmus. „Wie kann ich dir an diesem schönen Abend behilflich sein?"

Sein Blick wurde flach. „Darf ich reinkommen?"

„Nein."

Sein Kiefer verkrampfte sich. „Wir müssen uns unterhalten."

Sie neigte ihren Kopf zur Seite. „Warum? Brennt es, wenn du pinkelst? Das hast du dir nicht von mir eingefangen." Sie wollte die Tür schließen. Er stieß seinen Arm in den Spalt und drückte die Tür weit auf.

„Ich bin nicht in der Stimmung für Spielchen."

Sie zuckte bei diesem Bezug zu seinen Abschiedsworten von ihrer gemeinsamen Nacht zusammen.

Er trat vor, bedrohlich, und wie der Narr, der sie war, wich sie vor ihm zurück. Im CLU schlug er die Tür zu und kam dann auf sie zu. „Hast du deinen Vater darum gebeten, mich nach Fort Belvoir versetzen zu lassen?" Seine Stimme zitterte vor Wut.

Sie trat einen weiteren Schritt zurück, als der Schock durch sie hindurchfuhr. „Nein! *So ein Hurensohn.* Pax! Du musst mir glauben. Ich würde *niemals* so etwas tun. Wie hat er überhaupt …" Sie stolperte über ihre Worte, sowie auch körperlich, unfähig, gleichzeitig zu sprechen und sich zurückzuziehen.

Die erste Welle seiner Wut ließ etwas nach, aber direkt dahinter befand sich gleich die nächste, die ans Ufer krachte. „Okay. Du hast ihn nicht gefragt. Aber du *wirst* ihn davon abbringen. Denn, wie du ja weißt, ist er ein verdammter General, und ich bin verdammt nochmal verpflichtet, was bedeutet, dass *ich* ihm nicht sagen kann, dass er mich in Ruhe lassen soll."

„Natürlich. Ich werde mit ihm sprechen! Bist du – ich meine, hat man dich – transferiert?"

„Noch nicht. Aber wenn er weiter drängt, wird er seinen Willen durchsetzen. Generale tun das nun mal." Er starrte sie finster an. „*Das* ist der Grund, warum ich mich nicht mit den Töchtern von Generalen einlasse."

Ihr lieber Vater hatte sie dieses Mal richtig gut angeschissen. Falls es jemals auch nur die geringste Chance gegeben hatte, dass sie vielleicht eines Tages zusammenkommen könnten, dann hatte ihr Daddy soeben jegliche schwache Hoffnung zerstört, sie mit Benzin übergossen und dann eine Granate darauf geworfen.

„Es tut mir so leid, Pax. Ich bin genauso entsetzt wie du."

„Bist du das wirklich? Denn du bist nicht diejenige, der man androht, dir alles, was dir wichtig ist, zu entreißen, nur weil ein alter Sack seinem kleinen Töchterchen einen Gefallen tun will.

Ich habe diese ganze Scheiße schon einmal mit meiner Exfrau durchgemacht."

„Deine Exfrau war eine Militärstochter? Warum zur Hölle hast du mir das nicht vorher erzählt?"

„Es hat nichts mit dir und mir zu tun."

„*Bullshit!* Das hat von Anfang an bestimmt, wie du mich siehst." Verdammt. Nicht nur wollte er sie für das Handeln ihres Vaters verantwortlich machen, sondern es war durchaus möglich, dass sie unwissentlich die Bürde seiner gescheiterten Ehe auf ihren Schultern getragen hatte.

Sie biss die Zähne zusammen, als sie näher zu ihm hintrat, nicht länger feige oder sich für etwas schuldig fühlend, für das sie nichts konnte. „Weißt du was? Fick dich, Pax. Ich habe meinen Vater nicht darum gebeten, dich mir zu meinem Geburtstag zu schenken. Ich war mir nicht einmal bewusst, dass er glaubt, dass da zwischen uns etwas läuft. Geh doch zum Teufel, wenn du glaubst, dass ich die Art Frau bin, die ihn dazu benutzen würde, um dich zu bekommen."

Sie stemmte ihre Fäuste in die Hüfte. „Ich weiß nicht, was für eine Art Beziehung deine Exfrau mit ihrem Vater hatte, aber falls du es nicht bemerkt haben solltest: mein Vater und ich stehen uns nicht besonders nahe. Mit Sicherheit ist es keine Beziehung, in der ich ihn dazu überreden könnte – oder würde – mit deiner Karriere zu spielen, nur damit wir zusammen sein können. Und ich bin kaum so verzweifelt, dass ich die Hilfe meines Daddys brauche, nur um mir einen Mann an Land zu ziehen. Das kann ich auch ganz gut allein. Ich könnte dich im Handumdrehen ersetzen, wenn ich das wollte."

Seine Augen blitzten voller Hitze auf und er trat einen Schritt auf sie zu, wodurch er sie gegen den Teil der Wand zurückdrängte, von dem sie wusste, dass er ihn besonders gern mochte.

„Du glaubst, du kannst *mich* ersetzen?" Seine Stimme klang tief und bedrohlich. „Glaubst du wirklich, dass es dir ein anderer Mann so besorgen kann wie ich? Glaubst du allen Ernstes, dass dich jetzt noch ein anderer Mann befriedigen kann?"

Seine Stimme wurde leiser und leiser, bis seine letzten Worte kaum noch ein heiseres sexy Flüstern waren.

Ihr Rücken war an die Wand gepresst und er lehnte über ihr. Bedrohlich. Dominierend. Und unter dem Mantel seiner Wut sah sie den wahren Grund seiner Worte. Verzweiflung.

Er befürchtete, dass sie ihn ersetzen *könnte*.

Sie streichelte mit ihrer Hand über seinen Schritt. Er wurde augenblicklich steif. „Nein, Pax", flüsterte sie und machte ihre eigene Verzweiflung deutlich. „Ich will *das* hier", sie streichelte seine Erektion, „von niemand anderem außer dir."

Er stöhnte, als sie ihre Hand in seine Hose gleiten ließ und ihre Finger um sein dickes Glied schloss.

„Blas mir einen", sagte er und öffnete seine Hose. „Sofort. Nimm mich in deinen Mund."

Sie fiel auf ihre Knie, befreite ihn von seinen Boxershorts und nahm ihn genauso, wie er es von ihr verlangt hatte. Sie wusste sehr wohl, dass das hier für ihn nichts weiter als ein bequemer Blowjob war, aber das war ihr egal. Es war ihr egal, dass er sie nicht geküsst hatte. Es war ihr egal, dass er es ihr nicht gleichermaßen zurückgeben würde. In diesem Augenblick tat sie genau das, was sie tun wollte, als sie sich eine weitere Erinnerung speicherte, die sie später genießen konnte.

Er stützte sich mit seinen Händen über ihr an der Wand ab, während er in ihren Mund hineinstieß. Er stammelte, während sie an ihm saugte. Nur ein paar wenige Worte waren verständlich zwischen Flüchen und Stöhnen. „… Fuck, Babe … ja … Mein, Babe … *Mein*."

Sie saugte und streichelte ihn und sie liebte jeden Augenblick. Sein Orgasmus baute sich auf, und sie spielte mit dem Gedanken, sich ihr Shirt auszuziehen, damit er auf ihren Brüsten kommen konnte. Nicht etwas, was ihr je zuvor gefallen hatte, aber die Besitzgier, die sie für ihn empfand, und das Verlangen, das sie verspürte, von ihm besessen zu werden, verwandelten sich in einen kraftvollen Drang. Doch die Logistik, sich so kurz vor seinem Orgasmus das Shirt auszuziehen, hielt sie schlussendlich davon ab, und er pulsierte mit einem knurrenden Stöhnen in ihren Mund. Und sie schluckte und saugte weiter.

Seine Hüfte hörte auf, sich zu bewegen, und er zog sich sanft aus ihrem Mund heraus, bevor er sie an den Schultern packte und sie auf ihre Füße hochzog. Sie bereitete sich auf seine Wut vor, auf seine Reue, dass er sich seinem Impuls erneut hingegeben hatte. Doch er überraschte sie, als er sie zärtlich küsste und das Wort „Mein" zwischendurch immer wieder wiederholte, während er sie weiter mit Küssen bedeckte.

Sie erwiderte seinen Kuss, und als sein Mund zu ihrem Hals wanderte, sagte sie: „Ich gehöre dir, Pax. Ich will niemand anderen außer dir."

„Das wird nirgendwo hinführen. Das darf nicht noch einmal passieren." Seine Stimme klang heiser, schmerzverzerrt.

„Ich weiß. Aber trotzdem gehöre ich dir."

„Du wirst dich mit niemandem sonst einlassen, solange du hier bist?"

„Nein. Wie könnte ich das, wenn du der Einzige bist, den ich will?" Sie lächelte traurig, und dann zog sie seinen Mund zu ihrem und küsste ihn innig. Als der Kuss endete, sagte sie: „Du gehörst mir, Pax. Mein Neandertaler. Selbst wenn du mich nie wieder berühren wirst. Du gehörst immer noch mir."

Ein Klopfen ertönte an der Tür. Oh verdammt, nicht schon wieder! Sie blickte auf ihren Arm, aber sie hatten den Tracker nicht berührt.

Pax stopfte ihn zurück in seine Hose und zog den Reißverschluss zu. Sie sah sich nach irgendwelchen anderen Anzeichen dessen um, was sie getan hatten, aber sie bezweifelte, dass selbst ihr Haar zerwühlt war.

Ein weiteres Klopfen. „Morgan? Hier ist dein Vater."

Pax' Augen wurden hart, und Grauen schoss durch sie hindurch. Er musste ihre Reaktion bemerkt haben, denn er schüttelte seinen Kopf und flüsterte direkt in ihr Ohr: „Ich bin nicht böse auf dich. Auf ihn."

Sie war ihr ganzes Leben lang böse auf ihren Vater gewesen. Sie konnte das nachvollziehen.

Es gab zwei Optionen, wie sie diese Sache handhaben konnten. „Willst du dich verstecken, oder ihm gegenübertreten?"

Er presste seine Lippen an ihren Hals und sagte: „Ihm gegenübertreten."

Pax stand steif im Hintergrund, als Morgan ihren Vater hereinbat. Die Augen des Generals blitzten überrascht auf, ihn hier zu sehen. Dies sollte Pax' schlimmster Alptraum sein, der wahr wurde, doch trotzdem fühlte er sich seltsam befreit.

Er hatte sich schon einmal in derselben Situation befunden, bis auf die Tatsache, dass damals die Tochter um die Einmischung ihres Vaters gebeten hatte. Es war nicht der Vater seiner Exfrau gewesen, der das Ende ihrer Ehe herbeigeführt hatte. Seine Frau hatte das selbst getan.

General Adler blickte von Pax zu Morgan. „Ich hatte gehofft, dass du mich zum Dinner ins *Barely North* begleitest. Selbstverständlich dürfen Sie sich uns anschließen, Sergeant Blanchard."

„Nein, vielen Dank, Sir."

Der General nickte. Er hatte diese Antwort offensichtlich erwartet. „Morgan?"

„Sicher. Ich ziehe mir nur schnell meine Schuhe an." Sie wandte sich an Pax. „Vielen Dank für den Input", sagte sie glatt.

Es fiel ihm schwer, bei ihrer Wortwahl nicht zu kichern. Er sollte sich bei ihr bedanken. „Gern geschehen. Ich möchte auf dem Laufenden gehalten werden, sobald *Police Nationale* etwas Neues über Broussard herausgefunden hat."

„Ich werde eine SMS schicken." Sie fixierte ihn mit einem vielsagenden Blick. „Aber dafür brauche ich eine Mobilnummer."

Sie hatte die gelöschten SMS bemerkt. Wahrscheinlich hätte er das nicht tun sollen. Er nickte. „Ich schicke sie später."

Morgan saß auf ihrer Liege, um die Schuhe anzuziehen, und bot so Pax die Möglichkeit, zu gehen. Und doch blickte er noch einmal auf die wunderschöne, beherrschte Frau zurück, die soeben seine Welt auf den Kopf gestellt hatte, und er konnte nicht einfach gehen.

Er wandte sich an den Mann, der die Macht hatte, seine Karriere zu zerstören, und entschied sich dazu, ihn direkt zu konfrontieren. „Sir, ich wurde darüber informiert, dass Sie beantragt haben, mich temporär zu Ihrem Posten in Virginia versetzen zu lassen."

„Ja, das habe ich."

Pax zwang sich dazu, seine Haltung zu entspannen, denn er war kurz davor, stramm zu stehen. „Ich spreche mit Ihnen nicht als ein Untergeordneter, nicht als Soldat, sondern als Mann." Er wartete nicht auf eine Erlaubnis, weitersprechen zu dürfen. Hierfür brauchte er keine Erlaubnis des Generals. „Ich habe Gefühle für Ihre Tochter."

Hinter ihm zog Morgan scharf den Atem ein.

„Aber aufgrund der Situation ist dies derzeit weder der richtige Ort noch der richtige Zeitpunkt, diese Gefühle weiterzuverfolgen. Es bleibt abzuwarten, ob sich in der Zukunft ein besserer Ort und eine bessere Zeit finden wird, aber Ihre Einmischungen sind nicht willkommen. Ich bin Mitglied einer Spezialeinheit. Nehmen Sie mir das nicht weg. Nicht nur würden Sie damit dem Land, dem Sie die Treue geschworen haben, einen schlechten Dienst erweisen, aber den Schaden, den Sie Morgan mit Ihrer Beziehung zufügen, könnten Sie nie wieder gut machen."

Der Gesichtsausdruck des Generals blieb unverändert, aber Pax war es eigentlich scheißegal, was dieser Mann dachte. Er wandte sich an Morgan, die auf ihrer Liege saß, zur Salzsäule erstarrt, mit einem Schuh angezogen und dem anderen in ihrer Hand. Ihr vollen sexy Lippen standen offen und ihr Kiefer war vor lauter Schock aufgeklappt. Er wollte nichts lieber, als ihr seine Zunge in diesen Mund zu stecken und unmögliche Versprechen zu machen. Stattdessen nickte er ihr scharf zu. „Genieße dein Dinner. Übrigens weiß er, dass du keine Veganerin bist."

Ihr Kiefer klappte zu und ihre Augen weiteten sich.

Er zwinkerte ihr zu. „Wir unterhalten uns später."

Sie ließ ein strahlendes Lächeln aufblitzen. „Schick mir eine SMS.“

Das hatte er vor. Er würde mit seinen Bauchmuskeln anfangen.

Das Dinner mit dem General war nicht so eine Tortur, wie Morgan es befürchtet hatte, aber es war auch nicht die freudige Versöhnung, die einfach auf magische Weise Jahre der Rebellion und Ablehnung wegwischte. Es war Steak-Abend im *Barely North*, somit war sie froh, dass Pax ihr den Hinweis zu der Veganer-Sache gegeben hatte.

„Deine Mutter weiß nichts davon, dass du in Gefahr warst“, sagte ihr Vater, als er in sein Steak schnitt.

„Wie hast du ihr dann deinen Trip erklärt?“

„Sie weiß nicht, dass ich hier bin.“

„Und du sagst mir das erst jetzt? Was wäre, wenn ich sie angerufen hätte?“

Er neigte seinen Kopf zur Seite. „Wann hast du das letzte Mal einfach so deine Mutter angerufen?“

„Ehrlich gesagt ist es nicht *Mama*, die ich nicht anrufe.“ Es war erfrischend, so frei mit ihm zu sprechen.

Sein Mund spannte sich an und sein Blick senkte sich, was sie überraschte. Ihre Worte hatten ihn verletzt. Es war ihr nie in den Sinn gekommen, dass sie die Macht besaß, die Gefühle ihres Vaters verletzen zu können, denn er hatte ihrer Meinung bisher nie groß Beachtung geschenkt. Der Gedanke, dass sie ihm wehgetan hatte, löste Schuldgefühle in ihr aus, aber sie unterdrückte ihre Gewissensbisse mit der Erinnerung an all den Schmerz, den ihr Vater ihr im Laufe der Jahre bereitet hatte. Himmel, die Erniedrigungen, die er ihr an seinem ersten Abend in Dschibuti zugefügt hatte.

„Sergeant Blanchard hat eine beispielhafte Reputation.“

„Ich werde ihn nicht hier diskutieren, General“, sagte sie formell. „Ich will und brauche deine Zustimmung nicht.“

Er runzelte seine Stirn. „Du hast *nie* meine Zustimmung gewollt oder gebraucht."

„Das ist nicht wahr. Ich wollte sie. Ich habe sie nur nie bekommen. Ich habe gelernt, ohne sie auszukommen." Sie schob ihre gebackene Kartoffel auf ihrem Teller herum. Ihr verging langsam aber sicher der Appetit.

„Nun ja, es ist schwer zuzustimmen, wenn du dein Leben und Geld an nutzlose Abschlüsse verschwendest."

Es war zu viel der guten Hoffnung gewesen, dass er sich ändern würde. Sie atmete tief ein und trank einen Schluck Wein. *Wenigstens hatte er es versucht. Rechne ihm das an. Er ist einfach nur schnell wieder in die alten Verhaltensmuster zurückgefallen.* „Warum bist du nach Dschibuti gekommen?", fragte sie.

„Weil du hier sonst alles versaut hättest …"

Sie schob ihren Stuhl zurück und stand auf. „Gute Nacht, General."

Er packte ihre Hand und hielt sie davon ab zu gehen. Er verzog sein Gesicht, als er tief einatmete. Schließlich sagte er: „Ich bin hergekommen, weil ich mir Sorgen um dich gemacht habe. Ich hatte große Angst, dass dir etwas zustoßen könnte, und das es dann meine Schuld wäre, weil ich darauf bestanden habe, dass du bleibst. Ich bin hier, weil ich dich dazu überreden will, mit mir zurück nach Hause zu gehen. Das ist der Grund, warum ich wollte, dass die Navy das Projekt übernimmt, warum ich dich bei dem Meeting erniedrigt und versucht habe, dich als inkompetent darzustellen. Weil ich will, dass du sicher zu Hause bist."

Morgan ließ sich wieder auf ihren Stuhl fallen. Sie umklammerte seine Finger mit ihren, nun nicht mehr die Gefangene, sondern Halt suchend. Sie konnte sich nicht mehr daran erinnern, seine Hand gehalten zu haben, seit sie acht Jahre alt gewesen war. „Du bist nicht der Grund, warum ich hiergeblieben bin. Der Telefonanruf hatte nichts mit meiner Entscheidung zu tun. Ich bin für Linus geblieben. Ich konnte nicht einfach von solch einem Fund weglaufen."

Seine Finger umschlossen ihre fester. Es war ein Anfang.

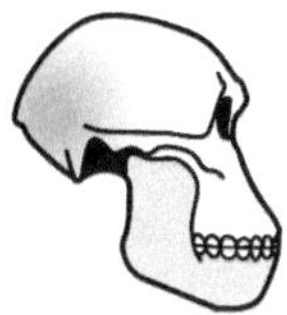

Kapitel Dreiundzwanzig

Morgan machte es sich auf ihrer Liege mit ihrem Handy und einer Schale voller Schokoladen-Eiscreme mit Nuss- und Marshmallowstückchen bequem. Sie hatte das Dessert mit ihrem Vater ausgelassen, damit sie diese kalte Süßigkeit ungestört in ihrem CLU genießen konnte.

Sie lächelte. Pax hatte ihr getextet. Ihr Herz flatterte, als sie das Bild von seinem perfekten Waschbrettbauch sah. Sie hielt ihr Handy mit geschlossenen Augen an ihre Brust und atmete tief ein, überwältigt von den plötzlichen Emotionen. Dieses Selfie war genauso sehr eine Aussage wie seine Worte an ihren Vater.

Sie tippte eine kurze Antwort: *Nettes Foto von #4.*

Seine Antwort kam augenblicklich: *#4?*

Sie gönnte sich einen Bissen Eiscreme, ließ sich den Geschmack auf der Zunge zergehen. Genoss den Augenblick. *Deine Bauchmuskeln sind #4 auf meiner Liste der Dinge, die ich lecken will.*

Pax' Antwort: *Aha, nun, das passt gut, denn du hast mir schon Bilder von meinen #2 und #3 geschickt.*

Sie grinste und dachte an ihre früheren Selfies: Ihre Brüste und ihren Mund, was ihr ziemlich deutlich verriet, was seine #1 war.

Er schickte ihr eine weitere SMS, bevor sie antworten konnte: *Wie war dein Dinner?*

Sie antwortete: *Unangenehm und qualvoll, aber trotzdem gut. Wenigstens reden wir. Außerdem glaube ich, dass er dich mag.*

Pax' Antwort: *Und wie sehr stört dich das?*

Sie lachte. Er kannte sie bereits so gut. *Du hast ja keine Ahnung. Du ruinierst 13 Jahre exzellenter Rebellion, weil du zu verdammt perfekt bist, du Bastard.*

Seine nächste SMS enthielt ein Foto von seinem Hals, Kinn und Lippen. *Mein offizieller Titel ist Sergeant Bastard, Dr. Adler.*

Sie starrte eine volle Minute auf das Foto, bevor sie antwortete. *Sergeant Sexy Bastard. Netter Kombo-Schuss von #2 und #3. Ich habe mein Handy geleckt.* Sie seufzte und schickte eine weitere Nachricht. *Ich nehme an, ich muss mich mit Bildern zufriedengeben?*

Er antwortete: *Ja. Ob mich dein Vater akzeptiert oder nicht, ich habe trotzdem meine Befehle. Und ich habe hier ebenfalls einen Job zu erledigen, der meinen hundertprozentigen Fokus erfordert. Und du bist eine zu große Ablenkung.*

Sie nickte, selbst als sie tippte: *Ich verstehe das. Ich werde in den nächsten zwei Wochen hier fertig sein. Dann fliege ich zurück nach Washington.*

Sie aß ihre Eiscreme auf und wartete auf seine Antwort. Sie fragte sich, ob diese Idee, jemals mit ihm zusammenzukommen, schlichtweg unmöglich war.

Sie stellte die leere Schale weg, als ihr Handy mit seiner Antwort piepte. *Vielleicht kann ich ein paar Tage freigestellt werden, wenn du fertig bist. Wir könnten uns in einem Hotel in Rom treffen. Ich werde mit #42 anfangen und mich bis zu #2 hocharbeiten … und dann runter zu #1.*

Sie antwortete: *Ja in Rom oder wo immer du dich treffen willst. Was ist #42?*

Seine Antwort ließ sie laut auflachen: *Die Antwort zum Leben, dem Universum und allem. Und es ist die Hinterseite deines linken Knies.*

Sie berührte die Stelle hinter ihrem Knie und fragte sich, ob sie von nun an immer an Pax denken würde, wenn sie diese bestimmte Stelle berührte. *Jetzt ist mein rechtes Knie eifersüchtig.*

Sie schickte die Nachricht und hängte ein Bild des jeweiligen Körperteils an.

Das sollte es nicht, es ist #38. Mist. Cal ist gerade reingekommen. Ich muss aufhören.

Sie antwortete: *Gute Nacht, Pax. Danke, dass du dich meinem Vater gestellt hast.*

Sie legte ihr Handy auf ihren Nachttisch, als es noch einmal piepte. *Ich meinte, was ich gesagt habe. Ich habe Gefühle für dich, Morgan. Ich habe nicht vor, davor wegzulaufen.*

Morgan ließ sich im Schatten auf ihren Strandstuhl fallen und zog ihr Projektnotizbuch aus dem Rucksack zu ihren Füßen. Sie würde die heutige Siesta damit verbringen, ihre Notizen zur morgendlichen Untersuchung zu erweitern. Die Sonne näherte sich ihrem Zenit, und Mouktar und Ibrahim hatten sich für ihre zweistündige Hitzepause hingelegt.

Ripley schloss die Tür zum Humvee – er hatte wahrscheinlich soeben seinen Mittagsreport beendet – und näherte sich ihr. „Anweisungen von oben erlauben Ihnen, zu Ihrem Apartment zurückzukehren. Ist jetzt ein guter Zeitpunkt?" Er nickte zu dem Notizbuch in ihren Händen. „Oder müssen Sie das zuerst beenden?"

Sie legte das Buch zur Seite. „Jetzt ist gut. Die Notizen können warten." Sie räumte in ihrem Rucksack herum und fand ihre Geldbörse, Handy und den Schlüssel zu ihrem Apartment. Sie steckte sich ihre Geldbörse und den Schlüssel in die Hosentasche und schob sich ihr Handy vorn in ihren Sport-BH. Dann schnappte sie ihren Hut und eine Wasserflasche und sagte: „Fertig."

Sie kletterte auf den Rücksitz des Humvees. Sanchez hatte heute frei und wurde von einem jungen Marinesoldaten namens Jeb Holloway vertreten, der auf dem Beifahrersitz saß. Holloway war gerade mal zwanzig Jahre alt und begeistert, die Basis für den Tag verlassen zu können. Morgan spürte, wie sich eine Anspannung in ihrem Magen – derer sie sich nicht einmal bewusst gewesen war – ausbreitete, als das Projektgelände langsam im Rückspiegel verschwand.

Sie hatte sich gefragt, ob dieser Moment jemals kommen würde.

Sie wollte das Fenster öffnen und die heiße Brise fühlen, die von dem Fahrzeug erzeugt wurde, während es mit knapp 65km/h die Straße entlang rumpelte. Aber offene Fenster waren laut jedem ihrer Bodyguards, die sie in den letzten zwei Wochen beschützt hatten, verboten.

Somit war die Klimaanlage die einzige Brise, die sie spürte, wobei ihr die kalte Luft dasselbe künstliche amerikanische Gefühl verlieh wie auf der Basis.

Sie wollte Dschibuti in seiner ganzen unangenehmen Pracht erfahren. Wenn sie in einem gepanzerten Humvee mit Klimaanlage an verhungernden Kindern vorbeifuhr, dann sollte sie zumindest dazu in der Lage sein, ihnen etwas zu Essen und Wasser zu geben. Gingen Privilegien nicht auch mit Verantwortung einher?

Deshalb hatte sie während ihrer ersten Woche in Dschibuti geweint. Hier hatte sie enorme Privilegien. Unfähig, diese mit den Einheimischen zu teilen, die so furchtbar viel weniger hatten als sie, saß ihr Reichtum schwer auf ihren Schultern und drohte sie zu ersticken.

Jeder Instinkt in ihrem Körper wollte „Stopp!" schreien, als sie die Kinder durch die Berge an Straßenmüll graben sah, welche hier so häufig vorkamen wie McDonald's Restaurants in Amerika. Aber sie hielt ihren Atem an und unterdrückte den Schrei, denn sie wusste, dass der Impuls, anzuhalten, mehr schaden würde, als Gutes zu tun.

Sie fuhren weiter in ihrem Luxus, und als die Sicht aus dem Fenster zu viel wurde, wandte sie ihren Blick ab.

Dieses Land war nichts für Schwächlinge oder Idealisten. Soweit sie es sagen konnte, war die einzige Kreatur, die hier gedieh, die Nordostafrikanische Sandrasselotter.

Sie erreichten ihr Apartment ohne Vorfälle. Holloway blieb im Humvee, während Ripley sie ins Gebäude begleitete. Seit ihrem letzten Besuch war alles unverändert. „Ich würde gern meine restliche Kleidung und die Fachbücher mitnehmen“, sagte sie. „Ich schaue nach, ob Broussard irgendetwas anderes als Bücher hinterlassen hat.“

Ripley nickte. „Ich werde die Bücher für Sie in einen Karton packen.“

„Danke. Sobald alles verstaut ist, können wir zu dem Restaurant in dieser Straße gehen und uns etwas zu Essen besorgen. Geht auf mich.“

Er runzelte seine Stirn. „Das geht nicht, Morgan.“

„Es ist ein winziger Laden. Nur Einheimische. Gutes Essen.“

Er schüttelte seinen Kopf.

„Können wir wenigstens Hugo die Malbücher bringen?“ Sie hob die beiden Malbücher und die Box Wachsmalstifte, die ihre Mutter geschickte hatte, vom Schreibtisch auf. Sie waren an dem Tag vor der Explosion angekommen, weshalb sie sie dem Jungen noch nicht gegeben hatte.

„Hugo?“

„Seinem Vater gehört das Restaurant. Er ist zehn Jahre alt. Ich habe ihm beigebracht, in Englisch zu schreiben.“ Sie konnte sehen, wie Ripleys Züge weich wurden. „Wie alt ist Ihr Sohn noch mal?“

Er lachte. „Sie wissen, dass er acht ist.“

Sie ließ ihre Zähne in einem breiten Grinsen aufblitzen. „Schuldig.“

„Wir können Hugo die Geschenke bringen, aber mehr nicht.“

„Wenn Desta mich wirklich entführen will, könnte er mich im Projektgelände schnappen.“

„Schon, aber diese Gegend ist bevölkert. Zu viele unbekannte Faktoren. Ihr Projektgelände ist weit offen und leer. Überschaubar. Da muss ich mir keine Sorgen machen, dass ein Schuss einen unbeteiligten Dritten treffen könnte.“

„Das muss so langweilig für Sie sein.“ Sie musste sich immer noch, nach all diesen Tagen, daran gewöhnen, dass sie für alles, was sie tat, um Erlaubnis bitten musste. Wenn man es genau nahm, hatte Desta sie bereits zur Gefangenen gemacht.

Aber wenigstens war das ihre Wahl. Ihr kam in den Sinn,

dass Ripley, wenn sie ihm sagte, dass sie seinen Schutz nicht wollte, keine Eingriffsmöglichkeit haben würde. Er konnte sie nicht dazu zwingen, mit ihm zur Basis zurückzukehren. Allerdings war sie kein Narr.

Alles war schnell zusammengepackt. Sie entschied sich dazu, die Erinnerungsstücke, die sie gesammelt hatte, zurückzulassen. Falls alles gut verlaufen sollte, würde sie kurz vor ihrer Abreise hierher zurückkommen und die Mitbringsel für ihre Mutter und Freunde abholen. Falls nicht alles gut verlaufen sollte, dann würde sie den Verlust kaum bereuen.

Bis auf die Bücher, von denen sie wusste, dass sie Broussard gehörten, fand sie nichts anderes, das vielleicht von ihm gewesen wäre. Heute Abend würde sie durch die einzelnen Bücher schauen und nachsehen, ob dort irgendwelche Notizen oder Papiere versteckt waren. Es war weit hergeholt, aber was konnte sie sonst tun? Zeit mit Pax zu verbringen, war außer Frage, und sie konnte ihren Vater nur in kleinen Dosen ertragen.

Fertig gepackt, luden sie die Kartons mit Holloways Hilfe in den Humvee, und dann ging sie mit den Malbüchern in ihrer Hand zusammen mit Ripley zum Restaurant am Ende der Straße. Ripley gab sich große Mühe, den Eindruck zu erwecken, als wäre er außer Dienst, und sie versuchte, entspannt auszusehen. Höchstwahrscheinlich scheiterten sie beide.

Der Eigentümer begrüßte sie herzlich. Er sprach kein Englisch. Sie sprach kein Arabisch und nur wenig Französisch, aber sie hatte das Menü auswendig gelernt, und er kannte ihre Vorlieben. Er warf einen Blick auf ihre Begleitung und hielt zwei Finger hoch, ob sie ihre gewöhnliche Bestellung für zwei wollte. Sie blickte zu Ripley mit bettelnden Augen, doch er schüttelte seinen Kopf. „Keine Zeit, Morgan."

Sie nickte und wandte sich dann an den Eigentümer, um die Essensbestellung abzulehnen. „Ist Hugo da?", fragte sie hoffnungsvoll.

Sie hatte die Worte kaum ausgesprochen, als Hugo von hinten hervorkam. Sein Gesicht hellte sich auf, als er sie sah, und er verbeugte sich höflich vor ihr. Er konnte genug Englisch, um Fremden zu helfen, und während sie ihm beigebracht hatte,

Englisch zu lesen, hatte er ihr ein wenig Arabisch beigebracht. Er war ein weitaus besserer Schüler als sie es war.

Sie wollte ihn umarmen, war sich jedoch nicht sicher, wie man diese Geste auffassen würde. Es gab noch so Vieles, was sie über die Kultur in Dschibuti lernen musste.

„Mogon! Du bis' zruck", sagte er.

„Ich habe dich vermisst, Hugo."

„Hab' ich die Worte gemacht. Wie ich versprochen." Er blickte zur Küche zurück. „Nicht gehen." Er rannte nach hinten, bevor sie die Gelegenheit hatte, ihm die Malbücher zu geben.

Ripley warf ihr einen fragenden Blick zu, und sie zuckte mit den Schultern.

Ein paar Minuten später kam Hugo zurück und wedelte mit einem Stapel Papiere. „Schau! Ich habe all die Worte gemacht." Sein Blick fixierte sie mit absoluter Ernsthaftigkeit. „Alle. Worte." Er legte das Papierbündel in ihre Hände und sie lächelte, als sie sah, dass er Schreiben geübt hatte. Die Seiten waren mit wahllosen Worten vollgeschrieben, viel mehr als sie ihm beigebracht hatte. Scheinbar hatte er den Code geknackt und verstand die grundlegende Phonetik des Alphabets. Er hatte versucht, jedes Wort zu schreiben, das er kannte.

Ihr Herz schmerzte, als sie Worte wie Waffe, Kriek, Thot und Drona zwischen Mamma, Schwister und Famile sah. „Du hast das wirklich sehr gut gemacht, Hugo." Sie blätterte durch die Seiten und setzte einen fröhlichen und stolzen Gesichtsausdruck auf. Ihr traten Tränen in ihre Augen, als sie Mogon auf einer der Seiten entdeckte. Sie zog es aus dem Stapel heraus und reichte ihm die anderen Seiten. „Darf ich das hier behalten?"

Er nickte und strahlte voller Stolz. „Und weil du jetzt hier, wird der Somalimann fünftausend Francs an mir bezahlen!"

Morgan erstarrte und traf Ripleys Blick. Seine Augen hatten sich ebenfalls alarmiert geweitet.

„Somalimann?", fragte sie.

„Ja. Er gekommen jeden Tag hier und hat nach de Amerikafrau mit gelbes Haare gefragt und gesagt, er wird mir bezahlen, wenn ich ihm sage du bist hier. Er will, dass du auch ihm zeigen wie man die Worte macht.“

Morgan öffnete ihre Geldbörse und zog zehntausend Francs hervor – was umgerechnet etwas mehr als fünfzig US-Dollar waren. „Hugo, ich werde dich dafür bezahlen, wenn du ihm nichts sagst.“

Die Augen des Jungen wurden groß und sein Mund formte ein O, als er die doppelte Bezahlung in ihrer Hand sah. Er runzelte seine Stirn. „Ich kann dein Geld nicht nehmen.“ Sein Gesichtsausdruck besagte, dass es ihn quälte. „Ich habe ihm schon gesagt.“

„Tut mir leid, Hugo. Ich muss gehen.“ Sie stopfte das Geld, die Bücher und Wachsmalstifte in seine Hände und Ripley packte sie an ihrem Ellenbogen, um sie zur Tür zu ziehen.

„Komms du wieda?“, fragte Hugo.

„Nein. Tut mir leid!“ Sie ließ eine weitere Banknote von fünftausend Dschibuti-Francs auf den Boden fallen, während Ripley sie aus dem Restaurant zerrte.

„Zum Humvee - sofort!“, sagte er und zog sie die schmale Straße entlang. Er fluchte zwischen zusammengebissenen Zähnen, und Morgan konnte es ihm nicht verübeln. Sie hatte sie in Gefahr gebracht, weil sie zum Restaurant hatte gehen wollen, selbstgefällig in der Annahme, dass niemand sie erwartete.

Es wäre ihr nie in den Sinn gekommen, dass man von ihrer Zuneigung zu Hugo wusste.

Sie schlüpfte auf den Rücksitz, während Ripley sich hinters Lenkrad setzte und Holloway die Situation erklärte. Von dort, wo sie geparkt hatten, gab es nur eine Route zur Hauptstraße, und die würde sie direkt am Restaurant vorbeiführen. Sie fuhren um die Kurve, wodurch die winzige Ladenfront sichtbar wurde.

„Duckt euch!“, schrie Holloway.

Doch das konnte sie nicht. Schock und Horror ließen sie zur Salzsäule erstarren, als ein Mann aus dem Restaurant trat, Hugos Arm festhielt und dem Jungen eine Waffe an den Kopf hielt. Hugos Augen waren weit aufgerissen und voller Schrecken. Tränen rannen über sein Gesicht. In der einen Hand hielt er noch immer die Seiten, auf die er geschrieben hatte, und in der anderen die Malbücher. Die Wachsmalstifte entglitten seinen Fingern und fielen auf die Straße.

„STOPP!", schrie sie.

„Nein", sagte Ripley.

„Halten Sie den verdammten Wagen an!"

„Das kann ich nicht!", schrie Ripley zurück.

Ihr Leben war nicht mehr wert als das des kleinen Jungen. Sie würde niemals mit sich leben können, wenn sie einfach vorbeifahren und erlauben würden, dass er starb, damit sie in Sicherheit war. Sie öffnete die Tür und warf sich hinaus auf die Straße. Adrenalin schoss durch sie hindurch, unterdrückte den Schmerz ihrer Abschürfungen, als sie auf dem steinigen Boden ausrollte. Sie stolperte auf ihre Füße, während der Humvee mit quietschenden Reifen zum Stehen kam.

Sie blickte nicht zurück. Sie musste zu Hugo.

Der Mann, der Hugo festhielt, verfestigte seinen Griff und zog Hugos Arm in einem unnatürlichen, schmerzvollen Winkel hoch, aber er hielt die Waffe nicht länger an seinen Kopf.

„Tue ihm nicht weh. Du kannst mich haben."

Sie kniete vor Hugo nieder und war sich vollkommen bewusst, dass der Milizionär nun seine Waffe auf ihren Kopf richtete. „Geh zurück ins Restaurant, Hugo. Geh zu deinem Vater."

„Tut mir leid, Mogon!"

„Es ist nicht deine Schuld, Hugo. Du bist ein guter Junge. Du hast nichts falsch gemacht." Sie zog ihn zu sich heran und umarmte ihn fest. Sie presste einen Kuss auf seine Schläfe und flüsterte: „Geh jetzt. Beschütze deine Familie. Ich bin okay. Versprochen." Sie schob ihn in Richtung Tür.

Der Milizionär machte eine Bewegung, als wollte er ihn noch einmal greifen, doch sie trat seinen Arm weg. „NEIN! Du kannst mich haben, aber du wirst den Jungen in Ruhe lassen."

Hugo rannte auf das Restaurant zu und verschwand im Inneren.

Der Mann packte ihre Handgelenke und zwang ihren Arm

hinter ihren Rücken, wobei er sie umdrehte. Auf der Straße kämpfte Ripley gegen einen Milizionär und Holloway gegen einen anderen. Die Amerikaner waren fit, wogegen die Angreifer weder ihrer Kraft noch ihrem Training oder Ausdauer gewachsen waren. In wenigen Augenblicken hielten sie ihren jeweiligen Gegner im Schwitzkasten.

„Lass sie gehen!", schrie Ripley, während er den Druck auf die Kehle seines Gefangenen verstärkte.

Wenn sie jetzt fliehen würde, wäre Hugo noch immer in Gefahr. Sie musste sich diesem Alptraum stellen, oder der Junge würde leiden müssen. „Nein, Ripley. Gehen Sie zur Basis zurück. Berichten Sie ihnen, was passiert ist. Sagen Sie ihnen, dass ich mich *dafür* entschieden habe. Es ist nicht Ihr Fehler. Das geht zu hundert Prozent auf mich. Ich kann nicht zulassen, dass sie Hugo etwas antun."

Das Gesicht des Green Berets verzog sich schmerzhaft. „Das kann ich nicht tun, Morgan." Der Mann, den er hielt, brach schlapp zusammen. Bewusstlos oder tot, das wusste sie nicht.

Dem Mann, der sie gefangen hielt, schien das nichts auszumachen. Er packte Morgan fester und ging rückwärts die Straße zurück.

„Wenn ich jetzt nicht mit ihnen gehe", flehte Morgan Ripley an, „werden sie für Hugo zurückkommen. Damit kann ich nicht leben. Können Sie das?"

Hugo war nicht eines dieser Kriegskinder, die Waffen gegen amerikanische Soldaten richteten. Sie hatte ihm diesen Alptraum gebracht.

Aber es gab noch einen anderen Grund, warum sie es tat. „Man wird mich zu Desta bringen", sagte sie streng.

Ripley wusste von ihrem Tracker. Nach dem Fiasko mit Pax dachte sie, dass der Leiter ihres Sicherheitsteams von allen Sicherheitsvorkehrungen wissen sollte, die man ihretwegen getroffen hatte, und sie hatte es ihm erzählt. Zur Hölle mit O'Learys Beharren auf Verschwiegenheit.

Ihr werdet den Standort von Destas Lager herausfinden. Die Worte waren ein stilles Mantra. Sie versuchte, Ripley gedanklich dazu zu bringen, das als Grund zu akzeptieren, sie gehen zu lassen. Damit Hugo in Sicherheit war.

Ripleys Kiefer versteifte sich. Er ließ den bewusstlosen Milizionär los. Der Mann fiel und landete bäuchlings auf der Straße.

„Geht zur Basis zurück", sagte sie, als ein Kleintransporter eine kleine Seitenstraße entlang geschlittert kam. Der kam neben ihr und ihrem Entführer zum Stehen. „Sagen Sie ihnen, dass man mich zu Desta bringen wird!", schrie sie.

Ripley nickte scharf, seine Nasenflügel bebten. Sein Körper schien sich aufzublähen, wie ein Tier kurz vor dem Angriff, aber er tat nichts, um sie aufzuhalten, als man sie hinten in den Kleintransporter stieß.

Man würde Ripley dafür die Hölle heiß machen, dabei war es nicht einmal seine Schuld. Schlimmer noch – Pax. Der Neandertaler, der er war, würde durchdrehen.

Man stieß sie mit ihrem Gesicht auf den Boden des Kleintransporters, und ein Knie bohrte sich in ihren unteren Rücken. Man nahm ihr Holster und Waffe ab und fesselte ihre Handgelenke dann mit einem alten dicken Seil. Sie konnte einen kleinen Teil der Straße durch die offenen Hintertüren sehen, die hin und her schlugen, als der Wagen um die Ecke fuhr. Das Letzte, was sie von ihrer ruhigen Nachbarschaft sah, war die einsame Schachtel Wachsmalstifte auf der Straße.

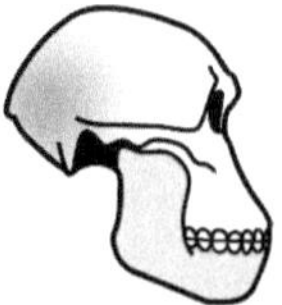

Kapitel Vierundzwanzig

Ihre Entführer waren in Eile, schnellstens vom Tatort zu verschwinden, und nachdem sie gefesselt worden war, und man ihre Geldbörse und Schlüssel gefunden hatte, durchsuchte man sie nicht weiter. Der Mann zog eine Schlinge des Seils an ihren Handgelenken durch eine Metallöse, die an der Seitenwand im Frachtraum des Kleintransporters angebracht war. Sobald er sie sicher festgebunden hatte, zog er die hinteren Türen zu und setzte sich ihr gegenüber, wobei er ihre eigene Waffe auf ihr Gesicht richtete.

Sie hatte erwartet, dass man sie weitaus gründlicher untersuchen würde. Aber vielleicht hatten ihre Entführer sich entschieden, zu warten, und sie noch einmal einer vollständigen Leibesvisitation zu unterziehen, sobald sie weit genug von der Stadt entfernt waren. Man würde sie für diese Suche losbinden müssen, nachdem man sich versichert hatte, dass der Humvee sie nicht verfolgte.

Sie hatte immer noch ihr Handy in ihrem BH, und es war eingeschaltet. Solange sie sich in der Stadt befanden, würde es die jeweiligen Mobilfunkmasten anpingen, und das interne GPS war ebenfalls aktiv, was gut war, denn es war noch viel zu früh, um den Tracker in ihrem Arm schon jetzt zu aktivieren. Das Zeitfenster von vier Stunden könnte bedeuten, dass er vielleicht mit der Übertragung aufhören würde, bevor sie ihr Ziel erreicht hatte. Die Chancen standen hoch, dass sich Destas Hauptlager in Äthiopien befand. Sie musste abwarten.

Aber was wäre, wenn sie falsch lag? Was, wenn man sie gar nicht zu Desta brachte? Was wäre, wenn man sie zu einem der Märkte brachte, wo man junge Mädchen in die Sexsklaverei verkaufte? Sie hatte voller Grauen gelesen, wie man diese Mädchen – einige von ihnen hatten noch nicht einmal die Pubertät erreicht – nackt auszog und dann auf Auktionsblöcke stellte.

Sie lag hinten in dem Kleintransporter, der wie wild durch die Straßen der Stadt raste, und versuchte, ihre Angst in den Griff zu bekommen. Sie ermahnte sich immer wieder, dass sie das Richtige getan hatte, indem sie Hugo beschützt hatte.

Doch falls man sie nicht zu Destas Lager brachte, dann würde ihr Opfer dem amerikanischen Militär nichts bringen.

Als die Minuten vergingen, erschien ihr Plan, lammfromm im Lager ihres Entführers vorbeizuschauen, damit man Etefu Destas Standort zielgenau festlegen konnte, … unmöglich. Sie musste sich wehren. Denn die Möglichkeiten, die sie erwarteten, waren der Stoff, aus dem Alpträume gemacht waren.

Sie trug ein Notfall-Paracord-Armband an ihrem Handgelenk. Es sah aus wie eines dieser Freundschaftsarmbänder mit einer dickeren Schnur, und es hatte eine Schneidekante am Verschluss. Ein kleines Survival-Werkzeug, das sie für den Notfall im Gelände immer trug, aber bisher nie gebraucht hatte.

So, wie man sie festgebunden hatte, konnte ihr Bewacher ihre Hände nicht sehen. Er war ihr zugewandt, aber seine harten, kalten Augen starrten ins Nichts, und ihre Hände befanden sich hinter ihrem Rücken. Sie rutschte leicht zur Seite, damit ihr Rücken gegen die Seitenwand des Kleintransporters lehnte, wo man sie an die Öse gebunden hatte. Sie drehte ihr Armband so, dass die Schneidekante an dem Seil lag, mit dem man sie gefesselt hatte. Langsam und still fing sie an, mit der winzigen Klinge zu sägen.

Kleine Bewegungen, die in dem rumpelnden Fahrzeug unbemerkt blieben, was jedoch bedeutete, dass es sehr lange dauern würde, bis sie all die Stränge an dem Seil durchgeschnitten hatte. Wie lange, bis sie anhielten und sie durchsuchten?

Würde man sie noch in der Stadt durchsuchen, oder würden sie warten, bis sie die Stadt längst hinter sich gelassen hatten und ihr Handy nicht länger funktionierte?

Sie konnte nichts anderes tun als weiterzusägen. Es war ja nicht so, dass sie irgendetwas zu verlieren hatte, wenn sie es versuchte. Sie befand sich in echten Schwierigkeiten, ob man ihren Fluchtversuch bemerken würde oder nicht.

Der Kleintransporter hüpfte, und die Schneideklinge rutschte ab und schnitt in ihre Haut. Das Seil wurde glitschig von ihrem Blut, aber sie sägte weiter. Dieser Schmerz war nichts im Vergleich zu dem, was sie erwartete.

Das Gerumpel ließ etwas nach, und sie fragte sich, ob sie den Rand der Stadt erreicht hatten. Sie sägte mit neuem Elan, womit sie riskierte, den Wachmann auf sich aufmerksam zu machen. Man würde bald anhalten und sie durchsuchen. Dessen war sie sich sicher.

Sie schnitt durch die letzte Faser, und das enge Seil lockerte sich. Mit nur sehr kleinen Bewegungen löste sie den Verschluss am Paracord-Armband. Sie würde die kleine Klinge als Waffe benutzen.

Eine sehr winzige Waffe, verglichen mit der sehr viel tödlicheren Schusswaffe, die der Wachmann in einem lockeren Griff hielt, aber sie hatte den Überraschungsfaktor auf ihrer Seite.

Der Fahrer des Kleintransporters sagte etwas auf Arabisch zu ihrem Bewacher. Es befanden sich nur zwei Männer – der Fahrer und ihr Wachmann – in dem Fahrzeug. Die anderen beiden hatten sie in der Stadt bei Ripley und Holloway zurückgelassen. Man würde sie auf der Basis verhören, und vielleicht besaßen sie Informationen darüber, wo man sie hinbrachte. Und noch hatte sie ihr Handy. Sie wurde bestimmt digital verfolgt.

Ripley hatte wahrscheinlich die Basis angerufen. Blackhawk-Hubschrauber waren vielleicht schon jetzt auf der Suche nach ihr. Auf der offenen Straße war dieser Kleintransporter leicht zu entdecken.

Das Fahrzeug fuhr links, dann rechts. Es hob ab, als es mit voller Geschwindigkeit ein Schlagloch traf. Der Fahrer schrie etwas zum Wachmann. Der antwortete mit scharfer Stimme. Dann hörte sie den Fahrer dumpf mit jemandem sprechen – nicht dem Wachmann. Ein Handy?

Das bedeutete, dass sie sich noch immer in Reichweite befanden.

Dann hielt der Kleintransporter an.

Sie traf den Blick ihres Wachmanns, rutschte näher zur Wand in ihrem Rücken und zeigte ihre wirklich echte Angst. Er sprach mit ihr auf Arabisch, aber sie hatte keine Ahnung, was er sagte, außer, dass es abwertend war.

Er deutete ihr mit seiner Geste an, sich aufzusetzen. Sie hakte einen Finger durch die Öse, damit sie nicht versehentlich verriet, dass sie ihre Fesseln gelöst hatte, während sie ihre Position veränderte. Der Mann zog ein Messer hervor. Sie sog scharf und verängstigt den Atem ein und sagte sich selbst, dass er wahrscheinlich nur ihre Fesseln durchschneiden würde.

Aber es war durchaus möglich, dass er ihr damit die Kleidung vom Leib schneiden wollte. Vielleicht war es an der Zeit für die Leibesvisitation.

Nur eine Leibesvisitation.

Das Messer ist für meine Fesseln und meine Klamotten. Nichts sonst. Vielleicht würde es wahr werden, wenn sie diese Worte oft genug wiederholte.

Der Fahrer hatte sein Telefongespräch beendet. In der darauffolgenden Stille öffnete sich seine Tür und wurde dann zugeschlagen. Sie hatte vielleicht zehn Sekunden, bevor er die hinteren Doppeltüren erreichte.

Sie wartete, bis ihr Wachmann praktisch über ihr war – zwar außer Reichweite für einen Kopfstoß, den er eh erwarten würde, aber nicht zu weit weg für ihre Arme. Mit der Schneideklinge zwischen ihren Fingern schwang sie ihre rechte Hand hervor und führte einen passenderweise so benannten Messerschlag aus, wobei sie auf sein Auge zielte, bevor sie ihm mit ihrer Linken einen Hammerschlag verpasste.

Der Mann schrie auf und stürzte sich mit seinem Messer

auf sie, obwohl er sich sein verwundetes Auge abdeckte. Vor lauter Schmerzen, und durch den Schnitt geblendet, besaß sein Schlag keine Kraft, und sie konnte ihm das Messer leicht entwenden. Er hob die Pistole, und sie zog ihm die Klinge über seinen Hals.

Sie hatte keine Zeit dafür, sich den Horror anzusehen, als er ein gurgelndes Geräusch von sich gab und Blut aus seinem Hals auf sie spritzte. Sie schnappte sich die Waffe.

Es dauerte nur die Länge eines Herzschlags, bevor sie bemerkte, dass der Fahrer die hinteren Türen nicht geöffnet hatte, weil sie von innen verschlossen waren. Ihr Wachmann hatte sie abgeschlossen, als er sie zugezogen hatte. Aber der Fahrer hatte die Schlüssel in der Zündung stecken lassen. Sie sprang im Kleintransporter nach vorn, versuchte verzweifelt, den Fahrersitz zu erreichen, bevor er zurückkam. Sie fummelte mit dem Schloss herum, als die Tür plötzlich aufgerissen wurde. Sie stolperte, und ihr Schwung zog sie durch die Öffnung. Der Fahrer packte ihren Haarzopf und stieß einen unverständlichen Aufschrei voller Wut aus, als er sie nach draußen zerrte und herumwirbelte. Die Pistole rutschte aus ihren blutigen Fingern, aber sie hatte immer noch das Messer.

Er zielte mit seiner Waffe auf sie, doch sie trat mit ihrem Fuß zu. 25 Jahre langes Training bedeutete, dass ihre Muskeln genau wussten, was sie zu tun hatten, auch wenn ihr Gehirn nicht so schnell folgen konnte. Die Waffe flog aus seiner Hand. Sie schlug mit ihrer Linken zu und schwang ihr Messer herum. Er blockierte ihren Schlag, aber er sah das Messer nicht kommen. Es sank in seine Brust, und er fiel zu Boden.

Sie hatte ihn genau im Zentrum der Masse getroffen. Pax wäre stolz auf sie.

Sie brach zusammen und rutschte schwer keuchend nach hinten. Ihr ganzer Körper zitterte.

Dann verdrehte sie sich zur Seite und übergab sich, bevor sie stolpernd wieder auf ihre Füße kam und auf den Kleintransporter und den leeren Fahrersitz zustürmte. Sie kletterte hinein, zog die Tür zu, verriegelte sie und schnallte sich aus reiner Gewohnheit an.

Sie drehte den Schlüssel. Sie würde schnellstens von hier verschwinden. Zur Basis zurückfahren. Dort wäre sie sicher.

Ein schwaches Geräusch ertönte vom Motor, aber er wollte nicht anspringen. Sie pumpte das Gaspedal und drehte noch einmal den Schlüssel um. Wieder machte der Motor ein stotterndes Geräusch, sprang aber nicht an. Kein Schnurren. Kein Mucks.

Beim dritten Mal gab das Fahrzeug gar kein Lebenszeichen mehr von sich. Nur das Klicken des Schlüssels, dann nichts.

Scheiße. Sie hatten den Kleintransporter nicht angehalten, um sie zu durchsuchen, sondern weil sie eine Panne hatten. Das verdammte Schlagloch.

Sie schnappte sich ihr Handy aus ihrem BH und drückte auf die letzte Nummer, die sie angerufen hatte.

Pax antwortete augenblicklich. „Morgan?" Seine Stimme klang drängend, rau.

„Ich habe sie umgebracht, Pax. Sie sind tot. Aber ich stecke hier fest. Der Transporter will nicht anspringen. Ich weiß nicht einmal, wo ich bin."

„Wir sind dabei, dein Handy-GPS zu lokalisieren. Ein Team von Navy-SEALs wurde mobilisiert. Die werden in den nächsten Sekunden losfliegen."

Sie brach in Tränen aus.

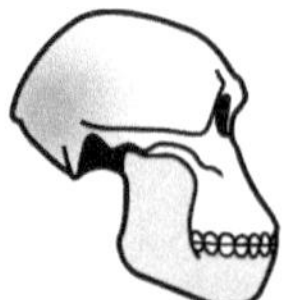

Kapitel Fünfundzwanzig

„Bleib bei mir, Morgan." Pax' Stimme klang ruhig und gleichmäßig und verriet nicht den geringsten Hinweis auf das Beben, dass in ihm wütete. Zumindest hoffte er, dass es so war. „Sage mir, was du siehst. Sie versuchen gerade, meine Handyverbindung in die Kommandozentrale von SOCOM durchzustellen, damit dich alle hören können."

Am anderen Ende der Telefonlinie atmete Morgan tief und hicksend ein. „Ich glaube, wir sind am westlichen Rand der Stadt. Der Fahrer hat den Transporter angehalten, und ich dachte, dass sie mich durchsuchen wollten, aber jetzt will der Wagen nicht anspringen. Wir haben ein Schlagloch ziemlich heftig erwischt. Das muss irgendetwas beschädigt haben."

Wie auch alles andere in Camp Citron befand sich SOCOM in einem temporären Gebäude. Erstellt im Baukastensystem, war die Kommandozentrale ein Hybrid zwischen einem Zelt und einem Fertigbauteil, aber vollgepackt mit Technologie, die das bescheidene Äußere Lügen strafte. Um Pax herum beeilten sich Mitglieder der Spezialeinsatzkräfte von Team B, alle nur erdenklichen Daten zu extrahieren, die sie von Morgans Handy bekommen konnten, und leiteten diese Daten an das Navy-SEAL-Team weiter, das im selben Moment, noch während sie sprachen, einen Blackhawk-Hubschrauber bestieg.

„Ist dort irgendjemand auf der Straße zu sehen?", fragte er.

„Nein. Das Gelände ist weit offen. Etwa in hundert Metern Entfernung hinter mir befinden sich ein paar alte, verlotterte Häuser. Vor mir ist die offene Straße, die sich durch die Wüste windet. Ich bin überrascht, dass ich hier Empfang habe."

Neben ihm diskutierten sein Vorgesetzter und einer der Navy-SEAL-Kommandeure, ob sie das Fahrzeug verlassen und in einem der Häuser Unterschlupf suchen sollte oder nicht. Zu Morgan sagte er: „Kannst du es bis zu einem der Häuser schaffen?"

„Vielleicht. Keine Ahnung. Ich habe meine Waffe nicht. Sie liegt neben dem Fahrer auf dem Boden. Aber die könnte ich mir holen, wenn ich den Transporter zurücklasse."

Die hintere Wand des SOCOM-Hauptquartiers war mit Monitoren bedeckt. Einer zeigte eine Satellitenaufnahme der Gegend, in der Morgan gekidnappt worden war, von wo aus Linien mögliche Routen anzeigten, die der Kleintransporter genommen haben könnte. Ein anderer Monitor zeigte die Mobilfunkmasten an, die das Signal von Morgans Handy ange-pingt hatten, während ein dritter Bildschirm die Bemühungen eines Technikers anzeigte, aufgrund von Morgans GPS' ihre genaue Position festzulegen. Schließlich blieb der blasse rote Punkt, der bisher quer über die Karte gesprungen war, an einer Stelle stehen, und gab eine fixe Position für ihren Standort an. Wie sie es vermutet hatte, befand sie sich im westlichen Umkreis der Stadt.

Satellitenbilder zoomten näher heran. Dies waren statische Bilder und kamen noch nicht von einer Live-Übertragung. Jetzt, da er ihren Standort festgelegt hatte, arbeitete der Techniker daran, online eine Kamera live zu schalten, während er gleich-zeitig die GPS-Koordinaten an den Blackhawk-Hubschrauber weiterleitete, der soeben abgehoben hatte.

Auf dem dritten Monitor zeigte Captain Oswald auf eine Reihe von Gebäuden in der Nähe des roten Punktes, der Morgan repräsentierte. „Dies müssen die Häuser sein. Welche Informationen haben wir für diese Gegend?", fragte er einen anderen Techniker.

„Alles, was ich bisher herausfinden konnte ist, dass es sich um eine Afar-Nachbarschaft handelt. Möglicherweise verlassen, nach einem Angriff von Issa-Milizen vor einigen Monaten. Diese Seite der Stadt ist gefährlich."

„Bleib im Wagen", sagte Pax zu Morgan. Er musste sie dazu bringen, weiterzureden. Sie brauchten mehr Informationen. Die Navy-SEALs würden die Aktion blind starten. Sie mussten über jede potenzielle Gefahr für sich selbst und Morgan benachrichtigt werden. „Du hast gesagt, dass du deine Entführer umgebracht hast. Bist du dir sicher?"

„Ja. Ich habe dem Wachmann hinten sein Messer abgenommen und seine Halsschlagader durchgeschnitten." Ihre Stimme klang ausgeglichen, mit nur einem winzigen Zittern beim letzten Wort. „Er ist definitiv tot."

Pax schloss seine Augen, als er sich ihren Schock darüber vorstellte, was sie hatte tun müssen. Er war zutiefst dankbar, dass sie nicht gezögert hatte, aber es graute ihm vor den Narben, die sie davontragen würde. Dies war nicht ihre Welt. „Und der Fahrer?", fragte er, obwohl er es hasste, dass er noch weiter in sie vordringen musste und er nicht dort war, um sie in seinen Armen zu halten, während sie ihm alles erzählte.

„Ich habe ihm ins Herz gestochen. Ich kann ihn durchs Fenster sehen. Er bewegt sich nicht, atmet nicht." Ihre Stimme wurde zu einem Flüstern. „Ist Hugo in Sicherheit?"

„Ja. Seine Familie wird an einen anderen Ort gebracht. Man wird sie so lang beschützen, bis Desta neutralisiert wurde."

„Danke. Sage allen dort, dass ich ihnen danke." Ihr Schluchzen kam in Stereo über die Lautsprecher, als sein Handy schließlich mit der Kommandokonsole synchronisiert war.

„Du bist auf Lautsprecher, Morgan", sagte er. „Jetzt kann dich jeder hören."

„Danke", wiederholte sie. Dann räusperte sie sich. „Ist mein" – ihre Stimme brach in einem Schluckauf – „Vater dort?"

„Noch nicht. Er war auf einem Schiff im Golf, als Ripleys Anruf einging. Er befindet sich jetzt in einem Hubschrauber. Sollte jede Minute hier eintreffen."

„Sage ihm, dass es mir leidtut", sagte sie. „Einfach …
leidtut."

„Das wirst du ihm sagen." Er betrachtete die Karte, auf der
der Blackhawk-Hubschrauber angezeigt wurde. „Die Navy-
SEALs werden in fünf Minuten bei dir sein. Bevor du weißt, wie
dir geschieht, bist du wieder in Camp Citron."

Er hielt seinen Atem an und damit die Worte zurück, die er
nicht sagen konnte. Er konnte ihr nicht sagen, dass er sich trotz
seines Widerstands hoffnungslos in sie verliebt hatte. Von dem
Tag an, als er sie kennengelernt hatte. Dass all seine verrückte
Neandertaler-Besitzgier nur deshalb existierte, weil sein Herz es
gewusst hatte – auch wenn sein Kopf zu dumm gewesen war,
um es einzusehen. Sie gehörte ihm und es gab keinen Weg mehr
zurück zu seinem einzelgängerischen unbeirrbaren Dasein.

Er wollte ihr alles geben, was er bisher zurückgehalten hatte.
Aber das hier war so extrem öffentlich, und man würde ihn von
der Operation, Desta einzufangen, ausschließen, wenn er offensichtlich zeigen würde, wie persönlich diese Mission für ihn war.
Fuck, es war durchaus möglich, dass man ihn so oder so
ausschließen würde, aber er würde seinem XO diese Entscheidung nicht leicht machen. Er wollte Desta mit seinen bloßen
Händen umbringen. Er war seit vielen Jahren ein Guerilla-
Kämpfer, aber er hatte noch niemals zuvor Blutlust gegenüber
einem speziellen menschlichen Feind empfunden. Bis heute war
es darum gegangen, sein Land gegen gesichtslose Feinde zu
beschützen

Jetzt ging es darum, seine Frau zu beschützen.

Seine Kehle war voller Worte, die er nicht sagen konnte. Er
umklammerte sein Handy und eins der Worte entwich ihm.
„Mein", stieß er mit einem leisen Flüstern hervor.

Sie machte ein Geräusch, das wie ein verschlucktes
Schluchzen klang. „Ich habe sie umgebracht, Pax."

„Du hattest keine andere Wahl."

„Ich weiß …" Sie räusperte sich. „Es ist nicht Ripleys
Schuld. Ich musste Hugo beschützen."

Adrenalin schoss durch ihn hindurch. *Man hatte Morgan
entführt.* Die Worte hämmerten immer wieder durch seinen

Kopf. Er hatte sie im Stich gelassen. Sie hatte gekämpft und zwei ihrer Entführer getötet. Sie war Meilen weit weg. In Gefahr. Sein Körper erbebte mit dem Drang, sie zu retten.

Er hatte es nicht vermieden. Hatte sie nicht beschützt. Er hätte seinem XO seine Bedenken zu ihrer erlaubten Rückkehr zu ihrem Apartment mitteilen sollen. Er hätte sicherstellen können, dass Captain Oswald ihr diese Erlaubnis nicht erteilte. Er hätte dies aufhalten können, dann wäre es nicht geschehen.

Man hatte Morgan entführt.

Morgan keuchte auf und sagte dann: „Ist das Ripley in dem Humvee?"

Pax blickte zu seinem XO und dann auf den Bildschirm, der die Nachbarschaft zeigte, wo Morgan gekidnappt worden war. Ripley hatte sich auf der Suche nach dem Kleintransporter gemacht und war angewiesen worden, im Nordende der Stadt zu patrouillieren. Er war meilenweit von Morgans Position entfernt.

Eine grausame Übelkeit krallte sich in Pax' Magen fest.

Er traf den Blick seines XO. Der entsetzte Gesichtsausdruck des Mannes spiegelte zweifelsohne Pax' eigenen wider.

Ins Handy sagte er: „Nein! Wir haben keine Humvees in der Gegend." Fuck. Hatte Desta einen Humvee?

Morgan ließ ein ersticktes Keuchen hören. „Der verdammte Wagen will nicht anspringen!" Man konnte ein Trommeln im Hintergrund hören, als sie laut aufschluchzte. „Nein. Verdammt, nein!"

Er vermutete, dass sie aus Frustration auf das Lenkrad schlug. „Bleib bei mir, Baby", drängte Pax. „Die SEALS sind auf dem Weg."

„Ich werde mir die Waffe holen." Ihre Stimme klang weiter entfernt, als ob sie das Handy hatte fallen lassen.

„Nein! Bleib im Wagen! Versteck dich hinten." Scheiße. Wenn sie blieb, war sie so gut wie tot. Aber sich die Waffe zu holen …

Ihm war übel vor Angst.

Das Handy wurde still. Er vermutete, dass sie es im Wagen zurückgelassen hatte, während sie sich die Waffe holte.

Dann ertönte in Stereo, für jeden im Raum hörbar, das Geräusch von mehreren Schüssen. Hatte sich Morgan ein Maschinengewehr von einem der toten Militanten geschnappt? Hatte Ripley in ihrem Arsenal Maschinengewehre gesehen? Er konnte sich nicht erinnern. Er konnte kaum einen klaren Gedanken fassen, als er darauf wartete, ihre Stimme zu hören. Als er darauf wartete, sie sagen zu hören, dass sie geschossen hatte. Dass er nicht soeben mit angehört hatte, wie jemand auf sie geschossen hatte.

Im Raum wurde es totenstill. Er traf den Blick seines XO. Der Mann gab ihm das Signal, sein Mikrofon am Handy auszuschalten.

Pax befolgte die Anweisung, und die geräuschlosen Sekunden dehnten sich aus, als jeder einzelne von ihnen darauf wartete, von Morgan zu hören.

Ein einzelner Schuss ertönte, gefolgt von einem ganzen Fluss von vulgären Flüchen, die so ganz seinem Mädchen entsprachen. Pax lächelte, selbst als seine Augen feucht wurden. *Sie lebt.*

Nicht in Sicherheit, aber sie lebte.

„Warum tut ihr das? Was wollt ihr von mir?“, fragte Morgan.

Pax konnte die gedämpfte Antwort nicht entziffern.

Ein wilder, markerschütternder Schrei ertönte. Der Aufschrei verwandelte sich in arabische Flüche. Sie kreischte auf, und dann konnte man vermehrt dumpfes Aufprallen hören. Kämpfte Morgan mit dem Mann?

Ein paar Mal ertönte ein männliches Grunzen über den Lautsprecher und Pax hoffte, dass Morgan ein paar gute Hiebe ausgeteilt hatte. Ein lauter Aufschlag erklang, gefolgt von Morgans Aufschrei, der abrupt unterbrochen wurde.

Für ein paar Sekunde folgte nichts weiter als Stille, dann piepte Pax' Handy. Der Bildschirm blitzte mit dem roten Symbol auf, das andeutete, dass das Gespräch von der anderen Seite beendet worden war.

Pax blickte auf die Karte. Das Navy-SEAL-Team war noch drei Minuten vom Standort entfernt.

Die Hände um Morgans Kehle drückten fester zu. Sie würde ohnmächtig werden. Der Mann war durchgedreht, als er die Leiche hinten im Kleintransporter entdeckt hatte, und hatte sich mit einem urweltlichen Aufschrei auf sie gestürzt. Sie hatte sich zur Wehr gesetzt, aber sie stand von allem, was passiert war, so unter Schock, dass sie ausrutschte und ihm erlaubte, die Oberhand zu gewinnen.

Sie strampelte gegen die klauenähnliche Hand. Sie brauchte Luft.

Das Blut rauschte in ihren Ohren, blockierte jegliche Geräusche. Sein Griff an ihrer rechten Hand war lose und sie konnte sich befreien. Sie stach ihm mit dem Finger ins Auge. Er schreckte zurück, ließ aber nicht von ihrem Hals ab.

Sie umklammerte verzweifelt seine Hand.

Die Navy-SEALs waren auf dem Weg. Wenn sie die Männer lang genug hier festhalten konnte, würde das Navy-Team sie retten können. Gerade, als sich dieser Gedanke formte, wurde der Mann, der ihr die Kehle zudrückte, rückwärts nach hinten gezerrt. Sie hustete, als sie nach Luft schnappte und keuchend einen flachen Atemzug durch ihre geprellte Luftröhre saugte.

Ihr Sichtfeld war verschwommen. Hatte ein Navy-SEAL sie gerettet?

Ein Mann zog sie an ihren Schultern hoch und zog sie zurück. In Richtung des Humvee.

Also doch kein Navy-SEAL. Einer der anderen Milizionäre. Sie keuchte auf, versuchte die staubige heiße Luft einzuatmen, die sich in ihrer Kehle kratzig anfühlte und in ihrer Lunge brannte.

Man schubste sie hinten in den Humvee. Ein Mann folgte ihr hinein. Der setzte sich praktisch auf sie drauf. Sie wehrte sich gegen ihn, doch er packte ihre Hände und schlug ihr harsch ins Gesicht. Eine heftige Ohrfeige, dass ihr schwindelig wurde. „Genug!", schrie der Mann. „Oder ich werde Desta sagen, dass

Francois dich getötet hat." Er lehnte sich aus dem Humvee und feuerte eine Pistole ab.

Durch das hintere Fenster sah sie den Mann, der sie gewürgt hatte. Auf seiner Stirn erschien ein roter Punkt und er sackte zu Boden. Ein weiterer Mann – derjenige, der ihren Angreifer von ihr weggezogen haben musste – trat über den Körper seines ehemaligen Kameraden und kletterte auf den Vordersitz des Humvees.

„Das war Francois", sagte der bewaffnete Mann. „Er hat dich angegriffen, weil du seinen Bruder umgebracht hast."

Sie sagte nichts. Sie war viel zu durcheinander und versuchte, ihre taumelnden Gedanken zu ordnen. Sie lehnte sich nach vorn und übergab sich auf dem Sitz zwischen ihr und dem bewaffneten Mann, überrascht darüber, dass sie noch etwas im Magen hatte.

Der Mann warf ihr einen finsteren Blick zu und hob seine Hand, als ob er sie erneut schlagen wolle. Aber vielleicht wurde ihm klar, dass eine weitere Ohrfeige sie nur dazu bringen würde, sich noch einmal zu übergeben, denn er ließ seine Hand wieder sinken und rief dem Fahrer zu, loszufahren.

Das schwere Fahrzeug macht einen Satz vorwärts. Sie schlug sich ihre Hand vor den Mund und kämpfte gegen eine ganz neue Art von Übelkeit an.

Das hier geschah wirklich.

Ihr Blick sprang im Wagen herum. Es war ein altes, abgenutztes Fahrzeug. Ein Überbleibsel eines früheren Konfliktes. Sie hätte es niemals mit dem gepanzerten Humvee verwechselt, den Ripley fuhr, allerdings war sie nicht sie selbst gewesen.

Sie entschied sich dazu, sich auf die Tatsache zu konzentrieren, dass sich ein Team von Navy-SEALs in der Luft befand, und man sie wahrscheinlich sehen würde. Sie wussten, dass sie in einem Humvee war. Man würde dieses Fahrzeug nur schwer verstecken können. Man würde sie finden. Sie blickte zurück und sah, wie Dschibuti City in einer Staubwolke verschwand. Sie fuhren um eine Kurve und kamen abrupt zum Stehen.

Ein weiteres Fahrzeug wartete auf sie. Dieses war ein uralter

SUV. Sie wurde aus dem Humvee gezerrt und hinten in den alten Land Cruiser geworfen.

„Kotz nicht in diesen", sagte der bewaffnete Mann, als er ihre Hände fesselte. „Wir werden für eine Weile in diesem Truck bleiben."

In Minuten waren sie wieder unterwegs. Der Humvee fuhr in eine Richtung, der Land Cruiser in eine andere.

Der Blackhawk-Hubschrauber würde sie nicht finden. Jetzt nicht mehr. Diese Männer würden sie bis nach Äthiopien und direkt zu Desta fahren.

Aber wenigstens hatte sie ihren Tracker. Sobald sie dort ankam, würde sie ihn aktivieren, und der Blackhawk-Hubschrauber würde kommen. Man würde sie finden. Man würde sie retten.

Pax starrte auf den Monitor, der die Live-Übertragung von einer Kamera aufzeigte, die einer der Navy-SEALs trug. Sein Herz klopfte ihm bis zum Hals, als er das Blutbad bei dem verlassenen Kleintransporter sah. Ein Mann mit durchschnittener Kehle, ein weiterer mit einem Messer in seiner Brust – genauso wie Morgan es beschrieben hatte. Es war der dritte Tote, der dafür sorgte, dass sein Blut kalt durch seine Adern fließen ließ. Eine Kugel zwischen den Augen. Aber wer hatte den Schuss abgefeuert?

Wo war Morgan?

Ripley war mit seinem Humvee nur fünf Minuten später angekommen, nachdem das Navy-SEAL-Team gelandet war. Er hatte sich zwei SEALS geschnappt und war dem aktiven GPS-Signal von Morgans Handy gefolgt. Pax beobachtete den Monitor Nr. 3, als sie sich dem roten Punkt des Handys näherten. Man hatte eine direkte Linie von Ripley zum Kommandozentrum hergestellt, und die Stimme des Soldaten der Spezialeinheit wurde über den Lautsprecher übertragen.

„Das einzige Fahrzeug auf der Straße ist ein kleiner Pickup-Truck, der tief in die Wüste vordringt." Ripley wechselte zu

Arabisch und Pax vermutete, dass er dem Fahrer des Pickups über den Lautsprecher des Humvees befahl, anzuhalten. Die Rückkoppelung des Mikrofons verursachte einen stechend lauten Ton, und das Radio wurde abgeschaltet.

Pax wartete. Sein Bauchgefühl sagte ihm, dass Morgan sich nicht in dem Truck befand. So einfach wäre das nicht. Vor allem dann nicht, wenn man Morgans Handy absichtlich von ihrer Seite aus ausgeschaltet hatte. Sie wussten von ihrem Handy, und wenn sie nicht wollten, dass man ihnen folgte, hätten sie den Akku entfernt.

Trotzdem war es eine Spur, die untersucht werden musste.

Nach einigen endlosen Minuten funkte Ripley die Basis an. „Negativ für Dr. Adler. Wir haben das Handy. Es lag hinten im Pickup. Der Fahrer sagt, er wusste nicht, dass es dort war. Wahrscheinlich hat man es hinten hineingeworfen. Der Fahrer sagt, dass er vor fünf Kilometern am Stadtrand an einem alten Humvee vorbeigefahren ist. Übrigens sollten wir dem Kerl ein paar neue Reifen kaufen. Wir haben zwei kaputt geschossen, als er nicht anhalten wollte.“

Pax' Sichtfeld verengte sich. Er hatte diesen Bericht erwartet, aber trotzdem wurde er von der Realität aus der Bahn geworfen. Mittlerweile waren 42 Minuten vergangen, seit er zuletzt ihre Stimme gehört hatte, und sie hatten nicht die geringste Ahnung, wo sie war.

Der Truck fuhr in den Schatten einer Klippe, wodurch man ihn nur schwer aus der Luft würde sehen können. Morgan verfolgte die Sonne, sich vollends bewusst, welche Tageszeit es war. Sie brauchte keinen Kompass, um festzustellen, in welche Richtung sie fuhren.

Der Plan war simpel gewesen. Sie würde den Tracker auslösen, und die USA würde Destas Standort herausfinden. Man würde ein Team schicken, um sie zu retten, und damit gleichzeitig Etefu Desta beseitigen. Amerika hatte Vereinbarungen mit der Regierung in Äthiopien abgeschlossen. Vielleicht mochten sie es nicht gern, wenn sich die USA einmischten, aber sie tolerierten es, denn es wäre für sie lukrativ, und Desta war ihnen ohnehin auch ein Dorn im Auge. Aber nach einer Stunde Fahrt wurde das Problem mit dem Plan alarmierend klar.

Sie fuhren nicht westlich Richtung Äthiopien.

Nein. Sie fuhren stetig nach Südosten, was bedeutete, dass man sie an einen Ort brachte, der es dem amerikanischen Militär äußerst schwermachen würde, vorzudringen. An einen Ort, an den kein Amerikaner, der bei vollem Verstand war, in der derzeitigen Situation freiwillig gehen würde.

Ihre Entführer brachten sie nach Somalia.

Kapitel Sechsundzwanzig

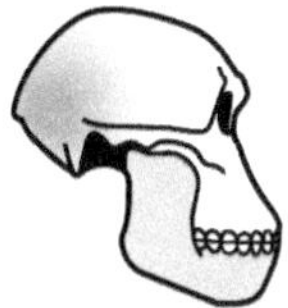

Nur wenige Meilen vor der Grenze hielt der SUV an. Sie schaffte es, die Namen zweier ihrer Entführer aufzuschnappen, während sie ihnen beim Argumentieren zuhörte. Der Fahrer, Saad, verlangte von ihr, dass sie sich auszog. Dann gab man ihr ein einfaches traditionelles Buna-Kleid zum Anziehen – ohne BH oder Unterwäsche. Wenn man bedachte, dass sie auf eine Leibesvisitation verzichtet hatten, würde sie sich nicht beschweren. Doch dann befahl Kaafi - der Mann, der Francois erschossen hatte – Saad, dass er sie zusätzlich zu den Fesseln an Händen und Füßen auch gleich knebeln solle.

Sie schreckte zurück. „Nein. Bitte", sagte sie zu Kaafi, der eindeutig der Anführer war. „Wenn ich mich übergeben muss, könnte ich ersticken."

Der Milizionär starrte sie teilnahmslos mit düsterem Blick an. „Dann übergib dich nicht."

Eine neue Welle der Angst schoss durch sie hindurch, schlimmer noch als in dem Moment, als ihr klarwurde, dass man sie nach Somalia verschleppte.

Sie hielt ihren Atem an, um das Schluchzen zu unterdrücken, das aus ihr herausbrechen wollte, als man sie fesselte und knebelte und dann hinten in den Fußraum des SUVs zwang. Man warf eine grobe Decke über sie. Die Hitze unter der Wolldecke war erstickend, und sie fragte sich, ob dies zu ihrem Leichentuch werden würde.

Sie vermutete, dass sie die Grenze über eine der Panya-Schmuggelrouten überqueren würden, von denen es in Somalia mehr als genug gab, nur warum versteckten sie sie dann? Aber selbst, wenn sie auf der normalen Hauptstraße fuhren, gehörten Lösegeldzahlungen zu einem Hauptbestandteil des Bruttoinlandprodukts Somalias. Sie konnte sich kaum vorstellen, dass Grenzsoldaten sich die Mühe machen und sie aufhalten würden.

War dies eine einfache Entführung für Lösegeld? Oder ging es hier um Linus oder Broussard?

Der heruntergekommene SUV hüpfte die steinige Straße entlang. Sie erstickte fast unter der heißen Decke und versuchte, nicht komplett die Fassung zu verlieren.

Vor Monaten, als sie die verschiedenen Warnungen durchgelesen hatte, die die amerikanische Botschaft in Bezug auf die Arbeit in Dschibuti veröffentlichte, hatte sie zu Staci, einer engen Freundin und Arbeitskollegin aus dem *Doppel-D*, gesagt, dass sie eher mit einem ihrer Feldarbeiter einen Selbstmordpakt abschließen würde, bevor sie es zuließe, nach Somalia verschleppt zu werden.

Das war nur zum Teil ein Scherz gewesen. Sie hatte gewusst, dass das Risiko real war, aber irgendwie dann doch nicht *wie* real. Und trotzdem war sie nun hier. Ihre Scherze hatten sich sowohl als grauenhaft unlustig als auch furchtbar naiv herausgestellt.

Einen idiotischen und erbärmlich schlecht durchdachten Selbstmordplan umzusetzen, war keine Option gewesen. Sie wurde nach Somalia verschleppt. So, wie die Chancen standen, Tracker oder nicht, würde sie dort sterben. Und ihr Tod würde ihr nicht leicht gemacht.

Die Navy-SEALs konnten sie nicht retten. Nicht in Somalia. Das amerikanische Militär würde Destas Standort bekommen, und anschließend würde man Drohnen schicken. Die würden Desta in die Luft jagen und jeden, der sich in seinem Lager befand. Das war der *beste* Tod, auf den sie hoffen konnte. Dann wäre Desta zumindest erledigt und könnte niemandem mehr wehtun.

Sie hätte Pax sagen sollen, dass sie ihn liebte. Zur Hölle damit, dass SOCOMs Personal zugehört hatte. Sie hätte ihm sagen sollen, dass ihre einzige verbotene Nacht die beste Nacht ihres Lebens gewesen war. Dass sie noch nie zuvor solch eine Verbindung mit jemandem gespürt hatte. Es war so viel mehr als Sex gewesen.

Er hatte wahrscheinlich längst erraten, was sie empfand, aber es lag eine wunderbare Macht darin, die Worte zu hören und sie auszusprechen.

Sie liebte ihn. Er war ihr Soldat. Ihr Green Beret. Alles, was sie je gewollt hatte, in einem einzigen perfekten, fehlerhaften Neandertaler verpackt.

Der Truck hielt langsam an. Kaafi platzierte seinen Schuh auf ihren Kopf und ließ eine scharfe Warnung hören, dass sie still sein sollte.

Sie mussten an der Grenze sein. Also doch keine Schmuggelroute.

Der Fahrer sprach mit jemandem – wahrscheinlich einem Grenzwärter – auf Arabisch oder Somali. Sie haderte mit sich, ob sie ein Geräusch von sich geben sollte, um die Aufmerksamkeit des Wachmanns auf sich zu ziehen. Die Maßnahmen, die Kaafi getroffen hatte, um sie zu verstecken, sagten ihr, dass sie wohl doch etwas zu befürchten hatten. Sie fragte sich, ob das amerikanische Militär mittlerweile eine Vermisstensuche rausgegeben hatte, die dschibutische Variante eines Amber-Alerts in den USA, und ob das in dieser gesetzlosen Gegend überhaupt etwas bewirken würde.

Der Druck an ihrer Schläfe verstärkte sich. Trotz der Tatsache, dass man ihm eindeutig aufgetragen hatte, sie lebendig einzufangen, zweifelte sie Kaafis Bereitschaft, sie notfalls umzubringen, keinesfalls an.

Sie biss auf den Knebel in ihrem Mund und dachte an den Blick auf Pax' Gesicht, als er einen Tag, nachdem sie sich kennengelernt hatten, auf dem Markt den Schal über ihr Haar gelegt hatte. Sie hielt an diesem Bild fest und blieb still.

Sie musste so lange überleben, bis sie es zu Desta geschafft hatte. Nachdem sie den Tracker aktiviert hatte, könnte sie Risiken eingehen. Aber bis dahin würde sie die gehorsame Gefangene spielen.

Pax starrte auf den Monitor, der die Flugpfade der Suchhelikopter aufzeigte. Sie arbeiteten sich an einem Raster vorwärts, klärten eine Sektion und flogen dann in die nächste. So, wie es Morgan bei ihrem archäologischen Projekt tat. Man würde die Suche schon bald abbrechen. Morgans Entführer hatte mehr als genug Zeit gehabt, sie über die Grenze nach Äthiopien zu verschleppen. Sie war längst weg und befand sich nicht mehr in ihrem Suchradius.

General Adler ließ sich auf den leeren Stuhl neben ihm fallen, aber glücklicherweise blieb der Mann still. Pax glaubte nicht, dass er in der Lage wäre, tröstende Worte für den Mann zu finden. Sie teilten eine ähnliche Qual, aber bis auf Morgans Entschuldigung, die er ihrem Vater ausrichten sollte, fehlten Pax schlichtweg die Worte.

Und er war immer noch angepisst darüber, wie der General Morgan in dem Meeting an seinem ersten Abend in Dschibuti derart gedemütigt hatte.

Sie saßen schweigend nebeneinander, während die Männer um sie herum Optionen diskutierten, und schließlich gab der Kommandeur den Befehl, dass die Suchhelikopter zurückkehren sollten. Pax hatte gewusst, dass es geschehen würde, doch dieser Befehl traf ihn trotzdem wie ein Schlag.

Solange sie kein Signal von dem Tracker erhielten, oder einen Hinweis bekamen, dass man sie in einer bestimmten Gegend festhielt, würde die aktive Suche eingestellt. Pax wollte gegen die Wände treten. Oder den nächstbesten Gegenstand zerschmettern. Es war ihm nicht mehr so schwergefallen, einen gewalttätigen Ausbruch zurückzuhalten, seit er sich als hitzköpfiger Neunzehnjähriger irgendwo hatte beweisen wollen.

Er überlegte, ob er zum Fitnessstudio gehen sollte, aber

dann wäre er nicht hier. Und was war, wenn ein Signal vom Tracker einging?

Die Suchenden kehrten zurück, und Pax blieb im Kontrollraum, starrte die Monitore an, die nun leer waren.

Cal erschien neben ihm und stellte einen Teller voller Essen vor ihn hin. „Ich habe mir gedacht, dass ich dich nicht dazu überreden kann, zur Cafeteria zu gehen."

Pax nickte und bedankte sich. Er aß, pflichterfüllt, denn er wusste, dass er die Kalorien brauchen würde. Sein Körper war es gewohnt, bis an seine Grenzen getrieben zu werden, und würde so funktionieren, wie er es erwartete, solange er seinen Teil dazu beitrug und ihn mit Brennstoff versorgte. Er schenkte der Mahlzeit vor sich keine Aufmerksamkeit. Konnte sie weder riechen noch schmecken. Es war Kraftstoff, mehr nicht.

Er konnte sich sehr gut den Horror vorstellen, der ihr bevorstand, und der Gedanke, dass sie leiden würde – selbst jetzt Qualen durchstehen könnte – trieb ihn in den Wahnsinn. Seine Angst um sie war anders als irgendetwas, das er jemals zuvor erlebt hatte.

Ihm wurde undeutlich bewusst, dass dies die Sache sein könnte, die ihn zerbrach. Er hatte sich seit seiner Scheidung mit 21 Jahren nicht mehr als jemanden angesehen, den man brechen könnte. Er hatte all die Jahre dazwischen damit verbracht, diese Art von Zerbrechlichkeit zu vermeiden. Hatte da draußen bewiesen, dass keine einzige Beziehung die Macht hatte, ihn runterzuziehen und zu zerstören. Er hatte gegen solche Arten von Verpflichtung einen geistigen Schutzwall errichtet. Er hatte die Regeln aufgestellt, die sein Dasein als Einzelgänger rechtfertigten.

Die intensive Anziehungskraft zu Morgan war einer der Gründe gewesen, warum er versucht hatte, ihr zu widerstehen. Er hatte gewusst, dass sie zu seiner Schwachstelle werden würde. Ein Angriffspunkt. Nicht nur in Bezug auf seinen Fokus oder seinen Job, sondern auch für seine selbstgewählte Isolation.

Er hätte ihr sagen sollen, dass er sie liebte. Dass er verrückt nach ihr war. Dass er ihretwegen niemals wieder derselbe sein würde.

Aber er konnte nichts anderes tun, als zu hoffen, dass die Gedanken an die wahnsinnig wundervolle Intimität, die sie teilten, sie durch die kommenden furchtbaren Stunden tragen würden.

Aber jetzt musste er erst einmal diese Gedanken beiseiteschieben. Er musste seine Emotionen abschalten, die drohten, ihn auseinanderzureißen, denn er musste sich zusammennehmen. Er musste für sie kämpfen, und sein XO würde ihn nur in diesem Spiel behalten, wenn er einen Spezialeinheit-Soldaten in perfekter geistiger und körperlicher Kondition sah.

Nur dann würde er sich Desta vornehmen können. Nur dann würde er sie retten können. Und er würde sie retten, oder er würde für sie sein Leben lassen, während er es versuchte.

Morgan wurde aus dem erstickenden Fußraum gezerrt, sobald sie die Grenze hinter sich gelassen hatten. Sie fuhren weiterhin über holprige Straßen, tiefer ins Somaliland. Pax hatte Dschibuti als gesetzlos bezeichnet, aber das Land war ein regelrechtes Paradies im Vergleich zu Somalia und dem selbsterklärten Staat Somaliland, der an Dschibuti angrenzte.

Es war dunkel geworden, und sie starrte aus dem Rückfenster, versuchte ihre Position anhand der Sterne zu bestimmen. Der Winkel des Nordsterns vom Horizont verriet ihr den Breitengrad. Wenn sich der Stern direkt über ihr befunden hätte, oder in einem Winkel von neunzig Grad, befände sie sich am Nordpol. Wenn es so aussah, als ob er über dem Horizont saß, wäre sie am Äquator. In der Mitte dazwischen befände sie sich am 45°Breitengrad.

Sie befand sich nun irgendwo südlich von 11°Grad, nördlich vom Äquator, mit dem Nordstern so nahe am Horizont, dass sie ihn kaum durch das Rückfenster sehen konnte. Aber als sie ihn sah, bestätigte das ihre Ängste, dass man sie tiefer und tiefer in den Süden von Somaliland verschleppte.

Sie fuhren bis spät in die Nacht, aber sie hatte ihre Fähigkeit verloren, die Zeit zu bestimmen, denn jede Minute fühlte sich länger an als die vorherige. Irgendwann ließ auch das Adrenalin nach, und sie entfloh in das Vergessen des Schlafes.

Zehn Minuten oder zwei Stunden später – sie hatte keine Ahnung wie lang – zerrte Kaafi sie hinten aus dem SUV, ohne sie zuerst aufzuwecken. Ihre Schulter schlug gegen die Seite des Fahrzeuges, und sie taumelte, schaffte es aber, ihre Füße unter sich zu bekommen, bevor sie auf ihrem Gesicht landete.

Man brachte sie in ein heruntergekommenes Haus, und sie fragte sich, ob dies Destas Lager war. Aber das Gebäude war zu klein für eine Operation, die so groß war, wie seine es sein musste. Kaafi führte sie um den hinteren Teil des kleinen Bauwerks herum, damit sie sich hinhocken und pinkeln konnte. Da es sich hierbei wahrscheinlich um eine der weniger erniedrigenden Situationen handelte, die ihr bevorstanden, legte sie keinen Widerspruch ein, obwohl sein stechender starrender Blick ihre Furcht noch etwas verstärkte. Wenigstens bot ihr das Buna-Kleid ein wenig Sichtschutz.

Nachdem sie sich erleichtert hatte, fragte sie sich, ob sie wieder ins Fahrzeug zurückkehren würden, doch stattdessen führte Kaafi sie in den Hauptwohnbereich, wo er sie an einem schweren Metallring festband, der an der Wand festgeschraubt war. „Wir werden alle schlafen", sagte er. „Du versuchst zu fliehen, wirst du zwischen die Augen geschossen."

Sie erschauderte, als ihr bewusst wurde, dass dieser an der Wand montierte Ring nur zu dem Zweck angebracht worden war, Gefangene festzubinden. Ein Zwischenstopp für die Entführer.

Sie legte sich auf die Seite, mit dem Rücken zur Wand, ihre Arme über ihren Kopf ausgestreckt, parallel zum harten Boden. Ihre Nase konnte den Tracker erreichen, und Kaafi zog ein Handy hervor, auf dem er eine Nummer wählte, was bedeutete, dass es hier eine Netzverbindung gab.

Sie würden für ein paar Stunden hierbleiben. Lange genug, dass ein Team von Navy-SEALs herfliegen konnte. Aber dies war Somaliland, was bedeutete, dass sie mehr als ein paar Stunden zum Planen benötigen würden. Und dies war nicht ihr endgültiger Bestimmungsort. Desta war nicht hier.

Sie hatte ihre Entscheidung getroffen, schloss ihre Augen und atmete langsam aus. Kaafi grummelte und steckte sich sein Handy wieder ein. Allem Anschein nach hatten sie hier doch keinen Empfang. Dies war eine Lektion, ihre Entscheidung langsam und gut überlegt zu treffen. Sie durfte nicht überstürzt handeln. Sie musste geduldig sein. Sie hatte nur diese eine Chance, um Hilfe zu rufen, mehr nicht.

Sie döste unruhig. Es war kein wirkliches Schlafen, aber sie war auch nicht wirklich wach.

Bis zum Morgengrauen war sie steif vom Boden und dehydriert mit hämmernden Kopfschmerzen. Kaafi gab ihrem Betteln um Wasser nach und brachte sie dann erneut nach draußen, damit sie nochmals ihre Blase leeren konnte. Sie hatte in den letzten 24 Stunden so wenig Flüssigkeit zu sich genommen, dass dies größtenteils unnötig war.

„Wie lange noch, bis wir dort ankommen, wo ihr mich hinbringt?", fragte sie, als er sie wieder ins Haus eskortierte.

Kaafi grunzte nur und stellte damit klar, dass er keine Absichten hatte, ihr zu antworten.

Sie blieben für den Rest des Tages im Haus. Kaafi kam und ging periodisch. Sie vermutete, dass er zu einem Ort fuhr, von dem aus er Handyempfang hatte. Seinem Verhalten nach zu urteilen vermutete sie, dass er auf Anweisungen wartete.

Es schien, als ob diese Männer keine Anhänger Destas waren, sondern angeheuerte Freelancer. Bezahlte Kidnapper, die sie bei dem Kriegsherrn abliefern sollten, als Teil der örtlichen Ökonomie.

Sie stellte sich ihre Bewerbungsschreiben vor: eine Liste der Anzahl ihrer Opfer, die sie entführt hatten, die Anzahl erfolgreicher Lösegeldeingänge, ein prahlerischer Paragraph mit all ihren Fertigkeiten mit Messern und Waffen sowie ihrer Fähigkeit, andere glaubwürdig zu terrorisieren. Vielleicht würden sie noch eine Preisliste anhängen. Wahrscheinlich kostete es mehr, ein Opfer zu entführen, ohne es zu verletzen. Rechneten sie für Jobs wie diesen Überstunden an? Gab es einen Bonus für die Vermeidung von Verwicklungen mit der Regierung?

Mehrere Male im Verlauf des langen heißen Morgens

wanderte der dritte Entführer, der vorn im Fahrzeug gesessen hatte, im kleinen Haus auf und ab und diskutierte mit Kaafi und Saad. Am frühen Nachmittag verließ der verärgerte Entführer zusammen mit Kaafi den Unterschlupf, kehrte aber nicht zurück. Sie fragte sich, ob der Mann seinen Teil des Auftrages erfüllt hatte, oder ob Kaafi sich entschieden hatte, dass er seine Bezahlung nicht durch drei teilen wollte. Er hatte Francois ohne zu zögern getötet. Sie hatte keine Zweifel daran, dass er auch einen weiteren Partner umbringen würde.

In dem Unterschlupf der Entführer gab es nichts zu essen, nur Wasser. Später am Abend verschwand Saad und kehrte mit Brot und Bohnen zurück. Er gab ihr eine kleine Portion, und sie zwang sich dazu, zu essen, denn sie wusste, dass sie nach 24 Stunden ohne Nahrung bereits am Verhungern war. Allerdings verspürte sie den Hunger nicht und betete, dass sie das Essen nicht wieder erbrechen würde.

Am folgenden Tag stand die Sonne hoch am Himmel, als Kaafi von einem seiner Ausflüge zurückkehrte und ankündigte, dass sie von hier verschwinden würden. Wieder im SUV, setzte sich Morgan auf ihren Platz, und fragte gar nicht erst, wie lange die Fahrt dauern würde. Bisher hatte niemand ihre Fragen beantwortet. Sie hatte es aufgegeben, welche zu stellen.

Dieses Mal fuhren sie in Richtung Norden. Sie leitete dies von dem Winkel der Sonne ab und war verblüfft darüber, warum sie nun die Strecke zurückfuhren. Sie wagte nicht, zu hoffen, dass sie nach Dschibuti zurückkehren würden.

Mehrere Stunden, nachdem die Sonne untergegangen war, erreichten sie ein weiteres heruntergekommenes Haus mitten im Nirgendwo. Sie hatten die Grenze nicht überquert, aber sie waren lange genug unterwegs gewesen, dass sie sich fragte, ob sie in der Nähe waren.

Sie wiederholten das Pinkelritual, und danach wurde sie erneut im Haus festgebunden. Allerdings fehlte in diesem Unterschlupf der Entführer ein eingebautes System zum Sichern von Gefangenen, somit fesselte man sie an einen schweren Stuhl. Sie schlief sitzend, aber nach zwei Nächten mit nur unruhigem Schlaf war sie gerade erschöpft genug, um zumindest hin und wieder in die Bewusstlosigkeit abzusinken.

Während dieser Tortur dachte sie an Pax. Mit seinem Training konnte er womöglich im Stehen schlafen, wenn es sein musste. Ihr Herzschmerz verschlimmerte sich mit jeder Minute, und sie fing schon an zu glauben, dass sie fieberte und nicht nur überhitzt von der abgestandenen, unbarmherzigen Luftfeuchtigkeit war.

Verlor Pax seinen Verstand, jetzt, da sie über 60 Stunden verschwunden, und der Tracker noch nicht aktiviert worden war? Machte er sich selbst fertig in seinem Versuch, sie zu finden, oder steckte er auf der Basis mit seinem XO fest?

Wusste er, dass sie ihn liebte? Würde er irgendeinen Frieden in den Erinnerungen an ihre gemeinsame Zeit finden? Oder würde ihr Tod es ihm unmöglich machen, diese Erinnerungen zu schätzen? Hatte ihr Vater ihrer Mutter die Wahrheit gesagt, warum sie nach Dschibuti gegangen war? Sie würde alles geben, um Pax, ihrer Mutter und ihrem Vater die Qualen zu ersparen, die sie nun spüren mussten.

Ihr war schon schlecht und nun pochte auch noch ihr Kopf. Sie versuchte, sich selbst einzureden, dass das Fieber in Wirklichkeit nur ein Hitzschlag war, aber sie glaubte es nicht.

Hoffentlich würden sie morgen Destas Lager erreichen. Vielleicht war er nach allem ja doch in Äthiopien, und dieser Umweg nach Somalia war nur der Versuch gewesen, mögliche Verfolger abzuschütteln. Vielleicht würden sie morgen endlich an ihrem Ziel ankommen und den Tracker aktivieren, was ihren Eltern und Pax wenigstens einen Hoffnungsschimmer geben würde. Vielleicht würde auch sie wieder hoffen, denn in diesem Augenblick hatte sie all ihre Hoffnung aufs Überleben an der Grenze zurückgelassen.

Am zweiten Tag nach Mitternacht zerrte Cal Pax aus der Kommandozentrale heraus und erinnerte ihn daran, dass man ihn von allem ausschließen würde, wenn er nicht normal funktionierte. Es half nicht gerade, dass er seine Gefühle für Morgan so offensichtlich gemacht hatte.

Pax befürchtete, dass man ihn ausschließen und nicht mehr zurücklassen würde, sobald er den Raum verließ, aber Cal hatte recht. Pax brauchte Schlaf, damit er sich als einsatzbereit präsentieren konnte. Sein XO musste ihn als einen Soldaten der Spezialeinheit ansehen und nicht als einen Mann, der kurz vor dem Zusammenbruch stand, weil man seine Frau entführt hatte.

Also schlief er – ganze sechs Stunden, tief und fest – ging dann zum Training, duschte und aß. Während dieser Zeit hatte sich Cal in die Kommandozentrale gesetzt. Jederzeit bereit, Pax zu benachrichtigen, falls es irgendwelche Neuigkeiten gab, gute oder schlechte.

Sich wieder wie ein Soldat fühlend, ging Pax voller neuer Energie zurück zur Kommandozentrale. Das Training hatte ihm so gutgetan wie der Schlaf und die Mahlzeit. Morgan war nun seit 68 Stunden verschwunden. Es konnte doch sicherlich nicht mehr allzu lange dauern, bis das Signal des Trackers einging. Das musste es.

Er kannte die Statistiken, die Savannah James angegeben hatte. Jeder Tracker, der in eine erfolgreiche Extrahierung involviert gewesen war, war innerhalb von 72 Stunden aktiviert worden. Einige – inklusive des im Jemen – waren in dem Zeitfenster zwischen 72 und 96 Stunden aktiviert worden, aber keiner dieser Entführten hatte überlebt.

Damit die Überlebenschancen weiter zu Morgans Vorteil standen, gingen die Zahlenakrobaten davon aus, dass sie innerhalb der nächsten vier Stunden einen Hinweis auf ihre Position benötigten.

Aber Pax war kein Zahlenakrobat. Er war ein Soldat. Ihm gingen diese Wahrscheinlichkeitsstatistiken oder die Szenarien, die sich in der Vergangenheit abgespielt hatten, am Arsch vorbei. Falls – *sobald* – sie Morgans Standort festgelegt hatten, würde ihn nichts davon abhalten können, sie lebendig da rauszuholen.

Ein junger Offizier, der wahrscheinlich gerade frisch aus der Schule kam, hielt Pax am Eingang zur Kontrollzentrale auf. „Es tut mir leid, Sergeant, aber Sie befinden sich nicht auf der Liste der Zugelassenen.“

Fuck. Das war genau das, was er befürchtet hatte. Man hatte ihn ausgeschlossen. Er starrte in den Raum und traf General Adlers Blick. Der Gesichtsausdruck des Mannes war verschlossen. Pax fragte sich, ob er einzugreifen versucht hatte, es ihm aber verwehrt worden war.

Es kam nur sehr selten vor, dass man Generälen etwas ablehnte, dabei war selbst die Anwesenheit dieses Generals im Raum eine heikle Angelegenheit. Seine Tochter war entführt worden, und er hatte keinerlei Informationen beizutragen. Für ihn war das 100% emotional. Es war ein Zeichen seines Ranges, dass er sich überhaupt in dem Raum befand.

Hinter Pax sagte eine Frau: „Treten Sie zur Seite, Lieutenant, und lassen Sie Sergeant Blanchard eintreten.“ Pax drehte sich um und sah Savannah James, die den jungen Offizier mit einem stahlharten Blick fixierte.

„Das kann ich nicht“, sagte der Lieutenant.

„Das können Sie und werden Sie. Er besitzt wertvolle und tiefgreifende Informationen bezüglich Dr. Adlers Projekt. Wir brauchen ihn am Tisch.“

Pax fragte sich, warum die Frau log, um ihn in den Raum zu bekommen, aber er war dankbar. Er wusste, dass sie und Morgan in den vergangenen Wochen häufig im Fitnessstudio zusammen trainiert hatten – Pax war derjenige gewesen, der es vorgeschlagen hatte – und Morgan hatte es als eine erblühende Freundschaft beschrieben. Nicht, dass irgendein Spion je wahre Freundschaften zuließ.

Was die Mission betraf, besaß James keinen Rang und keine greifbare Autorität. Trotzdem war es ihr Chip, den sie in Morgans Arm implantiert hatte. Mit dieser CIA-Technologie, unter der Kontrolle der CIA, hatte Pax das Gefühl, dass diese CIA-Agentin weitaus mehr zu sagen hatte, als ihm bewusst war.

Er wusste nicht einmal, ob diese Frau eine Analytikerin war oder ein Führungsoffizier. Ursprünglich hatte er gedacht, dass sie eine Analytikerin war, aber dann waren da die Agenten außerhalb der Basis, die sie managte, was wiederum der Job eines Führungsoffiziers war.

Der Lieutenant, der den Eingang bewachte, sah hilfesuchend zum Kommandeur der SOCOM.

Der Kommandant bedachte Savannah James mit einem Stirnrunzeln. „Er bleibt draußen, James. Es ist zu persönlich für ihn."

James verschränkte ihre Arme. „Er kommt rein. Man hat einen der Söldner, die Sergeant Ripley während der Entführung gefangen genommen hat, endlich zum Reden bringen können. Er hat zugegeben, dass einer von Dr. Adlers Feldarbeitern ein Informant ist. Sergeant Blanchard kennt diesen Mann von den Tagen her, in denen er zusammen mit ihr im Gelände war. Ich muss alles über Mouktar Clouet in Erfahrung bringen, damit wir ihn finden und zum Verhör herbringen können."

Mouktar?

Ah, Scheiße. Wenn Morgan von seinem Verrat erfuhr, würde sie am Boden zerstört sein.

Pax schob den Lieutenant zur Seite und ging schnurstracks zum Konferenztisch im hinteren Teil des Raums. „Sorge dafür, dass Ripley auch gleich herkommt", sagte er zu James. „Vielleicht weiß er, wo dieser Judas wohnt."

„Ich habe bereits nach ihm rufen lassen", sagte James, während sie einen Stapel Papiere auf den Tisch legte.

„Mouktar hat das Handy weggeworfen, das die Navy ihm besorgt hat, was mir sagt, dass er wusste, dass wir ihn früher oder später entlarven. Es ist gut möglich, dass er irgendwo einen Fehler gemacht hat. Wir werden ihn finden und seinen Arsch zusammen mit seinem Gehirn shreddern."

„Wir müssen mit Charles Lemaire sprechen", sagte Pax. „Er ist derjenige, der Mouktar und den Rest der Feld-Crew angeheuert hat."

James schenkte Pax ein kalkulierendes Lächeln. „Ich habe bereits daran gedacht, dass Sie und ich nach diesem Meeting Lemaire einen Besuch abstatten sollten. Sie haben ihn schon ein paar Mal getroffen. Ich hätte gern Ihre Meinung zu seinem Verhalten."

Wenigstens hatte man ihm nun eine Aufgabe zugeteilt. Einen Zweck. Seit dem Moment, als Morgans verzweifelter Telefonanruf geendet hatte, war er im Nichtstun fast ertrunken, doch nun hatte Savannah James ihm einen Rettungsring zugeworfen. „Es wäre mir ein Vergnügen, Ms James."

Sie lächelte, aber dies war nicht das kalkulierende Lächeln, das er von ihr gewöhnt war. Dies war ein echtes Lächeln, die Person hinter der Agentin. „Bitte, nennen Sie mich Savvy."

Kapitel Siebenundzwanzig

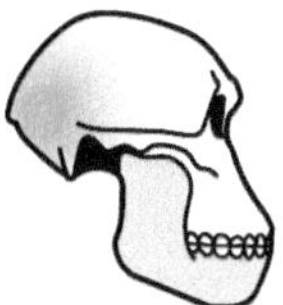

Charles Lemaire sah aus, als ob er seit drei Tagen nicht geschlafen hätte. Nach Pax' Meinung war das ein Punkt für den Bürokraten. Der Mann schob sich eine Hand durch das Haar, nachdem er sich hinter seinen Schreibtisch gesetzt hatte. „Ich werde alles tun, was ich kann, um Ihnen zu helfen, Dr. Adler zu finden", sagte er. „Jeder hier im Amt war entsetzt, als man von ihrer Entführung hörte."

„Selbst Imbert?", fragte Pax. „Ripley sagte, dass Ihr Minister für natürliche Ressourcen irritiert reagierte, weil unser Militär ihr den Sicherheitsdienst zur Verfügung gestellt hat."

„Ali Imbert ist sexistisch, aber er ist kein Verräter", sagte Lemaire.

„Was veranlasst sie, so etwas zu sagen?", fragte Savvy.

„Er ist Dschibutier. Sein Land ist ihm wichtig."

„Nach meiner Erfahrung", sagte Savvy, „sind die erfolgreichsten Verräter diejenigen, die davon überzeugt sind, dass ihr Handeln patriotisch ist. In Dschibuti bedeutet das: der Clan kommt zuerst, dann das Land." Sie schwieg für einen Moment und lehnte sich nach vorn, ihr kalkulierendes Lächeln auf Lemaire fixiert. „Welchem Clan gehört Imbert an?"

„Issa", sagte Lemaire.

„Etefu Desta ist ebenfalls Issa", sagte Savvy.

„Halb Dschibuti ist das", sagte Lemaire eindeutig verärgert. „*Ich* bin Issa. Aber ich stelle Dschibuti vor meinen Stamm."

„Was Sie zur Ausnahme macht", sagte Pax.

„Sie glauben mir nicht?" Lemaire starrte ihn finster an. „Wer sind Sie, mich zu beurteilen, Sergeant? Sie sind ein amerikanischer Green Beret, angepriesen als jemand, der das beste militärische Training in der Welt genossen hat, und doch konnten Sie und Ihr Team nicht einmal eine einzige Frau beschützen."

Pax unterdrückte den Drang, seine Zähne zu fletschen und dem Minister an die Kehle zu springen. Charles Lemaire hatte keine Vorstellung davon, in welchem Hornissennest er hier stocherte, indem er Pax herausforderte. Es spielte keine Rolle, dass Ripley für Morgans Sicherheit verantwortlich gewesen war, als man sie entführt hatte. Pax gab sich selbst die Schuld, und zwar einfach nur, weil sie ihm gehörte. Er hätte sie beschützen sollen. Punkt.

Welche Art von Soldat konnte seine Frau nicht beschützen? Er hatte weder diese Frau noch den Streifen für die Spezialeinheit verdient.

„Wie haben Sie Mouktar Clouet gefunden und angeheuert?", fragte Savvy.

Lemaire wandte sich der CIA-Agentin zu. „Warum fragen sie?"

„Beantworten Sie einfach die Frage, Charles." Die Art, wie Savvy den Vornamen des Ministers benutzte, konnte einem Mann einen Schauer über den Rücken jagen. Aber nicht von der angenehmen Sorte.

„Man hat mir seinen Namen genannt, weil er jemand ist, der Englisch spricht und harter Arbeit gegenüber nicht abgeneigt ist."

„Wer hat Ihnen diesen Namen gegeben?", drängte Savvy.

Lemaire stieß einen schweren Seufzer aus. „Ali Imbert." Er starrte Savvy finster an. „Als der Minister für natürliche Ressourcen besitzt er eine ganze Liste von Feldarbeitern, die für ausländische Unternehmen arbeiten. Das hat nichts weiter zu bedeuten."

Savvy schenkte dem Mann ein angespanntes Lächeln. „Ich glaube nicht, dass Sie das zu entscheiden haben, Charles."

Morgan vermutete, dass ihr Fieber auf knapp unter 40° Grad angestiegen war, als sie endlich Destas Operationsbasis erreichten, wodurch sie nur verschwommen wahrnahm, wie Saad und Kaafi sie ins Innere schleppten. Nicht weil sie sich wehrte, sondern weil sie zu schwach zum Laufen war.

Keiner der Männer schien zu glauben, dass sie krank war. Und sie hatten offensichtlich nicht die geringste Ahnung bezüglich Krankenpflege, sodass ihnen nicht mal bewusstwurde, dass Morgan ein Fieber von solcher Stärke gar nicht vorspielen konnte. Aber sie war zu krank, um sich darüber Gedanken zu machen.

Ein Vorteil dieser starken Erkrankung war, dass es ihre Ängste, entführt worden zu sein, beinahe auf ein Nichts reduzierte. Sie konnte nicht weiter über ihre Furcht nachdenken, wenn all ihre Energie auf die Qualen fokussiert war, neben einer Magen-Darm-Infektion nun auch noch dehydriert zu sein. Sie fühlte sich zu schlecht, um sich darüber Sorgen zu machen, welche Art von Schaden man ihr zufügen wollte.

Man führte sie in eine kahle Zelle. Keine Fenster. Eine Liege. Keine Decke, kein Kissen. Ein Loch im Boden diente als Toilette, während an einem riesigen Bolzen im Zentrum eine lange, dicke Kette befestigt war, an deren Ende sich Metallmanschetten befanden.

Das Einzige, was Morgan interessierte, war die Liege. Die war stationär, nicht so wie der SUV. Sie war weicher als der Stuhl, auf dem sie die Nacht verbracht hatte. Sie legte sich auf die Liege, während die Frau, die sie zu dem Raum gebracht hatte, die Manschetten an ihren Knöcheln befestigte.

Sie schloss ihre Augen und verlor prompt den Kampf gegen ihren Magen. Sie stolperte über ihre Kette und schaffte es nicht rechtzeitig bis zu dem Loch in der Ecke.

Die Frau sagte mit wütender Stimme etwas zu dem Wachmann. Der Mann antwortete ihr genauso wütend.

Morgan kroch über die Kette und erreichte endlich das Loch, wo sie ihren Magen entleerte.

Ausgelaugt kämpfte sie sich ihren Weg wieder zurück zur Liege und brach dort erneut zusammen. Einige Minuten später tauchte die Frau wieder auf. Sie legte einen feuchten Lappen auf Morgans Stirn und reinigte die Sauerei auf dem Boden.

Dann wurde eine Schale neben ihr Bett gestellt, falls sie sich nochmal übergeben sollte. Sie füllte sie prompt.

Irgendwann wurden die Manschetten um ihre Füße entfernt. Die Frau musste ihre Diskussion mit dem Wachmann gewonnen haben. Die Frau kam und ging, brachte Morgan Wasser zum Trinken und mehr feuchte Tücher, um ihren Kopf zu kühlen.

Irgendwo in ihrem Hinterkopf war sie sich bewusst, dass sie den Tracker aktivieren sollte, jetzt da sie sich in Destas Basislager befand, aber ihr Gehirn hatte gerade noch genug Kraft, um sich daran zu erinnern, dass sie zunächst sicherstellen musste, dass dieser Mann auch wirklich hier war und ein Handynetz verfügbar war.

Morgan hatte keine Ahnung, ob sie sich einfach nur eine Grippe oder etwas Ernsteres eingefangen hatte. Ihre Atmung war flach, als ihre Augen wieder zufielen. Sie konnte nur hoffen, dass sie noch einmal aufwachen und die Energie haben würde das zu tun, was getan werden musste.

9 6 Stunden waren vergangen – ohne ein Signal von Morgan. Pax bearbeitete weiterhin die Regierungsmitglieder und versuchte, Mouktar zu finden. Er war entschlossen, herauszufinden, wer wirklich hinter Morgans Entführung steckte und warum, aber er war sich darüber im Klaren, dass Savvy, die großes Vertrauen in die Statistiken hatte, langsam die Hoffnung verlor.

Morgan befand sich nun außerhalb des Bereichs für erfolgreiche Extrahierungen. Falls man sie nun doch noch rettete, wäre sie ein Sonderfall. Nicht quantifizierbar.

Savvy war nicht die Einzige, die ihre Zweifel hatte. Pax wusste, dass 90% der hohen Tiere der SOCOM Morgan im Geiste bereits als tot abgeschrieben hatten.

Pax würde das niemals tun. Er kannte nicht einen Kriegssoldaten, der Statistiken den Augen im Gelände vorziehen würde.

Er musste es Savvy hoch anrechnen, dass sie sich wie eine Bulldogge auf Lemaire und Imbert gestürzt hatte. Pax erfuhr, dass sie schon sehr lange vermutet hatte, dass Imbert entweder für Desta oder die Chinesen – oder beide – arbeitete. Er fragte sich, ob sie sich deshalb mit Morgan angefreundet hatte, um Zugang zu Imbert zu bekommen.

Es war schwer, die Motivation dieser Frau zu erahnen, aber ihr Ziel war zumindest unverfälscht: Morgan zurückzubringen.

„Warum hast du dich auf Imbert fixiert?", fragte Pax früh am Morgen des fünften Tages. „Nichts in seinem Hintergrund sticht hervor."

„Er hat einen Schwachpunkt", sagte sie mit emotionsloser Stimme. „Sein Sohn benötigt westliche Medizin, sonst stirbt er. Wenn ich ein Chinese wäre, würde ich ihn anvisieren."

Pax traf ihren Blick. „Mit anderen Worten: du hast ihn anvisiert, aber er hat nicht angebissen, egal welche Karotte du vor seiner Nase hast baumeln lassen. Also gehst du jetzt davon aus, dass die Chinesen ihn dir weggeschnappt haben."

Sie zuckte mit ihren Schultern. „Ich bin gut in meinem Job, aber China hatte sich ihn wahrscheinlich bereits unter den Nagel gerissen, bevor ich im Land war. Schieb es auf meinen Vorgänger."

„Wie geht es Imberts Sohn?"

„Seit Monaten hat ihn niemand mehr gesehen. Entweder befindet er sich in China, oder er ist tot. Wenn man bedenkt, dass Imbert seinen Kontakt noch nicht verraten hat, gehe ich davon aus, dass der Junge sich in China befindet und gut auf die Behandlung reagiert."

Imberts Loyalität hing von der Gesundheit seines Sohnes ab.

„Warum glaubst du, dass er nicht mit Desta unter einer Decke steckt?"

„Bis zu einem bestimmten Punkt glaube ich, dass er das tut. Aber Desta kann keinen Krebs heilen. Fuck, Desta kann nicht mal einen Niednagel heilen. Der Kriegsherr ist nichts weiter als ein Schwächling und eine Marionette mit zu großen Träumen."

„Laut meinem Vorgesetzten, und jedem Leiter hier in Camp Citron, ist Desta das nächste große Übel. Der Osama bin Laden von Ostafrika."

Sie schüttelte ihren Kopf. „Das wäre er gern. Sein Ziel ist einfach: Er will Eritrea wieder zurück unter Äthiopiens Mantel wissen. Und er will der Diktator sein, der die Führung übernimmt. Falls das passieren sollte, dann ist es mein Job, ihn in Schach zu halten. So wie Saddam Hussein in den Achtzigern – bevor der irakische Diktator in Kuwait eingedrungen ist."

„Als er noch den USA gehörte?"

„Ganz genau. Jetzt im Moment ist Desta ein Möchtegern-Diktator, der zu haben ist. Seine Armee ist dürftig, und die Anhänger in Äthiopien sind schwach. Seine einzige Hoffnung ist, Eritrea zu erobern und Äthiopien so wieder eine Küste zu verschaffen, damit sie nicht mehr von Dschibutis Hafen abhängig sind. Aber Eritrea neigt jetzt genauso wenig dazu, sich Äthiopien anzuschließen, wie vor fünf Jahren. Desta will dort Fuß fassen, und sich mit China zu verbünden ist eine Art, wie er seine Ziele erreichen kann. Ich glaube, dass China ihn mit Waffen versorgt und ihm den non-nuklearen elektromagnetischen Pulsgenerator besorgt hat, den ihr im letzten Jahr in seinem Stützpunkt in Jemen vorgefunden habt."

Pax blinzelte ungläubig. „Du weißt davon?"

„Es war unser Tracker in dem Körper der Geisel. Ich weiß alles über den Fall in Jemen und dessen Erfolg."

„Die Mission ist gescheitert. Die Geisel starb."

„Die Mission war erfolgreich, weil ihr den EMP gefunden habt und er in dem Drohnenangriff zerstört wurde, bevor Desta ihn dazu benutzen konnte, höchst fortgeschrittene amerikanische Ausrüstung zu stehlen und dann an China zu verkaufen.

Die Geisel wusste, dass es das Endziel war, den EMP zu finden und zu zerstören."

Pax lehnte sich abrupt nach hinten. „Er war ein Lockvogel? Warum hat man uns das nicht *mitgeteilt*?"

Seine Wut beeindruckte sie nicht im Geringsten. „Es war streng geheim."

„Ist Morgan ein Lockvogel? War all das schon vorher so geplant, damit ihr Destas Standort herausfinden könnt?"

„Nein, aber das bedeutet nicht, dass wir auf eine gute Möglichkeit verzichten werden." Sie streckte ihre Arme zu beiden Seiten aus, um das Kommandozentrum einzuschließen. „Und ich glaube nicht, dass ich die einzige Person in diesem Raum bin, die so denkt. Falls Desta Morgan entführt hat, ist dies unsere Chance, sie zu retten, und dieses machtgierige Arschloch zu unserem Sklaven zu machen – nicht Chinas."

„Falls er Morgan entführt hat, wird dieses Arschloch sterben", sagte Pax.

Savannah James fixierte ihn mit diesem eiskalten, kalkulierenden Starren. „Nein, Pax. Falls Desta Morgan in seiner Gewalt hat – und sie noch lebt – wird der Kriegsherr aus dieser Situation machtvoller hervorgehen als je zuvor. Die einzige Frage ist, wer seine Stränge ziehen wird – China oder die USA."

Morgan nahm an, dass sie sich seit mindestens einem Tag oder mehr in Destas Stützpunkt befand, als das Fieber endlich nachließ, und sie ihr Essen im Magen behalten konnte. Sie war schwach, aber sie hoffte, dass sie sich nach einer Dusche wieder halbwegs wie ein Mensch fühlen würde.

Die Frau, die sich während ihrer Krankheit um sie gekümmert hatte, sprach nur sehr wenig Englisch, gerade mal die wichtigsten Worte, und Morgan wünschte einmal mehr, dass sie mehr Arabisch gelernt hätte. Die Frau führte Morgan zu einer Dusche, wo sie ihr ein Stück Seife in die Hand drückte, und wo sowohl kaltes als auch heißes fließendes Wasser verfügbar war.

Sie nahm die längste Dusche, die sie sich seit Monaten

gegönnt hatte, aber sie war zu schwach, um die ganzen zehn Minuten unter dem köstlichen Wasserstrahl stehen zu bleiben. In der Badezimmerwand befand sich hoch oben nur ein einziges winziges Fenster, und das Licht veränderte sich in der kurzen Zeit, die sie sich in diesem Raum befand, vom Tag zur Nacht, was ihr eine grobe Einschätzung gab, wie spät es war.

Nach ihrer Dusche aß sie eine ganze Schüssel voll Bohnen, und ihr Magen beschwerte sich trotz der größeren Menge nicht. In Anbetracht ihrer schnellen Genesung nahm sie an, dass sie an einer Lebensmittelvergiftung gelitten hatte, und sie fragte sich, ob es absichtlich gewesen war. Oder ob die Tatsache, dass sie Ausländerin war, sie endlich eingeholt hatte, und sie sich etwas eingefangen hatte, wogegen die Einheimischen immun waren.

Gewaschen und gesättigt fragte sie sich nun, ob sie schlussendlich den Kriegsherrn kennenlernen würde. Aber man brachte sie stattdessen wieder zurück in ihre Zelle, in der sie während ihrer Krankheit gefangen gewesen war. Aufgrund der Tageszeit vermutete sie, dass man von ihr erwartete, zu schlafen.

Schockierenderweise tat sie das, und sie erwachte am folgenden Morgen mit neuer Energie. Sie nahm an, dass seit ihrer Entführung sechs Tage vergangen waren. Das Fehlen von Fenstern erschwerte es, die Zeit richtig einzuschätzen. Aber sie war sich sicher, dass die meisten Leute auf der Basis wohl mittlerweile die Hoffnung aufgegeben hatten, dass sie noch am Leben war.

Glaubte Pax, dass sie tot war?

Was war mit ihrem Vater? Hatte er die Hoffnung aufgegeben?

Sie setzte sich aufrecht auf ihre Liege und zog die Knie an ihre Brust. Sechs Tage. Sie berührte die Stelle hinter ihrem linken Knie. Nummer #42 auf Pax' Liste. Sie wünschte sich so sehr, nach Rom zu fliegen und das Versprechen, das dieses Treffen andeutete, zu erleben. Aber um das möglich zu machen, musste sie den Tracker auslösen. Allerdings war es noch wichtiger, dass sie sich nach ihrer eigenen Fluchtmöglichkeit umsah. Sie fing an, sich zu fragen, ob die wirkliche Gefahr nicht vielleicht sogar darin lag, sich vollends auf den Tracker zu verlassen. Anstatt zu versuchen, schon früher zu fliehen, hatte sie zugelassen, dass man sie hierherbrachte, wo sie auf die richtige Gelegenheit wartete, diesen Tracker zu aktivieren.

Auf dem Weg hierher hatte sie nur zwei Wachen gehabt, doch jetzt hatte sie nicht die geringste Ahnung, wie viele Männer Destas Standort bewachten. Es war durchaus möglich, dass die Ausfallrate des Chips so hoch war, weil diejenigen, die vor ihr entführt worden waren, sich zu sehr darauf verlassen hatten, dass man sie retten würde. Und nicht selbst nach einem eigenen Ausweg gesucht hatten.

Nicht, dass sie den anderen Opfern die Schuld zuschieben wollte. Höchstwahrscheinlich hatten sie nichts tun können, ganz besonders, wenn man sie gefesselt hatte. Gefoltert. Und vielleicht hatte sie selbst auf ihrer Reise hierher auch nichts tun können.

Aber jetzt war sie nicht gefesselt. Der grausame Kaafi und der bösartige Saad bewachten sie nicht länger. Soweit sie es wusste, könnten diese Söldner längst losgezogen sein, um für einen anderen Kunden ihr nächstes Opfer zu schnappen.

Ihre Krankheit hatte sie geschwächt, aber das könnte sie zu ihrem Vorteil nutzen. Die Kette war entfernt worden, als sie krank gewesen war. Wenn sie ihre Bewacher auch weiterhin in dem Glauben ließ, dass sie krank war, würde man sie vielleicht nicht wieder fesseln.

Dieses Schauspiel kostete sie nichts, aber es würde ihre Situation gehörig verbessern.

Es war schon immer ihre Geheimwaffe gewesen, dass Männer sie unterschätzten. Es wurde Zeit, dass sie diese Waffe verschärft einsetzte.

Kapitel Achtundzwanzig

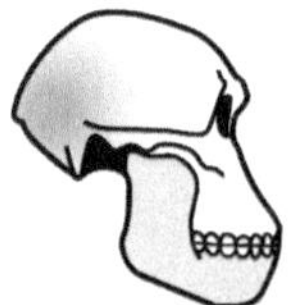

Stunden später erschien ein Mann mit einer AK-47 an ihrer Zellentür und bestand darauf, dass sie aufstand und ihm folgte. Sie bewegte sich nur langsam, als wäre sie geschwächt – wobei sie dies nicht annähernd in dem Maße vortäuschen musste, wie sie es sich gewünscht hätte – aber wie sie gehofft hatte, gab er sich keine Mühe, sie zu fesseln.

Sie beäugte seine Waffe und fragte sich, ob sie in der Lage wäre, sie ihm zu entwenden. Er hielt sie nur locker fest, so wie Frauen ihre Handtaschen hielten: ein alltägliches Accessoire. Da, wenn man es brauchte. Aber nicht etwas, das man mit festem Griff umklammerte, es sei denn, man spazierte eine geschäftige Straße entlang.

Er erwartete nicht, dass sie eine Gefahr darstellte.

Gut. Aber es war noch zu früh für sie, um zu handeln.

Sie übertrieb ihre zitternden Beine nur ein klein wenig, als er sie einen Korridor entlang und eine Treppe hinaufführte. Nach somalischen Standards war dieser Ort ein Palast mit mehreren Räumen, Elektrizität, fließendem heißen und kalten Wasser. Aber in den USA würde man diese heruntergekommene Villa als verwahrlost bezeichnen.

Es erinnerte sie an Osama bin Ladens Versteck in Abbottaland, Pakistan. Die Presse hatte gleich ein ganzes Anwesen daraus gemacht und zunächst die luxuriöse Villa beschrieben.

Der Mann hatte zweifellos alle Annehmlichkeiten gehabt, aber Fotos hatten dann später bewiesen, dass es eben kein prachtvolles Zuhause gewesen war, das man in der Serie *Lebensstil der Reichen und Kriminellen* gezeigt hätte.

Destas Zuhause schien ähnlich zu sein. Groß, mit mehreren Flügeln, aber schwül und heruntergekommen.

Schließlich wurde sie dem Kriegsherrn vorgeführt, der hinter einem Schreibtisch in einem kleinen Büro im hinteren Teil seines Anwesens saß – ganz der Hausherr der Villa.

Die doch sehr spärliche Art, wie sein Büro eingerichtet war, und das Fehlen von jeglichem Prunk, nachdem sie tagelang darauf gewartet hatte, dem dickbäuchigen, afrikanischen Mann mittleren Alters endlich gegenüberzustehen, ließ sie nun nach Luft ringen. Sie musste ihre Schwäche nicht vorspielen und hielt sich an einem Stuhl fest.

Vielleicht war es diese vollkommene Normalität, die sie so erschütterte. Seine Augen hätten kalt sein sollen, eine Manifestation seiner Bösartigkeit. Er hätte vernarbt sein sollen. Wenn sich dieser Mann in Hollywood um die Rolle eines ostafrikanischen Kriegsherrn für einen Film beworben hätte, hätten die Casting-Direktoren mit den Augen gerollt und ihn zurück nach Hause geschickt.

„Es scheint so, als ob Sie Ihre Krankheit nicht vorgespielt haben, wie Kaafi und Saad es bei Ihrer Ankunft behauptet haben“, sagte der Kriegsherr.

„Sie sind schlechte Krankenpfleger, wenn sie nicht einmal erkennen können, dass jemand die Grippe hat.“

„Dann ist es besser, dass sie als Söldner arbeiten und keinen Job in der Medizin angenommen haben. Allerdings habe ich acht Männer geschickt, um Sie herzubringen, und nur zwei haben die Aufgabe vollendet, also haben Sie sie möglicherweise zusätzlich zu ihren schlechten Fähigkeiten als Ärzte auch noch als schlechte Söldner entlarvt.“

Sie versteifte sich. Sie wollte nicht, dass er sie als fähig ansah. „Das war nicht ich, sondern gut trainierte US-Soldaten, und dann Streitigkeiten untereinander. Ich glaube, Kaafi und Francois mochten sich nicht besonders.“

„Nur Francois' Bruder konnte ihn aushalten. Er war ein grässlicher und brutaler Unmensch."

Die Dreistigkeit dieses Kriegsherrn, einen Söldner als brutalen Unmenschen zu bezeichnen, war einfach zu viel. „Und Sie sind es nicht?"

„Ich bin der Prinz meines Volkes und versuche, den Thron wiederzuerlangen, den man von meinem Vater gestohlen hat. Ich kämpfe um die Freiheit meines Volkes, so wie jeder Ihrer Gründungsväter in Amerika."

„Ja klar. Sie sind ein ganz gewöhnlicher George Washington. Bis auf die Tatsache, dass George keine jungen Mädchen versklavt oder Khat geschmuggelt hat."

„Euer George Washington besaß Sklaven, genauso wie euer Thomas Jefferson. Jefferson hat sogar Sklavenbabys mit seinen Sklaven-Mätressen gezeugt. Und beide Männer haben Hanf angebaut, was in ihrer Zeit noch legal war, so wie Khat es hier ist."

Verdammt, sie hasste es, wenn Kriegsherrn sich mit der amerikanischen Geschichte auskannten. Sie könnte argumentieren, dass Hanf nicht dasselbe wie Marihuana war, aber sie war nicht hier, um mit Etefu Desta die Vermächtnisse von Jefferson und Washington zu debattieren. „Khat mag hier legal sein, aber nicht in den Ländern, wo Sie es verkaufen."

„Sie haben sich gut über mich informiert. Ich fühle mich geschmeichelt."

Sie starrte ihn finster an. „Falls Sie mich für Lösegeld entführt haben, verschwenden Sie Ihre Zeit. Die amerikanische Regierung wird nicht bezahlen, und meine Familie ist nicht gerade wohlhabend."

„Ihre Sorge berührt mich. Aber keine Sorge, man wird mich gut für Ihre Entführung belohnen."

„Es ist zu spät, um Linus' Bekanntgabe aufzuhalten. Dafür braucht man mich nicht."

„Ihr versteinerter alter Affe interessiert mich nicht. Der war einfach nur eine Irritation, denn die Entdeckung bedeutete, dass Sie Ihre Untersuchung entlang der alternativen Route weitaus gründlicher durchführen und dieselben Anzeichen wie Broussard entdecken würden."

Morgan lehnte sich auf ihrem Stuhl nach vorn. Die plötzliche Bewegung machte sie schwindelig, aber sie konnte sich nicht helfen und fragte sich, ob das an ihrer Krankheit lag, oder weil sie nun endlich die Wahrheit herausfand. „Ist er tot?"

„Mit Sicherheit."

„Warum?"

Der Kriegsherr schnalzte mit der Zunge. „Sie sind nicht annähernd so clever, wie ich es erhofft hatte. Meine Quellen teilten mir mit, dass Sie einen großen Aquifer tief unter Ihrem Projektgelände vermuten."

Die Beleidigung ärgerte sie. „Ich bin keine Geologin, aber ja, ich habe mich gefragt, ob Broussard Anzeichen eines Aquifers gefunden hat."

„Das hat er."

„Und Sie haben ihn umgebracht? Warum?"

„Ich habe ihn nicht umgebracht. Ali Imbert hat das."

„Der Minister für natürliche Ressourcen?"

„Ja. Entweder hat er Broussard eigenhändig getötet oder jemanden dafür angeheuert. So oder so, der Mann ist tot."

„Warum würde er so etwas tun?"

Der Kriegsherr lehnte sich auf seinem Stuhl zurück und betrachtete sie eingehend. „Ich könnte Sie warnen, dass ich Sie niemals freilassen werde, wenn ich es Ihnen sage. Aber Sie dürften bereits wissen, dass ich keine Absichten habe, Sie gehen zu lassen."

Sie zitterte, begegnete seinem Blick jedoch, ohne mit der Wimper zu zucken. „Niemand wird das Lösegeld bezahlen."

„Stimmt." Er zuckte mit den Schultern. „Vor zwei Jahren hat China zum ersten Mal das Angebot gemacht, für die Eisenbahnlinie von meinem Land zum Meer, das uns gehören sollte, zu bezahlen. Sie heuerten einen Geologen an – einen von ihren eigenen Leuten, einen Chinesen, der genauso viel Erfahrung wie Broussard hatte, dem der Westen aber keinen Respekt entgegenbrachte, weil ihr größenwahnsinnige Egozentriker seid."

„Ganz anders als derzeitige Anwesende", sagte sie, denn sie konnte es sich nicht verkneifen.

„Ich bin ein Patriot."

„Das bin ich ebenso."

„Falls Sie sich von diesem Patriotismus leiten lassen, dann hat er Sie sehr weit von Ihrem Land weggeführt, Dr. Adler."

„Man könnte dasselbe für Sie sagen."

„Ich bin ein Issa von Äthiopien. Issa sind Somalier. Somalia – oder Somaliland –, Äthiopien, Eritrea und Dschibuti sollten alle zusammen ein Land sein, unter der Herrschaft von Issa. *Ich* werde das möglich machen. Ich werde den Traum erfüllen, der meinem Vater vorenthalten wurde – und zwar mithilfe des Aquifers, den Broussard gefunden hat."

„Weil Sie den Menschen Wasser bringen werden?"

„Nein." Seine Augen blitzten schadenfreudig auf. „Weil ich es benutzen werde, um meine Feinde zu vernichten und mein Volk zu vereinen." Er räusperte sich. „Der chinesische Geologe hat dieselben Anzeichen wie Sie und Broussard gesehen. Unter dem Deckmantel von geothermischen Tests hat sein Team mit tiefen Bohrungsproben ein Aquifer gefunden. Sobald dieser Aquifer gefunden war, schlug die chinesische Regierung vor, eine private Entsalzungsanlage in Eritrea zu finanzieren, die sowohl Eritrea als auch Dschibuti mit Trinkwasser versorgen würde. Die Geste wurde als besonders großzügig angesehen, wenn in Wahrheit Eritreas Anlage das Wasser aus dem Aquifer pumpen und es dann wieder zurück nach Dschibuti leiten würde, nur um es dort an genau die Leute zu verkaufen, von denen sie es stehlen."

Diese ungemilderte Boshaftigkeit, Wasser von einer ausgetrockneten Nation zu stehlen, verdrehte ihr den Magen. „Und was ist Ihr Teil in diesem Plan?"

„Das Gesetz in Eritrea erlaubt es nicht, dass ausländische Regierungen lebenswichtige Versorgungsmittel besitzen. Die Anlage gehört – durch Proxys – Imbert und mir."

„Keiner von Ihnen beiden ist Eritreer."

Er zuckte mit den Schultern. „Ich habe Papiere, die das Gegenteil besagen. Imbert ebenfalls." Er ließ seine gelben

Zähne aufblitzen, was andeutete, dass er in der Vergangenheit Khat benutzt hatte, wobei der Zahnverfall noch relativ milde war. Sie vermutete, dass er diese Droge nicht über mehrere Jahre genommen hatte. „Ich werde die Erträge dazu benutzen, meine Armee und mein Arsenal zu vergrößern, und dann werde ich genau die Regierung stürzen, die zugelassen hat, dass wir diese Anlage bauen. Sobald ich in meinem Amt als Herrscher über Eritrea eingeführt wurde, wird der Rebellenstaat mit Äthiopien wiedervereinigt, und Dschibuti kann seinen Aquifer zurückhaben."

Ihr drehte sich der Kopf bei all den Machenschaften, die involviert waren. „Und Sie haben mich entführt, um mich davon abzuhalten, den Aquifer bekannt zu geben? Es ist nicht gerade so, dass man mir zugehört hat. In Dschibuti wollte man ja nicht einmal Broussards Verschwinden untersuchen."

„Imbert hat die Gendarmerie in seiner Tasche, aber Sie hätten die *Police Nationale* herbestellt. Sie hätten Ihr Militär involviert."

„*Sie* haben das amerikanische Militär involviert, als Sie eine Bombe unter meinem Wagen deponiert haben."

Wieder schnalzte er mit der Zunge. „Das war ich nicht. Das war Imbert. Er hat versucht, Ihnen Angst einzujagen, damit Sie Dschibuti verlassen, bevor Sie die Anzeichen für den Aquifer finden würden. Er war von Anfang an gegen die archäologischen Nachforschungen. China drängte, dass man mit dem Bau der Eisenbahn ohne eine Untersuchung anfing. Es waren die verdammten Amerikaner, die darauf bestanden und Lemaire bedrängten, dies zu einer Bedingung des geplanten Baus zu machen. Ihr Vater, so scheint es, hat versucht, Ihnen einen Job zu besorgen."

Ihr Vater hatte eine Rolle darin gespielt, dass sie den Vertrag bekam?

Woher zur Hölle konnte dieser Kriegsherr das wissen, wenn sogar sie selbst nichts davon geahnt hatte? Sie erinnerte sich zurück an ihr Meeting in Lemaires Büro, als Imbert ihren Vater erwähnt hatte. Er sagte die Wahrheit, was Imberts Involvierung anging. „Falls Sie und Imbert Verbündete sind, warum haben seine Handlanger dann Ihren Namen genannt, als sie an der Ausgrabungsstätte auftauchten und eine Bombe unter meinem Auto deponierten?"

„Allem Anschein nach ist mein Partner gierig geworden und versucht, mich nun mit Hilfe Ihrer Regierung zu beseitigen."

„Jetzt, da Sie mich entführt haben, könnte genau das passieren."

„Nein, meine Liebe. Dafür müsste das amerikanische Militär wissen, wo ich bin. Zweifellos sucht man in Äthiopien nach Ihnen." Er schwieg für einen Moment. „Wissen Sie überhaupt, wo Sie sind?"

„Somalia, oder Somaliland. Je nachdem, wen man fragt."

„Korrekt. Fakt ist, Sie befinden sich gerade mal 26 Kilometer von Ihrem Camp Citron entfernt."

Sie hatte recht gehabt, als sie während ihrer endlosen Fahrt den langen Weg zurückgefahren waren. „Warum? Warum hat es dann so viele Tage gedauert, bis ich hier ankam?"

„Ich habe Kaafi angewiesen, Sie weit raus zu fahren, falls man Sie irgendwie verfolgt. Es ist bekannt, dass Teams von Navy-Seals Entführungsopfer innerhalb von drei Tagen nach ihrer Entführung ausfindig machen konnten. Aber niemand wurde nach vier Tagen gerettet. Ich glaube, dass das amerikanische Militär irgendeine Art Trackersystem hat. Meine Vermutung ist ein subdermaler Tracker mit einer kurzen Lebensdauer – maximal vier Tage. Meine Befehle waren, Sie tief im Somaliland festzuhalten, von wo man Sie nicht befreien konnte, bis vier Tage vergangen waren."

Heilige Scheiße. Dieser Kriegsherr hatte ein Muster in erfolglosen Befreiungsaktionen erkannt? Sie wusste, dass Destas Vater, ebenfalls ein Kriegsherr, Etefu nach Oxford geschickt hatte, so wie es jeder König tat, der seinen Prinzen zur Ausbildung ins Ausland schickte. Aber sie hätte nie gedacht, dass Desta ein guter Student gewesen war, und in seinem Terrorhandel auf Analysen zurückgreifen würde. Wie dem auch sei, alles an dieser Konversation zeigte, dass er sowohl intelligent als auch gerissen war.

Sein methodischer Denkansatz zu Entführungen war

beängstigend, aber sie war froh, dass er die Wahrheit noch nicht herausgefunden hatte, und dass nicht die Anzahl der Stunden zählte, sondern Zugang zu einem Handynetzwerk.

Morgan wollte ihren Tracker aktivieren, aber sie wartete auf ein Anzeichen, dass es in diesem Haus Handyempfang gab. Das war das letzte fehlende Puzzleteil.

Glaubte Desta, dass er für sie irgendeine Art Lösegeld bekam? Er hatte gesagt, dass man ihn gut entlohnen würde, aber die amerikanische Regierung würde auf keinen Fall für ihre Freilassung bezahlen. Wenn sie das täte, würde das nur die Jagdsaison auf Amerikaner eröffnen. Und es war auch nicht so, dass sie für die chinesische oder irgendeine andere Regierung wertvoll war. Dschibuti hatte weder Geld noch einen Grund zu bezahlen.

Ein Geräusch erklang in seiner Tasche, und Morgan versuchte, ihre Reaktion zu verdecken.

War das ein funktionierendes Handy?

Er zog das Telefon hervor, und sie unterdrückte bei dem Anblick dieses wundervollen, fantastischen, schönen Handys ein Lächeln.

Sobald der Kriegsherr den Anruf entgegengenommen hatte, legte sie ihre Hand auf die Stelle an ihrem Arm und massierte sie hingebungsvoll, als ob es dort schmerzte. Der Tracker sollte in vier Sekunden aktiviert sein, aber sie massierte weiter, um auf Nummer Sicher zu gehen. Sie betete, dass Desta sie ignorierte, damit sie weiterhin in der Nähe seines Handys sitzen konnte, und der Tracker endlich seinen Job erledigen konnte.

Kapitel Neunundzwanzig

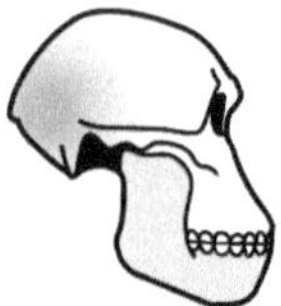

Sechs Tage, eine Stunde und sieben Minuten – nichts. Pax hatte die vergangenen Tage damit verbracht, zusammen mit Savvy fruchtlose Spuren zu verfolgen. Er hatte endlose Stunden am Computer verbracht, nach Antworten gesucht. Nach Morgan gesucht.

Aber die harte Wahrheit war, dass sie nicht einmal wussten, ob es Desta gewesen war, der sie entführt hatte.

Die beiden Söldner in Gefangenschaft hatten ihnen nur Mouktars Namen genannt. Mouktar führte zu Lemaire, und Lemaire hatte sie zu Imbert gebracht.

Imbert war verschlossen und ausweichend, aber eine Durchsuchung seines Hauses hatte nichts weiter ergeben.

In der Zwischenzeit blieb der Tracker still.

Die Kommandozentrale, die anfangs voll bemannt und geschäftig gewesen war, unterhielt nun während der inaktiven Stunden des Tages nur noch eine Notbesetzung.

In einem oder zwei Tagen würde Pax' XO darauf bestehen, dass er wieder zu seinem Job zurückkehrte und Dschibutier trainierte. Als ob er einfach wieder zu seiner Arbeit zurückkehren könnte, solange Morgan vermisst wurde.

In Jemen hatte er das Opfer nicht gekannt, und unabhängig davon, was Bastian glaubte, hatten sie alles getan, was sie hatten tun können. Nach einem gescheiterten Einsatz – es war unwichtig, was Savvy sagte, denn für ihn war er gescheitert – zu seinem Job zurückzukehren, war ihm nicht leichtgefallen, doch er hatte es getan.

Aber das hier war Morgan.

Er würde auf keinen Fall Training mit scharfer Munition durchführen können, wenn er in Gedanken bei ihr war. Man würde ihn aus dem Team rauswerfen, SOCOM würde ihn feuern. Himmel, man könnte ihn zu einem gefreiten Soldaten degradieren, und er würde den Rest seiner Zeit in Dschibuti im Küchendienst verbringen.

Und es war ihm verdammt nochmal scheißegal.

Pax blickte sich in dem leeren Raum um. Die meisten der SOCOM-Angestellten waren in der Mittagspause. Nur Pax und ein Techniker, der die verschiedenen Telefone und Computerbildschirme bewachte, waren zurückgeblieben. Pax würde sich ein Sandwich holen sobald die anderen zurückkamen. Er hatte immer noch keinen Appetit, aber wenigstens erinnerte er sich daran, zu essen.

Als ob seine Gedanken es heraufbeschworen hätten, erschien ein Sandwich direkt vor seiner Nase. Pax schaute auf und sah Cal, Nahrungsbringer und Schlafvollstrecker.

„Danke", sagte er.

Cal ließ sich auf den Stuhl neben ihm fallen. „Gibt's was Neues zu Imbert?", fragte er.

„Savvy ist ziemlich sicher, dass er sich aus dem Budget der geothermalen Forschung bedient. Der Kerl ist korrupt und höllisch gerissen."

„Aber noch keine Verbindung zu Morgan?"

„Noch nicht. Aber sie will die Möglichkeit überprüfen, dass es Imberts Idee war, die Bombe unter Morgans Wagen zu deponieren."

„Warum würde er das tun?"

„Keine Ahnung. Aber in einer Sache hat sie recht. Wer auch immer die Bombe deponierte, den Heckenschützen und dann die beiden Milizionäre im Wadi auf uns angesetzt hat, wollte absolut sichergehen, dass wir Etefu Desta dafür verantwortlich machen und nicht weiter nachforschen. Sie haben die

Visitenkarte des Kriegsherrn überall hinterlassen. Aber das ist nicht wirklich Destas Stil. Er bevorzugt es, unter dem Radar zu fliegen, und seine schmutzigen Geschäfte geheim zu halten."

Cal lächelte. „Savannah James ist ein schlaues Köpfchen."

„Wann wirst du dich endlich bewegen und mit ihr ausgehen?"

„Niemals. Geheimagenten sind mir unheimlich."

„Feigling."

„Ja klar."

„Du bist ein Idiot. Savvy ist cool."

„Kalt trifft da eher zu. Und seit wann erlaubt sie Leuten, sie Savvy zu nennen?"

„Morgan hat ihr den Spitznamen verpasst, und sie hat gemerkt, dass er ihr gefällt."

Cal lachte. „Überrascht mich nicht, dass Morgan mit einem Flammenwerfer in einen Eisberg vordringt. Scheiße, sieh dich nur selbst an, wie sie dich verändert hat."

„Habe ich mich verändert?", fragte Pax, überrascht von dieser Aussage.

„Nun, zum einen gibst du nun Beziehungsratschläge. Furchtbare Ratschläge, aber trotzdem. Normalerweise interessiert dich nichts als dein Job, und du scherst dich einen Dreck um alles andere."

Er verzog seine Miene. Cal hatte nicht unrecht.

„Vor Morgan warst du entschlossen, 24 Stunden lang den knallharten Spezialeinheit-Soldaten raushängen zu lassen. Manchmal wurde ich gefragt, ob du dich wenigstens nachts im CLU runterfährst, als wärst du irgendeine Art Soldaten-Bot. Dann tauchte Morgan auf, und plötzlich warst du in der Pubertät."

Pax rollte mit seinen Augen, aber er ahnte, dass Cal recht hatte. Morgan hatte ihn verändert. Sie hatte eine neue Facette in sein bisheriges einzelgängerisches Dasein gebracht. Er schnappte sich seine Wasserflasche, um seinen plötzlich ausgetrockneten Mund zu befeuchten.

„Wirst du Captain Oswald jemals verraten, dass du ihren

Tracker während dem Sex ausgelöst hast?", fragte Cal mit einem frechen Grinsen.

Pax hatte seinen Mund voller Wasser, und es brauchte all seine Selbstkontrolle, um es nicht über den Computer vor ihm auszuspucken. Er blickte zum Techniker rüber und war erleichtert, dass der Typ Kopfhörer trug. Er zwang sich dazu, das Wasser herunterzuschlucken, und wandte sich an Cal. „Natürlich nicht", sagte er leise. „Seit wann weißt du das?"

„Ich kam drauf, als wir alle von Morgans Tracker erfuhren. Ich war schockiert, dass du nach dem Sex so eine beschissene Laune hattest. Es war offensichtlich, dass die Dinge zwischen dir und Morgan danach auf Eis lagen, was keinen Sinn ergab, es sei denn, du konntest ihn nicht hochkriegen. Aber keine Panik, ich hatte vollstes Vertrauen in dich."

„Verpiss dich", sagte er mit einem leisen Lachen.

Cal ließ ein weiteres Grinsen aufblitzen. „Und dann, beim ersten Debriefing nach ihrer Entführung, hat jemand James gefragt, ob sie sicher war, dass der Tracker auch funktionierte. Sie sagte, dass er nach der Implantierung getestet und einmal mitten in der Nacht aktiviert worden sei, als Morgan auf ihrem Arm geschlafen hatte. James hat dich dabei kurz angesehen. Es war subtil. Ich bezweifle, dass irgendjemand sonst es bemerkt hat. Du hast es ja selbst nicht einmal bemerkt. Du hast die Monitore angestarrt."

Pax schüttelte seinen Kopf. Also wusste Savvy es. Tatsächlich hatte sie es die ganze Zeit gewusst. Das überraschte ihn nicht. Das Einzige, was ihn überraschte, war die Tatsache, dass sie ihn weiterhin auf dem Laufenden gehalten und dieses Wissen nicht ausgenutzt hatte, um ihn aus allem auszuschließen.

Himmel, es wäre nur *richtig* gewesen, wenn sie ihn ausgeschlossen hätte.

Pax traf Cals Blick und sprach die Worte aus, die ihn aus diesem Raum werfen könnten, wenn er sie zu irgendjemand anderem als seinem Zimmergenossen und engsten Freund sagte. „Ich habe das Gefühl, dass mit jeder Stunde, in der dieser verdammte Tracker keinen Mucks von sich gibt, ein weiterer Teil von mir stirbt. Bald wird nicht mehr viel von mir übrig sein." Er spannte seinen Kiefer gegen die aufsteigenden Tränen an, die er sich nicht erlauben konnte. Allein in ihrem CLU durfte er zusammenbrechen, aber nicht im SOCOM-Hauptquartier.

Auf der anderen Seite des Raumes setzte sich der Techniker, der seine Füße auf den Tisch gelegt hatte, mit einem Ruck gerade auf, und seine Füße trafen mit einem dramatischen Aufprall auf dem Boden auf.

Fuck. Trug er die Art von Kopfhörer, die jedes Flüstern verstärkten, während alle anderen Hintergrundgeräusche herausgeschnitten wurden? Hatte er soeben Pax' Geständnis mitangehört?

Wie dumm es von ihm gewesen war, das zu sagen. Die Worte erfüllten keinerlei Zweck.

Der Techniker tippte auf ein paar Tasten herum und ein Monitor erwachte zum Leben. Die Worte EINGEHENDES SIGNAL erschienen auf dem Bildschirm. Der junge Mann zerrte den Kopfhöreranschluss aus der Konsole. „Sergeant, Sie sollten sich das anhören!"

Man hatte Pax darüber informiert, dass das Signal des Transmitters ein einfacher Morsecode war, bei dem die Drei-Buchstaben-Kombination benutzt wurde, die man in der ganzen Welt erkannte: Pieptöne – drei Mal kurz, drei Mal lang, drei Mal kurz. Oder S-O-S.

Nach den ersten drei kurzen Pieptönen schossen Pax Tränen in die Augen. Er sprang auf seine Füße und durchquerte den Raum. Der Kreislauf begann von vorn. Diese Pieptöne waren das schönste Geräusch, das er je gehört hatte.

Morgan lebt.

„Konnten Sie einen Standort festlegen?", fragte er.

„Ich arbeite daran", antwortete der Techniker, dessen Finger über die Tastatur flogen.

Cal schaltete den Lautsprecher für öffentliche Durchsagen ein und übertrug das Signal zu den Hauptgebäuden auf der Basis. Diejenigen, die wussten, was es zu bedeuten hatte, würden es sofort verstehen und zu SOCOM zurückkehren.

Innerhalb von Minuten war der Raum voller Soldaten der

Spezialeinheit, von jedem Zweig des Militärs. Savvy James traf zusammen mit General Adler ein. Beide hatten feuchte Augen.

Himmel, selbst Pax' XO wischte sich über seine Augen.

Mit dem eingehenden Signal nach 145 Stunden und knapp 30 Minuten seit ihrer Entführung war Morgan offiziell ein Sonderfall. Die Statistiken trafen nicht mehr länger auf sie zu.

Sein Mädel war eine Überlebenskünstlerin, die alle Statistiken hatte auffliegen lassen.

„Ich habe eine Position!", rief der Techniker.

Pax' Herz klopfte ihm bis zum Hals, als er darauf wartete, dass der Monitor ihm ihren Standort anzeigte. Ein Satellitenbild erschien. Raue Wüste. Unauffälliges Terrain. Keine markierten Anhaltspunkte.

„Zoomen Sie raus", sagte Savvy, und einige andere sagten dasselbe zur gleichen Zeit.

Der Techniker tat wie ihm befohlen wurde, und es dauerte einen Moment, bis sich das Bild neu formierte. Einen weiteren Augenblick später erschienen geologische Markierungen auf der Karte. Pax' Herz wollte ihm aus der Brust springen, als die Worte auf der Karte deutlich wurden.

Morgan war gerade mal 26 Kilometer entfernt. Allerdings platzierte sie dies eindeutig in Somalia.

Kapitel Dreißig

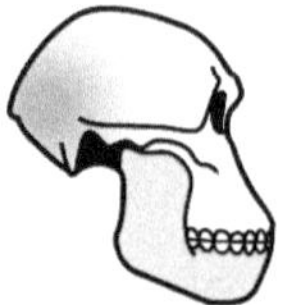

Somalia veränderte alles. Sicher, SOCOM hatte Übungen in Somalia durchgeführt und eine Extrahierung in Somalia geplant, wie sie es für Eritrea getan hatten. Aber niemand hatte geglaubt, dass dieser Plan Realität werden könnte. Sie hatten alle darauf gezählt, dass es Äthiopien sein würde. Immerhin liefen alle Hinweise darauf hinaus, dass sich Destas Stützpunkt in seinem Heimatland befand.

Eine Extrahierung aus Somalia – selbst eine, die nur 16 Kilometer hinter der Grenze des selbst erklärten Staates Somaliland lag – würde nicht einfach sein. Es wäre vergleichbar mit Jemen, ein sehr viel riskanteres Eindringen in eine feindliche Nation.

Pax starrte Savvy James wütend an, denn er wollte jemanden für das fehlende Wissen, das zu dieser Situation geführt hatte, verantwortlich machen. Savvy betrachtete Morgan als eine Freundin, aber sie hatte auch eindeutig klargestellt, dass im Großen und Ganzen jeder entbehrlich war.

Der Tracker hatte sein Signal für drei Minuten gesendet. Es gab eine ganze Reihe von möglichen Gründen, warum das Signal unterbrochen worden war. Morgan könnte sich zu weit von einem Handy wegbewegt haben. Die Handybatterie könnte leer sein. Der Tracker selbst könnte ausgefallen sein. Sie mussten davon ausgehen, dass keine weiteren Signale eingehen würden und die Extrahierung planen, wobei sie den Plan jeweils aktualisieren konnten, falls sie Glück hatten und weitere Daten eingehen sollten.

Innerhalb von dreißig Minuten nach den ersten Tönen des Signals hatte ein Spionagesatellit aktualisierte Bilder von Destas Lager aufgenommen. Die Idee, eine unbewaffnete Drohne hinzuschicken um mehr Informationen zu sammeln, wurde besprochen und verworfen. Eine Drohne würde Desta alarmieren, falls man sie entdeckte.

Die Machthabenden in SOCOM entwarfen den Plan, ein SEAL-Team zu schicken, um Morgan da rauszuholen.

Sie würden Desta töten, falls er sich ihnen in den Weg stellte. Falls nicht, dann würden sie einen Drohnenangriff veranlassen.

„Wie sieht es mit der Freigabe eines Drohnenangriff aus?", fragte der Kommandant des SEAL-Teams.

„Wir haben ein Koordinierungsgremium für gemeinsame Ziele, das die Luftaufnahmen gerade analysiert", sagte der Kommandant für die gemeinsame Zielsetzung. „Wenn man bedenkt, wie weit Destas Versteck von jeglichem Bevölkerungszentrum entfernt ist, erwarte ich, dass das Gremium grünes Licht geben wird."

„Ich will, dass man Desta gefangen nimmt – nicht umbringt", warf Savvy ein. Sie war entschlossen, ihre Marionette zu bekommen.

Sie wurde überstimmt und Pläne für den Drohnenangriff wurden festgelegt. Der Angriff würde Desta keine Möglichkeit zur Flucht lassen. Wie die Dinge standen, würde der Kriegsherr sterben, und jeder, der sich in seinem Lager befand, mit ihm.

Falls es den Navy-SEALs unmöglich war, Morgan von dort zu befreien, würde man diesen Anschlag verzögern. Es sei denn, man hätte Grund zur Annahme, dass Desta fliehen könnte, oder das SEAL-Team fände heraus, dass der Kriegsherr fortschrittliche oder chemische Waffen besaß, die zerstört werden mussten. In solch einer Situation würde man den Anschlag nicht aufhalten können. Nicht einmal für Morgan.

Pax kannte die Regeln. In Jemen hatten sie dasselbe Protokoll befolgt, und er hatte einen nicht-nuklearen EMP an Destas

Standpunkt identifiziert. Man hatte bei dieser Mission zwei Fehler gemacht. Bastian hatte seine Suche nach der Geisel weiter fortgesetzt und somit seinen Aufenthalt in dem Gebäude unerlaubt verlängert, nachdem der EMP identifiziert worden war. Pax, dem nicht bewusst gewesen war, dass Bastian seine Suche nach der Geisel noch nicht aufgegeben hatte, hatte den Anruf für den Anschlag getätigt.

Bastian hatte es gerade noch rechtzeitig aus dem Gebäude geschafft. Um Haaresbreite.

Bastian blieb bei seiner Aussage, dass Pax den Anschlag zu früh angeordnet hatte, und das Funkprotokoll hatte gezeigt, dass Bastian recht hatte. Pax hatte dreißig Sekunden von der Zeit gekürzt, die ihnen für die Mission gegeben worden war. Allerdings hatte Bastian ebenfalls Mist gebaut, als er das Evakuierungszeitfenster um eine volle Minute überschritten hatte.

Zeitfenster für Rettungsaktionen waren knapp bemessen. Eine Minute an einem Ende, dreißig Sekunden am anderen. Und Pax hätte beinahe einen seiner Teamgefährten verloren. Es wäre sein Fehler gewesen, denn er hatte den Bastard nicht im Blick, als er den Anruf tätigte.

Pax war nicht anders als die anderen Soldaten. Der wahre Grund, warum er kämpfte, war für den Mann neben ihm. Die Bruderschaft erhielt sie am Leben. Damit sie auch im Gesicht der Niederlage noch weiterkämpften. Nicht, um sich selbst zu retten, sondern sich gegenseitig. Ripley hatte Kinder, die ihren Vater brauchten. Cal hatte Eltern und zwei jüngere Brüder, die ihn anbeteten. Pax hatte Eltern und eine kleine Schwester. Und jetzt hatte er Morgan.

Gründe zu leben. Menschen, die man im Falle eines Scheiterns zu benachrichtigen hatte.

Bastian, der Bastard, hatte in jedem Hafen eine Freundin und einen gewaltigen Komplex, aber das hieß nicht, dass Pax sich nicht beschissen fühlte, den Anruf getätigt zu haben, der seinen Teamgefährten hätte umbringen können.

Seit Jemen waren die Dinge zwischen ihnen nicht mehr so, wie sie es zuvor gewesen waren, und bis zu dem Moment, als Bastian sich an Morgan ranmachte, hatte Pax dessen Feindseligkeit ihm gegenüber als gerechtfertigt angesehen. Aber sich an Morgan ranzumachen, ging einen Schritt zu weit, und selbst Bastian hatte es gewusst.

Jetzt standen sie hier, ein Jahr nach der gescheiterten Mission in Jemen, die ihre Freundschaft ruiniert hatte, und die betreffende Geisel war die Frau, in die Pax sich verliebt hatte. Irgendeiner der SEALs an genau diesem Tisch könnte den Anruf tätigen, der die Bomben brachte, die sie töten würden.

Pax glaubte nicht, dass er solche Spielchen noch länger spielen konnte. Er bezweifelte, dass er nach der heutigen Aktion je wieder dazu in der Lage sein würde, so eine Entscheidung zu treffen.

War es das, was mit Bastian geschehen war? Hatte ihn das so grundlegend verändert, als ihm klar wurde, dass die Bomben auf ihn zuflogen und sein eigener Teamgefährte – egal wie unbeabsichtigt – dieses Höllenfeuer bestellt hatte?

Satellitenfotos von Destas Stützpunkt füllten die Bildschirme. 26 Kilometer bis zu Morgan. Zehn Kilometer zur Grenze, sechzehn auf der anderen Seite. Insgesamt waren das sechzehn Meilen. Er war vom Haus seiner Eltern außerhalb von Eugene bis zu seiner High-School weiter gefahren.

Himmel, über eine der Panya-Schmuggelrouten würde die Fahrt gerade mal zwanzig Minuten dauern.

Er blickte zu den Männern, die um diesen Tisch herum standen. Man hatte ihn aus reiner Höflichkeit an diesem Meeting teilnehmen lassen, das wusste er, aber das bedeutete nicht, dass er nicht helfen konnte. Er sah zu Leutnant Randall Fallon, dem Leiter des Navy-SEAL-Teams, und fragte: „Haben Sie irgendwelches Intel zu den Panya-Routen in der Nähe von Destas Lager?"

„Nur Luftaufnahmen. Bisher haben wir keine Operationen in dieser Gegend durchgeführt."

„Wir haben Einheimische, die wir trainiert haben, und die sich mit den Schmuggelrouten auskennen. Einige unserer Auszubildenden waren Freiheitskämpfer für Somaliland, bevor sie sich der offiziell anerkannten dschibutischen Armee anschlossen. Vielleicht kennen sie das Gelände rund um

Destas Lager. Sie könnten Informationen zu dem Grundriss haben.“

Fallon setzte sich auf. „Wie lange, bis Sie sie herbringen können?“

„Dreißig Minuten.“

„Tun Sie das.“

Pax kontaktierte sein Team, fühlte eine neue Energie. Cal und die anderen würden die Auszubildenden mit den besten Kenntnissen zu den Panya-Routen zusammentrommeln. Das SEAL-Team würde sich aus der Luft nähern – mit derselben Art von Tarnhubschraubern, die man für die Bin Laden Razzia verwendet hatte. Ruckzuck rein und raus. Aber die Informationen zu den Schmuggelrouten – die Desta zweifelsohne zur Flucht benutzen würde, sobald die Situation für den Kriegsherrn haarig wurde – könnten bedeuten, dass dieser Bastard nicht so leicht davonkommen würde.

„Wenn wir genauere Informationen zu den Schmuggelrouten bekommen, warum nähern wir uns dann nicht auf diesem Weg? Warum die Blackhawk-Helikopter?“, fragte General Adler.

Der Leiter der SOCOM antwortete dem General. „Vor sechs Monaten, als sich Etefu Desta immer noch in Äthiopien befand, haben wir den Standort seines Stützpunktes in Erfahrung gebracht. Wir haben ebenfalls herausgefunden – auf die harte Tour – dass er seine Perimeter mit Landminen schützt. Desta konnte entkommen und wir haben seither nach ihm gesucht. Wir haben nicht genug Zeit, um festzustellen, ob er auch dieses Grundstück wieder mit Landminen umgeben hat. Wenn dies keine Rettungsmission wäre, würden wir die Drohnen schicken und die Sache damit ein für alle Mal beenden. Eine schnelle Extrahierung via Blackhawk-Helikopter ist die beste Rettungsmethode für Dr. Adler mit dem geringsten Risiko für das SEAL-Team.“

Pax hatte den Plan studiert und wusste, dass es die beste Option war. Es würde funktionieren. Morgan wäre in nur wenigen Stunden wieder in seinen Armen. Und später würden sie sich in einem Hotel in Rom treffen, und er würde seine Liste mit 42 Stellen an ihrem Körper, die er lecken wollte, abarbeiten. Der Reihenfolge nach.

Die Frau, die sich um sie gekümmert hatte, während sie krank war, blickte entschuldigend drein, als sie die Metallschnalle um Morgans Knöchel befestigte.

Sie hätte wirklich mehr Arabisch lernen sollen, damit sie mit dieser potenziellen Verbündeten hätte kommunizieren können. Die Frau war ein weiteres von Destas Opfern. Sie sah nicht älter aus als zwanzig, aber ihre Augen zeigten eine andere Art von Alter, und Morgan fragte sich, was für Gräueltaten diese Frau als die Haushälterin eines Kriegsherrn über sich ergehen lassen musste.

Gab es irgendeine Möglichkeit, diese Frau zu retten, oder würden die Drohnen sie holen kommen?

Morgan ergriff ihre Hand. „Wie ist dein Name?", fragte sie in einer Kombination aus Arabisch und Englisch.

Die Frau hielt inne, bevor sie sagte „Esme".

„Esme. Schöner Name." Sie studierte die Augen der Frau, suchte nach ihrem Verstehen. Die Lektionen mit Hugo hatten ihr beigebracht, worauf sie achten musste, und sie sah es in Esmes Augen. Die Frau verstand mehr, als sie vorgab.

„Esme, wenn du Geräusche hörst, laute Motorgeräusche. Dann musst du rennen. Nach draußen. Weit weg." Morgan machte Handbewegungen, versuchte das Schwirren von Hubschrauber-Propellern nachzuahmen und dann die Bewegung des Rennens.

Die Augen der Haushälterin verloren ihren Glanz. „Nicht rennen. Desta killt die wer rennt."

Morgan traute sich nicht, der Frau mehr zu verraten. Neben der Sprachbarriere war es viel zu riskant, ihr Wissen über einen bevorstehenden Angriff zu teilen. „Renn. Keine Sorgen wegen Desta. Renne einfach."

„Desta schießt." Sie formte mit ihrer freien Hand eine Pistole, um es zu demonstrieren.

Morgan drückte die Finger der Frau. „Die Waffen werden auf ihn schießen." Sie hoffte, dass es kein Fehler war, Esme diese Wahrheit anzuvertrauen. Nicht, dass die Frau ihr glauben würde. Aber trotzdem, sie brauchte Verbündete, vor allem jemandem mit einem Schlüssel zu ihrer Fußkette.

„Desta tot?"

„Ja. Sie kommen. Für ihn."

Ein Lächeln breitete sich auf dem Gesicht der Frau aus. „Wann?"

Höchstwahrscheinlich heute Nacht, aber Morgen traute sich nicht, das preiszugeben. „Wenn du lautes Motorgeräusch hörst. Hör auf lautes Geräusch." Sie berührte die Fessel um ihren Knöchel. „Kannst du … mir den Schlüssel geben? Damit ich rennen kann?"

Esme schürzte ihre Lippen. „Du rennen, Desta schießt *mich*."

„Ich werde nicht rennen, bis sie Desta erschießen." Sie würde *niemals* das Leben einer anderen Person opfern, um sich selbst zu retten, aber diese Frau hatte keinen Grund, das zu glauben.

Esme entzog ihre Hand von Morgans. Die Falte zwischen ihren Augenbrauen vertiefte sich. Schließlich sagte sie: „Nein. Jetzt du besser. Abdi hat Schlüssel. Ich habe keinen Schlüssel zu geben."

Die Extrahierung war für *Oh-Dark-Thirty* vorgesehen, weil Navy-SEALs ihre Poesie liebten, auch wenn es mittlerweile übertrieben benutzt wurde. *Oh-Dark-Thirty* war eine allgemeine Bezeichnung für den Start einer Mission, und in diesem Fall bedeutete es 01:00 Uhr morgens, etwas weniger als zwölf Stunden, nachdem Morgans Trackersignal eingegangen war.

Vier Auszubildende hatten Informationen zu den Panya-Schmuggelrouten liefern können. Einer der Männer war tatsächlich ein Jahr zuvor in genau diesem Lager gewesen, als ein Anführer der Somaliland-Rebellen dort untergetaucht war.

Er schwor, dass dieser Mann nicht Etefu Desta gewesen war. Desta hatte sich das Anwesen angeeignet, wie er sich Territorium in Äthiopien aneignete.

Akazienbäume bildeten ein Dickicht, das das gesamte Grundstück umgab und die Straßen in der Nähe des Hauses überwucherte. Diese Bäume waren der Grund dafür, warum diese Schmuggelrouten so erfolgreich waren. Außer den brutalen Stacheln, die ein Klettern oder Verstecken in dieser Vegetation unmöglich machten, boten sie zudem noch Deckung. Es gab Pfade, die die Routen mit dem Lager verbanden, wovon einige mit Sicherheit mit Landminen übersät waren. Aber Desta würde mindestens eine dieser Routen offenlassen. Einen sicheren Fluchtweg.

Die Bäume machten Platz für einen tiefen Wadi, der eine weitere Fluchtroute voller Verstecke bot. Die Chancen standen gut, dass Desta zu diesem Flussbett fliehen würde, sobald er realisierte, dass ihm die SEALs auf die Pelle rückten.

Die Auszubildenden boten an, die Schmuggelroute auszuspähen. Sie waren Einheimische und konnte sich vor der Razzia in Position bringen. Falls man sie entdecken sollte, würde man sie nicht mit dem amerikanischen Militär und dessen Mission in Verbindung bringen. Aber sie würden eine sichere Route zu Destas Lager identifizieren können, falls dort Fahrzeuge hinein und heraus fuhren. Sie würden Desta nicht vorwarnen, und die Navy-SEALs hätten zeitgleich wertvolles Intel.

Es war ein guter Plan, und die vier Männer gehörten zu den vertrauenswürdigsten der Auszubildenden. Nicht zu vergessen, dass sie verdammt gute Guerilla-Kämpfer waren, die sich dem Ende ihres Trainings näherten.

Mit dem festgelegten Plan entließ man alle in die Pause, damit die Navy-SEALs sich entsprechend vorbereiten konnten. Pax, der dazu gezwungen war, sich im Hintergrund zu halten, entschied sich dazu, zum Fitnessstudio zu gehen und den Sandsack dort gehörig zu verprügeln. Er hielt sich an dem Gedanken fest, dass diese Mission ohne Probleme verlaufen würde. Er musste es.

Doch tief in seinem Innersten konnte er das Gefühl nicht

abschütteln, dass irgendetwas nicht stimmte. Als ob Desta die Zügel in den Händen hielt. Dabei war dieser Gedanke einfach absurd.

Er kam immer wieder auf die Frage zurück, warum Desta Morgan überhaupt entführt hatte. Falls sie wegen des Aquifers recht hatte, dann hatte er damit nun die Aufmerksamkeit auf ihre Vermutungen gelenkt, anstatt sie zu begraben. Aber selbst damit schien es Dschibuti vollkommen egal zu sein, dass der Geologe vermisst wurde. Morgan hätte eine Menge Aufhebens machen können, aber man hätte sie trotzdem ignoriert.

Dann war da die Tatsache, dass Morgan nicht gerade das beste Opfer für ein lukratives Lösegeld war. Ihre Familie war nicht wohlhabend, und jeder wusste, dass die amerikanische Regierung nicht mit Kidnappern verhandelte. Dies war der einzige Weg, um sicherzustellen, dass nicht weltweit Amerikaner von den Straßen jeder geringfügig feindlichen Nation weggeschnappt wurden.

Allerdings war ihr Vater ein Zwei-Sterne-General und der Leiter von INSCOM – Intelligence and Security Command – also dem Geheimdienst und Sicherheitskommando, und das machte sie zu einer *sehr* wertvollen Geisel, nur auf eine andere Weise. Derselbe Major General war nach Dschibuti gereist, nachdem man seine Tochter bedroht hatte. Hinzu kam nun noch die Tatsache, dass sie eine Amerikanerin war, die unter dem Schutz der amerikanischen Streitkräfte stand. Desta musste bewusst sein, dass sie – obwohl die USA kein Lösegeld bezahlen würde – trotzdem alles unternehmen würden, was in ihrer Macht stand, um Morgan sicher nach Hause zu bringen.

Dann war da noch Savvys Vermutung, dass Imbert hinter der Bombe an ihrem Auto steckte, was nicht ganz unglaubwürdig klang. Imbert ergab mehr Sinn als Desta. Der Minister für natürliche Ressourcen hätte versucht, sie dazu zu bringen, das Land zu verlassen, bevor sie dieselben Anzeichen wie Broussard entdeckte. Zudem war die Warnung, die sie auf dem Handy in ihrem Apartment erhalten hatten, ziemlich eindeutig gewesen: „*Dr. Morgan Adler, verlassen Sie Dschibuti.*"

Warum also war Morgan entführt worden? Was hatte Desta

davon, oder Imbert, oder wer auch immer dahintersteckte? Und wie kam es, dass sie die Statistiken besiegt und den Tracker so viel später als andere Geiseln aktiviert hatte?

Morgan war schlau. Sie wusste, dass sie den Tracker nicht zu früh aktivieren durfte. Was bedeutete, dass sie keine frühere Gelegenheit dazu gehabt hatte. Aber warum? So nahe an der Grenze war der Handyempfang ausreichend gut. Falls sie die ganze Zeit dort gewesen war, hätte sie mehr als genug Möglichkeiten gehabt.

Was wäre, wenn Desta irgendwie von dem Tracker wusste, die Parameter kannte, und sicherstellen wollte, dass Morgan keine vernünftige Gelegenheit bekommen würde, ihn zu aktivieren, bis das amerikanische Militär längst den Punkt der Verzweiflung überschritten hatte?

Was, wenn Desta eine ganz andere Belohnung im Kopf hatte?

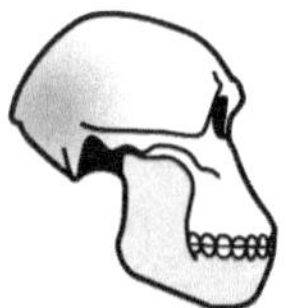

Kapitel Einunddreißig

Morgan saß auf ihrer Liege und starrte auf die Tür. Sie fragte sich, ob der Tracker funktioniert hatte, ob Pax wusste, dass sie noch am Leben war, ob man eine Rettungsmission in die Wege geleitet hatte. Und sogar, ob sie einen Fehler gemacht hatte, den Chip zu aktivieren.

Destas Verhalten, als er sie zuvor aus seinem Büro verwiesen hatte, machte sie unruhig. Sie konnte sich nicht helfen, aber sie hatte das Gefühl, als *wüsste* er Bescheid.

Er war gerissener, als sie es je vermutet hätte.

Er spielte ein langes Spiel mit Imbert und dem Aquifer. War methodisch. Er wusste, dass Imbert ihn wegen der Bombe an ihrem Wagen und der koordinierten Anschläge auf die Basis beschuldigt hatte, aber er gab nicht im Geringsten preis, wie er es seinem Partner vergelten würde. Sie konnte sich vorstellen, dass Kriegsherrn wie gefürchtete Piraten waren: Sie durften nicht weich erscheinen. Was bedeutete, dass Imbert dafür bezahlen würde. Wahrscheinlich eher früher als später. Und dann wäre Desta der einzige Proxy-Besitzer der Entsalzungsanlage.

Destas Endziel war nichts anderes, als zum Herrscher über Eritrea ernannt zu werden. Wie war ihre Entführung Teil seines Endziels? Wenn er wollte, dass sie den Aquifer nicht bekanntgab, warum hatte er sie dann nicht einfach umgebracht? Der einzige Grund, warum sie noch am Leben war, könnte sein, dass er Lösegeld verlangen wollte und sie dafür brauchte, ein Lebenszeichen abzugeben. Da dies jedoch nicht geschehen würde – was versprach er sich davon, sie zu entführen? Was hatte *sie*, das es ihm wert war, sein methodisches Endziel zu riskieren?

Diese Sache mit der fünften Frau war eindeutig Bullshit. Er war genauso wenig an ihr interessiert, wie sie an ihm, und sie fand diesen Kriegsherrn, der Sexsklaverei und Drogenschmuggelei vertrieb, zutiefst widerwärtig.

Ein Geräusch an der Tür zog ihre Aufmerksamkeit auf sich, und ein Blatt Papier wurde darunter durchgeschoben.

Morgan stand auf und näherte sich der Notiz langsam, beinahe verängstigt. Aus Angst zu hoffen, dass sie eine Verbündete hatte. Noch mehr befürchtete sie, dass Desta mit ihrem Verstand spielte.

Sie hob das Papier auf und faltete es auseinander. Sie brauchte einen kurzen Moment, bevor ihr klar wurde, was sie in den Händen hielt. Als sie verstand, fing ihr Herz heftig an zu klopfen. Esme hatte ihr eine grobe Karte vom Haus und dem Grundstück aufgezeichnet.

Sie erkannte Destas Büro von dem Weg, den sie genommen hatte. Eine zweite Zeichnung mit demselben Grundriss zeigte ein anderes Layout und musste vom Obergeschoss sein. Dasselbe Symbol, das Destas Büro markierte, markierte einen Raum auf der Etage. Sein Schlafzimmer?

Ein weiteres Symbol wurde klarer. Esme hatte Waffen an verschiedenen Standorten eingezeichnet. Morgan studierte deren Anordnung und entschied, dass Esme ihr andeuten wollte, wo die bewaffneten Wachen innerhalb des Hauses und auf dem Grundstück stationiert waren.

Häkchen neben einem Waffensymbol auf der Seite zeigte ihr die Größe von Destas Armee an: Es befanden sich mindestens dreißig Männer auf dem Grundstück.

Als letztes Stück lebenswichtiger Information hatte Esme ihr alle vorhandenen Ausgänge aufgezeichnet. Alles, was Morgan jetzt noch brauchte war, dass man sie von ihren Fußfesseln befreite, dann wäre sie dazu in der Lage, zu fliehen.

Morgan studierte die Karte, speicherte sie in ihrem Gedächtnis ab. Falls man zu ihrer Rettung kam, hoffte sie, Esme finden zu können, und sie ebenfalls hier rauszuholen. Sie war gezwungen gewesen, all die durstigen und hungernden Kinder zu ignorieren, aber sie konnte Esme nicht den Rücken zukehren. Scheiß auf Privilegien, wenn die bedeuten sollten, dass sie nicht wenigstens eine Person mit den Mitteln retten konnte, die sie zu ihrer Verfügung hatte.

Während sie die Karte studierte, sah sie, dass eine Flucht ganz einfach wäre – wenn sie sich nur dieser schweren Ketten entledigen könnte.

Desta war Kriegsherr in einem Dritte-Welt-Land, doch Morgan war eine Frau der ersten Welt. In den USA müsste sie sich vielleicht mit Wachen auseinandersetzen, die bis unter die Zähne bewaffnet waren und Laserkanonen auf Haie montiert hatten – oder zumindest mit bewegungsaktivierten Sicherheitskameras in jedem Raum – aber hier gab es keine Kameras. Keine elektronische Überwachung. Kameras benötigten Elektrizität, und obwohl dieses Haus mit Strom versorgt wurde, befanden sie sich doch im Somaliland. Elektrizität gab es nur zeitweise. Sicherlich nicht konstant genug, um sein Vertrauen in Kameras zu stecken oder wertvolle Ressourcen für deren sporadischen Gebrauch zu verschwenden.

Und Desta konnte sich keine Haie und keine Laserkanonen leisten, genauso wenig, wie er sich einen Helikopter leisten konnte. Es war ein einfacher Fakt, dass die Feinde von Dschibuti nicht die Fähigkeit besaßen, Luftangriffe zu starten. Darum waren Drohnen so effektiv. Die Leute, die sie attackierten, waren vollkommen wehrlos gegen diese Anschläge aus der Luft.

Die Stunden vergingen nur langsam. Sie hatte keine Uhr, kein Fenster, aber jetzt musste es fast Mitternacht sein. Hatte man die Mission gestartet? Waren die SEALs bereits auf dem Weg?

Als sie ein Geräusch draußen vor ihrer Tür hörte, hob sie ihre Ketten an, damit sie nicht so laut klimperten, während sie zu dem Loch in der Ecke eilte und die Karte dort hineinfallen ließ. Dann hastete sie wieder zu ihrer Liege zurück, legte sich hin und tat so, als würde sie schlafen.

Die Tür öffnete sich, und derselbe Wächter, der sie Stunden zuvor zu Desta gebracht hatte, erschien. „Desta will mit dir sprechen."

Sie gab vor, verschlafen zu sein. „Wie spät ist es?"

Der Wächter ignorierte sie, als er sich herunterbeugte und die Fußfessel aufschloss. Sie hätte ihn hier und jetzt überwältigen können, noch während die schwere Kette an ihr befestigt war. Sie könnte sie um seinen Hals wickeln oder ihm gegen seinen Kopf treten. So unglaublich verlockend, aber zu riskant, so kurz vor ihrer Rettung. Besonders, wenn der Mann doch gerade dabei war, ihre Fesseln abzunehmen, was bedeutete, dass sich vielleicht noch bessere Fluchtmöglichkeiten bieten könnten.

Der Mann trug seine AK-47 genauso lässig wie zuvor. Sie folgte ihm widerstandslos, blickte sich links und rechts um, während sie durch die Länge des Hauses gingen. Die Wachen, die Esme angedeutet hatte, befanden sich nicht auf ihren Posten.

Sie hielten draußen vor Destas geschlossener Bürotür an. Durch die Tür konnte sie einen Mann mit einem schweren chinesischen Akzent Englisch sprechen hören. „Die Lastwagen werden auf meinen Befehl hin im Lager eintreffen."

Desta antworte ebenfalls auf Englisch. „Rufen Sie sie jetzt, damit sie bereit sind."

„Nein. Wir werden nicht riskieren, dass man uns entdeckt, falls du scheitern solltest. Sie werden kommen, wenn du den Preis hast, nicht davor."

Er beantwortete diese Aussage mit Schweigen, und Morgan stellte sich vor, wie sehr der Gedanke, scheitern zu können, den Kriegsherrn verärgerte. Sie fragte sich, was genau dieser Preis war. Gleichzeitig war sie froh, dass beide Englisch sprachen, und sie wenigstens dieses bisschen Information verstanden hatte.

Aus dem Funkgerät an der Hüfte des Wachmanns ertönte ein Befehl auf Arabisch, den sie in Stereo hörte, denn Desta sprach von der anderen Seite der geschlossenen Tür.

Es musste wohl der Befehl gewesen sein, Morgan hereinzubringen, denn der Wachmann öffnete die Tür und schob sie in den Raum.

Desta saß wieder hinter seinem Schreibtisch. Der chinesische Besucher stand und betrachtete sie von Kopf bis Fuß, bevor er Desta scharf zunickte und den Raum verließ.

Morgan sah zu wie er ging, und wandte sich dann zum Kriegsherrn um. Sie wollte vor ihm stehen, aber sie erinnerte sich daran, dass sie schwach und erschlagen aussehen musste. Krank. Sie ließ sich auf einen Stuhl fallen und wartete darauf, dass Desta sprach.

Seinem Stirnrunzeln nach zu urteilen, verärgerte ihr Schweigen ihn. Sie rieb sich über ihre Augen und entschied sich für eine unverschämte Haltung. „Es hapert an Ihrer Gastfreundschaft, Etefu. Es muss schon nach Mitternacht sein, ich habe geschlafen."

„Ich hätte gedacht, dass Sie für Ihre Rettung wach bleiben wollten."

Sie versteifte sich. „Meine Rettung?"

„Ja. Aber bevor das SEAL-Team ankommt, benötige ich den Tracker."

Sie musste ihr Schwindelgefühl nicht vorspielen. „Was für einen Tracker?"

Das Gesicht des Kriegsherrn blieb ungerührt. „Es ist nicht nötig, sich dumm zu stellen, meine Liebe. Ich bin mir sicher, dass Sie den subdermalen Tracker vor einigen Stunden aktiviert haben. Jetzt, da er seinen Job erledigt hat, benötige ich das Gerät." Er nickte zur Tür, durch die sein Partner zuvor hinausgegangen war. „China wird gut dafür bezahlen. Ich könnte Sie umbringen und versuchen ihn zu finden, aber im letzten Jahr haben wir Stunden dafür gebraucht, den Tracker aus einer toten Geisel herauszuschneiden, und meine Männer haben ihn in dem Prozess zerstört. Sparen Sie uns also die Zeit, und sagen Sie mir, wo sich der Tracker nun befindet."

Sie wollte instinktiv ihren Arm bedecken, aber sie unterdrückte den Drang und blieb wie erstarrt auf dem Stuhl sitzen. Ihre Kehle war ausgetrocknet, wodurch ihre Stimme kaum wie ein heiseres Flüstern klang. „Woher wissen Sie von Trackern?"

„Vor einem Jahr haben wir eine Geisel zu meinem Operationszentrum in Jemen entführt. Ein Team Ihrer Soldaten tauchte auf, und kurze Zeit später zerstörten Drohnen das Gebäude. Ich habe viele Waffen verloren, inklusive einem äußerst wertvollen EMP-Gerät. Die Geisel hatten wir vor der Ankunft der Soldaten woanders hingebracht. Sie konnten ihn nicht finden. Wir folterten ihn, bis er die Sache mit dem Tracker zugab. Sie sehen also, dass ich Sie so lange von Funkmasten fernhalten musste, bis ich bereit war. Ich wusste sogar, wie ich Sie ködern konnte, um den Tracker zu aktivieren. Ich habe den Anruf genau zur richtigen Zeit vorher veranlasst." Er klopfte sich auf die Tasche, in der sein Handy steckte. Dann nickte er dem Wachmann zu, der neben der offenen Tür stand.

Der Wachmann zog ein großes Messer aus dessen Scheide an seiner Hüfte. „Nun, Sie können sich sehr viele Schmerzen sparen und mir verraten, wo der Tracker ist, oder Abdi wird anfangen zu schneiden, bis er ihn findet."

Sie strampelte rückwärts, stolperte aus dem Stuhl und wich vor dem Mann mit dem Messer zurück. „Warum haben Sie zugelassen, dass ich ihn aktiviere? Interessiert es Sie gar nicht, dass ein Team von Navy-SEALs hierherkommen wird?"

„Oh, meine Liebe, darauf hoffe ich doch. Ich habe Ihnen doch gesagt, dass man mich für Ihre Entführung sehr gut entschädigen wird. Ihre Rettung wird mein Lösegeld bringen, und Ihre viel gepriesenen SEALs sind der Lieferservice."

Ihre Gedanken überschlugen sich, während sie vor dem Messer kauerte. Purer Horror schoss durch sie hindurch, als seine Absichten klar wurden. „Sie wollen den Blackhawk-Hubschrauber."

„Nicht nur irgendeinen Blackhawk, sondern einen MH-X Silent Hawk, der leise und unentdeckt fliegen kann. Die Chinesen haben nur einen kurzen Blick auf den von der Bin Laden Razzia werfen können. Ich werde ihnen den ganzen Vogel geben." Seine Augen blitzten mit einem unmenschlichen Licht auf. „Sie machten sich Sorgen, dass Ihre Regierung Ihr Lösegeld nicht bezahlen würde. Der Stealth-Blackhawk, meine

Liebe, macht Sie zur wertvollsten Geisel, die ich je entführt habe."

„Das war von Anfang an Ihr Plan? Haben Sie die Bombe unter mein Auto deshalb deponiert?"

„Ich habe Ihnen gesagt, dass das Imbert war. Ich habe nicht gelogen. Dieser Plan kam erst zustande, als Imbert anfing, sich Ihretwegen wie ein Affe aufzuführen. Es war klar, dass Ihr Militär Sie um jeden Preis beschützen würde, wenn man bedenkt, wer Ihr Vater ist, und wie sehr sie sich wünschten, sich in Ihr Projekt einzuschmeicheln. Sobald mir bewusstwurde, wie wertvoll Sie für sie sind, habe ich Imbert wissen lassen, dass ich an Ihnen interessiert bin. Der gab die Information pflichterfüllt an Ihr Militär weiter, dass ich Sie gern zu meiner fünften Frau nehmen wollte. Ich ging davon aus, dass man Sie spätestens dann mit einem Chip implantieren würde. Wie einen Hund."

„Sie werden es niemals schaffen, einem Team von Navy-SEALs ihren Blackhawk zu stehlen. Sie sind verrückt, wenn Sie glauben, dass Sie sie besiegen könnten."

„Aber ich muss sie doch gar nicht besiegen. Meine chinesischen Verbündeten haben mir einen weiteren EMP besorgt, um den zu ersetzen, den ich in Jemen verloren habe. Mit dem elektromagnetischen Puls kann ich den Blackhawk regelrecht aus dem Himmel fallen lassen. Jegliche SEALs, die den Absturz überleben, werden nicht weit kommen. Nicht, wenn der Blackhawk von meinen Männern umringt ist."

Er nickte dem Mann mit dem Messer erneut zu. „Nun, wir haben nicht allzu viel Zeit. Sagen Sie mir, wo der Chip ist, oder ich werde Abdi sagen, dass er mit dem Schneiden anfangen soll."

Ein Widerstandsversuch wäre jetzt nutzlos. Der Blackhawk war auf dem Weg. Sie musste den Tracker aufgeben und herausfinden, wie sie fliehen konnte. Sie hielt ihm ihren Arm entgegen und betete, dass man sie nicht sofort danach umbringen würde, sobald sie den Chip hatten.

Kapitel Zweiunddreißig

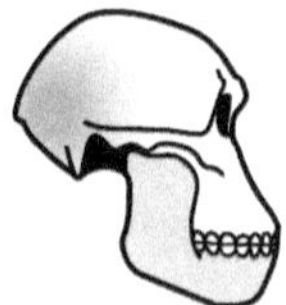

Zehn Minuten bis zum Operationsstart. Pax lief in der Kommandozentrale auf und ab. Er hielt inne und erwiderte den Blick von Morgans Vater. In den vergangenen sechs Tagen hatten sie kaum ein Wort miteinander gewechselt. Von Pax' Seite aus war es ihm unmöglich gewesen, die richtigen Worte zu finden. Dieser Blick, den sie jetzt miteinander austauschten, übermittelte die Tiefe von General Adlers Angst und Reue.

Wenn Morgan nur wüsste, wie viel sie ihrem Vater tatsächlich bedeutete, wie stolz er auf seine unglaubliche, fantastische Tochter war.

Das Team von Auszubildenden war bereits in Position, versteckt im Akazienwald entlang der Panya-Route. Sie hatten Destas Lager nicht im Blickfeld, also überwachten sie die Radiofrequenzen im unmittelbaren Umkreis und suchten nach Anzeichen von Aktivitäten innerhalb des Gebäudes. Sie belauschten Destas Sicherheitsteam, das sich zurückmeldete und Entwarnung gab, Routine-Prozedur des Teams der Nachtwache.

Pax' Körper war angespannt wie eine Feder, beinahe so, als würde er selbst an dem Einsatz dieser Operation teilnehmen. Bis auf die Tatsache, dass er normalerweise kurz vor einer Mission eine tiefe Ruhe empfand, und heute Nacht war er alles andere als ruhig. SOCOM hatte recht gehabt, ihn von dieser

Mission auszuschließen, denn er war viel zu sehr emotional involviert. Trotzdem war es unerträglich, *nicht* auch dort draußen zu sein.

Alles war an seinem Platz. Alles wies darauf hin, dass die Mission starten würde.

Er wanderte unruhig auf und ab, während er dem Funkgerede zuhörte, wobei er das leise Gemurmel der Konversation zwischen den Leitern von SOCOM ignorierte und den Blick von Morgans Vater mied. Weniger als fünf Minuten, bis der SOCOM-Kommandant den Befehl zum Start geben würde.

Morgans Arm brannte vor Schmerzen. Viel schlimmer als bei der Injektion des Chips. Allerdings hatte es für die Operation, um den Tracker zu entfernen, weder die richtigen Instrumente, noch einen fähigen Arzt gegeben. Sobald man den blutigen Chip aus ihrem Arm herausgegraben hatte, hatte Desta ihn entgegengenommen und dem Wachmann Abdi befohlen, sie wieder in ihre Zelle zurückzubringen. Danach sollte er sich bei dem Feld melden, wo der EMP positioniert war. Sie fragte sich, ob die anderen Wachen alle dorthin gegangen waren, und ob er das Haus von seinen Milizen geräumt hatte.

Desta bot ihr keinerlei Verbände oder Pflaster an, um die offene Wunde zu verbinden, aber er hatte wahrscheinlich ohnehin vor, sie zu töten, sobald er sich den Blackhawk-Hubschrauber gesichert hatte. Sie vermutete, dass er sie nur deshalb weiterleben ließ, um sie als Druckmittel einsetzen zu können, sollte mit seinem Plan etwas schiefgehen.

Als ob das amerikanische Militär einen Stealth-Blackhawk für irgendjemanden aufgeben würde.

Sie bedeckte den Einschnitt mit ihrer Hand und zuckte zusammen, als sie den Hautfetzen wieder an seinen Platz drückte. Sie versuchte, tief gegen den Schmerz zu atmen, während Abdi sie durch das Haus zurück zu ihrer Zelle führte.

Sie musste irgendwie einen Weg finden, wie sie diese Razzia aufhalten konnte. Sie würde ihre eigene Rettung aufgeben, aber mit einem EMP würde es Desta vielleicht gelingen, sich den Blackhawk-Hubschrauber anzueignen. Navy-SEALs würden sterben. Sie konnte dieses Abschlachten genauso wenig zulassen, wie sie es Desta erlauben konnte, sich einfach streng geheime Technologie zu nehmen, die den USA einen Vorteil im Kampf gegen den Terrorismus verschaffte.

Sie stolperte über ihre Füße, unsicher darüber, ob das schwindelige Gefühl durch ihren Blutverlust oder durch Angst verursacht wurde. Abdi packte sie am Arm – dem verletzten – bevor ihre Knie nachgaben und bewahrte sie davor zusammenzubrechen, wobei jedoch ein Schmerz von ihrem Oberarmmuskel zu ihrem Trapezius hinaufschoss, der ihr den Atem nahm. Er war so heftig, dass sich über ihrer Augenbraue Schweiß bildete.

Der Milizionär fluchte und griff ihren verwundeten Arm sogar noch fester, als er sie den Korridor entlang zu ihrer Zelle zerrte. Dort angekommen, warf er sie gegen die Wand und beugte sich vor, um die Metallschnalle wieder an ihrem Knöchel zu befestigen.

Sie hatte keine Zeit zum Denken. Sie reagierte einfach. In dem Augenblick, in dem er ihr die Manschette um den Knöchel legte, trat sie nach oben und schlug den Knöchel mitsamt Metallschnalle gegen seinen Hals, wodurch er rückwärts nach hinten fiel. Er stieß ein krächzendes Geräusch aus und griff nach seinem Maschinengewehr. Der Hieb hatte vielleicht sein Zungenbein gebrochen. Sie schwang ihren Fuß um seinen Kopf und wickelte die dicke Kette um seinen Hals. Sie zerrte einmal fest an der Kette, ein hartes Rucken, und sein Genick brach. Seine Hand fiel von der Waffe, als sein Kopf auf den harten Boden schlug.

Sie schnappte sich die Waffe mit einer Hand und suchte in seinen Taschen nach dem Schlüssel. Ihre Augen fielen auf das Funksprechgerät an seiner Hüfte. Sie gab ihre Suche nach dem Schlüssel auf und ergatterte das Funkgerät.

Sie hörte draußen ein leises Geräusch. Hubschrauberpropeller? Waren die Blackhawks hier?

Mit zitternden Fingern wechselte sie die Frequenz zu der,

von der Pax ihr vor Wochen eingebläut hatte, sie sich zu merken, und betete, dass irgendjemand in Reichweite war und ihre Nachricht hören würde. „Razzia abbrechen! Es ist eine Falle! Hier spricht Dr. Morgan Adler. Ich wiederhole, Razzia abbrechen. Es ist eine Falle."

Sie dachte angestrengt darüber nach, was sie sagen könnte, damit sie wussten, dass es wirklich sie war, falls jemand zuhörte. „Pax, wenn du mich hören kannst, brich die Razzia ab. Snoopy! Zurück zur Basis." Sie erinnerte sich daran, dass Pax ihr damals aufgetragen hatte, diesen Code drei Mal zu wiederholen. „Snoopy! Snoopy! Snoopy!"

Kapitel Dreiunddreißig

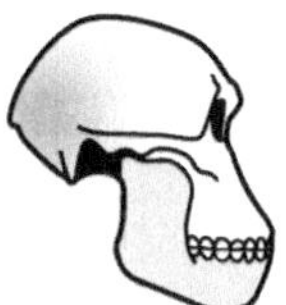

Wenige Minuten, nachdem die Blackhawks gestartet waren, funkten die Auszubildenden entlang der Panya-Route die Basis an. „Wir haben eine Übertragung abgehört, die wie Dr. Adler klingt. Sie sagt, dass die Mission abgebrochen werden soll."

Der Kommandant wies die Blackhawk-Piloten an, den Perimeter zu umkreisen, aber sich dem Lager noch nicht zu nähern, bis sie feststellen konnten, ob diese Nachricht echt war. Die Auszubildenden gaben die Frequenznummer an und eine kalte Ruhe überkam Pax, als er bestätigte, dass dies der Kanal war, den er ihr für diese Art Situation zur Nutzung mitgeteilt hatte. Es war ein Kanal mit kurzer Reichweite, aber SOCOM hatte die Technologie, um das Signal zu verstärken, und die Techniker wählten sie direkt an. Wenige Augenblicke später ertönte Morgans Stimme im ganzen Raum. „Ich wiederhole, es ist eine Falle. Snoopy! Snoopy! Snoopy!"

Sein Herz wurde kalt, als er ihre Worte hörte, obwohl er gleichzeitig von Emotionen überwältigt wurde, als er ihre Stimme hörte. „Das ist definitiv Morgan", sagte er.

General Adler nickte und bestätigte, dass dies die Stimme seiner Tochter war.

„Zwingt man sie dazu, diese Nachricht zu übermitteln?", fragte sein Boss, Major Haverfeld.

„Brecht die Razzia ab", rief Morgan wieder ins Funkgerät. „Desta will den Blackhawk! Er hat ein EMP-Gerät, um ihn außer Kraft zu setzen. Snoopy! Snoopy! Snoopy!"

„Snoopy ist das Codewort, das ich ihr für ‚geh zurück zur Basis' genannt habe", sagte Pax. „Niemand sonst kennt diesen Code. Sie würde ihn nicht benutzen, wenn man sie zwingen würde. Sie meint es ernst."

Der SEAL-Kommandant nahm sich das Funkgerät. „Mission abbrechen. Operation Artemis Liberation abbrechen. Ich wiederhole, Operation Artemis Liberation abbrechen."

Pax' Herz zog sich bei diesem Befehl zusammen.

„Desta ist hier", sagte Morgan. „Er hat ein EMP. Brecht die Razzia ab. Schickt die Drohnen. Zerstört das EMP-Gerät. Snoopy! Snoopy! Snoopy! Schickt die Dro- …"

Schüsse ertönten über das Funkgerät, dann wurde die Verbindung abgebrochen.

Ein Wachmann stand im Türrahmen. Seine Augen weiteten sich, als Morgan ins Funkgerät schrie. Er hob seine AK-47.

Morgan hielt Abdis Kalaschnikow lose in ihrer Hand. Sie brach ihre Nachricht mitten im Wort ab und feuerte, ohne zu zielen. Ihr Projektil traf ihn am Arm, wodurch sein Schuss abgelenkt wurde.

Sie ließ das Radio fallen und feuerte erneut. Dieses Mal traf sie ihn im Massezentrum. Der Mann sackte zusammen.

Sie nahm einen tiefen Atemzug und versuchte, ihr Zittern zu kontrollieren, während sie ihre Waffe auf den gestürzten Mann richtete. Sie trat ihn, um sicherzugehen, dass er tot war.

Seine Hand packte ihren gefesselten Knöchel und zog daran. Sie drückte den Abzug, während sie stolperte. Die Kugel traf ihn direkt im Hinterkopf. Die Hand an ihrem Knöchel wurde schlaff.

Dann durchsuchte sie Abdi wieder nach dem Schlüssel, fand ihn in einer Tasche, die an seinem Gürtel befestigt war, und schloss die Metallmanschette mit heftig zitternden Fingern auf.

Endlich frei suchte sie nach dem Funkgerät und fand es unter dem zweiten Wachmann. Ihre letzte Kugel war durch ihn hindurch geschossen und hatte das Funkgerät zerstört.

Der zweite Wachmann hatte kein Funkgerät. Sie wusste nicht, ob ihre Nachricht eingegangen war, aber das Geräusch draußen, das vielleicht von den Hubschrauberpropellern kam, zog sich nun zurück. Sie konnte niemanden anfunken, um es zu bestätigen, aber wenigstens hatte sie nun zwei Kalaschnikows.

Während sie beide Männer durchsuchte, betete sie, dass Destas Männer alle draußen und in Position waren, um sich den Blackhawk-Hubschrauber zu holen. Sie hoffte, dass das Geräusch der Hubschrauberpropeller – falls es das gewesen war – die Schüsse im Haus übertönt hatte. So oder so, sie musste sich beeilen. Sie musste schnellstmöglich von hier verschwinden, bevor irgendjemand nach Abdi oder dem anderen Wachmann suchte.

Ihre Hände zitterten, als sie Abdis Messer – immer noch blutig von ihrem Eingriff – dazu benutzte, sich einen Streifen von ihrem Hemd abzuschneiden und diesen dann so fest um ihren Arm wickelte, wie es ihr mit ihren Zähnen und einer Hand möglich war. Sie nahm ihm ebenfalls seinen Hüftgurt ab, legte ihn sich um, und steckte das Messer an ihrer Hüfte in dessen Scheide. Dabei sah sie, dass er zwei kleine Handgranaten und ein Ersatzmagazin für die Kalaschnikow an dem Gurt getragen hatte. So bewaffnet, warf sie sich je einen Riemen der Maschinengewehre über ihre beiden Schultern, und verließ die Zelle, mit ihren Zeigefingern jeweils an beiden Abzügen.

Pax wartete nicht auf den Befehl, die Drohnen zu schicken. Sie hatten die Freigabe für den Einsatz von JAG erhalten. Das Ziel war genehmigt, sobald bestätigt wurde, dass Desta dort war oder sich fortschrittliche oder chemische Waffen vor Ort befanden. Es gab kaum fortschrittlichere Waffen als ein EMP, und der Mann hatte die Absicht, damit einen Blackhawk zu stehlen und ein ganzes Team von SEALs zu töten.

Man würde den Drohnenanschlag veranlassen. Morgan selbst hatte gesagt, dass sie es tun sollten. Aber er wollte verdammt sein, wenn er nichts tat, während die Hellfire-Geschosse, die für Etefu Desta bestimmt waren, sie töteten.

Er ging direkt zu dem Raum, wo sein Team ihre einsatzbereite Ausrüstung aufbewahrte, und schnappte sich ein voll beladenes Paket und Waffen. Draußen vor dem Gebäude parkte der SUV, mit dem Cal die Auszubildenden eingesammelt hatte, und er warf seine Ausrüstung hinten in den Wagen.

Er brauchte Anweisungspapiere, damit man ihn von der Basis fahren ließ, aber wenn sein XO von seinem Plan Wind bekommen sollte, würde man ihn verhaften. Die Uhr tickte. Selbst jetzt könnten sie die Drohnen bereits bestücken. Er zog sein Handy heraus und rief Ripley an, der sich immer noch in der Kommandozentrale befand. „Schick Morgans Vater nach draußen. Sofort." Er beendete den Anruf, bevor Ripley antworten konnte.

Dreißig Sekunden später trat General Adler nach draußen. Pax verzichtete auf Höflichkeiten und kam sofort zur Sache. „Ich werde Morgan holen gehen. Ich brauche eine Unterschrift, damit ich die Basis verlassen kann."

„Es könnten Landminen dort sein. Sie wissen nicht, worauf Sie sich da einlassen."

„Ich bin bereit, das Risiko einzugehen."

„Ich bin nicht Ihr Vorgesetzter. Ich kann Ihnen helfen, die Basis zu verlassen, aber man wird es trotzdem als unerlaubte Abwesenheit ansehen."

„Morgan ist alles, was jetzt für mich zählt."

„Ich werde Sie nicht beschützen können, mein Sohn. Ich habe hier keine Macht. Noch weniger in dieser Sache."

„Das ist mir scheißegal. Wir haben weniger als eine Stunde, bevor die Drohnen eintreffen. Helfen Sie mir von der Basis und ich werde Ihnen Ihre Tochter zurückbringen."

Sein zukünftiger Schwiegervater antwortete mit einem scharfen Nicken.

Weniger als zehn Minuten, nachdem Morgan ihre eilige Nachricht hinterlassen hatte, war Pax bereit, sich auf den Weg zu machen. Er würde die Schmugglerroute nehmen und die Auszubildenden anfunken, sobald er sich näherte. Sie waren angewiesen worden, nicht einzugreifen, aber sie befanden sich immer noch in Position. Er hatte Verbündete vor Ort.

Er würde Morgan finden. Doch falls er sie nicht finden sollte, würde er bleiben und die Bomben als seine Strafe akzeptieren.

Der Gedanke ließ ihn plötzlich zögern.

Fuck, nein.

Er war nicht suizidal. Er würde sich selbst ohne zu zögern für Morgan opfern, um sie zu retten, aber nicht ohne triftigen Grund. Er würde in diesem Drama genauso wenig den Romeo spielen, wie sie den Part der Julia übernehmen würde. So, wie er es sah, war Shakespeare ein Arschloch, dass er diesen beiden kein Happy End geschenkt hatte.

Er würde Morgan retten und ihr Happy End sichern. Sie würden sich in Rom treffen, und er würde seinen nächsten Lebensabschnitt beginnen – der, da er sich nun unerlaubt von der Basis entfernt hatte, keine aktive militärische Karriere mehr beinhalten würde.

Dann sollte es eben so sein. Er hätte Morgan, und würde andere Wege finden, wie er seinem Land dienen konnte.

Er legte den Rückwärtsgang im SUV ein, als im selben Moment die Beifahrertür aufflog, Bastian der Bastard seine schwere Ausrüstung auf den Boden warf und hineinsprang.

Auf gar keinen Fall würde Bastian ihn aufhalten. „Steig aus.“

Eine hintere Tür öffnete sich, und Cal schob seine Ausrüstung hindurch, bevor er hineinkletterte. Beide Türen schlugen zu. „Wohin geht's?“, fragte Cal.

Pax erstaunte diese Frage. Schließlich sagte er: „Dschibuti City. Ich werde Lemaire einen nächtlichen Besuch abstatten. Ihr bleibt hier. Ihr habt keine Befugnis. Also steigt aus.“

„Oh doch, die haben wir." Bastian legte ein paar Seiten Papier auf das Armaturenbrett. „Ich muss nur noch den Zielort eintragen. Ich dachte nicht, dass es eine gute Idee wäre, ‚Somalia' zu schreiben."

„Wo zum Teufel hast du diese Befugnis her?"

„Darum brauchst du dir keine Sorgen zu machen", sagte Bastian. „Also, was ist dein Plan? Dich mit unseren Jungs an der Panya-Route zu treffen?"

„Ich bin auf dem Weg zu Lemaire."

„Bullshit", sagte Cal. „Du willst Morgan da rausholen, und wir werden dir dabei helfen. Du kannst nicht allein da reingehen."

„Ich verlasse die Basis unerlaubt, um eine Frau zu retten. Die Armee wird mir den Arsch frittieren. Ich werde nicht zulassen, dass man eure Ärsche ebenfalls frittiert."

„Du hast bereits versucht – meinen Arsch zu frittieren – Sergeant Blanchard", sagte Bastian. „Außerdem ist es nicht deine Entscheidung – diesmal nicht."

„Fick dich, Chief Ford. Ich will deine Hilfe nicht."

„Pech. Du bekommst sie trotzdem. Außerdem habe ich entschieden, dir Jemen zu verzeihen."

„Ich brauche deine verdammte Vergebung nicht."

„Pech. Du bekommst sie trotzdem", wiederholte Bastian. „Du verschwendest Zeit. Fahr los."

Pax hatte keine andere Wahl, als sowohl Bastians als auch Cals Hilfe zu akzeptieren. Jede Minute, die er verzögerte, bedeutete ein Risiko für Morgan. Außerdem war es nie weise, eine Operation ohne Verstärkung zu beginnen. Sie waren Guerilla-Kämpfer, die wussten, wie sie zusammenarbeiten mussten. Etefu Desta hatte nicht die geringste Chance.

Zu dieser Nachtzeit kamen sie in Windeseile durch die Sicherheitstore, und die offene Straße erstreckte sich vor ihnen. Sie würden in sieben Minuten die Grenze erreichen. Weitere zwölf Minuten von dort bis zu Destas Haus. Neunzehn Minuten insgesamt. Die Operation Artemis Liberation Plan Bravo hatte begonnen.

Kapitel Vierunddreißig

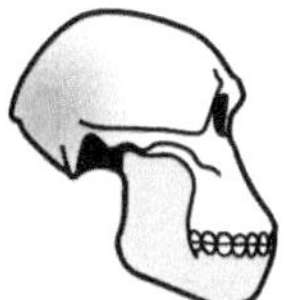

Morgan erblickte die Silhouette eines Mannes am Hinterausgang. Sie versteckte sich duckend in einem kleinen Vorratsraum. Bis zu diesem Punkt hatte sie Glück gehabt, das Haus war von den Milizen leergeräumt worden. Sie mussten alle draußen sein, warteten darauf, den außer Gefecht gesetzten Blackhawk anzugreifen. Sie meinte, Destas chinesischen Partner zu erkennen, aber in dem schwachen Licht konnte sie nicht sicher sein.

Ihr Herz schlug ihr bis zum Hals. Sie musste bestätigen, dass man sie gehört und die Mission abgebrochen hatte. Sonst müsste sie – falls der Hubschrauber abstürzen sollte – das Grundstück nach den Männern absuchen und sie in einem schwachen Versuch, den SEALs zu helfen, von der Flanke her angreifen. Wenn man ihre Nachricht erhalten hatte, konnte sie einfach von hier verschwinden und abhauen.

Sie *sollte* von hier verschwinden und abhauen. Denn die Drohnen kamen.

Sie versuchte, das harsche Keuchen ihrer Atmung zu kontrollieren. Sie hoffte, dass das Geräusch sie nicht verriet, als sich die Hintertür öffnete und Stimmen die Küche erfüllten. Sie konnte es mit einem oder zwei Männern aufnehmen, aber wenn alle dreißig Männer von Desta das Haus wieder überfluteten, wäre sie geliefert.

„Ich habe Schüsse gehört." Sie erkannte den schweren chinesischen Akzent. „Bevor die Blackhawks umkehrten." Eine Welle der Erleichterung schoss durch sie hindurch. *Die Blackhawks sind zurückgeflogen.*

Der Mann fuhr fort: „Eure Gefangene könnte ihren Wachmann erschossen und das Funkgerät dazu benutzt haben, die Helikopter zurückzuschicken."

Ein Mann – Desta? – sagte etwas auf Arabisch. Ein dritter Mann antwortete, ebenfalls auf Arabisch, bevor Schritte im Gang verschwanden. Dann sprach der Mann Englisch, was ihr bestätigte, dass es sich um Desta handelte. „Ich werde Dr. Adler finden und sie töten."

„Sie verschwenden Zeit, in der Sie das EMP-Gerät in Sicherheit bringen sollten, bevor die Drohnen kommen. China wird Ihnen kein drittes besorgen. Ich muss gehen." Die Tür öffnete sich und Schritte verklangen nach draußen.

Flüche begleiteten das Geräusch von zersplitterndem Glas. Morgan vermutete, dass Desta seine Wut an einem Fenster ausließ. Augenblicke später sprach er auf Arabisch in sein Funkgerät. Seine Stimme verschwand ebenfalls im Gang, wahrscheinlich in Richtung seines Büros, während er seiner Armee Befehle erteilte.

Morgan umklammerte fest beide AK-47. Sie war bewaffnet und bereit, aber Angst raste durch sie hindurch. Sobald man die Leichen in ihrer Zelle entdeckte, würde man sie nicht mehr länger unterschätzen. Man würde sie erschießen, sobald man sie sah.

Die Flucht durch die Hintertür war nicht länger eine Option. Desta war von dort hereingekommen, und der Rest seiner Armee könnte sich dort aufhalten. Sie schloss ihre Augen und dachte an Esmes Karte. Es gab noch einen anderen Ausgang im Erdgeschoss, am Ende eines langen Korridors. Esme hatte mehrere kleine Zimmer entlang des Ganges eingezeichnet. Morgan hatte das Symbol, das sie für diese Räume benutzt hatte, nicht entziffern können. Könnten dies vielleicht die Unterkünfte der Bediensteten sein? Befand sich Esmes Zimmer in diesem Gang?

Schlief Esme, während das amerikanische Militär die Drohnen ausrüstete? Morgan hatte selbst die Drohnen herbeigerufen, wohl wissend, dass Destas unwillige Bedienstete ebenfalls zusammen mit seiner privaten Armee zu Opfern werden würden.

Morgan öffnete langsam die Tür zum Vorratsraum mit dem Lauf ihres Maschinengewehrs. Sie blickte hinaus, bereit, beim geringsten Anzeichen einer Bewegung abzudrücken. Die Küche war leer.

Sie ging leise den Gang entlang, zum ersten Mal froh über ihre nackten Füße auf dem Holzboden. Ihre Schuhe hatte man ihr schon bei der ersten Leibesvisite abgenommen, und sie war während der letzten sechs Tage barfuß gewesen. Nun bedeutete dies leise Schritte auf einem alten Boden, der dazu neigte, zu knarren.

Sie fand den Gang, den Esme aufgezeichnet hatte, und öffnete die erste Tür. Ein Blick hinein ließ ihr Herz sinken. Hier saßen sechs Mädchen zusammengedrängt. Keine von ihnen konnte älter als dreizehn Jahre alt sein. Mädchen für den Auktionsblock.

So finanzierte Desta seine Armee.

Sie musste sie befreien.

Die Mädchen starrten sie mit vor Angst geweiteten Augen an. Wahrscheinlich waren sie von den Schüssen zuvor aufgewacht, und jetzt wurden sie von einer blutenden Frau mit zwei Maschinengewehren besucht. „Es ist okay", sagte sie. „Ich werde euch helfen." Sie deutete ihnen an, zur Tür zu kommen, wohl wissend, dass sie wahrscheinlich kein Englisch sprachen. „Wir müssen fliehen. Weglaufen."

Sie starrten sie mit blanken Gesichtern an, bewegten sich nicht von der Stelle, und ihr Blick fiel auf die Ketten und Fußfesseln. Alles sechs waren an einem einzigen Bolzen in der Mitte des Bodens festgebunden. Kein Wunder, dass es Esme nicht erlaubt war, den Schlüssel zu behalten, sobald man Morgan wieder gefesselt hatte. War Esme nachts selbst festgebunden? War jeder Raum entlang dieses Korridors mit Sexsklavinnen und unfreiwilligen Bediensteten gefüllt?

Sechs Räume, sechs Sklaven pro Raum?

Sie befühlte die Tasche an ihrem Gurt, in der sie ursprünglich ihren Schlüssel gefunden hatte. Sie schluckte schwer, als sie sah, dass diese Tasche leer war. Sie würde zu ihrer Zelle zurückgehen müssen, um ihn von dort zu holen.

Sie trat wieder hinaus in den Gang, ihre Waffen bereit. Sie würde jeden umbringen, der sich ihr auf dem Weg zu diesem Schlüssel in den Weg stellte.

Sie öffnete die Tür auf der gegenüberliegenden Seite. Vier Mädchen drängten sich in der Mitte zusammen. Ein Blick zum Ende des Ganges zeigte ihr den Ausgang, den Esme angedeutet hatte. Sobald sie den Schlüssel hatte, wäre dieser Hinterausgang ihr Fluchtweg.

Sie drehte sich um. Eine dunkle Figur verdeckte den Eingang zum Flur. Sie sprang in den offenen Raum, als der Mann einen Schuss abfeuerte.

Fuck. Fuck. Fuck!

Sie war nicht für das hier trainiert. Sicher, sie konnte schießen. Und sie konnte kämpfen. Aber sie hatte nie zuvor für ein Feuergefecht trainiert. Hatte noch nie zuvor eine AK-47 in jeder Hand abgefeuert. Noch nie zuvor darüber nachgedacht, Milizen über den Haufen zu schießen, um mindestens zehn junge Mädchen zu beschützen.

Die Mädchen sprachen rapide mit alarmierten Stimmen. Sie sprachen Somali oder Arabisch, Morgan war sich nicht sicher. Sie deutete ihnen an, still zu sein, damit sie nach dem Wachmann lauschen konnte.

Ein Stiefel kratzte über den Boden. Wenn sie sich herauslehnte und feuerte, würde er zuerst auf sie schießen? Wie gut trainiert war er? Konnte sie es wagen, zu hoffen, dass er high vom Khat war und daher unzuverlässig?

Sie ließ eines der Gewehre los und ergriff die andere AK-47 mit beiden Händen, brachte das Gewehr in Position. Ihr Handgelenk streifte hartes Metall an ihrem Gurt, als sie ihre Position wechselte.

Ich habe eine Granate.

Keine Zeit zum Nachdenken. Keine Zeit zum Planen. Sie

zog den Sprengstoff von ihrem Gurt, dann den Pin und warf die Granate den Gang hinunter.

Sie warf sich auf ihre Knie tiefer in den Raum hinein und betete, dass der Mann keine Zeit haben würde, die Granate zurückzuwerfen. Sie hörte ein Fluchen und dann eine ohrenbetäubende Explosion.

Jeder, der sich noch im Haus befand, würde wissen, dass sie sich im Sklavenflügel befand. Selbst die hinterm Haus hätten diese Explosion hören müssen. Sie sprang zurück in den Gang, härtete ihren Magen gegen das Blutbad, und durchsuchte den Mann nach einem Schlüssel. Glücklicherweise war sein Gurt noch intakt. Ihr Atem schoss mit einem Rauschen aus ihr heraus, als sich ihre Finger um ein kleines Stück Metall legten.

Mit dem Schlüssel in ihrer Hand kehrte sie zu dem Raum mit den verängstigten Mädchen zurück. In Sekundenschnelle hatte sie sie von den Fesseln befreit. Wieder im Gang, hatte sich jede Tür mit Frauen und Mädchen gefüllt, die hinausspähten, soweit es ihre Ketten zuließen. Morgan entdeckte Esme und warf ihr den Schlüssel zu. „Schließe deine und ihre Fesseln auf. Rennt auf den Ausgang zu! Ich decke den Gang!"

Sie wartete nicht darauf, zu sehen, ob die Frau sie verstanden hatte. Sie drehte sich um und positionierte sich in einer Wölbung in der Wand, die durch die Granate entstanden war. Ihre nackten Füße rutschten auf dem Blut, als sie sich dort versteckte und die AK-47 in Richtung Haupthaus zielte.

Einen Moment später erschien ein Mann. Sie feuerte. Er fiel zu Boden und blockierte den Eingang. Gut. Er würde als eine Warnung für jeden dienen, der es wagen sollte, den Gang zu betreten. Wenn man sie direkt angreifen würde, hätte sie keine Chance. Aber sie brauchten nur ein paar wenige Minuten, bis Esme alle von ihren Fesseln befreit und den Gang geräumt hatte.

Hinter sich hörte sie, wie Mädchen und Frauen in den Gang traten und dann zum Ausgang an dessen Ende rannten, aber sie wagte es nicht hinzuschauen. Wagte es nicht, ihren Fokus vom Eingang zum Korridor zu nehmen. Falls sie jemand durch den Hintereingang angreifen sollte, wären sie erledigt.

„Wir rennen jetzt", sagte Esme hinter ihr.

„Sind alle raus?", fragte sie.

„*Oui*. Wir rennen."

Morgan zog sich langsam zurück. Sie war versucht, Esme eine Kalaschnikow zu geben, wusste aber nicht, ob die Frau wusste, wie man sie benutzte, und sie wollte ihre Ersatzwaffe nicht aufgeben, falls dem nicht so war. Morgan sah die Kalaschnikow des toten Militanten aus ihrem Augenwinkel heraus und nickte dorthin. „Gewehr", sagte sie. „Für dich."

Esme holte es sich von den Überresten des toten Mannes. Morgan wagte einen Seitenblick und hob ihre an, um Esme zu zeigen, wie sie sie halten sollte. „So."

Während sie sich in den Gang zurückzogen, schob sie den Selektor am Gewehr zur mittleren Position. „Automatisch", sagte sie zu Esme. Dann zog sie ihn in die untere Position. „Semiautomatisch." Sie behielt ihre auf Semi, um zu vermeiden, ihr Magazin zu schnell zu entleeren.

Sie erreichten den offenen Hinterausgang. Esme ging zuerst hindurch, dann drehte Morgan sich um und verließ das Haus. Wie viel Zeit war vergangen? Wie weit waren die Drohnen entfernt?

Die Frauen und Mädchen – fast zwei Dutzend, nach Morgans schneller Schätzung – hatten sich an der niedrigen Steinwand versammelt, die das Grundstück umgab.

Wie Morgan waren auch alle anderen Frauen barfuß. Sie würden entweder durch die dornigen Akazien rennen müssen, die hinter der Wand wuchsen, oder sich nach einem Fahrzeug umsehen. Besaß Desta überhaupt ausreichend Fahrzeuge, um jeden zu transportieren? Wurden diese Fahrzeuge bewacht oder flüchtete Destas Armee?

„Wo sind die Fahrzeuge? Die Transporter?", fragte sie.

Esme runzelte ihre Stirn und fragte dann: „Truck?"

„Ja. Truck. Wo?"

Esme zeigte zum hinteren Teil des Hauses. „Trucks dort."

Über die Mauer springen oder sich ein Fahrzeug besorgen?

Die Dornen wären ein Problem. Ein riesiges Problem. Aber

was ihr hinter dem Haus bevorstand, war das große Unbekannte.

Akaziendornen hatten in ihren ersten Wochen in Dschibuti ihre besten Arbeitsschuhe ruiniert. Die langen Stacheln konnten sogar durch Autoreifen hindurchstechen und so mit Leichtigkeit in einen nackten Fuß eindringen. Zudem würden sie alle im Dunkeln durch dornige Büsche und Bäume rennen müssen. Es war ein wirkungsvolles Sicherheitssystem: barfüßige Gefangene in einem Haus umringt von Akazien.

Sie wandte sich an Esme. „Bleib hier. Beschütze die Mädchen. Ich hole uns einen Truck.“

Sie funkten die Auszubildenden an, die an der Panya-Route stationiert waren, sobald sie die Grenze überquert hatten. Die Männer berichteten von Chaos innerhalb des Lagers, wenn man den Funkkommunikationen zwischen Destas Männern glauben konnte. Tote Wachen, Granaten im Haus, fliehende Sklaven.

Pax wurde von einem wilden Stolz befallen, obwohl gleichzeitig Angst durch ihn hindurch schoss. Seine Morgan war eine knallharte Armee, die aus einer einzigen Frau bestand.

Und sie befindet sich in extremen Schwierigkeiten.

„Wir müssen SOCOM Bescheid geben“, sagte Bastian. „Wir sollten ihnen sagen, dass wir hier sind. Vielleicht haben sie Intel, was uns nützlich sein könnte.“

„Für mich ist das okay, aber das wird unsere militärischen Karrieren beenden“, sagte Pax. „Könnt ihr beide damit leben?“

„So, wie es sich anhört, befinden sich dort mindestens ein Dutzend Mädchen, die alle umkommen werden, wenn wir sie nicht da rausholen. Das ist es, womit ich nicht leben könnte“, sagte Cal.

„Einverstanden“, sagte Bastian.

Cal stellte die Funkfrequenz auf den Kanal ein, den Destas Männer benutzten. Bastian übersetzte diverse Konversationen in Somali und Arabisch. Pax war jetzt verdammt froh, dass der Bastard mitgekommen war.

„Desta lässt sie alle zurück und flieht", sagte Cal.

„Er wird uns auf diesem Weg entgegenkommen", sagte Bastian. „Wird versuchen, via der Schmuggelrouten nach Äthiopien zu fliehen."

Sie waren nahe genug, um Schüsse zu hören, die im Lager abgefeuert wurden, und Pax unterdrückte seine aufkommenden Emotionen. Die Schüsse wurden entweder von oder auf Morgan abgefeuert.

Es war wahrscheinlich, dass sie AK-47s benutzten. An dem Tag in der Schießanlage hatte Morgan eine davon in weniger als dreißig Sekunden zerlegt, um ihm zu beweisen, dass sie sich mit dieser Waffe auskannte. *Es ist nicht meine Lieblingswaffe*", hatte sie gesagt, *„aber ich verstehe sie.*"

Zu der Zeit hatte er lächeln müssen. Sie *verstand* AKs, als wären sie chemische Moleküle, ein Konzept, das es zu bewältigen galt. Natürlich meisterte sie ein Sturmfeuergewehr, und in diesem Moment war Pax ihrem Vater sehr dankbar, dass er sie all die Jahre dazu gedrängt hatte, Soldatin zu werden.

Bastian, der Offizier mit dem höchsten Rang unter ihnen, funkte SOCOM an. Ihr XO nahm die Neuigkeiten fast gelassen auf. Seinem Tonfall nach zu urteilen ging Pax davon aus, dass ihr Vorgesetzter es von Anfang an gewusst hatte. Wahrscheinlich hatte er die letzten dreißig Minuten gewissenhaft vermieden, ihre leeren Stühle am Tisch anzusehen. Aber das bedeutete nicht, dass er ihnen nicht die Hölle heiß machen würde, sobald sie zur Basis zurückkehrten.

Pax parkte den SUV tief im Dickicht der Akazienbüsche, als der offizielle Befehl einging: Desta gefangen nehmen und EMP sichern, dann könne man den Anschlag zurückrufen. Sie hatten zwanzig Minuten. Falls sie scheitern sollten, hatten sie zwei Minuten, um den Perimeter zu räumen. Sie durften Desta nicht erlauben, mit dem EMP zu entkommen.

Seine Mission war nicht mehr länger, Morgan zu retten. Seine Befehle waren nun, den Kriegsherrn gefangen zu nehmen.

M organ presste ihren Rücken im Schatten des Dachvorsprungs an die Wand und hielt den Atem an. Bisher hatte sie einen Wachmann erschießen müssen, um so weit zu kommen, wobei sie drei wertvolle Kugeln verschossen hatte. Sie hatte ihren nackten Fuß an irgendetwas geschnitten – wahrscheinlich einem scharfen Stein – als sie den Hinterhof durchquert hatte. Adrenalin ließ sie die Schmerzen in ihrem Fuß und in ihrem Arm vergessen. Ihr Gehirn registrierte die Wunden kaum.

Noch eine Ecke, die sie umrunden musste, dann würde sie wissen, was hinter dem Haus auf sie wartete. Dort könnte sich eine ganze Armee von Männern befinden, oder niemand. Obwohl ihre erste AK-47 noch einige Kugeln im Magazin hatte, wechselte sie es gegen ein neues aus. Besser jetzt neu aufladen, als es später zu bereuen.

Sie wünschte, sie hätte den toten Wachmann im Flur nach weiteren Granaten durchsucht. Das waren praktische kleine Teufelchen, und sie hatte nur noch eine übrig.

Ein Motorengeräusch ertönte. Zeit, sich zu bewegen. Sie drückte sich von der Wand ab und umrundete die Ecke. Ein Frachtlaster fuhr rückwärts aus einem Gebäude, das einer Scheune glich und wohl als Garage benutzt wurde. Der Lastwagen fuhr in einem Bogen zurück. Mit dieser Verlaufskurve würden die Scheinwerfer sie innerhalb von einer Sekunde erfassen. Sie fiel zurück in den Schatten des Dachvorsprungs und versteckte sich hinter einem dornigen Busch.

Dieser Lastwagen wäre perfekt, um die Mädchen von hier wegzubringen. Sie brauchte diesen Lastwagen.

Wie sollte sie ihn aufhalten, ohne ihn auszuschalten?

Erschieße den Fahrer. In einem sich bewegenden Fahrzeug.

Gott, wie sehr sie den heutigen Tag *hasste*. Sie hatte gedacht, dass gestern schlimm gewesen war, aber alles, was seit Mitternacht geschehen war, war wirklich echte Scheiße.

Sie stellte das Maschinengewehr auf die automatische

Einstellung um und stürmte aus ihrem Versteck hinter dem Gebüsch hervor. Sie traf genau in den Bogen, als das Licht der Scheinwerfer über sie hinweg rollte, und sie feuerte ihre Waffe ab, während sie zur anderen Seite hin abtauchte. Das Magazin leerte sich, und sie landete hart auf dem unnachgiebigen steinigen Boden. Sie heulte auf vor Schmerzen bei dieser missglückten Landung. Nicht einmal das Adrenalin konnte überspielen, dass sie sich selbst den Atem aus den Lungen gepresst hatte. Dummer, tollpatschiger Zug. Sie hätte niemals etwas versuchen sollen, wofür sie nie trainiert hatte.

Sie versuchte, ihren Atem wiederzufinden, unfähig, sich darauf zu fokussieren, ob sie den Fahrer erwischt hatte oder nicht. Die Scheinwerfer waren aus – entweder hatte sie sie kaputt geschossen, oder man hatte sie ausgeschaltet.

Die hohe Drehzahl des Motors warnte sie vor dem, was auf sie zukam.

Immer noch unfähig zu atmen, schnappte sie sich die zweite Kalaschnikow und fing an, auf den Lastwagen zu feuern, als der auf sie zugerast kam. Sie rollte sich zur Seite, aus dem Weg, während sie immer weiter schoss.

Endlich kehrte die Luft in einem Schwall in ihre Lungen zurück, als der Lastwagen an ihr vorbeiraste und dann anhielt. Sie stolperte so schnell sie konnte auf die Füße, als sich die Beifahrertür öffnete. Ein scharfer Schmerz schoss in ihrem Bein nach oben, der ihr fast die Sinne nahm. Ihr Knöchel gab nach und sie brach zusammen, bevor sie halb aufgestanden war. *Scheiße.* Sie hatte sich ihren Knöchel ruiniert.

Ein Mann kam um das Fahrzeug herum. Sie richtete ihre Waffe auf ihn und drückte den Abzug, doch das Magazin war leer.

Er näherte sich ihr, zielte mit einer kleinen Pistole auf sie, die auf ihre Stirn gerichtet war. Das blasse Licht des Sichelmondes landete auf seinem Gesicht, und sie erkannte Etefu Desta.

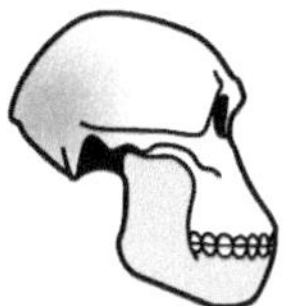

Kapitel Fünfunddreißig

Pax, Cal und Bastian ließen den SUV zurück und schlichen durch die Bäume hindurch. Sie konnten nur hoffen, dass die Landminen nicht zu zahlreich verteilt worden waren, denn das Heranschleichen durch die dornigen Büsche war so schon schwierig genug – auch ohne Sprengsätze.

Die dschibutischen Auszubildenden würden jedes Fahrzeug aufhalten, das versuchen sollte, über die minenfreie Straße zu fliehen, während die drei Soldaten der Spezialeinheit zu Fuß in das Lager eindrangen, um Mann gegen Mann zu kämpfen. Ihre Spezialität.

Ihr erstes Ziel war es, Desta festzunehmen. Falls sie ihn nicht innerhalb von fünf Minuten finden sollten, würden Cal und Bastian die Frauen evakuieren. Pax würde sich Morgan holen.

Sie entdeckten zwei fliehende Milizionäre nahe der Grenze des Lagers. Cal erledigte einen, Pax den anderen. Still, mit Messern, damit sie Desta nicht warnten, dass Verstärkung einge-troffen war. Dann folgten sie dem Pfad, den die Männer zuvor genommen hatten, und der durch gebrochene Zweige leicht zu identifizieren war, zum Lager. Die fliehenden Milizionäre hatten ihnen eine minenfreie Route verraten.

Pax kam abrupt zum Stehen, als Maschinengewehrfeuer ertönte, lang genug, um ein kleines Magazin ganz zu entleeren.

Er begann, sich in diese Richtung weiterzubewegen. Scheiß auf die vorsichtige, langsame Route. Sie hatten keine Zeit.

Ein Motor wurde gestartet, gefolgt von weiteren rapiden Schüssen von einem anderen Maschinengewehr. Pax stürmte mit vollem Kaliber auf die Geräusche zu. Schließlich erreichte er eine niedrige Mauer und observierte die Szene. Das Deckenlicht in einem Lastwagen bot gerade genug Licht, um sehen zu können, dass der Fahrer über dem Lenkrad zusammengebrochen war.

Da waren keine Anzeichen von Morgan oder irgendjemand anderem.

Er ließ sich über die Wand gleiten. Etwas weiter zurück sah er Bastian und Cal, die dasselbe taten. Es gab keine Deckung zwischen der Mauer und dem Haus, aber glücklicherweise befänden sich die Landminen, falls dort welche waren, alle außerhalb der Mauer. Pax rannte tief geduckt an der Mauer entlang Richtung Bastian.

Eine Bewegung nahe dem Haus zog seinen Blick auf sich. Der Figur nach zu urteilen war es eine kleine Frau – nicht Morgan, ihre Silhouette würde er überall wiedererkennen, und das war nicht sie – mit einer AK. Eine von Destas Sklavinnen?

Die Frau entdeckte Cal und hob ihre Waffe. Pax hatte keine andere Wahl und musste ihre Tarnung auffliegen lassen. „Feuer einstellen! US-Armee!" Seine Stimme hallte weit, was auch Desta und seinen Handlangern verraten würde, dass sie hier waren.

Die Frau erschrak und hob ihre Waffe hoch, wobei sie den Abzug drückte. Der Schuss schoss ins Nichts, und sie ließ das Maschinengewehr fallen, als ob sie sich verbrannt hatte.

Bastian rannte quer durch den Hinterhof, während Pax und Cal ihm Deckung gaben. In wenigen Augenblicken hatte Bastian die Frau unter dem vorstehenden Dach festgenommen. Cal überquerte als Nächster den freien Platz, während Pax liegend Deckung bot. Als Cal Bastians Seite erreichte, folgte Pax.

Er erreichte Bastian, der die Frau in Arabisch ausfragte. Zu Pax und Cal sagte er: „Desta hat Morgan. Er hat sie sich geschnappt und als Schutzschild benutzt, da diese Frau ihn sonst erschossen hätte, um Morgan zu beschützen. Er hat Morgan ins Haus verschleppt."

Pax starrte an dem dunklen Gebäude hinauf. Fuck. Zwei Etagen. Mehrere Korridore. Wer wusste, was für Waffen sich dort drin befanden. Desta hatte Morgan als menschliches Schutzschild benutzt.

*P*ax *ist hier!* Morgans Herz schwoll an, als sie seine Stimme hörte. Tot war sie als Schutzschild nutzlos. Jetzt, da er wusste, dass die Green Berets hier waren, würde Desta auf keinen Fall den Abzug der Waffe drücken, die er gegen ihre Schläfe drückte.

„Pax!", schrie sie, zur selben Zeit, als eine Waffe abgefeuert wurde. Ihre Stimme klang rau, und sie bezweifelte, dass man sie hinter diesen Wänden hören konnte, schon gar nicht über einen Schuss hinweg.

Desta ließ die Waffe sinken und bohrte seine Finger in die Wunde an ihrem Arm. Ihr Blick verschwamm, als sie von dem Schmerz überwältigt wurde. Sie versuchte zu schreien, doch das einzige Geräusch, das sie zustande brachte, war ein tiefes Stöhnen.

Sie betraten das Haus durch den Hintereingang. Desta verschob seinen Griff und zerrte sie durch die Küche in die Haupthalle. Er wandte sich zum Sklavenkorridor. Sie versuchte ihre Füße unter sich zu bekommen, aber ihr Knöchel konnte ihr Gewicht nicht tragen. Sie packte den Türrahmen und hielt ihn auf.

Desta war weder fit noch ein trainierter Soldat, und ihr Gewicht machte ihm zu schaffen. Sie wehrte sich weiterhin gegen ihn, selbst als er sie quer über die granatenzerfetzten, blutigen Überreste einer seiner Männer hinweg zerrte.

Er hielt in der offenen Tür einer seiner Sklavenräume an. Sie versuchte, ihm sprichwörtlich die Augen auszukratzen, aber er packte sie wieder an ihrem verletzten Arm, was sie außer Gefecht setzte.

Er fluchte und stieß sie in den Raum. Bevor sie Atem holen und sich wehren konnte, schnappte er eine der offenen Metallmanschetten und schloss diese um ihren geschwollenen Knöchel. Unbelastet floh er dann durch den Korridor.

Cal wurde geschickt, um die Frauen einzusammeln und sie in den Lastwagen zu laden. Da sie Desta immer noch nicht eingefangen und keine Ahnung hatten, wo sich das EMP-Gerät befand, rückte der Drohnenangriff immer näher. Sie mussten die Frauen in Sicherheit bringen.

Pax und Bastian würden Desta nachjagen. Sie hatten fünf Minuten, um sich den Kriegsherrn zu schnappen und die Drohnen zurückzurufen – oder sieben Minuten, um das komplette Gelände zu evakuieren.

Im Hausinneren hörte er ein Rumsen – vielleicht ein Kampf – in einem anderen Flügel. Er nickte Bastian zu, und sie stürmten durch die Küche. Im Hauptkorridor kam er abrupt zum Stehen. Von wo hatte er das Geräusch gehört?

„Pax!"

Morgan.

Er antwortete nicht. Desta könnte sie zwingen, ihn hervorzulocken. Er wartete und lauschte.

„Peppermint Patty!", rief sie.

Erleichterung schoss durch ihn hindurch. Verdammt, sie war so clever, ihren Code für „Es ist sicher, zu mir zu kommen" zu benutzen, den nur sie beide kannten.

„Peppermint Patty!", wiederholte sie.

Er stürmte durch den Korridor, bevor sie es ein drittes Mal sagen konnte. „Ich bin hier, Baby." Nicht die Art von Nachricht, die er normalerweise während einer Mission rufen würde, aber das hier war keine normale Mission. Dann fand er sie endlich. Sie war blutbeschmiert und sah so aus, als ob sie höllische Qualen erlitten hatte – und sie war das Schönste, was er je gesehen hatte. Er ließ sich auf seine Knie fallen und küsste sie. Ein kurzer Kuss, der nur eine kostbare Sekunde lang anhielt.

Sie packte sein Hemd. „Desta ist den Korridor hinunter geflohen."

Pax drehte sich zu Bastian um, der im Gang stand. „Verfolge Desta. Ich werde Morgan von hier wegbringen. Wenn du ihn nicht in einer Minute findest, evakuiere das Gelände. Wir sehen uns am Treffpunkt."

Bastian nickte und raste den Korridor hinunter.

Pax wandte sich an Morgan. „Kannst du laufen?"

„Nein. Aber …"

Er nahm sie auf seine Arme und sah augenblicklich das Problem.

„Ich weiß nicht, was Esme mit dem Schlüssel gemacht hat. Er könnte sich im Gang befinden oder vielleicht hat sie ihn noch."

Höchstwahrscheinlich war Esme – er nahm an, dass sie die Frau mit der AK-47 war – mit Cal längst über alle Berge.

Er studierte die dicke Kette und überlegte sich, ob er sie vielleicht durchschießen könnte Doch Desta wusste, was er tat, wenn es darum ging, Leute einzusperren. Er müsste aus nächster Nähe darauf schießen, und die abprallenden Kugeln würden ernsthaften Schaden anrichten. Und selbst das würde sie wahrscheinlich nicht befreien.

Vielleicht konnte er die Navy davon überzeugen, den Anschlag abzusagen. Aber der einzige sichere Weg, Morgan zu retten, war Desta zu schnappen. Jetzt.

Er küsste sie noch einmal. „Ich liebe dich", sagte er. Dann stürmte er in den Korridor hinaus.

Kapitel Sechsunddreißig

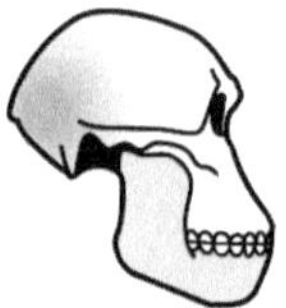

Pax funkte die Kommandozentrale an, während er den Gang hinunterrannte. „Anschlag abbrechen! Artemis ist gefangen. Wir können sie nicht befreien. Ich wiederhole, Anschlag abbrechen. Wir können Artemis nicht befreien."

Bei der offenen Hintertür hielt er an. Er funkte Bastian an. „Chief, hast du Desta gefunden?"

„Negativ. Garage ist leer. Keine Fahrzeuge. Keine Tangos."

Möglicherweise konnte sich der Kriegsherr nicht mehr als ein paar Fahrzeuge leisten, und sobald seine Männer wussten, dass ein Drohnenanschlag bevorstand, waren sie wahrscheinlich in den wenigen Fahrzeugen abgehauen. Er würde wetten, dass Desta in dem Lastwagen gewesen war, weil er den mit seinem Vorrat an Khat und allen kleineren Waffen vollbeladen hatte, die er hatte greifen können.

Was bedeutete, dass Morgan dieses Arschloch gehörig entwaffnet hatte. Ohne ein Fahrzeug, ohne Armee und ohne Geisel – wohin würde der Kriegsherr fliehen?

Pax eilte zum nächsten Mauerabschnitt. Desta würde sich in den Wald schlagen. Er war auf dem Weg zum Wadi. Und Desta kannte die minenfreie Route. Gut genug für Pax. Männer durch bewaldetes Gelände zu jagen, war rein zufällig eine seiner Spezialitäten. Er würde verdammt nochmal dafür sorgen, dass dieser Mann es nicht bis zum Wadi schaffte.

Hinter der Wand hielt er kurz an, setzte sich die Nachtsichtbrille auf und verlangsamte seine Atmung, damit er besser hören konnte. Er scannte die Akazien. Das breite Dickicht bestand sowohl aus hohen Bäumen als auch niedrigen Büschen, welche eine wirksame Deckung boten, wenn auch auf Kosten der Haut jedes Fliehenden. Alles hier hatte Dornen, aber es war leicht, den frei gebrochenen Pfad durch all diese Stacheln zu erkennen. Wenn man dann noch berücksichtigte, dass diese Pflanzen brüchig und geräuschvoll waren, sollte Destas Verfolgung kein Problem sein.

Zwar würde Pax sich ihm nicht leise nähern können, aber Desta war genauso wenig in der Lage, seine Position zu verheimlichen. Das Brechen eines Astes Richtung Osten veranlasste Pax, sein Nachtsichtgerät einzuschalten.

Dort. Ein einzelner Mann. Richtige Größe und Figur.

Er hob seine M4, doch Desta glitt hinter einen dicken Baumstamm und verschwand. Pax nahm die Verfolgung auf. Er erreichte den Akazienbaumstamm und hielt inne, um zu lauschen. Destas Bewegungen waren sehr viel leiser geworden. Nun gab es keine brechenden Zweige mehr, denen er folgen konnte. Die ruhige stille Nacht strafte den Kampf, der zuvor stattgefunden hatte, und den fortlaufenden hektischen Exodus von Sklaven und Milizionären einige hundert Meter weiter südlich, Lügen.

Eine Reihe von Gewehrschüssen sagten ihm, dass die Auszubildenden Destas Soldaten auf ihrer Flucht entlang der Schmuggelroute abgefangen hatten. Doch hier in diesem Dickicht gab es nur Pax und den Kriegsherrn.

Desta war älter, nicht in Form. Er war allein, ohne eine Armee, um ihm zu helfen. Sein Schweigen, das Fehlen von Bewegung, verriet, dass er wusste, dass man ihn jagte. Er hatte seine Flucht zunächst aufgegeben und sich stattdessen versteckt.

Pax hatte nicht viel Geduld, aber er zwang sich, zu warten. Zu lauschen.

Schweres Atmen, einige Meter zu seiner Rechten, auf der anderen Seite der niedrigen Büsche.

Pax setzte sich in Bewegung. Desta stürmte aus seinem

Versteck davon. Der Kriegsherr stolperte, fing sich wieder und rannte. Aber er war Pax nicht gewachsen, der ihn blitzschnell eingeholt hatte.

Er warf sich auf Desta, rollte auf seine Füße und zog den Mann an seinen Schultern hoch. Dann rammte er den Kriegsherrn gegen den unnachgiebigen Stamm eines alten Baumes.

Destas Kopf rollte durch den Aufprall zur Seite und Pax schlug ihm mit wiederholten rapiden Hieben gegen den Kiefer. Ihm wurde undeutlich bewusst, während er rasch aufeinanderfolgende Schläge auf ihn niederprasseln ließ, dass er seine Chance verpasst hatte, diesen Hurensohn zu erschießen, was bedeutete, dass dieses Menschen entführende, Sexsklaverei betreibende und Drogen dealende Arschloch leben würde.

Er rollte den Kriegsherrn auf den Bauch und presste sein Gesicht in den Dreck, während er ihm die Hände festband. Sobald Desta immobilisiert war, schnappte Pax sich das Funkgerät. „Ziel erfasst. Ich wiederhole, Icarus erfasst. Ihr könnt die Drohnen zurückrufen. Ich habe Icarus festgenommen."

„Verstanden, Sergeant", antwortete Major Haverfeld. „Operation Icarus abbrechen. Ziel erfasst. Operation Icarus abbrechen."

Pax sackte zu Boden und rang nach Atem. Er ging davon aus, dass man den Drohnenanschlag ohnehin abgebrochen hätte, sobald sie wussten, dass Desta sich nicht mehr im Haus befand und Morgan dort feststeckte. Aber es fühlte sich trotzdem verdammt gut an, den Kriegsherrn verhaftet zu haben und somit Morgans Sicherheit ein für alle Mal zu gewährleisten.

Allerdings konnte er nicht hier herumsitzen und sich auf den Lorbeeren ausruhen. Seine Frau war in dem Haus dieses fiesen Dreckskerls festgekettet. Er nahm dem bewusstlosen Kriegsherrn all seine Waffen ab und lächelte, als er etwas fand, das so aussah, wie der Schlüssel zu den Fußfesseln. Er schnappte sich sein Funkgerät. „Sage Morgan, dass ich auf dem Weg bin – und ich habe den Schlüssel."

„Verstanden, Sergeant", antwortete Bastian.

Er stand auf und packte Destas Knöchel. Er zerrte den

Mann durch die Bäume zurück zum Haus, wobei er auf dem Weg jeden Stein und Stachel anpeilte.

Einem der Auszubildenden war die Aufgabe zugeteilt worden, den Lastwagen voller Flüchtlinge zum Camp Citron zurückzufahren. Bastian lud den bewusstlosen Kriegsherrn hinten in ihren amerikanischen US-Militär-SUV, und einer der Auszubildenden fuhr mit ihm zurück, um Desta zu bewachen. Die verbliebenen zwei Auszubildenden beluden den hinteren Teil ihres Fahrzeuges mit der Handvoll von Milizionären, die sie gefangen genommen hatten. Cal beschlagnahmte daraufhin das Fahrzeug der fliehenden Milizionäre, um Morgan und Pax zurück zur Basis zu fahren.

Bastian hatte das non-nukleare EMP-Gerät in einem Feld hinter der Garage entdeckt. Es war zu groß, um es auf ein Fahrzeug aufzuladen, und zu wertvoll, um es unbewacht zurückzulassen. SOCOM gab den Befehl, Sprengstoffsätze an dem Gerät anzubringen, und es vor Ort zu zerstören. Das Glühen des ausgelösten Feuers erhellte den nächtlichen Himmel, als Cal sie von dem Lager wegfuhr.

Pax saß auf dem Rücksitz, hielt Morgan in seinen Armen. Sie hatte mehrere Verletzungen, inklusive eines möglichen Knöchelbruchs, und er hätte am liebsten sofort einen Sanitätshubschrauber gerufen, sobald sie die Grenze überquert hatten, doch Morgan weigerte sich. Sie vergrub ihr Gesicht an seinem Hals und klammerte sich an ihm fest. „Ich kann die extra fünfzehn Minuten abwarten, bis wir auf der Basis ankommen, und ich will diese Minuten mit dir."

Er zog sie fester an sich heran, und ein Dutzend widersprüchliche Emotionen schossen durch ihn hindurch. Erleichterung. Freude. Schock und Horror ihretwegen. Seine Atmung ging flach, während er versuchte, diesen Augenblick in sich aufzunehmen. Sie war wirklich hier. Ihre Tortur war vorbei. Sie hatte sechseinhalb Tage als die Gefangene eines Kriegsherrn überlebt, doch jetzt hielt er die Frau seiner Träume wieder in den Armen.

Er wollte sie niemals wieder loslassen.

Sie trafen ein Schlagloch, und der Wagen hüpfte. Morgan zuckte bei dem Ruck zusammen.

„Sorry", sagte Cal.

„Schon gut", sagte Morgan. „Ich bin okay."

Pax umschloss ihre Wange. Der Rücksitz war beinahe komplett dunkel, da die Männer in allen Fahrzeugen in dem kurzen Konvoi mit ihren Nachtsichtgeräten fuhren. Keine Lichter, bis sie die Grenze nach Dschibuti überquerten. Was bedeutete, dass kein Scheinwerferlicht durch die Fenster fiel. Es war zu dunkel für ihn, um ihr Gesicht zu sehen.

Er war versucht, seine eigene Nachtsichtbrille aufzusetzen, nur um sie sehen zu können. „Hat man dir bis auf die offensichtlichen Wunden etwas angetan?", fragte er.

„Während der Entführung wurde ich ein wenig grober behandelt, aber man hat mich nicht sexuell missbraucht, Gott sei Dank. Desta wusste von dem Tracker und wollte, dass ich ihn aktiviere, sobald er bereit war, also hatte er befohlen, mich lebendig zu ihm zu bringen. Ich glaube, diese Befehle besagten auch, mich nicht zu vergewaltigen, weil er wohl Angst hatte, dass der Tracker in dem Kampf aktiviert werden könnte, was wiederum seine Pläne ruiniert hätte."

Er ließ seine Lippen über ihre Stirn gleiten. Sie roch nach Blut und Schießpulver, Tod und Schmerzen. So oder so würde sie von dieser Tortur Narben davontragen, und er wollte für sie da sein – in jedem schmerzhaften Moment, während sie das, was sie durchgemacht und getan hatte, um zu überleben, verarbeitete. Aber er war an ihrer statt dankbar, dass weder der Kriegsherr noch seine Handlanger sie zusätzlich zu all den anderen Abscheulichkeiten, die sie hatte durchmachen müssen, auch noch sexuell missbraucht hatten.

„Wie viele Probleme wirst du mit SOCOM haben, weil du gekommen bist, um mich zu retten?"

„Warum glaubst du, wir haben gegen Befehle gehandelt?"

„Falls SOCOM Green Berets losgeschickt hätte, wäre es

zumindest ein halbes Team gewesen. Werden die Teams nicht so strukturiert? Damit man sie in zwei einteilen kann?"

„Ja."

„Aber ich habe nur drei von euch gezählt. Das war niemals eine genehmigte Mission. Was wird also passieren? Wird man gegen dich Anklage erheben?"

„Wenn man bedenkt, dass du gerettet wurdest, Desta lebendig verhaftet wurde, wir das EMP-Gerät zerstört und keine extrem teuren Hellfire-Raketen verschwendet haben – und dann noch zwanzig Mädchen, die für den Auktionsblock vorgesehen waren, befreit haben", sagte Cal. „Ich glaube, man wird uns verzeihen."

„Und wenn ihr gescheitert wärt?"

„Dann müssten wir uns dem Kriegsgericht stellen", sagte Pax.

Morgan klammerte sich noch fester an seinen Schultern fest und vergrub sich auf seinem Schoß tiefer in seine Umarmung. „Du hast alles für mich riskiert."

„Natürlich habe ich das, Babe. Ich liebe dich."

„Ich liebe dich auch", sagte sie.

Er fühlte die Feuchtigkeit ihrer Tränen an seinem Hals. Emotionen überkamen ihn, als er sie diese Worte sagen hörte. Sie waren der Möglichkeit verdammt nahegekommen, diesen Augenblick nicht zu erleben. Er hatte gewusst, dass ihre Gefühle füreinander auf Gegenseitigkeit beruhten, seit sie ihm gesagt hatte, dass sie ihm gehörte, auch wenn er sie niemals wieder berühren sollte. Jetzt musste er sich fragen, was für ein verdammter Idiot er doch gewesen war, dass er nicht augenblicklich auf seine Knie gefallen war und ihr gebeichtet hatte, wie unglaublich verrückt er nach ihr war. Wie hatte er nur eine Sekunde lang glauben können, dass es ein Leben ohne Morgan Adler als den Mittelpunkt seiner Welt geben würde?

„Ich habe mich wahnsinnig in dich verliebt, Morgan. Ich werde dich niemals wieder gehen lassen."

„Ignoriert mich einfach, während ihr zwei da hinten euren Moment habt", neckte Cal mit humorvoller Stimme. „Ich fahre nur den Fluchtwagen von der Rettungsaktion, in der ich *ebenfalls* meine Karriere aufs Spiel gesetzt habe …"

Morgan lachte. „Ich danke Ihnen, Sergeant Callahan. Ich bin Ihnen und Chief Ford zutiefst dankbar für alles."

„Das klingt schon besser", sagte Cal. „Spart euch das Rührselige für wenn ihr allein seid. Und da du mir jetzt einen Gefallen schuldest, wird es Zeit für ein paar Grundregeln: Keinen nächtlichen Telefonsex mehr. Ich brauche meinen Schlaf."

„Er ist nur sauer, weil er schon so lange keinen Sex mehr hatte", sagte Pax in vorgespieltem Flüsterton.

„Du solltest es mal mit Savvy versuchen", sagte Morgan, und Pax lachte. „Sie findet dich total scharf."

„Nicht du auch noch", sagte Cal mit einem Stöhnen. „Warum kannst du mir nicht einfach versprechen, mich mit einer der anderen Kellnerinnen im *Doppel-D* zu verkuppeln, wenn wir in den Staaten sind? Das ist das, was ein wahrer Freund tun würde."

„Du warst eine Kellnerin in einem *Doppel-D* Restaurant?", fragte Pax. Er erinnerte sich daran, als sie das sexy Trägerhemd getragen hatte, aber er hatte nicht daran gedacht, dass sie dort tatsächlich gearbeitet hatte.

„Du musst es verpasst haben, als General Adler die Story erzählt hat, wie Morgan bei zwei verschiedenen Begebenheiten Kerle hinter dem Restaurant fertiggemacht hat, die sie angreifen wollten."

„Mein Vater wusste davon?"

„Er hat sich die größten Sorgen um dich gemacht, während du dort gearbeitet hast. Natürlich war das nichts im Vergleich zu dieser letzten Woche. Er sagte, dass er sich wünschte, du würdest wieder als Kellnerin arbeiten, nett und sicher in Virginia."

Der Gedanke, dass Morgan für Trinkgelder ihren Körper zur Schau stellte, ließ den besitzergreifenden Neandertaler an die Oberfläche kommen. Er wollte es lautstark und bestimmt verneinen und darauf bestehen, dass sie niemals wieder an solch einem Ort arbeiten würde, aber er unterdrückte den Impuls. Er hatte eine gute Vorstellung davon, dass ihre Beziehung so nicht funktionieren würde.

Sie bewegte sich auf seinem Schoß. „Stört dich der Gedanke, dass ich in engen Tops und kurzen Shorts Tische bediene?"

Er ließ seine Hand an ihrer Seite hinaufgleiten und umschloss eine ihrer perfekten Brüste. Sie knabberte an seinem Hals, gab ihm dort hinten in der Dunkelheit des Wagens schweigend ihre Zustimmung zu seinem Handeln, während das Fahrzeug mit Cal am Steuer die Straße entlang rumpelte. „Natürlich! Du gehörst mir, und mir gefällt die Idee nicht, dass dich irgendein Kerl ansieht und vielleicht auf dumme Gedanken kommt. Aber wenn du wieder zu deinem alten Job zurückwillst, dann werde ich mich damit abfinden müssen."

„Ich weiß noch nicht, was ich tun werde, aber ich glaube nicht, dass ich in Zukunft als Kellnerin arbeiten werde." Sie presste ihre Lippen auf seine und ließ ihre Zunge in seinen Mund gleiten – für einen schnellen Kuss – den innigsten Kuss, den sie seit ihrer Befreiung geteilt hatten. Und den ersten, den sie selbst initiiert hatte. „Ich habe einen Blick auf einen heißen Green Beret geworfen, der in Fort Campbell stationiert ist. Ich denke darüber nach, meine Consultingfirma nach Kentucky zu verlegen."

„Vielleicht solltest du damit noch warten. Ich habe ein Gerücht gehört, dass ich einstweilig nach Fort Belvoir verlegt werden soll. Vielleicht wäre es keine schlechte Idee, die Spezialeinheit für eine Weile aufs Eis zu legen und zu sehen, was die Armee sonst noch zu bieten hat."

Kapitel Siebenunddreißig

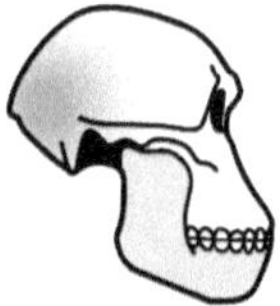

In dem Augenblick, in dem sie in Camp Citron ankamen, wurde Morgan per Hubschrauber zu einer Krankenstation auf einem Navyschiff im Golf von Tadjoura geflogen. Pax küsste sie, als sie sich auf eine Liege legte, und versprach ihr, sie auf dem Schiff zu besuchen, sobald es ihm möglich war. Sie hoffte, dass er damit nicht log.

Es bestand immer noch eine Möglichkeit, dass man ihn einsperren könnte, weil er unerlaubt die Basis verlassen hatte. Er hoffte inständig, dass dem nicht so war, aber er wäre ein Narr, es nicht in Erwägung zu ziehen. Sobald die Gefangenen, Flüchtlinge und Auszubildenden zu ihren jeweiligen Zielorten gebracht worden waren, erhielten er, Cal und Bastian den Befehl, sofort im Büro ihres CO zu erscheinen.

Camp Citron hatte keine Unterkünfte für zwanzig Flüchtlinge, und in der kleinen Krankenstation befanden sich nur ein paar Betten, also wurden Liegen in der Bibliothek aufgestellt. Morgen würde man sie zur amerikanischen Botschaft bringen, und die Suche nach ihren jeweiligen Familien würde beginnen. Traurigerweise würden einige Familien ihre Töchter nicht zurücknehmen, da ein sehr hoher Wert auf Reinheit gelegt wurde, und das Stigma von Vergewaltigungen sich ausbreitete wie ISIS, vom Mittleren Osten bis in diesen Teil der Welt.

Bastian machte seiner Befürchtung Luft, als sie von der

Krankenstation zu SOCOM fuhren. „Es ist möglich, dass einige der Mädchen wegen der Sünde, gekidnappt worden zu sein, von ihren eigenen Eltern exekutiert werden könnten. Opfer ihrer eigenen Gemeinde, nachdem sie das Opfer eines Kriegsherrn waren."

Pax erschauderte bei dem Gedanken, dass diese Mädchen vor dem Auktionsblock gerettet worden waren, nur um von ihren eigenen Familien bestraft zu werden. „Das ist eine Frage für Kaylea Halpert in der Botschaft. Vielleicht kann man für die Töchter von Extremisten-Familien ein sichereres Zuhause hier oder im Ausland finden."

„Dieses Land ist so abgefuckt", sagte Bastian. „Zu arm, um sich um seine eigenen Leute zu kümmern. Verdammte Kriegsherrn, die straffrei herumstolzieren. Manchmal hasse ich diesen Job."

„Alter. Wir haben heute Nacht einen riesigen Fisch an Land gezogen", sagte Cal. „Gönn dir einen Moment, das zu feiern."

„Wie kann ich feiern, wenn es noch sechzehn weitere Arschlöcher wie Desta gibt, die nur darauf warten, in diesem verdammten Pulverfass seinen Platz einzunehmen?!", sagte Bastian. „Fuck. Ich wette, jemand zieht in sein Lager, bevor die Woche vorbei ist. Wir hätten das verdammte Grundstück in tausend Stücke zersprengen sollen, damit niemand anderer diese gottverdammten Ketten benutzen kann."

Pax stimmt ihm schweigend zu. Aber für sich selbst feierte er. Morgan war in Sicherheit.

Er war nicht einmal wegen dem bevorstehenden Showdown mit ihrem XO und dem CO besorgt. Er würde verdammt nochmal jegliche Bestrafung akzeptieren, denn die Frau, mit der er den Rest seines Lebens verbringen wollte, war in Sicherheit. Das war alles, was zählte. Jeder Preis, den er dafür bezahlen würde, war dies allemal wert.

Er würde sich ein anderes Mal Gedanken über das Gesamtbild der Probleme in Dschibuti, Somalia, Äthiopien und Eritrea machen.

Sie erreichten das SOCOM-Gebäude. Cal, der auf dem

Fahrersitz saß, drehte sich zu ihnen um und begegnete ihren Blicken. „Seid ihr bereit für unsere Degradierung?"

Pax nickte scharf. „Was auch immer da drinnen passiert, ich will, dass ihr wisst, wie ungeheuer dankbar ich euch bin. Mehr als ich es sagen kann." Seine Kehle zog sich wegen dem, was diese beiden Soldaten für Morgan aufs Spiel gesetzt hatten, zusammen.

„Kümmere dich gut um sie, Pax", sagte Bastian. „Und wir sind quitt."

Vielleicht war er doch nicht so ein Bastard.

Im Büro ihres CO wurden sie von Major Haverfeld, Captain Oswald und überraschenderweise von Savannah James und dem Leiter des SEAL-Teams, Lieutenant Fallon, begrüßt.

Cal, Bastian und Pax standen stramm.

„Rühren", befahl Captain Oswald. „Ich möchte Ihnen dreien für die erfolgreich abgeschlossene geheime zweite Mission danken, die Major Haverfeld und ich Ihnen aufgetragen haben – Operation Icarus Capture." Der Mann ließ ein schlitzohriges Grinsen aufblitzen. „Wie Sie wissen, waren Miss James und Lieutenant Fallon in diese Aktion eingeweiht und wussten von den bereits erteilten Befehlen zu Operation Icarus Capture, falls die Mission, General Adlers Tochter zu retten, fehlschlagen oder abgebrochen werden sollte. Aufgrund der Assistenz und Bestätigung solcher Missionsanweisungen durch Lieutenant Fallon und Miss James haben die Kommandanten der SOCOM akzeptiert, dass keine weiteren Maßnahmen gegen Sie drei für irgendwelches Handeln, das man als befehlswidrig ansehen könnte, vorgenommen werden können und sollten.

Des Weiteren wollen die Leiter der SOCOM ihren Dank für Ihren beispielhaften Dienst und Ihre Bereitschaft ausdrücken, mit nur einer Notfallbesetzung der Einheit in feindliches Territorium einzudringen, um den Kriegsherrn lebend, und ohne ein einziges Opfer der Vereinigten Staaten von Amerika, festzunehmen. Diese Mission war und wird streng geheim bleiben. Es wird keine Veröffentlichung in der Presse geben, und die USA wird keine Anerkennung dafür erhalten, dass der

Kriegsherr von seiner Armee und seinen Waffen getrennt wurde.

Leider bedeutet der streng geheime Status dieser Mission, dass für Ihren vorbildlichen Dienst und Tapferkeit keine Medaillen oder Anerkennungen verliehen werden können." Captain Oswald grinste erneut und fügte dann hinzu: „Allerdings wird es wegen der Annahme einer möglicherweise nicht genehmigten US-Operation, unabhängig von welcher Stufe Befehle hierzu erteilt … *oder auch nicht* erteilt wurden, auch keine weiteren Nachforschungen geben. Ich glaube also, dass soweit alles in Ordnung ist." Er erwiderte jeden einzelnen ihrer Blicke. „Sind wir uns da einig, Chief Ford und Sergeants Callahan und Blanchard?"

Pax konnte sein eigenes Grinsen nicht unterdrücken. „Jawohl, Sir", sagten alle drei gemeinsam.

„Exzellent. Pünktlich um 08:00 Uhr wird ein Debriefing mit allen SOCOM-Kommandanten stattfinden. Bis dahin − wegtreten." Oswald hielt inne und sagte dann: „Blanchard, bitte einen kurzen Moment, bevor Sie gehen."

Der Raum leerte sich und Pax wandte sich seinem Vorgesetzten zu.

„Nur damit das klar ist, Fallon und James kamen mit diesem Plan zu mir", sagte der Mann.

„Ich verstehe, warum James dahintersteckte, aber warum Fallon?"

Oswald ließ sich auf seinen Stuhl fallen. „Mit einem EMP-Gerät und dem Element der Überraschung hätte Desta vielleicht erfolgreich ein gesamtes SEALs-Team ausgelöscht und dann noch zwei Blackhawks gestohlen. Selbst, wenn er daran gescheitert wäre, die Vögel in seinen Besitz zu bringen, hätte es mit Sicherheit tote SEALs gegeben. Dr. Adler hat ihre eigene Rettung geopfert, um diese Männer und streng geheime Technologie zu schützen, obwohl sie wusste, dass ihre Überlebenschancen in dieser Nacht minimal waren. Fallon versprach, dass er aussagen würde, was immer notwendig wäre, um ihr zu helfen. Sie ist eine in einer Million, Sergeant. Vermasseln Sie es nicht."

„Darf ich das so verstehen, dass die Befehle in Bezug auf Dr. Adler zurückgezogen wurden?"

„Sie sind derjenige, der sich mit ihrem Vater auseinandersetzen muss. Wenn Sie unbedingt das Risiko eingehen wollen, sich mit der Tochter eines Generals einzulassen, werde ich Sie nicht aufhalten."

Pax lächelte. „Ich glaube, ich komme mit dem General klar."

Morgan erwachte desorientiert. Sie brauchte einen Moment, bevor sie sich erinnerte, dass sie sich in der Krankenstation eines US-Navy Schiffs befand, wo sie ein SOCOM-Kommandant bis zum Morgengrauen ausgefragt hatte, während die Ärzte und Sanitäter ihre verschiedenen Verletzungen behandelten und versorgten.

Die Wunde an ihrem Arm war gesäubert und vernäht worden, aber es bestand die Möglichkeit, dass sie vielleicht eine Hauttransplantation benötigte, falls die Ränder des Einschnitts nicht zusammenwachsen wollten. Sie hatte sich den Außenknöchel an der rechten Fibula gebrochen. Zunächst hatte man den Knöchel in einer Stütze fixiert, und die Ärzte sagten, dass sie in den nächsten Tagen einen Gips bekommen würde, sobald die Schwellung nachließ.

Sie hatte noch andere Schmerzen und Wehwehchen – sie hatte sich ihren rechten Fuß zusätzlich zu ihrem Bruch noch irgendwo aufgeschnitten – aber es war nichts Lebensbedrohliches. Die Ärzte hatten ihr empfohlen, sich in den nächsten Tagen gut mit Ibuprofen einzudecken.

Ihr Blick fokussierte sich, und sie erkannte die Form ihres schlafenden Vaters in dem Stuhl neben ihrem Krankenbett. Okay, er war nicht *wirklich*, wen sie zu sehen hoffte, wenn sie aufwachte, aber er war ihre zweite Wahl.

Sie starrte auf den Mann, dessen Meinung die meisten ihrer wichtigsten Entscheidungen – gute wie schlechte – auf die ein oder andere Art beeinflusst hatte. Dabei hatte sie mehr oder weniger immer nur gewollt, dass er sie *sah*. Als junges Mädchen hatte sie sich gewünscht, dass er stolz auf sie war, und − wenn sie ehrlich war − dasselbe war auch ihr Ziel als Erwachsene gewesen, selbst wenn sie ständig versucht hatte, ihn wütend zu machen.

Allem Anschein nach hatte er sie schon immer gesehen, und das auf eine Weise, die sie sich nicht einmal hatte vorstellen können. Er hatte nur nicht gewusst, wie er es zeigen sollte. Es wurde Zeit, dass sie erwachsen wurde, wenn es um die Beziehung mit ihrem Vater ging. Aber er musste ihr auf halbem Weg entgegenkommen.

Sie drückte seine Hand. „Dad?"

Er erwachte augenblicklich, setzte sich kerzengerade auf, sofort aufmerksam, und es gab ihr einen Einblick, wie er vielleicht als junger Soldat gewesen war, bereit, jederzeit für sein Land zu kämpfen. Die Augen ihres Vaters fanden ihre, dann leuchteten sie mit einem Lächeln auf. „Guten Morgen, Prinzessin."

Meine Güte, es war zwanzig Jahre her, seit er sie so genannt hatte. Aber noch mehr als dieser Spitzname, war es sein zärtlicher Ton, der ihr das Herz anschwellen ließ. Darauf könnte sie aufbauen. Hoffte sie.

Er blickte auf die Uhr an der Wand. „Oder besser, Nachmittag." Er verzog sein Gesicht. „Ich habe letzte Nacht kaum geschlafen. Oder letzte Woche. Hatte wohl etwas nachzuholen."

„Es tut mir leid, dass du in diesem Stuhl schlafen musstest. Das kann nicht bequem sein." Die Erinnerung an ihre Nacht tief in Somaliland, als sie festgebunden auf einem Stuhl hatte schlafen müssen, ließ sie erschaudern.

Seine Augen wurden etwas feucht bei ihrer Reaktion, aber er zwang ein Lächeln auf sein Gesicht. „Es geht mir gut", versicherte er, bewegte sich dann und konnte sich ein leises Stöhnen nicht verkneifen. Er betonte das Geräusch absichtlich und wollte sie anscheinend damit aufheitern.

Sie lächelte und erinnerte sich daran, wie er mit ihr gespielt hatte, als sie noch im Kindergarten war, als er so getan hatte als sei er ein grummeliger Bär. Sie hatte vergessen, dass er einst verspielt gewesen war. „Lügner.“

Er lachte. „Vielleicht. Aber mit all den jungen Matrosen um mich herum will ich keine Schwäche zeigen. Ein General hat knallhart auszusehen.“

Sie kicherte, denn er sah alles andere aus als das. Tatsächlich, so verknittert, wie er nun war, sah er viel mehr wie ein Dad aus als ein General. Das Lachen schmerzte in ihren Rippen. Sie musste sie geprellt haben.

Er räusperte sich. „Es bricht mir das Herz, zu wissen, dass ich es nie zuvor gesagt habe, aber ich bin stolz auf dich, Prinzessin. Ich war immer stolz auf dich. Von deinen ersten Schritten bis hin zu deinem Abschluss und PhD gibt es nicht einen Tag, an dem ich nicht stolz darauf war, dein Vater zu sein. Du brauchst kein Navy-SEALs-Team zu retten oder einen Kriegsherrn außer Gefecht zu setzen, um meine Bewunderung zu verdienen.“

Ihre Augen füllten sich mit Tränen. In ihrem ganzen Leben hätte sie nie erwartet, dass ihr Vater das sagen würde, und noch weniger, dass er es auch so meinte. Doch die Emotionen in seiner Stimme sagten ihr, dass es ihm ernst war. „Ich hab’ dich lieb, Dad.“ Sie drückte wieder seine Finger. „Ich weiß, dass ich schon seit Ewigkeiten eine ungezogene … Zicke war. Aber selbst, wenn ich so wütend war, dass es mir den Atem verschlug, war es nur, weil ich dich so liebhabe.“

„Ich dich auch, Prinzessin. Ich dich auch.“ Er räusperte sich erneut. „Ich weiß, dass du meine Genehmigung nicht willst oder brauchst, aber ich werde tun, was immer ich kann, um Sergeant Blanchard zu helfen, falls man ihn vor das Kriegsgericht zerren will.“

„Danke. Ich weiß das zu schätzen.“ Sie drückte den Knopf, um das Bett in eine sitzende Position hochzufahren. „Du kannst erwarten, sehr viel von ihm zu sehen, denn ich bin mehr oder weniger verrückt nach ihm.“

„Mehr oder weniger?“, fragte Pax von der Tür.

Ihr Körper wurde von etwas überflutet … was auch immer es war, das eine Frau überwältigte, wenn der Green Beret ihrer

Träume unerwartet auftauchte und unglaublich scharf aussah in seinem sauberen Kampfanzug und frisch rasiert. Ein unglaubliches Glücksgefühl breitete sich in ihrem Herzen aus und schoss in Richtung Norden und Süden durch sie hindurch, sodass in ihren südlichen Gegenden ein Feuer entfachte und ihr Gehirn vor lauter Freude ganz schwummerig wurde.

Pax kam in den Raum und stand vor ihrem Vater stramm.

„Rühren, Sergeant." Ihr Vater stand auf und streckte Pax seine Hand entgegen, und als er sie entgegennahm, zog ihr Vater Pax in eine einarmige Umarmung. „Danke, dass du mir meine Tochter zurückgebracht hast, mein Sohn." Ihr Vater trat zurück und wischte sich seine Augen. Er räusperte sich. „Von jetzt an gibt es kein Strammstehen mehr, wenn es nur die Familie ist. Das ist ein Befehl."

Pax nickte, durchquerte den Raum zur gegenüberliegenden Seite und trat an ihr Bett. Er beugte sich vor und drückte ihr einen kurzen Kuss auf die Lippen. „Guten Tag, meine Schöne."

Sie lächelte zu ihm auf und fühlte sich vor lauter Glück, dass er hier war, wie berauscht.

Ihr Vater lehnte sich über sie und küsste ihre Stirn. „Ich werde euch beide allein lassen." Er wandte sich in Richtung Tür.

„Danke, Sir. Und es ist nicht notwendig, dass Sie sich für mich einsetzen. Mein Vorgesetzter hatte vergessen, SOCOM über die Befehle zu informieren, die er Sergeant Callahan, Chief Ford und mir zur Absicherung der Mission erteilt hatte."

„Nachlässig, denn er hat auch mich nicht darüber informiert." Ihr Vater zwinkerte Pax zu. „Aber ich bin froh, dass das geklärt werden konnte." Er lächelte Morgan zu. „Wenn ich zurückkomme, Morgan, werden wir deine Mutter anrufen. Sie kann es kaum erwarten, deine Stimme zu hören."

„Ich kann es kaum erwarten, mit ihr zu sprechen."

Er verließ den Raum und schloss die Tür hinter sich.

Morgan grinste zu Pax auf, und ihr Herzschlag wurde langsam immer schneller, als sie in seine wunderschönen braunen mit dichten Wimpern umrahmten Augen starrte. Wie hatte sie seinen Blick je als kalt empfinden können? Dieser Mann war ein Schirokko auf Beinen. Aber auf eine gute Art.

„Du wirst keine Probleme bekommen?", fragte sie.

„Nein. Mein XO hat sogar den Befehl, sich nicht mit dir einzulassen, zurückgezogen, und mich autorisiert, dir die Neuigkeit selbst zu überbringen, damit ich nach dir sehen kann." Er ließ seine Zähne aufblitzen. „Ich habe Gerüchte gehört, dass Leutnant Fallon ebenfalls kommen wird, um dich zu sehen. Ich will nur sagen, ich weiß, dass Navy-SEALs eine große Sache sind und Zivilisten alles bedeuten, aber Green Berets … wir sind die *echte* Spezialeinheit. Ich meine, das steckt schon im *Namen*."

Sie lachte, ein herzhaftes Lachen aus ihrem Bauch heraus, wonach sie sich wieder ihre schmerzenden Rippen halten musste. Sie krümmte einen Finger zu ihm und er lehnte sich über sie. Sie packte seine Uniform und zog ihn herunter, bis sein Mund über ihrem schwebte. „Küss mich, Sergeant. Das ist ein Befehl."

„Jawohl, Ms." Sein Mund traf ihren und er ließ seine Zunge hineingleiten.

Dieser Kuss war vollkommen erlaubt und zugelassen, von allen Mächten, die die amerikanische Armee zu bieten hatte. Aber noch wichtiger, von den beiden Menschen, die sich küssten. Es war liebevoll, heiß und intensiv. Morgan konnte nicht mit Sicherheit sagen, ob dies der beste Kuss ihres Lebens gewesen war – die anderen Küsse mit Pax waren allesamt verdammt spektakulär gewesen – aber dieser war anders. Ein Anfang. Und ein wertvolles Geschenk.

Sie streichelte seine glattrasierte Wange. „Ich liebe dich, Pax", sagte sie an seinem Mund. Sie konnte diese Worte nicht genug sagen. Weil sie Billionen Male in der ganzen Welt gesagt wurden, erschienen sie unzulänglich. Sie würde es ihm einfach zeigen müssen.

Sie bewegte sich auf dem Bett, und diese Bewegung ließ ihren Knöchel gegen die Stützstange rutschen. Schmerzen schossen in ihrem Bein nach oben. Sie zog harsch ihren Atem ein. Okay, vielleicht sollte sie warten, bevor sie ihm körperlich zeigte, was sie für ihn empfand, bis sie den Gips an ihrem Fuß hatte.

„Alles okay, Baby?"

„Knöchel", keuchte sie und ließ den Schmerz über sich hinwegrollen. „In einer Sekunde ist es wieder vorbei."

Er ging um das Bett herum und setzte sich in den nun freien Stuhl, in dem ihr Vater gesessen hatte. „Ich habe nicht viel Zeit, bevor ich wieder zur SOCOM zurückmuss. Ich weiß, dass man dich die ganze Nacht zwischen Röntgen und Untersuchungen wachgehalten hat, und du brauchst deinen Schlaf, aber ich wollte dir einige Dinge sagen, die ich erfahren habe – für die ich die Erlaubnis habe, sie mit dir zu teilen."

Sie nickte.

Er umwickelte ihre Finger mit seinen. „Ich habe letzte Woche mit Savannah James zusammengearbeitet und ein paar Spuren verfolgt, wer Destas Insider sein könnte. Wir hofften, sobald wir ihn identifizierten, dass er uns unter Druck vielleicht Destas Standort verraten würde."

Eine ungute Vorahnung machte sich in ihrem Magen breit. Sie kannte so wenige Leute in Dschibuti. Allein der Gedanke, dass einer von ihnen Desta Informationen über sie verraten haben könnte, tat mehr weh als eintausend gebrochene Knöchel es könnten. „Wer war es?"

„Mouktar Clouet."

Ihr angehaltener Atem schoss in einem lauten Rauschen aus ihrer Lunge. Es tat sogar noch mehr weh, als sie gedacht hatte.

„Aber da ist noch mehr. Esme Clouet ist Mouktars Schwester. Mouktar wusste, dass sie eine von Destas Sklavinnen war – sie ist vor drei Jahren entführt worden. Ali Imbert sagte Mouktar, dass Desta sie töten würde, wenn er nicht kooperierte. Es war nie seine Absicht, dich zu verraten, aber er musste seine Schwester beschützen."

Gerade als sie glaubte, all ihre Emotionen verbraucht zu haben, erwischte sie eine neue. Sie war sich nicht so ganz sicher, was diese war, aber es war eine seltsame Kombination aus Erleichterung und Reue. Traurigkeit und Verständnis.

„Mouktar erzählte Imbert – und durch ihn Desta – nur das

Allernötigste", fuhr Pax fort, „und er verfälschte die Dinge sogar, wann immer es ihm möglich war, und korrigierte Imbert nicht – so ließ er Imbert beispielsweise in dem Glauben, dass du ein Mann wärst. Es scheint so, dass Charles Lemaire dein Geschlecht nie vor Imbert erwähnt hat, denn er wusste, wie sexistisch Imbert ist. Und weil er wusste, dass Imbert das gesamte archäologische Projekt beseitigen wollte, befürchtete Lemaire, dass der Minister für natürliche Ressourcen die Tatsache, dass du eine Frau bist, als Entschuldigung benutzen würde, dich aus dem Projekt hinauszuwerfen und die Eisenbahn ohne Untersuchung bauen zu lassen, wodurch jede mögliche Fundstätte entlang der Route zerstört worden wäre. Linus wäre nie gefunden worden."

„Dann hat Imbert also erst erfahren, dass ich eine Frau bin, als die Miliz an der Ausgrabungsstätte aufgetaucht ist. Und bis dahin war es zu spät, mich nach Hause zu schicken. Und Lemaire ist unschuldig?"

„Ja."

Sie seufzte erleichtert auf. Nachdem sie von Imberts Intrigen gehört hatte, hatte sie befürchtet, dass der Kulturminister ebenfalls involviert war. Eine andere Hoffnung kam auf. „Weiß Mouktar, dass Esme befreit wurde?"

„Ja. Er hat sich gestern freiwillig der amerikanischen Behörde gestellt – ungefähr zur selben Zeit, als du den Tracker ausgelöst hast. Er konnte die Schuld nicht länger ertragen und wollte tun, was er konnte, um dich zu retten. Er hatte keine Ahnung, wo sich Destas Stützpunkt befand. Selbst wenn man ihn gleich am ersten Tag verhaftet hätte, wäre es eher unwahrscheinlich gewesen, dass er hätte helfen können."

„Wird man ihn freilassen? Es ist nicht richtig, ihn dafür zu bestrafen, dass er versuchte, seine Schwester zu beschützen." Sie blickte auf ihren Knöchel herab und verzog eine Miene. „Und ich kann nun nicht mehr im Gelände herumspazieren. Ich brauche Mouktar für das Projekt."

„Ich bin froh, dass du weiterhin mit ihm arbeiten willst, denn da ist immer noch Imbert, an den wir denken müssen. Der Minister steckt mit China unter einer Decke, und Mouktar ist eine Verbindung in seine Organisation. Er hat zugestimmt, dass er als Informant weiterarbeiten wird, aber dieses Mal für uns, nicht für Imbert."

„Ist das sicher genug für Mouktar?"

„Das muss er selbst entscheiden. Niemand zwingt ihn. Die Wahrheit ist, dass wir nichts gegen Imbert unternehmen können – noch nicht. Er ist Dschibutis Problem. Aber falls es wahr ist, dass der Chinese einen Aquifer gefunden hat, und Imbert zumindest Teilhaber am Bau einer gefälschten Entsalzungsanlage ist, dann wird das ans Licht kommen. Die USA werden es China und Eritrea nicht erlauben, Dschibutis Wasser zu stehlen. Sobald Dschibuti die Wahrheit erfährt, wird man China längst nicht mehr so gutmütig willkommen heißen. Schlussendlich werden wir vielleicht unsere Basis bei Obock zurückbekommen. Dies ist ein Spiel auf lange Sicht mit hohen Einsätzen."

„Jetzt, da die USA Desta festgenommen hat, könnte China denn nicht eine *echte* Entsalzungsanlage bauen? Amerika würde ziemlich dumm dastehen, wenn sie China wegen Betrugs anklagen und diese Anlage dann tatsächlich das tut, was die Chinesen versprochen haben."

„Das ist genau das, was Savvy glaubt, was sie tun werden. Was einen Gewinn für beide – Eritrea und Dschibuti – darstellen würde. Aber das bedeutet auch, dass wir Imbert nichts anhaben können. Himmel, er könnte die Nachricht verbreiten, dass man einen Aquifer gefunden hat, und dadurch zum Nationalhelden erklärt werden."

„Was wird mit Desta passieren?"

„Entweder wechselt er die Seiten und wird eine CIA Marionette, oder er wird ganz heimlich, still und leise verschwinden."

„Marionette!? Dieser Mistkerl hat Mädchen verkauft!" Die Vorstellung, dass dieser Mann einer schnellen und brutalen Gerechtigkeit entkommen könnte, raubte ihr den Atem. „Er hatte geplant, einen Blackhawk-Hubschrauber zu stehlen und ihn an China zu verkaufen!" Die persönliche Beleidigung, dass er sie selbst entführt hatte, tauchte gar nicht erst auf der Liste ihrer Top 10 Gründe auf, warum dieser Mann leiden sollte.

„Er wird für seine Sünden bezahlen. Er wird niemals die

Rolle des Königs innehaben, von der er so überzeugt ist, dass sie ihm zusteht. Aber er könnte als Marionette hilfreich sein."

Sie ließ ihren Kopf zurücksinken und schloss ihren Augen. „Manchmal hasse ich diesen Ort."

Pax küsste sie auf die Wange. „So sehr ich dich auch jeden Tag sehen und jede Nacht halten will, ich hätte nichts dagegen, wenn du deinen sexy Hintern aus Dschibuti wegschaffst. Ich glaube nicht, dass ich ruhig atmen kann, bis du sicher auf amerikanischem Boden bist."

„Du hast mir Rom versprochen."

Er lächelte und hob ihre Finger an seine Lippen. „Natürlich will ich Rom. Aber danach will ich, dass du schnellstmöglich in die USA zurückkehrst und dich solange in Watte packst, bis ich nach Hause komme."

Darüber musste sie lächeln. „Ich frage mich, wie es wäre, auf einem Bett aus Watte Sex zu haben."

„Das sollten wir definitiv näher recherchieren."

Er schob ihren Zeigefinger in seinen Mund und saugte an der Fingerspitze. Ihre Stimme klang atemloser, als sie es beabsichtigt hatte. „Für wie lange bist du hier noch stationiert?"

Er ließ ihren Finger los, hielt ihre Hand aber immer noch fest. „Sechs Wochen." Er zog ein Handy aus seiner Tasche und drückte es in ihre Handfläche. „Ich muss wieder zurück. Man hat mir gesagt, dass man dich für ein paar Tage hier auf dem Schiff behalten wird, bis sie deinen Knöchel eingipsen können. Ich werde dich wahrscheinlich nicht mehr besuchen kommen können, also hast du das hier. Wenigstens können wir uns texten." Er lehnte sich zu ihr herunter und küsste sie, mit offenem Mund. Atemberaubend. Und er kreierte einen sofortigen Schirokko ähnlichen Wirbelsturm aus purer Hitze. „Ich habe dir bereits ein paar Nachrichten geschickt, um die Konversation in Gang zu bringen."

P ax wartete in der Nähe des Helipads auf den Helikopter, der Morgan zurück zur Basis an Land transportierte. Es waren fünf Tage vergangen, seit er sie zuletzt gesehen hatte. Die Wunde an ihrem Arm hatte sich entzündet – was nicht verwunderlich war, wenn man bedachte, dass der ursprüngliche Eingriff alles andere als steril gewesen war – und sie hatten sie so lange dortbehalten, bis sie sicher sein konnten, dass die Antibiotika wirkten. Morgen musste sie für die Pressekonferenz an Linus' Ausgrabungsstätte im Gelände anwesend sein. Unmittelbar nach der Pressekonferenz würde man sie nach Landstuhl in Deutschland fliegen, wo man sie im amerikanischen Militärkrankenhaus ambulant medizinisch versorgen würde, während sie ihren Bericht zu Ende schrieb.

Sie hatten zwölf Stunden zusammen, bevor er sich wieder zur Arbeit melden musste, und sie musste packen und sich auf die Pressekonferenz vorbereiten.

Er war seltsam nervös, wie er da in 38° Grad Hitze stand und einen Strauß vertrocknender Blumen mit seiner Hand umklammerte, für die er ein halbes Vermögen bezahlt hatte. Es war zwölf Jahre her, seit er das letzte Mal auf ein Date gegangen war, das etwas bedeutete, und das war mit seiner Exfrau gewesen. Er war gerade mal zwanzig Jahre alt und viel zu sehr von sich überzeugt gewesen.

Jetzt war er älter, weiser und sich seiner Mängel nur allzu bewusst.

Er war selbstbewusst, wenn es um eine kurze Affäre ging – Himmel, es war so einfach, wenn keine Emotionen im Spiel waren – aber das hier war der Beginn von etwas Wahrem, und er war sich vollkommen bewusst, dass er dem Objekt seiner Zuneigung nicht würdig sein könnte.

Der Wind legte zu, eine heiße Brise an dem schwülen Aprilabend, als sich der Hubschrauber dem Boden näherte. Ein paar der Blumen verloren ihre Blüten, wodurch er über sich selbst lachen musste, weil er etwas Normales in der seltsamsten Liebeswerbung der Welt versucht hatte.

Morgan erschien, als sie von einem Sanitäter aus dem

Hubschrauber gehoben wurde, und jeder dumme Zweifel, den er gehabt hatte, war in dem heißen Wirbelsturm der sich drehenden Propeller wie weggeblasen.

Fuck, sie war atemberaubend, sein blondes, knallhartes Pin-up-Girl mit PhD. Sein Engel mit dem schmutzigen Mundwerk. Seine Frau.

Er duckte sich und kam näher, traf sie unter den sich verlangsamenden Propellern, als sie ein Paar Krücken von einem zweiten Sanitäter entgegennahm und sie sich unter ihre Arme schob. Sie grinste über die Blumen, konnte sie aber wegen der Krücken nicht tragen. Der Sanitäter reiche Pax ihre Tasche, bevor er über das laute Motorengeräusch schrie: „Passen Sie gut auf sie auf, Sergeant!"

Pax grinste. „Das werde ich."

Morgan winkte den Sanitätern zu, die wieder zurück in den Helikopter kletterten. Pax ging neben ihr her, während sie auf Krücken zu seinem wartenden Fahrzeug humpelte. Er warf ihre Tasche und die mickrigen Blumen auf den Rücksitz, als der Hubschrauber hinter ihm abhob. Ihr offenes Haar wirbelte wie wild herum. Er legte einen Arm um ihre Taille und hob sie von ihren Füßen. Sie ließ ihre Krücken fallen und umschlang seine Hüfte mit ihren Beinen. Ihr knallgrüner Gips bohrte sich in seine Hüfte, aber das war ihm so verdammt egal, als er seinen Mund auf ihren legte.

Oh Gott. Wie oft er sich in den letzten fünf Tagen diesen Augenblick vorgestellt hatte. Himmel, elf Tage, in denen er sich lebhaft ihre Wiedervereinigung vorgestellt hatte, während sie vermisst wurde, damit er seine Hoffnung nicht aufgeben würde.

Der Hubschrauber war lange verschwunden, bevor er seinen Mund von ihrem löste. „Willst du zuerst zum Dinner, oder sollen wir direkt zu deinem CLU gehen?"

„Wir sollten lieber etwas essen gehen. Du wirst deine Kraft brauchen, denn sobald ich dich für mich allein habe – und nackt – werden wir auf keinen Fall meinen privaten CLU verlassen."

„Praktisch. Das gefällt mir."

Sie ließ ihre Hand über seine Erektion gleiten. „Fickbar. Das gefällt mir.“

Er legte seinen Kopf zurück und lachte. Er war verrückt gewesen, sich nervös zu fühlen. Es war so einfach, mit Morgan zusammen zu sein. Das Einfachste, was er je getan hatte. Vielleicht war das der Grund, warum er sich nie viel aus Dates gemacht hatte. Nach seiner Scheidung nie wieder etwas Ernstes hatte anfangen wollen. Es war nie einfach gewesen. Nicht so wie das hier.

Sie gingen zum *Barely North* zum Dinner. Pax' A-Team war dort, in der Mitte des Raums, während sie mit den Navy-SEALs lachten und herumalberten. Er machte sich sofort Sorgen, dass er einen Fehler gemacht hatte, die Bar der Cafeteria vorzuziehen. Er wollte Morgans Aufmerksamkeit mit niemandem teilen.

Sie fanden einen ruhigen Tisch in einer Ecke. Sie bestellte sich ein Tonic mit Limette, und ihm fiel auf, dass er sie nie Alkohol hatte trinken sehen. So verrückt, wie er nach ihr war – es gab noch so Vieles, was er nicht über Dr. Morgan Adler wusste. „Trinkst du Alkohol?“, fragte er.

„Sicher. Ich hatte an dem Abend, als ich mit Bastian Billard spielte, ein Bier. Aber heute Abend will ich keinen Alkohol – der Arzt sagte, dass sich das nicht so gut mit einigen meiner Medikamente verträgt. Und ich habe nicht vor, auch nur einen Augenblick unserer begrenzten Stunden zusammen zu verpassen.“

Er grinste. „Wir können das Dinner auch einfach mitnehmen.“

Sie legte ihren Gipsfuß auf den Sitz ihr gegenüber. „Ich weiß nicht. Irgendwie genieße ich diese aufgeladene Energie. Die Erwartung dessen, was noch kommt. Die Qual des Wartens.“

„Dann bist du also keine Frau, die ihr Dessert zuerst verschlingen will?“

„Doch das bin ich. Manchmal. Aber nicht heute Nacht. Heute Nacht will ich alles genießen.“

Bastian, der doch-kein-Bastard, erschien vor ihrem Tisch

und wedelte mit einem schwarzen Eddingstift. „Ich will der Erste sein, der auf deinem Gips unterschreibt."

Sie wandte sich an Pax. „Macht es dir etwas aus, wenn er der Erste ist?"

Er warf Bastian einen düsteren Blick zu. „Solange er direkt danach verschwindet, habe ich nichts dagegen."

Sie und Bastian lachten beide. „Dann bitte Ihr Autogramm, Chief Ford."

Nach Bastian tauchten dann die Navy-SEALs und das Team der Spezialeinheit in Zweier- und Dreier-Gruppen auf, um auf Morgans Gips zu unterschreiben. Sie genoss die Aufmerksamkeit und wünschte sich sogar irgendwann Haikus, doch Pax setzte dem sofort ein Ende. Cal allein würde eine ganze Stunde brauchen, um mit dem perfekten Gedicht anzukommen.

Er selbst verspürte eine ganz spezielle Art von Stolz, als er seine Teamgefährten beobachtete, wie sie auf ihre alberne Art Morgan ihren Tribut zahlten. Sie gehörte *ihm*.

Schließlich wurde das Essen serviert, und sie lehnte sich flüsternd zu ihm rüber. „Übrigens. Obwohl ich weiß, dass ich keine Geschlechtskrankheiten habe, habe ich den Arzt trotzdem gebeten, mich zu testen, nur um ganz sicher zu sein. Die Ergebnisse waren alle negativ, und ich bin sauber."

Pax saß voller Aufmerksamkeit kerzengerade auf seinem Stuhl. Andere Körperteile von ihm taten dasselbe. „Meine letzte Runde Tests war direkt vor dieser Stationierung, und die waren ebenfalls alle negativ. Du bist die einzige Person, mit der ich seither zusammen war. Ich bin sauber. Aber was ist mit Geburtenkontrolle?"

„Ich bekomme die 3-Monats-Spritze und war beinahe am Ende meiner letzten Impfung. Der Arzt hat mir gleich eine weitere Dosis verpasst. Wir brauchen also keine Kondome mehr."

Er zog seine Brieftasche hervor und legte ein paar Scheine auf den Tisch. „Zeit zu gehen."

Sie lachte und schnappte sich ihre Krücken. „Ich habe noch nichts gegessen."

Er hob beide Teller vom Tisch. „Zwei Dinner zum Mitnehmen."

„Willst du einfach so die Teller mitnehmen?"

„Du hast recht, wir brauchen Besteck." Er stellte einen Teller ab und stopfte sich Gabeln und Servietten in seine Taschen, bevor er den Teller wieder aufhob. „Lass uns gehen."

Sie humpelte vor ihm aus der Bar. Er bemerkte das lachende Grinsen in den Gesichtern der Hälfte seiner Teamkollegen, als sie an ihrem Tisch vorbeikamen. Er hatte ein verdammtes Glück, und sie alle wussten das.

Da sie auf Krücken gehen musste, setzte er beide Teller auf dem Rücksitz des SUVs ab, und sie fuhren die kurze Strecke bis zum CLU-Dorf. Als sie ihren CLU erreichten, stellte er ihr Abendessen auf ihren Schreibtisch und schloss dann die Tür hinter sich ab.

Er drehte sich zu ihr um – der schönsten und knallhartesten Frau seiner Träume.

„Das Ganze wird folgendermaßen ablaufen. Ich werde dich besinnungslos ficken. Du darfst meinen Schwanz lutschen, so viel du willst, aber zuerst werde ich dich lecken, für mindestens eine Stunde. Versprich mir nur, dass wir nicht von Eltern oder Trackern unterbrochen werden, dann ist alles gut."

Sie schlang ihre Arme um seinen Hals und verlagerte ihr Gewicht von den Krücken zu seiner Brust. „Und wenn ich mit diesen Vereinbarungen nicht übereinstimme?"

Mist. Sie hatte ihn durchschaut. „Auch gut. Was immer du willst. Wie immer du es willst. Du hast die Kontrolle. Die hattest du schon immer. Aber *bitte*, lass mich in dir sein."

Sie küsste ihn. „Machst du Witze? Ich liebe es, wenn du mich im Bett herumkommandierst. Ich habe nie gewusst, wie geil das sein kann. Jede Fantasie, die ich seit unserem ersten Mal gehabt habe, involviert dich, und wie du mir genau sagst, wie ich dich befriedigen soll."

Er saugte einen tiefen Atem ein und richtete sich zu seiner vollen Größe auf. „Zieh dein Top aus."

„So ist es schon besser." Sie grinste und setzte sich auf ihre Liege, damit sie sich mit beiden Händen ihr Oberteil über ihren

Kopf ziehen konnte. Ihre Bewegung wurde langsamer, als sich ihr Top am Verband an ihrem Arm verfing.

Er kniete sich vor sie nieder und befreite den Stoff von ihrer Bandage, bevor er seine Finger über den dicken Verband gleiten ließ. Seine Berührung war so sanft, dass sie es nicht spürte. Er glitt mit seinen Lippen über ihre Schulter und herab bis zum oberen Rand der weißen Bandage. „Es tut mir so leid", sagte er.

Sie zuckte mit den Schultern. „Es ist nur Haut. Der Rest von mir, die wichtigen Teile, sind intakt."

Er umschloss ihr Gesicht. „Du bist unglaublich. Das weißt du, oder? Ich bewundere dich. Ich will dich lieben, um dir genau zu zeigen, was du mir bedeutest, aber ich habe Angst, dir wehzutun."

Sie küsste ihn, zunächst zärtlich, dann mit einer wachsenden Hitze. Ihre Zunge glitt über seine – ein Vorgeschmack vom süßen, heißen Paradies. Sie zog sich zurück und sagte: „Ich bin nicht aus Glas. Ich will das hier. Himmel, ich *brauche* es. Es ist eine Bestätigung. Ich bin am Leben. Du bist am Leben. Wir sind zusammen. Das Gute siegt über das Böse. Liebe besiegt alles. Es ist mir scheißegal, was für ein Klischee das ist, oder ob das überhaupt ein Klischee ist, denn das ist es, was ich fühle. Es ist echt. Du und ich beim Sex, weil wir zusammengehören. Weil wir überlebt haben. Weil du mich gerettet hast."

Seine Augen wurden feucht. „Du hast dich gerettet, Morgan. Ich bin nur rechtzeitig gekommen, um den Dreck zu beseitigen."

„Erlaube dir selbst die Anerkennung, denn du hast meinen Hintern gerettet. Und was mich betrifft, ich habe getan, was ich tun musste, weil ich etwas hatte, für das es sich zu leben lohnte. Ich habe mich während meiner gesamten Gefangenschaft an einem Gedanken festgehalten – dich. Weil ich das hier wollte."

Er schnaubte. „Also kein Druck oder so."

Sie lachte so heftig, dass sie sich ihre Rippen halten musste. „Oh, Gott, das tut weh." Dann lachte sie noch mehr.

Er umschloss ihre Wangen zwischen seinen Händen. „Okay, das hier wird folgendermaßen ablaufen. Ich werde dich lieben, ganz langsam. Ich werde dir in die Augen schauen, wenn ich tief in dich eindringe. Es wird ganz sanft und so geil sein, und du wirst so heftig kommen, dass wir für einen Moment deine Verletzungen vergessen werden, und hoffentlich werden deine Endorphine die Schmerzen unterdrücken können. Dies wird das zweite von einer Million Malen sein, in denen ich mit dir Sex habe, denn du gehörst mir. Für immer und ewig."

Sie presste ihre Lippen auf seine. „Hört sich gut an. Bitte weitermachen, Sergeant."

Anmerkung der Autorin

Die Arbeit meines Mannes als Archäologe für das amerikanische Verteidigungsministerium hat ihn zweimal nach Dschibuti gebracht. Die Archäologie in Dschibuti ist größtenteils unerforscht, und dort könnten sich durchaus Stätten befinden, die so interessant sind, wie der im Buch beschriebene Fund des fiktiven Linus.

Wie auch die Archäologie muss die Geologie von Dschibuti erst noch eingehender studiert werden. Was ich in diesem Buch beschreibe ist Fiktion, aber es ist durchaus plausibel, denn in vielen Gegenden weiß niemand wirklich, was sich unter der steinigen Oberfläche verbirgt.

Alle Beschreibungen von Camp Citron sowie der Infrastruktur der dschibutischen Regierung und deren Beamter sind reine Fiktion.

Über den Autor

USA Today Bestsellerautorin Rachel Grant arbeitete für über ein Jahrzehnt als professionelle Archäologin und lässt ihre zahlreiche Erfahrung gekonnt in ihre Geschichten und Handlungsorte einfließen. Diese können so unterschiedlich sein, wie die Ausgrabung eines Friedhofs unter einem historischen Kunstmuseum in San Francisco, die Vermessung und Aushebung von mehreren prähistorischen Fundstätten der amerikanischen Ureinwohner im pazifischen Nordwesten, die Erforschung eines historischen Betonhauses in Virginia, sowie die Kartographierung einer spanischen und niederländischen Festung aus dem 17. Jahrhundert auf der Insel von Sint Maarten in den Niederländischen Antillen.

Rachel lebt im pazifischen Nordwesten, zusammen mit ihrem Ehemann und Kindern.
Man findet sie im Internet auf
www.Rachel-Grant.net.